U0579188

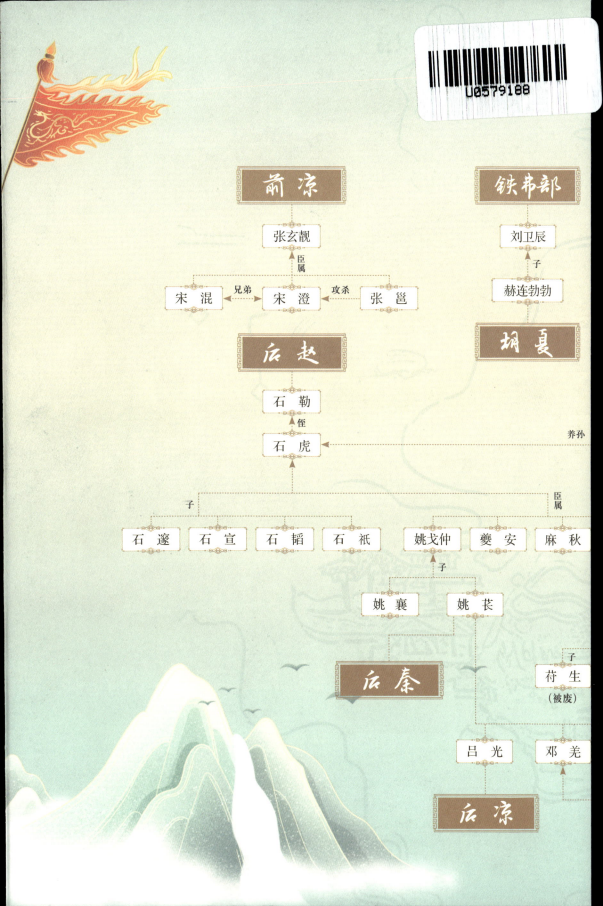

前凉

张玄靓

↑ 臣属

宋混 ←兄弟→ 宋澄 ←攻杀 张邕

铁弗部

刘卫辰

↑ 子

赫连勃勃

胡夏

后赵

石勒

↑ 侄

石虎 ← 养孙

↑ 子   臣属

石邃　石宣　石韬　石祗　姚戈仲　冉安　麻秋

↑ 子

姚襄　姚苌

后秦

子

苻生（被废）

吕光　邓羌

后凉

代

拓跋孤 ←兄弟→ 拓跋什翼健

拓跋什翼健 —孙→ 拓跋珪

北魏

冉魏

慕容交（早亡）

女婿

冉闵（石闵）

子：冉智　张温　董闰　法饶

臣属

拥立

符洪（蒲洪）　李农（乞活军）

子

符健　**前秦**

姑父

侄女婿

侄：符坚　侄：符眉

臣属

王猛　徐成　皇甫典

同乡好友

桓彝

子：桓温　桓冲

子：桓玄

桓楚

庾琛

子：庾冰

好友

刘甲天

著

慕容

時代文藝出版社

SHIDAI WENYI CHUBANSHE

图书在版编目（CIP）数据

慕容 / 刘甲天著. -- 长春：时代文艺出版社，
2024.9
ISBN 978-7-5387-7485-6

Ⅰ.①慕… Ⅱ.①刘… Ⅲ.①长篇历史小说—中国—
当代 Ⅳ.①I247.5

中国国家版本馆CIP数据核字(2024)第055985号

慕容

MURONG

刘甲天　著

出 品 人：吴　刚
责任编辑：李荣銮
装帧设计：陈　阳
排版制作：隋淑凤

出版发行：时代文艺出版社
地　　址：长春市福祉大路5788号　龙腾国际大厦A座15层（130118）
电　　话：0431-81629751（总编办）　0431-81629758（发行部）
官方微博：weibo.com/tlapress
开　　本：710mm×1000mm　1/16
印　　张：33.5
字　　数：493千字
印　　刷：长春市华远印务有限公司
版　　次：2024年9月第1版
印　　次：2024年9月第1次印刷
书　　号：ISBN 978-7-5387-7485-6
定　　价：99.80元

图书如有印装错误　请与印厂联系调换　（电话：0431-85678957）

目 录

渡　口

"呱呱呱！"

在苍凉萧瑟的北方，一只老鸹的突然聒噪总要在树林内外搅起一波此起彼伏的回响。而这种动物无论是在汉人老叟的故事里，还是鲜卑萨满的唱祷中，均是代表着预兆的神鸟，自然也会引得正在林边与河岸间列队前行的上千士卒纷纷驻足观望——仿佛一场应许的胜利，已在树梢间发出了召唤。一些已经历过几场战阵的老兵，正举止自然地面朝着不同的方位，向各自的神祇虔诚叩拜，而另一些年轻人，则已开始情不自已地欢呼起来……

外面成片的喧闹无可避免地惊动了那辆正夹在长长的兵线中，且被几个精锐甲士拱卫着的双辕马车。一双澄静而又透着机敏的大眼睛透过车厢帘布的缝隙，扫视着河岸上的一切，远不到二十岁的少女很快便厘清了状况——原来只是一阵"莫名"的声浪，并非又是哪队不知死活的螽贼摸到了近前。这几日颠簸下来，早已见怪不怪的她面无表情地放下了门帘，略感无趣地耸了耸肩膀，缩回到并不宽敞的车厢内。而身旁另一个也只刚刚十岁上下的小女娃，却在半睡半醒间一阵嘟嘟呜呜，娇憨地对外面的吵闹发出了自己的抗议。这时，少女才露出了整日以来的第一次笑颜。

"哎呀！"

马车又压过了一个不小的泥坑，嗜睡的女娃这下终于被颠醒了，可就在她刚嘟起小嘴的当口，车厢外面竟先传进来一声痛叫。正在抚摸阿妹发髻的少女熟悉这个声音，她赶忙掀起帘布探身出去，果然是那也就比女娃大上一两岁的小郎君，正龇牙吃痛地揉着自己刚结结实实磕在大车辕架上的右腿。

"明明有大路，真想不通阿爹为何非要穿林沿水走。"男孩儿刚刚抱怨了一句，便发觉一脸尴尬的少女已经跪坐在了身后，"呀！述儿阿姊与律儿妹妹都睡醒了呀？一直在里面闷着定也不好受，是该出来透透气。"

贵族少年有着充足的理由，去与姊妹二人一同分享那遮风挡雨的车厢。然而，可能出于鲜卑男孩儿尚武的倔强，也可能掺杂着一些他们家两三代以来一直推崇的汉人之道，少年自从姊妹二人加入队伍以来，便一直与车夫二人共同坐在辕架子上，可是从未踏入过帐帘一步。

"少郎君和述娘子该是不清楚，咱们要去的大棘城刚好是在渝水的另一侧。这水可是邪性得很，一脚深一脚浅的，没船根本过不去。将军带大家沿着岸边走，也是为了赶快寻到渡口和舟船。"

述儿知道，这答话的马夫虽然在这支鲜卑部队中效力了很长时间，但他却是个地道的汉人。而拥簇在马车四周的这支亲兵队伍中，汉人又远不止这老兵一人，队伍中甚至还包括了一对从西边远迁而来的羌人兄弟，可能与同样纷乱不休的中原地界相比，平州辽地苍劲的风雪更容易吹散深藏于族群间的误解与仇恨吧。述儿年龄不大，也还是个小女儿身，但她从前在部族里，也常偷听大人们在父亲帐中唠叨，虽说那些互称君臣兄弟的胡汉王侯们已经互相攻杀了几十年，但出身田垄、朴实无华的汉人部属，依旧是这乱世中最为可靠的存在。述儿想到这儿，便趁着马夫回头闲聊之际，冲着他那张糙脸赞许地一笑，直惊得这四十多的汉子一愣，顶着一张滑稽的红脸嘿嘿傻乐。

车辕上刚陷入沉默，两匹快马便从马车的右侧飞驰而过，所带起的风浪和飞溅的泥团，不免勾得拉车的两匹挽马发出一阵响鼻与躁动。

"是斥候[①]！"眼前的情景仿佛点亮了贵族男孩儿的心绪，而跟着惊呼一并

---

① 斥候：指侦察敌情的士兵。

溢出的，还有少年郎心头的冲劲与豪迈，"大家伙一直踩着泥巴，虽是走不快，可阿爹这般安排……应也是想着方便随时探查对岸赵军的情况，或是……特意把咱们的队伍摆给对岸的斥候看，告诫贼子们，这边也有去往大棘城的援军！"

"还是德公子有见识。"述儿恰到好处地察言观色，显然使得坐在辕架子上的两个人都颇为满意。

"避让！避让！将军何在？"

马车裹在长长的队伍中刚转过了一个河湾，冠枊上飞禽的鸣叫还未来得及飘远，而这一阵急促的马蹄，夹杂着斥候的呼喝，不知又惊走了多少藏栖在林地边缘的走兽。述儿伸着脖子眺望起蜿蜒的水道，寻觅着众人口中的将军。这支千余人队伍的统帅，亦是德公子的父亲，以及自己姊妹阿爹的故交——慕容翰大人。虽然此刻，她还不理解，为何一路上所有人都对这个名字表现出了超乎寻常的敬重，但在辽地生活过的人都应明白，仅是这"慕容"的姓氏，便已意味着一切。

夏季的天气总是让人有些捉摸不透，刚刚还看不到几片云朵，可眼下，竟已找不见那日头的踪影了。在长长的队伍前方不远处，一名斥候靠在林地边的石头上，抱着自己的右臂不住地呻吟，而突然间的阴暗，更是在他的脸上添了不少凄凉之感。且在一旁，他的两名同袍亦是满脸的警惕与疑惑，二人在马上横持着环首刀，四道目光聚在几步之外的一名粗壮汉子身上——那家伙正用身子护着自己手牵的一头驴子，以及驴身上坐着的一大一小两个男孩儿。

慕容翰本来对方才的大呼小叫颇为不满，但等他自己在林地边瞄到了那三十多岁的汉子后，竟将那扰乱军心的闲杂念想径直抛到了九霄云外。

"你这汉子为何伤我士卒？"慕容翰已经在驰来的路上问清楚了事情的缘由——本是自家斥候无礼在先，否则，此时正横刀戒备的两个莽汉恐怕早就剁了上去。不过，在场的所有人都未曾想到，眼前的汉子不仅能单手接住斜抽的鞭子，且又仅仅借力一拉，就能将人掀下战马。可见这家伙不仅是力大无比，说不好还是正经习过武的。

"大人在上……"显然，慕容翰的故作威严起了作用，汉子支支吾吾地打起了怵，"小的只是怕那兵爷伤了两个娃儿。"

"还是个老实人。"慕容翰心中作想。他一对眸子扫视过汉子厚实的肩膀和宽大的指节，嘴上便将话头直接引向了此行的目的："你可是个铁匠？驴背上的都是你的娃儿？"

"小的张彤。大人……说的都对。"汉子茫然地点了点头，却见那威风凛凛的将军解下了腰刀，合鞘掷了过来。他赶紧抢上一步，兜起双臂稳稳接住。

"且看看，我这刀该如何修补？"

铁匠张彤抽刀出鞘，眯缝着眼睛查找起每一处的豁口与卷刃，随后，又将刀身举在头前，迎着寥寥的阳光，细细寻觅着。直到几缕玄光映射进了眸子，汉子才略有惋惜地摇了摇头。

"大人这宝刀定是久历厮杀，只靠简单打磨，可是没甚用处了。且铸刀用的精铁也不是寻常之物，若要补缺，就须先炼料，少说也是旬月的工夫。"

慕容翰听罢，心中更是欣喜异常。他心念着幽平之地不同于中原，铜铁本就是紧俏的战略物资，优秀的匠人更是可遇而不可求。"妙！张家兄弟可愿从军建功，随我去往大棘城，面见燕王乎？"

铁匠先是一惊，随即恐慌之色涌上眉梢。"这……非是小的推搪，若是孤身一人，定然会为大人效命。只是，这两个娃儿实在太小，眼下大棘城又要打仗，小的本打算带着他们逃回祖地……"

还没等铁匠絮叨完，慕容翰便听到不远处的马车吱吱嘎嘎，缓缓驶来。他转头望了过去，想到那车上的一对姊妹和自己的德儿，恐怕还要比汉子的两个儿郎大上几岁，以致不自觉间叹了口气，以示默许。

"这刀……"

还在绷着苦脸的张彤察觉到事情有了转机，便赶紧举起双手，将宝刀奉还。

"你便先留着吧。"慕容翰的话霎时惊愕了在场的所有人——甚至也包括他自己，"若何时愿来效力，便持此刀，在燕国地界来寻咱慕容翰。"

目瞪口呆的铁匠将那刀收回胸前时，才瞥见握把的顶端镶刻着一个"翰"字。原来，眼前的大人，竟然就是威震北地的慕容翰大将军……

张肜心头五味杂陈，而慕容翰已然安排身边人，为他们父子牵来了一匹驮马。"张家兄弟不必惶恐，咱也正有事询问。不知这渝水上的渡船，都被征收到了何地？"

铁匠缓过神来，赶忙遥指东北方向，说道："大小船只早就一并收拢到大棘城西门外的那个渡口了，俺们过来的时候，正用来运送城中的百姓渡水避难……"

又撂下几句安抚的话语，慕容翰便带着几个斥候奔回了沿水而行的队伍中去。而张肜等到他们已不见了踪影后，才想起自己竟浑然忘却了拜谢这份赐刀赠马的恩情。

大片的乌云极为默契地迅速积聚在一起，撞出了两声闷响，可一场瓢泼暴雨仅仅肆虐了不足一炷香的时间，便又消散不见，只留下渝水两岸的大小生灵们，伴着重又现身的日头，慢慢收拾起泥泞的残局。在这九州的东北，白日里的光照远不如他处的毒辣，但凡碰上刚刚那样一场急雨，即便是在夏日时节，也能带给人们一股刺寒之感。

在渝水东岸，另有一支上千人的队伍，拖着长长的阵势，徘徊在离河岸不远的土路上。显然，这诡异的天气给士卒们带来了不少的困扰与灾祸，恰在一处略窄的河湾，突就爆发出一阵惊叫，将几只还在岸边顶着日头晾晒羽毛的水鸟吓回了苇荡之中。

英武雄壮的青年将领在问明详情后，无奈地叹了一口气，带着身边的两名护卫继续策马前行。幸好并没有花上太多时间，青年人就找到了自己的目标。随着一声号角响起，三个人竟毫不受阻地穿过了层层兵将与旌旗，赶到了大纛之下。而驻马旗下的主帅年纪当在五旬，战盔上特有的白狼鬃挂饰，则昭示着他与麾下部署的羌人身份。这老将军，正是受赵国天王石虎敕封的十郡六夷大都督、冠军大将军姚弋仲。

"襄儿快过来。"姚弋仲一眼便认出了飞驰而来的三骑，面色平静地挥手招呼起自己的爱子。

"禀父帅，对岸燕军的旗帜还是如前几日般，在林边时有出现，依着雨前的那些尘土，人数应该也是过千，还有……"青年将领将两名护卫留在一旁，自己凑到了老将旁侧。在瞥到父亲沉思之余点了点头，他才继续禀告："还有我来时，碰上有斥候骑马涉水，竟又是沉进了水道中间的坑里。算上昨日牵绳洇水时被射杀的那个，这已是咱们折损的第六个弟兄了。"

姚弋仲听闻噩耗，甚为无奈地叹了一口气。父子二人此刻的神态，简直就是一般模样。

"父帅，这渝水当真邪性，不知在何处就藏着暗涡，咱们当下没有渡船，也不好涉水，要不然……可试试羊皮筏子？"青年人还在低头谏言的时候，却被一只大手拍在肩上，打断了话头。

"罢了。看这一场大雨下来，水道里的泥沙都被卷了起来，就算你能找到牧群，这水又急又浊，根本摸不到支力的点。"姚弋仲冲着青年人含笑赞许，"皮筏子来回一次，载人还是太少，儿郎们渡到对岸，也难免要被燕军袭击，为父实不愿徒增损耗。叫斥候们也不要再试了。"

说到这，姚弋仲更是牵过姚襄的缰绳，将人搂到身旁。"天王之命是让咱们抵住西岸的燕军，以防攻城时腹背受敌，也并未强令渡河歼敌。襄儿可想一想，慕容儁要想固守他的王都大棘城，即使分兵西岸，人数也必然不会太多。咱哪怕将儿郎们散成几股，沿着渝水，以数里之隔分驻，即便燕军来袭，相邻的部众也能够互相支援，且若对岸只是疑兵，倒也算免了儿郎们的辛苦。此事便由襄儿去向各部大人部署。去吧，明面上还要搞得红火起来。"

青年人若有所悟地轻声领命，刚欲拨马离去，却又略显狐疑地俯回身来，说道："父帅，天王这一仗……"

老将军并没有立刻给出回应，他只是盯着青年人的双眸——这应是富有谋略的父亲，在逐渐成熟的儿郎眼中读出了同样的思虑。在姚弋仲心底，当然对大赵天王石虎仓促发起的远征充满了疑惑。本来，与燕王慕容皝合击段部鲜卑，已是大获全胜，可眼下天王这急切的反戈一击，不仅是失尽了辽地人心，且多出的数百里征程，更是使得十万赵军的补给捉襟见肘。故而，在那坚固的燕都大棘城下，上天也就留给缺乏攻城装备的儿郎们最多十日的时间。按理来说，这些账目明明都已摆在了眼前，无论是英明神武的石虎，还是久经战阵的麻秋、李农等人，都应已嗅出了潜在的危机。然而，或许是燕人的避战示弱已然蒙蔽骄横之人的心智，赵军北上，沿途诸城尽皆望风而降，但负责守备的兵将却又大多不见了踪影，乃至当下大棘城中，至少聚集了三万以上的精锐。面对如此局势，沉默的父子大约已有了共识，如若燕军真如表面上的那般畏战不堪，那大棘城下自然也没有什么荣耀可言，可若是表面的一切均是出自敌人的计策，那恐怕一场巨大的灾祸，已在这渝水之东悄然登门了。作为远迁河北的数万户羌人的首领，姚弋仲除了自家一门的功勋外，更要考虑到聚居在滠头的部族的安危。忠君报国是一方面，适当地保存起实力，却是更为现实的选择。将福祸不明的大棘城留给嗜血的羯人与乞活军吧，自己的儿郎就留在后面，和多半是疑兵的燕军偏师捉捉迷藏，也挺好。

　　一阵风啸掠过，拽着头上的纛旗猎猎作响。老将军执手拍了拍儿郎的兜鍪，说道："去吧，快去找各部大人传令，咱们替天王守住归路，也是大功一件。"

　　爱子的号角声再度响起，在羌人大都督的心中，凤夜以来的那个念想则更加坚定了——姚氏一门下，能继承自己衣钵，继续统领羌汉民众的，一定就是这个如今看来勇武过人、甚有孙伯符之姿，也算是不逊谋略的襄儿了。

　　这一日的老天爷仿佛就是不愿放过在泥泞中蹒跚的士卒们。骤雨之后的晴朗到底还是没能撑上哪怕半天的光景，云朵又不约而同地聚在一起，耍闹般地俯瞰取笑着渝水两岸那些已是忍不住抱怨咒骂起来的大老粗们。

风尘满面的中年文官早已对阴晴难料的天气失去了耐性，一路上的穿林越滩也使得他那官袍上挂满了泥团与破洞。然而，无论是北平阳氏的出身，还是身为燕王帐下数一数二的重臣身份，阳骛时刻都要求着自己，保持起码的端庄与威仪。但或许只有自己清楚，刚刚趁人不注意，他也是学着那些粗鄙的农夫士卒一般，狠狠地朝向地上啐了一口。

　　阳骛本人虽不在战云密布的大棘城内统筹防务，但却也一刻都没有得闲。春耕尚未结束，他便谏言燕王慕容皝在渝水西岸新建一城，用以缓解大棘城的人口压力，亦可接纳那些从中原源源不断逃来避难的士族与百姓。于是，当石虎的大军来攻之际，他正巧身在西岸督建龙城，也便自然肩负起了收缴上下渡船，并将避乱的民众迁置到龙城大营的重任。此外，早在筹谋之际，这新建的龙城与大棘城，以及南边的柳城就被设计成了跨水鼎立之势。而如今，机智的策士自会派出手中的轻骑，演一场拖枝扬尘，隔着凶险难涉的渝水，来缓解都城战场的压力。

　　然而，就算每日都要忙得焦头烂额，当阳骛得报知晓了这一支沿河而上的千人队伍之时，他立马决定要亲自抽身来见。毕竟，这天下打着"慕容"之号，却不在燕军序列的情况只会在一人身上发生——此人的意图他已猜得透彻，且这支军队急需的情报与渡船也尽皆掌握于他手上。为了自己效忠的慕容氏的过往与未来，阳骛也必须抢先和这位意料之中的归客谈一谈。

　　"使君！"

　　阳骛顺着身边亲卫的呼唤与遥指，望向不远处那最后一个河湾。一队轻骑驾着战马疾驰而来。

　　"士秋！"

　　慕容翰终于到了。当他认出了风尘仆仆的文官时，一句已成习惯的亲切称谓不觉间脱口而出。直到对方在马上露出了同样热情洋溢的笑容之后，他悬着的心才放了下来。看来，自己还不至于唐突无礼，且有些情意，仅凭几年间的蹉跎，是无法被磨灭的。

"元邕，大王知你必会来援。"阳骘读着慕容翰脸上的神色，马上也意识到，自己这般未经熟虑地开门见山，还确有些不妥。但在如此紧迫的情势之下，他也实在没有时间和心情去顾忌太多了。

慕容翰轻轻叹了一口气，随后便也豁然一笑。二人默契地示意随从与亲兵隔开一段距离后，慕容翰才再度开口与老友打探起来："既然是士秋亲至，那咱也不做那些扭捏状了。使君可知，咱此时投往大棘城，大王会做何打算？"

"元邕临危助战，既是天佑大王，更是游子归家，哪里来的'投往'一说？你们兄弟长久未见，元真可是早就盼着你能归来。"阳骘抿着笑意，踢走了脚边的一块碎石，接着又抬头继续宽慰眼前忧忡的故人。他这一番快言快语，怕是在河湾那会儿就已经有了腹稿，"前一阵，大王亲自率兵讨伐段兰的时候，也是一度自扰到魂不守舍，直到探得元邕你早已离开了段部，这才算回过了神……好似还独自豪饮了半坛。"

"有士秋兄在，我父子定然无忧了。"

慕容翰与之四目相对，心中的忧虑虽说并未散尽，但也终于挤出了一抹释怀的笑容。他见阳骘在一旁戚然地笑了笑，便更为洒脱地反客为主，与其把臂并肩，沿着浅草上的辙痕边走边谈。

"还要劳烦士秋，给咱讲讲，眼下石虎已是进军到了何处，都做了何等安排……"

在马车刚刚停下的时候，车厢里的姊妹便已浑浑噩噩地睡了过去，直到一阵"扑通扑通"的击水声，才匆匆结束了小憩。少女柳眉微锁，挑起了窗口的帘布。原来是慕容家的小郎君，趁着停歇跑去河滩，捡着那些小碎石打起了水漂玩耍。儿郎就是儿郎，哪怕有着超越年龄的高深见识，贪玩的心智还是一样的。放下心来的述儿再一扭脸，察看向依然在梦呓的小妹：律儿这丫头除了贪玩，还专注吃睡，怕是迟早要养成小猪……

"德儿，快来拜见阳使君。"车外立马又有了响动，述儿也小心翼翼地张望过去。她自然一眼便认出了其实也并未见过几次的将军，而在其身旁的，则是一个年纪相仿，且看起来还算亲切的文官。而刚刚还在嬉闹的德公子，则一本正经地在泥地上弓身行着大礼，就连那驾车的马夫，也是恭敬万分地低头杵在原地，不敢擅动——好似这阳使君是水里的神仙现了形，当真道行不浅。紧接着，好似又是一番赞许与客套，述儿自然也没太过在意，直到发觉慕容将军与阳使君二人竟朝着这马车移步而来。少女机敏地放下了帘布，还示意晕乎乎的妹妹务必噤声。

"车中便是那对姊妹？"

"然，士秋可是想……"

"那倒不是，既然已算是大王的家眷，吾等外姓之臣还须有所禁忌。只不过，元邕是如何……"

"咱是赶路时遇到的可足浑部，大人正带着部众奔走避乱，他们老幼太多，应是来不及赶往大棘城了。可足浑大人与咱合计，似那般四处乱撞，也是容易碰上羯人，于是便把这一对女郎托付了过来。他料想元真有诺在先，如何也会护得这对姊妹周全。"

"原是如此，可惜元邕与可足浑大人还不知大王的世子迟迟未定，这女郎来得终究还是早了一些，但愿……"

隔着车厢的一层木板偷听下来，述儿原本指望着，能借机将清楚自己姊妹为何会随军至此，然而，她在似懂非懂间，还是绕进了云里雾中。蹄声渐远，马车终又启程，也许，等到了众人口中的大棘城后，这些答案也会不请自至吧。

那位阳使君似是伴在马车旁，一道骑行了许久，直到队伍赶到了这渝水沿岸仅剩的一个渡口。述儿才又透过窗帘望向河岸，在连成一片的舟船大阵面前，正在渡口旁缓缓集结的千人大军还真不算个事儿。且听那阳使君在路上所言，只要渡到那光秃秃的东岸，再策马不久，便能看到大棘城的西门楼了，想到这一路的颠簸终要结束，女郎自然也是长舒了一口气。

"既如此，骘也该赶回龙城大营了。"骑在马背上拱手的文官话音刚落，却又突然瞟了一眼车厢的窗缝。这回述儿躲闪不及，只好避开两道锐利的目光，恭顺地低了低头。"想咱派出的随从已进了王府……元邑带着亲兵可先行渡河安顿。石虎的大军距临城还应有几日，剩下的千人部属就算分批候渡，也可保无虞。"

将军客套寥寥，文官亦带人拨马离去。不过，也就是走了几步的样子，又听他猛然间问向了小郎君："德儿，为何一直未见你那兄长呢？"

车外的将军并未言语，只听德公子却爽快应和："去岁，令支城段氏内乱，兄长便失散了，阿爹说等回到王城，再请大王派人去寻。"

阳使君的声音再未飘入，而述儿在这奇妙的车厢里看到的最后一个场景，却是慕容将军将德公子叫到了不远不近的岸边，先是好似赞赏地拍了拍他的头，直把自己儿郎拍得不禁吃痛躲闪。

"小子不错……记住这件事……旁人外……大王……评父……兄弟几个……都不可说……"

述儿虽猜不透这父子二人间到底藏着什么秘密，但她总觉得与那阳使君策马离去前的怪异举动脱不开干系。

这渡口上的事还真是奇怪得紧。

这唬人的天气就这么一直阴沉着，既未复现疾风骤雨，也看不到放晴的迹象。渡口旁几拨胆大的水鸟已然钻出了苇荡，纵使远处的舟船又开始忙碌起来，它们也只是自顾自地浮水觅食，全然没把那些长短弓弩当回事。也许水鸟们都猜得到，这些持弩挎弓渡河而去的儿郎，怕是不少人都是个有去无回。

勉强能够载起战马的舟楫，自然是放不下车辕架子的，由此，等三个娃儿渡过了渝水，便由慕容翰的亲兵骑手带着，共骑驰往大棘城。而望着正在随船摇曳的述娘子，慕容翰也不知自己一时起意的私心，会给这丫头带来无尽繁华，还是一世深渊。

罢了，既然都是颠沛离人，就依着天意造化，让那扁舟随波而去吧。

瓮　声

────────○────────

　　终于颠簸到了城郭之下，少女惊讶于之前望见的小小城门，竟也能变得如此高大。她瞄了瞄一样是腰腿被绑定在马鞍上的少郎君，原来这个德公子同自己姊妹相仿，也是寨子里养出来的，看他那煞白的双颊和瞪鼓的眼珠，多半还没见过这般大的场面。

　　的确，在慕容德脑海中能清晰记得的城池，也只有段部鲜卑的令支城。而与那只有两个城门的小城相比，这四门环绕，且拥有内外两组城墙的大棘城自然带给充满好奇心的少年不小的震撼。毕竟，他还是头一次见到这般雄伟的……门和墙。然而，少女与少年又哪里会知道，四处征战了二三十年，亲身在眼前的这座城中生活过的慕容翰本人，曾听那些北遁逃难的士人们说起过，实际上，和中原的大城比起来，大棘城最多也就是个不错的兵城，除了城门厚实，城垛较高之外，跟"雄伟"这个词，可是根本就沾不上边。

　　述儿又瞥向自从过了渝水，一路上都没怎么言语过的慕容翰。他那对充满着沧桑的眉眼已然挤出了个滑稽的弧度，望着城门楼上的刻字，仿佛在品味着一世间的酸甜苦辣——类似的观感，述儿只在自己德高望重的祖母病逝前的毡帐中体会过。可慕容翰明明还没到五十岁，现在就开始品味，未免有些早了点儿。

　　一会儿进了城，就不必策马急驰。三个额外负重的骑兵用手臂一搂，就足以保证身前的"货物"不会摔下马去，这才让终于开始松解捆绳的述儿着实松了一口气。然而，就在这个节骨眼儿，西城的大门吱吱嘎嘎地被绞推开来，依稀间，有人似已步行而出。而一众来客们在慕容翰的带领下纷纷垂手恭候，这一下子，一条腿尚被绑在马鞍上的少女，突然就成了城门前"最高"的那个人……

四个人影率先跨出了门洞的阴影，走在最前面的尊者身着一身精致的铠甲——好似与慕容翰大人身上的那套并无太大的差别——又可能是西沉的日头打照在那人身上的缘故，述儿只觉得他身上的紫色袍带与披风异常炫目。这人身材不算高大，体形也说不出胖瘦，一张无奇的面庞，不禁使人忆起了从前部族中憨厚的牧民。可随着步伐渐近，又有一种奇怪的气场扑压了过来，直叫在这个年纪上已算得上颇为机敏老练的少女涌起了莫名的慌张。哪怕是曾被身为部族大人的父亲训斥，或是与那慕容翰将军当面交谈，也都比不上对面的紫袍人简简单单的踱步所带来的威压。

在那人身后，隔着一大步的距离，两个文官打扮的人笑呵呵地跟了出来。紫袍人右手边的高瘦大人目光如炬，他外套黄色绢袍，和身前之人几乎一模一样的笼冠顶在头上。另一侧的矮胖士人，则是将自己裹在了一件灰色夹衫中，一方纶巾束在简单的发髻外，虽然那一脸慈祥的笑容让谁见了都会感到无比亲切，然而，述儿却暗自滋生了些许揣测——这个胖老头恐怕才是在场诸人中，最为老成多智的那一个。

四个人影里拖在最后的将领也步态矫健地踏入了夕阳的光景中时，两列手持戟钺与旌旗的健卒也跟着从门洞中蹿出，在城门两侧摆出了一个稀稀拉拉的仪仗架势。少女又是左右张望了一圈，她本来也和阿妹、小郎君一样，对那些色彩缤纷的旗帜，以及长杆大戟颇感兴趣，但当城下的五个人聚在了一起，述儿还是决定放弃研究那些个物什，把注意力收回到这些大人物的身上。

身着同款衣甲的两个人矗立对视了一小会儿，紫袍人才率先展开了笑颜。随后，重重的一拳捶在了面前之人的胸口，几声不同音调的大笑随之迸发出来。

高瘦的黄袍人没有甲胄的束缚，更是直接箭步蹿出，与慕容翰大人熊抱在了一起。灰衫纶巾的矮胖士人则是与来客相互颔首致意，只有那最后探出阴影的将领还略有拘谨，可他周身上下的那种舒畅之感，却是很难伪装出来的。

终于，跟在这些人马后，穿过少见人烟的街道，一行人赶在入夜前，抵达了内城北角的王府。在朱门石阶之下，早就有一大帮人围成一圈，迎接着主客的归来。而在那群人中央，一对青年男女竟引得一向小心谨慎的述儿不禁频频侧目。

身材高大、一袭白衫的郎君面色略挂微霜，英俊的脸庞，与周身上下那股文质阴柔的气息结合起来，难免让人恍惚疑惑——他究竟是这燕王府中的鲜卑贵族，还是哪个年少奇才的汉人谋士？而在身着青色裙袍、正高举玉臂轻挥招手的娘子那里，述儿一眼便认出了来自草原的编发，且只需一瞬，她便已暗自羡慕起了那份连府苑围墙都无法圈禁起来的欢快与热忱。

"二公子，三娘子，可是等了许久了？"

"儁儿，羽儿，快来迎接翰父一家。"

在头前骑行的胖老头与紫袍大王几乎同时招呼起这对青年男女。随后，在王府门前自然又是一番嘈杂的问候与寒暄。述儿只看清燕王殿下拍了拍德公子的头，并与那青衣阿姊嘱咐了几句，自己与律儿便被那羽娘子先行领入了院中。在转过门角的时候，她不自觉地扭头回望了一眼，竟然恰巧与那白衣翩翩的青年目光相汇。就在一霎间，她仿佛捕捉到了对方嘴角的上扬，那是第一次见到儁公子的笑容。

当城门缓缓而开之际，慕容翰目光近乎本能地上挑。而停驻在城垛上的那几只雀鸟依然在无忧地徜徉蹦跳。到底是没经住岁月的打磨，慕容翰心中嘲笑着自己的狐疑，人都已经在城下待了许久，又何必在意那墙上张了几副弓弩呢？

与自己的王弟慕容皝重逢，犹如少年相会般被捶了一拳，慕容翰方才参透，时光虽然不一定能化解所有的桎梏，但却可以将一些裂痕埋藏得足够隐秘。曾经习惯意气用事的二弟，在磨砺了十几年后，变成了当下这一眼看不透深浅的燕国大王；而曾经名震北地的英豪，熬了十几年，却是化作了忐忑的归客。

与依然高高瘦瘦的四弟慕容评拥抱之后，慕容翰终于得空朝向一并出城相迎的另外两个人颔首致意。他认出了依旧富态可掬的封弈，二十年前就已是父亲的心腹谋士的子专公，如今在燕王帐下恐怕已是地位超然。而对于最后一张面孔，他可是用了好一阵，才从那些零碎的记忆中检索出来。原是亲卫部属中，青涩莽撞的小将傅颜——似乎还是晋廷诸王动乱时，从冀州逃难过来的将门之后——看样子也已晋位成了二弟元真的心腹爱将了。直到略显拘谨之人走到近前，寒暄了两句，慕容翰猝然发觉，在自己兄弟三人与封使君身旁，这位最年轻的将领竟也过了四旬。再看那岁数最大的封老头，下颌的胡须已然白了一半。慕容翰怅然间不住责备自己，患得患失，蹉跎多年，到头来不过是虚度年华。而如今，能让自己俯首一搏的，或许只剩下儿郎的前途了。

跟随众人与仪仗挪进了城中，归客愕然察觉，从外城城墙的边缘向内一里，尽是密密麻麻的大小军帐——可想这十年来，大棘城应是时时防备着那中原混战的赢家如今朝的石虎般汹汹来袭。再穿过内城的街巷，却又是另一番景象了。各坊的民众大都已躲出城去，但日常留下的烟火气息，总是不会被匆忙磨灭的。慕容翰在脑海中比对着，城中的屋舍越来越密，越摞越高，直把坊间的大道越挤越窄，可见百姓的日子定然过得不错。否则，若无此民心所持，二弟又怎么敢和雄踞半个天下的枭雄一战呢？一路直抵北角的目的地，王府门墙还是与自己当年出走时无甚差别。的确，在那年的叛乱之后，也从未听说这一方边疆诸侯有过大兴土木、放纵享乐的风闻。试想这般殚精竭虑、克己丰国，慕容翰自知怕是难以做到，更何况那好大喜功，又疲于自控的三弟慕容仁了……岁月总是如此，先是挑逗起那些不甘于命运的芸芸众生，再当韶华逝去，在不经意间又将过往的雄心与侥幸一并扫入尘埃。大棘城的主人未有易手，只是兄弟间，已是有人不可提及，有人绕路而归。

一股巨大的讽刺感笼罩着慕容翰，直至熟悉又陌生的王府门前，飞舞的手臂与热忱的笑容映入眼帘，才暂时驱散掉了这份阴霾。

"翰父！"

慕容羽作为燕王膝下的三王女，也是慕容氏这一代中唯一的小娘子，自小便受着万千宠爱。尤其是身为大伯的慕容翰，更是对孪生而出的姊弟喜爱得紧，虽说自己出走之时，两个娃娃才六七岁，可从这扑面而来的笑颜看，显然羽儿并没有忘记自己。离鞍下马后，慕容翰方才仔细端详起人们口中的"三公主"。这宛如汉家书香女郎般端庄秀丽的羽儿，看发髻的样式，自是还未出嫁，不知道她的父王还在盘算着怎样的联姻。也许阳骛说的对，自己在这个节骨眼儿上将述娘子送来，势必会在二郎和四郎的婚事上带来烦忧。突然，一种奇怪的负赘感挂在了慕容翰弯起的笑颜之上——王室的婚姻还真是门学问，又是一桩换作自己怕是要吃不消的麻烦事。

"慕容儁见过大伯。"

一直与羽儿并肩而站的，并不是她的孪生弟。慕容翰自然清楚，在燕王长子慕容交战殁在与宇文鲜卑的征战中后，眼前的这二十一二岁，一身士人装扮的二公子是何等尊贵与紧要。然而，对方此刻不冷不热的态度，对自己却未必是个好消息。慕容翰扶了扶儁公子的双臂，果然在一副眉眼中，看到了意外逝去的段王妃的影子，一丝悔恨与惊恐交织的寒意，又陡然将他刚刚从忧转喜的心境拉回到谷底。

而在德儿和可足浑姊妹跟着羽儿转入门廊后不久，慕容翰也由着燕王拉挽着手臂，一路随行，走入了二进院的王殿中——与其说是什么王侯大殿，实际上只是经过二度装饰的刺史府衙的正堂罢了。矗立殿中环视一周，似乎燕王慕容皝连个像样的王座都没有，反倒是在正中高位上，赫然挂一幅城防布局图。

"嘿……"看着那胖军师一步一回首地招呼着众人，慕容翰知道，自己咕咕乱叫的肚子恐怕还要等一等。

"元邕赶到，可是为咱解了大难。"封弈朝着燕王兄弟的方向点头示意，"料想他石虎是突然改道来犯，粮草器械难保充足，纵其有十万之众，也断然无力从四面攻我城防。"

慕容翰猜想，燕王多半已是部署过了，而封弈眼下的絮叨，则是特意在为他追补。故而，他不敢再恍惚出神，且连连点头称是。

"北城之外便是白石山，围三阙一，对于羯人来说，将咱赶进大山，去和扶余人、勿吉人拼命才是上策。且西城又距渝水太近，岸边的粗木已被大王下令提前伐尽，无材可取，石虎也只能安排偏军，佯攻袭扰而已。"封弈倏尔收起了笑容，一字一钉，神态决然，"故只要在南城和东城，抵住赵军头几日的兵锋，奇兵的战机也就来了。"

瞧着眼前从容不迫的封子专，以及正闭目飘然的燕王，慕容翰忽有所悟，看似困于城中的是慕容鲜卑，可或许那大赵天王，才被狠狠算计了一道。且如今，石虎似乎领着十万大军，正昂首阔步地迈入瓮中。

仅这一会儿的气沉丹田，仿佛就将胖老头累得够呛。慕容翰见封弈呼喘了两下，便又笑眯眯地转向自己。"元邕到的正是时候，南城的防务就一并托付了。如此，傅将军也可抽身去东城，协助二公子御敌，啊……驻守北城和西城的后备，自然还是由评公统辖。"

还在慕容翰努力消化着上一番部署之际，封弈已踱步下阶："险些糊涂了，待到明日，还要劳烦元邕亲自将手下部众移交至王府军曹。而后，便由傅将军去引南城各营的将校拜谒翰公……"

虽经由这简单的几句，便失去了多年部属的控制权，但浸泡在眼前一派自信且豪迈的氛围中，慕容翰自感，心头那团已是烬灭了十年的火焰，忽又燃起了。

当饥肠辘辘的六个人跨入三进院的后宅时，慕容羽已经领着慕容德与可足浑姊妹，在门廊的另一头迎接了。虽然封弈与傅颜一再推辞，但按慕容皝的说法，路上的赵军估计也快到了，要以他燕王的名义召集大宴，最早也得赶在此战后的庆功，不如今晚就在府中，先草草摆个小宴为自己兄长接风。

而对于外姓臣属，特别是地位并不似封弈那般超然的傅颜来说，此时女眷的出现，哪怕只是礼节性地于内宅照面一番，便是将这顿家宴的意义推深了一步。慕容羽象征着大王当下的信任与倚重，而可足浑述儿——出于她既定的身份——则代表着自己未来二十年里，在王室心中不俗的地位。由此，傅颜或许已然决意，要在城墙上尽效死力了。

就在院中众人尚在品味着各种思绪之时，又是一阵脚步与吵闹，直接将这宴前的氛围推向了高潮。

众人转目看去，一位身材中等、身着绸面胡服、两条发辫盘垂在肩上的青年，竟嬉笑不止地一路连拽带拎，将那满身泥土、狼狈不堪，却还不住叫嚷告饶的少年郎扔到了院子中央。

"恪儿，霸儿，你兄弟俩又是跑到哪里耍横去了？"在愕然相觑的人群中，也唯有身为父王的慕容皝率先开口。

"父王，五郎方才趁着府里忙乱，自己又偷摸跑去场子里耍骑那匹宝马，好在咱及时赶到，把他从马蹄子底下拽出来了。看，这小子门牙都摔断了……"青年一面掐着少年的下巴，向众人展示惨烈的战果，一面又轻车熟路地躲避起两道幽愤的目光。

"不是说好了不提这事的嘛！"少年郎被掐着下巴，一阵呜呜囔囔的控诉自然也引出了齐声的哄笑。

而就在这一笑之间，慕容翰仿佛第一次瞥到了述儿莞尔开怀的模样。实话说，自家的心头肉羽儿美得富丽大气，但就在此刻的一笑一謷上，却是落了下风。可足浑述儿，这丫头，说不定可是有那倾国倾城的能耐的。

"翰父！"

"四郎。"终于是见到了羽儿孪生的兄弟慕容恪，慕容翰接住了扑将过来的一个拥抱，顺势拍了拍那紧实的腰背。身为出众的武者，他一下子便摸清了状况。不同于儒雅翩翩的二郎，眼前的四郎定然在马背上下了不少的功夫，慕容翰心中也满是欣慰，这征伐沙场的本事须是后继有人的。不过，对于那完全陌生，自打降世就没了娘亲的霸儿——也是自己后半生愧疚的源头——他仍想不清究竟该如何面对，如何弥补……

就在咀嚼着这漫长一天中的第四度重逢之际，善于观察的慕容翰还是错过了几道炽热的目光。首先，是慕容霸与慕容德，两个年纪相仿的少年间，那种惊喜的比量对视；其次，是述儿瞧向慕容恪时那少许的呆滞；还有最后，很不幸，却是慕容儁不住瞥向述儿的余光。

与在大棘城幽深的王府中大战前夕的小小家宴不同，在万里之外的建康城，这样一场灯火通明的宴饮，早就向着那些衣冠南渡的名门和奢华无度的豪族，发出了醉生梦死的鬼魅邀约。今夜，这里的欢娱节目足以让远在苦寒北方的王公贵族们惊掉下巴，更何况是九州内外那些只求饱腹的草芥小民呢？但对于安坐在精致皇城中的司马家看来，偶尔铺张也是理所应当的，毕竟整年下来，也未必能有几次属于皇室的喜庆。

这番是先帝长女、当朝小皇帝的大姊南康公主——长公主司马兴男生得并不艳丽，且还喜好舞刀弄枪——终于为最近声名鹊起的当朝驸马、辅国将军桓温诞下了长子。而就今日这场满月宴来看，名望权势双双在握的琅琊王氏、颍川庾氏、高平郗氏，以及陈郡谢氏，可均是人到礼到。

已是饮至迷醺的桓温手持玉杯，闭目长呼出一口浊气。他从少年时手刃父仇，博得美誉，直至今夕高朋满座、自己谯郡桓氏，终于算是一雪自前朝沦为刑家的耻辱。然而，就在他穿堂绕席、觞筹不绝之际，满屋朝臣中，却不知还有几人足以识得，这如醉如癫、飘飘然已似入人生巅峰的桓元子心中所谋的，可绝不止于一朝驸马，或似其父般，以贤名得一太守而终。

桓温，以及此刻席间寥寥数人，在不知不觉间，以命运相捆缚，一同坠入了那口专门埋葬江左才俊们、好似宿命般的大瓮之中。

仿佛就在一夜之间，赵军的营盘就在大棘城东南方向拔地而起。随后不久，便有双持矛戟，打着石姓旗号的悍将奔到城下几番搦战——这已是大军攻城前的最后一步流程。在这家伙自讨个无趣之后，这场引得九州上下的名师大将无不瞩目的决战，即将随下一个日出拉开帷幕。

在这般紧要时刻，燕王慕容皝也照例派出了王府的卫戍，去担任巡街查营的差事。

"参军！"威风凛凛的巡兵与一牵马步行的奇怪男子狭路而遇，结果却是这些惯于凌人的大王亲卫让出了道路，俯首施礼。

"嗯。"高开只是抬了抬眼，便继续牵着一匹矫健的白马，低头神游般地快步而去。比他的举止更为奇怪的是那一身装束：头巾与布靴皆是北地文官们在这个季节下常用的，但身上裹的却是一件胡汉通用的匠人短襦，围系在胸腹之前的皮革工裙甚至都忘了取下。若在陌生人乍看之下，难免要觉得这不修边幅、怪诞不经的家伙精神出了些问题。不过话说回来，这一身工装倒也符合他掌管器械辎重的匠工中郎、参军事的身份。

"为何非要匹白马呢？"高开确实被慕容恪临战之前的奇怪要求弄得一头雾水。按理来说，接下了足以逆转战局的奇兵担子，本都可以向大王讨要那匹汗血宝马，可谁承想，那恪公子竟先是跑到自己这里，讨要起了一匹品色上乘的醒目白马——可当真是没把贼人的箭矢当回事。但一向乖张木讷的高开，也不是惯于讨好阿谀的人，旋即，他就不出意外地擅作主张，为深受军旅与百姓拥戴的恪公子挑选了一匹高大健壮，却又不致过于醒目的白底灰斑杂种战马，且舍了血本，将手上最好的一副马甲披挂上身，并亲自赶来交货。

寻觅良久，他终于在外城西南角的小校场找到了一身华丽的鲜卑贵族装扮的恪公子。不过，眼下令高开犹疑不前的，并非是那一对战时负在背后，此刻正拎在手中舞弄的两把短刀，而是正立在一旁观赏品评得津津有味的慕容翰。

高开有些后悔地扭身看向披挂齐全的那副马甲——面帘、当胸、挂身、臀罩一应俱全，都是在厚革札甲上精细地缝嵌上鳞甲片。且铁制的双边马镫以筋绳系缚在高桥座鞍上，使得熟练的骑手不仅可以于驰行时挺腰下蹬稳立施射，同样足以俯身后蹬，借力增强突刺和劈砍的力道。参军的性格虽有些执拗，但人可聪明得紧，他清楚王府上下可是费尽了心机，将各族各地骑兵的新奇装备糅合到一起，才捣弄出这一整套或许在短时间内足以改变北方战场形势的人马披挂。大王更是耗用了近半的国力，甚至可以说，是将从步卒们身上生生扒下来的铜铁都交予了匠工坊，才打造出了一支秘密的奇兵。由此，"陌生"且让人不知深浅的慕容翰的出现，才使得高开一时间顾虑不安，乃至进退不得。

"见过参军！"

突然间，也不知是这二人谁的亲兵多嘴，将校场的目光全都拢到了自己这里。高开见状，也只得默默地牵马向前。

"怎的，高大管家连一匹纯色的白马都舍不得了？当真是小气！"

高开也是习惯了慕容恪与自己这般亲切打趣，也不搭话理他，只一面朝向慕容翰僵硬地咧了咧嘴，一面将缰绳递给了四郎。果然，征战一生的慕容翰只需一打眼，便参透了这战马上的玄机。此刻，他闪着光亮的双眸，仿佛都足以照亮这整个校场。

"四郎，封子专口中的奇兵便是这宝贝吧。"

慕容恪得意地晃了晃脑袋，手指弹了弹战马脖颈处的厚片，将缰绳一甩，直接递给了慕容翰："翰父身着甲胄，刚好来试试重甲冲锋的力道。"

"那倒不必。"慕容翰先是按下了绳头，随即又满面笑容地瞅向局促不安的参军，"不过，二位可要透个实底，这样的家伙式备下了多少？等到四郎建功的时候，咱在城上也好有数。"

"人马俱甲的持槊者……六百。"四郎自信的言语与手势直叫慕容翰一阵心花怒放。只要这六百铁甲择机展开，足以击穿数万步卒的衔接处。封老头果然还是运筹帷幄，也许用不了几日，这仗便能见个分晓了……

虽然不甚清楚正兴奋奔去的翰公到底还打着怎样的主意，但当眼盯着如白色道标般的骑手在校场飞驰之际，高开却是无比庆幸的。好在给恪公子挑的这匹战马身上，还存有一些暗色的纹理，临战之时，应该不至于太过醒目。而至此，作为参军的自己，除了备好辎重军械外，已然对这一场大战再无多少裨益了，上万的儿郎——也包括正对着草包假人撒欢劈砍的大王公子——便只有依着命数，先祈拜天意，再投身洪流。

西　风

一轮红日在天幕中摇摇欲坠，平日里最炎热的时辰已然过去，一些飞禽试图抛头露面，舒展筋骨，去寻觅下一顿餐食。然而，大棘城上下骤起的震天战喝复又警告它们时机未到……也许，还需要再等上一阵，那帮愚蠢的家伙才会结束这无益的游戏，而腐红的盛宴随之自会到来。

傅颜神情紧绷地守在甬道梯口的旌旗之下。虽然眼前城头的争夺已近白热，互不相识的人们在各自心头最不可理喻的嗜渴驱动下以命相搏，不死不休，可一股莫名的疑惑此刻却占据了东城副将的思绪，迫使他的头脑冷静了下来——为何今日午后，贼人们在东城的攻势照着午前竟没有丝毫的减弱？

这已是赵军全力攻城的第三日了。由于缺乏现成的攻城器械，仅凭着稀疏的几辆弩车与撞木，对大棘城的城门根本没造成什么实质的威胁。因此，暴怒无常的大赵天王石虎选择了最为低效的攻城方式——驱使步卒蚁附攀城，企图在短时间内，依靠人数优势淹没燕军的防备。依照经验，赵军在午前会仗着背对日头的优势猛攻东城，等转入午后，便会将攻击的重心放到慕容翰镇守的南城那边去。不过，眼下这些攻城的汉人军卒们却完全不顾迎面的强光，不要命似的接踵杀来。或许，在晨间或是午时，石虎雷霆震怒于前两日的徒劳无功，多半也是下了死命。如此也罢，只要自己顶住，城下贼人的士气也总会有消磨殆尽的一刻，只是尚不清楚南城底下的羯人部众是否一样发了疯……

"注意垛口箭矢！"

伢子兵刚用短矛将一个攀上城垛的贼人狠狠地搠了下去，耳朵里就猛地灌进来一句话，身体随之竟不由得僵在了原地。

"注意个甚？"还没等他回味清楚，一支弩箭便翻越过了垛口，凭着最后一点力道刺入了脖颈。

"注意……"明明刚喊过一遍，也只喘了一口大气的工夫，就看见一个汉家装扮的儿郎被射倒在了城垛前，自己嘴边的嘶喊也随之生生被噎了回去。傅颜顾不上叹息，赶忙扫望了一下甬道，今日虽曾几度遇到危机，但当下似乎还没有活着的敌人能在墙内蹦跶。可再一回头，一名身着黑衣革甲、头顶扁盔的赵兵正一手持着圆状木盾抵住头前，另一手的短斧趁机挂住墙沿，一蹬一拉，便翻进了那暂时无人看管的垛口。

"驱敌下……"又是朝着相同的方向一句话没喊完，就眼瞅着那赵军士卒落地时，正一脚踩中才刚倒地的伢子兵微颤的躯体，一脸啃在了地上不说，手中的短斧也甩脱出了掌心的缠布。而几乎同时，一个鲜卑轻骑装扮的大汉从旁侧跃出，一边叽里咕噜地吼着胡语，一边抡着手里的狼牙棒槌，照着还没来得及起身的赵兵径直招呼了下去。那倒霉的家伙只能单膝跪地，勉强用木盾招架两下，便在嘶号中被一脚踹翻，砸断了脊骨。

眨眼的工夫，傅颜可是又被噎回去了一句话。鲜卑轻骑的胡语他听了个糊涂，只知道中间有"头领"两个字，而开头和结尾却都是骂娘的话。那汉子也仿佛被身后的目光刺了一下，旋即扭头与傅颜四目相对。他肯定是认出了这位东城上的副将，很不自然地咧开大嘴笑了笑。

"好家伙，真他娘的丑。"傅颜在心里嘀咕，又不得不点了点头，以示褒奖。于是，鲜卑大汉心满意足地从尸体上摘下他觊觎不已的铁盔，反手便扣在了自己毫无防护的秃脑壳上，再顺手捡起那个快要散架的木盾，顶在了脸前，更不住地向垛口外探身瞥望，等待着下一个不知死活的东西攀上墙来……

"傅将军，此处可有危急？"

傅颜循声回望身后的盘道口，果然是慕容俦在几个王府亲兵的拥簇下正一步一步登城而来。即便傅颜对封弈安排自己来伺候极少临战的郎君一事并无芥蒂——毕竟，对于鼓舞士气来说，有慕容家的人坐镇，便是最为便捷有效的方法——但他起初，也是隐隐对这位文绉绉的公子怀有些许轻视的。然而，在打了两日交道后，他确信眼前的俦公子一旦发起狠来，同样是个令人生畏的煞星……

城门口的震响顺着脚下的石砖清晰地传到了耳中，敌人摆弄撞槌的号子与漫天的喊杀声一同浸泡在猩红的血雾里。这种经过渲染的恐怖足以逼疯一些畏死的懦夫，但对于意志坚定的王室将领来说，任何试图在第一日就急攻破城的妄想，都是一种对自家的蓄意羞辱——这反而点燃了慕容俦的怒火。

"公子，小心！"

久历战阵之人纵使在万军丛中，也能辨识出飞近的箭矢所发出的鸣响。老兵虽然及时将探头查望的主将拉离了垛口，但那支钉在其头盔上的羽簇还是把所有人惊了个透心凉。

嵌入了矢锋的战盔被七手八脚合力脱摘下来，刚刚平复下心情的慕容俦则赶紧胡乱地摸索了一遍自己的脑瓜儿——还好，抓到的都是汗水，而非鲜血。身旁几个亲兵还在费力地试图让那索命的箭矢同自家公子曾经漂亮无比的战盔分离开来，可慕容俦见状直皱起了眉头，干脆抽出自己的佩刀，将已无用的战盔挑起，抛掷回了城内。随后，他径直迈向还在城头呼喝指挥着士卒掷石射箭的马姓都伯。

"不能再等了，动手吧！"

都伯带着一众士卒纷纷应和，转手将裹着硫黄的茅草系在石块上一同砸下了城楼。又随着一片火箭漫无目的的铺盖，城下那些抬头仰射的、举盾结阵的、抬木撞门的，以及躲在门洞阴影中手持巨斧劈削门缘的贼人们，便连同那根扎满羽箭的撞槌，霎时被骇人的火龙吞没掉。

然而，守军的欢呼声还未及连成一片，旁侧梯口的勇悍赵兵竟抓着守城将校舒心松懈的一瞬时机，在守军丛中搏杀出了一片缺口。后知后觉的慕容儁睁裂了双目，从背后抄出钉头圆盾，并抡起手中的环首刀纵身扑上。在那狭窄的甬道中，所有人几乎都在贴面搏杀，而仗着一身重甲，他左劈右砍，一路突向了失守的垛口。

　　燕军东城的主将刚以左手的圆盾架住了砍来的短刀，右手刀即迅速下劈，斩向了自己膝前的双腿。锋利无比的钢刃不仅几乎斩断了贼子小腿的筋骨，那顺势带起的气旋，甚至也一并刮破了自己膝侧的肌肤。一声哀号，倒地的赵兵断然不会再有任何的生机。可就在慕容儁仰头呼喘的一息之间，便又有贼子从垛口冒出头来。这人手持矛杆，在发觉周遭的拥挤惨状之后，竟选择翻上了城垛的顶端，随后便毫不迟疑地借势跃下，刺向了最为招摇的重甲敌将。

　　慕容儁知道自己已然无法翻滚躲避，无奈之下，也只好咬紧牙关举盾相迎。可对方的矛锋势大力沉，径直刺穿了他手中的护盾，更是擦着手腕掀出了一道血痕。好险，若再偏差毫厘，慕容儁的一只手臂可就要与破裂的圆盾钉在一起了。不过，奋死跃起的赵兵一击未得，便不会再有回旋的生机……慕容儁顺着刚被自己削掉的头颅翻飞的方向望去，那个好像名叫马墩的都伯背顶城垛，将将抵住了两个人的围攻，可当第三个贼子逼近，马墩还是难逃被一矛刺穿了肋下，随即，又被合力掀起，扔下了城外。

　　而还未等红了眼的慕容儁撞杀过去，在远端目睹了一切的傅颜，则终于带着援兵，碾碎了赵军突进的阵线，一头扎进了垛口处的团战……

　　"儁公子放心！"傅颜见慕容儁拾级而上的几步颇不协调。果然，公子腿上早些时候被划伤的那一下，并不似他口中所言的那般无关痛痒。"贼子们攻势已弱，估计不久便会退去。公子不妨回府歇养少许，待到明日，才好痛快杀敌。至于夜里的巡防，末将亦会安排妥当。"

　　身为主将的慕容儁当然不会就此甩手离去，即便这城上布防之事，多数也是经傅颜筹谋，自己只是做个点头俯允的姿态罢了，但在三日间，多次诸如此类的恰当表态，也在潜移默化间，推动着他将眼前的忠勇之将视作了心腹。

　　看出赵军已近强弩之末的绝非仅傅颜一人，哪怕是在无甚战事的西城，慕容评也从城下越发敷衍的佯攻，以及远处那几百骑有气无力的挑衅叫骂中，听出了赵军的归心似箭与烦躁无奈。不过，他脑海中所预见的，并不单是今夜的一场安稳觉，更包括了最为振奋恢宏的胜利——为此，他已带着封弈的口令登城居高，寻觅着自己王兄的四郎。

　　至于当下的慕容恪，正百无聊赖地摆弄着手上的头盔。不得不说，四郎在此刻所展现出的闲致，搭配上他那醒目的战马，还的的确确起到了使氛围松弛，乃至激励士气的作用。

　　而已将内外城间堵得水泄不通的精骑们，更是引得慕容评心中豪放难抑。这些渴战已久的儿郎们，其中的大多数人，都是他仗着自己的脸面，从各部大人那里借来的亲卫精锐——并且听慕容恪方才的意思，亦是打算借着评父的老脸，在大战之后，径直把人马一并扣下。再加上赶在短时间内重组编制，调配装备，研定战法，一趟下来，慕容评可是熬尽了心血，才得了这两千具装铁骑。

　　其中负责正面冲阵破敌的是六百人马皆全副披挂、手持长槊的精锐甲士。在这些耗资巨大的骑甲身后，是一千名骑射精湛的骑弩手。他们负责以手中的弓弩在不同距离下，压制杀伤敌军，并在陷阵之后，用统一配备的环首战刀贴近割掉那些还没有被前排铁骑碾碎的脑袋。燕王府更是下了狠心，给这一千人同样配备了全身的甲胄，只是在战马的护具上只保留了防护正面的当胸，用以兼顾战马冲击时的杀伤力，以及骑弩手不俗的机动性。在两翼散开的，是各一百五十名凶悍无比的盾卫骑甲。擅长肉搏、不惧步战的他们均是一手持盾，一手舞弄着各自选配的梢子连枷、狼牙棒、短柄斧锤等势大力沉的家伙式。在肩负侧翼利害的同时，这三百骑甲还需抓住正面阵线的缺口显现的战机，凭借投掷的短矛、耳斧等一干凶器开路，第一时间包抄上去，切割敌阵。而最后的一百骑，便是负责执掌旌旗的主将亲兵，以及往来探查传令的轻骑斥候。

就在远处喝斗喊杀的声音渐弱、直勾得众人心中瘙痒难耐之际，慕容评终于望见南城上的"翰"字大旗玩命似的挥舞摇摆了起来。

"四郎，信号已至！"

西城门缓缓开启，慕容恪迎着周边无数企盼的目光，用手中的头盔当作拳套，敲了敲身边执旗兵手中的旗杆："儿郎们看咱旗号而动，一会儿冲阵的时候，若有哪个鸟厮敢跑到咱的前面，去抢贼子人头的，等回来，本将必要砍他的脑袋！"

恰逢周遭一片哄笑声起，大棘城厚重的城门终于再度洞开。慕容恪将战盔抛向高空，矛锋随之舞了个花。而这一套看似荒唐的言行，反倒是激起了绵延不绝的喝彩与战吼。就在纵马跃出城门的当口，他回首瞟到了城上的评父，对方仿佛正冲着自己只扎着一方头巾的脑袋，不住地挥舞着手臂，可嘴中究竟在喊些什么，他却再也不及分辨了。

"郎主，天王可有旨意？"

战将刚回到自己帐中，正举着水瓢豪饮，营中长史张温便急匆匆地追了进来，探问石虎的态度。毕竟，大棘城下的形势已对赵军愈发不利，如张温般逐渐冷静下来的谋士应该足以惊醒，燕军此前的不战自退多半是有意为之，那慕容翰此时也必留有后招，正待伺机发难。而当下之计，若没有破城的把握，唯有主动设计退去，才能保住大军的周全。

"天王的意思……今日的战事就收了。"咽下最后一口清水，主人家才转头撞上张温的目光，"啊，使君的计策……咱也在天王帐中明说了。不过众人思来想去，一则当下粮草还足够支应几天，二嘛，这三日间，西城那里一直都是佯攻，眼下看渝水两岸，也没甚的伏兵……待到明日，咱带人去猛攻一天试试，说不准也能建个奇功。"

看着自家将军踌躇满志的样子，张温心中可是更犯上了嘀咕。什么众人合计，还不是你石闵主动请缨，要去奇袭西城。不过这样也罢，多战一日而已，如果明日连最为精锐的汉家儿郎们都改变不了战局的话，或许天王自会知难而退。

锐意豪爽的将领，原姓应为"冉"，在其父冉良被石虎收为养子后，也便随之改了姓。故而，张温侍奉的这位郎主从小便是大赵天王的养孙，更是凭借其勇冠三军之力——石闵能双持长矛大戟，单人力战数骑不在话下——深得石虎宠信。现如今，他更是统领着战力最为剽悍的一部汉军，担任此战的后备奇兵。

可就在张温陪着兴致勃勃的石闵规划着次日攻城大计的当口，一个奇怪的念头猝然一闪而过，还未来得及回追思绪，一阵慌促的脚步声便已传至帐中。"郎主！西城出事了！"

这便是了。随着营中副将董闰的闯入，张温恍然记起，诱出那奇怪念头的，就是"西城"两个字。石闵之计无非是想借着西城守军的懈怠搏一奇功，但仿佛所有人都忽略了，三日下来，在那城下的赵军同样也是松垮不堪。慕容恪和封弈若有奇兵，也必然是从西城发难。而现在，还是对方先出手了。

"可是有骑兵出城？多少人？咱们的轻骑可接上战了？"石闵手握腰间的刀柄一连三问，而张温则是掀开帐帘，望向了东城下正在退回本营的己方士卒。目前乱象未显，说明城上的燕军还没敢贸然出击，策应西城的奇兵。

"城下的数百轻骑……据说已经溃散了，似这般声势，该是有上千的精骑杀出了城。眼下，贼子们正往南城赶……"

"狼崽子果然靠不住，那就正好靠咱家迎敌了……"还没等董闰说完，石闵便要动身出帐。而堵在门口的张温听闻，赶忙与董闰交换了下眼神，随即便一前一后，拦下了杀意已起的战将。

"郎主且慢，南城恰在收兵之际遇袭，就凭麻秋手下的那些羯人，或许尚抵不住一击。咱们的儿郎又多是刀盾步卒，眼下赶去，不仅是来不及了，阵线也极易被溃兵冲乱。若是城上的贼人再一动……"

张温的一席话不必说尽，石闵那胀了气的胸膛也渐渐缩塌了回去。"那……吾等本就是后备之军，此时不上的话，事后该如何向天王交代？"

"正因天王大营尚在，咱们才更应守住退路……燕骑之所以奔向了回营途中的大军，而未直取天王的大营，一则说明这支骑队人数并不算多，无力确保拔寨，二来可见贼人的目的只在溃敌，并不打算力战。故而，只要在退军途中让儿郎们旌旗不乱，阵型不散，就必不会有人来触霉头。待到于路上接到天王的大纛，郎主则必不会有难。"自知已是说服了眼前的石闵，张温倏尔招呼着董闰一并近前，"除此之外，天王此战驱使着姚弋仲巡防渝水，又把蒲氏的氐人部众留在幽州后卫。哼，明面上是将大棘城内的油水留给了羯人蛮子，然若一战失利，此消彼长后，难免诸胡要起别样的心思。郎主嘛，则更宜该惦念些后继之事……"

四百骑弩手在慕容恪的授意下率先冲出城门，扑向了那些已是在日头下晒了一整天的羯人轻骑。而其余的铁骑，则在艰难地挤出城门洞后，便头也不回地转向南城，如狼似虎般噘着口水，奔向真正的猩红"饕餮"。

骇人的铁蹄卷在西风中震地踏来，身为名将的慕容翰又怎能错失如此战机。当南城燕军相机杀出，城下那些本就不擅步战，且士气低落的羯人部队不出意外地瞬时崩溃了。

如此轻松的战局则出乎了慕容恪的预料，眼瞅着攻坚变成了追逃，他也只能寄希望于身边的掌旗和号手能有效止住儿郎们追砍溃兵的冲动。在好不容易重组了阵线后，上千铁骑悻悻地让过了缒城而出，正掩杀向石虎大营的南城守军，再度依令奔往了东城方向。再经速步进军没一会儿，他们便追上了同向而逃的千余羯人溃军，而更远处赵军的阵线也使得慕容恪眼前一亮。多亏此处的贼人还算争气，如若此间也被二兄和傅颜一力击退，那这支让人满怀期待的精兵骑甲岂不就只是围着大棘城游览了一番？

估摸着马上要进入对方床弩的射程了，前行的燕骑也终于能辨清敌方的布置。形状各异的盔鍪昭示着他们汉军的身份，那数千之众，虽说还尚未列阵完毕，但此间的纪律性可比那一触即溃的羯人强上太多。然而，赵军的统帅显然犯了一个致命的错误。也许是轻视于远处奔袭而来的骑兵数量并不算多，或是那背身的夕阳已不足以照亮战马胸前的甲胄，赵军的床弩与弓弩部众竟肆无忌惮地移到了整排橹楯之前，妄图像以往一样，用犀利的箭矢直接击垮胡人的轻骑。而就在那些东向奔逃的溃兵汇入阵线之际，最好的战机已然到来。

"袭步冲锋！"

一阵号角响起，中军将旗旋舞三圈后随即前指，令人期待的具装铁骑终于亮出了自己的獠牙。

溃兵不仅延误了弩机和步弩手不止一轮的发射，更是迫使阵线上的橹楯要打开缺口，放人过去。一些经验丰富的将校自然也意识到了危机，但任凭他们如何气恼呵斥，甚至拔刀砍杀，也是无力力阻眼下出现的混乱。

真正能给人马俱甲的铁骑带来致命威胁的，只有那稀稀拉拉的几支由床弩发射的铁钩重矢，一旦中招，往往都是连人带马尽被刺穿，甚至钉死在地上；至于其他被横飞的羽箭带翻的倒霉蛋，却更多是被身后飞驰的同袍乱蹄碾碎的。而袭步冲锋的战马眨眼之间就能跃出四个人身长的距离，跟随着忽又复起的短促号角，骑弩手的集中抛射便率先把那几张恨人的弩车扎成了刺猬模样。与此同时，六百铁甲也齐齐挺刺出了手中的马槊……

身处前排正中位置的慕容恪高举左手的圆盾挡住了三枚索命的矢头，几息之后，胯下的战马就撞飞了第一支羽箭的主人。紧接着，他右手的短矛横抢起来，借着马力砸碎了第二个弓手逃跑时露出的背脊。那跪在地上瘫软的尸身晃了两下，还未及扑地，马首另一侧的第三个家伙，便被斜刺里探出的一根长槊戳了个正着。巨大的冲击力使得整根马槊折出个明显的弯曲，而在槊杆回弹之际，这股力道又传导回槊锋，将正挂精铁结扣上的躯体甩飞了出去。

那个身形高壮的甲士一击得手之后，更显得寸进尺。只见他凭借战马不俗的脚力，不仅越过了慕容恪的马首，更是独骑纵出了那可怖的槊林。左右挥舞间，翻飞的马槊格开了颤抖不稳的两根排矛，一骑当先的骑甲便在排橹间撞开了一个缺口——眼看到手的生意被抢了，慕容恪可是狠狠记住了那人颇具挑衅意味的暗红色披风。

四五排的铁蹄轰隆而至，只有为数不多的前排战马被意志坚定的长戟和排矛刺中栽倒，将身负的甲士掀上了天，而更多的铁甲则一路踏过了前进道路上的所有阻拦。在一阵血肉横飞间，匆忙中摆出的盾阵眨眼间就被撞成了一团糨糊。而破阵的魅力转瞬即逝，当绣着"傅"字的战旗与这支铁骑顺利会师，就基本宣告了整片战场上的杀伐已变成了漫无休止的追砍夺功……

同样撤了欢的慕容恪略有后悔，为何偏要在万军丛中，挑中了那个护着"李"字将旗的重甲军士。他手中的短矛固然轻便灵活，但对付甲士，显然远比不上马槊好用。虽说用狠之下，终也刺穿了那人的胸甲，但整个矛锋却卡在其中，再也无力拔出。无奈之下，慕容恪只好弃了盾矛，抽出背负的一对短刀，靠着夹镫控马的不俗本事，疾驰穿梭于熙攘的战场之中。他一面依靠战马冲撞，一面找准时机左右闪躲，不断地将双持的短刀劈刺入贼子的要害。

然而，过于招摇的坐骑与花里胡哨的架势终究还是会引来险情。就在慕容恪探身劈抹向一个溃兵的喉颈之际，在他侧面不远处，便已有悍卒瞄准了这个无盔无盾，甚至还没有长柄武器的飞骑。于是，一根铆足了劲的飞矛追身掷出，幸好飞驰中的慕容恪及时察觉到了这飞来横祸，但他心知，凭着手中的家伙式贸然格挡，怕也是难逃坠伤。一念之下，他竟是横拨马头，借着马首右倾的力道，顺势甩镫藏身战马左侧，手中缰绳狠命一拉，再将马身调转向左，刚好于正面护住己身，电光石火之间，飞来的矛锋擦着鞍桥与飞扬的披风划掠跃去。而凭着一招镫里藏身才逃过一劫的慕容恪自然是要回身寻仇，可就在他纵马扑将过来之前，掷矛的悍卒抓住转瞬之机，一个翻身打滚，躲出了短刀的攻击范围。可马上的骑手早已料到了此招，就在两个身躯平行交错之际，慕容恪右手刀飞脱出去，正正切入了试图俯身拾取武器的步卒的后心。

"好身手，可惜了。"一声发自肺腑的慨叹，为这场并不引人注目的精彩决斗画上了句号。当自己的那一队亲兵终于在混乱中带着一份奇特军情追上来，慕容恪竟决意继续弄险。他匆忙安排在阵中留下了招摇的旗帜，自己则带着十余骑暗自探查追去……

果然，远处那数千兵甲虽说是在后撤退去，但石姓的旌旗不乱，阵线不散，其精锐的程度更要远超东城下的汉家士卒。慕容恪心中虽然很想当面较量一番，但此刻身后的战场早已乱作一团，恐怕任凭哪个名将再世，都难以聚齐部众，重整阵线了。无奈之下，慕容恪也只得记下此景，回身收拾残局去了。

直至天色渐暗，燕王的公子才悻悻折返，投身寻觅那把被他投出去的短刀——好歹也算是成对精炼的宝物，就此丢了难免心有不舍。而就在血腥的旷野上，早时那件暗红色披风又现身眼前。高大的战将左右手各牵一匹战马，徜徉在大战将息的萧瑟荒土上。慕容恪打定主意，策马从其身旁飞过，顺手用最后的一把短刀，在那亦是造价不菲的战盔上轻轻一敲。

"汝是何人，敢违命越本将马首。不服军令，此为惩戒！"

战将一看来人，不禁豁然大笑。"属下慕舆根，正想将此宝马献予公子以赎罪。"

慕容恪顺着递上来的缰绳斜眼一瞥，果真是好马，乍一看下的品相竟丝毫不逊于王府中的宝贝。若有了此马傍身，正好可以将父王许允的汗血宝马转赠给五郎了……

当然，这些小心思只在转念之间，令他更为好奇的，乃是眼前这家伙。"好一匹骏马。如此看来，这原主人可是被你擒杀了？该当是个不小的人物吧。"

战将一面把骏马交给了兴奋上前的王府亲兵，一面甩了甩另一手上的缰绳，不禁懊恼地摇起头来："本来咱突袭之时，已将那人扫下了马，可一眨眼的工夫，就又围上来三个不要命的家伙。等料理完了，那领头的已远远遁逃了，只留下了此马……"

慕容恪观其神态，心知此言非虚："咦，你姓慕舆……那该是柳城大人家的郎君吧。慕舆家的三百亲卫可都是你带来的？"

"回禀公子，正是属下。"

一通闲言后，二人终是抓住了重点。慕容恪麾下的六百重骑，实际上有一半都算是柳城慕舆氏的部属，且燕王公子又怎能错过如此精通骑战的猛将：
"善。慕舆兄弟不如归入恪之军中，便来统领具装铁骑，若何？"

北地的豪情可容不下扭捏的迁就与推让。慕舆根心知借此一步，就可踏入燕王府的军帐核心，自然是大喜过望，直接拜谢。

"公子，刀找到了！"

略带腥涩的西风吹拂着慕容恪那张夺功、纳将、得刀——三喜临门的面庞。而那同样自西杀来的铁骑，刚也摧毁了一位枭雄的壮志，顺带着扬起的这裹挟着无数野心的尘暴，在弥漫前行的征程中，亦不知还要有多少冤魂，尽要随风卷去。

雨　客

———○———

　　大棘城的深夜是如此静谧无趣，各家各户的灯火大多已经熄灭，循着坊间巷里闪烁的光亮，大概就能找到这城中最能激发人们猎奇之心的地方。临靠大道阔气扎眼的，应是达官显贵们所拥有的府院，豪门深宅中的奴仆自然不屑于吝惜那一点点通宵的烛火。而在巷道深处隐藏摇曳的光晕，则大都来自那些风流莺燕的所在，眼下已过了宵禁的时辰，谨慎的寻欢客们也基本会选择就地过夜留宿。此刻在街巷中偶有提着灯笼穿插徜徉的，除了踩着时辰的更夫，无非就是成伍结队的巡兵们了。不久前的一场鏖战与大胜，或许能在短时间内减少不安分的盗匪乃至敌人谍探的活动，且正旋飞飘落的细雨，也足以将一些误了时辰还自诩幸运的醉鬼们劝留在原地。因此，这般的夜晚虽然在风起之时，依旧会带来入骨的沁凉，但对于巡兵们来说，倒是个偷懒休憩的绝好机会。

　　当然，也不是所有人都能在这种默契中获益。年轻的新兵看起来也就十五六岁的模样，还是靠着已经当上队正的邻家大叔的关系，才在几天前讨得了城中的这份挣粮的差事。自然，在他周身上下，难免还散发着一股莽撞的气息。

　　"哎呀……"

　　在夜雨中独自凌乱的新兵打了一口哈欠，习惯性地跟着伸出一个懒腰，而抱在怀中的长矛一下子靠立不稳，差点儿就要砸在地上。一阵慌乱过后，他本能地望向了身后不远处的拐角，那些整日间吹嘘不止的"百战精兵"们，还都安然倚着墙根和树干避雨打盹，真就没一个人注意到这边街口的身影晃动。

"一帮老货，只知道在平日里欺负人。俺就算让贼人冷箭射倒了，恐怕也没一个能察觉着的。"小兵娃儿自从军以来，可是第一次在心中滋生起了对同袍的丝丝怨念。

随后，雾幕中的一阵嘀嗒脆响打断了这份或许还要持续整夜的自怨自艾。新兵转头瞄向那融在水雾中的身影，不禁抬手反复揉了揉眼睛。果然是有人骑马上街了。

"好漂亮的高头大马哟……"他端起长矛，眼盯着停驻在街口的不速之客，心中虽是赞羡不已，但嘴上却履行了一个巡街县兵的不二职责，"何……何人？早过了宵禁，怎的还骑马过街？"

雨中的孤影既没有搭话，也并没有想要下马的意思。对方的罩袍与蓑衣一里一外扣住了全身上下，隔着稀疏的雨帘，新兵竟然完全瞧不清对方的样貌。两个人加上一匹马，就此竟僵在了原地——可能是谁都不晓得该如何化解眼下尴尬的局面吧。

"嘿哟，嘿哟……"伴随着一连串的怪声，一只大手突将茫然无措的新兵蛋子推去了一旁。油滑的队正此刻终于发觉到了街口的异样，瞪着被困意和水雾压得迷糊的双眼，匆匆赶上前来。"时辰已晚，雨路也不好走。使君若是遇到难处，大声呼唤就行，咱一队巡人就在这几坊来回转着。"

孤影见两个巡兵让开了道路，依旧是没有作声，双镫一夹，继续前行。

"翟爷……"

随着那漂亮的马尾鬃也消失在了细雨织成的幕帘中，小兵竟然还是满腹疑惑地保持着横矛警戒的姿态。不过，半句话还未出口，转头就撞上了队正明显不悦的面容。并不愚笨的新兵顿时醒悟过来，自己作为夜巡人，显然是未能贯彻好少管闲事的人生智慧。

那只刚把人推开的大手又揪着懵懂的新兵的衣襟，将人拉回到近前。紧跟着，又是一脚踢掉了那根无处摆放的长矛，而另一只手则在呆滞的脑门上重重地弹了一下。"翟爷"已然决定，给自己邻家老兄的这傻娃儿讲上一课。

"忆忆那匹马，可是一般货色能骑上的？再看那人的气度，敢在大街上露面的，又怎可能是盗马的蟊贼？"迎着年轻人愈发委屈自责的眉眼，队正的语气才逐渐稍有缓和，"咱们都是拿俸吃粮的小人物，赶在这大夜里，冒雨查的是越墙上梁的蠢货流寇，可万不敢去胡乱招惹那些贵人的。"

在这九州的东北，大地之母所孕育出的果实或许会少了些禁忌与束缚，有时也会多了一些寒凉与豪迈，可论起人情世故，却未必会有多少差异。

"哪日回家省亲，可别和阿耶说翟大叔不曾尽力管教过小子。"油滑的老卒说完，便又转身混进了树根底下的人群中，而留守的小兵，也重又抱起了长矛。人来人往，除了一份被稀落的细雨灌溉着的思绪，在这归复静谧的街口上下，似乎什么都没有改变。

"公子请留步。"

绵绵的落雨说大不大，说小不小。慕容儁原本还想将贵客送至街口，但在阳骛豁达地翻身上马后，他便打消了这般念头。毕竟眼下自己还真就无力安排上一辆带篷的厢车，若再过客套，就未免显得有些虚情假意，反易在夫子心中落了下乘。

在长兄战殁后，身为长子，慕容儁多年来一直就肩负着兄弟间更多的职责。例如此番，他即先一步赶来龙城，替父王主持起迁都大计下的诸多琐事。而阳骛阳士秋，身为出自北平阳氏的辽地士族领袖人物，甚至都无须慕容儁去费心招纳，便已自然而然地站在了支持嫡长的重臣队列之中——哪怕作为鲜卑政权的慕容氏，向来并无此类的教条与规矩。至于燕王二公子本人，又是否属心于那个世子位，除去他本人尚在懵懂，渐渐地似乎也并非那般重要了。

慕容儁离开府门，没走上太久，便回到了自己临时的厢房住所。出于礼制，在燕王到来前，他只得暂在一进院中屈身。不过，每当自己的视线透过叠落的院门，跃进那已亲身巡检过两次、当是阔气无比的内宅时，竟总有一种说不清的悸动在心底翻滚。或许，也只有在这般清凉隐秘的雨夜下，王子才能静下心来，闭目审视一番，自己当下所向往的，究竟是燕王新府中的权力，还是世子大位所连带的别样东西。他倒是盼着自己能早些捂个通透。

"咣当。"

还在廊道中来回挪步的孤影突然磕撞上了一只木箱。咧了咧嘴的慕容儁甩手三两下，便解开了顶面上的十字绳结，可箱内跃入眼帘的物什却惹得他不禁苦笑——并非装饰屋院的日常物件，却是满满一箱的刀矢。而自己这一趟运送的大半货物，也尽是击败石赵大军后所缴获的衣甲兵刃。想来这往后的龙城，定然安全得很。

绺绺雨珠随细风旋过房檐，打进了廊下的箱口中。慕容儁俯身盯着那燕王府漆面的符识，蹙眉恍惚：渝水东面的大棘城中，或许也正下着同样的夜雨吧。这里的一座燕王府唯见廊下的孤影，那里的一座燕王府且住进了一行新人，可当下究竟何处是主，又谁人为客呢？

本就算不得滂沱的雨势终于渐至尾声，那半轮皎月似乎也将要冲破云幕的阻拦，与忧忡无眠的拥趸们履约相会。此刻，那些门廊间隙处漏进来的雨珠，即便是直直打在人身上，也只算得无关痛痒的意外，反倒是在檐边蓄聚已久的积水，赶在一个冷不防，淋到了还在院门处自顾呢喃的叟翁额头上。不过，在书香门第常年浸泡出的涵养，使得老仆在霉运临头时依然敬立，并对搅醒自己的叩门之人保持着足够的礼数。且当他注意到这夜行的不速雨客身后的骏马之时，心底最后的那丝不悦便也瞬间消散了。而当那人自报身份的只言片语跳入耳中之后，老仆多年习惯下保持沉静的内心竟罕见地泛起涟漪。他赶紧将来人请进院中，并不管不顾，甚至略有些自贱般地顺手将马匹牵入了正街府门，在合门落闩前，还特意瞟顾四周，确保没有更多的眼睛在雨中潜伏。

"翰公这边请。"如慕容翰这般尊贵的客人，当然是奴仆下人无法应对的。

封府的长子封薪恰好尚未入眠，也正好由他将来客一路让到了内宅主厢的门外。"父亲应在起身，还请翰公稍待片刻。"

屋内烛火晃动，依稀间有清嗓的咳声传出，慕容翰好似整晚以来第一次露出了笑容。"封公与我相识也有数十年了，大郎以后直唤叔父就好，可千万不要见外了。"

"诺。"封薪就这样不卑不亢地立于阶下，哪怕淋湿了发髻也是如斯。直到来客被请入了屋门，他才转身回去了自己的东厢。

一番叨扰客套之后，慕容翰才想起将自己被打湿的裘衣扔到门口，无意中，也注意到了东厢满屋的光亮。"子专公，咱记得大郎君比大王的公子们还要年长几岁的，怎的……似乎还未出仕？"

"他呀，都这个时辰了，还在夜读。怕是这儿郎的心思都在学问上，咱也就不便强迫喽。"说到这，封弈宽胖的身躯微微前倾，满脸神秘得仿佛就要吐露什么天大的秘密，"其实以薪儿的才具，能做到一郡府君都算侥幸了。最怕的，就是大王与后继之君会念在咱的薄功上一再施恩，加官晋爵。这自古以来，所忌讳者，莫过于才德不配其位，必引灾祸啊。"

慕容翰确信自己没听错，对面的胖老头是着重咬了下"后继之君"这四个字。而他的眉头也不自主地轻挑了两下，手中也放下了半举未动的水碗。

"元邕冒雨夜行而来，怕不是在王府里也用了一招暗度陈仓……不过，顶着诸多麻烦，不会只是为了举荐封薪的吧。"随着碗底撞案的脆声，封弈终是没忍住自己惯于玩笑的心性。其实他也一直在等着与慕容翰当面深谈一番，只是没想到，眼前之人偏就挑了个细雨霏霏的深夜，可见十年的时间，已足以改变那个直率的豪侠。推人及己，封弈亦是不知，又能否有人足以洞悉自己这两年平添的心事——那些随着生命步入下半段而自然滋生的，对于后事的种种思虑。

"子专兄又说笑了。咱目前的处境……见人会友还是秘密些好，否则难保再有流言蜚语会惹大王烦心。"慕容翰的目光呆滞地聚在那只水碗上一动不动，左手的指节下意识地敲在案几之上，"何况，如今竟也看不透元真的心思了。先生且说，到底是大王深邃了太多，还是咱这些年来……难免愚钝了？"

"我知元邕所忧。咱们这一辈人，都是亲历了当年那场叛乱的。在那之后，又有谁能做到傲然不变……然大王践行王道十余年，心胸之广，无可置疑。这是你我之大幸啊。"封弈说到关键所在，右手猛地拍了一下案几。清脆的一声震响，不仅止住了慕容翰指节上忧烦的敲击，连檐下的淅沥都仿佛为之一滞。"元真既然迎兄长归家，还授予了兵权。那就表明，当年起兵作乱的只是一人，兵败身死的也只会有一人。"

慕容翰此刻却低下了头，抿了抿嘴，仿佛下了很大的决心才复又开口："子专兄，可慕容仁当初举的旗号……"

"哪怕当初举的旗号是拥立长兄，可元邕毕竟未有出兵响应。"封弈打断了慕容翰的话语。他明白，眼前的雨客已是陷入忧忡太久太久了，想要助其扫清心魔，可是容不得半点迟疑的。

"可是咱当年却是按兵不动，坐视老三乘虚破城。王妃受了惊吓，以致早产亡故，这仍是莫大的罪过。"慕容翰越说语速越快，两个眸子也不住地左右微颤。

"命数之事，怎容得妄言！"封弈心头一紧。自己嘴上虽以此宽慰对方，但人世间的悲剧，不就是由于在所谓的命数中，不住地挑起恩怨情仇吗？"王妃生过四胎，个中凶险大王是明了的，断不会因此怨恨他人。"

"元真若真不再介怀，乃是盛恩。然在王府多日，咱还是不知该怎样面对儁儿与霸儿……尤其是二郎，他这番去龙城前，还是没留下个好脸色。"慕容翰摇头苦笑，可能也是嫌弃起自己怎么变得如此絮叨。

"唉。"封弈听得亦是忧堵，"二郎向来心事重，实则是面冷心热。元邕不必在意。至于霸儿小郎，这王府内外，谁不知道如今他与德儿可是形影不离。咱都已是这般岁数了，连你们那四弟评公的鬓角都有皓丝了，大半身前身后的烦恼……便不要再寻了。"

"言之……成理。"慕容翰终于是长叹了一口气，"不过，依子专兄看来，二郎实属嫡长，大王可是会立为世子？"

屋内短暂的沉默使得檐边的滴水声又闯入了二人的心扉。

"此乃慕容家事，若非大王亲自来问，否则咱是万不敢表态的。"封弈话说一半拱了拱手，而对方也是立即回礼，"不过元邕也姓慕容，那便可一叙。傀公子儒雅达礼，可谓精通诗书，颇为以阳士秋为首的汉人士族与官僚推崇。而恪公子更擅兵事，身边也就自然围着那些贵族大人和将领们。至于五郎嘛，元邕也清楚，打生下来没了阿娘，自是最受元真宠爱。不过咱这大王不是那袁本初，这世子之位嘛，还是前二取其一。"

"子专公也是汉人，也是士族……"

"是，却是如此。可这世间更愿意把咱视作燕王的家臣。"眼中闪过了一刹的落寞后，封弈便又恢复了和蔼的笑颜，"再者说，以当下傀公子的六经六艺来说，怕是千里之内无人可出其右，大王自身在星象农学上更可称翘楚，这燕王一家又如何算不得汉人呢？"

虽然短短几句话下来，表面上主客二人还在坐饮称是，但在各自心中，恐怕已然翻起了滔天巨浪。封弈年轻之时即侍从的先主——辽东公慕容廆有四子，即翰、皝、仁、评，但其却无视劝谏，长期未定世子，反而将治下各城分封诸子，充作权宜之计。直至病重后，才在床前传位给了当下的燕王慕容皝。威名更为远播的长子慕容翰未获青睐，而获封襄平之地的慕容仁更是瞄准了时机，打起了拥立长兄的旗号，并一度攻克了大棘城，逼得慕容皝逃至辽西重整旗鼓，乃至要靠着踏冰跨海，奇袭襄平城，才算讨平这一场兄弟阋墙。随后，一直拥兵不动的慕容翰自知有理难言，便弃军出走了十年之久。直到燕王讨伐其寄身的段部鲜卑之时，慕容翰在暗中反戈相助，再加上这次的大棘城一战，他才算被重新接纳。由此，曾经的家族悲剧一直回响到今时今刻，哪怕是慕容傀与慕容恪二人尚未出手相争，但依然空悬的世子之位，已经引得人心浮动，以致整个大棘城中暗流涌动。

"嘿嘿，怎扯得如此之远。"又是主人适时打断了各自的沉思。而外面细薄的雨幕也已然褪去，清新的空气顺着门窗的缝隙挤了进来。"元邕带回来的那个可足浑……"

"述儿。"客人当然清楚所指何人。

"哦，述儿。这小娘子可是清楚其与燕王府的玄机？"

"可足浑大人好似一直未曾明说那桩婚事。不过，住在王府中这么长时间，羽儿或许已经告诉姊妹二人了。"慕容翰应声答道，心中却思量着还是应再试探一下封弈的用意，"咱渡河前，阳使君还埋怨将人带来得早了些，怕会要在世子一事上徒增波澜。"

然而万没想到，封弈竟然朗声大笑起来。"这阳士秋怎会不解大王的心思，还是说，拿元邕寻个玩笑罢了。"

封弈说着探身上前，颇有些自得地捋了捋胡须，道："当初襄平之乱，元真仓皇出逃，还是得了可足浑部的舍命相救，才安然到了北平郡。于是，许诺立了可足浑大人的女娃为将来的世子妻。依咱看啊，元邕将人带回王府正是恰逢其时。一是见了来人，正好促使大王早做决断，安排婚事。且元真的心思，又岂是一小娘子可能左右的？二来，这婚事原本并非世人皆知，可如今燕王府认下了此事，即等同于昭告天下，大王自然可获一诺千金的美名，岂不妙哉？倒是那另一层好处嘛，这可足浑部势小力微，如此一来，岂不是正免了燕国二三十年间的外戚之祸……"

一番话下来，慕容翰只有频频点头的份儿。而封弈伸出手在面前的水碗边沿轻轻地刮了几下，闷起声来，又仿佛自言自语："却不知这小娘子会看中王府里的哪位公子呢？"

就这刹那间，来访的客人轻快地叩击了两下案几，竟直乐得前仰后合："这么多年了，没想到子专兄还是没个正经模样。"

不久后，遮挡皎月的云朵便心虚溜走，大好的夜色终又变得明净撩人。主客间的闲叙貌似已然尽欢，就在二人正要起身拜别之际，客人转了转眼珠，似乎下了决心："近日，翰还得闻了一事，不知子专公可有兴趣再指点一二否？"

而主人听闻则不禁莞尔，指着那矗在门口的还未晾透的蓑衣："咱就知道，元邕不是那小气之人。冒着夜雨前来，总不会只为了拉着老头话一夜的闲愁吧。"

见封弈说完，举起了案几上的水碗，慕容翰自然也立马与之对饮了一肚子凉水。随后，他抿了抿嘴，心头终于浮上来些许快意。若放在十年前，这位雨中来客也许还会高呼两声，而现下经过岁月打磨的他，也唯有眸中的丝丝光亮，还可在不经意间，转述着心底繁杂的情绪。

而在那东北之地更东更北的沸水河畔，同样的雨势却丝毫未见减弱的迹象。厚重的云层盘旋在夜空之下，挤压得万物生灵心焦气短。每一粒落雨打在地上，激起的竟都是充斥着不安与仇怨的水花。此刻，一座凛然矗立的山寨，终是迎回了足以令人动容的雨中归客。那识途的白马拖着受伤的臀蹄，一步一步缓缓寻回了寨门。趴伏在马背上的人一动不动，几道不知是哪里的创口渗出的淡淡血水，正顺着白色的马腹流淌坠下——那是任凭细雨如何拍打，都无法冲刷抹去的刺眼与悲戚。一支羽箭赫然插立在伤者的后心，露在外面的杆身明确地传达着更为恐怖的信息。这支箭要么是从一个匣身很短的弩机中发射出来的，要么就是已经没入身体太深，乃至已经穿透了肺腑——然而，行凶的勿吉人手中，却并没有多少像样的匣弩。

虎背熊腰的巨汉背着休克垂死之人大步奔越过城寨中交错林立的屋舍和步道，在他飞奔的身影两侧，尽是正探头观望的男女老少所投来的一道道急切哀绝的目光，仿佛他们生活中所有的希冀，也随着那可怜的生命正在流失殆尽。

随后，在山寨最顶端的田家宅邸中，年近六十的田琼眼望着了无生机的一幕，他无法停止颤抖的右手被老旧的战袍紧紧缠住了。虽然早在获悉了那场河边的遭遇战时，心中便做好了最坏的打算，但当失踪的将领面色苍白地躺在自己面前之际，皓首霜髯的老都尉还是难以泰然接下此般被朝廷，也被慕容家遗忘的边将宿命——早在襄平之乱后，辽东北境的防务便一直难以维系。而曾经的侯城都尉田琼，就只能靠着发动勇武的边民，依仗着湍流的沸水和高耸的鸡冠寨，独自应对勿吉人在边地一次又一次的劫掠。

而如今，田家最后的儿郎也终于用生命践行了保境安民的誓言。在肃杀的厅堂里，除了那俯在奄奄一息的青年身旁的女子还在发出声响，几乎所有人都在默默地舔舐着心底的哀恸与绝望。饱读诗书、同样也见惯了生死的她当然明了，除非此时上天垂怜，将中原大地上的名医神药一并送至眼前，否则自己的夫君必是无救。然而，刚烈倔强的痴人没有流下一滴眼泪，只是非要将那支令人憎恶的箭矢从僵硬的躯体中拔出。她咬紧了牙关奋力尝试，可湿滑的羽杆总是让瘀青的十指握不上力。悲伤愤恨的女子抢起身来，从刀架上寻得一柄短刃，一阵敲砍锯斫之后，终于狠命地将露出背脊的那一段齐齐折断……

外面的雨声缓缓消散，可顺着屋角木檐聚落而下的积水却还在淅沥怪响，自作主张地替这屋中的人们呜咽涕泣……

南　北

———————○———————

　　赶在一个晴朗舒爽的傍晚，最后一批迁徙搬家的车马终于也驶进了崭新的龙城大门。就此，燕国的迁都工程算正式画上了句号。依着传闻，最晚从大棘城出发的这批车马中，可是包括了不少的王府女眷。于是，在坊间道旁也便早早聚集了一帮看热闹的百姓，正挨着挤着想探个新鲜。不过，当那寥寥几辆马车出现在视野中时，他们之中几有一半的人已开始难掩失望地摇头晃脑。毕竟，当下燕王府中能真正称得上是女眷的，除了大王的掌上明珠羽娘子外，也就只有亦主亦客的可足浑两姊妹罢了。再算上同行的后宅奴仆们，整体的规模也远比不上已从柳城搬迁而至的慕舆大人一家。

　　并非完全出自难以抑制的好奇心，而是已经习惯了在无聊的路程中向车外窥望，述儿一路赶来也是略感疑惑。对于这个在羽阿姊口中已然扩建了一大圈的龙城，在她的眼中，却并未瞧出与之前的大棘城有何不同。又或许只是在临街的视野中，那些豪气的深宅大院多了一些，而供给平民居住的简舍小屋大多不见了踪影。

　　然而，直到抵达这段跋涉的终点之时，一干眷属们方才领略到了新城新府的妙处——阳骛虽然对待自己向来是清正节俭，但在给燕王修府造殿一事上却是大方得很。院子连着步廊，步廊嵌入下一进院子……述儿感觉这府中弯弯转转的路就没有个尽头，仅仅是眼前的后宅，就已比那大棘城中的老刺史府宽敞明亮了许多，何况还有一众女眷们还不及到过的王殿与官邸。那据说是同样足以彰显击破石虎、威震天下的王侯气派。

一行人——甚至包括来回过往间，正搬运木箱家具的仆役们——都不由自主地在衔接后宅群落的一个小院处放缓了脚步。也许是五湖四海的能工巧匠们的手笔，靠着这不知是从何处引来的一股活水，这院子中竟被砌出了一方清池。于池心处修葺的一套亭台与步道，再在池畔添上移种栽培的那些让人根本叫不出名字的花草树木，使得整个院落温婉的风格，俨然已与脚下这片奔放却又萧瑟的土地搭不上干系了。而如此安排，到底是阳使君的自作主张，还是经大王授意后，在向天下人传递着一些微妙的信息，那就不是述儿能够揣测的了。

不过，无论是鲜卑女子，还是南方闺秀，都必然无法抗拒眼前的小亭流水与琳琅花卉。一旁的羽娘子可是看得满目欢喜，律儿更是鼓着眼珠子惊异得无所适从，就连在前方那两个交叉挪步搬运家具的仆役也是三心二意地望着院景无法自拔，这才脚下一滑，手上一松，随后，一只大木桶便顺势滚落进池中，在水面上怡然地漂游起来。

"咦，可以划船喽！"在池畔一片慌乱的奴仆身后，天真顽皮的律儿笑得前仰后合，也凭着一句话，就惹得上上下下所有人不禁莞尔开怀。

"好了好了，咱们快走吧。赶在天黑下来之前，都把屋子布置妥当。"慕容羽把正欲蹦走撒欢的律儿拉到自己身边，与述儿那般揉搓着她的发髻。于是，大家伙便跟着穿过一片秀色，赶往北侧的院落。

"述儿，你们姊妹俩就住在此方院子中。就这几间屋子，怎么个分法，咱可就管不上了。"慕容羽说话间指指点点，已然留下了大半的侍女和物什。

"三阿姊不住一起？"

"那是自然。眼下地方大了，家里人可都有自己的屋院了。看那池子的南院，咱们正对着，离得也近。二郎与四郎住的就要再往东边一点儿。"三娘子好似想到了什么，又冲着律儿调皮地眨了眨眼，"等述娘子成亲了，这北边的小院自然就归律儿自己了。"

住在燕王府里已经几个月，可足浑姊妹当然慢慢知悉了前前后后全部的故事。自打燕王默认了述娘子的身份，姊妹俩也在城中与府里渐渐地位高企。上至贵族士大夫，下到百姓侍从，都会对述儿表达出恰当的敬意——至少表面上是如此的。而如今羽娘子更是把北面的院落让给了她，仿佛被选定的世子妻更有资格成为这后宅真正的主人。可述儿心中对自己这份婚姻，以及或许还会存在的爱情，却总是充满不安与惶恐。她仍不知晓自己未来的夫婿会是谦恭有礼，却总仿佛隔着一层云雾的儁公子，还是向来风火热情，却又不曾多见的恪公子。且她更不清楚，自己这不算高贵的出身，又会在未来那无可避匿的政治旋涡中，带来怎样的幸与不幸……

大棘城一役前，大赵天王曾短暂地拥有过整个幽州。但在那股凛冽的西风席卷了十万大军后，石虎知道，自己一统北方，进而在有生之年一统天下的愿景算是彻底破灭了。一役折损了三万余众，不得已，他只得留下了败军之将麻秋，继续统属两万兵甲，固守着还在自己势力范围内的南幽州之地。故而，石虎最终带回冀州的士卒，竟然还不及当初所征发的一半。而那些曾经望着赵军的旗纛开城献降的郡守和县官们，又如潮水般地回到了慕容皝的怀抱，其中一些保住了粮食草秣，从而能够自力更生越过寒冬的府君们，甚至已经美滋滋地领完了燕王的封赏。至此，整个平州与北幽州便迅速被燕王府重新掌控，北方两国似乎又恢复到了大战前的平静对峙之势。

不过，引发了那一场大战的段兰父子，心情却是万难重归平静的。段部鲜卑在石虎与慕容皝反目之前，便丢掉了包括令支城在内的大部分领地。仅手握一个辽西公头衔的单于段兰，便只好领着剩余的部众蜷缩在广宁郡北部的重镇下洛城中苟延残喘。但这下洛一隅虽显不堪，却北通代国，西连并州，是足以俯视扼守西幽州的战略要地。其所在的广宁郡，更是堪从侧翼打开旧燕故都蓟城的钥匙。因此，被石虎留下戴罪立功的麻秋已将他的两万大军直接放在了广宁境内，盘算着自己若进军，可以驰援夹击侵犯蓟城之敌，若退守，亦可依据密云山狭长的地势以自保。而手中有了下洛城作本钱，瘦小且狡黠的段兰同样也不会枉费自己的精明与筹谋。

"咦吼——"

一队快马踏着层层薄雪，奔驰在林边的草野之上。飞骑们个个持弓背箭，除了打头的几个外，还在不时地发出怪叫，企图配合着震地的蹄声，好惊出几只野兔或狐狸。段兰与段龛父子二人并辔骑行在队伍的最前端，显然，他俩选择在这初春时节出行打猎，所求的可不是什么野味收获。终于，赶在林边解手之际，段兰才确认避开了所有的耳目。

"当初龛儿和那几个头人一直吵嚷着跟随石虎进军，再看当下，怕不是要把老本儿都赔进去的。"

"还是阿爹有见识。"段龛面色冷峻地先提上了裤子，低头盯着脚下的草棵子呆立不动，"真没料到，那石赵的大军真就攻不下一个大棘城。"

"嘿，小子还是没想明白其中的玄机。"段兰也解决了三急之事，便拉着自己的继承人迈步向更深处踱去，"当初若按着你的想法去找慕容皝复仇，哪怕是石虎胜了，咱们这点儿人马也必然被他驱赶作蝼蚁，冤死在城墙之下。相反，像当下这般耐着性子，按兵不动，无论如何，却都有好处可拿。石虎胜了，咱们带着儿郎们归降，手里有人，说不定还能在天王以后南征之时讨个差事，而如今慕容皝胜了，咱也有本钱和他再谈谈条件……"

"阿爹，不会是想降了慕容家？"

段龛的声浪突然有些迅猛，而身材不高的段兰在踮脚止住他的同时，还要警惕地望向林子口……好在没有毛躁的亲卫闯进来偷听。"无所谓降与不降，只不过，眼下北方的攻守之势已易，还是得早做打算，来为咱爷们儿寻个容身之地。"

历经沧桑的父亲意味深长地盯着自家儿郎的面庞，道："石季龙虽说经此一败，算是无力北攻了。然其威名犹在，赵国断不至于就此分崩离析。阿爹眼下担心的，是石氏的公侯们……各个不仅才德不足，还日渐陷入争斗，无休无止。

未来怕绝不是慕容家兄弟几个的对手。这也是为了咱段家的未来提早打算。"

"可是……阿爹，咱们和慕容家征伐了多年，他们还能容得下段家人吗？"

"憨儿记住，打仗就是打仗，咱们段部又不似宇文部一般，和慕容氏挂着血仇。何况，虽已是远亲，但慕容小子们的娘也是姓段。这点儿气度，他慕容皝要是没有，那断也击不破石虎。"段兰满怀自信地拍了拍段龛的肩头，"最重要的，还是手里得有本钱……下洛城虽对咱们父子无用，可对燕国却是紧要得很。听说已有数千的燕军进逼渔阳了，若再能助其取下幽州，何愁燕王不答应咱的条件。"

"难不成，咱段部只能离开辽地了？"段龛很快便领悟到了言外之意。但其父的真实用意，却着实超出了他的预料。

"然！"段兰斩钉截铁起来，"阿爹自觉以前总想着长袖作舞，能在燕赵之间左右逢源，实则限于眼界太窄，才有了今朝之败。孰知困于辽西，犹如夹在两只猛虎之间。二虎相争，保不准会撕碎手边的兔子。但若放眼天下之大，却又能容得下角落里的一只狐狸。"

"那咱们要去往何处？"段兰的话语固然打动了段龛，也终于引发了一段正经的思考。

"青州，或是……南青州也便够了。"

"青州？那可是在千里之外。"

段兰深沉地点了点头，眼眸中甚至放出了许久未有的光芒。"依阿爹看，这以后的天下，必成南北相争之势。晋廷虽然陷在王、庾的世家之争中难以自拔，但司马氏依然占着正统之便与舟船之利，可谓既无覆灭之忧，也难有北上之力。而整个北方无论是归石家、慕容家还是另个谁，没有个十年，也断然分不出高下。可不管是谁得了大鼎，只要咱段家占据青州之地，北依大河，南衔徐州要道，两边的皇帝便都得有求于咱，到时候，只要顺势而为，就能立于不败之地。"

不必再多费口舌，段兰知道，这一番话已被段龛刻进了心底。眼前的儿郎怎得也算是文武兼备，颇有智谋，他最担忧的，不过是一时的意气会蒙蔽决策者对于大势的判断。但有些人，却只能靠着岁月的洗刷才能达成蜕变，自己不也是被慕容皝打得几乎丢了容身之所，才学会将眼光投放出去的嘛。人们能做的，无非就是祈祷在真正的暴风骤雨到来之前，能留有足够的时间寻觅居所罢了。

"父亲此谋若成，必是一段传世佳话！"段宓这一句似是而非的奉承，却是戳到了段兰的痒处。

"此外，咱还找到了一个最合适不过的中间人。"狡黠的狐狸露出了令人难以捉摸的笑颜，"还有那些不愿远迁的头人，宓儿就找机会，自行处置吧……"

热情炫彩的骄阳挂在天空之上，几片皓洁的云朵挤在一旁点缀相伴。这一幅颇具诗意的明媚画卷，正映衬着慕容皝极佳的心情。就连这初夏时节已是稍具规模的热浪，都无法侵扰他那由内至外的畅快与舒爽。当了十余年光景的家，过惯了紧日子的燕王站在宽敞气派的大殿中央，才感悟到了为何古来的君王们，多多少少都会兴一兴土木。这份心境的转变对一个人眼界与心胸的影响当真不小，也可算得上是番妙不可言的滋味了。

此时，在燕王面前散立的文臣武将虽是人数寥寥，但作为王府势力的核心班底，每一个人都堪称翘楚人杰。

独自站在最前面的自然是资历最老，也最得信赖的谋主——国相封弈。慕容皝的目光扫过这个一向和蔼可亲的富态士人，其上一次一出手，乃是建议将大量的豪宅田土分赏给各部的城主大人们，结果自以为得了便宜的十几家便急不可待地搬进了龙城新宅，以致剩下的那些不情愿的家伙也都不得不跟着举家做了"笼中鸟"。如此一来，燕王不仅乐不可支地吞并了借来的上千精锐亲卫，且从此一贯桀骜不羁的鲜卑贵族们要想再掀起任何风波，难免都要先顾及城中亲眷的安危。

慕容皝满怀期待的目光随后又投向了分立左右的文武二人。左侧的兄长慕容翰虽然还未恢复到遥远记忆中的那般风采，但似乎已甩掉了前些时候唯唯诺诺的窘态。或许自己所能仰仗的战场统帅，依然是眼前这"恰到好处"的长兄良将。而于右侧傲然矗立的消瘦文官，便是王府长史、龙城府君阳骛。士秋公作为自己势力范围内的汉人豪族与士人的领袖，也几乎是一肩挑起了政务的重担，如今足以与封子专并称北地王权的左膀右臂。

再往后，便是自己的两个儿郎。年纪小上两岁的四郎慕容恪辫发左衽，一身贵族公子的打扮。凭借着大棘城之战的威名，以及巧取豪夺而来的两千精锐铁骑，他已是燕军中名副其实的铁掌与獠牙。而一袭士子衣襟的二郎慕容儁，则一向精通诗书，向往着中原的世家风华，且其在守城之战中的表现亦可称勇毅。能有这样两个儿郎，慕容皝已是习惯笑呵呵地归功于上天垂爱。

在稍远处，几乎是并排杵着三个外姓能臣。参军高开，向来是在随军征战时，负责执掌军械粮秣的大管家，具装铁骑的建成更是多半要归功于他。被特许执兵护卫的傅颜，便是慕容皝最为信任的外姓将领。恐怕在所有的汉人臣属之中，他所获的信任也是仅次于封弈，其手握的亲卫禁军与慕容恪的具装铁骑，已成了燕王府震慑大小部族、稳固统治的依靠。而三个人中年纪较轻的慕舆根，则是新进晋位的骁勇战将。据说其凭借勇武，正颇受军中兵将的推崇。

只可惜，在贵族中极具声望，执掌部族事务的四弟慕容评已经领命南下。而自己最为疼爱的霸儿和视若己出的德儿眼下年纪还小，若是再等两年，算上一对儿儿侄，说不准还能再多招揽些贤臣良将。到时候，众人齐聚一堂，那才是慕容皝心中期盼不已的盛世华章。

"善。今日把诸君召集来，自是有要事议上一议。"慕容皝说着回身指了指台上的挂图——虽说颇为看重礼法的阳骛在这殿中给燕王修了玉阶，也设了高座，然而慕容皝本人还是照旧先将几幅挂图摆了上去，自己则还是在殿中溜溜达达，与众人聚在一起议事。

"眼下靠着士秋公的辛苦谋划，今年春种诸事已毕，夏季用兵也正当其时。"殿中众人一如往昔地围在了挂图之前。同样是心照不宣，封弈挪步到了正中位置主持起了小议，笑颜依旧的国相有些费力地够着挂图的最上方。"从龙城着眼，对我大燕堪称威胁的尚有其三。南面的石虎虽已经回到了冀州，但已有明确的探报，麻秋并其两万余众却留在广宁郡内，其毗邻的蓟城及南幽州诸地尚不在大王手中。再是盘踞在西面的宇文部，不仅是大王一统鲜卑各部大业上最后的阻碍……于情来说，宇文逸豆归其人更是桀骜无道，近来频繁劫掠西路商道，又背着故公子的血仇，此祸患不可不除。这最后嘛，便是北面的勿吉人与扶余人，诸位当也知道，这两家可是有多年不曾遣臣觐表了。大王欲彰显王道，传扬天威，则是必要敲打一下的。不知诸君有何良策妙计，趁着秋收之前，咱们该朝着哪边招呼一番？"

封弈在图上一通指指画画，可是费了一番功夫。而等他转回身来，笑眯眯地扫向殿中，众人给出的回应却尽是沉默——当然，在这种时候，必然是要分量够重的人才敢开口表态。

"记得多年之前的事了。先勿吉王高乙弗利曾上过奏表，言及其高氏起初，是从扶余王室中被放逐出来的一支。故两家间多有龃龉，攻伐之事也是时起时休。"捻着须尖率先开口的正是"分量足够重"的阳骛，"由此，这北疆之患，可施安抚、拉拢、挑拨诸多手段以缓，却非当务之急。"

这一番话句句在理，自然也就不会有人出言辩驳。在很快排除掉一个选项后，一个略显莽撞的声音突兀且急促地从人群的末处袭来："逸豆归着实可恨，该死！"

发出这一句叫嚷的，是资历最浅的慕舆根。短短几个字体现不出任何的谋略或智慧，但作为战将的他，已恰到好处地撩到了殿中丧子丧兄的慕容氏的痛处。总之，一句没头没脑的话，起码保证了未来无论是向南或是向西用兵，都会有这位忠诚武将的一席之地。

"宇文部在西面的草原荒野中游弋多年，行踪飘忽不定。战火可以倏起，却并非是在两三个月内有把握平定的。到时候，盘踞广宁郡的麻秋也难保不会出兵袭扰西进的粮道，无论斯人是否有这般胆略，总之都是一大祸患。"虽然平时行径总透着些放浪不羁，但慕容恪一旦动起心思，在军政上的大小见解还是十分深刻的。这也是他在慕容子弟中最为拔尖的一点。"眼下从兵势上看，还应先行南攻，至少可以集结重兵，震慑广宁的麻秋，再伺机拔掉蓟城。"

"石虎刚吃了大亏，多半已是愤恨难平。如若父王仍一路紧咬不放，难说会再勾来复仇之军。"慕容儁终于决定提出自己的看法，而他的担忧，更多是出于政治上的考量。

兄弟二人关于战略的构思有来也有回，这时便是需要引出事端的封弈来收个场子了。"高参军为何一直不言语，少了使君，咱的大军可是哪里都去不成啊。"

高开在应对这般突如其来的打趣上，可谓是经验丰富。"在下能有何主意，南下攻城咱就多造些投石冲橹，西进草原就多备着点儿对付游骑的车弩呗。不过翰公都未发声，子专兄怎的还先找上了咱？"

这时悟性稍差的人方才醒了过来，那最懂带兵打仗的慕容翰除了和封弈眉来眼去之外，还真就是一言未发——恐怕二人早先就有过了商议。

"嘿，好个高大管家，罢了。玄恭之言在理，夏时用兵，还应是南下速取战果为上。宣英之忧亦是在理，石赵如今依然势大难敌。不过，最近已有邺城宫室不甚太平的传言，石氏兄弟间渐起了相残之恶，故石虎还未必有这个心思来理会麻秋的祸事。"

"好个封子专，先前便让评弟领军进驻了渔阳。可是早就计划好了要攻蓟城？今日还撺掇孤召来众人，装模作样地议上一议。"慕容觊一出言，还了自己的谋主一通揶揄，不仅使得殿中的氛围一下子又松快了不少，更是引出几声窃笑。

"然麻秋手中还有两万余众，若其只是分兵固守，咱们强行攻城，岂不是要虚耗儿郎们的性命。"慕容儁突然的插话虽算是破坏了气氛，但一字一句却都是称王为帅者必须顾及的忧虑。

"此事嘛，便要靠元邕之计，诱其露头。"

在封弈的架推之下，慕容翰再也不好继续缩着了。他一面从怀中取出一封信件呈给了燕王，一面挪步到了挂图之前。不过，慕容皝似乎早已了然信中的内容，直接将信递给了阳骛。

"如此……"在场的多数人很少能忆起眼前这位熟悉又陌生的将领展现过这般的神采奕奕，"窃居下洛的段兰与某来了书信，言企盼念在旧情上，帮其段部与大王说项说项。"

"哼，这老狐狸倒是想了一手好买卖……"扫了一眼信件的阳骛话没说完，便将其传给了身旁的封弈。不出所料地，封弈也是看也没看就接着递给了慕容儁。

"段兰提出称臣，献出下洛城，条件嘛，则是借道借粮，放段部人马去往青州。下洛之地乃是龙城西连拓跋氏的关键所在，同样向北用兵时，也可直插宇文部的腹地。由此看来，段兰的提议还算公道。"慕容翰又看向封弈，结果老头已然闭目养起了神，显然对于这一仗，便是要让给他一份首功。于是，他眉毛一挑，踌躇满志地指向了山势之间："借此时机，刚好可以用间。先使段兰诈降于石虎，以其熟识道路为由，引麻秋率兵东进，来断南下围攻蓟城大军的粮道。而大王的精骑，则可提前绕入密云山伏击破敌。届时，咱就领一军作饵，不妨先露一个破绽给麻秋。"

随着慕容翰在挂图上重重一拍，慕容儁也正将读完了的信件递给慕容恪。

"佯攻蓟城这活儿……倒不如由侄儿去，饵的分量不仅够重，且料那麻秋也不会因惧于伯父的威名而驻足不前。"突然间，慕容儁又是插上了话，"父王的大纛定是要留在龙城，以震慑宇文逸豆归等贼人，只是到时，便要看玄恭的手段了。"

刚扫了两眼信件的慕容恪似乎有些诧异，但旋即便也识趣地拍了拍自己二兄的肩膀……

许久之后，慕容皝倚在殿门旁，眼望着一对勾肩搭背正并行离去的背影。

称孤道寡的人最欣慰的，莫过于能拥有优秀的继承人，而最忧忡的，却也是拥有着不止一个优秀的继承人。虽然当下的臣属们，从来都极富默契地绝口不提那已是禁忌的襄平之乱，但他自己清楚，慕容家的兄弟情深总是要以二十年做一个轮回蹈向阋墙。慕容皝在那对背影中，恍惚看到了形容枯槁的自己，在远方嘲笑着今日这自欺欺人般的侥幸——仿佛只要拖着不做决定，两个儿郎的心思就不会大变，而那个足以令父亲心碎的结局，也就永远不会到来。

精　兵

───────○───────

　　浅浅的河水从密云山的怀抱中挣脱而出，蜂鸣着逃往谷口之外，汇合孕育出一片潮湿的滩地。山口外的三个飞骑在步步狐疑地来回驰骋了几圈后，他们当中受欺的那个还是被迫穿过了河边的灌木，踏入了这以"山藏云雾"而著称的密云山亲身探查。只不过，他刚刚触到了林地的边缘，便霎时惊起了一群禽鸟，斥候的经验伴着鸣叫，终于说服了山口内外的三个人——那一度安然栖息的鸟儿说明至少山口处并未藏有伏兵，这下无论人和马都可以回去交了巡山踏谷的苦命差事了。然而，与此时还在山腰隐蔽之处盯梢的那几对眼眸相比，这三位恐怕还算不上优秀的斥候……

　　就在赵骑撒欢复命的同时，那些受了惊吓飞至山林深处的鸟儿们，却陷入了无处落脚的困境。只因潜藏在谷中，接踵并辔的数千精兵，正浑身散发着危险的气息。

　　"阿兄方才说的果然当真？"身披革甲、头扎束巾的士卒被另一个身裹鳞甲罩襟、头顶战盔的甲士拉到了树后。于是，年轻的士卒便迫不及待地追问起来。

　　"咱还能糊弄你个小崽子不成。"体态略显笨重的甲士应该已是习惯了，大手朝着自己兄弟的脑瓜顶就拍了过去，"你要是瞎跑出了事，别说咱娘饶不了我，怕是阿爹也要翻脸！"

　　"又弄乱了。咱又没有那盔，到时候冲起来还要被风刮掉。"于获一边系紧了自己的头巾一边嘟囔，眼睛还不时瞟向自己兄长于丰身上那套"炫目"的灰黑鳞甲。

"慕舆将军当众烧的香，掷的骨，那卦象还能有假？到时候，先在中军会和，然后咱兄弟都奔到上风位去。"

"怎的汉人也信起了萨满卜术？"

身后突然传来的一声让兄弟俩瞬间惊出了一身冷汗。两人一个在精锐的铁骑营，一个还身在原先的轻骑部队中。为了见这一面，却是双双擅离了营队，这般罪过放在临战之时，搞不好可是要掉脑袋的。二人战战兢兢循声转头，只见十余步外，摸来了一队人马，而说话的是一个束着垂髻、一身锃亮细甲的鲜卑贵族："那慕舆将军算没算出来，贼人主将会往哪逃？尔等若把人抓住了，可是要立大功的喽。"

年轻人还在呆呆地打量着眼前这个衣甲华丽的青年将军，而曾亲历了慕舆根占卜大戏的兄长，则直接拉着他倒地拜向了那青年身旁的另一位高大将领："小的们知罪了！知罪了！"

"两个蠢货！"慕舆根看着跪在地上求饶的兄弟俩，余光瞄向刚拿自己打完趣，此刻已是憋笑憋得脸颊泛红的慕容恪。这可羞臊得他上前一脚踹翻了不断求饶的甲士。

"罢了。"实在憋不住的慕容恪咻咻地笑了两声后，还得亲自打圆场，"你家将军作那占卜之术……不过是为了激励士气。逢战之时，还是要识旗闻号而动，哪里有跟着风头跑的道理。"

"尔等蠢货……"慕舆根没脸应付笑得呼哧带喘的恪公子，只得冲着两个小卒开骂。

"报！有段字旗号已抵近山口。"

"……滚吧！"慕舆根不再理会一溜烟便跑得没了影的于氏兄弟，赶忙扭头，满怀期待地盯着慕容恪，"请公子下令！"

"段兰这个老狐狸，石虎信了他，咱可不信。咱家离段部的人马两三里远，他要跑了，咱就回广宁。等段兰啥时候接上战，见了血，咱再上去抓慕容皝的崽子立功。"麻秋心里盘算得明明白白，早就为自己的机智乐开了花，可脸上仍是保持着一贯的凶相。

"到哪儿了？"

"禀将军，前方名叫三藏口。"身边的亲卫赶紧回报。

小校口中的三藏口便是穿过密云山的三条河流，相互注汇而成的大片湿滩。小河水势并不湍急，基本上跃马可过。但那蜿蜒多曲的川口，却已是自然地拉长了两万赵军前行的兵线。

"这前面的谷口倒是干买卖的好地方。"麻秋一边嘀咕，一边再次喝问小校，"段兰的人是沿路走的，还是绕行的南边？"

"禀将军，几个斥候回报时，没提过绕路的事。"

麻秋盯着小校犹豫了几息："罢了，命崽子们快步行进。去！都散到前后喊话去！"

将令一下，身边的几个亲卫便先后四散策马奔去。但望着三藏口的地势，侥幸归侥幸，麻秋的心中还是难以踏实："你，回来！去告诉前军的鲜于亮，加派探骑，把段部的人给盯死喽。"

跑在最后的倒霉蛋被及时抓了回来。无奈之下，只得领了苦差事，只身奔往前军，去寻一向与麻秋不甚对付的先锋——鲜于将军去了……

同样在仲夏时节，南方的天气可比幽平之地难熬了许多。尤其在偌大的建康城中，只要时辰一到，不仅是蝉鸣不绝，还有成群的鸭子也会在城中湖里游水乱叫，硬是让人徒增满心的烦乱。

作为衣冠南渡的领袖之一，郗鉴自打过了六旬后，除了晨间的朝会与一些必要的交际之外，整日都躲在自己的太尉府中纳凉。不过，避暑不等同于闲逸，德高望重的晋廷太尉，天下士人口中的"道徽公"，每日间还要用他的笔头在外事内务上勉力地平衡着朝堂上下愈发尖锐的党争与矛盾——首当其冲的，便是丞相王导与三州刺史、都督七州军事的庾亮之间的内外龃龉。

身穿里外两层单衣的老人一如既往亲自执笔，不紧不慢地处理着文书。从今年开始，郗鉴决定将正在案边专心研墨的长孙郗超留在身边，时时言传身教，哪怕是在调理朝廷公务，或是接见一些旧识故友之际，也是毫不避讳。两个儿子都已出仕外放，唯一的女儿也早已出嫁琅琊王氏，而老人如此安排，到底是为了缓解暮年的孤寂，还是受到了什么奇特的预感影响，那就非是他人可以揣摩的了。

"丈公。"仿佛在院中蝉鸣的间隙，门外传来了一声平淡的请唤。得了应允之后，白衣飘逸的中年士人才缓步踏入了郗鉴的书房。

"逸少啊，快坐。"

"姑父。"一旁的郗超在施礼之后，马上为刚刚落座的士人奉上了一早便已备好的清暑凉汤。对于这少年郎永远都是得体无差的言行举止，身为翁翁的郗鉴虽是欢喜得很，却偶感有一种不清不楚的怪异在抓挠着他的忧思。可最近，他可是没有闲暇与心力去揣摩这些小事了。今日，老太尉将自己的东床快婿王羲之唤来，原本是要一起品评偶得的拓帖，然而，此时看着眼前的文书，郗鉴却暂时有了新的想法。

"来，先看看这个。"

从郗超手中传递过去的文书乃是由江北郡府上报，陈述京口流民成群集聚的隐忧。晋失其鹿、偏安建康以来，大批的北方士族南渡江左，也同样有大量的黎庶百姓跟随着南下避难。当然，作为皇族权贵聚居的都城，建康是不可能敞开城门装下所有人的。于是，在一地之隔的重镇京口，便滞留了数量难控的徐、兖流民，其中更是不乏诸多曾经从军的悍卒豪帅。

王羲之已是为官多年，自然对流民之祸的原委了然于胸。在草草阅过小侄儿奉上的文书之后，他顺手递还了回去，稍作思虑，便开始应对自己丈人这突如其来的考较。

"京口之地的流民向来剽悍不驯，恰又是连年间的耕获不足，佃租高企，皆是难以糊口之下，才滋生的祸乱……当年的苏峻之乱就是因此而起。"说到苏峻，王羲之不禁抬头看向了郗鉴。当年还能带兵平叛的丈人，如今已是老态龙钟。王羲之接着说道："欲除此祸，还是在于解决流民的饱食之困。极善之法，莫过于打散其群落，并分批迁徙至岭南诸地，使其垦田耕种。朝廷此前也做过尝试，然徐州、兖州之民多已结营群聚，更有豪帅统属，实在难以强行拆离。为避免激起民变，几番均是不了了之。故而，想要办成此事，首要在于择一既知政又知兵的能臣，来出面降服各方豪帅，另要拿出足够的钱粮，来劝诱安抚那些被迫迁徙的民众。"

一番话下来，郗鉴也是微微点头，表示赞许。虽然自己这女婿总是懈怠仕途之事，但对京口流民一事的论述还算全面周到——而事实上，朝中各派也大多持此观点，相关的钱粮也已在筹措之中。

"如若有此能人与财力，何不聚拢这些悍卒豪帅，编入兵户之中……直属朝廷统属，用其所长之余，也好震慑宵小，时刻防备北方胡骑南下。"

各自的思绪未落，翁婿二人便齐刷刷地盯向还未来得及合上手中文书的少年。一番细细打量下来，直勾勾的目光弄得郗超甚至怀疑自己刚才是不是说出了些大逆不道的话来。

"哈哈哈。"还是白衣士人率先爆发出了一串大笑，"恭贺丈公！超儿顷刻之间便能有如此高见，其才思见识怕是已在咱之上了。这小子，将来可成股肱之才。"

身为晋帝身边秘书郎的王羲之，虽还没想明白侄儿贸然提出的对策在太尉眼中是否合宜，但郗超这般敏捷的才思，足以赢得他由衷的赞赏了。

"善！妙！"两声喝彩旋即表明了郗鉴的心境，"小子这番话……倒是与另一人的意见不谋而合。"

"哦？不知丈公言及之人……"

"桓温。"

看着郗鉴此刻盈盈上翘的嘴角，一时间的面色仿佛是恢复到了几年前的风采，王羲之心中也有了底，那谢安石的话果然应验。不过出于对好友的承诺，他可不会将之前众友的议论之言透露给郗太尉："看来丈公已经有了定数，这桓驸马想必就是那通政知兵的执事之人了。"

　　"不错。本来桓元子就已多次请求外放荆州，与其挚友庾翼一起相辅共事。然我……碍于逸少叔公与庾氏之间的纷争才压着没有应允。"郗鉴到底是位高权重，有时说话也不会太过避讳，"正好借着此事将其派往京口。自然，合府募兵，兹事体大，面上还得是以我太尉之名主事。不过，事情能否办成，还要看桓温的本事了。"

　　没想到短短时间内，两个人的前途就此点亮——早在去年那场宴会上，已显鸿鹄之志的桓驸马，还有眼前双眸放光的少年郗超。王羲之一面点头赞同，一面接过驸马的信件翻看起来："'京口酒可饮，箕可用，兵可使。'好个桓元子，身为驸马郎，尽作豪迈语！这民间常因京口扼守建康北喉而唤其北府，如今北府募北兵，尽可得北府精兵。"

　　"北府兵，好名字。"

　　要不是恪公子早就做了细致的安排，严令伏兵放过六七成贼人之后再现身动手，慕舆根恐怕早就按捺不住让人吹冲锋号了。在谷口有限的视野中，先是段兰的部众现身而过，而后，隔了足有两三里的距离，大队的贼人才磨磨蹭蹭地列队开来。在慕舆根看来，主将恪公子既是十足谨慎，却又有些过于信任那段兰了。要是由着他自己，只需尽早将手中的两千具装铁骑泼出去，分段截击，山口外这支士气不振的弱旅很快就会崩溃。至于跟进的那两三千轻骑，跟出去打扫打扫战场就行了，根本犯不上再费心费力穿行回绕，去和还不知打着什么鬼主意的段兰夹击麻秋的主力。

　　耐心渐渐消磨殆尽的慕舆根在自家斥候数出来大概一万个人头的时候，便已是浑身瘙痒，而麻秋的大纛的现身正如一支火箭扎进了他心底的硝石堆中。

随着战将的一声暴喝，谷口内号角四起，道道恐怖的蹄浪，旋即朝着大多曾在大棘城下才逃过一劫的可怜生灵们，再次发出了索命的怒吼。按照结合了实际地形的伏击设计，冲在前面切割敌军阵型的主力须在驰出山谷后迅速机动展开，故此役担此重任的，换成了同样拥有优良的正面防护且速度更优的一千骑弩手。而武装到了牙齿，却更为笨重的持槊铁骑们，则无奈地退到了最后出击——甚至只得与身后的轻骑部众一并，去干一些截杀辎重的闲差去了。

在谷外，尚未察觉到异样的麻秋可是绞尽了脑汁，用了一堆冠冕堂皇的说辞，才将广宁守将鲜于亮和他麾下的汉军步卒推到了前军位置，而自己的羯人部众才好躲到后面坐享其成，结果却没想到，眼下的横祸却是直接朝着自己身处的中军砸了过来。实际上，慌乱中的羯人还是拥有数量可观的骑兵部众的，然而，当他们零零散散地聚在一起的时候，直冲过来的燕军铁骑已然拉出了一条完美的斜线阵型。如麻秋般经验丰富的指挥官，在这一来一回间足以看得明白，此刻再怎样去组织抵抗，都怕是来不及了……

在滩地间这并不算长的冲杀距离上，前排的弩手只有发射一到两支箭矢的机会，而后排的弓手倒是可以尽力向前抛洒出更多的翎羽。在斜线前端的精骑收起弩机，抽出明晃晃的环首刀的同时，凶神恶煞般的四百盾卫铁甲则顺着骑弩手们让开的缝隙纵马跃出，抢先扎进了刚被飞矢洗过一轮的羯人骑阵。士气已经足够低落的惊弓之鸟们，显然根本无法应对那些直奔着脑门砸下来的骇人斧锤，果然，没用上几个回合，麻秋仓促间将出来的松散阵线便轻而易举地被凿穿了。相应地，其他那些缺乏战马、甲具与橹楯的羯人士卒，在面对横冲直撞的覆甲战马，以及横在头上的环首刀时，若还能在奔逃中保有一份冷静与勇气，就已算得上颇有胆识的了。

还不及反思为何自己的部众在面对同一支敌人时竟是连续第二次溃败，麻秋就已然决定先弃了自己的纛旗，并卷在第一波向后逃散的溃兵中逃之夭夭了。倒不是说这员石虎的爱将有多么怯懦，只是那直冲而来的杀神实在是难以阻挡——哪怕麻秋身边所有的活人都被派了上去以命相搏，那一队燕骑距离赵军大纛依旧是越来越近。

慕舆根眼下是有些后悔，自己没有完全听从恪公子的指令。过早的出击虽然可以在第一时间攻进贼人的中军，但却因为没有兜住退路，导致敌将竟能如此灵动地向后逃匿。而更可恨的是，一波又一波的亡命之徒完全不顾他手中追命的长槊，还在前赴后继地阻碍自己夺取这份擒杀敌首的大功劳。

"呔！"

随着一声战喝，直突的槊尖被长臂猛然一送，不偏不倚地刺中了迎面而来的赵骑前胸，紧接着又是手腕一抖，韧性十足的槊杆便把挂在槊锋上的躯体弹飞下去。慕舆根已记不清，这是自己开战以来击杀的第七还是第八个凶悍的护卫了，反正抬眼间，还能望见远处那个奔逃的背影。于是，他又一次双腿一夹，孤身策马继续追杀。然而，事情偏不能如愿，在胯下战马撞飞了一个失了心智到处乱窜的溃兵之后，又是从左右两边各窜出个持矛的敌骑。正因敌酋终是不见了踪影而怒火中烧的战将，全然不顾身位上的不利，狠命咬起牙床，迎头杀去。

三骑逼近之际，慕舆根掂了掂杆身更长的马槊，双眸先挑中了自己马首左侧距离更近的贼子。而那名赵骑也算是有些马上搏杀的经验，心知凭自己的骑矛如此对刺，定然是讨不到任何的便宜，无奈之下，只能选择放弃了与袍泽夹攻敌将的身位优势，横抢矛杆，先将追到了眼前的槊锋格挡出去。不过，慕舆根这挺身一击可不仅只是为了护着自己，熬过眼下错马的一回合，紧跟着，他一面双腿发力驱策战马，身子继续左倾，贴向了尚未及收矛的飞骑，另一面，手中的长槊硬是借着刚才交碰的力道反挥向了右侧。沉重的马槊此时在战将单臂挥舞之下，竟如同抢着根扁担般灵活。方才身位靠后的第二名赵骑本来已是算准了距离，正待刺击燕将胯下的战马，但随着对方离奇般地拧身偏向，那泛着迷醉光晕的槊尖竟疾速横向抹至自己眼前……避无可避的勇者只得发出了最后一声怒吼，便被切中肋下，跌落马去，而其奋力挺出的矛尖，不过是轻轻划在了敌将那匹具装战马的罩身之上，一道铁花炫起后，也未见任何杀伤效果。

如果说，亲眼看见这燕将匪夷所思地毙杀袍泽，只是让才横矛保命的飞骑略感惊骇的话，那么瞬时后，发生在自己身上的一切简直就是惊悚了。剩下的那名飞骑刚刚将手中的长矛收摆胸前，便被一股神秘的力量直接推下了马去。原来是慕舆根在回刺出那一槊的时候，竟顺势左手一抄抓住了敌骑回收的矛杆，随后重心一俯一蹬，借着马镫传回双腿的力道，一把就把那还不明所以的家伙推下了鞍辔。在这错马的瞬息之间，一刺一摔力决两人，慕舆根才终于吐出了一口闷气。

　　破阵之后，成伍结队的精骑便赶着溃兵向后掩杀而去。但凶猛的战将对消耗马力去追砍那些小鱼小虾却没什么兴趣。反正自远处飘回的喊杀与喝斗也已渐渐沉降了下来，想必恪公子所领的自家轻骑也成功与段部合击了麻秋的前军。至此，估计用不上一个时辰，便可结束战斗。

　　在策马缓步绕了几圈后，慕舆根这才找到了被压在尸身之下的赵军大纛。在他盯着破损的旗面发呆的时候，还不时有奔驰射杀溃兵的骑弩手从身边飞过。不过，战将的懊恼仅仅维持了一小会儿，便又被一阵急速迫近的嘈杂打断了。那是不到十名的石赵飞骑正顺着滩地的边缘狂奔逃来，而他们身后的燕骑追兵，也正在不断呼喝着前方的袍泽进行拦截……

　　鲜于亮在从层层阻拦中奋力突围的前后，已是将愚蠢的麻秋骂上了一万遍。可惜了，自己还算训练有素的步卒们刚刚抵挡住了反戈一击的段部骑兵的首轮攻击，身后便被夹击而来的燕骑冲了个对穿。而此刻，他算着距离，应是已逃到了麻秋中军的所在。不过，看这一片狼藉的样子，恐怕羯人部众定是受到了比自家更为残酷的打击。鲜于亮没有心情去嘲笑麻秋的自作自受，亦不会再去理会那蠢货的死活。他现在一心想的就是快一步赶回广宁，关起城门来，好好辨辨形势，而后再决定还要不要继续遵奉邺城的石氏。

　　身后又有一名亲兵中箭坠马，且发出了绝望的哀号；而正前方，又迎面杀来了几个覆甲的燕骑；旁侧仅存的几名家兵，已不由分说地策马上前纠缠起来。鲜于亮一马飞出战团，打眼一扫，便发现了相向的一名骑弩手正瞄向自己。火爆的脾气一下子蹿了上来，他干脆抄起长槊刺杀过去，正是这转瞬间的取舍，使他失去了逃回自家地盘的最后机会⋯⋯

塞翁失马，焉知非福。刚还杵在原地懊恼发呆的慕舆根这下子可不会再放过送到眼前的敌军大将了。恰好此时，一个略微眼熟的骑甲刚刚扬起马首，堪堪避过了敌将的一击，而傲气的战将绝不会给那人反手击杀自己部属的机会，慕舆根抄起马槊发起狠来，伴着一声暴喝纵马迎上。

对危险迫近的敏锐预感，使得鲜于亮立马弃了眼前还正惊魂未定的燕骑，旋即拨马迎向气势汹汹的燕将。脾气均是异常爆裂的二人，自然是谁都不会主动退缩，两杆长槊便在对冲之势下发出了骇人的交击之吼。槊锋绞在一起的两员战将固然都被震得手臂发麻，却依然不服输地较起了力。两杆马槊锋杆相压，尖头甚至都已垂到了地面，连带着主人和战马也都黏在一起，咬牙跺地，绕起了圈圈。

不过，鲜于亮可不是刚才那两名倒霉的赵骑可以比拟的角色。眼瞅着两匹战马距离越来越近，无可交错，他便率先弃了施展不开的长槊，松出一手，摸向了腰间的佩刀。稍迟一步的慕舆根心感不妙，毕竟此刻再去拔刀，定然会落了下风。在双手弃掉长槊的转瞬之间，急中生智的他竟然抡起一拳精准地砸在了鲜于亮唯一没有防护的面门之上。于是，两匹战马就这样以出人意料的方式交错而开。慕舆根跟着一个侧身，伏在了马背之上，恰足以躲避敌手有可能回身挥出的刀锋。而另一边的鲜于亮则是被揍得眼酸鼻痛，头晕目眩，手里的环首刀都险些脱落，哪里还有机会出招了呢。

随后——任谁也没有想到——那名才从槊锋下死里逃生的燕军骑甲，在抢先调理好胯下战马后，竟瞅准时机，从侧向一个甩镫飞扑，将晃立不稳的鲜于亮抱摔下了马背⋯⋯

被捆得结结实实的败军之将被倏立大功的甲士押着，跟在亲自缴获了麻秋大纛的慕舆根后面，在喊了一路"义不为小人所屈"之后，才终于在山口处见到了慕容恪。不过，在互相打量了一番后，那威名初显的恪公子竟然先冲着将他扑下马的小校招呼了起来。

"本将似在战前撞见过汝兄弟俩，没承想，一句戏言倒还应验了。"

此刻，身旁那张涨得通红的大脸并不足以勾起鲜于亮的好奇心，慕容恪捉摸不定的态度，才更是让他略微有些恼火。

"罢了，立了大功，想要何等赏赐？"

扑通一声，跪得也是真脆真响，捡了个大便宜的于丰根本没做多想："小的别无他想，只求公子能将咱那阿弟收为亲卫，让小子跟在公子身边，能多长长见识……"

"也好更安稳些？善。就让其持此物来找本将吧。"慕容恪瞬间便察觉到了小校的小心思。但念在这位兄长的一番良苦用心也是不易，说着，他便将手中的马鞭丢了过去。

被看透心思的甲士顶着更红更涨的面颊退到了一旁，鲜于亮却还是没等来对方主将的问话。

"而今蓟城那边多半还未攻下。慕舆将军宜领着具装铁骑，会同段部的人马，清理完战场后，便持着麻秋的大纛赶过去，争取能让守将知难而降。吾便即刻就领着剩下的轻骑去取广宁，速速整军出发。"

"且慢！"直到主动开口的这一刻，鲜于亮才略有察觉，自己该不会是受了些算计，"燕王欲取广宁郡，在下正可助将军兵不血刃，叩开城郭，但求勿要伤及黎庶，尤其善待某之家人……"

还在一旁发呆的慕舆根并没花心思去观赏诡计得逞的慕容恪所上演的种种戏码。他方才在那快语连珠之中已然醒悟，此役过后的恪公子，必然是要成为独镇一方的帅才，而这支算得上是当世精兵的具装铁骑，多半也会继续交由自己统领。手握着可如先哲名将般传世流芳的机遇，此刻的他，热血上涌，豪情何止万丈。

毓 兴

———○———

"皇甫先生，这二楼真的都占满了，小的哪敢欺瞒。"一串叫饶的喊声追着急促的脚步冲上了楼梯，"先生且在一楼稍歇，等有雅座空出来，立马就请先生上来。"

灰衣士人环顾了一周，果然大片的位置被一群书生围了起来。因此他也只好悻悻一笑，顺从着回身挪向梯口。

"先生请留步！"

苦笑扭捏的二人不约而同地停下脚步，循声回看。在临街靠窗的位置上独坐着一位贵族青年，鲜卑样式的辫髻梳理得十分讲究，绸面的衣襟正泛着贵气十足的光彩，而额头上的宝石束带更是异常扎眼。

士人在短暂的踌躇后，便认定了这位青年绝非是寻常人物。不过，还未等他开口应和，热情俊朗的贵族就笑盈盈地再度开口发出了邀请："先生若不弃，可否与在下相坐一叙？"

如此，好似恰解决了所有人的难题。士人在拱手答谢后便欣然入座，一旁的伙计既能省了诸多的麻烦，更是乐不可支地记下了吩咐，一溜烟跑下楼去安排酒菜。

"在下皇甫真，自雍州而来，冒昧请问郎君高姓。"士人入座之后的礼数做得十分周全。

"先生可唤我高恭。我在这酒肆之中盘桓了几日，多有聆听楼中文人士子议论时事。皇甫兄看来也不是刚到的龙城，想必亦是听闻了这毓兴楼的雅名喽。"

就在慕容燕两败石赵之后，天下的有识之士都已经察觉到了北方局势的波澜再起。由此，众多的士族才俊自然也纷纷北上龙城求仕于燕国。而新城之中，居位最佳的毓兴楼便渐渐成了这些人聚集一堂、高谈阔论，甚至攀文较赋的风雅之所。

"确实滞留于此有些时日了。"猜想着汉名高恭未必是真名实姓，而这般"有趣"的行为，反倒是在皇甫真心头坐实了贵族青年不俗的身份，"在下去岁本已由王府曹史征辟为徐无令。然石赵进犯，窃取徐无城后，又任命了当地的豪族掌印治县……那人在咱赴任之前，抢先走通了领军收复失地的慕容评公的门路，故前些时日，王府的吏曹便亲身前来说项……这不，在下之名躺在补官的名单上已是将近半年光景喽。"

"哦？若是如此……那管事的吏曹理应先安排补上缺额。何况，眼下燕王辖地不断扩大，正是举贤任能之际，先生断不该有这般闲逸的。"

看着对座的青年露出了切身的疑惑神情，皇甫真坦然笑了笑："高兄不要怪罪于那吏曹。一来，真并非出身幽冀名门贵族，这龙城郡府里的上等差事自然轮不到咱。二来，譬如徐无这般腹地的令守，而今再当起来也是无甚意思……其间是我自己婉拒了两番任命。"

"先生早先失手的不就是徐无令，如今怎又看不上了呢？"

"正所谓此一时彼一时。"犹豫的念头只在皇甫真的脑海中一闪而过，他还是决定对眼前身份不俗的贵族坦诚相待，"当时燕王尚未拥有南幽州之地，徐无所在恰是用兵前线，那时去……尚可有所作为。而今，蓟城已然归降，去徐无做官，倒能当个太平府君，却不再有施展的空间了。"

"那不知现有何处还可供皇甫兄大展拳脚？"青年此问一出，两人或许都心知肚明，这算得上一次考校了。

"西边的下洛与东面的襄平。"皇甫真简洁的回答使得他面前听者的双眼一亮，"此两地，便是龙城接下来兵锋所指的要害，若要外派县府的话，自然也是首选之地……"

一开始，引起慕容恪兴趣的只是士人显赫的姓氏——朝那皇甫氏，自汉以来，一直都是名誉天下。如今，更是为数不多的不曾南渡的名门，而自己最近又刚好用得上如此的名号。不过，在一番浅谈之后，皇甫真对自家战略的洞察力，倒是使得他更愿意关注此人的才干。而就在慕容恪还在暗自思忖着，该如何拿捏下一步的分寸之际，同楼聚集的士人却似乎燃起了一场争论。那激烈的氛围，又自然将附近的注意力全数吸引了过去。

"燕王兵锋日盛，已是兵不血刃拿下蓟城，得了整个幽州。今正可一鼓作气直取冀州，王殿之上若有智士，也必然如此进言。悦兄何故断言不日就要与那石虎休战呢？"兀然站起的士人气势汹汹，反倒是他口中的"悦兄"在疾风骤雨之下依然端坐——这份姿态一下子就博得了慕容恪的好感。

"法兄此言正是不知兵，而妄论干戈。且问，北地因何才可两胜石赵？"

"奇袭！"这一问才刚抛出，便有围观者喊出了悦姓士人心中预设的答案。

"正是奇袭！我燕国兵甲非众，所倚仗的，乃是精骑横行。但若是对上南下冀州之路上无法绕过的个个坚城，仅凭我步卒之力，则根本无法克取。"一通简单的分析下来，慕容恪发现已有不少刚才被兵锋之说点燃激情的士子渐渐垂丧下了脸来。

"悦兄此言还算有些道理……不过需再行厉兵秣马，延上少许时日罢了。我察天象所显，石氏命数已尽，燕王断不会坐失此等良机。"

"依在下看，两三年内，燕赵都不会复起干戈。"而这人胸有成竹的一言，直接引发了毓兴楼中的一片窃议与惊呼——当然，除了临窗静听的胡、汉二人。他俩似乎对这个时长早就达成了共识。

"三年？重用归义的汉将鲜于亮，亦守诺放宿敌段部南去……大伙说，燕王可算得上仁义之主乎？"换了路数的法姓士人先是带起了一片附和之声，"如此仁义之主，怎会默然放任河北百姓多受暴治三年之久？驱逐羯胡，恢复正统正在当下，迫在眉睫！"

此话一出，在场的有识之士都已明了，这一场争论已然分出了高下。而慕容恪记得自己在毓兴楼蹲守聆听士人心声的这几日里，这个好似名叫法饶的士人已是不止一次搬出刚才那套激进幼稚的蛊惑言论了。此人不仅狂悖，偶尔还要卖弄星象之学的本事来博取名声——燕王府的四郎，其实并不反感有人企图利用父王擅长星宿天文一事来取巧钻营，但他却很不喜欢类似此人过于激进的劲头。且不仅他自己，看对座的皇甫真也已意兴阑珊地摇了摇头。

努力保持着和颜悦色的悦姓士人此刻也起了身，却仿佛并没有多余的兴致来享受这场争论中即将到手的胜利："大王为兵利，则必先巩固西陲商路，购入铁革军资。大王得政兴，则必先改革田税，择立贤良世子。大王取民心，则必先震慑勿吉，化解边民困苦。诸君且论，这三年的光景，究竟是长了，还是短了。"

士人在附和渐起的人群中穿行而过，径直到梯口："鲜卑王公如今已是两败石虎了，可那建康却连个正经的敕封都舍不得给，就算有朝一日克复中原，驱逐了羯人，难道还要迎回弃民而走的司马家不成？"

从楼下飘回的声音越来越弱，直到最后一句话落定，才让慕容恪暂时打消了追回这位在野士人的冲动。

"也不知，这出了傻子皇帝的司马家还算哪门子正统……"

这明面上算是悖逆的言论，虽早已不会惹怒实际上已经自立的燕王府，但在大庭广众之下，这般的无所顾忌，还是霎时惊吓得整个毓兴楼鸦雀无声。结果，还是刚刚被激得面红耳赤的法姓士人重重地锤击了一下木头柱梁后，率先甩袖而去。四下里这才慢慢恢复了寻常间的阵阵私语。

慕容恪也是一时不防，被戳中了痛处，难道这司马家真的已不值得遵奉了？如若南北终究免不了对立征伐，这泱泱大国又要到何时才可一统？而慕容鲜卑一家一脉，又要在后世评说中扮演一个什么样的角色呢？家国疑惑一时占据了他全部的心思，不知不觉间也冷落了同座的皇甫真。

"这位悦先生确是见识卓著,算得上才学实干之人。"皇甫真不气不恼,在给贵族青年留下了足够的沉思时间后,又恰当地开口,击破了二人间的沉默与尴尬——或许,这就是慕容父子最希望在自家地盘上培育出来的世家气度吧。

　　"看来皇甫兄也是赞同那位悦先生的观点了?"华丽的青年此时刚从烦乱中抽身而出,但眉眼间遗留下来的情绪却隐匿得不那么完美,细心之人还是可以从他嘴角不甚自然的弧度中发觉一二。

　　"谈不上赞同,能说出傻子皇帝这种话来……依我看,这位悦先生可未必是汉家士人。"

　　"哦?"

　　"话虽不好听,然理却并不偏。晋廷迁往建康后就成了'王与马共天下'的时局,当下又有外戚庾氏强势相争,今后怕是不知还会有多少世家轮流登台,皇权衰落已然无可避免。"话语间歇之际,皇甫真注意到了青年流露出的些许失落的神情,但他不确定,一个鲜卑贵族又为何会担忧起汉人的皇权来,"就算有一天,北方的王侯们有意迎接司马家北还,那些靠着衣冠南渡掠得权柄的世家大族们还会拥驾还归乎?二十岁往矣,其在北方的一切都已有人接手,此方的胡汉显贵们,怕是也容不得有人把南人请回来,共享手边的田土官廪。故,在下是着实看不出南北的新贵和名门能有何法和谐相处,共享天下的。"

　　也正是这句在慕容恪听来悖逆程度丝毫不逊的豪言,让他确认了眼前侃侃而谈的皇甫真绝非出自雍州界上哪个同姓的旁支,而是实实在在的名誉天下的朝那皇甫氏。而此刻,二楼上的一群士子仿佛又找到了共同的话题——他们当然不会放胆讨论燕王对司马氏的忠心程度,不过,在方才争论中脱颖而出的"兵利、政兴、民心"三段高论,却成了逐渐掀起的声浪的焦点。

　　"说来也巧,这三论还恰就与皇甫先生属意的县府相衬。看来城中才俊……都已摸清了王府的动向了。"

　　贵族有意无意间的夸奖更加坚定了皇甫真的信心——他其实从未对自己的才识与身世产生过任何怀疑,之所以在龙城徘徊不前,甚至婉拒了一些太平县府的任命，也是出于身为名门之后，他太过清楚乱世之中的晋位之道罢了。似如今的燕国，正处于急速扩张的阶段，赚取声名与功劳的机会固然不少，然而，求仕之时，也自要面临四海贤士争相来投的竞争。因此，唯有常年累积的功绩，才能触动进入中枢核心的机遇。比起一时的意气与官阶，起步出仕的位置或许才更加重要。而按往常的情况，是要靠着诗赋或评议先行取得名望，得到达官显贵的力荐后，再适时用到自己的身世背景。这便是乱世之中，名门的晋位之法与不衰之道。

"儁公子通晓诗文音律，且身为嫡长，自然最得吾等士人之心。"

"恪公子深耕军事，当今乱世最仗武力，燕王岂能无视？"

"汝等皆是空谈。王府内外可有风声传出，燕王当下最喜爱的乃是幼子，言其颇具自己当年风采。"

"霸公子年龄还小，废长立幼岂不是取乱之道？"

"恪公子行事过于乖张，不可不可……"

捕风捉影的奇言怪语不绝于耳，也使得在一旁好不容易得空吃喝的二人渐渐放慢了手中的筷子。直到一团乱麻愈吵愈烈，贵族青年瞟向了皇甫真，显然也是想听听他关于燕王选立世子一事的看法。

"这帮家伙竟认为燕王会仅凭着诸公子一身之好恶来选立世子，当真是愚蠢至极。高兄且看，今日之燕王府，实力不相上下的二位公子，再算上一个得宠的幼子，是否与先魏武王府，及那汉末的袁本初大将军府的局面有些相似？"这句话刚说完，竟就惹得刚刚端起酒碗的青年瞬时阴沉下了面色。皇甫真心中倏然一惊，虽然来不及去揣摩自己究竟是如何冒犯了对座的贵族，但他还是立马做出了一个冷静的判断——既然相信直言尚有可取之处，那么将自己的道理讲清楚，便是最有效的补救之法。"然燕王至今并未照旧例进行分封，诸子亦尚未各自筑势。方枘圆凿，尤在此时，儁、恪两位公子之中，若有一人能够主动退让，则矛盾立消于萌芽，自是军民万幸，红运昌隆……"

每赶在秋收时节的艳阳日，姚弋仲总要下到田垄里。起初，为了鼓励牧民们改务农桑，他甚至不惜在播种与收割的日子里亲身示范，每每都要累个好歹。而现如今年事已高，他只在收获的时节现身，更多的是来享受成片的粟米穗浪所带来的愉悦与慰藉。

滠头。自带着数万户的羌族部众从关陇之地迁徙流浪，终在此处安家也有十余年了，已自知步入人生暮曲的老人，发觉自己愈发地迷恋上了轮种耕作的田土气息。要知道，他十年前首先看中的并非是这衔接青州冀州，掌控石赵东部清河与渤海诸地要害的滠头地界。只不过，位于西南方向五百里外的枋头，被天王石虎率先封给了氐人。如此一来，在石赵广袤辖地的要害处，一东一南，形成了羌人和氐人两大军事集团，成为羯族在邺城维系统治的重要倚仗。当然，比起联结四水之地、保障河北漕运、扼守着邺城南面门户的枋头，姚弋仲脚下的滠头显然在军事和交通的重要性上略逊一筹。不过，此处作为传统的汉人农耕区，也能够促使族人们更快地适应弃牧从耕的新生活。在不可避免的族群混居影响下，一代又一代的族人在这里言传身教，令一些长者与头领们欣喜的是，后人们多已逐渐摆脱了束缚眼界的游牧习性，也许再过十几年，挤奶的手艺都要失传……传统意义上的部族终会随之消亡，但娃娃们却不会像自己儿时般，再在冬季里祈祷暴雪的仁慈与草原的怜悯。一代人的见识及前途总会超过上一代，姚弋仲预见到，并且坚信这希冀的种子会在滠头羌人这里，也会在枋头的氐人以及北面鲜卑人处生根发芽——甚至已然结出了了不得的果实。

"自从襄儿回来，为父就瞧出来了……是一直有话憋着，想说什么就说吧。"羌人都督此番巡田时，还特意带着刚刚出征归家的姚襄一起，这其中自然少不了他借机言传身教的用意。

"孩儿回来路上，即听说父亲放了段兰的人马过境，还赠了一些粮秣。"

"嗯？"

"只是不解，如若让天王知晓此事……"

"此番随夔安、石闵和李农等人南征晋廷，可有何斩获？"

面对自己父亲看似无关的一问，姚襄一开始还是摸不到头脑："夔安都督率吾等攻破了邾城，在石城为庾亮的援兵阻拦后，便退还到汉水以北。"

"那便是了，襄儿难道不觉得，自打失了幽州，天王似乎已失了雄心乎？"

这句大不敬的言语，竟稍微拨清了姚襄混沌的思绪。其实何止是石虎日渐消沉，南征这一战中，老迈的夔安不思进取，就连同一并出征的石闵与李农都莫名懈怠，以致坐失了攻取荆州的大好时机。显然，这些人的心思恐也并没有放在为国辟土，终结乱世上。

"父亲是忧虑……我赵国天命有恙？"

"天王在时，断不可能。"姚弋仲从不容许任何人置疑自己对石虎的忠诚，有时甚至到了偏执的程度，"不过，自废太子伏诛……眼下石宣与石韬二人相互攻讦，乃至旁人均不得不考虑天王身后之事了。"

"故而父亲宁可担着邺城的疑心，也不愿得罪慕容皝，才不去截击过境的段部人马。"

姚弋仲转身抚摸着几穗粟米，眼中全是那饱满的谷壳："段兰要过河去往广固，找那边晋人的麻烦。可惜了，咱一时竟不及段兰那老货的眼光……罢了，为父且问，若有一日天王家里乱了，或是慕容氏大军南下，到时姚氏和咱的部众又该何去何从？"

"赵国如若不能居，自当率领族人回归关中，先取雍州之地以自保。"

姚襄说得斩钉截铁，显然这也是他深思过的情境。而姚弋仲却仿佛是第一次读出了继承人竟怀着超越自己的雄心壮志。随着轻轻地叹了一口气，他知道，自己对于这个问题的预想已经不再重要，趁着还有余力，能做的，也只有尽心帮助爱子去争上一争。

"善……"历经风雨的大都督在尽量平复自己的心情，"襄儿要时刻谨记，咱们姚家只算得上大事初兴，所能依靠的，永远都是他们。"

顺着姚弋仲伸手所指的方向望去，是那些在田间地垄里起起伏伏，从脸上能轻易读出喜怒哀乐，却很难再分辨出胡汉之别的农人们……

毓兴楼上的士子们依旧在叽喳议论，而正负手立在窗口的皇甫真，早就已经练就了对他们那些毫无价值的言语充耳不闻的本领——他也曾如那位离去的悦先生一般，加入过类似的争论中，但当意识到，偶尔成为些许拙劣话题的中心并不会给自己的名望带来有益的效用后，他便选择抽身而去了。当然，类似这般过往之事，是没有必要与刚刚相识的青年提起的，正如他也同样没有向那人提到，自己今日来到这毓兴楼的真正用意。

　　站立在二楼窗口的士人窥望着年轻的贵族策马离去，他终究还是没理出个头绪，到底是哪句话触发了方才那魂不守舍的神情，以及当下映入眼帘的落寞背影？直到一人一马消失在了街角，皇甫真依旧伫立在原地。这位来自西北的名门子弟此刻陷入了犹疑。他今日原本是去拜访求见阳骛士秋公的，未尝得见之下，才挪步到了相距不远的毓兴楼稍歇，要不是遇到了神秘的贵族青年，士人应该已按计划带着自家的名帖二拜阳府去了。

　　在屋檐与树梢间应和而起的几声鸣唱终于挤进了忧杂的思绪中，对他来说，这些清脆的旋律确比身后嘈杂的议论更有意义。皇甫真决定姑且按下士族间的纽带与帮衬，虽说那已表露出引荐之意的贵族青年仅仅是问明了自己的住所，便就匆匆离去，甚至他还不清楚那人是姓段、慕舆还是慕容，不过，在兄长皇甫典已在长安出仕的情况下，自己既然在南晋和北燕之间选择了后者，他还是相信凭借自身才干，必能在这万事方兴的龙城中，觅得皇甫氏的立身之地。也许，家族未来的命运亦脱离不开那些峥嵘骤显的慕容子弟。

夜　笛

"女郎，律儿小娘屋里的烛火灭了，想是睡下了。"

纱帘后面的女主人没有搭话，只是用手拨了一下桶里的水，禀事的侍女便乖巧地退回门口。

可足浑述儿见状，心里又一次嘀咕起来："羽阿姊这天生的贵气，还真是学不来。"

"再加一次热水解解乏……咱们就回，好不好，述儿？"在外人或是府中的奴仆面前时，慕容羽确实总能保持一股公主的贵仪，但每当交流的对象换成了家中的兄弟姊妹时，又立马可以换回年轻女郎本该有的欢脱姿态。尤其对述儿和律儿来说，慕容羽真的就如亲生的阿姊一般亲近。

"那便听阿姊的。"根本用不着明示，述儿应答的话音一落，一股热流就分别续进了两人各自沐浴用的大木桶中，"好是舒服，真恨不得每天都与阿姊一起来泡上一泡。"说来也奇怪，以前在自己家中，竟从未领略过如此的舒适……可能是得益于这巨大木桶的奇妙吧，现下腿伸直了，甚至还可以漂在其中。

"我可不行，泡多了反倒又燥又痒的。"慕容羽的声音伴着哗啦啦的水声，从隔开二人的纱帘后传了过来，"述儿这爱干净的劲头和四郎还真像……那小子上次领兵去幽州，好似都带了个木桶一起走的。"

"恪公子此番去建康，该也带着了吧。"述儿搭着腔，脑海中又浮现出个纵马飞驰的慕容恪的身影。也难怪，哪个从草原出来的鲜卑小娘子会不喜欢那般坦荡潇洒的贵族子呢？

"这回可由不得那小子，南下的使团可是封先生做主。再者说，一共就二百多人的队伍，哪能给他一路拖着个这般大的浴桶，岂不是要笑死个人？"羽娘子嘤嘤地笑着。虽然她只比自己的孪生弟弟年长不到一炷香的工夫，但在平日里，可没少一口一个"小子"来揶揄嘲弄慕容恪。而这样的趣味，总是能在王府诸人——也包括可足浑氏姊妹俩——中得到不错的反响。

述儿正在心中暗笑的时候，没想到慕容羽转过身来，直接掀动了两个人之间的纱帘。"两日后，二郎亦要随翰父出征宇文部。阿爹一样要带着仪仗去送行，那述儿是去，还是不去呢？"

"去吧……"

述儿的回应还没来得及飘到纱帘的另一端，慕容羽的脑瓜便径直穿过了两人之间唯一的屏障。她脚趾顶在桶底，身子趴伏在边沿，抻着脖颈，靠到了述儿的耳边，一句低语即刻就让有些慌神的小娘子羞红了脸颊："是的呀，恪郎都送了，儁郎哪有不送的道理呢？"

霎时又缩回到自己木桶里的慕容羽不住地咯咯笑着，述儿只得摆出一副生气的样子："这浴室哪里都好，就是两个人挨得太近了。"

不过，她的好阿姊在想要欺负人的时候，可从来不是矫揉的小娘子姿态。占了便宜的慕容羽抿了抿嘴，又逼了上来。

"说说嘛，二郎和四郎更喜欢哪个？这小脸儿憋圆了也不说是吧，行！"慕容羽转了回去，背对着述儿，又大声地"自言自语"起来，"从古到今啊，或许只有咱大燕国是还没世子，就先定了世子妻。可等了一天又一天，好好的小美人，都不知道要嫁给谁。"

这下围在一圈的侍女们都忍不住笑出了声。述儿骨子里的骄傲终于让她的话里带上了些许的锋芒："还说我，大王就一个女郎，不是也没嫁出去？"

"小妮子。"然而，仅是如此，可是无法逼退兴致盎然的羽娘子的，"咱可认命了，反正早晚都是要嫁出去联姻的。就说封先生家里的大郎君，妥妥是个书呆子，咱反正是看不上。所以呢，估摸着以后不是嫁到中原做个王妃，也是去草原当个阏氏罢了。咱到时候，只希望这个人呐，可别太老或者太丑就行了。"

听得羽阿姊一番话，述儿不知为何在欢快的语气中感悟出了无法言状的悲凉，心里只为同样青春貌美的三娘子难过不已。可能是见述儿呆住了，整个屋子里半晌间也没有发出任何声响。

"嘿，看看还是述儿的命好。至少咱两个兄弟，一个英俊多才，一个潇洒风趣，你个小娘子，到底是看上了哪一个，还是两个都想要呢？啊啊，哈哈……"等到述儿缓过神来，这次干脆也不再还嘴，而是直接双手捧起一兜水向慕容羽泼洒过去。只可惜，那一直无甚用处的纱帘终于有了存在感。由于隔在中间的阻拦，两个小娘子突然打起的水仗并没有制造出太多的狼狈。

"要咱说啊，不如述儿直接挑，挑好了就去找阿爹说。"

"那可不行，国本之事哪有容个小娘子说话的道理。"

"咱看就行，反正眼下父王也不像有了主意。要不就由世子妻自己选一个，如此赶紧立了世子，也省得外面的人猜来猜去，谁都别动歪心思，王府里这一家呐，还全都得感激述儿呢。"说着，慕容羽便从木桶里起了身。述儿见状，也便乖巧地跟着跨了出来，一直候着的侍女们伶俐地一拥而上，把扶的把扶，擦身的擦身，披衣的披衣，各自忙叨了开来……

夜里的月亮准确地依照时节呈现出满月三分之一面积的牙状，这是两个少年今天晨时刚刚从胖先生那里学到的知识。而正在萎靡的月色本就算不上明亮，偶尔还要有厚重的云雾从前划过，这般明暗交替的一夜，倒是适合干一些越墙上梁的活计。但此刻正躲在墙角的二人可不是相约出来做贼的，他们正秘密谋划的事情比偷点儿东西刺激多了。

"慕舆将军怎么说？"看起来更为稚嫩一些的少年抢先开了口。

"倒是答应带咱们走了，不过……"

"不过个甚？"实际上他不仅是年纪小一些，性子也不怎么沉稳。

"唉。不过只答应带咱俩走五十里，而后就要向二兄上报。那意思是，能不能说服二兄让咱们留下来，他便不管了。"另一个少年说话不紧不慢，看那小有城府的样子，显然更可能是整个事件的主谋了。

"还以为要直接报给大王呢。都是自家兄弟，到时候好好说项说项呗。"

"大营里哪里有自家兄弟。咱先讲好，到时候估计是要挨揍……真正要想把这事求下来，还得是要靠哭。"这念着就要被慕容儁揍的少年是慕容霸，而与之合谋，要逃出龙城奔赴沙场的，也只可能是慕容德了。

"也是哦，看来只能到时候再想办法了。唉……要是四兄领兵就好了，肯定不会赶咱俩回去的。"

"如今想这些有甚用……且说清楚，甲胄的事弄妥了？"

"放心吧。"慕容德蹲在地上昂着头，月光映在双眸中，显得他自信满满，"咱可是分别找了两个匠人呢，用的都是咱自己的名义。如此，哪怕高参军撞上了赶制甲胄的事，也不至于出于亲疏的缘故，便去问大王的。"

"来，先站起来。"慕容霸在细致地比量了两个人的身高肩宽之后，终于承认，慕容德这项任务完成得比自己更机智利落。

比个头，在这项天下男孩子最为热衷的较量中，二人已是连续多次打成平手了。也难怪他们的羽阿姊总是笑着品评，形影不离的两个人肯定是老天爷从一个模子里刻出来的。然而，差别总还是有的。曾经摔断了两颗门牙的慕容霸只要不去开怀大笑，总还是更为英俊的那一个，而年龄稍小一点儿的慕容德，在块头这方面似乎更握有一点儿后发优势。

两个少年在忽亮忽暗的月色掩护下，又在一起研究了诸多私逃从军的细节安排。不过，就在他们自以为计划天衣无缝而脸上露出得意笑容的当口，一句深沉中带着戏谑意味的轻言，瞬间便让两个小脑袋瓜如同被扒了毛的斗鸡般耷拉了下去。

"那兵器呢？两个娃娃可使唤得动制式的环首刀乎？"

使得两个少年如此泄气的原因，不仅是又冒出一个难解的现实问题，更在于提出这个问题的不速之人竟然是慕容霸的大伯、慕容德的亲爹。

慕容翰可是在暗中偷听有一段时间了。经验显然不够丰富的两个小郎君不仅高估了墙角处的隐秘，同时也大大低估了他们兴奋的语调对四下静谧的破坏。在基本捋清了少年们的意图及方案后，慕容翰对整个行动计划还是十分认可的。当然，除了他直言指出的兵器问题——既然是为了上阵杀敌，没有个趁手的家伙式怎么能行。而看着两张丧气的小脸在月光的映射下变得惨白，想到王府里的公子哥竟然要联手演如此一出大戏，慕容翰直听得又气又乐。

不过，在心中拿定了主意后，他还真起了点儿兴致，不如先消遣一下胆大妄为的两个少年："二郎这番可是首次掌军出征，依咱看，可不会冒着风险收留两个小子。"

"那……恳请父帅带咱们出征宇文部。"

"好个小无赖！"看到抢出头来求情的竟是自己的儿郎，慕容翰的心里还是比较欣慰的。虽然在眼前这对组合中，慕容德经常扮演的是跟屁虫的角色，但在当下的关键时刻，还是他读懂了自己的话语和心思，说明这孩子起码在机敏这一项上还是不遑多让的，而这一点，对于他在如今身份下的生存和发展，算得上至关重要。"想让我出手相助，那且先问问，入了军营后，可愿甘心听令，绝不会似今日这般妄为？"

两个少年一听事情有了转机，哪里还有讨价还价的念想？点起头的速度可是一个比一个还要快。

"且主将可随时遣返你二人。到时嘛，必须老老实实地返回龙城，不可再动别的心思。"

"不敢，不敢。"紧接着又是一阵讨好般的表态。

"最后一件事……大军出征前，霸儿要留家书一封，把事情讲清楚。呈上去的时机，既不可在出发前，亦不可过晚，免得大王着慌。你俩小子能不能走成，还要看有没有这份能耐。"

"侄儿谨遵命！"慕容霸恭敬地一施礼，心里怕是早就乐开了花。平日里尽得宠溺的他，自诩对付父王还是有一套办法的。

"还有，兵器的事，可还想到办法了没有？甲胄在出征前赶制，也许还来得及。这铸兵嘛，哼哼。"

小兄弟俩对视了一眼，反正算是找对了路数，便不约而同，满怀期待地求起了面前的"大善人"。

"嘿哟。见过四郎常常耍弄的一对短刀吧，咱可听说前一阵子，就在南下之前，他刚打好了一对当作备用。如若所料不错，眼下就该在屋里头放着呢……按着你俩当下的气力，一人一把，用着可能有些轻，但也总好过那抡不圆的环首刀。"慕容翰干脆挪步闯进了墙角，连推带拽地把儿郎和侄儿赶出了阴影。说着，他又给两个孩子指了指方向。"走吧，回去睡觉。刀如何弄到手，也不急在今晚。快回吧，若再被他人发现，那咱也就帮不上了。"

趁夜色偷摸研究沙场征战大事的慕容霸和慕容德可万万未曾料到，自己竟还是要靠当次小贼，才能解决最后的难题。不过，既然眼瞅着便要得偿所愿了，二人在温柔的月色相伴下，还是心满意足地走走跳跳，各自回了屋。

像，真的太像了。看着两个少年这股劲头，可不就是三十多年前一样渴望上阵杀敌的自己嘛。慕容翰十分清楚，就算俩人被自己赶回了屋里，这一晚上恐怕也得兴奋到难以入眠。而他之所以能够发现两个人在角落中的密谋，也是缘于自己被慕容皝当面提出那个问题后，久久心事难平，以致在回到自己居院前，还要四处徘徊寻寻困意——诚恳的兄弟，以家事的名义向长兄询问继承人的选择。然而，出于对自己当下的处境，以及儿郎的未来着想，向来以正直豪气闻名北地的慕容翰，此番却给出了违心的答案。而由此掀起的波澜，恐怕也要搅得自己一样无法安寐了。

他仍未捋清楚，自己一时心血来潮，答应带两个少年上战场一事，到底有没有受到愧疚之情的影响。但作为整场战役的部署者，慕容翰能够预想到，担任强攻对垒之责的慕容儁与慕舆根即使一路上能带着二人，但等到铁骑正面搏杀之际，也断然不会准许俩少年出战的。因此，能够帮助慕容家年轻一代完成历练的，只有自己指挥的这支绕转下洛城，并负责突袭宇文部腹地的轻骑部队。到时候，将两人安排在亲兵队伍里，只要在自己眼皮底下，凭借三十年北地宿将的经验，他还是有信心护住这对崽子安然无恙的。

夜里的微风越过房檐，穿过树梢，在轻轻抚弄间，又卷起了一阵窸窣的声音。慕容翰的心绪也由着它们引领，滑向更深邃的秘境中去。想起自己病故的妻子，还有段王妃模糊的影像亦从眼前掠过，他已能想象得到，母亲们会以怎样的口吻埋怨起来——十四五岁的少年不应该冲锋陷阵，更不应该在如此年纪便手上沾血。是啊，自己的母亲也曾这样抱怨过，而自己依旧在这般年纪第一次手刃了勿吉贼子。而相同的故事还会轮回往复，直到有一天，飘零之人能彻底离开草原，将孩子们送入到好似中原人的学堂里去。

"嘿嘿嘿……"

想到这，慕容翰竟然有些肆无忌惮地笑出了声。其实，他根本就不担心大王知道他们三个人的所作所为后会有所怪罪，他甚至不相信舐犊的父亲在收到留书后，会选择将两个少年紧急召回。毕竟，当年同自己躲在马棚中——如今夜的情境一般——商议着混入攻打宇文莫圭的队伍的那个少年，不正是慕容皝本人嘛。

角落里忽起忽散的笑声，并不是当夜燕王府里上演的诸多巧合中的谢幕篇章。在慕容翰循着少年的足迹，回到了自己的居院后不久，在王府后宅西侧的诸院中，又有轻纱哀伤的笛声幽幽飘起，渐渐占据了所有黯然无眠的心扉。

轻手轻脚的女郎打算趁着那些认真工作，且极度负责的侍女们终于睡下了，没有人跟在自己身后的时候，去独自一人散一散心——哪怕只有一小会儿也好。可足浑述儿在月光轻洒的夜晚，总会怀念起从前在阿爹的小部落中当公主的那些自由无束的日子，而眼下，似这般牺牲睡眠的小小妄为可能也算得上对沉闷无比的王室生活的暗自抗议吧，以至于她每次在院子间兜兜转转的时候，都先要怜悯一下礼法更甚的南方王女们，而后再适当自嘲一下，那曾经也会任性的自己，又是如何一本正经地教训起淘气的律儿的。

不过，今晚的情况略有不同，无论她内心如何警觉，脚下的步伐终还是被那仿佛富有魔力的笛声，一步步拐到了建有池水小亭的那间院子里。述儿虽然从未系统地学习过音律，但随着越靠越近，笛声也越来越清晰可辨，她还是发觉了这正于池心亭榭中鸣响的乐器，并非北方牧人会随身携带吹奏的粗犷梆笛，反倒更像遥远的南方才会有的精致竹笛。这样一来，对亭中背影的辨认就简单得多了。

"僑公子？"三个字一出口，述儿立马后悔了。明明本是打算悄无声息地绕走，结果自己的草率不仅打断了吹笛人的哀思，还可能会使二人陷入一种奇怪的境地。毕竟，在这个时辰，天空中那孤寂无助的弯月都快走完今夜一半的行程了。

"述娘子，这个时辰了，怎还没睡？"

"一直未有倦意，就自己出来走一走。"太好了，述儿开始自怨起来。原来还记得自己为何要跑出来独处的，不过，眼下院中没有其他人，还不至过于尴尬。

"述娘子似乎有心事。"隔着几步，便被捕捉到了神情上微小的异样。不过，如此轻柔的语气还真让她提防不起来。

"倒也算不上，只是刚刚哄了律儿睡觉。公子也知道，那丫头可不好摆弄，搅得心思有点儿乱罢了。"可足浑述儿决定撒个小谎来摆脱窘迫。对于自己所拥有的美貌，有一点好处便是，很少有人能在面对面时，还会有闲心去寻她言语上的漏洞。"僑公子刚才吹的是何曲，在远处一听，竟就让人着起迷来。"

"本是一首乐府的大曲，是要与七弦和月琴一起合奏的。只是看这月色，觉得独自奏笛也不错。"

慕容僑柔软的语调让述儿感到一种从未有过的舒适感。她扬起头来，望了望依旧飘洒着的月光。"这曲子听起来有些……"

"有些哀愁是吗?"吹奏者并无避讳地接起了话,"早前想起了阿娘的生辰就在两个月后……可眼下出征在即,算了算日子,无论如何也是赶不回来祭拜了。"

可足浑述儿一开始可是没想到,这场池边亭下的偶遇竟会藏着至深至切的哀思。可眼下的她,却没什么办法来帮助抚慰慕容氏两代间遗留下来的纠葛和伤痛,善良的女郎只好尽可能地去感同身受:"俺姊妹也许久未见过爹娘了……在王府中这些时日,他俩也只是来探望过一回罢了。有时越是埋怨,还就越想念。"

这回年轻的公子没有立马开口应和,但在他依旧满是伤怀的面庞上,终于浮现出了宽慰的笑容——这便是述儿的另一个没想到。眼前从来都是一板一眼的儁公子,竟然也有着如此细腻的情感。

其实她早就应该察觉到的,比如只有这文质彬彬的儁公子会周到地称呼她"述娘子",而其他人——包括恪公子——只会将她视作晚辈,或是小妹一般地唤一声"述儿"。还有慕容儁那些零零散散的诗赋……很可惜,冷峻的外表一时阻碍了鲜卑女郎去细致感悟那股心中的炽热,不过,今夜之后的述儿已是打算去细细品味那些静静休憩的文字了。

"到时候羽阿姊定要去祭拜的吧?"述儿突然豁达了起来。

"自然。"

"那就应允小娘子……替在外的公子们去祭拜王妃吧。"她的语气很是坚定。

而这一刻,述儿扬起的面庞正接住飘洒下来的月光,竟使得慕容儁整个人都僵住了。果然,三妹之言不虚,述娘子确有着倾国倾城的美貌,恐怕比起传说中的古之美人也是丝毫不落下风。在遏制住了失口惊叹的冲动之后,他的脑筋才慢慢恢复了转动。其实,他能够理解可足浑大人为何会选择尽可能地远离龙城,远离自己的一对儿女郎……

所有的王室婚姻都必带有政治色彩,而所有的政治都是要按实力来排队的。年轻的慕容儁相信——燕国所有的聪明人都一样相信——以可足浑大人偶尔现身时的情况来看，他未必愿意将女郎嫁入自己的单于——慕容氏一家的，然而，同样出于这般差距，他也没有底气去拒绝父王出于报恩而提出的婚约。可实际上，比慕容儁更聪明的几个人更清楚，正是慕容皝执意选择弱势外戚的私心，才把述儿卷入了她根本无法掌控的旋涡中去。因此，可足浑一家若能够保持当下的羸弱与低调，反而算得上明智之举。又或许，在整场超出预知的命运中，唯一可以确定的是，等到律儿这小丫头谈婚论嫁的时候，作为燕地主母的小妹，她倒是可以拥有一场实力相当的显贵姻缘了。

"上次见述娘子……好似也是在这院子里。记得是在抓律儿回屋，那日可真是逗坏了大伙。"

话题变得轻松了些，两个人自然也就不再绷着说话。述儿在亭中坐了下来，慕容儁则是倚靠着一旁的立柱。

"咱就说吧，那丫头真气死个人。想让律儿随羽阿姊学些技艺，可每日只要一眼没看住，她不是往霸公子那儿跑，搅和他们兄弟读书习武，就是在府中没头地乱窜……有时候真恨不得把腿打折，先关进屋子里再说。"

"看来还是得多带律儿出去转转，这王府再大，总有一天也要没地儿闯了。"两个人这会儿竟不约而同地莞尔一笑。"述娘子在府外可识得了些好友？"

"前几日……还去过城南冯大人府上。与他家木罗阿姊挺是熟络，说还要教述儿算卜的小把戏呢。"本来这些话只可能与羽阿姊讲的，可不知怎的，在慕容儁面前，述儿也可以放下诸多的戒备。

"冯木罗那小娘咱也知道，她家祖上可是几大部族里最受尊崇的祭祀。虽说眼下父王不准舞弄萨满术了，可要是……"

慕容儁话还没说完，一阵木梆子声便从远端的步廊飘了过来。这是夜里巡圈的仆役就要转过来了。年轻的男女都清楚，在如此深夜里让人撞见，怎的都是一桩麻烦事。于是，述儿赶紧起身，默默轻施一礼后，就要从另一侧离去。

"述娘子，祭拜之事，儁……"慕容儁冲着疾行的背影呢喃。两个人都是一滞，可明明有一堆感激的话，却好似互相挤着卡在了他喉咙里，竟是一个字也没蹦出来……

可足浑述儿走出了小院，自她身后追上来的，并非是恼人的梆子响，而是那才刚相识的凄美笛声。是啊，草原来的鲜卑小娘子永远都会喜欢着恪公子一般的阿郎——她在心中念叨——但是自今夜而始，儁公子特有的那份凄然细腻的才情，一股脑地糅进了他那俊美的面庞，也彻彻底底地闯入了述儿的心扉。

刑　家

"沈伯，前面该就是广陵了吧。咱们要渡江，是往西走，还是往东走啊？"

"去建康当然要往西，往东沿着官道可就到吴郡了。"

这支行进得不紧不慢的队伍大约有四百人，但仅凭着远远一望，也足以清楚地分辨出他们来自不同的营属。其中最扎眼的，莫过于二百名装备精良的骑兵。跟在他们身后的，则是三四十名掌管着大量物资与马匹的辅助仆夫。而剩下的一百五十名大多在步行的士卒，不仅在装备穿着上比起那些仆役好不上多少，且在精气神上，与同行的精锐骑兵相比更是显得格格不入。两支队伍在行军时虽是泾渭分明，然而在途中休息的时候，还是会混杂在一起。亦如当下，来自北方的年轻骑兵口中，有关地理与习俗的问题层出不穷，一有机会，就要缠着南方的老卒问个不停。

"娃子，俺看你们有些人，咋和大部人马不太一样呢。"老卒并没有等年轻人的下一个问题出口，便自己先查数了起来，"看啊，二百人的骑队里，要么是手里有长兵器的，要么是背弩的……像娃子这般抄着短家伙，盔甲都整齐一色的一伙子，明显和那些家伙不是一路的嘛。"

"大伯好眼力啊！小子算是彻底服了。"

"嘿，跟着俺家先主人和少郎君打了一辈子仗了，这点儿本事该是有的。"老卒摇了摇头，"和咱老骨头说说，到底怎个情况。"

一路走来，也是混得熟了，于获早就没有了提防的心思。"不瞒沈伯……像咱这般的有三十人，本是公子的亲兵，剩下的一百七十骑，才是从俺们精锐大营中抽调出来的铁骑。"

"哦，原来如此。伢子可真是好本事，这般年轻，就能凑到王家的身边……将来一定是前途无量了。"

"沈伯可别挤对人。恪公子哪会看上咱……靠的还不是俺阿兄求来的机会。"于获嘴上如是说，可那股子骄傲劲头可瞒不住他人。

"难怪了，也就你家公子的亲兵才来和俺们这些晋卒打打交道。"哪怕风里雨里经历得再多，老卒一路上也难以压制住心底泛起的酸水。看着这二百人的家底，人和马都裹得严严实实不说，前天眼前的娃子还在无意间透露出，他们实际上都是一人至少双马的事。乖乖，老卒心里越惦记，可就越是不忿。从他自小起，听到的都是极北之地尽是些蛮夷，根本不值一提云云，可是直到当下自己胡子都泛白了，才和燕平之地的胡汉小民们碰上面。结果呢，姑且不论礼仪教化上没啥差别，就这支燕国南下而来的精骑，任谁看了都会眼红。

"那些甲士俺看了都觉得凶煞。之前阿兄也说过，铁骑营里军纪上管得可是越来越严苛了，哪像咱家公子这般好，甭论和谁，都那么平易随和。只要不干祸民劫财的勾当，平日里对待俺们这帮亲兵，可是宽泛得很。"年轻人眼珠一暸，又赶紧起身拧向一阵缓缓抵近的脚步声，"皇甫使君，看俺说的对不？"

一旁的老卒虽然不识得这位文官，同样更是分辨不清楚官阶爵位什么的，但他见过自家将军在这人面前毕恭毕敬的样子。对于自己这般身份的人来说，想要解决任何不明白的事情，只要学着主家做便足够了。于是，老卒一样迅速地站起身来，努力地在文官面前维持着最为笔直恭敬的姿态。

"玄恭何止是平易随和啊，那任凭和谁都能聊个起劲的本事，可不是一般人能学得来的。"和颜悦色的皇甫真一路寻觅而来，"尔等可曾见过沈将军？"

他大约记得眼前的老卒曾几次伴在他所寻之人的身旁，若是家仆的话，那向其询问行踪，准是没错。

"方才望见郎君赶去了水旁，想是解手去了。"

果然。

"老奴这就去寻他。"老卒说完，便低头就冲了出去。

若在规矩大的士族眼中，这套言行还真是有些失礼。不过，皇甫真也不算什么威仪重礼之人，更不可能与一老仆置气。"等与沈将军商议完事情，大队就要启程直奔广陵城……你最好当下就归队去，免得到时候慌乱。"

年轻的于获听罢，心头瞬时泛起了暖意，深深一拜后，便一溜烟地跑了。而孤身杵在原地的皇甫真则不禁有些挠头，从龙城出发南下已有月余了，可他到现在还是没缓过来那股子蒙劲。那日在毓兴楼偶遇之后，慕容恪第二日便找上了门，原以为能去燕王府任职的皇甫真直接被授命，要随封弈的使团去往晋都建康。在鼎鼎大名的恪公子只能率二百精骑担任护卫将军的情况下，自己从无权无职的候补官员，一下跃升成了代表燕王的堂堂副使，在任何人看来，这都是实实在在的擢升重用。但皇甫真心里却未必是真的喜悦，他再清楚不过了，能有这样的好事，多半是燕王看上了他雍凉世家的出身，这才起意搬出自己朝那皇甫氏的名头，去应对建康城里的南渡高门罢了。如此的机缘巧合，并不符合他凭才任仕的理念，不过，既然得到了重用，皇甫真也不敢再有所介怀，一路上尽心竭力地承担起了出使的职责——或者可以说，是到目前为止，使团中全部的职责。身为正使的封弈见有人来干活儿了，干脆就把上到文书过所，下到车仗礼品等等事情统统都丢了出去，而老头自己，每日跟着队伍游山玩水，好不快活。

幸而那老卒说到做到，没用多久，还真把面露尴尬的晋廷边将沈劲寻了回来。任务完成了，颇为老成的士卒就也顺着那娃子的足迹悄然离去了。

"楚季兄有事，差人唤在下前去就是了，怎还亲自来寻。"不仅刚才那一老一少相处得不错，如是看，皇甫真与这小将沈劲也已然成了友人。

"世坚这说的什么话。"皇甫真自然地摆了摆手，"刚刚边军斥候回报说，日落之前，咱们就能到广陵城了。方才经子专公与恪公子安排，到时也请世坚一并入城，小酌一番，万不要推辞啊。”

“那儿郎们……”

“隔江就是建康，让其按照规矩，自行在城外驻扎便是了。”

“如此，在下定当从命……容劲去交代一番。”虽然只是领着百五十人的小将，但沈劲逢事认真、不卑不亢的特性，不仅是深得慕容恪的赏识，同样也博得了皇甫真这般士族的尊重。

“哦，咱看那老卒仿佛与世坚很是熟识，不知有何渊源？”

皇甫真这随口一言，不知怎的就戳中了眼前将领内心的柔软之处，只见沈劲面露愧色。“老伯本已跟随先父二三十年的光景了，如今对咱还是不离不弃。念着这份情，只得留其在咱身边从军。由此，除了沈家的例资外，也可多拿一份军中的俸养……”

“尔等都说说吧，连战连败，损兵折将，且该如何处置这厮？”阴沉的声音从埋在阴影中的王座上传了下来，大赵天王在平静中卷积的怒火撞向了殿中的每一个人。而默立着的文武大臣们却无不低着头，专心研究起了地砖上的纹路。不过，也有例外——跪在地上以头杵地的麻秋，神情紧绷、局促不安的太子石宣，以及眯缝着眼睛幸灾乐祸的秦公石韬。

而身材高大的石闵即便埋着头，他的余光也足以将身边的全景一扫而尽。比如，身前的李农与夔安正相互使着眼色——向来恃宠无礼的麻秋往常可没少在言语上得罪人，如若这资历最深的二人趁势发难，恐怕今日这殿中就要见血了。不过，随着他瞥见老谋深算的夔大将军摆了摆手，两个人便又恢复了低头冥思的状态。诚然，今日的主角是石氏父子三人，土埋半截的老头就算再有分量，也必然不会去参合的。于是，自大棘城之战后，最受石虎重用的石闵也彻底打消了开口的念头，他将余光转向了两侧，独自研究起了雕花的屏板。

“说，你先说。”王座上的石虎身体稍微前倾，却依旧没有把脸露出阴影。他指了指自己的儿子石韬。

秦公石韬，在废太子石邃被杀之后，显然是不甘于位居现太子石宣之下的。由此，其在关中的封地没待上几天，仗着讨得了石虎的欢心，便从长安又跑回邺城，渐与太子分庭抗礼。而此时专管刑赏之事的他，更是不知已在事关石宣近臣党属的麻秋一案上，耍弄了多少心机。

"此人临阵溃逃，以致全军覆没，丢掉了整个幽州……燕贼坐大，皆是其过。然念及过往功绩，死罪可免，应依律，夺爵罢官，逐出邺城。"

好一个丢掉整个幽州，石闵听得鼓圆了眼睛。北幽州的诸城可是早在大棘城下的溃败之后，就被慕容恪夺了回去。眼下石韬玩起这套把戏，分明是把石虎的过错安在了麻秋头上，还仗着天王的威威堵住了所有有意反驳求情的口舌。看来，这位秦公在软禁羁押麻秋的这些时日里，确实是没少动脑筋。

"不妥！如若以一时得失重惩上将，今后何人还敢领兵？还应准其将功补过，再图北方。"

这回，石闵差一点儿就叹出了声响。这太子石宣情急之下自己出头不说，就凭这一句"再图北方"，怎可能在天王那里讨得好果子吃？石虎若不想责罚，早就可以找一借口，将麻秋放出府门了，又何必圈禁宠臣如此长的时日？今时，他不过是以麻秋为饵，想要探一探众人的态度心性罢了。

"孤尚未问及太子吧。"绕梁回响的斥责印证了石闵的判断，同时也喝住了所有企图解围的太子党羽。

不过，石闵已经厌倦了这场离心离德的判处，又将自己的目光对准了殿侧的屏板之上。实际上，他本人是非常不喜欢所处的这座偏殿的，并且相信，周围尽皆不敢出声的十几位同僚也有着一样的不适感。由于光照角度的原因，这阶上的王座好似永远都处在阴影之下，如此一来，站在下首的文武大臣，通常就看不清石虎那张情绪饱满的面庞。但若仅凭着天王偶尔发出的声响来辨别喜怒哀乐的话，往往会使惴惴不安的臣子们陷入麻烦却不自知——已经有不少倒霉的先例上演过了。然而，大赵天王似乎对此处情有独钟。在整个邺宫中，除了后宫居所，石虎在这昏暗的偏殿中所消磨的时间竟算是最多的了。就连豪华明亮的正殿，如今也只用来举行例行的朝会，其余的大小商议，大赵天王都选择躲在阴影中，暗自观察阶下的言谈举止，而内外大臣往往就是一不小心，便会招致当堂枉死的祸事。乃至，甚至连脾气与之相似的石闵本人，对此也是颇有微词，但却仍不敢在神情上有任何的显露。

"燕、晋、凉，皆为祸患，且北边的脸面都让你这蠢货丢尽了。"石虎的喝言再度逼得大殿中所有人屏息凝神，就连麻秋那因长时间跪伏而力衰颤抖个不停的双臂都止住了晃动。"让一帮懦弱伪善的鲜卑人撵出去几百里，自己说说，这是个甚罪过？"

"罪臣……知罪。"含含混混半晌，也只有最后两个字颇为洪亮，"还请天王施恩，允罪臣补过。"

狼狈乞怜的麻秋，看起来是那样愚蠢可笑，但就是这一幕，不知同时刺破了殿中多少人的自尊。石闵实在不愿注视这可悲的场面了，在将目光又挪回旁侧的时候，他也终于悟出了雕花屏板的门道。

原来，这殿中的构造虽看似对称，可若足够细心，便能察觉到石虎所在的王座与殿门一线，其实并非是整个空间的中轴。只不过，巨大的阴影很容易让人忽略这微小的异样感。而如此即意味着，石闵当下所注视的这一侧空间要大于另一侧。他大胆猜测，在这雕花的屏板之后，就存在一条暗廊，算着大小，估计伏兵二十甲士不在话下。而依着石虎的禀性，这般安排也是合情合理。不过，此番设计亦可能是出自当初监造邺宫的石宣之手，若是如此，那背后的用意与逻辑自然让人不寒而栗……但石闵不会傻到去向天王点破揭穿此事。看看那麻秋几个月来的处境，卷入天王父子的是非中去，定然不是什么明智的选择——他可不想去当下一个跪在那里打战的蠢货。

"罢，罢。既然都念叨着将功补过，那就把将印交上来，爵位咱家先给你留着……而今，南人在徐州掌事的蔡谟不甚消停，你就去枋头帮着氐人整军去。滚吧！"石虎的咒骂一时间变成了麻秋的救命法器，侥幸活命的将领以异乎寻常的速度爬起身来，不顾自己早就跪麻了的双腿，一面高呼谢恩，一面以一种荒唐的体态，三步并作两步，退向了殿门口。"那个慕容皝既然止战了，眼下盯住南方的鼠辈也就够了。北边的事，姑且交给襄国的石祗和涩头的羌人处置吧。"

终于，在场的大多数人松了一口气。今日上下的安排，已在天王的谋划之中，自然也轮不到他们去撞大运般地发表意见了。

"走吧。太子与秦公留下，都回去吧……"

就这么结束了。石闵夹在众人堆里缓缓退往门口，而麻秋不仅保住了爵位——实际上，在不久之后，他也许还会被反复无常的天王重新起用，去征西或是南伐。不过，眼下被扔到氐人部众中去，还是意味着他与邺城的太子断了联系。石闵发自内心地怀疑，以石宣的凉薄，他很难再瞧得上失了兵权的罪将，而以麻秋的狡诈，恐怕也不会再对今日这无用的太子保持着忠心。而这场拉锯逾月的大戏，最后只不过是天王亲手剪除了太子的一条臂膀罢了。

在最后望了一眼留在殿中的父子兄弟三人后，石闵也跨出了大门。他的心中不免泛起了忧愁，不出意外的话，咄咄逼人的秦公必会对太子发起更为猛烈的挑衅——正如当年的石宣本人步步逼迫已经身死的石邃一般。虽说在恃宠而骄的石韬面前感受一下因果报应，也不算冤待了石宣，可由此，势必会引发的新一轮动荡，却恐怕不在任何人的掌控之下。石闵瞅着门口的夔安与桃豹两个老家伙淡然谈笑，甚是无所忧虑。也难怪，这些人活得足够久了，见得足够多了，他们送走了石勒，又眼瞅着石虎弑杀石弘夺了大位……看惯了宗室相争，父子相残，他们清楚，无论是哪个走马上位，都依旧需要有人领兵，有人施政。他们所求的，不过是保住自家的官爵和财富罢了——这点倒是和汉人士族们学得足够快。

那么自己呢，大赵天王收养的后代石闵——也可以称为冉闵的勇者悍将——在这大争的年代，自己所求的，也只是光鲜的官爵与累世的财富吗？

"来，咱们再饮一碗！"

醉意上涌的沈劲已是记不大清，这是自己喝的第几坛酒了。好似自打被热情的皇甫兄拉进了这个广陵城最好的酒肆中后，面前的小扁碗就一直在上上下下个不停。他不禁疑惑起来，这身份显赫的北地来客们，为何要揪着自己这个无名小将灌酒呢？

直到慕容恪被在外戍守的小校唤走，这种诡异的热情才稍显缓和。也是在此时，记忆都已逐渐模糊的沈劲，仿佛第一次听到了那位一直在执着于享用桌案上渔获美食的封使君开口说话。

"世坚吴兴沈氏出身吧。龙骧将军沈充可是世坚先辈？"

沈劲听到这句话，从头到脚冷汗冒透。这下子，酒劲可醒得彻底。

"封公这是……楚季兄……是如何晓得……"

只觉得封弈那笑眯眯的样子太过瘆人，沈劲慌忙间转向更为熟悉的皇甫真求救，却未承想到，方才同样醉劲不小的楚季兄，此刻亦是精精神神地盯了过来。果然，哪怕只是个文官，但毕竟也是出身雍凉的汉子，酒量怎可能比不上自己呢？

"世坚不必惊慌，吾等定然无甚恶意，何况猜得世坚之身世，亦并非甚难事。就说那吴兴口音，只需盘问任一江东百姓即可知悉。然，更重要的，却还是此物。"

沈劲看着封使君从容地从袖中掏出了一枚五铢钱，下意识地便摸向了自己的腰间。

"果然。"封弈将挂着系绳的大钱交还给它的主人，"早先世坚将此物遗落了，某便拾起来，询问了此处的店家，终得知此小五铢唤作'沈郎钱'，为原吴兴豪族沈充所铸。既然世坚腰系此物以为信物，想必与吴兴沈氏，乃至沈郎渊源颇深喽。"

"也罢。实不该瞒着封公与皇甫兄，龙骧将军正是家父。"

"原来沈兄弟也是出身吴兴豪族，而如今却为何……"

看着皇甫真欲言又止的样子，沈劲干脆也横下心来不再顾忌，索性将心中积压多年的苦闷一并倒出："却为何只落得个无名小将罢了？二位使君不知吴兴沈氏的难处啊，正因家父早年追随王敦起事兵败，终遭部下戕害。当时，在下年幼，靠着些家财捐赎，才幸未得株连。然沈氏一族，还是难免坐罪沦为刑家，由此，按照律例，便全家子弟均不得以文仕进身。如今在下想要光复家门声誉，也只得再用钱财买得个小小军职。日后若得战功，方有机遇为沈氏一门除此禁锢。"

"没承想乱世之中，朝廷的制法依然如此严苛。不知由此，要埋没掉多少如世坚般的英才。"考虑到皇甫真高门出身，能从他口中表达出对刑家子弟的善意，沈劲已足够感激不尽了。

"南北的仕政果然已是天差地别。"封弈说着，整理了一下自己衣领的褶皱，正襟危坐，"王敦之祸，绝非一人一家之过。晋室南渡之初，天下人皆道'王与马共天下'，乃至今时，虽有外戚庾氏可堪一争，然丞相王导依旧可享'仲父'之殊礼。何况十年前，亦是晋室擢用庸人，夺分王敦的权柄，又焉能不激起大乱乎？这笔糊涂账，也不知后世之人，又该如何评说了。"

封弈的矛头直指晋室，言语固然大胆，可隔间内的三人却好似都不以为意。诚然，如今的司马氏早已没有了能让人噤口窃语的威严了——哪怕在自家的地盘上也是一样。

"令尊当年明知败局，却仍不肯反戈王敦，算得上坚守始终。只可惜，后人身负才干，却要受此困苦。"

"在下哪里有何才干，不过封公执言之恩，实是无以为报。"

"世坚虽只得统领百五十兵卒，然吾等皆知，世坚志向与才具远不止于此。眼下如要再行自贬，可不能让玄恭知晓，他可是相当看重世坚啊。"

"然也，天下之大，又岂容不得大丈夫建功立事？"

在封弈和皇甫真的唱和下，沈劲明白了这顿酒菜的用意——领兵的恪公子竟然有意拉自己入伙北上效力。要说他此时没有心动，那纯属是自欺欺人。上个月在淮水边接到燕国使团之前，沈劲曾一度误以为蔡谟蔡徐州仅派自己一员小将，领着半营弱旅来担任燕人的护卫，除了存有蓄意怠慢的意思外，或许还动了诱使劫匪来袭劫使团，从而制造事端的心思在里面。然而，当刑家将领真正得以近距离揣摩这支燕国精骑的时候，这些胡思乱想旋即便被他抛到了九霄云外。沈劲真的太眼馋眼前的精兵了。身为将校，他心知但凡手中没有近千决死悍卒，路遇此二百骑最好趁早避走。实际上，在樊梁泽畔便发生了途中唯一一次匪盗兴事，他手下的晋卒在匆忙之中还没结好阵，具装的燕骑便已呼啸着逆坡而上。最后，仅以轻伤七人的代价冲溃了数百贼人——是役，沈劲看得分明，匪徒手里的钝刀劣矢根本无法穿透燕骑的护甲。从那天起，失意之人便不断幻想着，若自己有如此精兵在手，必能屡战屡胜，一雪家耻。

"在下惶恐至极。"然而，当幻想终走进现实的时候，他却有所踌躇。似乎，命运的抉择远不能跟随希冀一般简单了当。"落魄之际能得公子赏识，本是人生大幸。然母亲尚在吴兴，举族上下也无法一并迁离。在下也是万不敢因己之私，而舍弃亲眷，还望诸公体恤。"

"常情使然啊，也罢。不过世坚之事，吾等尚不必告知玄恭，待其亲自一试，或许还有转机也未可知。"

"那就依子专公所言，且看公子还有何手段。"随着皇甫真话音一落，他与封弈二人竟豁然大笑起来，弄得一旁的沈劲尴尬万分。

就在这笑声将尽未尽之际，慕容恪的呼唤与脚步也纷沓而至。

"龙城的消息到了！"

沈劲听闻，知趣地打算起身回避，却被刚刚进入隔间的恪公子一把按了下来。

"吾等可未视世坚为外人，何必如此烦冗。"也不管沈劲做何想，慕容恪已将绢信交给了封弈，"父王命翰父与二兄各领一军，发兵讨伐宇文逸豆归了。"

"善，如此甚善。若能一统鲜卑各部，倒是对吾等在建康行事大有裨益。"封弈草阅之后便将信件揣了起来，"没承想，连年征战，竟使得青徐之地甚是凋敝。眼下终于有了板床睡，我这把老骨头，可要多去躺上一躺。"

也许是有回信抓紧要写，也许是真的累了，封弈留下了隔间内的三人，先一步自行离开了酒宴。

宇文部鲜卑，在慕容氏崛起之前，曾经是东部鲜卑中实力最为强悍的一支，也一度占据过柳城这样的重镇。然而，从根上找，宇文部并不算是传统意义上的鲜卑部族，其组成中更多的是向东迁徙的匈奴人，只是在地理划分上，与鲜卑人习惯性地混杂并称在一起。因此，宇文部族人不仅髡头剃发，其汉化程度也远远不及比邻而居的鲜卑各部。

　　渐渐地，实力相近的慕容部与段部，不仅早早打破了传统的游牧治理方式，更是不断地通过迁都或直接修筑新城的方式，来巩固自己中央统治的效率。就连辖地更为荒凉的拓跋部，在同时期，也形成了以云中盛乐为中心的集权化趋势。而宇文部对游牧传统的固守，自然就使得其实力不断滑坡。在与慕容氏的连年征战后，而今他们的状况，甚至都比不上窝在奢延的匈奴远亲铁弗部了。

　　而这次，当宇文逸豆归得知燕国的精锐部队已跨过了乌侯秦水，向西进发之后，他深知手下的部落大人们是完全没有力量阻挡宿敌兵锋的，别无选择，只得召集全部人马，带着自己的王帐前去迎敌。宇文逸豆归不是一个愚蠢的统帅，他在选择正面决战前，已是准确地预判到了身后的代国拓跋氏正处于王位更迭之时，多半不会发兵助战慕容家。但消息闭塞的草原首领没有算到，就在自家勇士们被正面的铁甲压制住了如风的马蹄之际，竟会有另一支燕国轻骑从下洛城出发，不远数百里，绕到了自己背后。

　　没错。慕容霸此刻正在奋力骑行，随军突进。自打个头大长之后，慕容霸在战马上更为游刃有余，绝不至于再度上演跌马断牙的惨剧。而他身旁慕容德的情况也是相似，在此番百里突袭中，这少年同样不必再像过渝水之时那般，用绳索将自己绑缚在鞍桥上，以求平稳了。

　　"呜，呜——"

　　随着慕容翰中军帅旗的三振摆动，象征着进攻与杀戮的号角声连绵响起。两个少年相视一笑，各自抽出了"借来"的短刀舞过头顶，意气盎然地冲入了那股骇人洪流之中，向着眼前愈发清晰的营寨呼啸而去。

王　谢

———————○———————

　　和煦的轻风在沁抚人心的同时，依旧卷带着些许闷湿的潮气。几只燕雀已在檐上廊下肆意欢脱起来，率先享受着这一日的佳期。对于它们来说，每一处清贫与富贵的居所，都只是往复迁徙中长租的驿站。它们既是主人，也是过客，既是每年生计的时令官，也是每段命运的见证者。

　　建康城太尉府中，一袭青衣的中年文人正在主人的书房内围绕着几张书案踱来踱去。他时而弯腰低头，细细观瞻，时而又发出"啧啧"的赞叹。看他这般流连忘返的样子，仿佛这个摆满了名家碑帖的小屋，就是触手可及的人间仙境了。

　　不过，这一番心旷神怡的游离之旅，与窗外欢愉清脆的鸟鸣一样未至尽兴，就被疾步闯入的一人生生打断。"逸少怎还在此处，郗公正唤君与安石，代其去府门迎客呢。"

　　刚从拓帖的海洋中浮身而出的文人只觉得好友这又急又喘的样子颇为有趣，便开口打趣起来："唤人寻物诸烦琐，本该是府中仆役的差事。兴公身为朝廷的太学博士，如此跨门穿院地寻咱，这要是一个不慎，传出丈公的太尉府去，外面的人该误会我一介秘书郎，不知何时擢升为了中书令呢。"

　　"逸少啊，此般时刻还要说笑。"不速之友一面搭话，一面径直就把中年文人往门外拖，"前院的仆役们已被郗公屏退了，只留下管家一人在旁侍候。这几位访客可是大有来头，逸少绝对猜不到……"

待到二人一紧一慢，终于转入前院中堂之上时，年约七旬的长者早已负手立于阶上，迎候着远方的来客，而另一青年，此时恰好引着穿着各异的三人进院而来。

三位来客中，走在最前面的士人年纪也是最长。体态敦厚笑容可掬的他，快速扫视了一圈院中与堂前的情形。

"渤海封弈，拜见郗公。"封子专虽贵为蒸蒸日上的燕国国相，但面对名义上仍然遵奉着的晋廷的太尉郗鉴，谦恭的态度还是要有的。憨态的士人快步抢出，恰就停在堂前石阶下拱手见礼："吾等初至建康便来叨扰，还请道徽公原宥一二。"

"封公说的哪里话。你我二人，虽南北相隔，然君之贤名早已遍传九州上下。老朽已是自觉与子专神交日久，今日得会，荣焉，幸焉。"随着七旬太尉的稍作欠身，院中诸人十分识地跟着相互施礼起来。

"封公请见。吾之贤婿，琅琊王羲之。"只有老管家一人在忙前忙后的，确实是拖慢了会客的进程。郗鉴干脆就先介绍起了他左手边的青衣文人。

"王氏贤才，名满天下。"

"封公过誉了。"

"此乃逸少挚友，孙绰孙兴公。"随后郗鉴转向了自己的右侧。

本来，自己与兴公二人在朝中皆任有官职，但见丈公介绍之际，却是只字不提。这时，王羲之才反应过来，可见郗鉴早早地就为这次府中会客定下了私会的基调——难怪要屏退一概不值深信的闲杂仆役。

而郗鉴随之又指向了站在主客两拨人中间的青年。

"谢安……哦，诸位方才在府门，应已经识得安石贤侄了。"说着，他更是执起了封弈的手，"其父谢裒公乃吾之至交。安石也是少有贤名，可让老朽喜欢得紧，恨不是自家儿郎。"

那封弈顺着自家丈公的话头盯了一圈，也就是在短短对视的刹那，王羲之确信，这家伙心智不凡。在避开了投过来的锋芒后，他也有样学样地跟着转头看去——早时一同来过府拜访的好友孙绰，还是以平常之心同来客见礼示意，反倒是年纪最小的谢安，竟大胆地接下了封弈富含深意的两道目光。

"嘿，这糊涂。"封弈一拍脑门，先是招呼一身穿戴十分讲究的士人上前来，"且容某为诸位引介……朝那皇甫真，正为在下副使。"

简单的一句之后，几人自然而然地打量起了这位皇甫高门出身的文官。虽然此人的穿着还算朴素，但在字帖诗书中磨砺日久的王羲之还是眼尖地发现，这皇甫真的一身搭配，甚至比起更为年长的封弈更为讲究周到。即如此，高门士人便使得这些南方官宦在神色上逐渐起敬。然而，随着封弈介绍起同行的另一人时，那一抹抹敬色便不约而同地都化成了诧异。胡服装扮的年轻人同样也是上前两步，垂下的辫髻披在贵气悠然的头颅两侧，在南渡名士面前亦是不卑不亢。

"此乃燕王公子恪，这一路上，可是屈尊护送着我与楚季穿林越泽，吾等方能安然抵达啊。"

天上的阴云终究还是没有撑上半日，当淅淅沥沥的落雨打在身上的时候，男子还是决定带着两个儿郎先转进小路，去往远远望见的那户屋院，以求一时庇护。虽说在平时，如此细小的雨本不会对拥有强健体魄的儿郎造成什么困扰，可在当下颇为潦倒的长途跋涉中，低温与潮湿导致的体力骤失，却足以带来无法预知的危险——张彤至今还无法原谅自己，曾因偶尔的侥幸致使虓儿大病一场。在那以后，无论遇到大风还是雨雪，暂寻避处便成了他的首选。心念着反正已是走得足够慢了，终也不差这一时半日。

自打渡过渝水后，历经了四季更替的父子三人，在途中知晓了大棘城之战的结果，也听识文断字的先生讲过北方故乡的新闻与局势。但等到张彤发觉自己可是远远低估了路上的支出，尤其是那一驴一马带来的额外开销的时候，他们已是到了进退维谷的处境。无奈之下，铁匠只好打消了转身回家的念头，硬着头皮继续朝西，奔向关中。于是，既要躲避匪帮战乱，又要兼顾吃喝活计，张彤只能一路上弯弯绕绕，走走停停，路遇村镇时，还要落脚一段时间，好能凭借自己的手艺，靠着为当地百姓修补些农具与猎具，来赚取些钱粮路资。如此往复，父子三人只道是一路向西而行，可距离他们的目的地雍凉，却仍有好一段旅程。

在熬过一段不长也不短的上坡路后，张彤终于敲响了农院的大门。在几次叫喝都无人应答后，他索性推开了院门，示意麋儿与虎儿牵着驴马先进去再说。或许此处早已因战乱荒弃了，或许主人是出了远门，而在当下的光景里，早就没有了那诸多礼仪上的顾忌，还是要抓紧时间避避风雨才是。

进了院子粗看一圈，张彤确信这家主人应该不是简单的农户。起码，院子的规模虽然不能和乡绅们的坞堡相提并论，却也绝非是普通人家能置办得起的。此外，各个屋舍既已老旧，但看得出，当初在修葺之时，在用料搭建上，竟也不乏讲究。

"这家人怎得也算是个体面的小地主。"张彤如是盘算着。

"麋儿、虎儿，把畜生拴到棚里，而后去西边找个客房待着，不要乱跑，也别乱动人家的物什。"他打发了两个儿子，决定还是先去灶房打探一下，看看有没有清水，以备过会儿路上饮用。

奇怪了。张彤在灶房内外均未找到储水用的缸罐，不过也无妨，据说附近就有小河滩，饮水也算不上难事。而就在他稍有安神之际，竟发现灶台下的角落里斜放着个扎口的小麻袋。一袋粟米混着碎糠，袋子上虽是落了层浮灰，可这些吃食却是能活命的东西。

也许主人家早已远走了吧。

乱世之中的草民，本不该如同此刻的他一般陷入纠结。但在张彤决定顺手取走这袋粟米之际，他还是摸出了怀中仅有的小半吊钱，两根手指划过来划过去，最后将三枚圆钱摆在了灶台之上——即便这三枚钱远不够买下来手中提着的粮食。

也是在那时，他注意到这锅灶上并没有铺上多少落灰。

铁匠心情复杂地穿过院子，去往西边的小屋，但在跨步进去之前，却发现了更为奇怪的事——在院子这一侧，竟然还有个柴火房。被风带开的房门半敞着摇颤，他站在门口向内扫视一圈，几垛草料靠着墙角堆放，更有几捆长长的干柴斜靠着立在一起。

不对。张彤回想了一番灶房中的情形，单手不觉间握住了腰间的刀柄。一则，这间柴火房实在是太小了，和整侧的屋舍完全不成比例。二则，方才的灶房中明明还有很大的空间，就这几捆木柴，完全可以一并堆放在那里，又何必隔着院子来回搬运。最后，也是极为不合常理的是，在院子中，除了自己牵进来的一驴一马，并未有牲口的痕迹，四处也未见铡刀与柴刀，那这些草料和木柴，究竟是做何之用呢？

眼下的蹊跷未免太多了些。张彤将手里提的麻袋丢在门口，抽出腰间的宝刀，探身闪进了房门。略通武艺的铁匠向前的每一步都踩得极为踏实，而柴草堆中不时发出的窸窣声，似乎证实了他的猜想——就在张彤全神贯注地用刀尖挑开面前的一捆干草之际，握把一端镶刻的那个"翰"字跳进了他的余光里。只在他一愣神的刹那间，自柴草堆中忽地就扑出来一名男子。

张彤情急之下，将刀口横在头前，格开了砸下来的柴刀。慌乱躲过一击后，铁匠肩膀一顶来人，瞬间便逆转了情势。随后，他一刀直劈在柴刀曲口的最薄之处，竟直接将男子手里那不堪的家伙式斩断了刃。

"慕容翰大人赐的东西果然是件宝物。"张彤心中感念，"只是这下子，又有两处崩口需要修补了。"

收起心思，端起双臂，铁匠盯向一身农人打扮、正目瞪口呆滞在原地的男子。他刚要厉声呵斥，却骤然从小屋墙后传出了孩童的啼哭……

"封公一行远涉千里，路上可曾遇到阻碍？"

太尉府的老管家终于安排好了厅堂内的布置，随后便去处理客人带来的两口大箱子了。在上首位的主人郗鉴率先开口之时，也只剩下了七个人分序而坐。而王羲之则以主家长婿的身份，与贵客之首封弈对面落座。

"多谢郗公挂怀。诸公或对北方乱局仍不甚了解，眼下石赵虽在名义上已一统中原，然石虎于上奉行胡汉分治，下至各郡县，却往往是军政不通。府君将领各不相谋，有些地方，甚至依旧由当地豪族自治其是。"封弈这番话，至少对王羲之来说，还真算得上价值不菲，"如吾等，自出了幽州，路上尽是打着燕王旗号。自滠头的羌王姚弋仲放行之后，那其余的赵国郡县未见羯人军令与兵马，便自然不会来讨麻烦。而进入青州后，广固的段兰又与燕王立有誓约，亦护送吾等直抵淮水。再后，便是徐州刺史派遣的将军沈劲，率部送至的建康。"

"怪哉。当朝重臣徐州刺史，同样也是太尉好友蔡谟的名号被这封使君忽略不表，却偏偏提了这个沈劲的名字。"王羲之不解地瞟了眼上首位的郗鉴。

"此沈劲之名，郗某似乎有些印象，却不知，可是故人之子？"显然丈公此刻也怀有同样的疑惑。

"沈劲沈世坚，乃是吴兴沈充之子。"坐在客列第二位的皇甫真补充道。

此言一出，堂上众人渐渐表情各异——有的诧异，有的恍然。王羲之则是继续暗自观察起来。斜对角的慕容恪正皱着眉头望向隔座的封弈，不过其人只是专心用着长勺往面前的茶碗里添水，直到夹在中间的皇甫真探出身去，与慕容恪窃语两句，他们才又恢复了缄口静坐的姿态。

"原是如此。因当年沈充效死王敦，这吴兴沈氏，似已遭贬入刑。"

身侧的好友孙绰身为太学博士，记忆力也甚是出众。一言点拨下，王羲之才想起了另一桩事。"沈氏一家也曾多次陈情中书，欲捐罪，以求其子弟除刑入仕，然均未得丞相俯允。"

二人虽一言一语都在提醒着郗鉴，可堂上的主家四人还是没想通，为何几千里之外的燕国权贵，竟要为了一名刑家小将暗暗求起情来。这岂不是自贬了里外诸人的身份。

"那沈充也算本朝的豪壮之士。真未承想，王茂弘避嫌十年，竟致使其子远赴边戍。"郗鉴此言，便在暗示该事已然放在心上，"唉，罢了。既说到王丞相，封公可已前去拜会？"

"不瞒郗公，吾等远在北地，就常常听闻王庾相争，波及朝堂上下。只怕无论是先拜访了王丞相或是庾大都督中的谁，另一方亦难免要心生误会。此行，吾等臣属的荣辱事小，只怕误了燕王所托，索性不如哪都不去，只来拜求太尉了。"

郗鉴听闻封弈此言，脸上露出了了然之色："那不知燕王此番，有何要事需嘱咐老朽的？"

"天下人皆知郗公高节。燕王在临行之际即言，今日乃是拜贤，而非拜权。"封弈这话虽是好一顿奉承，但包括王羲之在内的旁人倒也觉得所言非虚。自己丈公这一生，在后世史书上，定也担得起这个"贤"字。

"燕王既两败石虎，如今正发兵出剿宇文逸豆归，一统鲜卑各部已成定势。"封弈与郗鉴二人相对着点了点头，"元真所念无非有二，一则是求得朝廷敕令，以正其燕王之位，二则是斗胆再求一大将军的闲职罢了。"

"封公谬赞，郗某明白了。"聪明人之间的谈话就是如此利落，领会深意后，总是不必再有赘言，"诸公明察。老朽如今年事已高，若有难舍之事，无非便是上在朝堂，仍有国之砥柱在做意气之争，下在田野，亦有高门豪族圈囤田土。凭这年迈之躯，士族之争尚能勉力平衡，然内外政弊，却已是无力曲处。将来，也只得仰仗诸位匡补今朝阙失。这般看来，哪里又敢妄称一个贤名呢。"

郗鉴这一番话，似乎在谈论朝堂纷争与时政之事，最后又落在了自谦上。诸人中更为了解他的王羲之却清楚，自己丈公的真实用意，还是在于试探燕国来客。

"天下的士人得罪不得，天下的地主同样得罪不得啊。"没承想开口接过话茬儿的竟是燕王公子慕容恪，"幽平之地，亦如郗公所言，各地豪强与鲜卑酋贵在战乱后不仅把持了土地，还借着佃仆的名头藏匿了无数人口，以致郡县在税帛兵役上，还要处处仰仗着他们，就连王府，也要哄着那些贵族耆老们才能维持政令的贯通。诸位或不知，那些个家伙又不似士族文人一般通情达理，一旦起了争执，可是攀比着地蛮横无理。父王也是时常抱怨招架不住——"

"哈哈哈。"慕容恪的话音还未落，就听封弈自顾自地大笑起来。只看他笑得前仰后合，也许个中的谐趣，是外人体会不到的吧。

"若在太平光景，尚有力行改革祛弊的余地，于当下时局而言，也只能徐徐筹谋罢了。"慕容恪满脸疑惑地收了声。

似这般道理，众人心里都懂。然而像谢安、皇甫真以及王羲之本人，却都是出身高门士族，哪个家族手中没有大量的田土人口，来作为家族长盛不衰的依托呢？因此，长久利益上的矛盾，是很难通过喊喊口号，盖个玺绶，就能得到彻底解决的。

"咦——"直到孙绰似有所悟地惊叹，才终于打破了眼下诡异的氛围，"在下曾听闻，渤海郡有书法名家封悛。不知，子专公可曾相识？"

"正是家父。"

"呀！这便是了。方才还在后院书房中见到了悛公的拓帖。"王羲之心领神会地请向郗鉴，"丈公不如就带着吾等前去观瞻一番，岂不是美事一桩？"

"善，善。逸少的心思还当真都扑在这上……"

"嘿！俺这小猫娃平常可是安静得很，走起路来都没个声响。可就方才这阵哭叫，止都止不住。"

张彤不敢去想，如果没有小女娃的啼哭声，刚才那场搏杀会走向一个怎样的结局。不过，好在眼下所有人都不用再提心吊胆，可以好好地聚在一起，吃上一顿热乎饭。

这户夫妻二人，在年岁上要比铁匠小一些。他们的两个女郎也与麋儿、虓儿相仿，而其中那仿佛是感应到情况紧急，及时哭闹起来的小猫娃，更是才学会跑跳的年纪。且不出张彤之前所料，主家几代人居住在此，靠着河滩处大片的良田，可是积累了些许财富的。

"本来，平日里再差，也能雇些个佃户伙计拼个收成。可这几年来的兵乱没个尽头，能活下来便是万幸了。手里的土地再肥沃，靠着自己，有一搭没一搭地能顾上两眼就不错了。到最后，还是得靠家里攒下的钱帛维持日子。"男主人已然将父子三人视作了善人，聊起话来，也就没什么顾忌。

"柴房里的夹壁可是个妙物。"

"那还是俺阿翁为了避刘渊那会儿的兵祸修筑的。而今，凡是有生人上了门前的土坡，也不管是兵痞，还是像张家兄弟一样的旅人，俺一家都往里一躲，反正吃的喝的也都存在里面。还别说，兄弟还是头个能发觉其中的道道儿的。"

"那灶台下的那袋粟米……"

"那是愚夫特地留在灶台旁的。要有人实在没的吃食，也可助人解个急嘛。"听语调，显然这女主人是读过一些书的。可能也是嫌弃男主人说话办事太过拖拉，干脆自己开口发出了邀约："咱一家人总这么躲着也不是个事，除非有像张兄一般的练家子，能留下来帮衬帮衬。哪怕只是出个面，教练些个乡勇自保，那日子才能过得下去。"

张彤能够理解这家人急切的愿求。毕竟乱世之中如若不再互相帮衬，恐怕也难得有个好下场。更何况，他们的娃儿与自家儿郎年龄都差不多，若是没有其他的顾虑，这还真是个不错的提议。"可俺总还是个匠人，这辈子都没种过地。再者，咱爷们儿三人一张嘴，家里的钱粮可不好支应，到时反倒要拖累兄弟。"

女主人还想出言再劝，却被男人一把拉住："张兄既然打定主意了，婆娘，去把夹壁里那灰纹布袋拿来。也不瞒兄弟，这太原郡上下再没个消停，俺也打算带着婆娘和娃儿们往东迁走了。实在不行就再远点儿，赶往燕王地界也成。"

张彤只是苦笑着点了点头。

"再朝西走上些时日，就该能听到大河的响声了。到时就近，从蒲坂过河，便到了秦人的地界。"待到东西取来，男主人立马在其中翻找起来。说着，他又从布袋中掏出了两串铜钱。"关中现下都用这样的大钱。张家兄弟来拿着，到了那边，定然用得上。"

　　铁匠最终还是没能推辞掉这份馈赠。如若不是不甘心让两个儿子从此务农种地，他真该留下来帮衬这一家人一把。多么善良的人啊，张彤一路上总是放不下念想。在纷乱的世道中，这本就是一处奇迹。

　　若苍天有眼，只愿护佑着他们，能够安安稳稳地走到最后。

　　这回，王羲之履行了郗府长婿应尽的职责，与谢安、孙绰，代替老迈的太尉，将封弈一行人送出了府门外。

　　"翁翁可是从来不收礼赠，今日为何收了燕国的重礼？"

　　三人刚回到正堂之中，便看到府内管家正拿着礼单子向郗鉴描绘那燕国送来的两口大箱子。而在一旁，是面色甚是惊异的郗超惹事询问——原来这少年就一直躲在上首座位的屏后偷听，很难讲，这不是郗鉴默许授意的。

　　"谁说丈公不收礼赠的，这回咱带来的碑帖不一样收下了嘛。"

　　"哈哈。怕是逸少又舍不得书房里的那几幅字了吧。"郗鉴才打趣回去，又从怀中拿出了一份信报，"蔡徐州的书信早就到了，其在徐州刻意冷落了燕国使者，今日郗某若再不收这份礼，那怕是才要真正得罪人了。"

　　"不过，眼下燕王求的这个大将军之位，可是要为难郗公了。"

　　"罢了。安石啊，方才在堂上为何一言未发呢？"经郗鉴一说，众人也都发觉了，平常阔论不断的谢安确实是一直保持着沉默。

　　"不知诸公注意到没，与我对面而坐的燕王公子，可不是个简单的胡人武夫。安方才一直在用心观察罢了。"

　　"慕容恪，江北传回的军报中所言及的那几场胜仗，仿佛均有此人的名字。"孙绰旋即在旁为谢安补充。

　　"慕容皝有子如此，也不知将来待其接了王位，对朝廷是福是祸。"王羲之如是感慨。

　　"依我观察，此人虽有文武才具，但未必兼有人主之姿。"

"唉，算了，不谈此事了。"郗鉴一言止住了王羲之与谢安，"尔等后世才俊间的较量，老朽是管不着了。不过，安石方才所言及的那大将军一事，不知还有何深意？"

"郗公见笑。封使君此番携大胜而来，为燕王讨回旌节与敕令自是天经地义之事。然若再添上这大将军一职的话，则意味着，其人不仅可以立国任用文员，待到开府后，天下的军职亦可以随心分放。这便是自立之势，怕在朝堂之上，定然要招致丞相与大都督的猜忌。"

"确是如此。"郗鉴满意地点点头，"我本以为慕容皝欲讨个三公的位置罢了，未曾想其人倒是弃虚务实，惦记起这个经年未设的大将军来了。看来，蔡谟那点儿算盘反而是误了大事。"

老太尉站得有些乏了，便挥手招呼着大家随他朝着后院踱步而去："慕容皝即便讨不到这个大将军，依然可以借由大单于的名号广封些个鲜卑军帅，无非尽是面子上的事。而今，燕王派了一个谋主和一个儿郎赶来示好，这般的算计，朝廷无论如何也要接住的，但愿众卿可不要因意气误了国事。也罢，逸少啊，吾知你向来不喜卷入朝堂纷争，但涉及此事，却务必在朝会上出言相助。"

"谨遵丈公之命。"

"还有那沈劲之事，想蔡徐州之所以点名派其前来建康，也是暗示咱，多少帮扶一下。安石啊，还要麻烦往江夏手书一封，且将此人遣至你从兄谢尚帐下。若其真有些本事，则断不可让燕人趁机诓走。"

"郗公放心，安这就去办。"

"还有最后一事，便是广固的段兰与滠头的姚弋仲。听封子专言语，老朽总觉得此二人应宜早相联络，或可引为朝廷抵御北方的外援。就如此，兴公与安石且在府上多住两日，待朝会结束后，吾等便一起参谋此事，若何？"

永　昌

楼下的一阵喧嚣吸引了青年的注意，而他身处的永昌楼可是建康城中数一数二的名家酒肆，从午间到入夜，不知会有多少达官显贵在此处往来流连。由此，在常人看来，此刻这不合时宜的吵闹，多半意味着有非常之人，或非常之事。青年顺着二楼的窗口望去——靠窗而坐仿佛已成了他的习惯，恰是一行四骑驻马楼下。其中，除了一名应同自己的幼弟年龄相仿的十几岁少年外，明显是一位主人带着两个侍卫。随后，这三人齐刷刷地甩镫下马，透出的一股子飒爽风姿，不仅是引得楼上的青年心生赞赏，更是逼得街边一众市井闲人拍手称赞。

"看来此人……可算是这建康城中的风流人物了。"青年一边思忖，一边观察着为首的男子——三十岁上下，察其体态，也应是练过武的。而其衣着打扮，却是与自己同屋的士人相似。"好一个文武双全的江东才俊。"

转眼间，那男子与少年已被店家请入楼内，两个侍卫则牵着骏马转入别院。青年恰好一瞥，马鞍布面上均绣着"辅国"两个大字。他似有所悟，心中对男子的身份有了答案。

"玄恭找的这方所在倒也奇妙得很。如此鲜味，待回到龙城，可是品尝不到喽。"

"恪公子看来也是风流之人，才能觅得这风流之所。"

思绪刚从窗外收回的青年便是慕容恪，而言语来回的两个士人，自是封弈与皇甫真。

　　"年轻风流，甚是妙哉。只是到时，可别忘了会账。"封弈顺着皇甫真的话茬儿也一并打趣起来。

　　"怎还寻咱的开心……也罢。辛苦子专公与楚季兄上朝受罪，这在建康城里的吃喝，便由我包下了。"三人相视一笑，随即共饮了一碗，"不过话说回来，这账还不是一般好会的。我这几日在城中闲逛，本想着多买些漂亮物什带回龙城，可不承想，在此间，要用手中金子换些大钱反而更是困难。有些小门小户的，索性直言不收金物，可当真怪哉。"

　　"此事，燕使们还怨不得那些商户。"

　　突然传进来一句陌生的言语，屋内之人几乎同时转头看去。只见一士人打扮的男子与少年一前一后，堵在这小小隔间门口——慕容恪倒是一眼认出了二人正是刚刚在楼下引起骚动的辅国将军一行。

　　"在下谯郡桓温，失礼了。"男子迎着四道诧异的目光与一对凌厉眸子深鞠一躬，以致歉意。

　　"谯郡桓冲。"一旁的少年同样跟着施礼。

　　"哦，原来是桓驸马。吾等一入建康城，便闻知了桓元子美名，今日不如就斗胆邀请驸马共席一叙。"到底还是封弈在担着正使的名头，即便慕容恪同样有心截下眼前的这位不凡英才，但理应还是由子专公来开口。

　　"叨扰诸位了。"兄弟二人踏入隔间，各拾了一方餐案。

　　"恕吾等愚钝，不明桓兄所言之理。为何这城中的商户不愿收取足金？"还未等诸人自报名号，皇甫真似乎有意地抢先开口询问起来。

　　桓温闻言一拱手，道："只因当下玄佛盛行，南北大地上的金子过半均由官家富户拿去铸贴佛像了。贵物流通得越来越少，小商小贩拿不准与大小制钱的换比，自然便不敢收金。也只有那些打着贮藏盘算的人，才会与公子兑金换钱了。"

“原是如此。”

眼见着封弈的两个眸子转了起来，一旁的慕容恪只觉得这老头儿心里肯定还打着别的主意。他猜想应是回去后，要想办法捂紧父王的钱袋子，不能任凭自家的贵物肆意南流。

“且在下听闻，盖因石虎在羯赵大肆兴佛，江北的大城里也是一样的境况。”

“看来这金银反倒不及绢帛好用，还真是逼得人舍简求繁了。”慕容恪抓住个机会，“恰辅国将军亦在，先生与楚季兄几日间起早入朝，还不知情况如何？”

“得郗太尉直言，旌节与封王的敕令，自是会随着咱北归。”皇甫真见封弈一时间又是不言语了，只顾着自己案上的饕餮之事，只好主动开口应道，“至于这大将军之位嘛，未承想却是引起了争论。唉，咱的荣辱倒还无所谓，却怕要误了燕王的大事了。”

“嗯。”封弈敷衍地发出声响，注意力依然放在吃吃喝喝上。除去自作主张没去朝拜的慕容恪与少年桓冲，以眼下的情形，自是只待那一人表态。

“此事无妨，不必烦忧。”桓温知趣地开口了，“不瞒诸位，今日大朝桓某亦在，故才认出了封公与皇甫兄，只是职位低微，当时也未有机会出言相助。不过依我看来，当今朝堂之上只算是意气之争。此事的利害郗公既已点明，无论是丞相还是大都督，自然也放在了心上。若不出所料，待燕王下番向石赵用兵之际，那大将军的任命必然也就到了。”

“咱就受不了一帮子人列班而站、你言我语的麻烦事。”慕容恪听罢伸了个懒腰，甚至又“咯咯”地笑出了声，“还是在城中寻些趣事自在些。”

“还不知燕王公子可满意这建康城里的风流逸趣？”

“辅国将军亦识得在下？”四道明亮的目光就此相会。

“鲜卑公子在城中徜徉多日，一掷千金，能如此行事的必是燕王贵戚。只是听闻燕王有儁、恪、霸三位公子，还不知桓某猜得可对？”

“哈哈哈。”慕容恪垂目瞄了瞄自己那一身鲜卑装扮，又摸了摸垂在两侧的发辫——确实在街上会是无比扎眼，"在下慕容恪。这城中嘛，物华人杰，还真是让咱看花了眼。"

"公子谬赞了。"桓温说着再一拱手，"然在那苏峻作乱之前，这城中可远比眼下更为繁华。"

"唉。"这次是封弈突然叹息，面色上更显凝重不已，"朝堂之上结党而争，乃是大乱根源。远至秦汉，近在当下，谁能说苏峻、祖约之祸，又不是因王敦而起呢。为臣子者，理应切记，民安始得钱粮，富盈方能治兵，强军乃可安民……这万事皆有章可循，尤其在那宫闱之中，绝不可因一体之私，挑起祸乱。"说着胖老头儿举起了酒碗，"万望吾等共勉吧。"

一阵慷慨陈词后，众人皆是一饮而尽——甚至连少年桓冲也不例外。不过，在慕容恪的面庞上却露出了耐人寻味的一笑——思虑许久之事，在此刻已拿定了主意。可一念决绝的四公子未必能意识到，在他立志亲手书写自己命运的同时，也将更多的人推进了那一个个划定的牢笼之中。

"嗖！嗖！"

面无表情的老都尉清楚地辨识出了流矢飞来的声响，然而，他却依旧杵在原地岿然未动。直到两个箭头不甘地钉在了面前的围墙挡板之上，藏在他身旁的左右两个年轻弓手才怪叫着探起身来，用蓄满了力的翎羽朝向寨墙外的贼人还击。

"中了！好儿郎！"须发皆白的田琼虽然还在言语上鼓励着寨墙上的儿郎们，但在他自己的心中，其实对这鸡冠寨的未来已经渐渐失去了信心。实际上，在其幼子——也是田家最后的血脉——战死在沸水河畔之后，有多少次，他想着干脆一了百了。可念在山寨中尚有数百口的边民百姓，田琼也只得强打起精神，继续担着头人的职责。不过，当老都尉心气不济，底下的民兵和队佐们，自然也就缺了主心骨。而河岸的巡查与防务一疏松，山坡下的这支有二三百人规模的勿吉劫掠部队，竟然毫无预警地跨过了沸水，甚至轻而易举地就拔掉了鸡冠寨外围的哨岗。

此刻，一辈子驻守边地的田琼心里明白，他的鸡冠寨之所以能够在勿吉人不断的蚕食与劫掠中矗立二十年不倒，靠的就是成体系的侦察预警，并且，那湍急的沸水自然就充当了第一道的阻击与消耗。而如今二者皆失，除了这在山腰上依山筑起的寨子，和一圈圆木隔板结捆而成的护墙外，自己手中所能仰仗的防御力量就只剩下了百余名舞弄过兵器的民兵，以及同样数量的被临时征募的生瓜蛋子——如若再算上正在运送物资的匠人们，这些便是整个鸡冠寨里所有的男丁了。

"寨门方向！准备迎敌！"

半侧寨墙上的人都顺着老都尉的呼喝望去，果然有成群的勿吉士卒举着各自手中由厚革扎成的盾牌，结成了个还算密实的盾阵，正奔向他们的"攻城槌"。这根被临时砍倒的巨木既笨重又粗糙，但依然对鸡冠寨的大门有着可观的破坏力。在上一次攻势失败后它被丢弃原地，木墙上的守军却缺乏有效的引火之物来将其焚毁。故而，现在只得眼睁睁地看着贼人们再次拾起巨木，以恼人的龟壳阵型扑向了自家寨门。

"莫要慌乱，待贼子到了墙根下再掷石。"警示与命令来得不算迟，但女墙上还是有紧张失措的新手胡乱地丢出了手中的石块儿。田琼的心又沉下去一些，从鸡冠山上凿取的储备有限，在箭矢对盾阵杀伤有限的情况下，这些重石几乎是唯一可以威胁到撞门贼人们的家伙式了。

"钩索！"

紧跟着这惊呼而来的是一声惨叫。只身探出板垛之外想要斩断绳索的民兵，不出所料地被从外面土堆掩障后蹿出的飞矢一把射翻。比起这种抛索攀缘，田琼原本更为担忧勿吉人会采用掘地陷墙，或是派人绕至山后，切断寨子水源的手段——如此的话，哪怕自己经验再过丰富，恐怕也是没戏可唱了。不过，好在贼子们人数上虽然占据着优势，战斗的训练与素质也远远强过鸡冠寨的民兵们，可他们的指挥官显然不具备相应的智慧和耐心。而这些未有携带攻城器械的勿吉人，多半就是在劫掠路上碰巧发现了自家的山寨，如此，只要再坚持坚持，等到下雨涨水之前，他们也必然要撤回沸水北岸的。老都尉如是想。

"贼人上墙了！"

又是一声惊呼，近处的民兵抢着短矛，只身扑向了那钩着墙板已翻上半个身位的勿吉兵。可惜民兵对矛梢的使用不够熟练，这一扑刺发力太猛，不仅被人闪身一荡躲了过去，更是将自己重重地撞在了寨墙上，立时便被回过身来的贼子一击戳倒。

田琼见状，大步迎上前去。提刀的右手又开始了颤抖，但老都尉似乎并不在意，有着巨猿身板的他，在力量上存着绝对的自信。旋即，他双手攥实刀柄，直接在头上抡了个满圆。

"着！"

在这狭长得只容一人站立的寨墙上，面对田琼斜劈下来的环首刀，才刚收了狞笑的勿吉兵已完全没有闪转的空间。因此，要么直接跳下墙去，要么咬牙举兵相接——而他却错误地选择了后者。

老都尉依靠着身高与力量上的绝对优势，仅重劈了两个回合，便解决了敌人。可他此刻却根本兴奋不起来，眼前垂死袍泽的哀号声正于寨墙上下飘荡不息。与方才中箭之人的境况相似，这番因低级错误而带来的死伤，向来是最打击士气的。

"石块儿用尽了！"

最令人担忧的事情还是发生了。伴随着越来越阴沉的撞门声，就连田琼也将要承认自己束手无策。眼下，或许只能尽力准备寨门失陷后的搏杀了。而就在他盘算着要带多少人下去堵门之际，一支意想不到的援军出现了。

"父亲！"

穿着一套勉强算是合身戎装的女子刚刚爬上了寨墙，在她身后，甚至还跟上了几个手持各式家伙的剽悍妇人。

"媛礼怎的来了？"这竟是田琼幼子田衍的遗孀王聿徽。由于其父出身赫赫有名的太原王氏，这知书达理的女子不仅有名有字，且在鸡冠寨中也极为受人尊敬，威望颇高。而对于田琼本人来说，她，可算得上除自己之外唯一的"田家人"了。老都尉也早已将其视作亲生女儿一般。

"保寨御敌，吾等女郎又岂能落后！"脚下由撞门掀起的震动一浪高过一浪，女将的镇定自若十分有助于安抚慌躁的民兵们。"父亲莫忧，罴郎在寨门处，贼人们一个都进不来……"

"徽儿小心！"

而这番，田琼还未来得及推开面前的王聿徽，铮鸣的箭头已疾速迫近。好在流矢只是从两人中间飞过，抛落进了寨墙之后。

"哼。"

女将回身亦拉满了手中的轻巧步弓，用尽全力张弦搭矢，身体靠在女墙内侧，顺着木板垛口留下的角度，朝向正在撞门的勿吉兵们放了一箭。

虽然，自打右手的问题出现以后，老都尉已是基本使不得弓弩了，但是他依然可以品评王聿徽的箭术，那着实是——不怎么样。可仗着居高临下的力道，这一箭还是扎进了脚下的盾阵。且在混乱的箭雨交错的纷乱中，恰就有一名贼人在盾阵中倒下，乃至田琼身旁的几个民兵自以为是徽夫人得了手，便霎时爆出一阵叫好声。当欢呼声在寨墙上连成一片的时候，刚已低落无比的士气瞬间就提振起来。

"斛景兄弟，你的人可是来助战的？"终于，刚松了一口的田琼得空望向了王聿徽的身后，这才多少看明白了，此刻最大的变数已至眼下。

"正是，寨主有命，咱们自然就来了。"

眼下的男子嘴上说得漂亮，可田琼却猜得到他的花花肠子——这个斛景本是扶余国人，常年在边地往来经商，就连鸡冠寨中的一些物资贸易都是靠着他带人走山间小路，从勿吉国都丸都城运进运出的。要说本事，可是不小，但作为商人，他有时也是太过精明。比如这次贼人来犯，恰就将这斛景堵在了寨中。而田琼一早相求帮助时，他借口推脱，如今看到情势危急，应是忧虑一旦勿吉人怒而屠寨，会牵连自己，这才带着伙计们露面助战的。

"那便谢过兄弟了。此战过后，俺鸡冠寨必有重酬！"心中依然有些不悦，但老都尉也必须接过斛景的算计。虽说他手下的伙计们一多半都是商人买下的各族奴隶，但毕竟是在战乱时局下的商队中久经历练，以致身手、经验，甚至运气上都要强过寨子里的民兵。"那就劳烦……"

前一阵斗喝的声浪将尽未尽，田琼即感觉到身旁的王聿徽在轻拉自己的衣角："父亲，不可派他们去寨门，万一出了乱子，便是无可回转之势。不如分批遣上女墙防御，把咱自家儿郎换去下面帮罴郎堵门。而父亲只要在上面拿住了斛景，就不怕他人会有何别的心思。"

田琼额间渗出了些冷汗："多亏徽儿想得周全，就如此办。"

"辅国将军文韬武略，为何不求外放，督镇一方，却要在此间荒废时日？"

桓温最开始并没有想到出来吃顿饭，还就碰上了燕国使团。说实话，此刻的他略微有些后悔听了桓冲的建议，贸然地表露了身份，以致不知为何，眼下这个燕王公子慕容恪仿佛总是在针对自己。

"公子所言不虚。某亦欲去往荆襄领军，无奈屡次求任，都未得准许。"他拱了拱手，"然如今京口整军诸事已毕，借公子一言，温定然要再度上疏。"

"元子兄乃出身谯郡，且豫州又是南北大争之地。驸马为何不求衣锦还乡，而偏要去往荆襄佐助庾氏，当真是为了坊间所传的，要与庾翼庾稚恭履约共平天下乎？"

"是，也不是。"桓温轻轻叹了口气——还有这个皇甫楚季，总在与慕容恪一唱一和。看来，此二人非要将自己的心思挖个干净不可。"我与稚恭却有玩笑之约，若能在江陵聚首，当是美事一桩。然荆襄的妙处，可远不止于此。"

这次桓温没再拱手。

"在下以为，南人出江左，则宜以荆州为根基，溯江而上，先取巴蜀，再北图雍凉。得战骑之利后，方能东出秦关，一扫寰宇。"

“正如鲁子敬公的榻上策？”

“正似鲁子敬公的榻上策。”桓温豪情万丈地回应慕容恪。

“不知少年可赞同兄长之言乎？”这时的封弈，似乎不想让自家燕王的公子继续在建康城的永昌楼里再冒出什么他控制不了的言语了。不过，出乎意料的是，他撇开话题的方式，竟然是盯上了一直安安静静的少年桓冲。

“自然。帐无精骑，则难越淮水，唯有先取巴蜀之富庶，并关中之地利，方能图谋中原。”

“那咱老头子再来问问少年，幽平之主若想一统九州，又该如何筹谋呢？”

“北方无舟船之利，则宜反之，先入关中，居高临下取巴蜀，后能顺江而下。”少年虽说看起来有些紧张，但依旧是应答如流。

“正可取天下，反之亦可。有趣，有趣！”封弈一面捋着胡须，一面啧啧称奇，“都说江东多才俊，今日一见，果然不凡。桓氏兄弟若得将相之位，又能保建康四十年的恒运昌隆。”

这没由头的盛赞让桓温觉得这精明的胖老头儿未必怀了什么好意。于是，他也在心中暗自思量起了招数，或许，也给他添添麻烦……

最终，永昌楼中的偶遇曲终人散。桓温将自己的幼弟拉到了身旁，拍了拍他的脑瓜：“这个封子专眼睛还真毒辣，怎的就盯上了买德郎？”

“兄长，咱最后的话是不是说得太多了？”

“无妨，燕王若真有心争天下，似这般谋划，又焉能未有过计较。”桓温紧皱着眉头，“为兄想上书请朝廷留质这个恪公子，或者择一皇戚公主与之联姻，使其永居建康，如何？”

“阿兄不可！”桓冲却是疾言阻止，“记得兄长说过，太尉曾在朝会上出言助过燕人，想必这一行人早就去拜访过了。兄长可想一想，以都公之睿智，又怎能猜不透其人的身份？再说，以丞相和大都督在城中的眼线，同样也该怀疑过了这招摇过市之人。而至今，无人点破此事，无非是不想在此会盟之际画蛇添足。若因兄长一言，再起事端，怕是……”

有些话不必说尽，桓温揉了揉少年的发髻："果然还是小子想得周全。罢了。且看谁能先入得关中。"

只是他后面的半句，却似在自言自语。

"即在此刻，放！"

打了一辈子仗的指挥官一定要抓住最有利的时机动手。

田琼采纳了王聿徽的建议，一面在寨墙上继续指挥守备，一面将狡猾的扶余商人控制在了自己一击范围之内的距离。其实，此时攻守双方所有的筹码均已压在了寨门处的搏杀上。而老都尉还能做出的安排已然不多，除了将寨中仅有的两根滚木赶在破门之前吊上了女墙。

刚刚布置好寨门正上方的人手，那根巨木就撞碎了鸡冠寨的最后一道屏障。脚下的寨门争夺霎时便进入白热，那些勿吉兵甚至都顾不得头顶上零星箭矢的威胁，一心只想着冲入寨中。望着密密麻麻的凶煞贼人堆在脚下，身旁的斛景脸色都已被吓得惨白了。不过，经验丰富的田琼却一直在等待最为焦灼的当口。他坚信，下面有罴郎镇守，那些入耳的惨叫定然大多是敌人发出的。直到目光中不再有敌兵从远处聚向寨门，耐心指挥的老都尉才发出了动手的喝令。

两根滚木一前一后，被从寨墙上抛下。其中，按着事先安排，等到勿吉兵被驱赶着重新聚集在一起后才扔下的第二根，已是顺利地造成了巨大的杀伤，也彻底击碎了他们的斗志。贼人们终于退却了，并且一直退回了沸水北岸。

田琼只感到庆幸。对于鸡冠寨来说，即便此番守住了，也是一场极为惨淡的胜利。尽管勿吉人丢下了近百具的尸首，但对田琼而言，作为艰苦戍地的边民，三十战力的伤亡，却是难以补充的损耗。

"勿吉贼再如此攻来一两次，寨子便守不住了。媛礼啊，还要早做打算，过一阵就先去襄平吧。"

"这可不行。"王聿徽非但不赞同，甚至抵触老寨主的想法，"咱田家过去了还能有个栖身之地，可寨子里的边民呢，逃了难后，就只能为奴为仆了。"

“若朝廷再不派人来，咱们鸡冠寨就得玉石俱焚了。”

“父亲想一想嘛，当年就在聿徽的家乡太原，那里有多少士族豪强？可当匈奴人和羯人一打起来，竟全都跑去了南边。还有咱这原本也有官府，也有官兵，可多少年前就失了踪影了。”小娘子拉着老都尉望向了寨中成排的屋舍，“儿郎们有些损伤没关系，还有女郎们可以顶上。只要边民们还在，咱的脊梁就在。那一口一个的‘恒运昌隆’，靠的是鸡冠寨一般的坚守，可不是建康城里的唱和。”

田琼的右手依然会颤抖不止，但他从身旁的王聿徽身上看到了与此前不一样的东西——那大概是一种新的希望。

与此同时，同样也有一场战斗在西边的草原落下了帷幕。

在箭头被拔出的那一刹，慕容翰“哇”的一声痛叫出来。随军医师左玄之面有愧色地笑了笑，赶紧又去取拿药粉，敷住创口……

这一声不仅是源于大腿上钻心的疼痛，同样也出自精神上的畅快淋漓。虽说宇文逸豆归未知生死，但宇文部却是彻彻底底地覆灭了。燕王长子的血仇终于得报，慕容翰算是完成了他多年来的夙愿。

“哈哈哈。”

又是一串大笑，不仅惊得左玄之一个透心凉，更是将慕容霸与慕容德引了过来。两个少年在这血流如注的场景前虽被吓得有些呆滞，但谁也不能否认，他们在作战时，也称得上英勇无惧。随着最小的两个儿郎也完成了淬炼，慕容氏才真正可以称作满门英才。

“有骑队的声响，估计是汝等二兄来了。还不快去迎一迎，在这里杵着作甚。”

这日的慕容翰确是自信满满，意气风发，是得意扬扬的燕王长兄，北地名将。

将　离

"呼哧，呼哧。"

男子在龙城的官栈中刚刚梳洗完毕，随手抓了一套侍从的衣服，不过才抖了两下，他便愣在了原地。

"今日又不去那王府，还穿这一身仆从的衣服作甚。"他哑然失笑，于是忙忙叨叨地又翻出了一套贵族公子的穿戴。

"公子可起身了？"

将将系上外衣的侧扣，男子便听到了门外的脚步，以及颇为警惕的轻唤。辨识得来人后，他大步上前拉开了房门："还是舅父起得早嘛。"

叩门的中年人确认四周没有闲杂人等后，才进到了屋内："拉回盛乐的货物正点验装车，大王可要亲去检视一番？"

"哦，那倒不必。有舅父费心操劳着，定是不会有何差错的。这几日，咱倒是想在这龙城中寻寻热闹。"说话间，男子终于是穿戴整齐了——他这一身鲜卑贵公子的扮相在龙城中倒还算常见，但他的身份，却不是那些混迹城中的大小部族出身的杂姓公子哥儿可以比拟的。而二人口中的"盛乐"，乃是拓跋鲜卑的王城。男子，自然也就是刚刚平叛、即位不久的代国国主——拓跋什翼犍。

走在喧闹的街上，很难想象这竟是个拔地而起、修筑了还没多久的新城。虽然对比赵国的冀州两都——邺城与襄国，龙城在规模上还是小了很多，但此刻，燕国新都内一派盎然祥和的气息，倒是让这个年轻的他国国主更加觉得亲近与向往。毕竟，邺城带给拓跋什翼犍的感觉，更多的是一种"血腥味"。

拓跋部鲜卑早年便从东部鲜卑的领地向匈奴人的故地迁徙——这点与宇文鲜卑正好相反，其中的一支秃发氏，甚至与当年的慕容吐谷浑相似，一路直走到了雍州以西的区域。而在以云中盛乐为中心的大片草原，拓跋鲜卑则逐渐融合了六七十个诸姓部族，并一度仿匈奴旧制，进行分部统治。始从近百年前，他们一直贯彻对中原魏晋等中央政权示好乃至臣服的政策。同时，也对各部鲜卑同宗尽力维持着友好关系。而今，拓跋氏既圆滑地一方面得受晋廷的封赏，从而建立代国称王，另一方面又向石赵及慕容燕这两个相邻的北方霸主争夺者表示顺从。

例如当下的拓跋什翼犍，就是不满十岁时即被送到石赵的手里作质子。直到长兄拓跋翳槐病故后，才在舅父王丰的串联下，依遗命归国继位，并靠着弟弟拓跋孤的支持，刚刚平息了王位之争。不过，在邺城生活了多年的他，却十分不欣赏石赵的做派——在他看来，石虎实是太过霸道，只将拓跋氏与代国当作了散养在北方以抵御游牧的敕勒人的家奴罢了。他不喜欢被轻视。

而这位国主当下最为关心的有两件事：一是要赶快推进汉化，并依照中原政体来巩固王庭的统治；二是要在最大程度上加强与慕容鲜卑的关系。

这种念头的产生不仅是源于同为鲜卑族群出身的亲近感，更在于复杂现况的加持。在地理层面上，拓跋代国境内尚控制着龙城西线的商贸通道。这即意味着，盛乐既可以成为慕容氏最重要的伙伴，也同样是燕王最不能容许产生威胁的地缘方向。在政治层面上，慕容儁在攻破了宿敌宇文部后，即昭告天下完成了对鲜卑各部的一统。这对于尚未公开表示臣服的自己来说，既可以理解为被慕容一家视为"自己人"般的示好，也同样是在暗示着，以燕国强大的军力，随时都可以攻破代国的王帐。

拓跋什翼犍自打从王位争夺中腾出手来，就时常揣着一种预感，自己很快便要被迫在燕赵的纷争中做出最终的选择。时过境迁，终究无法再维持左右逢源，即意味着要赌上命运。而他同样不喜欢被动。

恰好扶助自己继位的最大功臣，也是最为他所信任的舅父王丰又要带领庞大的商队去往燕国通商——事关命脉的商品贸易当然还是尽量要由王室与官商把持。王丰的商队要绕过赵国与匈奴铁弗部的管控，将皮革、优质战马，以及来自西方的铜铁等战争物资送往龙城，以助力保障燕国强盛的战力。同时，再将盐、布绸、大量的兵器箭矢等代国无力自产的东西带回去，而这其中剩余的利润，便是代国大王对功臣丰厚的奖赏。不过这回，拓跋什翼犍竟要求与商队同行，并顺手将国事尽皆托付给了兄弟拓跋孤。他要亲自探查一番，将一代枭雄石虎治得毫无脾气的慕容豪杰们究竟有何本事，同样，也是计划再趁机试试执掌兵权的兄弟的心思。若有人打算趁机夺权作乱，自己先躲出盛乐，总好过在睡梦中被杀。主动给他人制造一个不那么有"血腥味"的机会，似乎也不失为明智之举。

于是，年轻的国主隐匿在庞大的商队中，直到当下也没有亮明身份。浩浩荡荡的数百人中，也只有自己的舅父和身边的几个心腹侍卫知晓此事。以至于昨日，王丰前往燕王府给慕容儁献礼觐见的时候，他也只是扮作侍从随行。虽说在府前见到了王弟慕容评，但一进门，他便被领入了别院，连燕王的一面也未曾望到。

在"说服"了舅父后，拓跋部的"贵族公子"带着两个跟班，整日便在龙城最热闹的几个商坊间转来转去。结果，却是地方没少逛，但更多只是就着各类货品询问价格。大半天折腾下来，拓跋什翼犍几乎确信，自打司马氏宗室操戈以来，眼下慕容燕国治下的日子，应算是北方民众过得最好的光景了。而龙城街上的男男女女，虽然衣着上还是胡汉各异，但在语言上，除了偶尔能听到几句鲜卑话外，大多使用的都已是北方官腔的汉话。此处丝毫不逊色于中原混居地界的文明程度，除了令什翼犍颇感惊诧外，自然也是十分艳羡。在河北度过十年时光的他早已深切地明白，胡人政权的统治根基绝不是似石虎那般一手兴佛蚀心，一手残暴立威，唯有自上而下地全面汉化，将部族与血脉主动融入华夏土地中去，成为投怀送抱的信徒，而不是征服者，才能在这片土地上扎下根来。在他决绝而兴奋的脑海中，早已将云中盛乐的未来绘成了眼前的模样。但如此般的改革，起码也要通过两三代人的不懈坚持方能实现，而年轻的代国国主，仿佛都要拟好了自己遗命诏书的腹稿……

终于，在挤出了被叽叽喳喳的声浪缚困住的小巷后，什翼犍终于找到了百姓口中所说的那间最为精贵的饰物店。在邺城中没少见过大阵仗的他粗略地扫了扫货，却也无非是些簪子、项链、指环与干花饰物，并且在做工上，也大都不是十分精细。可出乎意料的，龙城的贵物市面上——除了玉器外——竟然还能存下这么多的足金制品。在整个天下都在大肆兴佛修像的风气下，还真算得上难能可贵。

正揣摩着金银分量之际，门口的一阵喧嚣打断了什翼犍的思绪。两个粗鲁的披甲卫士率先跨了进来，旋即用着胡汉语言试图逐出店中的男男女女。一时间的混乱，自然会引发人们心中的不满，不过短暂的阴霾终被一声娇喝驱散。随后，这些龙城的百姓竟自发地为高贵的女子闪开了通路，他们脸上的表情，仿佛正在迎接浑身溢发着光芒的仙祇，就连混在其中，来自草原的拓跋什翼犍也是一样。

"退下！刚说过不得扰民。看尔等这骄横劲，还真是让二兄与傅将军惯坏了！"令人目眩的女子牵着另一位少女走进店里。这两个汉家装束的小娘子与护卫们径直走到了大柜之前，除了被甲士隔出的那片空间外，店中的人们还真就见怪不怪地恢复了正常生意。然而，拓跋什翼犍却不再有心思研究金物了，他一阵闪转腾挪，尽可能地靠了过去。

"咱看呐，就给律儿买这个鹊鸟的。反正成天也是叽叽喳喳个不停，说不定哪天还真能给你阿姊叫出个喜来。"

"还说她呢，三娘子不也没嫁出去嘛。好歹阿姊的郎君就在王府东院住着，你的还不知道在哪家的天边呢。"这憨憨的少女不仅是敢和女子还嘴，顺便还做了个鬼脸。

"没良心的小囡子。"女子也不和少女废话了，直接上左手揪着耳朵，右手捏着那圆鼓鼓的脸蛋子，"还亏得咱带你出来玩儿。"

少女呜哇的饶叫弥漫在整个店中，胆子大些的顾客——也包括了旁边的几个禁军护卫——都已经忍不住大笑起来。藏在欢快的声浪中的拓跋什翼犍，完全沉浸在了自己的一片涟漪中。他认定这个先是富丽威仪后又俏皮娇嗔的美丽女子便是云中盛乐，以及那片连着天际的无边草原上的女主人了。

还在二人不停嬉闹之际，年轻的国主顺手从手边柜上的插兜中拾起一枝将离花，一低头，便从还在分心大笑的甲士旁侧闪身而过，来到了一见倾心的女子面前。在转瞬的时机里，什翼犍照着草原的礼仪轻盈地俯身一躬，将手中的将离花递了过去。在他的逻辑中，对方能否理解自己的举动并不重要，只需留下足够的印象就好了。至于后续的手段，对于代国之主来说，还是自认为颇有把握的。

女子诧异地犹豫片刻后，还是接过了送至眼前的花枝。终于，周遭的甲士缓过了神来，一拥而上，抓住了这胆大妄为之人。什翼犍那两个跟班侍卫自然也不甘示弱，急忙冲上前来解救。众人霎时间手脚并举，立马挤作一团。拓跋什翼犍并不在意，此刻的他，眉眼间的一阵春风，正不断吹送向那正将少女搂护在怀中的心上人——直到被人架着扔出了店门。

再不久后，只身躲在街角，目送两个小娘子在说笑间登上那华丽的牛车离开之际，什翼犍的一颗心还不住地荡漾着。而当侍卫打听回了对方的身份后，他又骤然陷入了长久的沉默，直至那一片情愫终又搅起，翻出巨浪……

代国国主需要赶紧找到舅父，他清楚，自己接下来的决定，将会影响太多人的命运。

"孩儿啊，可是想好了？"

段兰也许并不知晓自己内在的变化，但在旁人看，这位段部鲜卑的头领可是随着逐渐老迈，愈发地与他的儿郎，也是唯一的继承人亲近起来。尤其是在占据了以广固城为中心的南青州地界后，段兰的身体每况愈下，心智与记忆力也是不自觉间衰退得厉害，有时为了将段龛留在身边陪伴，甚至还会耍起些小孩子脾气。

"也罢。"见儿郎此刻选择了闷头不语，段兰吃力地想要从榻上坐起来，挣扎了一阵后，还是靠段龛的扶助才起身坐稳，"反正咱也是没多少时日了，不顶用了。以后的路，还是得龛儿自己去选。"

"父亲……"

"龛儿啊，咱们段家从夹缝中走到今日不容易。看看那宇文逸豆归，死都不知道埋在了哪里，只能说，慕容氏的气运到了，挡也挡不住。"段兰摆了摆手，招呼段龛将自己扶下榻，走动走动，"阿爹估摸着，燕王下一步的盘算，必是要向北敲打一下勿吉人和扶余人，估摸是要恢复朝贡。而后，慕容家迟早也要南下中原的。"

二人便倚在一起相互扶助着，向门口挪步。

"咱也知道，龛儿心中多少有些不服气。论血统，慕容家远不如咱段氏高贵，龛儿怕也未必看得起阿爹，来回两趟对那封弈与慕容恪献的殷勤吧。"他又摆了摆手，止住了段龛嘴边的话，"可但凡要是阿爹走得早些，有两件事龛儿定要想明白。若燕人南下与羯人开战，咱们出不出兵？若有一天，燕王要与建康城里的安逸皇帝分庭抗礼了，段部儿郎又该如何？"

"若能夹攻石赵，段部儿郎定要向西掠地。若是燕晋相争嘛……"段龛的话变得断断续续起来，"虽说父亲与慕容皝立有盟誓，可咱段氏一门也是屡受晋廷恩赏……"

"阿爹明白了。"段兰清楚了儿郎的态度，后面也不再废话，"石氏的未来嘛，咱也不看好。尤其石虎死后，邺城多半是要起乱子的。"

二人说话间，终于走到了门口。

"跟随晋室，本也算不得凶险。然只靠着郗鉴的这卷书信，可不能就此卖了身家性命。看似能得个什么王公名号，和慕容家平起平坐，却还是要靠做他人的马前卒，才换来的个虚名。"

"父亲的意思是，先婉拒了太尉？"

"不必了。"段兰紧紧攥住了继承者的手，"阿爹只是提个醒，咱如今势单力薄，又要担着这么多人的福祸，遇事万不可意气用事。纵使奂儿终要与慕容家渐行渐远，纵使这个广固城再是城坚墙厚，如若到时，晋军不来救，终究还是难免一场空。"

父子二人在门口迎着落日的暖晖的铺洒，段兰乏累得靠在了儿子的肩头："听人说，从广固往东北走……朝家的方向一直走，就到了海边。咱只记得几岁时，曾经踩过海水，之后竟再也没见到过。"

他闭上了眼睛呢喃着，夕阳的色彩填满了深嵌在他面庞上的褶皱。"奂儿，有空带阿爹去一趟吧，看一眼那沧海……"

可真是个愁死人的麻烦精。

这几乎已成为对可足浑律儿公认的评价了。尤其对于最近一段时间的慕容羽来说，这个在王府被宠坏了的鬼精灵，确实是个让人又喜又愁的存在。

同时，虽然不是特别清楚具体原因，但她已然发觉，自打上次跟着自己祭拜过亡母段王妃后，述儿的心思便明显地收了起来。眼下每日关起门来，不是在练弦琴，就是在读书写字，就连与自己的走动都少了许多。慕容羽也知道，这是个好事——毕竟，述儿总有一天是要当王妃的人嘛。但作为好阿姊，她却要责无旁贷地承担起摆弄律儿的工作。对小丫头的喜爱是一回事，任性胡闹带来的头疼却又是另一回事了。比如这一天，好心带着这家伙出府上街解解闷，谁承想，从饰物店里头那个鹊鸟簪子开始，二人就不停斗起嘴来。这一路上，气得慕容羽没少捏弄律儿的脸蛋子。回到王府后，一听闻慕容霸从翰父府上回来了，这小囡子竟连人带货全都抛到脑后，一溜烟就跑了过去。

慕容羽嘟着嘴，冲着律儿的背影瞟了个白眼。从翰父搬出去、自己立了府之后，五郎就总要跑过去与德儿厮混。而眼下，要整治律儿这家伙，五郎才是真正的行家里手。慕容羽有一种预感，这三个扎堆的少男少女间，迟早要弄出点儿姻缘情事。此外，据说二郎已经班师渡过了乌侯秦水，封先生他们算着日子，估计也快回到龙城了。结合起述儿这几个月来的怪异，看来那头的乱麻也就快捋出个头绪了。这是她的另一个预感。

"求亲？这王丰……咱前日才见的，怎的隔了一天又跑来求亲？"

慕容羽刚刚走进前院，便撞见父王手里攥着什么物件，正愁眉不展地和评父嘀咕着。然而，当她出现在二人面前的时候，迎面而来的却是尴尬的注视。慕容羽一下子明白了，这是有人向父王求自己的亲了。

"爹，是谁求亲？"这事，她可没预感到。

"拓跋什翼犍。"慕容皝的语调中夹杂着一些森然，"羽儿先回屋吧，爹和评父有些事要商量。"

在以往，一贯"粗心"的燕王哪怕谈论机密的政事，也是很少会刻意避开家人的。不过这次，二人随即就穿过正堂，转入了书房。一头雾水的慕容羽自然不会安心将自己的终身大事抛诸脑后，在小转上一圈，打发了周遭仆人后，她便蹑手蹑脚地往书房挪动。

"羽娘子这是在耍甚游戏呢？"然而，出师未捷，她被正捧着一胡禄箭矢的参军高开撞了个正着。

"嘘——"慕容羽先做出手势，止住了声响，接着眼珠一转，"高使君，正好有事要请教呢。"

说着，她将人拉离了父王书房的方向……

"王兄其实不必急着回复。代国的商队已陆续启程回盛乐了，只要把那个王丰耗走，这桩婚事成还是不成，不都是咱家说了算嘛。"慕容评试图安抚一直板着个脸的慕容皝，"不过话说回来，其实这门亲事也算不错。"

"咱还不清楚嘛。"燕王可是好久都没有如此生硬地咬过字了，"孤也想把拓跋家彻底拉到咱这边来，却不想用被迫结亲的手段。祖宗将咱家从草原带了出来，到俺这儿，又怎能再把羽儿送回到盛乐那苦寒地方去。"

"别说王兄不乐意，咱家就这一个女郎，评和大兄也是一样舍不得。咱还得想个办法，别得罪了拓跋氏，这什翼犍说不好也是个年轻气盛的。"

"得罪就得罪了，咱这辈子也没怕过谁。"屋里的桌案被重重地拍响，"这小子想靠这一封信和一枝破芍药就娶走慕容家的女郎，想都不要想！"

"啊！"

这时，从门外传来了女子的惊叫声。

王丰无奈地目送着一队快马向西驰走。他实在是想不通，仅仅一天的时间里，自己这甥儿究竟是着了怎样的道，竟非要与慕容氏联姻不可。他费尽了口舌，竟都无法改变什翼犍的心思——这也算是第一次体会到了年轻国主的决绝与霸道。

最终，王丰只得以要求拓跋什翼犍速速返归盛乐、脱离慕容皝的掌控为条件，才应下了即刻去信求亲。他真不晓得那位三娘子是怎样的天仙，多等两个月就会让人抢走似的，且更不晓得的是，自家这般鲁莽，又是否会激起燕王府的怒火。可无论如何，这桩婚事一旦敲定，便是彻底将代国的所有人绑上了慕容氏的战车，从此，也便没有了在北方争霸中左右逢源的余地了。

"听好了，但凡有燕王府的人出现，无论何事，都由我来应付。尔等一句话也不要说。"向手下商队的各管事与军头交代明白后，王丰志忐不安的思潮还是不见一丝平和下来的迹象。

"没用的东西！去叫傅颜来，把这厮给咱抓回来！"

在得知了饰物店以及这枝将离花背后的事情后，慕容皝彻底爆发了。此时，惊慌不已的慕容评只能尽力拉抱住自己的王兄，能不能拦住傅颜领兵捉人，就得指望还杵在门口正呆若木鸡的参军高开了。

"咱就不信了，活了五十年，还能让这小儿戏耍了不成。乔装入城，目无余子，竟然还想娶走羽儿……"

在翰、皝、仁、评四兄弟里年纪最小的慕容评在身手气力，乃至军事能力上落在下乘，眼下他已经很难拉住怒火攻心的王兄了。

"爹！"随后竟是靠着慕容羽的呼叫，才凝滞住了所有人的动作与声响，"羽儿愿意嫁……"

又不知过了多久，慕容皝孤独地坐在窗下，呆望着虚空。昏暗的烛光蒙在脸上，他看起来仿佛照几个时辰前已是骤然苍老了十岁。

"这事怨不得你。"

哭成泪人的女郎早已回了内宅，燕王将自己关在这书房中许久许久，直到高开折返回来，向自己坦诚了当时慕容羽是如何缠着他，并盘问出了关于拓跋氏的种种，以及自家与盛乐之间那无比重要的纽带关联。

"天也晚了，都回吧。"

参军再次退出了这间书房。他捧来的那一胡禄经过改良的羽箭，仍然靠在墙角，未得问津。

"这丫头，何必苦了自己啊……"

当终于明白，羽儿竟是为了家国利害，为了阿爹与兄弟，才狠心将自己远嫁盛乐之后，已是涕泪横流的老父亲心如刀割。慕容皝捂着肺腑倒向了榻上，他真的倦了，累了，也是在此刻，才第一次滋生了那般急切的念头。

远　　谏

━━━━━━━○━━━━━━━

"士秋公怎的亲自来了？"

中年文官正赶向城外的辎重大营。不料，还未出内城门，便撞见阳骛急匆匆地策马赶来。的确，身为留守龙城、执掌国事的重臣，此时的阳骛，实际上身负着燕国的军政大权，是无论如何都不应该现身于此的。哪怕有再重要的物资或消息，遣派副手皇甫真前来也就是了。

"高参军，某正有要事禀告大王，大军可还未动？"

"就等这一批辎重了，待调拨完毕后，就该开拔了。"中年文官看起来却是更显急迫的那一个，"先不和士秋公盘桓了，咱赶紧出城办差，大王那边可等不得太久。"

他咬重了后面几个字，拱了拱手，便拨马离去。

当再次穿梭于大棘城内，阳骛感慨良多。自己辅佐慕容氏已过半生，多数的时光都是在这城中浮沉。亲历了慕容一家三代从鲜卑酋领做到了燕王，他亲手参与了大棘城曾经的一次次扩建，最终也是因自己为向西缩短贸易线而力主修建龙城，又使得这故都迅速地衰落了下去。一路从城郊直抵内城，大多数的民户与商户都已随着王府战略重心的转移而迁走了，眼中所见，几乎只剩下了些军户，以及依附于勋贵的佃户仍在驻留。北地重镇终会在历经一代又一代后，退化为戍边的兵城——曾经繁华的柳城如是，当下的大棘城亦如是，等到慕容家有朝一日南下逐鹿中原，那还是崭新的龙城估计也是难逃一样的命运。

不过也好，扼守着渝水以东的大棘城坐拥三条大路，依旧联结着北境诸镇。也因交通便利，自己才有机会一路疾驰而来，赶在发兵之前，再一次直谏燕王。

"大王放宽心，在下料定咱大军开拔北进的消息一传到建康，那大将军的印绶便立马就要往龙城传送。晋廷自己护不住边地，但脸面还是要保的。等到时，依敕令开了大将军府，再对众将广布封赏才是名正言顺。且暂时吊着儿郎们的胃口，说不准还能激励激励士气。"

阳骛在旧王府内外先后碰见了慕舆根、鲜于亮、慕容儁慕容恪兄弟以及傅颜等一众将领——估计这些人已经在封弈主持的会议上领到了各自的任务。长途而来的旅人心急如焚，在众人面前未有停留，直奔往曾经充作王殿的府中正堂。果然，刚到门口，便听见封弈仍在为慕容儁谋划着机要。

"阳骛有要事禀奏大王！"

他正了正衣冠，高呼请见。

"快进来吧，别在门口杵着了。"

仍在徘徊神游的青年被屋内传出的呼喝声戳得一激灵，终还是服气地点了点头，推门走了进去。

"老早听到马蹄子声，就知是你赶来了。有什么要说的，抓紧，跟爹还有啥可扭捏的？"已是上了岁数的老头领心情还算不错，言语间感觉很是轻快。

"父亲……真见了建康来的人？"青年表现得还是十分犹疑。或许，也是有些难以置信夹杂其中。

"怎了？回信咱都让人带回去了。"石赵的六夷大都督、冠军大将军姚弋仲，这才察觉到了爱子在情绪上的抵触，"襄儿从章武一路奔回来，就为了这事？来，先喝口水，慢慢说。"

"父亲，"姚襄胡乱地灌下了一碗水，"咱们几次放了燕国的人马越境，就已是很难瞒过邺城的眼线了，如今再与晋廷联络，岂不是要招来天王的怒火。"

“嘿，还当是何事。”看着心急火燎一路奔回的姚襄，老头领甚至还松了一口气，“咱接的又不是晋人的敕令诏书，乃郗公太尉写给为父的私信。邺城想要的话，就给送去也无妨。何况天王若是真的起了疑，似咱这般两头联络的劲头，说不准还能助其宽宽心。”

“父亲真的不看好石家了？”虽说姚弋仲的一番言语听起来是豁达无比，可姚襄仍是不吐不快。

“这与看不看好又有何关系。”老头领终是凝重起来，“襄儿确是能征善战，禀性也是没的说，就是在这算计上，容易吃亏。”

屋内原本的轻快氛围仿佛被阵阵溜入的清风逐渐吹散，姚弋仲方才的好心情亦是一扫而空了：“咱们姚家自烧当羌以来，臣服过汉廷、曹魏、司马家……就说为父自己吧，给晋人当过护羌校尉，给刘曜当过平西将军，眼下又是被天王重用为大都督。可无论跟着谁，不都是为了部族和追随咱家的胡汉百姓嘛，要不然，姚某倒是想来一个菟裘归计，回南安去当个富家翁，何必替人守在这溺头的四战之地。”

“既如此，父亲又为何将孩儿派去章武，帮着羯人整备防务呢？”

“襄儿啊，可不要以为阿爹要行那首鼠两端之事。”姚弋仲从爱子的话中，自顾地读出了一些别样意味，“想当年，石勒因为父一言，杀了来降的祖约，石虎又是听我一计，迁了十万胡户入中原……石家对咱是有知遇大恩的。天王尚在，姚家定是要尽心侍奉。为父与郗鉴联络，不过是为了哪天邺城生变，那石家护无可护之际，还可多一条退路罢了。”

“父亲的意思是，怕天王最近……”姚襄有些蒙了，而后也有些懂了。

“天王体魄自然雄壮，然从邺城传回的消息总有些荒废不堪。”老头领的语气中夹着惆怅，“咱们怕的，乃是宫闱中生起祸乱。”

姚弋仲的声调越说越低。姚襄听罢，也是不置可否地点了点头。

“嘿呀，说不准为父与石虎谁先撒手呢。这后面的路，还是得靠襄儿自己走。”姚弋仲故作释然般拍了拍自己的额头，“来和爹说说，章武那边有何动静。"

"诺。"姚襄也缓过神来,"燕国似乎有了整备之举,由孩儿看,应是在向北集结大军。"

"这是要收拾勿吉人,以稳固后方了。刚打完宇文部才没多久啊,看来慕容儁对中原还是动着心思呢。"姚弋仲小声嘀咕到最后,又是一声长叹,仿佛自己曾经推演出的那幅最危险的局面,正在眼前缓缓凝聚,且其中的那一张张面孔,也是逐渐清晰了起来……

"来吧,都说说这仗还要怎个打法。"

慕容儁兴致盎然。与近十年来的一般情况不同,这场在大棘城的军事部署,是燕王本人站在了挂图之前,而以往负责主持布置的国相封弈,却是长久间没有开口了。不过,参军高开并不在意这种变化,机智且老道的他清楚得很,如若大王与他的谋主并非事先统一了腔调,这场会议也许根本就开不起来。之所以是燕王亲自主持部属,更说明了其势要与勿吉人一战的决心。既然各部各城的兵马都已集结在了大棘城,五到十日内,是必定要开拔北上的。眼下的问题只有一个,即面对敌人突发的变化,这一战的打法是否要有所调整。

"依末将看,还是正常北进。正好贼子的援军到了,那勿吉王才敢和咱正面决战。只要选一处空旷平整的地界,具装铁骑一动,任凭扶余人再多送来几万个脑袋也不够砍的。"首先表态的依旧是慕舆根。如今彻底接过了略得扩充后的具装铁骑的兵权,历来作为先锋战将的他,只需要在战术层面上提提建议,表表决心就够了。

"没承想,这高钊还真有些手段,能把向来不甚对付的扶余人也拉进来。如此,算上扶余国三万控弦之士的话,贼子们也有了五六万的规模,战力上已堪与城外的儿郎们相匹敌。故从态势上看,似已无法如先前设想般速战速决了。"

"也好,这扶余王倒是懂事,省得咱以后劳师远征,再找他的麻烦了。"燕王随口一言,似乎是刻意打断慕容儁的长论。

"父王英明。此战一旦延绵入冬，则大军与高钌就要拼起补给。远师不应入敌境太深，宜在沿途多立营寨，一旦贼人冒进劫掠，或是各自退去，到那时，战机必现。"

眼瞅着儁公子不卑不亢的神情，高开回想起了当初议定要拖到远征勿吉后，再送羽娘子去盛乐结亲时的情形——那时，在群情激愤的众人中，也只有慕容儁保持住了冷静，且明确支持了这一桩与拓跋氏的联姻。虽然因此，诸公子间一度产生了不小的龃龉，但在那一天后，二郎确实凭借着这份胸怀，赢得了以阳骛为首的众汉臣更深层的支持。

"末将入王府虽晚，然亦听闻了这勿吉人在高钌掌权后，是大改了其父高乙弗利在位时的姿态，不仅断了朝贡，还屡屡派兵劫掠辽地边民，近些年来，已是扰得边地诸县人人自危，甚至诸多豪族富户都举家内迁了。依末将看，此战定要攻入勿吉腹地去，才能杀灭了贼人气焰，彰显大王天威，安抚边地黎庶。"别看正说着话的鲜于亮声音上是十分粗犷，然而，直到那番凑到一起喝酒时，高开才惊奇地发觉，出身渔阳的家伙竟然是魏时名士鲜于辅的后人。由此，这亟待立功的汉子怎的也算得上是名门宿将了。

"大王一路带着咱们平了高钌的丸都城，勿吉人才能长些记性，也能换回咱的边地两三代人的太平。"鲜于亮又补充道。

虽说高开与其尚称不上交心，不过他还是能理解作为降将的鲜于亮此刻的急切感——这种急切甚至超过了纯纯的好战分子慕舆根。毕竟，眼下身无寸功，却还备受燕王器重，此次北征中，鲜于亮必须要挣得一份立身的战功，否则他在军中可是很难再混得下去了。高开甚至怀疑起来，如若不是肚子里有点儿儒学五经打底，这家伙会不会当场与慕舆根争起先锋大将的差事来。

"然也。尤其这高钌还拉着扶余人联手作乱，可见其人野心不小。大王必要趁机将其彻底剪除，以绝大患。"循着这个清脆的声音找去，冒头发言的竟然是慕容德。

两个少年自上次偷跑出去随军建功后，虽没受什么大的责备，但却也难免被慕容皝加紧看管了。在这次出征前，霸公子更是被指定留守在龙城，大王还留下了阳骛与皇甫真一正一副两位大员辅助监国。如此安排，在慕容霸自己看来或许是一种惩治，然而在用心不一的他人解读下，却也可以算是偏爱与重用的信号。不过，对于慕容德来说，就没有伙伴的那种烦恼。由于其父大腿上的箭伤未愈，这位公子哥得以名正言顺地顶替出征，甚至还敢在军事会议上侃侃而谈。

"勿吉与扶余合兵之后，确是有了与父王大军抗衡的实力。若是一味寻求迎面决战，则易打成相持消耗的态势。倒不是说打不赢，实在是徒增伤亡，不合算。"这种倾举国之力的远征，自然也少不了在军中威望渐盛的慕容恪的支持，"父王亲征，远离龙城，耗时一长，难免那石赵也会有动作。虽说咱们也在南幽州投放了万人之众，评父亦去了蓟城坐镇……君子防未然，此战绝不可拖至入冬。"

这回恪公子也不客气了，径自走上前去，指了指挂图。"大军从大棘城沿大路北进，一路直抵丸都城的通路都十分平坦，如此，可迫使高钊的联军前来对峙。待那时，再利用骑兵之利，分出小股精锐绕袭其后方，必会博得奇效。"

高开赶在此刻分神望了望。眼前，包括慕舆根、鲜于亮在内的多半战将听了慕容恪之言后，眸子里似乎都放出了光。

"高钊那厮虽找来了扶余骑兵助阵，声势上确实不小，然两边人马未必能心齐如一。到时，只要大军在正面咬住了贼人，甚至都不必血战，那扶余王怎能放勿吉人分兵回救后方。只需拉扯一些时日，贼人定露破绽。"当下慕容恪自信的模样大概就是燕国未来二三十年的武运了，高开笃信。

"哈哈。"这时候，慕容皝不明所以的笑声显得很是突兀，"德儿，把信拿出来吧。"

随后，他瞄向了已是沉默了许久的封弈。在以往这般情况下，二人会默契地相视一笑，再由子专公上前，揭开他们故弄的玄虚。但在今天，熟悉的一幕并没有上演。当德公子自怀中掏出信笺呈给燕王的时候，高开仿佛听到了身前的国相发出了轻微的叹息声。

"四郎这番心思，还真是与元邕不约而同。"燕王说着，将手中的信札一展——慕容翰特意将德公子遣来，可是揣着份锦囊妙计的。

"依元邕所言——"慕容皝随即在挂图上摸索了一遍，"吾兄早前驻守北地之时，记得从此出发走南道，过沸水，山间有小路可达丸都城。此番，咱不仅要袭扰勿吉人的后方，亦可径直拔了高钊的老巢！"

"大王。"最终封弈还是开了口，而这老头儿今时的神情可是少有地凝重。高开只觉得眼前的这份忧虑，未必是有关即将点燃的战火，而具体是什么，仅一介参军的他却是无从知晓。"出奇兵而寻小路，难保会有差池，故而，一来还是要着眼于迎面破敌，二来分兵时，更要留有余地。"

封弈扭头又盯向慕容恪："依老朽看，宜以具装骑兵中的千五百骑弩手为主，组一军，走南道奔袭丸都城。如此，方可兼顾大小两军的战力不殆……"

最终，带领精骑走南道的担子并无悬念地落在了慕容恪肩上，与之同行的鲜于亮此番建功的机会，亦是丝毫不逊于那手握余下的铁甲精骑，并担任北道大军先锋的慕舆根。燕王本人，则决意亲率慕容儁与傅颜诸将亲征。只有年轻的德公子，被委以保护因年迈而不再随军北征的封弈之责，而被死死按在了大棘城中，成了这场军事冒险中唯一的失意者。

"正好高大管家那里有一批改良的翎羽，数量上列装大军远不够用，就配给四郎手下的精骑吧。到时有了新家伙式，更要打得漂亮些。"

众将随着慕容皝的调子一阵哄笑，实际上，没人将所谓的新家伙式放在了心上。高开借着去整顿军备的由头先行退出了大堂。他心里清楚，这场会议后半段所要涉及的那些更为细致的安排与自己关系不大了。身为"大管家"，高开在临时分兵之际，亲自去筹算保障好恪公子一部的军械，以及来回双程的粮草配给才是重中之重。

其实，若是王府中的老人也许还会记得，眼下干起了匠作中郎、参军事的"大管家"，当年在辽东之乱时也是曾带过兵打过胜仗的。然而，自那以后，高开便一门心思扑在了燕王大军的后勤事业上，偶得闲时，也只是钻研些奇技淫巧，甚至亲身动手，鼓捣些装备军械。否则，以他的资历，哪怕外放出去，也至少是一郡太守的水平，又何必困在一个参军事的复杂头衔里。同样，也是源于这份抉择，那最为擅长洞察人心的封弈，可是也曾评价他为数一数二的聪明人，以至于高开也曾惶恐到挥霍了几个晚上的睡眠。

"可惜不能亲眼看看这批尖头血槽的箭矢到底有何威力了。"

高开心中甚是惋惜。照着常规，他是肯定要留在大棘城调拨后续的辎重，以供应变幻未知的战事。因此，这份念想着随恪公子出征的私心怕是万难实现了。而自己这么多年，即是如此过来的，少点儿危险，多些遗憾，少点儿富贵，多些安稳。好在无论是谁掌权，行军打仗时，怎的都需要个匠作郎的。

轻叹了一口气，高开便悠哉地朝向城外的大营骑去。结果还没到外城地界，就撞见了风尘仆仆且满脸焦虑的阳骘。果真担得起"聪明人"这一评价的他，瞬间便猜到了士秋公不顾龙城重担也要执意赶来大棘城的用意。然而，此时却是矢在弦上不得不发的局面，哪里还有阳使君远来直谏的余地呢？

"士秋公怎的亲自来了？"

高开决定装次傻，就当阳骘是来亲自押送辎重的。至于他与大王再如何相争相劝，便是他们私下的事，自己不在现场就好。

慕容皝被闯进来的报门声惊得不轻。虽说阳骘从不似眼前的封弈一般，会仗着多年并肩的关系，在自己面前来去随性，但也断不至于弄得如此紧张严肃。

"在下先告退了。"

随后，这封子专也是故弄玄虚。没办法，慕容皝只好送送国相，再把堵在门口的另一股肱之臣迎进来。而就是在门口处，他看到封弈在与老伙计照面时笑了笑，还伸手拍了拍对方的肩膀，可阳骘却没有给出什么像样的反应——这可不是老搭档间应有的举止。

"阳士秋这家伙非要折腾个甚。"预感到多半是麻烦找上了身的慕容皝，此刻也难免有些烦躁与恼火。

"大王。臣是一时听闻扶余王突倾国之兵，赶来作乱，这仗，可不能是原来的打法了。"二人独处对坐之后，同案的阳骛已是迫不及待地开口，慕容皝才确信了自己的判断——这人大老远来，是要面谏阻兵的。此乃是情理之中，亦是意料之外。

"士秋多虑了。"既然如此，慕容皝也多留了个心眼，"此事咱刚调整完。按着眼下的方略，还是打得赢的。"

"臣绝非是在质疑成败。只是起初，咱只备了三四个月的粮草，是欲以雷霆之势击破勿吉。可如今扶余人冒头，不仅贼人兵力已超过大棘城之军，更是为那高钊补上了骑兵的短处。"然而，阳骛似乎并不打算轻易放过燕王，"大军即能以兵精锋锐占得上风，却未必有把握赶在入冬前结束战事。"

"嘿，怪孤了，没和士秋讲清楚。"慕容皝甚是了解阳骛的固执不阿——这关看来是不好过了——竟换上了讨好的语气，"这一层，方才大伙议事之时也提到了，故才分了一支奇兵直取丸都城，还是四郎亲去。玄恭带兵的本事，士秋总该信得过吧。这小子要打好了，可能三个月都用不上，高钊就得上表请降。"

"大王！"显然示弱这招也没管用，"臣虽是一介文官，但好歹也读过那正奇虚实的道理。兵者大事，哪能全指着穿山越岭的奇兵建功。大王可知，这一旦入了冬，只需一层薄雪，辎重运送中的损耗就要翻上一番。大王需得三思啊。"

"士秋！"慕容皝本想暴吼一声，但出口之言竟显得有气无力，旋即，他又闭目萎靡了下来，"咱们相知也是这么多年了，士秋怎的不理解俺的心思呢。今日只说心里话，咱不称王，士秋也别称臣，就像当年在无终初识一般。二十年一晃就没了，咱也算兑现了与士秋那保境安民的承诺了吧。可是到了这岁数才会明白，心里在意的，还是史书上的那一笔一墨罢了。说到底，还不都是拿光景换回来的。抬眼往前看，给咱余下的也不多了。"

霎时间，一言一语透出来的凄凉几乎要将夏日的温煦凝结成霜。

"咱清楚，这几年间，又是争地盘，又是建新城的……而之前定的三个月期限，在钱粮上本已很是为难士秋了。何况战局又起了变化，一旦拖进了冬天，难免是要伤到国本。"话虽如此，可慕容皖的决绝却没有削弱的意思，"咱们是难，对面的高钊也难，勿吉人也得供养数万大军……只要这一仗打个大胜，北边就能彻底太平个几十年。两辽的百姓恸泣了这么些年，咱们离得远，听不到，却又不能装作记不得。功成之后，对边民是大幸，在史书上，亦是份大功绩。"

"元真，咱们身处乱世，眼下的功绩足以流传后世了。受慕容家庇护的万民岂又会不知足，又何必再去赌上身家，去搏那些虚无的快意呢。"

"士秋说得没错，咱是应该知足了。然天时到了，不得不取。孤要留给后人一个不再有后顾之忧的大燕，要让后世之主放手南下，趁早终结中原的灾祸。"

"罢。善。"阳骛终还是落寞地点了点头，"其实，骛亦是清楚劝不动大王的，却还是不得当面一谏。来之前，臣已让皇甫楚季向各郡县的士家豪族借粮了。可大王能否应了臣，即便这仗非是要远征不可，大王就留在此处坐镇，至于前线战事，就交给诸公子去应对可好？"

"这阳士秋真的是太了解自己了。"慕容皖暗自感慨，眼前这一招以退为进，若是放在以往，必然是要见效的。

"按着约定，收拾完高钊，便要送羽儿出嫁了。士秋应知俺的苦闷。"慕容皖双手一合，一把握住了浮搭在对侧桌案上的一只手，眼溢恳切地盯着阳骛："你我都清楚，此后数年，定是要休养生息的。此战，便是孤的最后一战了，士秋，可不能将其从俺的手中夺走。"

一阵煦风贴着门窗的框沿卷进了屋中，在吹拂过两张热切的面庞后，又拧身拐了出去。这一来一回间，就将门上的一片蛛絮送向了天际。而恰在此刻，最后一只手摞在了燕王那曾征战四方的十指上。阳骛低着头，用力摇晃着四只紧握的大手。他没再言语。

边　民

○

"真是犯了太岁！"

少年郎一边被众军士"押解"着前行，一边还在心里嘟囔个不停。在他完美无缺的计划中，最早也是要等到了沸水岸边，乃至随大军渡过去后，再追到队伍前端，给四兄亮个相的。到了那时，战事一触即发，自然也就没人会闲出手来遣返自己。本来，他和两个亲兵藏匿在后军的偏营中已有多日，明明只差几里地，却还是让人认了出来。虽说难免是生了一肚子闷气，但少年郎还未至惊恐的程度，毕竟，这一队军士中也没人敢为难他，反倒是当初无奈收容自己的营将已经被捆成了粽子模样。

"也许四兄还不至于赶俺走。"少年和身旁的亲兵优哉游哉，心里多多少少是存着一丝侥幸。

"德公子，这是——"看着扮作小校模样的慕容德，策马赶到的中年将领可是憋红了脸。他此刻是骂也骂不得，至于讨好的话，更是说不出口。

"鲜于将军，咱这也是没有别的办法了，将军可千万饶恕则个。"慕容德阅历不算多，但也清楚，如此般偷混入人家的营垒，无异于是在打鲜于亮的脸。于是，他急忙服软道歉，哪怕不为自己，也得为跟着受罪的营将着想。鲜于亮不敢把慕容家的人怎么样，可不代表他不会朝着别的人撒气。

当然，此时的慕容德本应在大棘城与参军高开一起巡查城防，统筹大军后勤的——只因燕王念其是自己兄长慕容翰余下的独子，无论如何，也不会许他参与这场长途北征的。不过，以慕容德的性子，哪里又会甘受这般委屈？若早知这番兴致勃勃地替父出征，竟是换了个地方继续随着封先生读书下棋，那还不如留在龙城，与慕容霸做伴快活呢。在他这般争强斗狠的年岁上，最羞耻的事，莫过于起初夸下的海口，会化作伙伴的笑柄。

"不行，必须立个大功回去给五郎瞧瞧。"

一不做二不休，他通过威逼利诱当年一起过渝水时的父亲的旧部，带着家里配给自己的两个心腹，直接混进了轻骑营队，跟着慕容恪的南道奇兵出征了。

"反正不被大王捉住，一切就都还有的商量。"这事之前干过一次，还算是驾轻就熟。但不承想，衣服虽是换了，可父亲给的宝马、鞍辔以及兵器却没舍得一并换掉，终也是露了富，才露了馅。

就当慕容德还在捋着口条排演一会儿该如何求情，好让四兄留下自己时，鲜于亮已是骂骂咧咧地将那"粽子"营将捶翻在地。

"鲜于将军息怒。"还是慕容恪及时拍马赶到，才安抚住了暴怒的将领，"这小子胡作非为，底下的小将怕也是迫不得已。就当本将求个情可好？"

正缩在一旁的慕容德见鲜于亮嘴上的责骂虽然没停，但神情与眸子中已多了份释然。想必，他也不愿因为这点儿事责罚部将，可这上千人的主将依旧是慕容恪，还得做番样子，才好换份脸面，亲疏人情都得顾及到。

"那便依公子的意思，先放这厮回去，暂领原职。等此战过后，再行论处。"鲜于亮也没耽搁，说完便带着人匆匆散去。余下的事，就留给慕容家的人自己去解决。

"啪。"旋即，慕容德的头盔上便挨了一鞭子，"好个狂小子，胆子是越来越大了。上次用过的把戏，还耍到我眼前来了。就算父王和翰父都治不住你了，那就看咱能不能拾掇住个野小子。"

虽说是被连打带骂，可此刻慕容德的心里乐开了花。四兄面上是不断呵斥，可恰又表明其并未动了真怒，或许是能顺势留下自己的。于是，喜笑颜开的少年刚想靠上去再巴结巴结，主将却已拨转了马头，甩着手中马鞭，向东一指。

"斥候们在沸水边摸得了一方山寨，筑在山腰上，正是易守难攻。据说，至少也有上百的兵士把守着，当真是有趣。想立功，就抓紧备马，去那边与本将会和。"

话音未落，慕容恪已是策马而去。

粼粼的江水抱着团，一浪接着一浪，拍在木桩与船腹上。男子半闭着双目，微微上扬的嘴角，与被江风拨晃的颔髯一并勾出了一个欣怡的弧度——他仿佛正在品赏着一番不俗的仙乐。

这番，桓温终是得偿所愿。

不到一年的时间里，建康城内已是天翻地覆，丞相王导、都督庾亮以及太尉郗鉴先后过世。而多亏在原本的制衡游戏中尚未孵化出野心权臣，因此，晋廷虽然骤失柱石，皇权却还算稳固。在连串的波澜之后，掌握荆襄的庾冰、庾翼兄弟迅速脱颖而出，握住了大江上游的兵权，也就毫无疑问地掠得了晋廷半数的权柄。同时，琅琊王氏，则在一时间落了下风。

朝堂上的更迭变故，本激不起桓温太大的兴致。在他看来，这种你方唱罢我登场的轮流坐庄，简直就是徒耗光阴与国力的愚蠢行径，想要这九州大地重归大统，还是要靠魏武孟德一般的人物独掌乾坤才行。好在这点儿不为人知的小心思，并不妨碍他从层层波澜中获益，靠着与都督六州诸军事的荆州刺史庾翼不菲的私交，他终于起获朝廷任命，如愿领兵据守临淮。下一步，接替即将入朝的蔡谟，独自出镇徐兖之地，也是指日可待。

一阵东风裹挟着江水的湿气拂过面庞，不过，从伫立在石头城码头，正等待官船摆渡的桓温脸上却看不出喜悦，也看不出忧愁。在他隐匿的雄心中，这番渡江北去算得上一个标志——西吞李汉，北伐中原的大略终究破土发芽。至于这乱世迎来的是一位英雄，或是枭雄，恐怕几代间的世人也未必能说得清楚。

前一艘没赶上的楼船似乎还没靠到对岸，他也只能在烦闷的等待中张望。

也许是天意使然，他的目光偶然扫到了正跟在一青年士人身侧的幼弟桓冲，正朝向自己走来。

"你怎的跑出城这么远？"

"兄长。"

"请问可是桓驸马？"

三人三语，几乎同时蹦出。兄弟间相认无差，桓温才好将注意力放到了这位颇有些眼熟的青年身上。

"不才正是桓温，还不知郎君高姓。"

"在下谢安，陈郡人氏。"

眼前的山峰并不算高耸，但也足够陡峻，尤其是那最顶端的峰包，看起来确实与斗鸡的大红冠子有些相似。这一定就是鸡冠山了。

在父亲让自己带到大棘城的锦囊妙计里，这鸡冠山也是被着重提及的一处。想要顺利突袭丸都城，在鸡冠山脚建立中继补给，并择选缓流渡过沸水，便是最后明确的两点。而之后的道路，便靠他们自己寻觅了。

然而，眼前的这座山寨，却从未出现在任何一份情报之中。

正从身后的树林中穿出的疾风，不仅是呜呜啦啦作着怪响，而且还带来了一股温湿的触感——想来那沸水的确就在不远处。如此一来，无论是从哪侧涉水强渡，这座山寨都是个莫大的威胁。

立马在远处眺望之际，只能明晰整座山寨乃背靠山壁修筑，且是三面临敌的。但在抵近之后才发觉，其左右两翼的木寨墙虽是立在平地之上，可墙脚下的斜坡却是异常险峭难登，而足以架起冲车攻门的，也只剩下了通向正面大门的一条路。这山寨还称不上一夫当关的险要，但若想在没有远程投石的帮助下强攻，却也绝非是什么易事。更何况，身后的林子中还随时可能冒出一支伏兵，人数不必太多，也足以击垮来犯之敌的士气。

对，伏兵！若能用河岸的敌情，或是一批辎重粮草来将守军诱出山寨，再反以林中伏兵击破，该是个事半功倍的好办法。

"走，咱们过去看看。"

慕容德杂乱的思绪终于被主将的军令打断。而后，便是稀里糊涂地与慕容恪并辔立在了寨门前的坡下。在他们的身后，仅有几个掌着"燕"与"慕容"旌旗的亲兵骑兵，加在一起，都不到十骑。

"还说俺胆子大，四兄这胆子才是没边了吧。"少年郎暗自嘟囔着。而对比起他的战战兢兢，慕容恪倒是平静如常——至少表面上看起来是这样的。

"稳住。"慕容德很想掐一下自己大腿里子，任何人表现出的一丝慌乱，都对接下来的谈判不会有任何好处。

"放宽心。这山寨若是勿吉人立的，几里外，就和咱们交过手了。"

正如主将所言，当寨门缓缓打开之际，露面的人马虽是甲胄款式各异，但由衣襟发髻上看，还都是汉人的样式。而且，他们中走在头前的——从慕容恪那诧异的笑容就可以知晓，此番他也是绝对没有料到——竟是一员女将。

与四兄不同的是，少年很难把全部的注意力集中在女将身上。只因跟在她身旁正紧紧护卫的那战将个头实在是太大了，就如成年的狗熊一般。仔细瞧去，这巨汉不仅将四周的战马衬得瘦小了一圈，手中更是托着一条长戟，走起路来一步一颠，又多少让人觉得有些滑稽。

"尔慕容家不是早就弃了辽东的边地了嘛，眼下又回来，是打算再征发多少边民去卖命，去替你们手足相残？"还是对面的女将先开了口，且言语间，可是一点儿都没见客气。

"女郎君怎就确信燕王派兵来，不是为了解民倒悬的呢？"燕军主将同样没打算一开始就做出退让。不过，这场预想中的谈判竟逐渐演变成了拌嘴——至少在慕容德的眼中就是如此奇妙。

"将军口中的王师，可是多年都未在此地出现过了。凭何便让吾等相信？"

"吾等若不是要从此处过沸水，去攻那丸都城，当谁又会七拐八绕地撞上这山寨。还请寨主就此通融。"慕容恪盯着飒爽的女子，"女郎君可是此寨之主吧？"

"那是自然。"

女将忽地直了一下腰身。但明眼人都瞧得出来，这里面多少是有些故作威仪的戏份。慕容恪轻轻松松地不仅让她自己露了馅，更是旁敲侧击地确认了，从鸡冠山这侧过沸水后，确实有条路是能通到丸都城的。

"想要借道，那去叫尔等主将出来答话。"

"不才便是。"

"哦？"

"怎的，不像？"

"如此年纪——罢了。"

两个人未作思索间的快言快语，更是直接坐实了种种猜想。慕容德侧头看向四兄，不禁会心一笑，然而，也正是这个笑容被糊涂的女将察觉——她反应过来，自己多半是中了眼前这青年将领的圈套了。

"罴郎，去把这厮拿了，带回寨中。慢慢审问下，也不怕他不说实话。"女将突兀地扭头，指令起那长戟巨汉，"哼，狡诈之徒。"她嘴上更是不饶人。

这一遭骤然的翻脸，使得寨门前的态势瞬间剑拔弩张。好在，随着一声孤独的号角传来，从林子里飞奔出来的几骑旋即止住了双方的架势。

"徽儿不得无礼！"一员老将打老远就传声过来。而女将在来人驻马后，气鼓鼓地绕到其身后，不再作声。"老夫便是这鸡冠寨寨主田琼，不知将军是哪位燕王的部下？"

"反正俺是打定主意了，待在城中泡书简，就算耗上一年，也不如在外郡历练一个月。兄长若是非要赶俺走，那咱就去武昌投奔稚恭大兄，庾征西府上事务多，总能安排上个一官半职的。"桓温起初还以为经过几番拉锯，已经按下了桓冲的念头，却没想到这少年竟是计划趁自己渡江赴任之际，突然赶来发难。无奈，自己这幼弟到底是铁了心，非要随行去往江北不可。更可笑的是，他急急忙忙跑到石头城，看到个装饰最为华丽的大船，便以为是自家官船，结果却一头闯到了谢安的游船之上。

"小郎君满是主意，见识也是不浅，说不定到了临淮，还真能给驸马充个智囊。"随后，这谢安竟也附和着说上了好话。

见此状，桓温也只得成人之美。

"使君说笑了。"他故作严苛地转向桓冲，"此番过江可不是游乐，为朝廷戍边，劳顿苦累不说，随时都可兴起战事。小子可想好了？"

随着少年奋力点起了头，桓温终得承认，又是让这鬼精鬼精的幼弟得逞了。作为桓家长子，既能只身报父仇，入赘成驸马，也看得透时局，等到了东风。而身边唯一能让桓温甘拜下风的，便是这个在才智上迟早会超越自己的幼弟桓冲。他一两年前已有了感悟，桓氏一门的未来，既在于自己一生的成就，更在于桓冲的人生抉择。

"谢使君也要过江？可是庾中书有要差相托？"毕竟给人添了麻烦，桓温也必然要同谢安盘桓道谢。

"可称不得使君了。驸马可能还不知，左将军府上的差事已被在下辞了。桓兄若不弃，直呼安表字可好？"青年也不着忙。估计他非常乐意与桓温相交，否则，倒也不必亲自带着少年来寻人。

"正亦我所愿也。"桓温颇为不解，"安石可才应辟月余，如此急匆请辞，怕是会惹得朝中非议。"

"倒也无妨。"谢安很是洒脱地笑了笑，"我谢氏一门，出仕为官者已然足够，不差愚才一枚。这不，在下正好借着闲暇，乘船南下，入句容、怀德游嬉一番，可惜桓兄要务在身，否则真应同去一乐。"

"安石可是忧虑庾季坚最近的谋划，会引祸上身？"桓温冷不防冒出的一句低语，使得方才还在做戏的谢安眼前一亮。

"元子兄卓识，在下佩服。"当下晋帝司马衍沉疴难医，很有要一命呜呼、随其刚刚亡故的杜皇后而去的架势。而在朝中掌权的庾冰念起两位皇子年幼，正力主策立皇弟琅玡王司马岳，以防不测。"安在眼下的当口，实不宜再入府履新。还是要暂避以自保……"

二人便在这石头城码头的夏日江风下议起了内外大势，直到那晚归的官船靠岸待发，桓温才带着桓冲依依作别。

他原本只想着睥睨江岸，抒发意气，却未承料到，竟撞进了一场足以改变命运的偶遇。

"没想到老英雄还是汉魏名士田豫的后人呢。"女子没好气地学着男人的声调，冲着老都尉抱怨，"几碗酒下肚，几句老英雄叫上，就被人哄得五迷三道的。"

"唉，这恪公子绝对算是文武双全的人杰，本就值得追随。何况，其性情还这般醇厚。徽儿不必如此戒备，咱自信公子言出必行。"逢此乱世，"言出必行"这一评价可不算低，可见田琼也的确是被慕容恪奇袭丸都城的计划说服了。

"可就算父亲看好这小子，咱们的人马将其送过沸水也就够了，又何必应亲去助阵拼杀。"显然，王聿徽是知晓慕容恪与田琼宴饮上的言行的——女子登堂参宴，这种情况往常在汉人地界上极少出现，但在纷乱的边地，也就少了许多礼法上的束缚。

"可不要小瞧了恪公子麾下的精骑咱让寨里的军头以犒师的名义探查过了，此番，燕军手上的战马、弓弩，还有护具，可是让那帮家伙径直傻了眼。看来，那慕容就是真心要把高钊打趴下。"田琼眯着眼睛，说到激动处时，甚至还自斟自酌了一碗，"别看勿吉人亦是倾尽全力，面上凑出了不少兵，可大多也就是些渔猎勇士。留守在丸都城的也定是老弱病残，根本当不得精骑的冲踏。既然，这仗多半能打赢，咱当寨主的，必然要带着儿郎们往前冲一冲，搏下些功劳，才好给寨民们多讨些便宜不是。"

"就算在理，还且与咱说实话，父亲真认得那穿山往北，去往丸都城的路？还是盘算着商队就在寨中，打的挟持着斛景去带路的主意？"

"凡事都瞒不过徽儿。"王聿徽一言说得老都尉有些脸红，且在他霜须的衬托下，那坨红晕还更为明显，"虽说如此做有些……不过边地安生了，对于走商贩的，也算是件好事。愿斛景兄弟想得通吧。"

"爹！咋还真把寨子的未来全压上去了。"女子的声调一提，柳眉一锁，竟透出了些威严的劲头，"那贫嘴滑舌的家伙一旦失了手，且不说勿吉人会不会来寻咱的仇，就单把斛景搭进去，没了商队，往后的日子也是没法过了。"

"徽儿啊，正因为这层缘故，咱接下来说的事可是重大，且一定要照着阿爹的……"

在田琼的谋划中，由于鸡冠寨年年守着一隅顽抗，青壮劳力已是越打越少，迟早也会沦陷于勿吉人的常年劫掠之中。因此，当慕容恪的队伍出现时，老都尉首先动的便是举寨南迁的念头。他倾尽全力，甚至要亲自涉险助战，为的也是要换取燕王公子的许诺，为寨中苦命的边民们搏一份未来的希望。

"带着寨民们收拾家当，当即就走？父亲如此决定，可是先行问过大家伙的想法了？那可是上百户的老小啊，咱首个就不准。"王聿徽的反应很是激烈，以致二人陷入了尴尬的沉默中。此时，天还没全黑，还有几只肥蝉仍在努力地聒噪。

"俺这一把年纪的，埋在山上也就罢了。剩下的人还年轻，寨子里还有娃娃，带着大伙回去过安生日子，这是徽儿的担子。"田琼一字一顿，眼皮垂成了下弯的弧度，竟是眼含恳求地盯着女子，"恪公子已然应允了，咱们寨民可以动用大军返程的辎重，且地图和军令明早就会送来。走吧，带着大伙去大棘城，离开这里。"

"就算要南迁，也得大家伙一起走。既然鸡冠寨的人要继续当燕民，"王聿徽断然不从命，"咱也绝不会抛弃自家的儿郎们。更何况，几百老少妇人，到了大棘城无依无靠，还不是要与人为奴？路上若是遇到些兵痞流寇，可又该当如何？"

她嘴上不饶人，态度更是绝对笃定："鸡冠寨就守在这里。等父亲为边民复仇，等儿郎们回来，咱们一起走。"

沸水，汉时也称盐滩水，水流十分湍急，尤其在涨水期的几个月，要是有不熟悉河道状况的旅人贸然渡河，则极有可能会倾覆其中。因此，对于慕容恪和他麾下的千余具装精骑来说，为了能奇袭丸都城，觅得到本地住民的倾力相助，可是极为关键的一步。

"此一段的滩岸，就数眼下这还算有点儿缓流，就是水道略宽了些。"田琼与慕容恪两骑并辔，驻马在土坡高处之上，鸟瞰着热闹的渡河场景。

"本来，在上游的窄处还可用舟船载渡，然公子大军中，马匹实在太多，凭鸡冠寨的那点儿运力，怕是要误了燕王的大计。"老都尉继续碎碎叨念着他的计较，"好在此处水底的砂石较为踏实，这些高头大马正可下水蹚过。"

"辛苦老英雄了。"慕容恪着实未承料到，田琼竟能调拨举寨的男女老少，赶往上游狭窄之地投石截流，生生在沸水这一段的曲弯处制造出一时的缓流，以供自家的骑兵策马蹚河。

"公子说的哪里话，既是燕王子民，助军破贼，乃是鸡冠寨的本分。说起来，能想到这个办法，还是靠着勿吉人自己作死。去岁时，便是贼子们趁着雨夜偷渡攻袭，俺那小子，也就是媛礼的先夫，就是战殁在了这附近——"说到此，老都尉的声音难免凄凉，而慕容恪也不由得侧目怜悯起来。

"公子快看。"然而，田琼却没有一直沉溺在哀思之中，反倒是率先捕捉到了燕军的那一杆将旗，已在北岸摇摆了起来。

"成了。"在慕容恪视线所及下，几名探路的勇士尽皆蹚过了沸水。

"公子赶快安排大军出发吧。只要老天不下雨，上游的坝口便能支撑上一阵。"田琼拱手作别，"咱这就带着斛景的人先渡过去。那家伙虽是答应了带路，可毕竟还是扶余国出来的，唯有亲自看管起来，才算稳妥些。"

再等到慕容恪移步滩岸，正准备过河之际，一众精骑已是蹚过去了大半。而田琼亦是亲自押着扶余商人，守在北岸等候。

"此战若能无恙，回去定要在父王面前力保鸡冠寨的边民们一个前程。"慕容恪在心中打着主意，直至又是一阵马蹄声迫近了河滩。

策马赶到的女子也是选择在那小土坡上驻足观望，看她所穿的那件长裙，应是几日前，在田琼摆的家宴上见过的。慕容恪只觉得，这般打扮不仅是比早前那套勉强合身的甲胄柔美上万分，且更能显出一份俊俏。

"还请务必保证寨主平安归来，否则，我誓不与将军罢休！"王聿徽冲着岸滩喊完话，顺手又摘弓抽羽，向着慕容恪的身侧射出一箭。可惜，这下的力道不是很足，矢头软绵绵地，便栽进了滩岸上的湿土中。

沸水两岸依然嘈杂忙碌，高高的日头在水面上照出的个个人影，瞬时便被波浪劈个粉碎。久经战阵的骑弩手们小心翼翼地摆拨着心爱的坐骑，没了半个多身子的战马们也尽是驯从地泅蹚过河。

望着策马而去的背影，慕容恪竟丝毫不觉得羞恼。他下马拾起了那枝翎羽端详起来。"姿势倒是学得有模有样，只是女儿家臂力不够，控弓的力道自然是不足。若改用高抛，或许才能添上些威胁。等咱回来，定要亲手教教她骑射的功夫。"

矢　浪

"杂碎的，一个都不能放跑！"

男子对追在身后的鲜卑话辨识得不是很清楚，但这句汉话却是听得真真切切。原本戴在头上的绸帽已经在舍命的奔跑中不知所终，腰间的细麻缠带甚至眼瞅着也要脱开了扣。不过，这些统统都已顾不上了。

男子还是趁着几个身手矫健的奴仆缠住了近处的几个凶悍的鲜卑骑兵，才终于在跌跌撞撞间摸到了一条生路。跑，只要跑出那狭长的谷口，身后的灾祸或许还有个解救的法子。这个念头，竟驱动着那略显富态的身板爆发出了前所未有的脚力。与此同时，各种喝令与怪叫紧随身后，当男子猛然发觉似乎还有铁矢的铮铮声夹杂其中的时候，一切已来不及了。后心的刺痛与沁凉先后传遍全身，伴随着骨肉碎裂绞缠的"咯咯"声，坚硬而锋利的箭头赫然钻出了前胸，他不甘心地透过山间缝隙望向远处城郭那模糊的框影，几息之后，终究还是扑倒在地。男子在边地也是叱咤多年，最后留下的却只有痉挛的四肢与泥草间的摩挲作响。

"呸，晦气。一群狼崽子，不知死活。"

匆忙赶来的田琼眼瞅着鲜于亮亲自弯弓搭箭，一把射穿了飞奔逃命的商人。而他还捧着那做工精妙的箭矢的双手，又开始不住地颤抖了。

"斛景兄弟也别怨恨咱，到底还是你自己舍不得那扶余国啊。"田琼纵是历经人世沧桑，却还是说不清当下心中的感受——有不解，有愧疚，以及对眼前这莽夫的埋怨。

这支志在袭取勿吉都城的奇兵已是穿了百余里山林，翻过了一路上的七道沟……而千余人的队伍中，恐怕谁也未曾料到，一直兢兢业业做着向导的扶余商人，竟会在丸都城前最后的山口处起事出逃。田琼是在潜心钻研燕军改良的箭矢的时候，才听闻了事端，可惜老天并没有给予他再去劝服老伙计的机会。更要命的是，斛景一死，原本计划好的夺城方案，怕是要一同付诸东流了。

"可有人跑出去了？"

见慕容恪疾驰而来，田琼与鲜于亮赶忙迎上前去。

"生事的都是勿吉人和扶余人。领头的那个想跑，末将不小心瞄高了，竟是一箭穿胸……不得不说，高参军鼓捣出来的新家伙还真是……"田琼见鲜于亮这会儿倒开始满脸愧疚地捶起头来，可真是气不打一处来。

"公子，这斛景一死，咱们的人就算能混进城去，也是无处藏匿。想要趁夜夺城，怕是行不通了。"老都尉也没什么可客气的了，径直将眼下的窘境摆了出来。

"夺门倒也不必等到夜间。"众人竟都未察觉，这慕容德是何时也凑了进来，"咱们手里不还有截下来的那些运货用的板车嘛，只要把车架子顶在城门口，铁骑的快马自然就能杀进城去。只是要冒着城上的箭矢，伤亡也要大一些。"

田琼估摸着小公子的计策似乎是眼下迅速夺城的唯一办法了，心中也不自觉地开始盘算起各处细节："那城门处应要坚持多久，精骑的先锋才能杀到？"

"就如此定计吧。儿郎们憋在山林子里太久，也绝非妙事。北道的战事至今未有消息，咱是一日都不能多等了。"慕容恪眺望着谷口，晨光织成的幕帘罩在了朦胧的城墙上，"一会儿只见板车入了城洞，谷口就发起冲锋。剩下的，便各自见机行事。"

"公子说的是。不过，此番不比寻常，扮作商队入城堵门的，须得尽是豪勇善搏之士。"鲜于亮说话间直了直腰杆，顺手还摸了摸挂在腰间的佩刀。显然，他已是将这首功的差事视作了囊中之物。

田琼在一旁看得清楚，心里却很是不赞同他的自信。"还应有个能应付路上层层盘问之人，好保着儿郎们一路抵近那门洞。"

"有道理。"一旁的慕容德难掩脸上的兴奋，也不知是为了自己的计策被采纳，还是也在打着夺门之功的主意。

"既然如此，还要劳烦老英雄在剩下的商队中，精心选个能和勿吉人打交道的志士相助。"

再等到田琼依着慕容恪的意思，终于觅到了合适的人选时，整支精骑已进入了磨刀霍霍的状态。老都尉带着人寻到跟前，恰巧又撞上恪公子正练习骑射。只见他夹紧双腿，腰身一挺，似乎是在马背上站立了起来，随后甩臂开弓，一箭射向了崖上的灌木。周边渐起的喝彩声，代表着大家对射出角度与高度的齐心赞赏。的确，丸都城虽说挂着勿吉都城的名头，但墙体实在太矮，城垛的防护也更是聊胜于无的存在，若这千骑到时都能拿出恪公子方才那一箭的水准，当真便可以与城上的守军对射还击了。

"妙！公子这一箭，不仅见高，力道还足。"慕容恪听见田琼的恭维，十分周全地下马来迎。

"还是多亏高参军的手艺。老英雄可曾试过这箭了？如今是锋头更细更锐，尾羽的角度也有所调整，只要弓弦上的力道足够，自然飞得又高又远。"慕容恪从胡禄里又抽出一枝摆弄着，完全将老都尉当成了自家人，"就是矢头小了一圈，轻了点儿，坠力上差了些。不过，为了保证杀伤，参军还弄了个放血用的槽沿，咱也是没太弄懂。"

"确是精妙得紧。若有机会，咱一定要和这高参军喝上一顿。"田琼应和几句，即将身后的男子拉了上来，"公子交代的事情办妥了。这位关家兄弟流落在外多年，曾是斛景买下的奴仆，自然懂得如何与勿吉人打交道。"

"你可是汉人？家在何处？"

"回将军的话，俺爹是汉人，家本就是辽东的。先前避乱，投奔到勿吉地界，却遭当地豪族欺压为奴。"男子回答得十分大胆。

"那是打着报仇的念想喽？"

"不敢欺瞒将军，正是要报仇。"

"善。"慕容恪洪声厉色，"只要把队伍带入门洞，凡事均可既往不咎。关家兄弟愿意投军，便可留下，想要归家的话，本公子亦可保个置地上籍。"

"公子，人是咱找来的，夺门的时候，就由田某看管吧。"田琼见两人将条件说定了，也赶忙趁势请战。

"这般啊——老英雄方才去寻人之时，本将已然安排妥了各队部属。鸡冠寨的儿郎们还要看住队末那些商贩百姓，别再弄出乱子。"慕容恪的语调略显造作，老都尉当即便领悟了他的用心，无非就是念在白日里夺门太过凶险，不愿让自己和寨民们插手罢了。由此，他估摸着，方才将自己支走，都或许是有意为之。

然而，活了近六十年，田琼自然也不是省油的灯。

"公子不让琼去也就罢了，只是夺门搏杀时，可少不了罴郎那家伙。"老都尉伸手将那如战熊一般的汉子招呼过来，脸上的神情可谓是自信满满，"只是这憨货不太灵光，田某若不在身边，任何人都未必使唤得动。"

慕容恪瞅了瞅罴郎，又转头无奈地冲着田琼笑了笑。最终还是不得不承认，有这个大块头儿在城门堵着，确是稳妥许多。"既然老英雄决意，那就与壮士同鲜于将军一并建功去吧。"

"俺也去！"偷听了许久的慕容德瞅准时机蹿了出来。可惜，他却没有同四兄谈判的余地。

"休要聒噪。还想得寸进尺的话，就派你去看守后队的奴仆，到时袭城都没你的份儿。"慕容恪的手罩在上面，将少年抻出的脑瓜儿一把按了下去。

"嘿嘿，这个家伙，老都尉是从何处寻来的。看这几步踩的，身手定然也差不了。"

一支崭新的商队从谷口悄然摸出，在两三里外兜了个大圈后，才回到大路上，朝着丸都城缓缓开进。在这当口，鲜于亮孤身凑到了田琼身边，双眼放着光，又打起了罴郎的主意。

"这倒是没必要瞒着。不过，将军得先告诉田某，那些精骑身上都有些啥宝贝，尤其公子射那一箭时，怎的就似站在了马背上？"田琼一面眺望着越来越清晰的城门，一面没好气地支应着。

"这老头，还在恼俺失手射杀了那扶余商人吧。"相比之下，鲜于亮却是显得十分松弛，"好在咱才不是那小气之人。"

没想到，这岁数也已不小的战将还真厚起了脸皮，田琼抽空又白了他一眼。

"谈不上个甚宝贝。主要在那双边的马镫上，铁打的踏环，绳套中间裹的是牛筋，自然就比那些单镫或是漆木麻绳般的货色好用得多。双脚能用上力，高桥鞍再把屁股一兜，骑射劈刺时，自然就更稳当了。"鲜于亮还真是大气，滔滔不绝之际，音调还越提越高，"其实，最受用的还不是咱这一千多骑弩手，北道大军那边，还有过千的铁甲精骑。那家伙，人身上罩的东西，跟咱领头统兵的一般不说，马身上的甲具，更是裹得严严实实的。"

他说着拍了拍前胸，一时竟忘记了自己早已换上了商贩的布裳，只有一层薄薄的革甲掖在里面护身。

"千余人的甲胄都如将领一般精良？"那些在谷口正蓄势待发的骑弩手们，就已勾得田琼等人不住惊叹了，再当听闻还有装备更为奢侈的千人铁骑之际，他那不可思议般的声音，又是拔高了不少的调门。

"那是自然。想想，成排的铁甲操持着长槊袭步冲锋，啧啧。咱是没那个福分，指挥这样一支精锐喽。"鲜于亮的艳羡再次撞进了田琼的心里。

"精兵就是精兵。"老都尉瞪睁着一对眼睛。没想到，在中原文化的灌溉下，慕容氏政权的实力竟能增长如斯。或许，流浪的边民是时候回家了。他的心头跟着颤抖不止。

"鼓捣精兵还真就没甚的玄机，尽是拿钱粮堆起来的。俺听说，丸都城里有历代勿吉王攒下来的宝藏，此番得了手，再练出数千步战精甲，到时，便足够大王横扫天下的了。"说到步战,鲜于亮一时间神采飞扬。而后,他竟又惦记起了罴郎。"不对啊,老英雄还没和咱讲那壮士的来历呢。"

"噤声!"

此时,走在前头的"商贩头目"已能辨别出城门巡兵的人影,于是立马神色紧张地止住了身后调门越来越高的杂言碎语。

"这关家兄弟换了身衣服后,还真像那么回事,连咱俩都敢呵斥了。"鲜于亮压低了声音,凑在田琼身边继续叨咕,只当那面色狰狞的奴仆是太过于紧张了,"来,接着给咱说说。"

"这罴郎啊——"田琼清楚,还是得赶紧打发了这快要流出口水的家伙,省得一会儿还要误了大事,"这娃子是咱当年从熊窝子里捞出来的。保不准,就是那时候吓傻了,一直也说不清自己身世。往后,便是块头儿愈发地异于常人,又不喜说话,故从小大伙就唤作罴娃,长大了就叫罴郎。"

老都尉的声调压得很低,更是衬出了他此刻的狡黠:"这家伙犟得很,整日跟在咱的身边,谁的话都不听。将军若没有个把力气,能将其制服的话,罴郎的主意,还真不好打的。"

说完,田琼便丢下了五官紧绷的鲜于亮,扭头望向那正吞噬着四处光晕的丸都城西门洞。那里,是此行的终点,亦是鸡冠寨边民们新生活的起点。

地势较低的丸都城外城在每个湿气较大的晨间都会积聚起一层水雾,唯有当身后的日头如约升起,才能将眼前的朦胧驱散开来。对于西城女墙后,那俩已是值了个大班的哨兵来说,这种将明未明的当口,最为引人困倦。

"有商队入城了,好似是运的些木料。"年纪略长些的士卒正用汉话通报他们脚下的情况。

"嗯。又是谁家要扩宅子了吧。"心不在焉的军官,也是用不太流利的汉话回应。

这年轻的勿吉贵族从小便在丸都城五部勿吉的群系中学用汉话。由于是家中幼子，门户倾斜过来的资源实在有限，以致他在战时仅仅只得了个守备小将的任命，更是无缘亲历他们大王高钎口中那重塑正统的胜利时刻。而他身旁的士卒，却是个正宗的汉人。对于因躲避战乱，或是不满鲜卑政权统治而逃遁至勿吉的汉人来说，除去一些官吏与士族能获得优待外，境况较好的庶民还能够闲时务农，战时投军；其他命运不济，且深受欺压的，就只能卖身为奴，或是正扮作商贩，挤在城下伺机复仇。

"那是个甚？"年轻的军官在西城楼上眺望。身后快要爬升到顶的日头，恰好在远处映照出一团乌青的光晕，根本没上过正经战场的贵族，习惯性地看向身旁，却发现汉人士卒也正皱着眉头。两人就仿佛着了迷般，被那闪亮的巫术定住了魂魄，再到那光晕逐渐迫近，化作了排排波浪，更带着城头上的沙砾一起，随着沉闷的跺响跳跃了起来。

那是成片暗色的鳞甲，所反射出的光芒。

汉人士卒心底的恐惧率先点起，等不及慌张失措的军官给出指令，自己便急转回身，狠命捶起了城楼上的战鼓。他已记不得指代敌袭的奏点，只是抡圆双臂，一下又一下不停地砸向鼓面。

而年轻的贵族呆滞了许久，不知为何，他还一度在心底数起了远处蹄声那铿锵有力的节拍，直到身后的鼓声入耳，惊醒的军官才冲上两步，弯腰探过女墙。他急切地想要喊话，督促城下的一众巡兵赶紧关上那该死的大门，不料即时跃入眼帘的情形，却是早已失控的混沌……

鲜于亮小臂上的伤口与城门内外的勿吉兵无关，是他慌乱间从板车的草料堆中抽拿兵器的时候，被同袍不慎割伤的。

在那之前，那代替斛景的关家兄弟所选择的动手时机，却是明显过早了。才有一辆板车顶住了位置，复仇心切的奴隶便用腰间的匕首刺透了眼前勿吉人的咽喉。然而，还在他与第二个敌手拉扯之际，迅速反应过来的守军便直接挺矛将其戳翻。

"动手！"

身前的老都尉是第一个暴喝跃出的。田琼迅速从板车上翻出一柄环首刀，反手先将刺杀关家兄弟的守军砍倒，随后如同猛虎下山般甩开大步左右挥砍，直接奔向了关系着成败的城门洞。虽说须发皆白，但一柄大刀舞弄翻飞，门外的守军最多也只能格挡保命，竟眼瞅着他一头扎进了门洞之中。

至于鲜于亮，则是好不容易才在咫尺前的草料堆中抢出一件家伙式，还没来得及转个身，就先是稀里糊涂地挨了一刀。

晦气。

而后急转直下的形势，甚至连破口大骂的机会也没给他留下——在刚刚格开迎面劈下的一击，并顺势将一名守军踹翻的同时，头顶城楼上的鼓声已急促而起。久经搏杀的战将清楚，不仅城内的守军会闻讯而出涌向城门，在自己的头顶上，立马便会有无数的箭矢泼洒而下。最要命的时刻到了，鲜于亮顾不上再去护着正往门洞推行的板车，他猛地一憋气，快步冲刺，追向田琼。

此刻的门洞中，除了老都尉与另外三名军校，已然没有其他活人了。鲜于亮跨步入内，与田琼并肩而立，刚打算开口恭维夸赞一番，却顺着板车之后并排四人凝重的目光，一眼便望清了严峻的形势。城内长街的尽头，几十名勿吉兵正整着队，以待向城门杀来；而己方的五个人，哪怕是拉着手张开双臂，还不足以填满这宽敞的门洞。

然而，算是老天垂怜，在离己方不足五十步的地方，勿吉人停下了脚步。貌似是领头的军官仰着头，正与城楼上的人怪叫交谈。就在这喘息之机，鲜于亮先是听到了身旁的田琼沉重的呼吸，随后，身后又有连串的脚步袭来——没有足够板车，且只有十几名儿郎活着冲进了门洞。想必，剩下的人不是如关家兄弟一般与城外守军同归于尽，大概就是被城墙上的箭矢瞄准射杀了。鲜于亮在一瞬之间瞄到了罴郎，这家伙好似还在肩上扛着个伤员，有情有义的汉子。

又是一大片怪号乱叫，城里的勿吉兵竟如疯魔了一般冲杀过来。他们愚蠢的指挥官甚至忘记下令先朝着门洞灌上一轮翎羽。鲜于亮似乎感觉到了轻微的震颤，仓促间，说不好是源自门洞内的回响，还是远处自家铁骑的蹄浪——他更愿相信是后者。

"儿郎们，建功立业，就在此时，与某抵住城门！"

两股子亡命之徒刚一交手，鲜于亮便立马意识到，方才由于门洞里昏暗，自己做出了一个错误的判断——那罴郎哪里是扛了个伤员，他分明是将大车上那硕大的木料抱了过来，充作兵刃——他那杆沉重的大戟自然不能赶在乔装之际带在身边的，于是，这憨货便挑了个重量差不多的家伙式。虽说没有锋刃，但若被砸个结实，也得立马碎骨毙命。

而有这凶神附体的巨汉顶在前面，一时间，一个扇面的勿吉兵都不得近身了。对方那嚣张嘶喊的气焰，一下子便被浇灭了大半。

鲜于亮虽也是身处在战线的前端，但此刻的他，一面搏杀，一面还要随时提防不要被横扫的木料敲开脑壳。且只在砍翻一两个贼子的工夫下，他几乎已是被挤到了门洞的边缘。

"还好自个儿依旧是守在右侧。"他自言自语的同时，滑步闪过了一道戳刺。半转回身后，又径直下脚绊住了回抽的一截矛尖。随后，鲜于亮借势一个前扑，一手挥刀，一手压柄，准确无误地用刀尖斩断了那勿吉兵还未及弃矛收回的手腕。一击得手后，他又退回一个身位——那人的死活并不重要，自己的任务是站住位置，等待慕容恪亲领的精骑抵达。

然而，不是所有人都能保持冷静的。凡是脱离战线杀入勿吉人群中的燕军，无一例外地尽被侧身的乱刀砍杀殆尽。堵门的人手终也陷入了逐渐短缺的危险境地。此刻，鲜于亮发觉，抢着巨木的罴郎似乎也是不得安稳，好在一直与他并肩战斗的是田琼本人。老都尉先是以右手刀格开了劈向罴郎侧身的一击，左手一个前探，抓着那憨货的腰带就往回拉，加上嘴上不停地喝骂，才算拽住了已然杀红了眼的巨汉。

"也是多亏了田琼有着那样的身板和力量，换作自己，都未必能拉得住。"鲜于亮心中盘算着，手上的环首刀却没停下。可他万万没想到，当罴郎下一次出现在自己的余光中时，却是让所有人瞠目结舌——

也许，那憨货在连绵的斗喝与哀号中，听差了田琼的意思，退回己方阵线后，他竟然别出心裁地将木料横放在了唯一一辆顶门用的板车上，鼓捣出一个"冲车"。而后，罴郎直接将守门的战斗，改换成了自己的攻城阵仗。

"闪开！闪开！"

巨汉将板车轻松一抬，一推一送，便直接扎进了面前的敌阵。车上的巨木横着清出了一条通路，甚至还有一两个勿吉兵挂在了两端，被一并带入城去。

几乎门洞中所有人都被吓得停下了喊叫，而在这短暂的寂静中，一阵熟悉的声浪也终于挤进了鲜于亮的耳朵。

"快躲开！"

只容得一声叫喊，他才及伸臂，将目瞪口呆的田琼拉到了门洞的边角，而剩下未及避让的所有人——无论是已然魂飞魄散的勿吉守军，还是夺下城门的燕军功臣——尽皆被扬蹄涌入的具装骑兵一一撞飞，乃至踏碎。

城上的守军已是最大限度地体现出了战斗素养，这对于根本称不上精锐的勿吉渔猎民兵来说已属难能可贵。鼓声大震，城内的援军及时整队现身，而城上的守军居高临下，也是射杀了不少企图涌入的"商贩"。然而，当远处的那团光晕快速逼近之时，所有人才意识到，这般循规蹈矩的防御部署，根本无法应对这次奇袭。

这支骑兵来得太快了。他们并没有拉着横线扫荡而来，对城外那些各自奔逃的商贾百姓也没有丝毫的兴趣。在日头的映照下，一团团光晕汇成了一面铜镜，随后又显现出一个并不常见的尖头阵型——正犹如一支闪着光耀的羽箭，直直朝着丸都城西门飞袭而来。

待到脑瓜机敏的人终于反应过来，这支骑兵并不是来围城，而是打着直接夺门的主意时，情势对于守军来说，已变得不可控了。女墙后的守军在发觉自己手中的箭矢根本无法迟滞骑兵奔袭的脚步后，再也来不及分兵下城去闭合那该死的城门了。造成如此指挥失当的原因可能有很多，但最重要的一条莫过于迅疾的蹄浪根本没给城上的可怜虫们留下冷静思考的机会。

起初，年轻的贵族还在心中嘲笑，敌人在骑行时的还击竟是如此绵软无力。那些从短小的骑弩中平射出的短箭，几乎全部钉在了城墙上。且在垛口的保护下，这点儿东西，不仅难以对城上的弓手形成压制，也基本无法伤及守军的士气。但当敌骑再靠近一些后，怪异的事情发生了——他的眼前突然出现了一群乳白色的飞蛾，个个展着双翅飞扑而来。未曾经历过什么大阵仗的年轻人很是好奇，甚至还在转瞬间陷进了这迷人的奇景中去。直到，直到这些飞蛾越过了墙垛，露出了身后的翎羽，年轻的贵族恍然大悟，如今已入秋多时，这个时节下，哪还会有如此多的白蛾。

这是由一朵朵箭矢，织成的涛浪。

崭新且闪着光泽的矢头盯着城上的守军，两道打磨到尖细的棱槽，正犹如扑扇的翅膀。飞驰的矢浪摆着优雅的身段越过，撕咬，席卷了一切不及躲避的生灵。一轮出其不意的反击过后，城楼上的鼓声停住了。在三轮矢浪掠过之后，城墙上的守军已彻底崩溃。再随着蹄浪的尖峰戳破了西门，丸都城至此宣告陷落。

眼瞅着身边大多数人都随着号角的节奏射出了三轮箭，可自己却只来得及从胡禄里抽了两支，慕容德虽有不忿，但也清楚，自己已是尽了最大的努力了。当卷在洪流中穿过城门洞的刹那，一个念头在脑海中闪过，慕容德靠着鞍镫的助力，在马背上拧回身来，再次斜瞄向城楼两侧。出乎意料的是，在左右张望了一圈后，他却没发现有哪个守军还有足够的意志再次冒出头，向着正飞奔入城的骑军射击。

然而，他也不是一无所获。在入城方向的左侧，慕容德寻到了那如熊的战将正一个人追砸着一队逃命的勿吉兵；于右侧，他还窥到了鲜于亮正匆匆接过部属儿郎为其带来的战马与兵器。在最后的掠影中，少年似乎望见了气恼的将领用手中的长戟挑飞了一桩未曾摆放出去的拒马，随后亦纵马加入了扑向内环山城的队伍中——据说，那不自量力的勿吉王的宫殿、家眷，乃至府库，还都静待在那里。

胡　郎

　　"照将军这般说法，那上万户也算不上被掳离家乡喽。"女子骑在马上，忽地将手中已经拉满的弓收了回来，嘴上却是锋芒毕露地刺向了一直跟在她马首旁侧的男子。

　　"迁走的民户大多是这些年间流落过去的汉人，哦，也有些鲜卑人、扶余人的，还有不少，全家都已沦落为奴籍了。而眼下，有人护送着南归故土，不仅能有田分，还能落得燕国的户册，自是乐不得地跟着大军一并走呢。"眼瞅着女子重又张弓搭箭，将攥在手中的那一支翎羽射了出去，男子心知自己的一番解释该是合了她的心意，"再者说了，那些不愿意走的人，怕是一个月前就逃得没影了，父王可从未有过下令阻拦。"

　　"听说，五六万人都是要安置在辽东？"女子如此问，显然也是有着自己的盘算——从丸都城及周边迁置出去的人口的去向，不仅代表着燕王府对未来战略的考量，更是会直接决定脚下这片辽东郡地的命运。

　　"怕是不行。"男子似乎读懂了她的心思，"就凭襄平那几座城，既装不下，也养不起多出来的这么多张嘴。不出意外的话，眼下已在路上的人，差不多在下雪前，就能赶到大棘城。父王已命人往那里运积粮食，先保着这个冬天饿不死人。"

　　"而后呢？"女子其实已猜到了接下来的安排，但还是满脸消沉地似在自言自语。

"接下来，愿意回归祖地的自然是归乡，剩下的，无非是往平州和幽州迁置。实则即是赶在春耕前，看何处有闲置的荒地就分批送往。总数上，是定然足够十万人安家置地的了。再用不上一两年，日子就能比在勿吉地界上强得多。"

"人家祖上当初过得也不差，还不是北方这几家打来打去，没个消停，才不得已逃难到那边的。"女子的口舌可是厉害，而男子只是苦笑了两声，也没和她斗嘴。

"且再问将军，高钊到底跑到何处去了？"

"宣英派人从北道的战场一路查验到丸都城的王殿，可眼下却是活不见人，死不见尸。多半是躲进大山里去了。"

"那大王和二公子为何不将其彻底铲除，就不怕那狼子野心终有一天再回来作乱的？"女子倏尔又眉眼盈盈地盯着人追问起来，一下子竟弄得男子说话的语调都颤了两颤。

"如何抓？那林子里的小山寨可是一座连着一座，总不能顶着寒冬，挨个拔除吧。"男子牵着缰绳缓缓地走，又伸手从背着的胡禄中抽出一根箭羽递给了马上坐着的女子，"反正高钊的大军已被剿灭了，就连扶余王室都尽皆被宣英俘获。咱走之前听父王的意思，亦要将那丸都城彻底铲平。就算高钊哪天从山里跑出来，哼，等其胡子熬白了，也未必再能掀起甚的风浪。"

"哦，咱算是明白了。劳师远征一趟，打得勿吉人不敢南顾，再顺手迁走数万人口。等那个高钊再跑出来时，只需在他处新建个都城，勿吉依然是勿吉，边地依然是边地。只不过给慕容家南下逐鹿，免去了二三十年的后顾之忧罢了。"女子清楚得很，不仅是自己改变不了什么，眼前的男子亦然，哪怕就是燕王本人，多半也无法阻止命运的倾斜——但她还是把自己惹得气鼓鼓的。

好在，女人的脾气自古就是阴晴不定，二人走着走着，也并未沉默太久，她便又笑嘻嘻地揶揄起来："算了，与将军抱怨也没甚用处。不过，咱可听回来的人说了，这番高钩的王宫都被搬空了，将军总是发了大财的吧？"

"唉，那些金钱宝物在咱手里总共攥了也就不到十日。等北路的大军一到，不仅是咱没捞到啥，就连父王手里也没留下多少。最后，还都是分给了三万多兵将，还有那些要南迁的民众，合一起，可是快十万人伸着手瞪着眼呢。不见点儿好处，人家也不会甘心为咱卖命，更别说是跟着搬家了。"男子特意皱出了一张苦脸，用着无比惋惜的语调抱怨起来，"要不说啊，这天底下的人都精明着呢。就咱栉风沐雨地拼完命，不仅一块金疙瘩没捡到，回来以后，连个功臣的待遇也未享受着。眼下，更是还得给人当马童。"

说着，他还晃了晃手中的缰绳。女子被这一番话逗得嘤嘤直乐，把初冬的凛冽暖成了春熙的模样。

"瞧这样子，还反过来是咱欺侮人了不成？"她眼中含笑，嘴上却嗔斥起男子，"松开！咱自己骑回去，将军就当是出来散步的吧。"

那男子呢，当然是不会撒手的："早知如此，应该扣下几个扶余人充当家奴，怎的就轮到堂堂的南路主帅，来受这份闲气了呢。"

"嘿，听说把俘获的扶余人都放走，还是将军的主意。真没看出来，将军还怀着这份仁心哟。"女子才不管眼皮子底下的怨声载道，继续挑逗打趣着男子。

"那不然呢？这番要不给扶余人点儿好处，弄不好以后还真和那高钩同心同德了。尤其北路一战下来，扶余牧民们死伤不小，如若打压得太狠，以后就更没办法指望他们和勿吉能互相牵制了。"男子一面说着，一面用手捋着马儿的鬃毛，而双眸却径直拨向了正骑坐着的女子身上，"不过，倒也还须扣下几个王室，等来年开春后，带着臣表和牛马皮革再来赎还。"

"那高钩的家眷自然也要押送回去，逼其称臣赎人了呗。"

"嘿嘿，那就得拿出更多的金银了，最好让五部勿吉的大户们都出出血。"

"哼，狡诈之徒。"女子突然又变了脸——类似的喜怒无常，可谓是每日都在上演。但在男子心中，只觉得一日比一日舒坦："不练了，回去。"

识途的老马早已熟悉了几日间相同的路径。用不上主人去呼喝，马蹄一步一步间，踏压着田野间残存的秋草，循着来路，拖着二人缓缓归去，渐渐融化在了那清爽的日晖中。

"事情如何了？"

石闵刚刚从邺宫的西中华门闪身挪出，张温便急不可待地拉着董闰迎上前去——这可不符合他一贯谨慎平和，谋定后动的风格。但当下的赵国，甚至整个天下的命运骤现变数，对于已是暗自筹谋许久的张温来说，助兴郎主的天时似乎已至，心中的兴奋、紧张乃至狂悖正要一涌尽出。

秦公石韬不久前应诏入宫觐见，诸多宫卫也明明目睹了秦公的面容，但天王石虎没有在寝宫等到自己的爱子。当搜寻的兵将在佛精舍的龛像下发现了石韬的尸身后，一切才刚刚进入高潮。那佛精舍也是崇佛的石虎经常前往经拜的所在，往来巡视的宫卫力士定然不在少数，趁机移尸的可能或许存在，可想要在其中悄无声息地砍杀石韬，却是异想天开。当然，哀恸且暴怒的天王自不会善罢甘休，终于在把邺宫翻了个底朝天后，在寻常议事的偏殿中，找到了不属于那里的血迹与斫痕。

至此，如石闵、张温等人大概都已猜到，当日秦公入宫后，便被人误引至斯，以暗廊中的伏兵实施刺杀，而后再移尸至佛精舍掩人耳目。如若这就是真相的话，那所有的矛头便径直指向了既与石韬已成水火不容之势，又在当初参与过督建宫殿的太子石宣头上。不过，众人心里即便有数，也是断然不敢明言直议的。直到今日，已是沉寂多日的天王终于一并召见了李农、石闵、张豺等心腹重臣入朝。这宫中所有的秘事与变故，似乎都要浮现天日了。

石闵抬头望了望二人奔来的方向，除了几名牵马的侍从外，还停着一辆不起眼的马车。他不必多想，便领会了如此安排的用意，于是慢条斯理地带着张温与董闰，先后踏上了车辕。随后，以勇武善战著称，且身手恐已天下无双的石闵可能还是第一次坐进了车厢——拥有赤红宝驹之人在出行之际，可向来都是骑马领行的，而此刻，三个魁梧的汉子，竟肩肘相贴地挤在一堆，着实是滑稽可笑。

"郎主……如何说？"相较于略显焦急的张温，董闰的语气平静许多。毕竟，他在跟随石闵后，基本上也只管着军务征战，至于政治争斗与出谋用计上，自然是有他人操持着。

石闵依然没有开口，只是满面愁云地朝着身侧的张温点了点头。

"如此说，天王要对太子动手了……"张温鼓圆了眼珠子——对这般撼天之事，竟反应得如此兴奋难抑，可见他长久以来所动的心思，也绝非是可言之隐。

"此事郎主绝不可插手，最好是由石氏诸王来冒头执耳。如若太子与秦公落个双双陨灭，再算上早就丢了性命的石邃……"张温比画着细数了起来，"天王剩下的诸子中，嗯，唯有镇守襄国的石祗，其人不仅手握重兵，且与羌氏两酋交好。守在邺城里的石家子弟，均不似郎主手里攥有城防大权，尽皆足以摆弄。"

当这番话语在车厢中低声蔓延之际——不似董闰双目凸显骇恐之色——石闵可是一直阴沉着面容。张温看在眼里，只在歇了两口气后，便乖巧地托出了自己全盘的筹谋。

"天王的身体亦撑不了多久了。待到宫中有变，郎主不必先行出手。到时，无论是谁拿出了诏命，咱全都应下。等石氏子孙们自相残杀得差不多了，后发夺权才是上上之策。"张温说到此处，眉眼之间尽露狡黠，"这些胡人嘛，大半只会以蛮力相争。宫闱里流的血越多，郎主手中的城防大权，才越有分量。"

"哼，还不是当初司马氏互相攻杀，无休无止，还亲自从边地请的胡郎入主……"石闵重重喘息了几口，同时也闭上双目，沉思了起来。

"只要看住了襄国的石祗，郎主既可以石虎养孙的身份掌权，便由此恢复了冉姓自立，也并非不可。若能在邺城举稳了汉统的大旗，到时，那位躲在建康的司马皇帝也得仰仗郎主的鼻息。"

话已是说到这个层次，石闵终于抬起了眼皮，在他缓缓上扬的目光中，正闪烁着大为不同的光芒。

"徽儿，又是与恪公子出去骑马射箭了？"

女子回到寨中有一阵儿了，刚听闻老寨主已从沸水河畔归来，便匆匆赶过来请个安。

"反正父亲巡岸的时候也不准咱跟去，今日正也无事可做。"王聿徽扫视了一圈这熟悉无比的中堂。本就不多的字画摆件都已撤下打包，随时准备装入南迁的大车中。而今，前前后后，也只余下了那些带不走的桌案木屏扎在原地，显得甚是怪异与凄凉。

"寨子里的人陆陆续续就要走光了，咱们不日也要动身。徽儿与恪公子的事，亦该有个定论了。"田琼已不是第一次与王聿徽谈及此事，而女子自然也清楚，老人是支持自己再嫁的——看来彷徨犹豫了月余后，眼下似乎是再也躲不过去了。

自打北道的大军开进丸都城，慕容恪便跟着老都尉回到了鸡冠寨，且一待便是月余。平日里，燕王府的四郎不是在王聿徽组织寨民有序搬迁的时候前去"帮忙"，就是如今日一般，凑在一起"教习"骑射。至此，慕容恪的心思几乎已是路人皆知，而唯一的障碍，是在于二人身份上的顾虑。

"可因其是胡郎？"

王聿徽也不说话，那田琼只好自行絮叨起来："咱倒不是真觉得徽儿会有此芥蒂，否则，当年太原王氏女，也绝非会下嫁于田家郎的。何况，这恪公子又岂是衍儿能比的？那慕容家说汉话，行汉礼，庇佑汉民，依我看，还比那南逃的皇家强些的吧。听闻二公子慕容儁，更是浩然正气，满腹经纶，所通何止六艺，哪里还作得胡汉之分呢。"

"肺腑之理咱亦心知，至于当下的缘由，父亲方才也是提及了。"王聿徽避开了田琼疑惑的目光，低下头，凝着眼，终于是将她心中最幽深的担忧倾泻了出来，"父亲可知燕王久久未立世子，多半是在于嫡长儁公子，因汉人习气过重，得不到诸多鲜卑贵族的支持。而那些人，由此必然会围着玄恭转。咱不仅寡居，更是个汉女。天下人怎会允如此一女子，进得燕王的家门呢？若是玄恭再行强求，那岂不是要枉受牵连。"

"王府里的事，咱也只听鲜于兄弟潦草抱怨过。"田琼从前只知道王聿徽学识很高，且聪慧异常，却未想到，有些连自己都悟不透的事，她竟能看得如此深邃，"可无论如何，眼下这都是燕王的家事。至于其中利害，以恪公子之智，必然也想得比咱通透。若他自己都不怕得罪人，徽儿哪里还有退却的道理。"

若是说，这桩嫁娶背后的政治博弈王聿徽都能看清楚，那至于这简单的道理，她也不可能想不通透。可能有些话，终究要经他人之口才能说服自己吧。

女子满怀不舍地抬起头："可咱还是不欢喜他那胡郎装扮，尤其是两侧的发辫。"

王聿徽嘴上的倔劲儿一时竟也惹得田琼不禁莞尔。两人之间似乎还有些其他的未尽之言，却是无须点明了。

直到女子离去的背影消散在了落晖的尽头，又一人才从屏后转了出来。

"终不负公子所托。"此时，老都尉浑身上下骤显疲态，仿佛刚才的三言两语耗去了他太多的精气神。

"谢老英雄成全。"慕容恪似乎要行大礼，却被田琼上前拉住。

"琼常视徽儿为自家女郎。这些本是分内之事。"二人入了座席后，田琼便不再踌躇，"关于徽儿的身世，公子还是应再详知一二。待我说明后，将来的一些麻烦，公子或许才好琢磨出些化解之道。"

慕容恪本想着开口应和，但还是把话咽了回去。他猜想，老都尉心中应有执念，还是待其一并说透吧。

"公子应明白，田家人虽以名士田豫的后人自称，但毕竟在几十年前，就已坐罪除爵了，否则，也不必守在这辽东苦寒之地。而能留到眼下的，只不过剩下个，用以压服边民悍气的名头罢了。"田琼扭头望向门外已近暗淡的天色，"然徽儿可是实实在在的太原王氏宗房女。当年是因其母重病，无法随行南去，这一房才耽搁在了河北。战火遍起，其父无奈之下去投奔司空刘琨，谁料走到半路，那刘琨又戕于段部之手。几经沦落，投到鸡冠寨时，也只剩下了几近饿死的父女二人。说实话，若不是王家落难，更没了立身之处，凭我田氏的出身，亦是断不敢应下这门亲事的。"

瞥见慕容恪平静地点了点头，田琼才好继续："那王夫子一直适应不了苦寒，且整日间又难免郁郁寡欢，故去前，唯有在寨子中录文教书，并将其才学尽力倾注在了女郎身上。由此，这徽儿虽被我家连累守了寡，但也绝对称得起名门之女，还望公子垂怜厚待。"

"老英雄放心。恪必不敢有负媛礼，她也早就与我说过，终此一生，定侍田父为生父。待回到龙城成亲后，老英雄即是在下丈公。"

田琼这次没再阻拦恪公子向自己行大礼。然而，他的脸上始终也没有浮现出那份应有的豪爽与喜悦："这一拜，咱也只敢替王老先生受了。天命不假，不可妄得，田氏断了香火，即是应验。至于后事，琼心中已有了打算，到时只盼能得个成全就好……"

"这混蛋也清楚，自己干的这事要捅破天，还求着孤来成全。"来回踱步的声响与不住的怒喝抱怨声交杂在一起，可谓相得益彰，"子专啊，咱前日夜观星络，就发觉了迹象，果然吧，这小子非要惹事。"

封弈一边品读着已经先行回到了大棘城的燕王带来的信件，一边还得承受着他的唠叨，而心里想的，却是四郎还不至于捅破了天，只是戳破了慕容皝心里的那张窗户纸罢了。从小亲身教习诸公子读书习字，看着他们长大的北地谋主，纵使耗尽了洞察与算计，恐怕也不曾料到，纠结日久的世子之位，竟是以这样的一种方式盖棺定论——汉人寡女，要入鲜卑王室的家门喽。

"且说，就这一个太原王氏的名头，还真就强过了燕王的位子？"慕容皝的调门虽高，可心境上却未必有什么异常。他还在拨指摆弄着案几上的烛台，这说明，他对慕容恪并未真的动起多大的肝火。

"玄恭嘛，从小便有古贤之风。况这王氏女，咱们还都未曾见过，自然也就猜不得四郎的心思。再者说，王府上的人可都知道，述娘子这一年来专喜琴画，若她真是属意宣英，这岂不是两得其所的佳事嘛。"

有两件事，是封弈与眼前之人不言自明的。一是慕容恪以求娶王聿徽，主动表明了自己不接受世子之位，同时，也主动规避了再去重蹈慕容氏间那如诅咒般往复的兄弟争斗。为此，封弈在心中的确更加高看了四郎一截。然而，只要慕容俦的才德心智足以胜任大位，像他与阳骛等人，就必定要尽力推动汉统礼法，来压过鲜卑贵族，甚至是燕王本人的喜好。二是大王今日的不悦，绝非是出于四郎看上了哪个女子无法自拔，而无非是在慕容皝的心中，婚娶般的大事，须由自己来独断。作为父王，他还不能适应由儿郎来挑战这份权威。

当然，这两件事心里清楚即可，在口头上，封弈还只能找些情情爱爱的理由进行劝解。

"这些事，哪由得自己属意？哼，要凭咱的心思，说不定还立了霸儿继承大业。"慕容皝将手中的烛台摆到了桌案的边缘——看起来有些岌岌可危的样子，"那些家伙，有人有地，当中更有不少在暗地里嘲弄俦儿为文弱夫子。如今四郎又娶了汉家女，这往后……"

"古往今来，未有作乱者会因一桩婚事而临时起意，更不会因一桩婚事而偃旗息鼓。大王今日成全了玄恭，他也必会尽心辅佐宣英。想以兄弟二人的才智，足以应对一干宵小了。"

"这胆大妄为之徒，还用咱来成全吗？"慕容皝先是一句无所谓的玩笑，而后跟上的一句似乎没由来的话，竟直听得封弈一愣。

"到那时，子专更要帮扶他俩……"

是已入夜，难得是一轮满月，挂在幽朗无遮的天空中，如此美景，可是许久未曾出现了。若不是搬迁在即，寨院中尽被弄得乱作一团，王聿徽还真有心出去，摆上些米浆点心，好好赏玩一通，而这么早就宽衣解带，着实心有不甘。不过，人还没躺下，便听得院中似有活物落地的脚步声。自家养的狸花猫，此刻正在屋内与自己四目相对——这便是有人翻墙而入了。

女子立马抽出随身的匕首，侧身抵在门口。外面的人，只是倚在门板上，似乎并没有要破门行凶的打算。王聿徽在几轮喘息过后，心中也渐渐有了数。于是，她率先开口扮狠，嗔斥了起来："将军做这般贼人之举，就不怕屋内一刀捅出去？"

"饶命饶命，咱那里还真有件从丸都宫里刚运到的宝物，故特来请媛礼，就着月色前往一赏。"这逾墙而入的小贼，还真就是慕容恪本人。

"也罢。恰有一问，将军要是答中了小女心意，那便从命。"而她也并没有在意此时的天色，反倒是眼珠一转，也不等门外之人的反应，便直接发问，"将军平生之志若何？"

"上报家国，下护黎庶。"

"将军若不在意那燕王世子之位，且还有何雄心？"王聿徽要的，显然不是上一句里的那些漂亮话。她想要的，是一个合理又确切的信号——她要慕容恪永远不会后悔。

门外沉寂了少许，随后，有铿锵之语传了进来："此生愿效班定远，远镇西域，重开都护足矣。"

王聿徽的心跳顿了一下。就在她下了决心，打算先开个门缝看看之际，忽地又似是慕容恪将面颊贴在了门窗上："到时，便可领媛礼去那蒲类海，一睹传说中的碧波蜃景。"

"呸！"女子可不想再听其他的轻薄之语了。她赶紧打开了门，抿着嘴，止住了男子："说吧，丸都宫的宝贝正在何处？"

王聿徽就这般莫名其妙地披了件宽大的袄袍，与慕容恪顺着他来时的矮墙翻了回去。而那匕首，仍合鞘藏在袖中——她对着天上的明月发誓，若是慕容恪敢再带自己翻墙钻洞，或是将人往卧房里引，就当即先在这狡诈轻薄之徒身上戳几个窟窿眼出来。

不过还好，前途无量的燕王公子只是将女子带到了一个堆着柴火木料的偏院之中。当进到了这间整洁得出奇的小屋后，王聿徽先是盯向了一只巨大的木盆。

"这是从高钊那得来的？要这大盆有何用，烹人乎？"

"媛礼在想甚呢？"慕容恪没忍住，笑出了声，"从丸都城南归时，我特意带了些匠人过来，这便是咱特意下令制作的澡盆。"

"澡盆又何须这般宽大，在里面都够洇水了。"王聿徽走近一看，发现盆中已盛上了热水。

"嘭！"

身后的屋门突然就被慕容恪关了起来，此时，内外只剩下了他们二人。

"坏了。"她心中一下子醒悟过来，"竟中了这登徒子的埋伏。"

其实，那柄匕首还在女子的袖中捧着，却终究也没有拔出鞘来。

家　事

———————◦———————

　　老人独自端坐在这场婚宴的主位上，新人正在堂下走着流程，而他的身边，既没有妻子，也不见亲家的身影。战乱的年代，这般流离的境况可能会出现在寻常人家，但在当下富丽的殿堂中，却实属罕见。老人的心中有些茫然，终于，最重要的一碗酒下肚，他才从正襟危坐的疲惫中松弛了下来——他此时的身体状况，恐怕都已无法支撑起旧日里的一次朝议了。尽管心中很是懊恼，但每况愈下的心力，还是在老人的周遭织出了一种急切的气息。

　　这已经是近期的第四场喜事了，并且仿佛所有人都对这种并不寻常的氛围感到理所应当，就连龙城的百姓，都逐渐适应起了街上的锣鼓与喧闹。大殿中，又一次步入杂乱，而老人则下意识地摸了摸胸口，他触碰到了衬兜中那封信件的棱角，思绪，便又飘回到了三个月前的那场送别……

　　那时，慕容皝只是身材上略显佝偻，但在精气神上，可绝不会被称为老迈。自打北征勿吉大胜而归后，所有拖延着将慕容羽送往云中盛乐完婚的理由便已然用尽。无奈，在冰雪消融的时节，一个权势滔天的父亲，为了将西邻的国主锁为自家的盟友，只得狠下心来，送别女儿远赴草原。

　　慕容皝清楚地记得那一天。直到骨肉分离的时刻，叱咤一生的他竟然后悔继承了慕容氏的大业。

面对当初父亲对次子的偏爱，自己没能像如今的四郎一般主动退让。这不仅伤了大哥慕容翰的心，且造成的裂痕，更是直至今日也未能修复。或者，哪怕在慕容仁割据辽东，咄咄逼人的时候，面对兄弟裂隙的自己，如若反应得不那么刚烈，也许爱妻不会故去。而少了那些波折与动乱，今时的燕王应该也会有更多的底气，去拒绝拓跋什翼犍的求亲吧。

　　霎时间，慕容皝仿佛悟透了汉人们所讲究的规矩——不如就立储嫡长吧。一切自有天意，谁也不必再有委屈，再有悔恨。

　　而在当日一同远行，以致缺席了慕容儁与慕容恪两场大婚的，还有慕容翰与田琼。前者，是在伤愈之后主动请缨，承担起了送婚的重任。对此，慕容皝可未作多想。毕竟，以其燕王兄长的尊贵身份，也的确足以抬高羽儿在盛乐及拓跋家所受的礼遇。然而，在原本的设想中，会以王聿徽义父的身份来送嫁的田琼，却不知为何，提出要随行去往代国游历一番。虽有多人对此困惑不解，但若是一对新人都无异议，燕王自己也不好多说什么。

　　由此，那日龙城的郊外，自然是充溢着别离的气息。

　　在慕容皝依稀的记忆中，于送别时，哭得最惨的莫过于述儿与律儿这对姊妹了。自还在大棘城时，可足浑姊妹住进王府后，平日里靠的尽是羽儿的关照。尤其对于律儿小丫头来说，这两三年的光景里，更是养成了对慕容羽的眷恋与依赖，也难怪她会把心中的不舍全都化为了狼嚎。

　　不过，羽儿本人当日却未有太多露面，多数时间里，连所坐的车厢都未曾迈出。就算是慕容皝本人，也只得与女郎隔着罩帘轻声唤别。而除了众人的轮番诉别外，那日，还有一些人像慕容德与王聿徽一样在送别亲长远行。

　　可在一阵阵的蜚语交谈之外，慕容皝却始终没有寻到两张本应出现的面孔——封弈，借口身体不适，未曾现身，但派了其长子封蕲前来；而慕容恪的缺席，确实更要刺痛一些人的心房。

　　或许是始终对父王与二兄做出的决定不满，或许是无法面对与孪生阿姊的分割别离，或许是提前猜到了那日诸多故事的走向与结局……四郎，终究是没有现身王府与城郊，也没有人知道，他那时身处何地。

不过，慕容皝同样未就此事有过任何指责。只因一位心力交瘁的父亲，在送女远嫁的同时，怎还会想到，人世间的残酷竟远不止此……

"王兄。"

一声轻唤将慕容皝带回了喜宴之中。一直身处左首尊位上，也是坐得最近的慕容评，正关切地望着自己。

"王兄可是身体有恙，可要——"

"无妨。"慕容皝努力恢复了挺直的坐姿。可能是刚刚自己蜷缩起的身板，以及抚摸怀中信件的姿态，让人误以为又是腹痛发作了吧。这个毛病已是断断续续间侵扰了许久，虽只是偶有就医，但慢慢知晓这个情况的人，也是难以把控地越来越多。至于已是病至几深，只有慕容皝本人心中才有数。

说罢，燕王望了望殿下的情形，满眼尽是人声鼎沸，觥筹交错："还要劳烦四弟带着德儿，再去替孤行一圈酒，可好？"

慕容评细瞄了几眼，确信王兄属实无恙后，才敢点头领命——他理解安排德公子前去的良苦用心——随后，端起耳碗，招呼着酒侍，起身离去。

"禀大王，此乃翰公留下的书信，特托愚臣转呈。"

心情不佳的慕容皝一开始并未细究，为何慕容翰的信件竟要由封羿来转呈。他甚至有些疑惑，如若那信中所言之事是自己乐见的，那长兄又为何不来直接面谈呢？

"子专公的病恙可无碍？"

"父亲只是略有热沸之症，一时间无力起身走动，并无大忧。臣代之拜谢大王关切。"

待封羿告退后，慕容皝才恍惚忆起，在送别之际望见信件主人的最后一面，应是其父子二人间作别的情景。那时的德儿，似乎正在莫名地啜泣……

"当年在过渝水之前，为父的那番话可还记得？"慕容翰把着自己儿郎的肩膀，语重心长，面容严肃。慕容德眼中噙着一层泪花，呜咽失语，只是点了点头。

"记住，这个秘密与谁都不能说。不仅是大王，还包括四郎、五郎。"慕容翰手上用力捏了捏德儿的肩头。说着，又从腰间解下半枚美玉，递了过去："但若终有一日，万不得已要走此路，先认玉佩再见人。"

将领捧着少年的双手，紧紧握合在了一起。远处的慕容皝当然听不清二人所述的衷肠，他只是在嘈杂的城外，瞥到了一张哀泣的面庞——正如另一侧的王崇徽送别田琼时的模样。

失落的父亲只将信件先行收回了怀中。他还要挥别自己的羽儿。

直到送亲的队伍最终消失在了天际的另一端，众人努力收拾起情绪，也要各自回返龙城，继续眼下的生活。慕容皝终才又想起怀中那封长兄留下的怪异信件，他将缰绳递给了傅颜，自己则在马背上，摊开麻纸读了起来。

"元真吾弟……"

这看起来更像是一封家书。慕容翰在一开始，颇有意趣地回念起了二人少年时干的一些荒唐事——尤其是逃家从军的那一段，似乎每一个细节依然历历在目。然而，温馨的思忆总是难以持续，随后，慕容翰便在信中悔恨起了当年辽东慕容仁作乱时，自己因惧怕置身骨肉相残，心怀侥幸间所选择的逃避。

"盼元真以往事为鉴，早定诸公子主臣大义……"

一头雾水的燕王甚至还未来得及生出不悦之情，那接下来的内容，只读得他黯然憔悴。

"吾与田兄情切意会。此番入盛乐后，皆愿耕居云中……夫天命假年，吾二人更可结伴西游，埋骨大漠……"

慕容皝哪怕能够猜到田琼的心结所在——为了淡化徽儿的过往带给她的影响，最好的方式，莫过于这个田家父的消失，却也还是无法理解兄长为何决意要远走天涯。难道天下人都认为自己是那小肚鸡肠、言而无信的刻薄之主乎？

刹那间，他已动了派兵截回二人的念头，但终是决定，继续读下去。

"盖因天下混沌纷扰，不可于朝夕间竞立大功。宜托繁杂于世子，望元真休养温润，切以为怀……"

慕容翰在挂念自己身体后，还提出了关照德儿的请求。毕竟，少年不应跟着忧心懦弱的父辈，一并沉溺于往昔恩怨，德儿还有大好的人生与前途。不过，慕容翰提出的方式，竟是请求燕王兄弟过继自己唯一留存的亲生骨肉。

慕容皝僵在了马上，无所适从。谁又能想到，一个人竟决绝至斯，宁用自己一脉的消亡，来彻底了结这片土地上的怨念与猜忌。他断然做不到如此，他亦无法拒绝如此。

那一刻，周遭的房屋巷舍尽皆化作了冰窟，拂面的风絮亦变得无比刺骨……

"封大郎还真是经不住事，怎的饮了吾与评公的三轮便醉成那个尿样子。"

鲜于亮洪亮的声音，很难不令呆坐的慕容皝侧目。不知怎的，这货竟和皇甫真凑到了一起，正在堂中乱窜着行酒。他口中已然醉酒而被侍从架走的，便是代替国相出席的封蕲。可燕王在宴会中细数一圈，缺席慕容恪婚宴的，却不止封弃一人，那些贵族耆老们，更是一个未至。在过继慕容德，册立世子，二郎大婚这一连串的喜事中，唯有今日四郎成婚，竟突显了冷清。尤其是两场婚宴一经比对——此刻放眼望去，来给慕容恪贺喜的人，仅在正殿左右坐满了两排。而慕容儁与述儿成婚之时，虽说诸多贵族未必在内心支持这个世子的人选，但毕竟事关国本，到宴的宾客依然是从正堂之上，直至排坐到了外廊之下。

"世子大喜，大王为何面有愁思？"

慕容皝闻声抬头，见是面色红润的阳骛正朝着自己轻施一礼，于是说道："士秋啊，看这样子，可是没少饮？"

"国本夯立，臣真心为大王赞，为燕国贺。却不知大王方才的叹息，可是因世子妃一家？"

"哦？"慕容皝根本没意识到自己刚刚有叹息过，"还是士秋的眼睛毒辣。述儿的父母这番便要匆匆离去，原本，咱是想留人再住上个月余的。"

"可足浑大人既不恃恩，也不恃宠，深明大王心意。此便又是一喜。"

慕容皝无奈地干笑了两声。的确，他也非是真心邀请可足浑氏搬来龙城。"话虽是不错，可总是觉得对不住两个丫头。"

"他们一家人能安享几代富贵，便是最大的福分了。可惜，几百年间，大多数的戚族是想不通此般道理的。"或许阳骛是真的喝多了些酒，才尽显松弛。看他"不依不饶"的样子，似乎是打定了主意，来为自己解忧的。而以往这般琐事，尽是由封弈着手——这竟给慕容皝带来了一种梦萦之感。

"然前来辞行的，却不止可足浑一家。那各城各部的老东西，全都借口要走，不再留待参加四郎的婚事。唉。无非是借此暗着向咱表达不满，这又怎能叫人安心？"慕容皝能径直向阳骛抱怨起来，缘于他清楚，这位北地的士族领袖，在绝大多数事情上，是不会与鲜卑权贵们站在一起的。

"若是为了此事，大王倒也不必忧愁。人若有了怨气，还须有个法子发泄一番。诸大人们如此行事，总还好过日后虚与委蛇。至少可表明，大多的怨气无关大碍，足以消弭。诸部族嘛，还是附心于王府的。"

"但愿咱死后，也能如此吧。"慕容皝先是点了点头。他忧愁化淡，却又添上了点儿怒气。

"不如这般。"阳骛沉思稍许，"既然世子的大婚已由评公主礼，那玄恭的婚事，便由臣出面操办。大王看如何？"

的确，作为世子选立后最大的支持者与受益群体，此刻，由士族文官集团的代表挺身表达对王府的支持，既是必要的制衡之术，也是对慕容皝及时的慰藉。燕王心怀感激地伸手把住了阳骛的小臂。这时候的他，是多么奢望鲜卑人与汉人从不曾有过分别，而这世道，又能消去多少权谋与纷扰……

"哈！"

逐渐被武将们夺了台的宴饮已是群魔乱舞，而被一片喝彩声带回现实的慕容皝，先是在堂下的人群中寻觅着阳骛，但显然，这种几欲失控的场面并不适合夫子习仪，其人很有可能早就离席躲走了。不过，慕容皝倒是很快便发现了这些欢呼与喝彩的来源——在殿门一角，是慕舆根借着酒劲儿，正与那骇人的罴郎摔跤角力。

田琼虽已远走，但老都尉还是将罴郎留给了王耆徽。这巨汉在一对新人成婚后，将跟着入住府中，成为他们的亲随护卫。眼下，这如熊罴般的家伙正呼呼傻乐，在人圈中追逐着慕舆根。反倒是那燕国第一猛将只能靠着腿脚与身法绕步游袭，以防自己被罴郎一把制服。慕容皝也决定再凑近点儿，好能仔细瞧瞧，这马上的战将究竟还要靠着何等花招，才能从巨汉的手下讨点儿便宜。

"嚯！"

又是一声喝彩，扑向了毫无防备的慕容皝。老人闻声一个激灵，只觉得天旋地转，两眼也跟着一花，刚才还在堂上此起彼伏的声浪，骤然变得异常尖锐，而他面前的场景，也不再是一场宴饮——宾客化作了甲士，游嬉变成了搏杀。慕容皝不出意外地堕入了幻境，一时间无法自拔。

老燕王缓慢地向前挪迈着沉重的步伐。远处正映红天际的，仿佛是龙城中烧起的弥天大火。霎时，戴着獠牙面具扮作萨满的鲜卑武士成队地涌入王府，仅存的几个护卫在那刺耳的叫喊声中被尽皆追杀屠戮。待到这些杀魔找到了殿上的自己时，忽然又有几道暗影在武士面前凝化成像。那是慕容家的儿郎子孙们。

"不！"

慕容皝高呼一声，却没有人再理睬他的存在。一群人四散奔逃，可那刀光剑影却又是紧追不舍。

还是一袭红装的恪儿与徽儿各持一柄短刀，两个人侧身相靠，勉强支应着由四面扑来的刀劈斧斫。无奈涌上前的武士越来越多，夫妻二人终究还是湮没在了一团黑雾之中。

另一边，手无寸铁的慕容儁带着可足浑姊妹拼命逃窜。述儿更在怀中紧紧抱着一团锦缎。那襁褓里是自己的孙儿吗？未及多想，一层又一层的武士已举着屠刀围了上去。姊妹二人似乎在开口号叫，却没有声响能够冲出重围。在黑雾合拢的那一刹那，老燕王的目光与儁儿相撞。世子头上戴着自己的王冕，眼神中，更透着无穷的怨念。

慕容儁的噩梦依然没有结束。最后剩下的霸儿与德儿，还在结伴与穷凶极恶的面具萨满们周旋。然而，只仗着手中的一副弓箭，又怎可能与人相持？五郎与六郎唯有绕起柱子，在闪转腾挪间拈弓搭矢。慕容儁清楚，两个少年迟早也会被那团团黑雾一口吞噬。

"够了！"

幻境中的慕容儁一声暴喝，终是驱散了所有的烈火与黑影。而在现实中，这只不过是他暗自里的一句呢喃。战将间的游嬉还没有结束，正如心知慕舆根难免一败般，他亦是笃信，幻境中的危机也绝非是庸人自扰。

"够了。"

颓废的燕王嘟囔着坐在了王座下的殿阶上。身边没有了封弈的劝导、慕容评的关切，或是阳骛的支持，他又一次陷入了深深的狐疑与不安中。慕容儁清楚，自己已没有足够的时间去修理打压仍是不绝林立的贵族势力了。他更亟须找出其他的方法，来击碎那可怖的幻境。

时间不够，终究还是不够。

"大王早些歇息。哦，四郎的信。"封弈在起身告辞之际，才发觉慕容恪从鸡冠寨的来信还攥在自己手中。

"子专拿走吧。就这浑小子的麻烦事，咱是不想再见了。"燕王虽是如此说，可国相出门之前，还是将信留在了燕王面前的案几上。

站在窗前，望着封弈的背影一直飘出了院子，慕容儁在心中自嘲了两句，又转回身去，抓起了案上的书信。可只动了两步，忽觉腑内剧痛，他脚下一软，身体顺势栽倾，在跪伏的躯体的倚靠与撞击下，那盏烛台，终究还是跌落在地。

也不知过了多久，慕容皝缓缓睁开了眼睛。他是费尽了气力，才将那一股涌上七窍的腥甜压了回去。而无论那是不是一口鲜血，他都清楚，自己绝不可以吐出。好在眼下的烛台虽已倾覆，那灯绳顶端小小的火苗，却未曾熄灭。

"这定是天意了。"还需一些时日，自己尚有两场婚事要办，更有诸多事情得赶紧安排妥当。慕容皝将烛台拾起扶正，自己则背靠着桌脚，平静地调整着呼吸。

"二郎，四郎，五郎。"他在心头默念。

"等等。"

离开王府的封弈叫停了自己的车驾。突然间，竟有种时不我待的异样感占据了他的思绪。只是沉思权衡了少许，他便清楚了当下的去向。

"子专兄，这么晚了是……"慕容翰记得，刚回归大棘城后不久，也是在这个时辰，自己曾冒雨夜访过封弈。而这次迟到的回访，却实实在在地给他带来了莫名的压力。

"元邕勿忧。我刚从大王那里出来，是特意过来报喜的。"封弈大概也读得懂慕容翰的神情。

"先生就别摆弄玄虚了。"

"大王决心已下，估计很快便会立宣英为世子了。"

"这倒是件好事。"慕容翰的反应不咸不淡，甚至还略微皱起了眉。

"亏得元邕是武将出身，要是阳士秋听到此般消息，怕是要踌躇阔论上半个时辰。"封弈在刻意观察面前之人的反应，心里却是难抑地发出一声叹息，"虽大事已定，却也是对吾等的一番警示。——该做打算了。"

慕容翰一脸骇然："封公此话何意？"

"比方说封某，幸得先主擢用，多少年来，大王亦是言听计从。至于诸公子嘛，更是奉以师礼。试想，弈若能苟活至大王身后，世子该如何用我？待到我年迈昏聩，口出谬议，宣英纳，还是不纳。"封弈字字咬得都很重，可见，这并非是他临时起意，"吾乃一介文官，尚有时机放权安顿，自信怎的都能保个致仕归隐。可元邕呢？威震北地三十年，自归来后，又是次次征战皆立大功，哪怕人在龙城养伤，也要献计突袭丸都城。说实话，将来无论哪个公子继位，都要忌惮元邕生前身后的威名。"

慕容翰曾在内心就今天的境地反复挣扎过，也做了诸多思想准备，但仍难免在这一趟回身赴险的终途前，再次地坠入深渊。

"先生真的认为，元真终是容不下自家兄弟乎？"一阵沉默过后，慕容翰背起手，双眸盯着那微颤的烛火，十分淡然地问向僵坐许久的封弈。

"不。大王不至于此，二郎以后，亦不至于此。然元邕只要还在，却总会有人推着后世儿郎，迫近那噬人的旋涡。"

"罢了。至少德儿不再漂泊于天涯了，不是吗？"慕容翰的嘴角还是挂上了一个向上的弧度，"青史……又该如何定论我这一生呢……"

封弈面色黯然，没有应声。

"后世竹简之上，还是不要有慕容翰之名吧。"他闭上了双眼。

封弈竟很难从慕容翰此刻的面色上，读出悲喜。

文　明

男子骑在马上缓缓而行，心思却已是飞到了九霄云外。他最近总是能在周遭愈发躁动的风闻中，嗅出些天下骤变的气息，而类似的判断，又会将自己拽入进眼下这般难以自控的胡思乱想中。终于，在侍从的提醒下，男子在王府大门口回过神来。

每逢大议，王府前就总是这幅熙熙攘攘的景象。诸多的车马在街角处互相避道转让，甚至还会造成拥堵。其实，以男子的职衔，也可以乘坐一辆装仪不菲的牛车。然而，或许是为了淡化自己士族高门的出身，他每次出行都是骑马——甚至在自己潦草的家中，连挽畜与车辕都未曾购置过。

"楚季。"

男子刚刚进入府门，便被身后的一声呼唤叫住。一辆华丽的牛车慢慢驶离大门口，衣着同样光鲜的大员，正笑眯眯地朝向自己走来。

"评公。"皇甫真拱手施礼。

"楚季怎的只带一名仆从，两骑出行，未免难佑安全。"慕容评拉住皇甫真，朝着王殿边走边谈。

"这些年简约习惯了。再说，谁又能打咱一介寒酸士子的主意呢？"皇甫真当下已是位比侍中，不仅常年担任慕容恪的副手，在没有军务的时候，同样要辅助阳骛参理政务，可算得上是燕王府中正经的军政齐抓的核心幕属了。因此，寒酸或有其事，但绝不可能还有人会视其为"士子"。

"楚季可真会说笑。"慕容评也不当真，"知楚季高门大家，尤其看重声望，平日里轻财重义，也没多少田产附户。正好，咱那里有三四个汉人奴仆，身手说不上多好，却个个识得文字，不如就举家带户，赠予楚季了。总共也就十几口人，一百亩地。"

"评公美意，实在是……"

面对皇甫真一时的语塞纠结，慕容评似乎早就有了对策，立马很是坦诚地换了个套路："楚季若有顾虑也无妨。这般，大议之后咱去和傅颜说，起码给楚季府上派去些禁卫。毕竟时局或有变数，注重些安全总没有错。"

"评公可已有确切消息？"

二人说话间已到了殿门口，且已论到时局，自然也就不会在意前面的客套了。

"估计不久，便要向南用兵了。"慕容评掩着嘴，略微点了点头。

皇甫真拱手谢过后，便与慕容评各自入了班列。他心想着，若短期内能够向南再取几郡之地，则迁都蓟城也是早晚的事了。这么看，还是有必要买上些挽马大车，省得搬家时要措手不及。

二人本已是到得略晚，不料在自己站定不久后，竟还有人匆忙地小跑入内。皇甫真扭头一瞧，原来是中郎高开。这位担着辎重军械，每次总要亲查仓房的大管家，可是很少在这王殿中露面的。在与其点头示意后，皇甫真更是在班列的头前发现了封弈，这不免让他心头一震。

近一年里，随着燕王的身体日渐衰弱，国事已经完全交到了世子慕容儁的手中。其中，又以慕容恪主外，阳骛主内。而燕王曾经的谋主，燕国的国相，则几乎同步选择了避隐，淡出了人们的视线。

直至今日，虽然还有些许杂音飘散在一些老城与坞堡之间，但对于像他一样的王府属臣来说，大家似乎已经适应了新的权力格局。那么，此时杵在身前正闭目养神的胖老头儿，以及身后正在整理衣冠的高参军，竟然同时现身于朝议，看来，慕容评方才的高深之态确是有根有据。他的心中，竟然滋生出了兴奋与期待。若是慕容氏有机会趁势入主冀州，那自己在龙城所能达到的成就，真的未必比不上身在长安的兄长。

果然，应和着众人复杂的心情，慕容儁与慕容恪二人一前一后快步入殿。世子身着颇有僭越之嫌的褐色王服，面色却很是凝重，而他最为亲密的兄弟，则是一身戎甲装束，紧随其后——慕容恪不仅头顶鎏金盔，腰间更是挂着仪剑。

慕容儁在王座侧旁的座席前立定。

"诸位，邺城来报，石虎，薨了。"

老人急促而焦躁的脚步正契合着当下冀、并、青、雍四州，以及再往南数十个赵国城池中官吏将校们的心情。刚刚称帝不久的石虎一死，赵都邺城立马陷入了大乱。似乎每日都有不同的传闻飞出，真真假假的檄文与诏命更是层出不穷。此外，可以确定的是，建康的晋廷已经兵出淮南，而更令州郡担忧的，还有龙城燕国与姑臧凉国，亦不知何时，也会兵进河北与三秦。

不过，在姚弋仲的心中，阻挡北方慕容家早就算不得最重要的事项了。羯赵的暴虐统治已处于崩溃的边缘，羌人们也不必再指望邺城会为自己派出援军。一切的迹象均指向了一个明确的结论——滠头已不可居。为此，他已派出自己的继承人姚襄领兵远袭，希望能在枋头的氐人们出动之前占据大河渡口，从而让自己能够带领部众，抢先占据关中之地。

然而，天不遂人愿，前几日已有败报传回。老人眼下倒是更为惦记爱子的安危，以至于方才一有姚襄返归的消息，他竟不顾年迈的病体，快步抢出屋院，几番都差点儿摔倒在路上。

"大都督。"姚襄望到了跟跄而来的父亲后，直接翻马跪地。而他的袍氅上，还沾着混有血迹的污渍。"末将无能，损兵过半，西进关中的道路皆被氐人扼住。贻误了大事，甘领责罚！"

姚弋仲伸手去架爱子的腋窝，可他日渐羸弱的气力已根本扶不起雄壮魁梧的姚襄："早已得了回报，是那麻秋领兵于后袭击，若说过错，也是本都督拨去的兵将不足，才让贼子与蒲洪做成了夹击之势。快起来，咱们进屋说话。"

姚襄领了命，这才起身搀扶着父帅跨过门槛，返回府院之中。不少在街上观望的羌汉民众见了此景，无不心生怜爱，甚至此刻的叹息与呜咽，将伴随着这段父子佳话，在不久之后传遍河北的郡县。

等回到了柔软的座榻之上，姚弋仲先是接过一碗果浆，才渐渐平复了自己的喘息。"为父方才的话不单是说给外边人听的，这一仗的安排确有我的失策。可惜，才刚得的线报，陛下薨逝后不久，慕容皝便也病重在床，龙城的军务，亦尽皆停下了。若早有此消息，为父大可撤回北面的驻军，一并交予襄儿。枋头这一战，咱们未能倾尽全力，一场惜败，也算在情理之中。"

"可恨那麻秋！孩儿当时赶往后军，激战中，差一点儿就能阵斩那贼厮。只是中军后撤援救，前锋未能顶住氐人的攻势，终致溃散。"

姚襄言语间愈发地显出激愤，而姚弋仲的眼中，却是露出了长久未见的冷峻光芒："麻秋前番丢幽州，罢官逃了死罪。前年又为陛下起复，出征凉州，再败于谢艾。其折损的兵将多是邺城权贵的家奴附户，由此，其人已不容于诸多的宗室豪族。而今，陛下不在了，他也只得用手中的本钱另寻出路，只不过，未曾料到，这厮竟会跑去依附蒲洪。"

"孩儿在回来的途中，还听闻一些事。"姚襄这回有些迫不及待——虽说他自己未能参透其中的玄机，但说不定能帮助父亲拨开当下局势的迷雾，"一是蒲洪拜了麻秋为军师将军，二是他家貌似已改姓为'苻'，据传是以谶文'草付应称王'而得。"

"氐人的野心看似不小，他们要是先入了潼关，说不定还会去援救那岌岌可危、同为氐人的李氏成汉。不过，亲信麻秋这般小人，难说哪日便要反受其害。"姚弋仲听罢，倏然间好似精神一振。同时，他的嘴角也挂上了一丝冰寒的笑意："咱昨日还打算带领族人南下投晋，听襄儿这么一说，反倒是可以再观望一阵。便如此，你休憩一日后，北上整军，先让出百里的地界给慕容家。相信就算老燕王不行了，那慕容儁也能领会咱们的好意。哪日邺城不可保了，再去投司马氏也不算迟。若是氐人那边生了变，或许咱们还能趁机追进关中。"

"谨遵父亲教诲。"

看着姚襄恭顺的模样，姚弋仲渐渐曲弯了腰身，神情复归倦怠。他心中多么希望继承人此时能拿出自己的见解，甚至可以据理力争。咱也不清楚，还能不能活过这天下大争的节骨眼。邺城里的石氏诸王总要杀出个结果，龙城的慕容兄弟亦是文韬武略，而晋廷嘛，虽又失了大小庾，可那个司马昱力保的荆州刺史桓温竟能以孤军险入，围困成都，可见此人，也堪称天下豪杰。吾儿，有龙虎之躯，以后几代族人的功业尽握手中。既不能小瞧了天下英雄，也不必妄自菲薄。如若有那般胆量，那便去争，去夺，可让世人瞧瞧咱姚氏的能耐。

"怪了，这么些人，可都是大官吧，好似前一进的院子里也是堆得乌泱泱的。"

少女顺着石屏的边缝望向院内，努力地识别着每一个身影，任凭身后的贴身侍女仍在耳边嘀嘀咕咕，可她依旧是专心致志，充耳不闻。她虽然不喜欢读书习礼，但不影响那与生俱来的聪慧。至于这院中的许多重臣，自己王府中都曾撞见过；还有许多面生的鲜卑贵族，看样子应是风尘仆仆赶来的。少女不禁有些茫然，在此情景下，也不难猜得到，王府中即将有大事发生，而且多半是与大王最近的卧床脱不开干系。对她来说，去年才经历过的分离的苦痛依旧是记忆犹新，而如今，在心中正隐约钻出的那个答案，必然也不是自己所乐见的。

"这世子以后继了位，述夫人就是王妃了。那小娘，怎的也算得上个公主喽。不知这一院子的使君，以后见了女郎要不要行礼呢。"这侍女显然没有领悟少女难得一见的沉默与认真，还在自顾自叽叽喳喳。

"休要胡说。"直到男子从石屏的另一侧闪身出来，打断了这主仆二人间完全搭不上的各说自话。

"世子恕罪，奴婢——"侍女的脸上瞬间失了血色。她心里明白，自己刚刚那一番话可讨不到好果子吃。据说，在规矩颇大的汉人深宅中，若被视为非议主人康健，挨顿毒打可都是轻的。

"莫要啰唆。"在当下的敏感时刻，男子难免也心头窝火。然而，他生性温和，亦不愿在此事上过多纠缠："律儿怎的跑到前院来了，快回去阿姊那。今日，切不可任性乱跑了。"

"这哪里是前院？！"少女嘴上是不服，但眼前的男子可是很少对自己这般严肃的。她没敢继续肆意妄为，吐了吐舌头后，便拉着刚刚恢复点儿血色的侍女逃离了现场。

律儿现在自己占着西北角紧挨着清池的那方小院。不过，小丫头万般没想到，在她的亲阿姊成婚后，两人虽不住在一起了，可论起对自己的看管，似乎竟变得更紧了——院子里的眼线一个没少，还添上了个贴身的侍女。

慕容儁盯着两个人影跑回了屋内。起初，他们夫妇二人对这个勋贵部族出身的侍女还是较为满意的，这才安排她一步不离地服侍律儿。直到最近撞见的次数多了，他才发觉，此人不仅还没学会谨言慎行，貌似还有被自家女郎拐带着胡作非为的迹象。这便让慕容儁有些头疼了，他开始琢磨着，还是得换个人选，最好是平民出身的，读过几本书，并且要懂得那最要紧的规矩——永远不要将律儿裹带进那些不清不明的政治旋涡中去。

然而，丫头方才有一句话确实说得没错，眼前的石屏所在之地，的确算不得前院了。

慕容皝的病倒，乃至间歇性的昏迷，已迫使燕国停下了向南扩张的脚步。而前几日，赶在清醒之时，燕王更是急切地授意召集了上下重臣，来过府议事。所有人心里都明白，这便是权力交接的时刻了。为此，所有身在龙城，品秩中上的文员武官，以及不少能够及时赶到的贵族大人，竟全都借此涌了过来——哪怕没有资格被召至榻前，也盘算着，绝不可放过王府中的一手消息。

与慕容恪及傅颜商议后，世子慕容儁依着兄弟的建议，并没有阻止这些正三三两两聚集着的权贵们涌入王府。而他们，都已处于听命于傅颜，且忠于自己的王府禁卫的刀剑笼罩之下，但凡有趁机闹事的，却是说不好还能不能踏上来时的车马。

慕容儁倚在石砌的院门旁，思绪已然翻滚了起来。一方面，是即将失去父亲的哀愁，另一方面，望着堆满院子，即将与自己钩心斗角之人，心中难免布满了踌躇。他才发觉，自己当初可能只是为了追逐述儿，竟未必是真心放不下这已经到手的世子之位。且从今日的手段来看，自己的谋思，恐怕仍是比不上玄恭。的确，他很是庆幸，终是得到四弟的支持，然而，此刻仍有一份埋藏得极深的恐惧，也正在怂恿着他，趁着父王还在的最后一次机会，不如当面再将这个定要毁了自己一生的大位让出去。

"世子。"送走了律儿，却也没能如愿独处上太久，傅颜便找了上来，"诸公子与几位使君，都已请入了大王书房。世子也应从院内移步过去，若有变数，末将也好便宜行事。"

慕容儁打了个激灵。他才意识到，今日最有权势的人既不是偶尔清醒的父王，也不是自己，而是眼前这个执掌内外防务的汉将。他第二个庆幸的是，慕容家的人不必质疑傅颜的忠心。

"走。"

二人先后转过石屏，穿过了几堆私语的人群。世子拱手行礼招呼了一路，而刻在他视线内张张面庞上的，既有痛苦的焦虑，也有急切的期待。

直到行至父王的北厢门口，慕容儁暗自数出来了八个提前安排好的带刀侍卫，唯一在这份安排之外的，是正凝眉矗立在阶上的罴郎。壮汉手持着的仪仗用的长钺，在其手中，足以用来当关护门了。实际上，从府门到慕容皝的病榻前，也只有他与傅颜手上持有摆在明面上的兵刃。若再算上正在府外巡弋的几队禁卫，确实已是做到了万无一失。此刻，还在不停搅乱心绪的，恐怕只是自己内心的忐忑罢了。

"大王暂时清醒了。恪公子与封先生已在房中了，世子也快去吧。"刚一进门，医官左玄之便迎了上来。这位中年道家子弟能够统领医正士属，从而成为王室心腹，也并非靠的什么绝伦的术技，而是与傅颜一样，保有着绝对的忠诚。

慕容儁点头示意，他在左玄之的眉头中没读出喜气。于是，也弃了书房中的众人，径直迈进了父王的卧房。

慕容皝眼下只能称得上相对清醒。他先是拉着封弈的手絮叨起他们年轻时的一些轶事——细听下来，仿佛还夹杂着对国相及长兄小看了自己心胸的些许埋怨。过了少许后，老燕王才吐了一口浊气，招呼着他的两个儿郎上前。

"切记要善待兄弟们。"慕容儁知道下面的话是对自己说的。他趴俯在榻边握住了父亲的手。"当年慕容吐谷浑就是受了挑拨，率部负气，迁离到万里之外。而如今，尔等的翰父、仁父不在身边，却是为父的过错。世子要引以为鉴，不要等到临死之时，再去追悔感伤。"

"世子在兵事上有所不及，你要尽心帮衬。"慕容皝的话头猝然一转。且还是慕容儁率先反应过来，回身挽住了慕容恪的胳膊，将兄弟拉上前来。"为父当初同意这桩婚事，不是为了成全情义，而是为了往后的福分。终有一天，儿郎们该明白，能在史书上留下些功绩与贤名，总好过为了些许权势，整日里遭人算计。"

随后，老燕王的双眸盯向了屋棚的一角。

"孩儿娘，咱说的在理不？"

显然，他是陡然陷入了糊涂，而榻前的三人谁也未敢乱动，都在等着迷离之人缓过神来。

"扶咱起来。"终于，慕容皝重又抖擞了过来。

"大王稍歇，我去叫人进来。"封弈领会其意，起身挪向另一厢的书房去了。

"孤未有甚遗志。南下中原与否，便由儁儿自己定吧。可说些实话，诸多事宜，却也未必由得坐此王位之人。如今，王府总要依着贵族与豪强手中的赋供差役，从前相互依靠着，是福分，往后，却未必不是祸端……天下不太平，要取，就得先予，尤其临登大位，儁儿还是要以安抚为主……"

老燕王没有等待其他重臣子嗣。或许，他此时的眼中已然辨识不清人影了。

"霸儿，德儿。"五郎与六郎此刻才刚刚进入卧房，听到呼唤声后，便径直扑向了床榻。

"父王。"

慕容皝费了好一会儿，才寻到了慕容德的手。"终究是上一代人的恩怨害了德儿……你虽尚未及冠，可趁着咱还有口气，不如，就先把字取下吧。"

慕容德哽咽着，竟没能说清一句话语。

"为父早已想好，德儿平日里既然总与四兄、五兄在一起……恪儿字玄恭，霸儿字道明，各取一字为玄明。《淮南子》曰，冬至为德，《有始》又说，周行四极，命曰玄明……恰合其意。诸公看是否合适，士秋说呢？"

"大王竭心偏爱，德公子必可受益一世。"阳骜应和着，将慕容德扶了下来。

"霸儿。"随后，慕容皝最后一次呼唤着他最为疼爱的儿郎，"汝从小就没见过娘，这更是为父的亏欠。这一阵，思量了许多身后之事，还是宜给霸儿安排上一桩婚事……"

这一次，老燕王倒是出乎了所有人的意料："尔等母舅家有女郎，润儿……说来，这个外妹好似也都见过吧。就选这小娘，可好？"

还陷在哀恸之中的慕容儁忽地一个激灵。自己兄弟几个的母家段氏，虽有远亲段龛仍盘踞在广固四周，不从宣调，但这些，却不影响几个舅父成为燕国治内最大的贵族外戚。而这突如其来的安排，不仅惹得敏感的世子心绪杂乱，恐怕同时被搅动的，也绝不止他一人。

"孤死之后，不必拘礼丧期。霸儿的婚事，便由世子择日办了吧……"

慕容儁在应承下来后，才似乎领悟了父王的安排——段润进门，多半是为了安抚诸多鲜卑贵族在去年以来积压的不满情绪。然则实际上，又是难免在玄恭之后，又为他们立上了个中意的标靶。如此一来，便将慕容霸投置在了部族与汉臣、旧勋与新贵之争的风口浪尖上。且更可怕的是，对于作为继承人的慕容儁来说，自己是无法掌控五郎的心思的，哪怕兄弟间的情谊再加深厚，可由这桩婚事所引出的猜忌，怕是迟早，也要撕裂他的肺腑。

周围的声响逐渐消失在耳畔，慕容皝终于能够合眼休憩了。

丢掉了忧愁的老人在魂牵梦绕中，正费力地想要在帐篷中点起一小堆篝火。可手上的引条与木柴，好似是被外面的风雪打湿了，来来回回地总是起烟，却燃不出个火星。

"咱草原上的汉子还能弄不着个火吗？咳咳。"他一面摆弄，一面自嘲，"夜里这般冷，可不能冻着娃儿们。"

"交儿，别乱跑，快回来！"

霎时，帐外依稀传进来的呼唤声，惊得慕容皝将手中的柴火丢落于地。这熟悉的声音可有二十年未曾听到了——妻子与交儿，自己更是几乎已经忘却了他们的样貌。

不忍心多想，他赶忙冲出帐帘。然而，外面没有风雪，也不见人影，在慕容皝面前，只剩下无边无际的冰面。

这难道是……

他记起来了。这广袤的冬夜与冰河，便是他当年领军跨海，踏冰攻取襄平时的场景。可那次，自己却已失去了长子与王妃。

他们在哪里？

慕容皝缓缓跌坐在了厚厚的冰层上。落寞的燕王身边没有了助他彪炳史册的大军，孤身一人在黑夜里，无论再怎么努力，也望不见那沧海尽头的辽东。终于，要为妻子报仇、戮尽每一个叛乱者的怒火熄灭了，且那份对父亲，对慕容仁，对慕容翰的怨念，也终于被埋葬在了冰层之下。

当下的慕容皝不再是大王。在这最后的旅程中，陪伴着他的，是一片黑暗，无声无息，最为平和的黑暗……

绘　心

"士合兄看看，这堂中的一番风雅，可算是北地独一无二的吧？"

虽不是在自己家中，但青年依然是对四下的书画与布置如数家珍，眉眼间，甚至还不时流露出些许得意之色。而一旁的男子见这地位尊崇的青年，竟然还是少不了顽童心性，心中便又多了一分亲近之感。

"道明可又是在替老头子卖弄风雅呢？"二人还在说话点评间，慈祥敦厚的老者便由一皂衣士人扶着转入了前堂，"犹记得几年前同玄恭赴建康，有幸去往故太尉郗公府上拜访，那时已暗自慕羡其风度卓然。这两年因病得了闲，也就照比着学学样子。唉，眼前的这些摆设，还是学上了些皮毛，却终不得道徽公之不群风范。"

"见过先生，见过蕲大兄。"青年见主人现身，即刻如换了个人一般，带着身边的男子，毕恭毕敬地朝着来者俯身施礼。

老者身旁的士人与做客的男子年纪相仿，但周身上下的文傲之气，却是与这战乱四溢的时节有些格格不入。

"渤海封氏，两代之内必入士家名门的行列。"男子在心底暗自赞许艳羡，但在面上，依旧维持着等待引荐的那一份矜持。

"霸公子还是像方才一般随性而为吧，这一学起来那份拘谨劲头，可叫咱心里直发慌。"老者根本不与来人客气，直接拿青年打起了趣，"如何说，该是如传言般的喜事将近，特来找老朽主礼的吧。"

"先生可别逗俺了。今日来，肯定是有事相托，只不过，并非为了咱自己。这不，有佳友贤士，则必要让先生一赏。"男子听了青年的一席话，立时是面露惶恐，刚想出言打断自贬两句，却还未及开口，便又被青年反手推上前去。"贤兄姓悦名绾，字士合，治国论政上，可是颇有见地。然王兄未必会将咱的话当真，故还得劳烦先生出面考校一番。"

"果然不出所料。"封弈会心一笑之际，顺道向长子使了个眼色。由封蘄安排诸人坐定后，他才悠悠然地打量起陌生的来客："老朽几十年来还是第一次听闻悦姓，冒昧问一句，士合祖籍何地。"

"国相可能误会了。也怪在下唐突，未有事先说明。"悦绾抿了抿嘴，"绾其实出身悦力氏，实乃地道的鲜卑人。是自小崇尚汉文化，才改为悦姓与人交往。"

"原来是榼卢城大人。"封弈脸上是一副恍然大悟的样子，内心却是赞赏不已。的确，就凭眼前之人那一身考究的士人装扮与丝毫不逊的言谈举止，恐怕这世上还真未必有人能联想到鲜卑部族大人。"封某这三十年，竟从未到过榼卢城。以致只略知士合的年纪，却不识当面，惭愧惭愧。"

鲜卑悦力部本是个小部族，其规模怕是只比可足浑部略强一些。属地榼卢城，是地处燕国腹地的临海小城，政治与战略地位均算不上突出。悦绾心里清楚得很，自己袭位后，几乎从不刻意显露酋领身份，除了曾经亲自巡视过诸城的阳鹜可能会留有印象外，这些中枢重臣要能当面识得自己，那才算是怪事一桩。

因此，面对封弈的致歉，他可不敢胡乱去接："国相抬举在下了。今日得见封公，绾可是心悦诚服。"

"咱与悦兄在毓兴楼初识之时，也着实是吃了一惊。且悦兄对于国政时局的见解，才更是令人叹服。先生何不也趁机点评一二？"慕容霸插话的同时，脸上那股子得意的神色恰被封弈捕捉个正着。老先生一下子便明白了，那继位不久的燕王慕容儁，如能提携一个有治政能力的鲜卑大人，便可堵住很多贵族耆老的嘴。借此，更多汉化的改革也便都有了抓手。如果说道明公子此番是想来举贤，倒不如直言，是想借自己的手，为王兄送上一份厚礼。

封弈一时对慕容霸的成长深感欣慰。然而，在人情宦海浮沉多年的他，也有着自己更深层次的考虑。

"那就不妨请士合先论一论当下的时弊吧。"

"诺。"悦绾在与慕容霸相视的一霎间，心中终是确定，蛰伏多年来的时机已至，也就不再保留，"在下深切胡汉分治之不足，鲜卑人口毕竟少数，唯有彻底融入汉民之中，才可获千年存续。而今，南面的羯赵在石虎亡后已然生乱，便足以引为反例。再观燕国，实则除了几个规模较大的聚居部族外，上至龙城六门内外，下至我榐卢小城，汉话早已普及通用。鲜卑民众间也多移风易俗，只要时局稳定，便已有了推行改革的条件。且当下之弊，尽皆缘出分治与战乱，简单亦可归为税制不通，丁口不清。"

"不知士合心中可已有了祛弊良策？"封弈平静地问道。

"无论胡汉民奴，先要清查户籍，而后分田制税。不过，若想此般行事，首要在于恢复郡县府衙手上的治权与役权。"

"这可是要得罪贵族与豪强的。"封弈判定眼前的悦绾应是个激进的改革者，心中已然开始为他担忧起来。

"只要将藏匿的人口清释出来，朝廷的财税自然不成问题。至于贵族，可以富养。豪强，亦可授予闲官。只不过……"悦绾的表情略有凝重，他语速一缓，不料却被封弈看透了心思。

"只不过想收回税役，怕是更要即刻改易兵制。否则，一项也推不得动。如此一来，却要休养兵事多年，而这，是唯有大王才能定夺之事。"封弈长叹一声，显得有些意兴阑珊了。

"其实悦兄腹中还有道屯役结合的兵制，只是尚算不得成熟。"慕容霸见状，赶紧在一旁帮腔。

"英杰辈出，看来我真的是老了。"封弈略带苦涩地笑了笑，"士合确实是辅政之才，然当下所想乃要触及立国之本。一面要得罪贵族豪强，一面又要劝大王收住拓土建功的雄心，唉，切不可操之过急。"

"封公训诫，在下铭刻于心。"悦绾的态度恭谦。可封弈总觉得此人未必是个能学会圆滑自保的人。

"罢。至于举荐之事，封某已是不问军政了。若是贸然出面，大王固然会认真对待，但对士合而言，即刻便出尽风头，却未必是件好事。"封弈右手的两节手指搓了搓衣角，他动起了那深不见底的心思，"道明不如将士合引荐给四郎，毕竟，未来二十年的军政大事可都离不开玄恭。"

做客的二人闻罢，自是理解了封弈的心思。又是寒暄了一阵后，便先后开口辞别。不过，主人却又当即提起了另一事："我最近刚得了几幅名家碑帖，不知士合有兴趣否，可叫我家儿郎引使君前往一观。"

"那便谢过郎君了。"以悦绾的心智不难猜到，这是封弈有话要单独与霸公子说。于是，他便心领神会地跟着封蕲去往后院的书房，留下了不明所以的慕容霸杵在原地皱眉。

"郎主，律小娘午间来过一趟，但没留下话便走了。"

慕容霸回到自己府上的时候天色已经昏暗了。在慕容儁继位不久后，他也同四兄、六弟一样搬离了王府。不过，由于身上只有一个都乡侯的爵位，并无什么实质的官职，以至于还不知应在这座王兄赐予的美宅外，挂上个什么门匾。

"罢了，准备点儿吃食，在城里转了一天，竟也没蹭上顿饭。"打发了管家之后，慕容霸已然足够的烦乱上又被添上一把火。最近，律儿来自己府上可是越来越频，而他又太过于清楚，二兄是绝对不敢忤逆父王临终前所安排的婚事的。今日，在封弈与四兄的府上，他更是被提前祝贺了两遍，这说明，自己与段润的大喜之日，估计很快便至眼前。而谁又能想到，自己眼下最大的麻烦，竟是向来被王府上下视为心头肉的律儿小妹——她那份基本快要点破的情愫，难保不会变成一桩牵连甚广的祸事。

直至喝上了一口肉汤，慕容霸才算平复好了心情，来整理一遍这颇为震骇的一日。

"其实许久之前，我与皇甫楚季便同士合有过一面之缘。记得那是在毓兴楼之上，士合怒斥一名法姓狂生。当日之妙趣，可是言犹在耳啊。"

四兄竟于早前便对悦绾留下过深刻的印象。这本该是一件可令自己拍手称快的事，然而，慕容霸在辅国将军府上可远不如以往待得舒适。尤其当慕容恪与悦绾长篇阔论之际，陪坐的他到最后已有了如坐针毡的不适感。封弈在国相府密谈时投出的那两道深邃而神秘的目光，以及那段足以刺透心扉的开场白，长久地窃据了慕容霸的心智。纵使他怎样努力，也无法做到挥之即去。

"道明公子须知，当下对大王威胁最甚的，便是贵族间的暗涌。这般时时盘根的矛盾，亦只有在建功扩土之际，才会遮蔽在阴影中。然一旦休养闲逸得太久，难免便要卷积成祸，那是个吃人都不会吐骨头的旋涡。"封弈的字字言言直戳得慕容霸心悸不已，"哪怕想消除些若有若无的误解，都不会是一朝一夕的事。要么待老人故去，一并带走内外仇怨，要么嘛，唯有靠大王来强行决意……"

封弈在观察慕容霸的反应，而慕容霸则是一直盯着胖老头儿凝重的眉眼与下垂的颌角。他们心中都明白，那未尽的话语，指代的是清洗与杀戮。

"然先王留下的婚约，却将道明推到了矛盾的前沿。或许，这般做的好处在于对贵族许以怀柔安抚，能助大王稳定局面。可如此一来，道明的处境可是万分危险。"

渐渐地，慕容霸的眼中已是涌出了骇色。

"当然，兄友弟恭未尝不可留续一段佳话，但匹夫无罪，怀璧其罪。要知道，哪怕道明自己不去念想大位，难免也有人会鼓弄出风言风语，以求趁乱谋利。往后三年五年的倒也无妨，但若是十年二十年下来呢？老头子会死，宣英亦然。身为大王嘛，又总要为子孙考虑。"

"先生何以救我？"看慕容霸顿时萎靡下去的样子，可不像个二十岁的年轻人了。

"慎立功，勿揽权。"封弈的叹息夹杂着不少悔意，"翰公便是因功劳过盛，只得二次出走避祸。道明更要记得，尽早想个法子向大王，还有那些不安分的贵族表明心志……"

慕容霸最终也没有用下太多饭菜。他呆坐在烛光的阴影中，盯着手上的签条惴惴不安。

"谦垂明志"，不知封先生当初又是用哪几个字彻底说服了翰父呢？但老头儿从小看着自己长大，兄弟几人也全都是由其手把手教习的读书习字——慕容霸根本没有理由去怀疑他的用心。

算了，想想百年前，曹魏宗室夏侯霸不也最终落得个客死他乡。或许这个"霸"字，还真就带不来什么好运道。"慕容谦"？总觉得过于直白，不如叫"慕容垂"吧。有些倦累的他草草打定主意，心想找个机会就去向王兄请命，便把父亲留下的名字改掉。希冀着，同时也真的能割断那些环伺难消的噬人妄念。

"嗖。"

一支敌军的箭矢呼啸着钉在了男子的马前，如同飞羽入鸟林一般，点起了左右佐吏的一片惊呼。

"大都督，敌军兵锋太盛，尚有成都坚城为据。即便儿郎们攻下笮桥，倘若伤亡过重，亦是无力破城，不如暂避，以待彭山援军。"

记不得是谁的谏言又钻入了男子的脑海。于是，他也动摇了，按下了手中的剑柄，回身与中军的鼓吏点头示意。

"咚咚咚，咚咚咚。"

"谁擂的前进鼓？"

男子扭头厉声质问，而鼓吏却也瞪圆了眼睛，满脸迷茫。随后，近千刚刚从前线轮转下来的锐卒，竟依着鼓声，再次纷纷起身，扑向了成都城……

这栩栩如生的梦境再一次将桓温惊醒，他举手拭去了额头上的一层薄汗。那当真是一场无可描绘的险胜，自己的孤军，最终竟是靠着小吏的误击传令，从而一鼓作气，攻入了成都城。

灭亡李氏成汉，为建康的朝廷收复了蜀地。在军功上，桓温自然已足以比肩陶侃祖逖。然而，此时手握江陵与成都军政的他，在门阀政治的博弈中，却还无法得到相应的回报。这也是为什么近一个月以来，如此伟业带给这位持节都督六州诸军事、安西将军、荆州刺史的，尽是忐忑与烦乱，而非由衷地喜悦与得意。

在北伐不利后，于内外掌握大权的庾冰、庾翼兄弟相继病故。皇帝叔父会稽王司马昱得以入朝主政，而在荆州刺史的人选上，他在庾翼之子庾爰之与桓温间，更是力排众议选择了后者。或许，如此单纯是出于能力上的考量；或许，司马昱也是打着以重镇兵权上的博弈，来扶立家世不显的先帝驸马，从而顺势打击门阀外戚诸势力的盘算。然而，桓温一贯的强势又使人深感无力掌控，于是，在其擅自伐蜀之际，司马昱又以陈郡高门出身的殷浩统领扬州及治下的江北郡县，用以监视制衡大江上游的荆蜀之地。由此，晋廷内外的矛盾不减反增。新一轮的权争势易，又会给闲逸的建康，以及那纷乱的天下带来怎样的波折，恐怕尚未有人能够预先算个清楚。

桓温这下子睡意全无，干脆披衣起身，挪到院中活动活动。恰东厢的光亮未灭，他亦正好去探探自己的幼弟缘何还在挑灯熬夜。

"幼子可在宿读乎？"

桓冲如今也已年至及冠，长兄桓温字元子，作为桓氏兄弟中的幺弟，便取字为幼子。他自小天资聪颖，极受桓温看重。不仅从临淮赴江陵上任之际，被一并带走，更是在征伐蜀地的途中委以参军，几乎事事都要询其意见。

"兄长可是有烦心事了。"桓冲一手裹着被子，一手举着烛台，将桓温让进了屋。放下烛台后，又笑着给二人各捧来了一碗凉茶——他们恰可坐在榻上说话。

"蜀地零星的叛乱已多半铲平，故而，方才一直在想，咱们还要不要继续留在成都。"

"兄长来得可真是巧了。"桓冲眼前一亮，丝毫不见困意，"可知冲方才窝在被子里看的是何书？"

桓温瞄着枕边的书简一番盯瞧，正是陈寿所著的《蜀书》："幼子有何见解，为兄洗耳闻之。"

"蜀地闭塞。前日与驿馆小吏相谈，其人竟只知刘曜，而不知石勒石虎。刚读罢《蜀书》，更是深感诸葛武侯之艰。冲知兄长志在北伐，重振正统。虽说石赵比不得曹魏，然以成都为依托，尚需先取南郑，再走山道而出，若再算上治复民生的几年，怕非有十年，都取不得关中地。"

"然若吾等一走，荆州上游之地便为他人所控，这叫我如何心安。"

"兄长多虑了。氐人李氏也并非无能之辈，不还是被一战迫降。"此时桓温的脑中竟又响起了"咚咚"的鼓噪，"眼下真正令人担忧的是，一旦兄长向朝廷请封益州，会稽王必先借口许以高爵厚禄，从而再使殷浩入江陵，取代兄长。如此一来，桓氏困于成都，早晚会蹈锺士季覆辙。"

"殷浩自视不凡，却没有容人的气量。"桓温说话间，已流露出十足的不屑。但当他意识到桓冲言犹未尽，便迅速换回了一脸和煦的表情。

"其人好清谈，的确不足惧。可惧的是，朝廷内的那些高门士族会同仇敌忾对付吾等。且问兄长，可有把握能牢牢控住荆益两地乎？"

桓温闻言摇了摇头。他近些年变得愈发厌恶建康城里的门阀高官们了，深知必要时，那些人甚至会不惜借石赵的刀，来攻杀权势日盛的外臣的。而如若贪恋脚下的蜀地，也确实可能是在自掘一方坟墓。他不能当锺会第二。

"那真是不如回江陵去。"桓冲拉紧了裹身的被角，摇头晃脑地品评起来，"不同于蜀地，荆州乃形胜之地。当年关羽尚可凭一师而震动中原，如今大江以南尽归了朝廷，兄长坐镇江陵，没了左右之忧，便是一柄夺命的利刃。天时一至，出襄阳，过汉水，既能兵进司州威胁洛阳，还可走武关道进取关中。只要朝廷不掣肘，吾等建立奇功，只在时日长短罢了。"

桓温好似已被彻底说服。他一面盘算起尽快启程返归的种种安排，一面又在小声嘟囔着什么。

"掣肘又如何，大不了领上数万大军，拜表辄行。"

不过，这句话刚好不巧，正被桓冲听了个清亮。曾经独闯石头城的少年长大了，自然也有了自己的立场与倾向。或许是知兄莫如弟的缘故，桓冲最近切实感受到了兄长曾经深埋的那份野心，而这一句"拜表辄行"，更是再一次加深了他的忧虑。

裹在被子里的青年还未参透该如何劝谏，才能拉住历史的车轮碾向桓氏一门。他甚至有些后悔随军进入蜀中了，否则，还能自欺个眼不见，心不烦。

"石虎之后，不是石世与石遵在杀来杀去嘛，这番怎又冒出来个石祇求援？"

在燕王府中内室，述儿正对照新到手的曲谱摆弄着琴弦。慕容儁则是正对而坐，临摹着自己王妃抚琴的画像。若非是在这权欲弥漫的官邸中，这幅场景任由谁看见，恐怕都会忍不住惊叹一番才子佳人，神仙眷侣吧。然而实际上，在这本该是情意绵绵的时刻，二人无心议论的，竟也是千里之外的国事。

"原本确是石氏诸王相互攻杀，可最近那个冉闵突起，掌控了国祚。这人原本是石虎的养孙，结果却是诛杀了石氏子孙，改回了自己的冉姓。而后，以李农为首的邺城权贵拥之为帝，故冀州地界上又冒出个魏国。石祇嘛，便是石家最后的血脉，独自守在襄国城支撑。"慕容儁淡淡地答道，注意力却依然放在述儿柔美的脸部线条上。新任的燕王在登位以后，并未过分在意内外之别，例如方才悦绾前来奏事，就被径直唤入了内室。由此，王妃自然也能接触到大量的军政要事。

"看来这个石祇是真心求援的，又是割地，又是去帝号的……那来使竟还一点儿不避讳，连同向羌人求援这事都明言了。"述儿看似是随口一说，手上还在忙着调试七弦的松紧，可实际上，慕容儁的盘算已然被她三言两语地探出来了。

"冉闵据称万人敌，定然不好对付。"慕容儁放下手中的毫笔，起身去往述儿身边帮她鼓捣起来。

"那大王还是让辅国将军领兵出征喽。"

"那是自然。冉魏兵锋甚盛，若要真心去救石祇，还是得靠玄恭。"慕容儁抚了抚述儿的发髻。他一直想让爱妻称呼自己为夫郎，可述儿却仿佛总是绷着不愿改口。她一言一行，都过于称职于王妃这个角色，竟让慕容儁心中有些遗憾。

"可大王何必真心去救呢。"

一心想着亲昵的燕王突然一怔。自己一直考虑的，均是言出必的君子之道。然而，王妃此刻的话意更是点到了关键。

一幅涵盖了整个北方的草图在慕容儁的脑海中逐渐形成。石祇固然要救，可对于国力日丰的燕国来说，此时却非是入主冀州逐鹿中原的最佳时机。留下一个半死不活的石氏，正可用来屏障一个兵锋受挫的冉魏——这本应是最简单的权谋诡术，竟隐约地在慕容儁的心头拧成了个花。

"大王？"

在慕容儁出神沉思的时候，他的手还一直握着妻子的垂发。时间一长，难免拽疼了述儿。

"大王，那位悦使君还真是有趣，昨日听律儿叨咕，才知道他竟然是楛卢城大人。方才瞧那文绉绉的样子，可是任谁都猜不到。"

"悦绾虽是玄恭举荐的，但咱也清楚，这份心意是道明的。说实话，有了此人，很多事情却是好摆弄不少。"慕容儁说着，将述儿抚琴的手捧在一起。倏尔，又将人整个拉入了自己怀中，"不谈国事了。听说律儿最近还是总往外跑？"

"看来，大王真的打算要操办与段家的婚事了。"述儿心里清楚慕容儁想要说些什么。

"虽说咱也有心成全丫头，但眼下这位子还远没坐稳到敢去忤逆父王的遗命。娘子得空时，多劝劝律儿吧。"

述儿听罢，只是长长地叹了口气。古来情关难过，她也未免茫然。

慕容评听闻燕王与王妃正在内室休憩，便放缓了自己的步伐，也好再理一理思绪。

新王继位，身为叔父的他拜为辅弼将军，地位上，是仅次于封弈与慕容恪的。在遵丧息戈的由头下，一直镇守蓟城，以待南征的慕容评也被召回到了龙城中枢。整日里，尽被部族事务弄得焦头烂额，似乎每日都有贵族与郡县官府间的纠纷追着他这个和事佬，无休无止。

一边是诸部贵族们嘴上的道理，另一边是以阳骛、皇甫真为首的一干理政汉臣笔下的公义。且最近，又多出个悦绾，没事就研究着整顿兵制，而自己偏偏又挑不出这位梁卢城大人的理来。慕容评已经预见到，自家的府门口，很快便又要挤满新一波来告状泄愤的部族大人了。

他是真心怀念之前手握兵权，外镇蓟城的日子。

直到昨日，那一直装病不出的封弈找了上来，竟要自己替其向燕王献计。以慕容评的经验，一早就嗅出了个中诡异，不过，在细细琢磨后，他不得不承认，这份谋划却也十分符合自己的心意。

慕容评算不上好战分子。然而，征发大军，四面扩土，远离龙城一段时日，却是能即刻摆脱当下缠身麻烦的不二渠道。也好，便不妨替封子专再藏一次拙，陪着在自己侄子燕王面前，演一出戏罢了。

建　锋

————○————

　　"你可看清楚了？"青年将领的面色是越来越凝重了。一阵沉思过后，也只勉强从嘴里蹦出这几个字。

　　小校迟疑了一下，只好再次禀报："小的只在斜坡后窥探，也没敢靠得太近。那贼军的阵前确是整排一人高的巨盾，其后应有成片的弓弩聚集。"

　　青年将领听罢，终于摆手放走了小校，可旋即却又晃起了脑袋。不过，他身边一身简便戎装的男子倒还算神态自若，似乎根本就没受到敌军迫近的影响，还在悠哉地对着篝火烤着双手。将领盯着他瞅了一会儿，期望这个参军能拿出点儿见解，可男子只当从未瞧见摆在眼前的这份焦虑。

　　"士合兄！就这摊小火是从早烤到晚。吾等走了一路，士合兄便烤了一路，十里地便要一歇。俺的大兄哟，可曾想到，就算咱们走得如此之慢，也还是让那冉闵盯上了？"

　　男子咧着嘴摇了摇头："排盾强弩，听起来似是冉魏的主力精锐。唉，这冉闵果然是好算计，料到是咱们来得最慢，便率先主动出击，打咱个立足未稳。解决了身后的麻烦，他才好转头，再行击破羌人援军。"

　　"贼子们可就在眼前了，咱的大参军可有破敌的良策？"

　　"且先问道明公子，以手中的人马，可能抵住冉魏的兵锋否？"

　　慕容霸只得无奈地摇了摇头。当初王兄将救援襄国石祇的任务交给自己时，他还一度兴奋难抑，然而，等到各路布置悉数议毕后，青年将军直接傻了眼——原来所谓的救援襄国，不过是个幌子罢了。分到自己手上的五千部众，皆是从各城各部征发而得的鲜卑轻骑，至于他所奢望的具装铁骑，或是精锐的汉卒牙门军，可是一个没见着。

"那便是了。不如咱们就即时后撤，避其锋芒。"悦绾终于起了身，略带歉意地看着正在发呆的慕容霸。

"可还有别的出路？"青年将军咬着牙，心中必然是不情不愿。这是慕容霸独自领军的第一战，在前线力敌冉魏精锐，怎的都要比正在偷渡漳水的慕容德强上许多。但如若刚一照面便不战而退，那岂不是要直接沦为众兄弟的酒宴笑料？

"也罢。临场布阵非吾所长，不过，既身为参军，咱还是看得清些许局势的。冉闵如此急促求战，恰正表明其十分忌惮公子与姚弋仲的两路援军。然若在危急之时主动击援，则更要倚仗兵锋，而公子嘛，只要拖到襄国与羌人击破面前的魏军弱旅，就可以三面合围冉闵于当下。故我才建议公子向后撤军，且还不宜走得太快，否则，魏军也有可能脱了钓饵，只留下小部纠缠吾等，大部则调转回攻。但究竟是走是战，这般度量该如何把握，就非绾之所能了。"

"与其坐等石祇战后履约割地，不如咱先取到手了再说。"

而此刻，慕容霸的耳畔却回响起了出征前，评父的那一番慷慨陈词。虽说这次坐收渔利的思路已定——为此，平州与幽州的大军已由慕容评、鲜于亮及慕容德分领出击，四处掠取赵国的北部郡县——但若仅靠着五千轻骑，就想解救襄国之围，也实在是太过大胆了些。哪怕将悦绾派给自己来出谋划策，慕容霸偶尔还是会怀疑，或许有人在借机要给自己难堪。

"难怪四兄分兵时尽派给咱轻装快马，还真是来去自如。"青年将军明显带着怨气地讥讽一句。

"公子应知，燕王并不在意襄国之战的结果。毕竟，无论赵魏间是谁灭了谁，以后也都会与咱为敌的。更何况，石祇也并非只向大王求援，氐人或许已经开拔西进，可羌人难免也有心去取冉闵的邺城呢。说到底，冀中腹地虽好，却未必是站得住脚的。大王更在意的，乃是冀北与青州那些送到手边的石赵城池。"

慕容霸经悦绾一番点拨，才算稍微平静了心气。其实，大多数的道理已在他的脑海中盘桓过，只不过出于失落与不甘，年轻的将领才一时间摸不清方向。不过，好在王兄派来的谋士与自己关系匪浅，这些劝勉倒还都能听得进去。而眼下，心态平和下来的慕容霸已经接受了他此番前来的主要任务——帮助王兄补上日后道义上的亏欠罢了。甚至败上一阵，都是无所谓的。

"如若不战而走，属实是晦气。"慕容霸瞄着悦绾小声抱怨，"亦难免要损王兄的声誉。"

最后一次尝试还真起到了作用。悦绾此时也皱起了眉，抬头望了望阴沉的天色，终又叹了口气。"吾等前来是为拖住敌军精锐，除了缓退诱敌外，且用一用疑兵之计，也无不可。"

参军说着话，上下打量了一番气宇轩昂的年轻将领。"不过，得看公子的胆量，更要指望着老天别下雨。"

此时，又是一阵疾风骤起。他们脚下的地势起起伏伏，左右各有数个大斜坡，宛如几个敞口的匣子并排而立，构成了一眼望不穿的大小风口。被卷起的枯枝断叶正在脚前飞过，慕容霸也大概猜到了悦绾所说的疑兵计了。

该死的风卷着灰砾，一度打得人睁不开眼睛，却又怎么都吹不散头顶上厚厚的云朵。

"今日迟早要有场雨。"坐镇中军的董闰在心中思忖。识辨天气算是领军大将必修的课程之一，然而，究竟是几时风息，几时落雨，却只有老天自己才说了算的。此刻，他心中更为在意的是，一旦雨势渐大，无疑会加重麾下盾甲步卒的负担，而同时，也能有迟滞胡人骑兵的奇效。可这些悬于头上的水汽，究竟会给战事带来怎样的影响，也更要看双方统帅临场的指挥与调度。

"报！前方有敌骑踪影，具体……还请大将军亲自去看一看吧。"

虽说心中仍对支支吾吾的前锋部将心存不悦，可统帅还是叫停了队伍，亲身前去察看。视线越过两排巨盾，前方的确是一幅令人捉摸不透的布阵，董闰心头的些许怒火也就随之消散了。

对面，一排衣甲旗帜十分鲜明的铁骑立马在前，其后更是似乎能望到浩瀚的骑军。然而，更令人驻足不前的却是眼前的地势，连绵的丘陵虽不算陡峻，可刚好挡住了己侧的视野。燕军明明都是骑兵，却没有选择排开个利于冲锋的横线阵型，反倒是几十人一排，缩回了山地中间的窝口处去。他估摸着，如若敌军的统帅手中握有足够多的精锐骑甲，那这两侧的坡地，便足以埋藏自己前行挺进中的步卒军阵。

"对面旌旗上，打的是谁的名号？"董闰将一众部将与斥候叫到了一起。他需要更多的信息，来判断燕军的意图。

"禀将军，小的看到了大纛上绣的是'慕容'两个字。"

"有的刀旗上还有个'霸'字，霸王的霸。"

更详尽的信息反倒使得董闰陷入了更深的迷茫。本以为带兵援救襄国的会是颇具威名的慕容恪，或是像鲜于亮一般的北地宿将，而如今，与自己对阵的，却是年轻不显的慕容霸。

"有谁可曾探查进了两侧的丘陵腹地？"董闰的面庞挂上了更为急切的神色。

而几个斥候你看看我，我看看你，最后竟是齐齐瞄向了主帅身侧的先锋部将。对于他们来说，侦敌不利的罪名可无异于畏战不前。

好在几个人的救星立时上前，挡在了中间。"大将军，从正面上坡，距离敌军太近。末将已派出儿郎，从两侧绕远探查。"

部将的回答还算令人满意。斥候行动突前，在交战的当口，若是被敌人活捉，同样也难免暴露己方的详情与意图。而眼下，面对对方奇怪的部署，董闰也别无他法，只有等待第二波的回报再作打算。于是，他摆手打发了几个斥候，将大小部将聚到一起，沉声叱令："各部按之前的部署落定阵脚，在未得中军的号令之前，切不可冒进。此外，最前排的弓弩，一支箭都不能擅自放出。"

眼望着对面旌旗招展，除了顶在最前面的巨盾甲兵岿然不动外，估计更有轻松逾万的步卒正铺散开来，重整阵型。一般来说，这时的确是趁敌立足未稳，冲锋碾杀的好机会。然而，只靠着最多有几件革甲傍身的轻骑，却未必是正面那上千排矛与重弩的对手。慕容霸心中甚是苦闷，只要有一千具装铁骑，他自信能够击穿贼子的阵线。可事实上，他已经将五十人马具甲的亲兵摆在了最前面充抵门面，而身后那看似密布的大军，不过是三千余骑以及海量的旗帜装扮出来的。如若魏军主将此时毫无顾忌地大胆压上，他也只能按照约定吹号撤离，逃到三十里外再作他议。

直耗到远处的魏军依稀落定，一个清晰的新月形步军阵线显现在眼前。慕容霸与兄弟们在封弈那学过此阵的用法。敌将如此安排，是吃准了自己没有投石或床弩等能够范围杀伤的武器，更打算在推进攻势中，突出正面立盾与排矛的威力，再倚仗步弓劲弩射程上的优势，来压制住自己轻骑的袭扰——这恰好适用当下对峙的局面。

利用地势与战法上的优势，以求一击溃敌，这彰显了冉魏主将对麾下部众协同能力的自信，却也暴露了其急于求胜的心态。慕容霸在心中为对手的排兵布阵暗自叫好，手里也不自觉地攥出了一把汗。他只希望悦绾带走的千余骑疑兵，能赶在敌阵推进上压前，赶紧造出声势。

与此同时，正迟滞了冉魏大军进攻步伐的，却是第二批斥候带回的消息——燕军两侧丘陵腹地的林子间尘土飞扬，还可望见有些许骑兵在向更远处移动。董闰根据旗帜的数量估算了一番，正面匣口中的骑军已有了五千往上，其任务必定是引诱行动迟缓的步卒攻入坡底的洼地，而两侧的伏兵，怎样也得有小一半的规模，到时候再居高俯冲，包抄封口，即可彻底吃掉自己的两万精锐。那么眼前的这支燕国援军，便是近万人的飞骑，其中也不知有多少是闻名于世的具装铁骑。魏军主帅陷入了狐疑，敌将为何不敢与自己正面一战呢？对手若是慕容恪的话，他坚信其必不可能摆出个如此拙劣的伏兵计，藏入丘陵的，也必然只是疑兵而已。但恰此时旗号告诉他，对手乃是声名不显的慕容霸，在未厘清尘土之中到底有没有精锐铁骑之前，董闰提早就把自己推入了犹豫不决的深渊。他竟也开始期望赶紧下点儿雨来，让那该死的尘土中的鬼怪现出原形。

"将所有斥候派出再探。令两翼回收三百步，众军可轮流休息。切记，要加强四向的警戒。"

此时领兵的若是冉闵本人，是大概不会理会眼前的弯弯绕绕，早就恃着悍勇擂鼓前压了。且起初，冉闵也是打算亲自率主力前来的，然而，当听说另一路由姚弋仲派来的援军，乃是由同样素以勇武著称的姚襄统领，刚刚登位不久的魏国皇帝竟未能按捺下躁动的心，便与他亲封的大将军换了位置，自己前去迎战羌人，从而将速战速决击溃燕军的任务安在了用兵一向谨慎的董闰头上。

可董闰一不具备皇帝冉闵的悍勇，二不具备太宰李农的威望，三不具备车骑将军张温的算计，他根本就无力做到出奇制胜。并且在他心底，本就不赞同这场由道士法饶以"汉黎不待，渴盼帝显，一战百胜，当杀胡王"而鼓动的襄国大战。虽然在张温一番决绝弄险般的谋划下，冉闵在邺城皇权的争夺中后发而起，掌控了城外诸营及禁军的五万精锐，可他们的统治基础却难称稳固。哪怕是屠尽了羯人王室，急登帝位，也只是在身边聚拢了一干狂热分子，而绝大部分的旧赵城池都未能够控制于手中。由此，邺宫既拿不走役、税，更是调不动州郡之兵，且在各自为战的局势下，贸然启动对石氏最后势力的征伐，便是极有可能诱发内外灾祸的集中爆发。

内部，威望过盛的李农哪怕是亲手扶助冉闵登上的帝位，二人间的猜忌亦难免日渐加深。为此，此番张温也不得不分出过万的精锐留守邺城，实际便是在监视李农父子及其麾下的乞活军。外部，对羯人的无差别清洗，最终演变成了难以控制的诛胡暴乱——其中，还夹杂着数不清的杀良冒功。而在没有处理好与羌氏军事集团以及强大的慕容鲜卑的关系前，轻启刀兵所带来的效用，与其说是震慑，倒更像是一种火上浇油般的挑衅。

无奈，冉闵膨胀的野心终被法饶等人所利用。炽热的渴望压过了对困局的识析，同时也隔绝了心腹之臣的谆谆劝谏。于是，这一座襄国坚城竟引来了数万援军。而最令董闰困惑的是，由于不清楚燕王慕容儁的打算，他无从判断对面燕军的人数、战力，乃至对此战的态度。故而，他的犹疑不决，终是将一场想象之中的速胜，拖入到了无用的对峙之中。

"禀大将军，陛下口令，会师之地改为西侧十里的林地。"

董闰认得赶来传令之人，乃是邺宫的禁卫亲兵。而与羌人决战地点的后撤，正说明那个姚襄的确非是善类，以至于向来恃勇狂傲的冉闵竟然都要避让十里。他清楚眼下一刻都不能再耽误了，冉闵手下的偏师一旦崩溃，恐怕魏国皇帝本人都难免闪失。董闰不再计较燕军的虚实，哪怕要牺牲掉部分儿郎，也要赶紧用计撤离此地。

"传令，后军即刻回撤，两翼回收后，一并跟上。大军转向西南支援陛下，唯前锋一部维持阵型不动，固守原地，以待本将的指令。"董闰略微有些后悔，刚才竟未留下几个马快的斥候在身边。他当下更需要了解羌人的行踪。

而冉闵本人，却正陷在重围之中无法脱身。

他左手双刃矛连劈带刺，不断地攻向羌人主将，右手勾戟却要时刻罩住自己周身与战马的要害，挡住羌兵飞骑的不断偷袭。更令他愤恨的是，对面的羌人主将竟然毫不退缩，一杆马矟几次差点儿将自己扫下战马。这若是放在平常，姚襄的确是一个可遇而不可求的好对手，可冉闵清楚，今日确实是他失策了——当手下的步卒刚与羌人前军交战，他便察觉到姚襄的人马不仅人数过万，且应是战力更胜的精锐部众。别无他法，只得断臂求生，冉闵急令舍了数百部众退入林地周旋，若是能利用隐蔽的地势突袭羌人主将，说不定还能挽回眼下的必败之势。

且好一场突袭，他的确杀穿了敌军的阵线，追到了姚襄的近前。但跟随而来的一百亲卫却没有都能做到，随着自己身边的袍泽越战越少，对面的姚襄竟是越战越勇。要论单打独斗，冉闵尚且自信可胜，然而，眼下更为现实的计较，却是要在羌人中军合围上来之前，该如何脱身的问题了。作为魏国皇帝，自己一旦身陷于此，那便是万事皆休。

　　"呔！"

　　伴着一声暴喝，冉闵将右手戟撒手掷出。巨大的力道逼得敌将不敢硬接，只得横盘马身，踉踉跄跄间，再用槊尖点偏戟锋。趁着姚襄撤出战圈之外的瞬息，冉闵立刻转向早就瞄好的方位。他双手抡圆长矛，先是将右侧羌骑扫下马去，紧接着回挽矛杆，又刺透了左侧敌人的胸腔。然而，姚襄身侧的亲卫之勇烈，竟是丝毫不逊其主，被一击贯胸的濒死之人依旧是睁裂了双目，一手握住已没入身体的矛锋，另一手抄着环首刀横劈过来。冉闵无可奈何，只能再弃了长矛，俯身躲过刀锋，他干脆趴在马背上，拼了命地抽打起自己的朱龙爱驹。随着几支翎羽钉在了一旁的树上，绕林而行的身影在片刻间，即不见了踪影。

　　冉闵没有别的选择了，只能寄希望于沿途收拢些败兵，再朝着西北方向寻觅余下的精锐部众去。

　　可那边的董闰，却并非知晓这场溃败的由来。他虽然在燕军的眼皮底下撤走了九成部众，但当下正与冉闵相向疾行的一字长蛇的队阵，却成了这一日里最为致命的失误。

　　已经足足过去了一个时辰，对面的魏军两翼先是张开，摆出了进攻的架势，可未等推进，便又慢慢缩了回去，这说明悦绾带走的轻骑靠着马尾拖拽树枝飞奔扬尘，还真搞出了些铁甲精锐的声势。不过自那以后，除了前排一动不动的巨盾、兜鍪以及些许旌旗外，魏军竟是毫无动静了。慕容霸身边的亲卫在枯燥不堪的对峙中甚至打起了哈欠，可慕容霸本人依旧是紧张不已。随着灰沉的云朵终于挤出了水滴，雨势一旦瓢泼起来，悦绾的疑兵就要显露原形了。

"公子，对面好似撤军了。"

慕容霸搭手一望，魏军阵线后旌旗晃动，成排的盾甲也似乎正在徐徐后撤。

"公子，要不要先派人抵近探查一番？"

身旁亲卫的话确是眼下较为妥善的办法，然而慕容霸总觉得魏军的撤离太过拖沓——如果身后有大批的弓弩部众压阵，盾甲精兵大可转身快步离去。他心中不禁作疑，他们不过是被留在后面的牺牲品，真正的大部队，应该是分批走了许久了。

"来不及了，你去寻悦使君，将眼前的情形报清楚，就说本将已带人尾随上去了，请使君整合好两千人马，于后跟进接应。"慕容霸内心还是放不下杀敌立功的渴望。他要大胆地赌一把，反正手下尽是骑兵，即便中了魏将的诱兵计，多半也能逃脱自保。

事实证明，他赌对了。

当自家的追兵发现了无数的步卒在路上疾奔，自然以为是被燕军驱赶而来的溃兵。因此，姚襄并未多想，当即便驱使着羌汉部众分割突袭，将那一字长蛇切成了数段。然而，起初他们还能占据优势，但当双方后续的人马逐渐赶到，魏军恐怖的战力便开始发挥作用。整片战场最终演变成了以万人计的混乱不堪的捉对厮杀。

乱军中的姚襄顾不上去气恼燕军之前的仗是如何打的了，为何会放回了如此多的悍勇盾甲。他带着号骑，在战场上举着大纛来回奔驰，希望能聚拢起足够的儿郎。与此同时，逃命的冉闵终被董闰接到，也使得魏军有了主心骨，乃至就地翻盘的底气。

"悔不听将军言，信了那法饶的鬼话，襄国这一仗，打得太仓促了。"知兵之人都明白，眼下制胜的关键点在哪。"好在还有挽回的余地。咱俩分别去两侧，截停散落的儿郎们，先聚成一军，把眼前这股子羌人击溃再说。"

刚刚定下心来的董闰一时间竟忘记了思量身后之事，匆忙间应承上两句，便拨马执行皇帝的军令去了。然而，当他二人好不容易整合了上千精锐，准备一鼓作气切入这团势均力敌的混战之际，身后竟有恐怖的冲锋号角骤然响起。

在一片喝杀声中，慕容霸一骑当先。他清楚，没有当胸护甲的轻骑的优势不在于冲阵，唯有赶在成排的巨盾合拢之前，疾速切入步卒群中，才能发挥己方的机动优势。因此，他没有选择等待儿郎们拉好横阵，只是简单地派人传令交代了一下，便带着自己的五十具甲亲卫，冲在了震颤大地的第一线。他宁可亲冒风险，也要用手中最尖锐的武器去抢先打开一个缺口。

这是他做出的第二个无比正确的选择。

手中的马槊还未及挺出，就已经有箭矢从头顶掠过，并毫无威胁地散落在了魏军慌乱间排列着的阵线之前。慕容霸已经不指望身后的部族轻骑能展现出严谨的战场纪律了，他的余光瞄到了大片飞向己方两翼的箭雨，紧接着，又有战马的哀鸣飘入耳中——想必是射程更远的魏军弓弩部众被安排在了侧翼。而在自己眼前，零星的冷箭无法对五十名剽悍的铁甲亲卫构成什么实际威胁。冉闵对他的盾阵排矛太自信了，可这回，时间却没有站在魏军一边。正面的排橹根本来不及合隙成墙，尤其巨盾肩上的矛戟，更是未能架起。

在撞击的那一刹，慕容霸一直紧绷着的那根弦终于松弛了下来。战马从阵线的缝隙中切入，直接将马首左侧第一个持盾的甲士撞飞。在那人身后，第二个魏卒才将长戟举至胸口，慕容霸的槊锋便到了眼前。尖刃刺入了魏卒脖颈，挂在两侧凸起的结扣，更是借着战马巨大的冲力，直接将整个头颅削飞出去。无头的尸身还未倒下，马首右前便有持矛的魏卒大步跃出，企图在四蹄掠过之际，戳掉马上的战将。而对于强侧的威胁，慕容霸尽收眼底，他憋足了一口气，将手中的马槊奋力一扫，还在奔袭贴近的步卒正好被槊尖挂住肋下，劲道十足的槊杆一紧一张，直接将人弹飞出去。被撒手丢弃的长矛在半人高的空中刚画出个半圆弧线，第四个矛兵几乎是以同样的姿势转向马首。这回，慕容霸有足够的时间摆出个标准的冲杀动作，干净利落地刺穿其人前胸。而挂在槊锋上的躯体未及甩掉，第五个失魂落魄奔逃哭号的溃兵刚好蹿至眼前，随后便被战马的当胸撞断筋骨，滚入了铁蹄之下。

不足三十丈的距离，已有五个人被慕容霸送进了鬼门关。抬起大臂，端正槊杆，横带小臂，扫出槊锋，下压手腕，借力刺出……同样的动作不知循环了多少次，慕容霸带着燕军的飞骑，一路追杀出了羌兵的林地，沿途中，更是不知有多少骄傲的冉魏精锐，甚至一些倒霉的羌人勇士倒在了飞驰的利刃之下。

"某乃姚襄，请问当面是哪位慕容将军？"

襄国方向也是喊杀震天。显然，石祗在城内的守军亦是伺机杀出。而就在慕容霸刚刚驻马不久，便有一员威武轩昂的战将朝着自己的纛旗赶来。

"在下慕容霸，忝为王兄帐下……"他反应了一下，才记起来自己受封的那个绕嘴的杂号名头，"……建锋将军。"

抬头打量一番来人，果然是名不虚传——比起最为崇拜的四兄，眼前的姚襄少了些雅质，但绝对当得上霸王之姿。百年前的孙伯符便该是如此模样吧，慕容霸发自内心地赞叹不已。

"原来是霸公子。燕王一脉，果真是英才辈出。我正要往邺城方向追杀冉闵，公子可愿同往乎？"

"我部与冉魏精锐激战许久，损失太大，尚有千头万绪之事尚待料理。"内心虽是十分渴望能与姚襄并肩作战，然而，此时襄国城下几军交错，局面还待整理，且悦绾的人马还不知到了何处，慕容霸只得找了个让自己略微脸红的由头支应过去，"且祝将军擒得贼首，立不世之功。"

"二位将军！"

姚襄的背影刚刚遁入林间，便又有快马瞄着自己纛旗赶来。但等人到了眼前时，却只剩下了一位将军："末将乃赵王帐下刘显，特请将军入城贺功。"

"羌人已是追击冉闵去了，而——"慕容霸一开始确实有心歇歇脚，可眼前这个刘显在眉眼之间总是透着一股狡诈——尤其与姚襄更是不堪一比，"我部后军依旧散乱，仍须回援收拢。多谢赵王美意了，过几日，便有使者前往一拜。"

按着计划，做足了样子，也该回师了。就在拨马离去不远，仿佛有一声冷笑从脑后传来，这便使慕容霸更加确信了自己的判断——石祇任用此人为大将，早晚必受其害。

在东南数百里之地，另一位青年将领手里捧着清水痛饮了一顿。相比于道明驰援襄国，或是评父与鲜于将军诸人四处叩城掠地，才刚偷渡过漳水的慕容德正是这场"渔翁得利"中最为偏远的一支。终究是作为过继的兄弟，才二十岁，便被委以一军——王兄对自己，也是莫大的宠信了。

想到这儿，他站起身来，望向林子外的章武城。虽然探得城中只有郡兵防备，但若仅凭着麾下两千部众强攻的话，伤亡定是不小。此外，渫头的羌人会如何动作，同样是未知的隐忧。慕容德握紧了拳头，他必须用一种更为聪明的方式拔掉这章武城，好为自己挣得头一份声望。

半个时辰后，年轻的将军换了一身便装，摸出了林子，打算亲自探查一番城池。而在极其自然的一次回首中，他猛地发现身后藏兵的这片林地的境况，竟与那记忆中鸡冠寨外的密林出奇地相似。埋藏许久的思绪重新涌起，慕容德心里渐渐乐开了花——无论是扮作山匪，还是运粮，自己总能想出个办法，将城里的守军诱骗至林子前，伏兵剿灭。

等取下章武城，青州的大门，也就撬开了。

逐　鹿

———○———

"呼！"

文官独自徘徊在殿堂之上，双手相背扶住了自己的腰身，他双目微闭，惬意地吸吐着清新的空气。那从华丽的石阶上滑门而入的微风，同时也吹动了他鬓角间新添的几根霜丝。几年来，王府统辖的郡县是越来越多，政务的担子更是叠螺压身，此时能偶得清静，直直腰，抻抻背，也算是一种苦中作乐的奇妙感受吧。

"阳公怎的还在这里？众位使君早就挪步至大王的书房了。"

还在自己怡然神游之际，不知何时踏入大殿的禁卫将领已然站在了他的面前。中年文官即刻醒悟过来，这一定是燕王与众人开始议事时，却未见自己的身影，才嘱咐将领出来寻人。

"劳烦傅将军了。一早接见派遣了一批下放郡县的官吏，竟不觉误了议事的时辰，实在是惭愧。"

将领听了这番话点了点头，态度变得更加恭敬起来："阳公多虑了，实是辅国将军来得早了。彼时大王与王妃还在写诗练字，这才让末将临时将众人请到的书房中。"

话音刚落，二人便抵达了目的地。将领示意侍卫把书房的门扇轻轻推开，举手将文官先一步请了入内。屋中之人此刻仿佛并未有察觉，依旧是围着一幅制作精良的挂图揣摩议论着。

"玄明在章武就地驻守了半月，三番快马回报，并未探得羌人有何动作。看来，姚弋仲已然默许了大王对漳水的控制。另外，道明的部众已回师至博陆，评父也早已领兵西出广宁，尽获太行以东的通路，估计当下是通信不便，近几日尚未得进一步的消息。"慕容恪说着，用麻绳在图板上钉出了一条看似曲折，而又颇有条理的边界线，"由此一来，大王手握着几个支点，不仅幽州的屏障已然形成，且随时可以南向威压，拿下中山郡，睥睨冀州腹地。"

虽说那挂图所示的地形与距离无法确保精准，但慕容恪这一番图上作业却将眼下的大势展现得淋漓尽致。不仅有傅颜、皇甫真等文臣武将频频点头称是，就连阳骛本人，在远处望着那几根麻绳，也有了一种豁然开朗的感悟。

"没承想，先王费了诸多心思修建的龙城，也没用上几年，大燕的军政便又要南迁喽。"阳骛说笑间踏步而入。人群外围的几个同僚纷纷闪身，为这位燕国第一外姓重臣让开过道。

"果然，以士秋公之智，不差那只言片语也能领得主旨。"慕容儁龇着牙，反而是在与自己的兄弟打趣，"使君只需瞅一眼玄恭的图，想必就猜到了王府日后的去向。"

而在场的聪明人听闻大王与重臣来回的话语后，多少都已悟到了王府，甚至都城即将南迁的用意。他们略带惊异地瞪着双目，均是盯向了挂图上的一个地名——"蓟"。

"然愚臣建议大王，此番还是先行搬迁王府内的军政署衙，正式迁都之事，大可延到明夏再行昭告，否则，极易引发整个平州土地的混乱，更要耽误农事。"阳骛最后几个字还没说出口，屋中已有笑声渐起——果然，耕地与收成永远都是他最为关切的主题。

"记得当年先王意欲征讨勿吉，阳公可是星夜疾奔赶往劝谏，怎的如今南下逐鹿，竟不再有诸般顾虑了？"作为当年轶事的亲历者，皇甫真图个一时痛快，竟开起了阳骛的玩笑。

"唉。"阳骛的一只手抚摸着起了眼前的挂图——那一圈麻绳已将冀北围住，再往西南，便是襄国与邺城，"当年讨伐高钊，实则可急可缓，然如今，大势已定，强违天意，实属不智。"

"阳公所言甚是。出使襄国的悦绾已有快报送回，石祇已令部将刘显引军反攻邺城，赵魏之战不久定要有个结果了。"慕容儁索性将捂在怀中的信报直接抽了出来。

"若是如此，骛建议蓟城也不必修筑新府了。大王领着大伙先过一阵儿苦日子，想那幽州小城也未必住得长久。"阳骛秉承着能省则省的原则，又是引发了几阵窃窃的笑意。

"正合我意。"慕容儁心领神会地点了点头。此番南下，必是要大动干戈的，两年之内，若不能大张旗鼓地入主邺宫，恐怕就要灰溜溜地撤回到龙城，的确也不必再费心思，去扩建修葺蓟城了。"评父若能打开并州的通路，与盛乐的贸易就未必再须从龙城绕向西走了。到时该如何调整，还得靠士秋公拿些主意。"

阳骛应了燕王的指示，又在图前端详了一会儿："其实愚臣所忧的，并非只是那些盐铁重货的运输，而是若就此开放中原与代国的往来，会不会滋长拓跋氏的野心。"

"不会。起码一二十年内，不致有此忧虑。"慕容恪脱口而出，他脑海中浮现的是慕容羽清晰的笑颜。

"善。"阳骛自然也没有理由坚持这份假想，"那就容臣回去仔细思量一番，再与大王及诸公合议。"

"战事随时会起，大王的属军也要一同南下，还是要劳烦阳使君打开龙城仓廪，我好带着草秣军械一起运走。"这回是高开突然开口，使得众人齐向他那边的角落侧目。

"那是自然。不过，咱这手上的事情实在太多，各处都还没个计划，这件事情怕是得请个帮手了。"阳骛话没说完，便狡黠地扫向了皇甫真，"楚季既然已帮过几次忙了，诸事都算娴熟，今番可是当仁不让。"

皇甫真拉着个苦脸点点头——谁让他方才嘴欠，干吗要主动去招惹那阳士秋呢。

"是谁？"

一个男娃奶声奶气地站在院门口，鼓着眼睛盯着来人。从年岁上判断，这娃儿也就是刚学会说话。

"娃儿，可是这家的……"

"俺问是谁，怎的还问回来了呢？"

此时，一手提着一挂鱼干，一手拎着一只野兔的汉子面对着个小娃娃，竟手足无措起来。

"请问大兄可是来寻人的？"终于，从院内大步走出的青年男子化解了眼前的尴尬。那人行至门口，上下打量了一番汉子那并不富裕的容态，并且在那颇为硕武的双臂上注目少许后，才将男娃抱起在怀中，但脸上的神情，依旧是亲善客气得很。

"在下张彤。刚刚搬到邻近，今日特意来拜访钟老先生。"汉子本来还想着抬手示意一下自己所带的两样礼物，但眼前阔气的院落终究还是让他打消了这个可笑的念头。

"若称先生，那说的必定是家父了，可惜他出关云游去了。算着日子，人已在函谷附近，张兄若有事，不妨进来慢慢说，能帮上忙的，钟家定然要尽份心意。"

"在下粗鄙之人，就不进门叨扰了吧。"张彤此时却犹豫了，他也的确没什么要事，不过是听里正说起，住在邻近大院的乃是三原有名的乡贤，这才想着前来巴结示好。然而，眼前的钟老之子就已给他带来了莫大的压力——这人丝毫不见豪强之气，分明是个满腹墨水的读书人。

"张兄谬误了。过门即是客，何况咱已是邻里。今日定要喝碗茶水再走。"

在这小钟先生的热情相邀下，张彤也只好抬脚跨入了这起码有两进院子的大宅之中。在跟进客堂之前，他识趣地将手里的咸鱼和死畜扔在了门外，免得玷污了书香气。

"听张兄的语调，可不像是关中人。"青年将娃儿送回了后宅，随即便回到了客堂，一边斟水，一边开口试探。

"在下是平州人，带着一对劣子到关中躲避战乱，没想到这兜兜转转，就是几年。尤其从蒲坂过河之后，绕着长安城走过好多地方，到咱这三原地界才落得下脚。"张彤一面应着主人的问话，一面还捧着手中的耳碗。煮出来的凉茶水十分清香，是他这辈子都未曾有福尝到过的。

"这倒是不寻常。龙城的慕容氏虽是鲜卑人，却也算得上爱护民力，且近些年来，又颇有要定鼎河北的雄势。恕我直言，张兄举家弃之而来，未必是个明智的选择。最近总有风言，苻氏氏人打算回迁关中。咱们三原，虽属长安城的边角地带，极少经受兵祸，但到时，可会受了波及，却是谁也说不好的。"

听了这一番无心之论，张彤的心中难免泛起苦水。他不禁想起了正埋在自家草榻下的那柄尚未依约补好的宝刀。路上听闻老燕王已经故去，而翰将军作为老王兄长，不仅年岁更大上一些，更已是音信杳无——曾经威震北地的大英豪，难道就这样湮没在了沧海洪流中去？

"罢了。也怪我提起这般扰人之事。"显然，张彤脸上的落寞被青年误解了，只听青年继续说道，"家父在乡所，与几位致仕的夫子为附近的百姓办学。不才也偶去教孩童们识字。张兄不妨也领着男郎前去，都是不收粮米教资的。"

这话一出，可是一扫张彤心头的阴霾。这些年颠沛流离，最令他揪心的，莫过于亏欠了麋儿与虓儿，耽误了两个儿郎读书的好时光。朴实的汉子起身深施一礼，几乎就要拜俯到地了。

"在下这辈子也见过一些士人使君，但学识气度都比不上小钟先生。郎君若要出仕，那定然也是鹏程万里。"张彤会的好词不多，待平复了心情之后，赶忙找个机会恭维上两句。

"嘿，还不是家父不允。老人家预计这战乱一时内怕是平息不了，此时入仕为官，一步走错，就要累及一门，倒不如留在家中，致力学问。只要家学不丢，总有一天，钟氏还可复起。"那些掩藏得并不巧妙的不甘情绪被汉子捕捉个正着。然而，大户人家的事情怎样也轮不到落魄的浪人置声。张彤琢磨着，是该合乎礼节地告辞离去了。

"张兄一家落户三原，不知乡里可分拨了土地？"

汉子一愣，还是决定告以实情："长安城附近哪里还有无主的土地，能分给俺们父子一处遮风避雨之所，就是莫大的恩惠了。咱懂些铁匠活儿，日后就在屋前支个铺面，难免有些嘈杂污秽，还望先生一家多多包涵着。"

"原是如此。我看张兄也不似庄稼汉。不过，而今天下已成四方逐鹿的大争之势，关中亦不会独善于外。若是做上铁匠活计，手艺既不能太差，却也不能太好喽。"

张彤不是愚笨之人，听了一番劝告，只是沉思了少许，便领会了其中深意。名声在外的匠人，怕是早晚都要被军头盯上。而一旦入了兵营，生死之事可就不由自己来定了，一如当年在渝水之畔，似慕容翰那般斯文相邀的情况可不算常见。汉子想到这儿，凝神屏息，颇为庄重地点了点头。

"张兄的生意无论何时开张，一定提早知会一声。家父若是未归，咱也一定前往凑个热闹。"

就在这短暂的时光里，情绪跌宕得可谓太过频繁。张彤这番听罢，又是大喜过望。卑微之人，若能得乡贤现身捧场，那可是份莫大的扶持与恩惠。他深深感慨自己总能碰上善良仁义的好人——赠马赐刀的鲜卑将军、送米给资的并州人家，还有这真诚热心的三原钟氏……

未来的生活逐渐在眼前点亮，而麋儿与虓儿，就是他张彤的那份希望。

"如今懂得咱为啥非要令你擒杀那冉闵了吧。"

佝偻着腰身的老人勉力支坐在一席软榻之上，体魄雄壮的男子则头顶榻角匍匐在地，身边散落着一根从中断为两截的细木棍，以及两张书信用的麻纸。

那木棍，是老人亲自在男子身上抽打折断的，男子结实宽厚的臂膀未受什么瘀伤，反倒是老人一度累得气喘吁吁。那两页麻纸上录写着冀州腹地最新发生的三件大事——冉闵在逃回邺城后，立即虐杀了当初鼓动他匆忙出兵的狂士法饶。在击退来犯的刘显后，又当即诱杀了威名在外的李农父子。而反攻冉魏不利的刘显，为了逃避责罚，竟直接与赵王石祇反目，在襄国刺杀主上。

"冉氏残暴无道，为解兵败之责，竟能下手肢解谋臣。如此之人，不仅窃据邺城，怕是襄国也终会为其所得。"

姚襄埋脸贴地，不敢吱声，心念着当初未能追到冉闵，纯粹是因其朱龙马快。而襄国一战，除了董闰等十余骑随行逃回外，冉魏半数的精锐尽被歼灭，他心中还是不清楚为何父亲在时隔多日后，竟又发这般大的火气。难道是石氏血脉的断绝，使得老人在情感上无法接受？

"那刘显弑主逆贼……冉魏无论何时再攻襄国，在道义上，咱都不会再去救。同样，想那小燕王亦不会发兵干预……襄儿武略不逊，更是宽厚仁义。在为父看，才德本十倍于那冉闵……可如今，虓虎放归了山林，不仅负了老天的厚望，更使得河北中原的百姓，要受上数不尽的战乱涂炭。"姚弋仲气急之余重锤了两下榻板，"咱非是成心责罚，只是不知哪日，为父便要撒手而去，到时襄儿可想好了，该如何与天下英雄相争？"

"阿耶莫恼。"姚襄跪坐起来，双手握住姚弋仲悬停的右拳，"孩儿这就领兵出发，定能先一步攻下襄国以为依托，到时再取邺城，诛杀冉贼。"

"若当初能用冉闵的人头逼降邺城，咱们还能以石祇为屏障，立足于冀州。可如今，哪怕得了襄国，南面有冉闵虎视，北面还有慕容燕……哼，若咱所料不错，他们倒是趁机掠得了蓟城四周的郡县。等慕容儁迁了都，距离冀州只一步之遥，随时都有可南下逐鹿。到时，咱们不要说守不住襄国……"姚弋仲面容扭曲着，也不知是出于病痛，还是心痛，"燕人手里还有章武城……这混头，也未必能站得住脚了。"

"父亲。"姚襄跪行上前。或许是更为关切老人的身体，很多话外的深意他都未能用心思量。

"石虎待咱不薄，虽说他算不得个好皇帝，可总不该落个绝嗣的下场……罢了。慕容儁手里有具装铁骑，冉闵亦握有数万的精锐甲士。燕魏之间，总要在石赵的尸身上杀个天崩地塌……咱们父子在此间的事，算是了了。"老人枯瘦的十指攥紧了爱子的双手，"趁咱活着，还有几分薄面，总还可以带着部众退往淮北……依附晋廷之事，也是筹划了多年。从前与郗鉴的，还有近来与豫州刺史谢尚的往来书信，为父尚都存在一起。日后，襄儿更要妥善保管，说不准哪日，就能派上用场。"

姚弋仲转身在自己的枕边摸索了一番。然而，那个装满麻纸的木匣却不在此处。他无奈地摇了摇头，无论拥有过怎样的雄心壮志，终究还是敌不过岁月的腐蚀。等得空了，估计要费上点儿脑筋，才能忆起那物什的去向。

"孩儿记住了。"姚襄见老父满脸沮丧的神情，心头也是充溢着哀伤与不忍，"父亲先歇息一阵。俺即刻去安排心腹，往大河南岸探查情况。晋人趁着冀州内乱，也早已发兵北上掠地，估计很快便能与他们接洽上。"

"善，善。"姚弋仲点头称赞了两句后，又是一声黯然的长叹。他记忆力已然衰退，更是怕哪天自己突然糊涂起来。"从今往后，军政之事，便都由襄儿做主了……符节，待会儿和信件一并交予你。"

父亲的慈眸与儿郎的惊骇且又期待的目光相对。

"过河之前，襄儿要想明白，往后可愿做个晋廷册封的公侯大将，乃至交出咱们的胡汉部众与军眷。若不甘于此，那为南人御边，求份钱粮尚可，他日如再有祖逖之人大举北征，多半是要驱赶羌人，去充当那搏命的先锋……到时，吾儿又该如何？"

"父亲之言……"

"自己拿主意就好，不必再问了。"姚弋仲摆了摆手，他终于抓住了难得的平和心境，"最后一事，襄儿往后要时刻切记在……善待兄弟，更不能辜负了那些跟随咱姚氏的老少黎庶……多行仁义，乱世里，除了争夺个输赢，也要留个身后名。"

这略显寡淡的嘱咐，仿佛正是那代历经过一统的枭雄们，在这纷乱的九州大地上，发出的最后的鸣唱。

此起彼伏，且又听起来不算低沉的蝉叫，正昭示着夏日当时。辽西地界上，最为炎热的日子尚未到来，絮风时起，这便是一年中极佳的出游时节，当然，也同样适宜长途的跋涉与迁徙。

长长的车马队列正驶出龙城的南门，周边还有大量衣甲鲜明的军士相伴。但从前到后，却未见一面旗帜，能供那些围观的市井闲民们来准确地辨识出他们未来几日间拿来饶舌的对象。

"这一定是官家的大商队。"不少人如是想。

诸多蒙着油布的大车均被堆得鼓鼓囊囊，而穿插其中的平淡无奇的厢车，似乎也在极力印证着这般猜测。以往，如此规模的商队只会是往返于盛乐的代国官商，然而，王丰在开春之后已经来过一次了。且去往云中的方向该是向东，而非向南。

"那石祇既然已被部将杀害了，赵国便是彻底败亡了。将军为何不向大王进言，去抢占襄国城呢？这在道义上也说得过去。"掀开车厢窗口小帘探出头来的，竟是王聿徽。而这浩浩荡荡的队伍里，尽是正迁往蓟城的燕国权贵。

"眼下最大的劲敌，并非那个弑主的刘显，而是在邺城的冉闵。襄国一战又打得那般惨烈，倒使得刘显降不得冉魏。他若是能在襄国城支撑两三个月，不就正好方便咱们先到蓟城安顿下来，再做南征的准备。"与马车并行而骑的戎装男子眼中含着笑意。两肩上的垂髻，以及额间发带上的宝石，清楚无误地彰显了他的身份。

慕容儁安排这个宏大且寒酸的搬迁的本意，是想减少陡然迁都所引发的动荡。可实际上，除了年迈的封弈，以及家当人口过多的慕容评外，绝大多数的军政高官都选择了即刻随行南下。因此，无论臣属们的口风再严，也不需十日，方才那些瞪眼围观的百姓便会逐次知晓燕王的搬家大计。

"依着这般打算，此番是不与那冉闵罢休了。"王聿徽的聪颖在于，她永远都能在字里行间挖到深层次的意味。

"嘿。"慕容恪扭头吐了吐舌头。的确，自得了蓟城始，步步为营，南下中原的方略就一直在稳步推行中。直至此次邺城大乱，冀州的大门，则终于向慕容氏敞开了。"矢在弦上，不得不发。再说，此番在幽州站稳脚跟，说不定过两年，就能回太原看看了。夫人应该开心才是呢。"

"那冉闵据一城就敢僭位，又怎能是易与之辈。将军就想不出别的法子，少些杀伐乎？"

"那可是搬弄出杀胡令的疯子，就算咱们躲在龙城，不去寻冉魏的麻烦，他迟早也要冲上门来砍人脑袋的。夫人既已嫁了咱这胡郎，万一还要受株连，岂不是让人心疼。"

见自己还是被嬉皮笑脸的慕容恪调戏了一番，王聿徽也干脆狠狠地瞪了一眼，缩回到车厢中，不再搭腔。

"又是累年征战，受苦的却总是苍生……"

幽幽传出的叹息声也揪得慕容恪心里一沉。他蓦然回首，望向那寂静矗立的城门——"龙城"两个大字，从眼眸飘然蹿至心头。

也不知此番南去，自己是否还能回到这里，回到生长牵绊的两辽之地。

刺　　虎

———————◦———————

"嚯！"

一匹快马从蓟城的正中大道疾速掠过，劲蹄卷起的尘沙引得沿途一片抱怨与咒骂四起。然而，马上的于丰并不在意，他背囊中装有重要的军报，否则，闹市纵马的罪过至少能要了他半条命。

"让路，让路！"

他一边控马，一边用汉话及鲜卑话驱散面前的行人与车马，直至一队巡兵在大道上现身，才不得不勒缓了战马。不过，那些混迹在王都街巷的兵油子们早就把自己滚得滑不粘手了，为首的什长猜到了来人必定揣着紧急军情，同时也计较着不能让其这般滋扰地跑到王府门口——万一路上惹恼乃至撞伤了哪个达官贵人，恐怕所有人都要跟着倒霉。什长眼珠子一转，引着弟兄们让出半边道路，又表情真挚地连比画带喊，指向了拱卫在临时王府旁侧的护军府。而马上之人又怎可能细想，一句废话也不多说，便顺着那方向策马驰去。

"报！襄国军情。"于丰翻身下马时只觉得头晕目眩，想要伸手去解背负着的兜囊，竟左扭右扭地用了三次才算成功。

"何故吵闹？"

守卫士卒刚刚推开大门，就有将领健步迈出。于丰认得此人正是中领军傅颜，他心中一喜，立马欲将背囊呈上，结果却是一个趔趄，向前蹿出几步，眼瞅着就要撞入面前将领的怀中。门口的守卫不明所以，纷纷抽刀围了上来，好在傅颜看得明白，小校手中并无利器，绝非是来刺杀自己的。

"无妨。"将领一手扶住来人，另一手顺势接过背囊，"是何人遣汝来的？"

"是皇甫使君……这便是由他亲手装封的军报。"

"带到门房休息，记赏。"傅颜说完便转了身，不再理睬大门前的事。他犹豫着，这份怕是要掀起一场定鼎大战的消息，是由自己送入王府，还是去请个更有分量的人呢？

长舒了一口气的于丰除了谢赏之外，心中也是有着自己的盘算。自己已有多时未见过阿弟于获了，赶回博陆前，得抓紧时间去打听打听恪公子的亲兵驻扎何处，这次既好不容易进了城，实在不该轻易错过。

"中了！咱又中了！"

仪态雍容的妇人顶着飘红的双颊，小心翼翼地小跳了两下，还颇为谐趣地踢起了梅枝下的一层浮雪。除了正缩在一角的青年外，方亭四周的男男女女见状也是陪着欢笑不止。

慕容德愁闷着个脸。今日这个投壶游戏实在不适合自己，倒不是说几位兄嫂掷箭比他准上许多，而是每轮只要自己投壶不中，后面掷入的人总是要求他去弹曲。明明大家议定的几个罚项中，论起射靶、舞剑、赋诗，慕容德都有把握应付得来，然眼下正兴奋难抑，且已是多次投赢的述儿王妃却只挑自己根本不善的弹曲一项。说白了，就是逼着他认输饮酒。

"如此，便来个《凤求凰》的名段可好？"述儿笑眯眯地看向倒霉的青年，而身在亭中的慕容恪干脆已经替幺弟斟满了一大碗酒。

慕容德没有办法，摆摆手，又一次认输。他并不似王兄与王妃，四兄与四嫂，甚至慕容霸与段润一般随时可以向同组的搭档求援。为此，他只得在弹曲这一项上饮了一碗又一碗的浆酒。至于述儿，倒也不是有意针对小叔子，只是她一开始玩儿得也不尽如人意。本来，众人在游戏之时都会礼让着点儿尊贵的王妃，再加上她如今有了身孕，更理应得到额外的关照。于是，其他人在投壶赢了述儿之后，总会心照不宣地点一段名曲，顺便在她弹曲之时也当欣赏一番王妃那不俗的琴艺。可偏偏唯有段润要在其他地方出难题，述儿无奈下，也只能频频向慕容儁求救。由此，在几次失手后，燕王与王妃还要一同被罚酒……当然，女眷们喝的只是一小碟果浆，但一来二去，也热燥得她双颊泛上了红晕。而心气一直不顺的述儿，才刚找到了慕容德这个小撒气包，又怎会轻易放过呢？

“妙！”

待到投矢必输的倒霉蛋再一次一饮而尽，慕容恪与王聿徽更是不约而同地叫起好来。他们夫妇二人的组合可谓是无懈可击，夫郎应对射靶与舞剑，妻子又极其擅长琴技与诗赋，虽说投壶的本领很是一般，却从始至终很少被罚酒。略为无聊之际，便干起了热酒、斟酒以及推动气氛的活计来。

而在已是醺醺然的慕容德与述儿之后，段润及王聿徽二人又是接连投失。此时，慕容儁若是能掷箭入壶，就可指定二人各罚一项，若是能将手中翎羽恰好投入壶耳小环中，则干脆可直接罚二人饮酒。踌躇满志要为王妃复仇的男人瞄了又瞄，还未待出手，便有碎步小跑的声音扰乱了他的节奏。

“丫头可算是来了。”一旁的慕容恪赶紧招呼着在雪地上连跑带滑的律儿过来，“快来与玄明组队游戏，他自己可是撑不住了。”

嬉闹游戏对律儿来说向来不是问题，只不过看到在亭中与慕容霸紧紧并坐在一起的段润后，她便又把小嘴噘得老高，好一阵也没有应声。而在这会儿，已是闷气颓废了许久的慕容德竟来了精神，更是满怀期待地望向了律儿小娘。

好巧的是，他那又急又羞的窘态，连同着丫头早就不甘掩饰的烦恼，被在一旁握箭静观的慕容儁尽收眼底，记在了心头。

“先生，咱们当下可要进去？”将领谨慎地扶着老人的臂肘，态度十分恭敬。

“唉。”在一路南迁中最晚抵达蓟城的封弈沉气叹息一声。他和傅颜之所以还在院门口踌躇，大多在于才瞅着律儿小娘蹦蹦跳跳地加入了游戏。在慕容俶走后，这算是一家人难得的团聚欢愉的时刻了。好不容易赶在了旦日节庆的好光景上，同时也要感谢为了躲避阳骛事无巨细般"折磨"的皇甫真能够主动请缨，替回了驻守前线的慕容霸。而当下的一个月，也许是这一代王室在未来很长一段时间里最美好的回忆了。封弈实在是不忍心立马去打断他们。

"先生？"傅颜一度欲言又止，可还是不得不唤醒了有些恍惚的老人。他们已经在院子外站了太久了，王府侍从在往来间露出的那些怪异眼神，难免会演化成外面各式各样的流言蜚语。

"罢了。"封弈最终决定，尽管这几乎意味着燕国的烽火即刻重燃，还是要将南方的军情及时禀报。他由傅颜把扶着跨步入院——在王府中来去自由，是慕容儁许下的特权。尤其在这座由幽州府衙凑合着充顶，且又住了兄弟四家的宅院中，更不必有过多的讲究。不过，已是沉重的腿脚，却容不得心宽体胖的老国相"来去自如"了。

"这刘显，还真就凭一城之力撑上了个把月的光景。"

送走了几位女眷，慕容儁对着皇甫真的军报啧啧称奇。而同样的几页纸，在亭中传阅一圈后，也是引人倒吸了几口冷气。孤立无援的刘显在襄国城中据守，在城破身死前，生生抵住了冉闵累月的围攻。然而，更为令人揪心的消息，则是冉闵在攻下这座几乎令他折戟的城池后，竟然怒而将其付之一炬。被烧成白地的襄国城，以及那些连带造成的黎民死伤，无疑会影响到即将爆发的河北之战中的人心向背。

"冉闵既已尽得冀中腹地，为何不回去邺城组织守备，反而率军北上中山？难不成，还打着顺势北伐幽州的念想？"最后读完信报的慕容德知趣地先开了口。

"冉永曾未必是要再启战端。自邺城内乱，一两年来杀伐不止，他大概已是库无存粮，要北上安逸之地取粟于民，求食于野吧。"慕容恪仰靠在亭间围栏上，神色落寞地分析着，"不过如此一来，却是咱们一击破敌之良机。若能在野战中吞掉冉闵的盾甲精锐，南下之役就算是事半功倍了。哼，就凭他杀李农，焚襄国，民心不附，再失了劲旅的倚仗，定然也守不住邺城。"

慕容恪的话说完，其余的几双眼睛却都齐刷刷地盯向了封弈。老国相隐遁了如此之长的时日，今朝却主动带着军报现身王府，想必也是不愿置身于这场定鼎战之外。那么，在这般重大的决议上，他人也就不必赘言了。

"老臣知大王已在冀北部署了许多，终是等到石赵国灭，冉魏疲敝，所谓卞庄刺虎，而今该是奋力一击了。"封弈的咬字很重，仿佛吐尽了他暮年残存的全部气力，"大王可考虑就近发兵，去往泒水北岸，将冉闵拖在原处即可。同时，速遣上将整合大军，渡水与其决战。"

"具装铁骑此时正好驻扎在博陆，那冉闵狂傲暴虐，他若有心一统北方，必不会对这支精锐视而不见。邺城大军若不返归屯田，就凭在冀北搜刮的粮食，怕也撑不了太久。待我蓟城之军赶到，便是得了天时地利。"慕容恪显然是认同封弈的主张，且领兵对垒冉闵之人也必是他自己——也不可能有人对此存有异议。

燕王看着自己的兄弟们，终于打消了亲自领兵南下的念头。而后，他才算露出了宽慰的笑容。"看来皇甫楚季赶在正月跑去外镇的辛苦没算白费，可是要过上一把统领具装铁骑的瘾头。望诸君不负重托，把那冉魏的大军留在泒水。"

"陛下可在帐中？"文官在大帐前寻到了多年并肩的老伙计，见其摇了摇头，更是心急如焚，"那便是又亲自领人探查去了？"

这次他得到了点头的回应。

"你怎能又让陛下以身涉险。"

将领一脸愕然地看着老友，竟扭过身去，不再搭理。文官也才意识到是自己过于急切，口不择言。这近一个月来，将领的谏言又岂能少了？估计是皇帝又犯了一意孤行的脾气，以致将所有人都拖入了这进退两难的境地。

张温一路从邺城赶来，可以说是马不停蹄直抵冉闵的大帐。他之所以如此急切，实因为自年初以来，冉闵率领魏国全部的盾甲精锐北上。其本意，是威服冀北的石赵旧地，并顺道征集粮草用以备战，可大军一去，不仅是颗粒粟米未曾南运，最近更是几番敕令向邺城催要补给。而以魏境民力之羸弱，根本支撑不了春季用兵。因此，无论是否已与燕军交兵，自家的精锐都必须择机返归邺城屯田了。张温只得将辅佐太子冉智监国的职责丢在一旁，星夜兼程赶赴常山，寻找冉闵，面谏退兵。

直到通过不断致歉，安抚好了董闰之后，张温终于理清了这泒水沿岸所发生的一切。冉闵的执拗源于在北岸探得了三千骑军，其中大多是人马具甲的精锐铁骑。那时，皇帝意识到，这便是燕人纵横北地所倚仗的具装铁甲了。由此，伺机歼灭这支精兵，从而逆转河北攻守之势的念头已在冉闵的脑海中挥之不去。不过，燕骑只是在泒水北岸游弋，从不轻率南渡，而机动性不佳的冉魏部众又不敢轻易展开，追扑铁骑。挂在嘴边的肥肉既吞不下，也丢不掉，贪婪与愤怒渐渐吞噬了一切理智的判断，这对峙诱敌的时间一长，竟是拖到了更为可怕的燕国大军集结而来。

终于，北岸的皇甫真强渡泒水。若是魏军选择一战，具装铁骑也足以在平坦的河滩前，护卫着从蓟城征来的民夫们从容地修建浮桥。若是魏军退走，他们更乐于衔尾追击，让步卒们付出无法承受的代价。冉闵与董闰不清楚后续燕军的人数几何，但当下最聪明的办法，无疑是通过示弱，将敌人诱进自己所驻扎的广袤林地。魏国皇帝更是为此亲自去探查地形，规划战术。

不必耗用太多时间，张温已然看得清楚，如若舍不得拖后的数千部众，借此地的密林一战，的确是对抗燕军骑兵的唯一胜算所在。不过此刻，己方的粮草已然紧缺到了需按日计算的程度，在此逆境下，如何保持耐心，选择最佳的战机，才是对焦躁的统帅最大的考验。

高开刚刚走过浮桥，正南渡泒水。他对自己负责的第一项工程还算满意，同时，河岸前的那座大寨，终于也是抢修出了个轮廓。

算上先前由皇甫真暂领的具装铁骑，燕王此番可谓是倾尽了全力。从幽州之地掏空了兵力，先行征得先锋步骑三万，交予兄弟慕容恪。随后，在从蓟城南下的一路上，燕军又应主帅之命，沿途发动了近两万民夫随行。而高开之所以亲至一线，便是要统属这些民夫修桥立寨。同时，五万之众的吃喝损耗也大大超出了燕军大管家的预期——他希望这一场牵动天下的大决战最好是速战速决。

"前方名为何地？"高开远望着那片据说是藏了冉魏上万大军的林地，依稀只能分辨出一道青线。

"禀参军，泒水之南乃是廉台地界。"

"廉台。"高开在脑海中暗自进行着测算。北面的步骑军士与辎重正在有序地通过泒水浮桥，但他与手下民夫身上的担子却依然沉重。按照计划，他们在三万大军稳住脚后，还要挑选高坡地势，继续向南推进修筑小寨。这是都督慕容恪的谋略，似乎打算步步为营，做出欲和缺粮的魏军持久消耗的姿态，或可诱使冉闵主动攻寨拔营，从而为燕军的优势骑兵创造机动作战的条件。

"参军，前面的林地里真能装得下两万贼人？"

冉闵当然不可能将所有人挤在一起。但无论敌人怎样分散部众，驱使骑兵进入林地作战，无疑是种愚蠢的做法。"贼人想诱咱们进林子，咱们更要引其出来一战。眼下，已成对峙之态，比拼的便是看谁能沉住气。只要小寨建得足够快，胜算就在咱们这边。"

作为参军的高开清楚，眼下军中不少兵将，甚至也包括适才颤颤巍巍发问的随行文吏，都畏惧于冉闵的凶名，以及魏军的厚盾劲弩。他尽力保持着还算轻松的神态和语调安抚——或许是源于自己已很长时间未曾历经阵前厮杀的恐怖与血腥，抑或是多年来已经习惯了在各种境况下取胜的快意："走吧。回去抓紧将大寨移交驻军，咱们趁天色变暗前，还可以再往南摸一摸，把首座小寨的桩子先打好。"

在转身的当口，日头的强光从头顶西侧泼洒而下，一度耀得高开睁不开眼睛。在双眸逐渐适应，恢复了视界之后，他才发觉，仍在远处舞动的，竟是夹杂着青绿的层层波粼。

"那边是泒水上最大的一个河湾，养着大片的苇荡。当初斥候回报时，是考虑到那边水面太宽，也怕苇荡中有暗里的沼泽，故才将浮桥搭在了这边。"一旁的匠吏抢上答道。他忐忑自己的浮桥是否没搭对地方，却不知眼前的高使君同样通晓兵略，正在拨动的，是那沉寂已久的脑筋。

"走，去浮桥那边。"高开这一句话可把匠吏吓出了冷汗，可参军的目的，不过是要去寻皇甫真。

"贼人随时会出兵袭扰，切不可使翎羽沾水！"

皇甫真的确身在浮桥的南端，正亲自督理辎重的运输。其中，最令他头疼的，莫过于具装精骑们所携的备用战马，仅靠着一般民夫的牵导，根本无法驯服那些要兼具负重与冲刺的高头烈马。平时，在旷野行军还好，但身处狭窄混乱的水上浮桥，这些让世人眼馋的宝贝已经扑腾翻了几车的军械粮秣。无奈之下，他只好将大量的战马聚在北岸，将渡河的道路让与了辎重与士卒们。为了优先保证滩边大营的供给与安全，皇甫真默默扛下了正带着具装铁骑在南岸警戒的慕舆根的所有催促与抱怨——鉴于这兵权还是刚从自己手上交还的，一些较为激烈的言语拐带得他心中当真不是个滋味。而当同样没少催命的参军高开找上来的时候，皇甫真自然以为，其又是来争浮桥通路的……

"参军，不能再深探了，水已经没到胸口了。"

匠吏口中的那片苇荡的确是足够广袤，并且其远端的边缘还与冉魏大军栖身的林地相连。不过，高开带人潜行而来，却并不是要探查敌情。

此刻，有三十余名士卒正腰系粗绳，徒步向着苇荡深处探路，传回的结果也令高开颇为兴奋——在足够的距离内，还未发现藏着噬人的泥沼。

"先把人拉回来，再换骑马的进去，试试战马洇水之前能藏到多远。"一幅图景已在高开的脑海中逐渐清晰起来。

不久，一面暗红色的巨大号旗在几支火把的帮衬下，于日头西沉的最后一丝余晖中摇动起来，旋即，几匹快马从燕军的大寨脚下疾奔赶来。高开算着时间，等能辨别清楚领头的正是皇甫真本人后，他已是难掩脸上的喜悦。

"楚季，如何？"

"依我看，此计可成。只要到时冉闵的注意力不在此侧，是断然难以提前察觉的。"皇甫真勒马之后大口喘息着，估计心头也是有些激荡难抑。

"浅滩的宽度也是适可。咱们这就去向四郎献计？"

"中军大纛已至北岸，不过，此乃高使君之谋，真怎可邀赏贪功。"皇甫真来时，慕容恪领着大军跨泒水，入大营。

"楚季这话可不对。咱只不过是验了验苇荡的深浅，至于临战之时的诱兵之法，还不知要如何雕琢，非是为了分功劳，而是要辛苦谋划的。此事更务必赶早。走，咱们一同回营。"

"当当当，当当当。"

从寨门的哨位上传来急促的梆子响声，这表明正有大军归营。张温闻声，立即起身迎了出去。最近，廉台地界的态势正逐渐朝着于己方不利的局面演变，弄得他心烦意乱。虽说自己与董闰已不止一次合力劝谏冉闵，趁燕军驻营备战的工夫，反其道行之，出其不意，撤回邺城。就将冀北几个郡县让与燕国，以换取恢复民力的时间。

"正欲以此众平幽州，斩慕容儁，今遇恪而避之，人谓吾何。"然而，皇帝本人却一心盘算着要在泒水歼灭同为名将的慕容恪所率领的燕军精锐，从而彻底解决北向慕容氏的威胁。

张温自知无法遏止主上的狂傲，那么当务之急便是想办法最大效用地激发手中万余盾甲精锐的战力，争取再一次通过战术制胜来创造以寡击多的奇迹。

可直至今日，慕容恪也没留给魏军的巨盾劲弩任何发挥的空间。燕军的往来动向，无非是在反复推进，修筑小寨，再以机动的轻骑不断绕后，袭扰自冀中而来，数量又是少得可怜的运粮队，显然，自家缺粮的情况已被探知。这让魏军陷入了极其可怕的焦虑之中。

"如何了？"焦躁不安的冉闵同样赶到了寨门，迎接作战归来的董闰。可得到的结果却是令人颇感无趣——这已是燕军第三次不痛不痒的袭扰了。除了首次血战而退，烧毁了些魏军的粮秣外，其后两次，均是被张温用计以伏兵痛击。然而，虽是连胜三阵，斩获数百，但无聊的慕容恪除了一个接一个地修筑小寨，妄图引诱魏军到旷野作战外，再没什么大动作。而时间拖得越久，便越令蜷在林地中的名师大将心慌不已。

"大将军出战之时，那贼人又是抢筑了一座小寨。这是第四个，还是第五个了？"冉闵略有不满地看向张温。正是因其劝阻趁夜烧寨，才让他吞下了这口任由燕军步步挑衅的恶气。"贼人寨子里既然能驻兵逾千，也定囤有粮食。咱大营里已是见底了，究竟还要等到何时？"

"陛下再容我一言。"张温也很无奈。家底既然已空，整盘棋面上也就没剩下多少博弈的余地了。"此方新寨，距离林地还是太远，足以使燕人的铁骑绕袭军阵。不如且看那慕容恪为了诱兵，是否敢把小寨修到林地边缘，到时，儿郎们夺营抢粮不在话下，更能以彼之寨，固己之阵。一日一营，再反推回去，只要沉得住性子，定能扭转当下的危局。"

"若能主动出击，更可提振儿郎们的心气。"董闰适时点出了个更为实际的需求——这便是形势逼得魏军不得不战了。

冉闵虽然自恃豪勇兵精，从来都不认可张温口中的危局，但此番，其献上的计策确实说到了自己的心坎上。一旦能激得慕容恪恼羞成怒，回攻夺寨，便也能避免与锐利的铁骑在平地野战，从而最大限度地保存自己麾下的盾甲精锐。

"那便依车骑将军之言，再减些日常的粮米耗用。等熬过这几日，便先和那守寨的鲜于亮试试手段。"

背　水

"杀！"

沘水之南，千余冉魏战骑在黑色旗帜的引领下，义无反顾地冲向了敌军右翼的铁骑。

对面燕军骑群中的青色"慕舆"战旗迎风飒猎，而其身后营寨上的"鲜于"大旗则又一次摇摇欲坠。这已是燕军所筑七座小寨中的最后一个了，算上先前失败的袭扰，在与冉魏的对阵中，他们已是九战九败。

对于冉闵来说，轻松攻克的那些小寨，除了能将战线稳步推向沘水沿岸外，对最终的胜利并没有太大的意义。不仅缴获的粮食寥寥无几，更未曾见到慕容恪所倚仗的那支天下精兵——具装铁骑。好在这第十阵的寨前，那杆"慕舆"大旗以及骇浪般的铁甲，似乎是再也忍受不住如同羞辱般的连续败阵，终于在距离沘水河岸仅数里之遥的战场上现身了。然而，魏军的将帅却不甚清楚，对面领兵的并不是慕舆根，而是其族兄慕舆泥。且那人数似乎已过千的骑队中，除了头前引领冲锋的三百矛槊铁甲外，也并非尽是具装精锐。

可到了喊杀震天的节骨眼儿上，就来不及再有诸多计较。为了歼灭这支出击的骑军，冉闵果断投入了手中仅存的机动骑兵。于是，上千的血肉之躯无可奈何地对撞在了一起，霎时间马陷人飞……

有铁甲开路的燕人自然很快就拿到了战局上的优势，但右翼主将慕舆泥依旧嗅到了危险的气息。虽说接战的魏骑正逐渐消耗殆尽，但看他们如此搏命纠缠的打法，显然是接了死命严令，以至于自己麾下的儿郎根本无法抽身脱离，再组冲锋。果然，随着一串连绵的号角，将鲜于亮的守军死死压制在寨门内的冉魏盾墙暂缓了推进的脚步，其后的持矛甲士也尽皆转向，袭步切进了侧翼的战局。

这便是冉闵的设计。哪怕慕舆泥与鲜于亮有所察觉，他也宁以自己整支骑兵为代价拖住燕军右翼，再从占尽优势的另一侧抽调精锐，进而合围吃掉那些扎眼的具装铁骑。可他的失算却在于，这区区三百铁甲，不过是慕容恪又一次抛出的诱饵罢了。

"都督有令，右军即刻向西脱离。鲜于将军将攻出寨门，掩护骑队……"前来传令的亲兵终于在混战中找到了右翼主将，但此处的情势，恐怕没有慕容恪想的那么简单。

"快去回禀，儿郎们已被冲散，末将自当尽力收拢余部。"将领态度决绝，他断不能舍弃部众独自西逃，"你先去找鲜于将军，让其不必等我。若灵母护佑，吾等定能在都督大帐相见。快走！"

马臀被重重一拍，为自家公子前来传令的于获也没多作废话，拨转马头，便要依令奔离。不料，此刻一支流矢恰从斜后飞来，背身的于获听音辨位，旋即俯首下腰，在马背上一滚，单脚同时甩开镫扣，直接翻进了马腹之下。他本是汉人，可就凭这一招漂亮的鹞子翻身，可见驭马的功夫不比那些从小长在牧群里的鲜卑袍泽差，更不要说，远远强过一些咬文嚼字起来，比汉娃都熟的贵族兵了。

"嗖。"

飞来的箭矢也是力道将尽，轻轻剐蹭了下战马的臂甲后，便坠向了地面。于获翻回身来，不管不顾地拼命策马驰去。这一支窜向将旗方位的冷箭恰好印证右翼情势的危急，他可不想稀里糊涂地葬身于此，同时也在心中虔诚地求告，自己的兄长没有被临时抽调进这些被用作诱兵的倒霉蛋中来。

"倒是好身手。"慕舆泥望着跑没了影的小校自言自语。他在骄纵悍勇的具装铁骑军中的资历并不深，只是依仗自己是慕舆根的亲族——亦算得上是柳城老牌的贵族——才在最近被扶持为领兵大将。这几年间，慕容氏父子在石赵无胆北顾之际，不断地充实国力，更是靠着从勿吉王殿中搜刮的大量财富，才将手中的具装铁骑暗暗扩充到了三千人以上的规模。而深受燕王与慕容恪宠信的慕舆根在扩军之际抓住时机，借口将校不足，才擢升了一批自己的血亲与心腹。

这也是为什么慕舆泥不能弃军突围的原因。若是在平时，遭敌围歼败阵后，最多也就会得一个削职夺爵的责罚。可如今，在他的功名身后，还有慕舆根以及家族的声誉。慕舆泥只能决意与自己的部众共进退，尤其是不能舍了那全副武装的三百铁骑……

"放箭吧。"

日头还未及正午当空，但北面的天际已被烧得通红。董闰正着手处理战场上的残局，这据说是燕军右翼主将的汉子依然在咒骂间挥舞着手中的长槊，即便失去了战马，竟还能横冲直撞连挑数人。既然是选择了死战不降，董闰也就打消了生擒此人、套出些情报的念头。

随着身后的箭矢蜂鸣消尽，他也赶忙策马去向冉闵回报战果。凭借着刀盾步军上的绝对优势，冉魏的劲旅在四天之内连破燕军七座小寨，更是通过牺牲掉骑军，成功围歼了数量更多的燕骑。这一切在战术上显得无比合理，但在大局上却始终透着股诡异——虽是十战十败，可那慕容恪却是未有一次倾注全力，似今日一战，上千的守军更是不顾右翼的危局早早地烧寨而走。董闰有种强烈的预感，拖了这四天，要么燕军主力已是北渡泒水逃走了，要么前方正有一张精心布置的大网，已然罩在了自己的天灵盖上。

"冉闵其人究竟算是个何等性子……"

慕容恪一面在自己的大帐中聆听参军高开关于连环马阵的洋洋讲解，一面不由自主地将心中所念嘀咕出了声，使得还在滔滔不绝的参军收住了声。一时间，四下只剩了守在门口的罴郎还在发出那标志性的沉重鼻息——徽夫人也不知是从何处得知了冉闵的勇武无双，出于护夫心切，这才支使这熊形怪作为护卫，一路跟到了战场之上。

"依我看，搞什么连环马，倒不如集中所有铁骑，就按着老法子来，咱敢立状，用不上半个时辰，就能打开个口子。"

然而，没用上多久，一直怒目圆睁的慕舆根便憋不住了。麾下的数百精骑出乎意料地被人全歼，族兄更是直接战死。他虽然不敢直接点名针对资历极深的参军，可一腔怒火，也是朝着早前定好的这一串计谋来发泄——而这同样令高开颇感尴尬不适。

"少安毋躁。都督盯着的是冉闵其人，又不是那万把个魏兵。"倒是鲜于亮接上的话算是圆场，但也存着浓浓的挖苦意味。

仍在保持沉默的慕容恪并不怪罪二人的放肆。为了拖住冉闵，并引诱其主动来攻，被连破了七座营寨的鲜于亮眼睁睁地看着麾下儿郎折损近半，直至方才掀帘进帐时，这家伙还是满脸的苦怨。而这番，等到了同样憋屈的慕舆根发作在先，其脸上的神态才是稍显轻快了些。

"用计嘛，忌讳的莫过于朝令夕改。众位将军尽可安心，那冉闵凶莽少智，只要咱们困敌的计策成了，先前的佯败亦算是大功一件。"高开一时间不好开口辩解，可皇甫真却不吝于出言解围。

"罢了。建锋将军已带兵走了，就算本将眼下改了主意，也是来不及了。"慕容恪起身拾起几案上的战盔，托在了腰间。众人见状，也都纷纷跟了上去，"连环马阵抓紧布置。浮桥上的铁索和筋绳都被抽走联结战马了，故辎重大车不准再上桥。营中储备的粮食军械，赶在明日战前，要全部分发至兵将与农夫个人的手上；充作后备的骑弩甲士，便由皇甫使君带到浮桥口，先护着两万民夫提前退回北岸。"

慕容恪说话间已经走出了大帐，待亲自查验过那铁索连环马后，他还得写封书信，激一激冉闵。

"擒杀冉贼！擒杀冉贼！"

燕军的战喝冲破天际。显然，大纛之下的主帅找到了法子，重新点燃了麾下部众的士气。同时，这些声浪在正于远处列阵的冉魏谋臣大将们听来，仿佛更是印证了他们的担忧——那慕容恪一定是有备而来。不过，这次张温却没有进一步劝阻冉闵。由于近两万的魏军已到了断粮的边缘，他们才是亟须速战速决、夺取补给的一方。且昨日慕容恪那封言辞不善的战书，不仅是激怒了主上，更是惹得他自己心生不忿。鲜卑公子怒斥了魏国皇帝屠民烧城的暴行，并将除去李农的行径归为了最为恶劣的无信无义之举，甚至直呼身为谋主与心腹的张温等人为奸佞猾臣。既事已至此，张温便一早向冉闵献上了历来以寡击众的取胜之道——直攻中军，斩夺大纛。

"这慕容恪竟不北逃。垒起土坡，结上马阵，这岂不是多此一举，倒不如趁早决战来得痛快。"董闰也望见了那一片连环马阵，似乎有不少披甲战马与持槊甲士穿插在善射的轻骑与矛兵之间。说实话，在他三十年的戎马生涯中，还是头回碰到如此战术。

"筑寨又烧寨，白白折损了数千兵力，不过是为了引我至此。"冉闵同样望着远处的那副"枷锁"，以及其后的燕军大纛，好奇慕容恪为何会对这新奇玩意抱有此般信心，"哼。这是想学韩信的背水一战，可又太过刻意为之了。不如，就看看谁的气势更胜。"

"陛下，咱的骑军已无力正面破敌。进攻时，亦难保侧翼的机动。属下建议，咱还是列阵以待，凭借弓弩先行杀伤些许贼人后，再趁机……"董闰察觉到了冉闵眸子中的光芒。那意味着，骄横的魏国皇帝已经萌生了主动出击的念头。而当他的话才说到一半，又发觉那两点光晕中竟逐渐泛出了火焰。董闰清楚，自己在战术层面上的规劝已然起不到任何作用了，他本能地看向了一旁的张温。

谋主依旧选择一言不发。将领的确看出了战场上的不利，但却没有理清整场战役中自家所有的劣势，跛脚的魏军不仅缺乏机动有效的策应与拉扯，由于人数上的不足，更是缺少坚实的后备部队来应付车轮鏖战。因此，想要取胜，只有依靠仅有的两点优势——训练有素的盾甲步卒，与几日连胜后所积累下来的高昂士气。而为了维持奋进的斗志，也只有继续采取出击的姿态。

何况，在冉闵自己的心尖上，无论二人再拿出怎样的谏言，都根本无法遏止他的战意。只因此时，远处的战阵中，那"燕辅国"与"慕容恪"两列大字正随旗纛高高扬起，火辣且挑衅般地刺入了他的双眼。为了证明自己才是这天下霸王，冉闵已然怒火中烧，早已无人能劝阻的了。

"有勇无谋，不过一夫之敌耳。"

这是慕容恪在激励士卒士气时用来贬损冉闵的说辞。然而，直到此时真刀真枪地接起战来，他才第一次领悟到，绝对的悍勇确实能够在某种程度上压制精妙的谋略。而能够锤炼出面前这样一支百战精兵，冉闵又怎可能是个无能之辈。燕军都督在兑现他两翼骑兵合围的谋划之前，只得先想办法，保证被用来引诱冉闵的中军大纛，以及自己的肉身，都足以挺到伏兵出击的时候。

冉魏的盾甲之所以同被誉为天下精锐，并不只在于装备精良且人人勇武，更在于袍泽之间的配合精妙无隙，这便将本已恐怖的战斗力又拔高了一个层级。魏军步卒结成盾墙稳步推进，只有抛射而下的重头箭矢，以及几具远不够用的床弩才能对他们造成些许杀伤，等到地势与距离适宜，藏在盾阵之后的精锐即可抓住战机冲锋陷阵。

不过，今日这股骇人的气势撞在连环马阵上后，竟也减弱了不少。他们手中的巨盾能够抵住长戟重槊的斫刺，手中的长矛钢刀也能砍倒拦路的燕军人马，但层层铁索与筋绳，却绊住了他们沉重的步伐。且过分倚仗士气的魏军不能坐视攻势的迟滞，于是，冉闵提前将重甲大盾的前锋轮换下来，并令麾下的刀盾步卒全线压上，径直在燕军的马阵之中搏杀起来。廉台地界上的一场酣斗直拖过了正午，战场上的转机似乎就快显现了。

手持长杆武器，且有厚甲傍身的千余精锐铁骑是燕军防御阵线上的主力。他们分布在连环马阵的各个节点上，成为燕军搏命时的主心骨。然而，累年的马上生活必然导致步法上的不足，这些被自家统帅给予厚望的精兵虽然在正面能够压制住冉魏士卒的推进，但在身侧的轻骑被穿插攻杀后，越来越多的具装甲士陷入了孤立无援的境地。而在土坡之上的慕容恪自将局势变化尽收眼底，他在感叹自己低估了魏军攻势的同时，也只得再发出中军将令，驱使固守浮桥的具装骑弩手提前兜向战场左侧。

"雕虫小技。"对于这种包抄绕袭的战法，冉闵亦是早有准备。既然对手已经率先动用了后备力量，他也可以顺势派出轮换下来的巨盾甲士，正好足够应付这些意图冲阵的骑兵："左侧情况如何？"

"左侧可见一片河湾，其南衔早前驻军的那片林地，眼下偶有燕军的单骑进出，应是探查咱们后队的斥候。"张温十分了解冉闵大致会做出怎样的应对——他自己虽是许久未曾领兵，但今日，难免是要替主上出战了。

"便劳烦车骑将军率儿郎们前去御敌。到时，立住盾阵即可，不必出击杀伤。余下的这些弓弩部众，使君也一并带走吧。"

张温见冉闵把手上最后的本钱都抛出去了，心中陡然对中军的安全复生疑窦。"陛下且留下三百弓弩。儿郎们在阵前虽能杀敌，然守在中军，亦可有大用处。"

"善。突击的各军倒也不必再行轮换了，全部压上。"冉闵心头更是一横，决意与那慕容恪，即时决胜。

"嗖。"

横飞的箭矢钉在了落单的魏军步卒脚边。他无助地趴伏在一匹战马的尸体前，将手中的厚革木盾举在头顶，身体则在马腹下左右蠕动，面前系在战马马鞍两侧的筋绳已被砍断，故而此处便成为这道马阵防线上的一个小突破口。年轻的士卒是跟着一队袍泽突击至此的，他们虽然一路上解决掉了更多的燕军守卫，可刚有人影跨上这个土坡，便会招来了一片箭矢，而他则是暂时依靠着头前这具马尸，才躲过了这一轮接着一轮的杀戮。

"跟俺冲！"

在不远处另一个缺口前顶出了一面巨盾，体格健壮的甲士招呼着散落的魏卒在他身后结队，一同向下一道马阵推进。按理来说，如此笨重的巨盾甲士早应被撤到后面去了，但这不知为何滞留下来的壮士，却依旧在焦灼时刻展现出了巨大的勇气。他依靠手中的立盾与身上的重甲，集中吸引了大量的箭矢，使得被压制了许久的魏军弓弩得以翻身冒头，向着那些恨人的燕骑还击起来。

"嗖嗖。"

又是两根翎羽钉在了前行的巨盾上，同时，另一侧年轻的士卒终于也敢蹲坐起来。他抬眼望向前方，却惊奇地发现，竟有大量的燕军矛兵冲出了固守的马阵，扑向了己方推行的战线。随后，一阵洪亮而又粗俗不堪的咒骂传入耳中，雄壮的甲士一手将巨盾插立原地，另一手抡矛迎战，几下便戳翻了两个冲上前来的燕兵。但那最后的一句喝骂还未收尾，一支飞啸的翎羽竟直直地插入了甲士的面门。

"嗖！"

刚刚翻出马尸的步卒心头跟着一颤，在他面前不远处，正有一个身着胡服衣甲的弩手面露讪笑。原来，那些持矛的燕卒之所以一反常态主动杀出，便是为了将几名神射手送到阵前，好伺机射杀那刚点燃了自家士气的壮士豪杰。年轻人如是想，一时间亦是气血上涌。他跨步冲向了那尚在得意，却不知横祸临头的贼人弩手。

他在零散厮杀的乱局中瞄到一条路径，左手的圆盾挡住了侧面跳将出来的燕卒刺击。矛尖立时穿透了盾面，年轻人下意识地反身一拱，不愿撒手长矛的燕卒旋即一晃，脚下未等站稳，便被他撞翻在地。跟跄两步的魏卒干脆弃了圆盾不再理会，身后的袍泽自会料理了那还在地上打滚的贼人。他冲至"仇人"面前，手中的环首刀抡至半空，又重重劈下，而受了惊吓的燕骑则莫名其妙地举起了弩机试图格挡。

"咔嚓。"

木器霎时被削碎，未来得及抽刀的神射手仰面摔倒。愤怒的魏卒抓准时机扑身而上，一柄环首刀顺势切进了胸膛——他终是为从不相识的甲士报了杀身血仇。

"嗖嗖。"

然而，志得意满的表情还未在脸上停留几息，两根箭矢便刺入了魏卒的前胸。年轻人呻吟着，也跟着扑倒在了才刚被其斩杀的尸身之上。

这前前后后的一幕，恰被正藏身不远的高开尽收眼中。他显然对自己布置的"大阵"颇为得意，为了亲自一看究竟，一早就带着几个护卫从浮桥南侧抽身而出，绕过了慕容恪的大纛，贴向正在绞杀争夺的阵线之上。此刻的视线内，精锐悍勇的魏卒在马阵锁链的羁绊下被迫离散了推进的方阵，只能各自踩着战马的躯体，踩着被砍杀的敌人尸首，甚至要踩着同伴的遗骸来层层突破，步步血拼。哪怕他们从不惧单打独斗，更善三两相助，并且渐渐已将战线推进到了燕军大纛之前，然而，即使是久疏战阵的参军也已看清，在铁索连环的阻碍下，冉魏兵锋已竭，这个精心布置的陷阱，该是到了收口合猎的时候了。

"参军，贼人要杀过来了，该后撤了。"

护卫的提醒已经略有些晚了。高开领人藏身于此时，战线尚在百步之外，可眼下，魏军已然一路突破，快至眼前了。

"咱们回去找四郎。"高开满脑子想的都是赶紧去劝慕容恪立即点燃烽火，旋即如来时般起身踩镫翻上了马，可高坐在鞍桥上的参军却就此成了不远处魏军弓弩集火的标靶。

"嗖嗖。"

两支劲道十足的翎羽就这样越过了阵前交错的战线，一枝射中了高开的肩头，另一枝则不偏不倚地穿透了他的后颈。高开的双手依旧死死攥着缰绳不放，两个眸子直勾勾地盯向一干正呼喊着拉拽自己的护卫。他张口吐舌想要嘱咐什么，但竟一点儿声音也发不出来。随即鲜血涌出了脖颈，他的身躯晃了两晃后，便直接坠于马下。

"回撤，回撤。"

皇甫真带领着从浮桥绕袭而来的千名骑弩手已经试探冲击了两轮，魏军布起的盾橹大阵始终是坚立不乱。即使自己的任务只是充当佯攻的疑兵，可因对面劲弩造成的折损也属实令他心慌不止。

"使君，不得铁甲开路，儿郎们的射程又不及步弓步弩。这仗照此般打法，纯就是白白送死嘛！"

皇甫真清楚自己只是一介文官，根本无力弹压眼前几个长期统领具装精锐的骄横部将。然而，若是自己这侧佯攻不利，再被对方察觉，导致面前的冉魏甲士回撤他处，则必会给真正负责破阵的铁骑带来麻烦。

"进攻不能停。"尽管面前部将的眼中已然快蹿出了火苗，皇甫真仍然坚持道，"将旌旗都挪到中间来，让骑兵多从两翼出击袭扰，如此伤亡或可减少。切记，声势绝不能减弱。"

"领命。"部将们这次是咬着牙应了命，可皇甫真却不能保证他们不会再来集体逼宫。

"使君，快看！"

不过才刚低头叹息一声，一阵惊呼便指向了己方大纛方向燃起的一道烽火。这是中军传给慕容霸的信号，也意味着这场血战，终于要走向尾声了。

而青烟也同样映入了冉闵的眼帘。在他的算计里，慕容恪手上一部分的具装铁骑正在连环马阵上绞杀，另一部分则被自己的排橹拦在了东侧。冉闵当然也怀疑过，先前在小寨歼灭的，包括正在绕袭己方侧翼的两支铁骑均是布下的疑兵，可就算真有自己未及料到的后手，又会从哪里发难呢？

"那边究竟是何处？"直到他抬头又向西望了一眼，刚刚斜沉的日头直直地射出强光，一团白晕刺得人根本睁不开眼睛。

"远端是河湾里的大片苇荡。有生于本地的斥候报过，水位不浅，还暗布着不少泥沼，每年汛时都要吃掉不少人，该不会藏有伏兵。"董闰清楚冉闵心中所忧，便自觉将情况如实禀告。

"汛时？当下乃是枯水时节，骑兵可以靠着战马蹚进深处！"冉闵唯有做起最坏的打算，"将剩下的弓弩手都带去防备，快去！"

满脸煞白的董闰疾驰离去了，可冉闵却无法在原地坐以待毙。张温带走的千余盾甲不可调回，否则自己的大军极可能被两侧凿个对穿。但那苇荡之中，若真的藏有具装铁骑，单指着董闰一部阻拦下来，无异于痴人说梦。

他未曾想到，背水结阵的虽是慕容恪，然而，整日来身处绝境的，却始终都是自己。不过，冉闵还握有最后的杀招，他要亲率禁卫去砍掉燕军的大纛。正所谓置之死地而后生，他自信一旦擒杀慕容恪，同样是疲累不已的燕军阵线自然就会土崩瓦解。

"噭！"

千名铁骑在苇荡里泡了快一天一夜，个个均是怒火中烧。而此刻终于等到了中军烟起，连慕容霸自己都是迫不及待地下令吹响了冲锋的号角。顾不上心爱的战马亦是身心俱疲，铁骑儿郎们如同龇着獠牙的野兽，径直扑向了羸弱不堪的魏军侧翼。

抢着斧棒的盾卫骑兵突击在前。当持槊的铁甲被慕舆根统领着去稳固连环马阵后，半数的骑弩手也被皇甫真抽调走，去充当佯攻的疑兵。由此，他们这些以往只能打打下手的"二等"铁骑，终于等到了挑梁主攻的一天。盾卫骑兵虽是身上的护甲少，但是速度却相对更快，待到大致冲进了步兵弓弩的射程后，一面面骑盾纷纷举起，护住人与马的正面。然而，出乎他们意料的是，赶来迎击自己的箭矢却显得十分杂乱无章。

领军突击的慕容霸了然，这一切本就在自家计策的掌控之下。包括前方视线所及之处，并未出现哪怕一小段的盾墙排橹，这便说明那冉闵从攻夺小寨开始，一步一步地彻底落入了四兄的算计之内。而自己身后的强光白晕，估计也正刺得魏军弓弩难以仰头瞄射。天时地利人和，自家是尽皆占全，在他看来，廉台这一战，已然分出了高下。

"放！"

待到又是突进了百步，绣着"霸"字的刀旗晃了两晃，燕骑的弓弩便开始依令驰射反击。又是在日头的助力下，列阵不久的魏军步卒根本无法迎面辨清正泼洒下来的箭矢，瞬时出现大量死伤，他们本就杂乱的射击完全被压制了下去。再到了百步之内，不少胆裂的魏卒纷纷违令逃窜，而尚可一战的矛兵们则被董闰聚到身边，结成圆阵，意欲殊死一搏。燕人的盾卫骑兵冲至眼前，祭出了自己的杀招——一片脱手投掷的耳斧与短矛，借着战马的冲力，在密集的矛群中几乎是每击必中，每中必死。于是，魏军仅存的这点儿士气便彻底被击碎了。

接下来，狰狞恐怖的盾卫骑兵再度举起了标志性的连枷与战斧，骑弩手们也纷纷收起箭矢，抽出了腰间的战刀。随后，冉魏的阵线在这一波无可阻挡的冲击下一溃千里，骄横的勇士终也在铁蹄的驱赶下，变为四散逃命的羔羊。

此刻，慕容恪正杵在自己的大纛下，盯着高开横陈的尸身沉寂不语。他自幼便熟识这位忠厚勤恳的家臣，以致今日的一场惨胜，远远无法弥补至亲之人的逝去。他一直守在土坡高处，亲眼看着慕容霸的铁骑踏破了冉魏的军阵。满目悲怆地望着洳水南岸的这一场屠杀，自己竟然在一场预料中的猩红前泛出了酸楚——这是慕容恪累年征战中从未有过的困惑。

无奈的他只有闭合双眼，尝试着去厘清内心深处的哀恸，而依次飘过的，却是父母模糊的脸庞、慕容羽凄然的笑颜，以及妻子忧忡的面容。而后一声怒吼骤然贯穿了眼下还在厮杀的残阵，燕军都督猛地惊醒，在他的眼前，仿佛又飘过了一双愤恨且不甘的怒目。

"慕容恪，可敢与孤一战否！"

武　悼

———————○———————

　　朱龙马确实是极具灵性的宝驹，哪怕在尸横遍野的仰坡上，每一步都踩得是极为踏实。冉闵骑着它一骑当先，沿着无数冉魏步卒耗费半日才在这该死的连环马阵中劈砍出来的层层豁口，向着他眼中唯一的目标冲杀过去。而魏国皇帝的整队禁卫尽被朱龙宝马甩落身后，为了护住自己主上的侧身及后方，他们已顾不上什么阵型队列，只得各自拼了命地奋力跟进。

　　泛血的残阳，染红了身后飘荡而来的喊杀与哀号。冉闵红了眼眶，他清楚董闰哪怕只要一息尚存，也不会轻易放任燕骑破阵。而此刻，冉魏的勇士心知自己的后路已绝，便决定不再回首眺望，只有心无旁骛地向前，才能抓取到那唯一的翻盘机会。

　　左手持矛，右手执戟，刺挑扫劈间，被杀的燕军兵将已数十计。同时，散落在阵线上的冉魏步卒也备受鼓舞，纷纷竭力聚集到了皇帝的马前。其中几人顶着冷酷的箭矢，奋力挥动各自手上的家伙式，刺翻战马，斩断索绳，几乎用尽了最后一丝力气，终于为犹做困兽之斗的虓虎劈开了最后一道连环马的防线。

　　随后，横亘在燕军大纛之前的守卫换成了衣甲鲜亮的成队骑兵。冉闵猜想，这定是慕容恪的亲兵护卫——他甚至已望见了落日晖晕中的那一骑身影。在那一声暴喝下，身后尚在紧跟的十几骑皇帝禁卫也纷纷冲上了土坡，与同样誓死护主的燕军铁骑绞杀在了一起。

"慕容恪，可敢与孤一战否！"

单手戟又将一名燕骑扫下马去，冉闵距离刻在双眸中的影子又近了一步。然而，一个如黑熊般的怪物倏尔落于他的正前方，遮住了这一丝反败为胜的希冀与光亮。那抢着大戟的巨汉并未骑马，但目测之下，却不比正在马背之上的自己矮上多少。不过，惊愕的念头也只一闪而过，无论是谁挡在面前，冉闵心知都必须以最迅捷的手段扫除阻碍。他咬碎了槽牙，左手矛劈头盖脸地砸向了"黑熊"。可是那汉子并未躲闪，其手中的大戟划过地面，朝上抢起个半圆与砸来的长矛格刃相交。这莫名其妙的招式立马让冉闵吃了苦头，左臂痛麻难当之下，两刃矛直接脱手而飞。

但这，却也在久经沙场的宿将预料之中，对手虽在力气之争中暂占上风，可冉闵还有右手的钩戟在握。当然，他倒也没指望赶在汉子大戟回舞的间歇，能凭借单手一击劈透其身上的重甲。于是，右手戟按照计划灵巧地向前一送，那汉子这次没得选择，为了不被戟尖点穿脖颈，只好单手拖戟，侧步躲闪。冉闵终于抓得机会，钩戟改刺为挑，戟锋缠住了汉子的戟杆，霎时间运足了周身气力，双臂一扬，竟将那杆沉重无比的长戟挑飞出去。

电光石火之间，兵刃竟已不在手中，汉子的脑筋一时间拧在了一起，整个人仿佛呆滞在了原地。然而，预料中索命的一击并未从骑将的手中袭来，一枝短矛刚好贴着盔缨越过黑熊般的大汉，飞向正欲回戟发难的冉闵。就在其被迫收力，格飞那偷袭的短矛之际，汉子缓回了神，手上没了家伙式，他竟急中生智一个冲步上去，直接以披甲的肉身撞向身前的朱龙马。

一声嘶鸣乍起，几乎脱缰的宝马险些将主人炝翻在地，连连退步又打转了几圈后，才算稳住。拨稳了战马的魏国皇帝终于能喘口气，且在一扭头的工夫，眺望清楚了四下战场的局势。慕容家的青色战旗已然席卷了整个廉台地界，就连张温那侧的盾甲精锐也在前后夹击下被冲溃碾碎。哪怕就在眼前，跟随冲杀上来的忠勇禁卫已所剩无几，乃至自己，亦随时会陷进燕军的重围之中。

"陛下快走！"

又是一声濒死的哀号蹿入耳中，冉闵再一次无比愤恨地望向那躲在汉子身后的骑影——此刻，慕容恪抽出了背负的双刀傲立马上，方才那枝短矛即是由他择机掷出，才救下了忠恳的罴郎。而汉子已从地上拾起了一杆无主的马槊，正龇着牙怒视前方。

冉闵只得接受了这场血战的失利，同时也失去了与慕容恪同归于尽的决绝与勇气。

"嗬！"

他拖着战戟策马奔去，坚信自己只要能一路杀回邺城，定然还能如同前几次般，殊死一搏，绝境求生。

"阿兄，这人骑的当真是匹万里挑一的宝贝啊。独自奔了这么久，咱们竟还追不上。"疾驰同行的兄弟二人相距虽不算远，于获说这番话时，也是用了几近嘶吼的力道，但在风驰电掣里，还是听得不是十分真切。

"上将军有令，活要见人，死要见尸。俺就不信了，贼厮脚下难不成真有神仙托着？"披甲的于丰在咒骂间回头瞥望，身后还在一同策马追击的仍有二十骑上下。这些袍泽估计和自己的兄弟一般，都是在泒水边换过体力充沛的备马，才一路跟上的。然而，匪夷所思的是，前方的魏将竟生生地靠着他那一匹红鬃宝马一直跑到了现在。"阿郎，禄里还剩几支箭？再不行只能开弓了，只是可惜了那匹宝马，原本还想着活捉了献给上将军的。"

于获用力夹了夹背，能明显感受到所负的胡禄中还是存有几根翎羽的，但在奔驰之中的他却没有回应。或许是风声太噪，没有完全听清兄长的话语，或许只是心中还有别的打算罢了。

"如此宝马，怎的也应该是献给公子才对。"他如是想。

可能两兄弟自己也没想到，自打在密云山三藏口随军伏击了麻秋后，竟能有缘在沙场之上再度并肩。几年下来，于丰在慕舆根帐下累功晋升为营佐屯将，而于获作为慕容恪的亲兵，平时上阵斩获军功的机会不算多，可那身凭借赏赐置办起来的甲具，却足以令人撇起嘴，好好艳羡上一番了。而此时，贼人大将就在眼前，又怎能枉负了机缘。兄弟二人早已默默打定了主意，无论如何，也要合力摘下这份大功劳。

慕容恪之所以把他的亲兵全部驱使出来，也是盘算着，务必在冀北之地擒杀冉闵。若使其逃归邺城，再鼓动起数千狂热之徒据守坚城的话，对于缺少擅于攀墙附城的攻坚甲士的燕军来说，也只有围城迫降一种手段可用了。而如此，就难免会带来更多无谓的饿殍与死伤。

兄弟二人——哪怕再算上慕舆根——都未必对都督心头的大道理了然于心，但在军旅之中，生擒的功劳往往是要大于斩杀。这也使得几十善射的精骑一路追来，尚没有用成片的箭矢招呼敌将的颈背。

"阿兄，前面马慢下来些了。"

在于获的提醒下，追在最前面的几人一起抽出了战刃。不久前曾力搏数骑，靠着血战突围的敌将固然令人胆战，然而，当其为了减重，将所持的钩戟丢弃之后，兄弟二人也就丢掉许多顾虑，不畏与其一战了。

"小心拌索！"

"快停！"

策马狂奔的敌将兀地人仰马翻。兄弟二人见状，同时疾呼咆哮起来，睁裂了两对眸子，四手狠命地紧勒缰绳，所幸附近并不似有什么埋伏。

"怪了。"于丰小心翼翼地驱马上前，只见那匹朱龙马眼鼻处正溢着黑血，不知是受了何等的内伤，才导致疾奔力竭之际崩裂了肺腑。眼瞧着宝驹突然倒毙，他的心中也是好一阵痛惜。再走近两步，双腿被压在马尸之下的魏将此时更是仰面朝天，一动不动，也不知是坠马而亡了，还是摔得昏了过去。

同时，于获早已甩镫下马，小心地摸到了近处查看——这还是第一次有机会端详这个曾双持矛戟直冲中军，斩杀了自己无数袍泽的疯魔。不过，除了超于常人的魁梧凶悍之外，让他更为惊讶的是，其身上所穿的铠甲襟氅看起来可是异常精贵，尤其那些泛着金色的镶边，可是连自家的恪公子都不能够使用的。

"此人的身份恐怕不只是一员战将。"他呆愣在原地，心头泛起了嘀咕，"这次的功劳怕是要超乎自己的想象。"

"啊——"

一声沉重的长吁惊得近处的哥俩儿均是一个哆嗦，而渐渐清醒过来的冉闵右手正不住地摸寻着腰间的佩剑。可曾经的爱马此刻完全压住了他的下半身，他一时间竟也拔不出锋刃。

"快来制住此獠，咱的勋功，就在此了。"

眼瞅着面前的疯魔已能堪堪挺腰坐起，后心上的一巴掌将陷入踌躇的于获拍醒过来。兄长从身旁飞过，拉着他一起纵身扑压了上去……

邺，这个吸引了无数的枭雄豪杰前赴后继，又逐一将他们埋葬的宏伟之城，早已被慕容氏的大军围成了木桶一般。没用上几日光景，亦如同过往的每一次，邺城的大门终究还是向北方最强的王权敞开了。

邺宫之中，少年踉踉跄跄，几步就险些一跌地奔向了还在闭眼唱念的妇人——羯人短暂的统治虽是残暴不仁，然而，已被斩尽杀绝的石氏一脉对佛学的大肆推崇，还是在由冉魏继承下来的这座宫殿里留下了影子。

"母后！母后！宵小打开了城门。邺城完了，燕人要杀进来了！"尖锐且颤抖的喊叫在实墙立柱间空响回传，本应布列着满班文武的权欲殿堂上，只剩下了几个忠仆在王座旁侧默立服侍着。

一身华丽锦袍的妇人几日前还只是冉闵册封的皇后，旋即又成了受眼前少年尊奉的太后。她握着自己儿子的手不住地揉搓安抚，其实早就心知，这一日，即是他们母子二人的命数所在："儿啊，还有大臣守在宫中乎？"

"早就不知踪影了。母亲，咱真不应该让他们活。"少年的泪水之中不知混杂了多少愤恨。正是在冉闵兵败未归之时，邺城里的一班遗臣架着太子冉智继承帝位，困守孤城，更有过分的狂热分子，竟直接守在邺宫之中。降又不让降，战也战不过，直至这会儿城破，无助的小皇帝终在家破人亡的恐慌中彻底爆发了。

"智儿莫慌，咱还有办法。"妇人盛装坐于王座之侧，在方才独自唱念的时候，便已是想通了诸多关节。廉台一役，魏国精锐尽失，直到燕军铁骑席卷了冀中地界，冉闵也未见身还。为此，那些名门豪族才敢拒不应征，甚至纷纷逃离避祸。如今人人皆知，仅靠着临时弄来的几百民夫，根本不可能守住城池，而逼迫自己孤儿寡母继位顽抗的"忠臣"们，也无非是想着借此钓取个贤名罢了，等终被逼至眼下的绝境时，自然是要各寻出路。故而，也便无人再来顾及宫里的新帝与太后了。

好在燕人选择围而不攻，看来他们是不想再次破坏这座命运多舛的古之名都，同时，也表明慕容氏绝不至于存有屠城立威的打算。

"大伙快去，以董后的名义去寻入城的燕军主将，就说冉氏母子愿在邺宫向燕王献降，并奉上传国玉玺，来换取众人的性命。"妇人的目光扫向了几个不住战栗的忠仆，手上又捏了捏放置在坐榻边上的那盛玺的漆盒，"大伙莫怕，想那燕军入城后也不会滥杀无辜。只有如此，咱们才有活路，快去！"

她轻抚安慰着畏缩的少年，心中甚至感激起了擅自打开城门的"逆臣"——由此，她可以身着华服献降，而不是裹在其中上吊自尽了。

"当当当——"

金属撞击的声音规律且乏味地在寒酸的小院中回荡，让本就心不在焉的汉子更觉憋闷。

从远方而来的铁匠凭借着精湛的技艺，只用了些许工夫，便将村民寄放的老旧锄头补上了缺口。可耳畔的嘈杂与空洞的心境，却使他完全没发觉方才还在门口探头的青年，已然径自闯入了自家院中。

"张大匠的活计可忙完了？"

来人在背后突兀的一声，着实惊得张彤握紧了手中的锤柄。但在转身之后，青年那雅致的衣着与不俗的气质，令铁匠肃然起敬："在下一介村夫，哪敢受这尊称，倒不知郎君……"

"吾听闻此间有制刀的名匠，便特意从长安赶来拜访。"

青年的彬彬做派固然给自己留下了极好的印象，可当初小钟先生的劝诫也依然被铁匠铭记于心。他先是颇为警惕地侧身望向院门，一身着罩衫的文士与另一短襦打扮的武人，也已是一只脚踏进了院中抻脖张望，而再往外，则是人声马鼾，还不知有多少的随从甲士。

张彤在心底叹息一声。"在下懂个甚刀剑……郎君也看到了，不过是勉强修补些农具，挣个活命而已。"

"大匠既不愿显露名声……也罢，然不知贵府上的宝物，可否借我一观？"这青年一笑之下，颜如润玉。而铁匠闻言后的不知所措，正好印证的他的判断。"大匠打听求购精铁的消息，早就传遍了三原附近。凡是有心之人，当然能猜到一二的。"

张彤心头的惊醒确实是来得晚了一些，不过好在以青年的言行来看，并非是个强取豪夺之辈。他轻叹了一口气，用粗布清水洗拭了双手，引着人进屋之前，还不自觉地望了一眼院门口。

"世明，邓兄，不必忧心。咱与大匠闲谈一阵，大伙且到院外，稍等片刻。"

当然，铁匠藏起的这把刀确实可以算得上一件宝物，但在自己的收藏中却未必能排在前列。青年在些许遗憾之余，忽地又一眼看到了刀柄处的那个刻字，再结合铁匠掩饰得难称巧妙的口音，他也大概猜得了这一家人的来历："慕容翰公实属令人仰慕的英雄，只可惜从未有缘一见。"

伴随着收刀入鞘的声音，张彤的心头跟着一震，仿佛多年以来的颠沛辛酸同时涌了上来。如果说眼前这位公子的气度降低了自己的戒心，而对于往昔贵人的赞美，却实实在在地博取到了他的敬重。

铁匠这种溢于言表的情感变化也增强了青年将其招至麾下的信心，因误以为张彤曾是慕容翰的部属，于是，他也顺势报出了自家的真实身份。

"我实名苻坚，乃是三秦王宗亲，忝为龙骧将军。今日特来请大匠入府，助我一臂之力。"由于叔父苻健据关中称帝在即，自己也很快便能袭承爵位，开府募曹，喜好刀剑的符坚可是拿出了极大的诚意，才来亲自登门的，"大匠哪怕心怀故主，无意再搏功业，但也该为两个小郎君考虑一番。"

一直怀念着鲜卑恩公的铁匠当然不会介意青年的氐人身份。可除了一份感动之外，真正说服张彤投身乱世的，却是符坚的最后一言——尚有心力，且偶得机遇的父亲，又怎能甘愿看着自家儿郎在村子里平庸一生呢？

"呼哈——"

一阵放肆的狂笑炸裂崩出，已至末路的冉闵竟毫无顾忌地与慕容儁在屋中讥笑了起来。他在廉台一战后双腿皆折，虽说一路转运至蓟城时，已是歇养了月余，不过，眼下也只能在夹板与拄杖的助力下勉强站起。曾经冠绝天下的勇士靠坐在榻角，唯有以唇舌为矢，却对佩剑傲立的慕容儁构不成什么威胁了。

"从匈奴人到羯人，妄自僭位的何其之多，就连那石虎死前，也没忘了过一把皇帝的瘾头，鲜卑人，亦不会是例外。那燕王倒是说说，咱又有何不可？"

"亏你还能提起石虎，他怎的都算得上厚待于你，何至于去灭其满门？"慕容儁斜眼瞟向已成坐囚的魏国皇帝，言语中听不出愤懑，也听不出鄙夷。这份平淡反而让冉闵有些不安。

"若非这般，又怎能收拢汉民之心？话说回来，慕容氏虽声望不差，但我劝你还是当心着点儿那些豪族狂士。"冉闵并非因身败国灭而恼羞成怒，相反，此时的他在平静地审视了兴亡圆缺后，才终于显得睿智了起来。尤其董闰死于廉台乱军之中，张温被俘自尽，连带着在邺城献降之后，更不知有多少狂热的部属自戕殉国——冉魏的事业，可以说已再无复苏的机会了。

而面对失去了威胁的冉氏一门，富有政治智慧的统治者或许会选择留下些许活口以安抚人心。至少冉闵的打算便是，无论慕容儁打算如何处置已成废人的自己，他也定要找个缝隙，来保住自己妻儿的活命与富贵。

"羯人不仁，剪除首恶便是。汝竟推令滥杀胡民，也不过是聚拢了一众暴徒而已。世世代代杀来杀去，这北方可还能留下活人了？"

对于当时爆发在邺城周边，最终演化为杀良冒功的血腥失控，冉闵并不愿再做详谈："莫做多言了。且说是在这蓟城了断，还是送回龙城？"

"王妃已有身孕，沾血不吉。不过，孤倒是想过将你一家送去建康。"

慕容儁扫过来的目光变得阴鸷冷郁起来，冉闵陡然间深感窒息，原来自己不仅在战场上低估了慕容恪那以身为饵、环环布阱的智略，更是在政治角力上完全忽视了眼前这位犹如汉人书生般的燕王。而慕容儁确实已将他的心思摸得清清楚楚，如今仅靠萎靡的残破之躯，又怎能敌得过这份内敛的雄才——冉闵承认，在今日这场交锋中，他又是败了。

"人都道燕王有古贤君子之风，眼下又何必用那小人之谋，遗祸给晋人。"话依然说得硬气，但语气上已有了些许哀求的味道。

"哼。你也知称帝之后，已不容于司马氏，乃至晋廷定要斩草除根。"慕容儁仿佛已经厌倦了与冉闵费口舌，抬手握住剑柄，便要转身出屋，"其实在杀了李农父子之后，冉魏便失了天下人心。要早知汝顽固如此，还不如不见了。"

"人心如豺！如今河北之地尽在掌中，难道还能迎奉建康的废物天子还政不成？到时堂下山呼万岁，嘿，可从来都由不得吾等！"

冉闵近乎嘲弄的咆哮也使得慕容儁的步伐为之一滞。然而，他的表情却依旧冷峻，没有多余的显露："孤会赠谥号，定不枉汝也曾威震天下，——就称武悼，如何？"

"妙。亏得燕王有此美意，还真是小看了鲜卑人。"

慕容儁已不再理会，径直推门而出，只留下冉闵一人仰面朝上倒于榻上，用一连串的闷声癫笑来挖苦自己，直到又有沉重的脚步声落入了屋内。

"你王兄一介书生尚不惧一断腿之人，辅国将军此刻还带着护卫，岂不是自削了威名。"重又坐起的冉闵第一眼就认出了那个在廉台与自己战了个痛快的黑熊战将，而被其护在身前，气质不凡的鲜卑贵族，必然就是自己一直想见的慕容恪了。

"若不是黑郎当日拦住你斩纛夺旗，廉台一战尚有逆转的余地。想你也应念着此人，特意带来一见罢了。"

"妙！倒是知我之人。死在恪公子手里，也不算羞愧。说来，打了如此多的交道，也曾险些着了公子投出的一矛，怎的月余以来竟从未相见？"冉闵的这一番话还尽显出了些许天真。或许，他根本就不适合成为操弄政治的孤寡之人，而错位的人生，早已注定了一场滑稽且悲情的终局。

"枉死了两万余人，还有何话值得一叙乎？"慕容恪冷言冷语，可冉闵却无法理解这份心境。

"我知道，有人几番想用私刑，也只有靠慕容玄恭才能勒令住那些匹夫，让我还能活着到蓟城。然眼下竟又觉得，赶在邺都城破之前早些死了，或许大伙都能少些麻烦。"

"慕舆根麾下的铁骑死伤大半，怀着忌恨也是正常。不过，咱救人只是要给王兄一个交代罢了。他还曾犹豫过，想留你性命安抚冀中百姓，而力主杀你的，却是我。"慕容恪同样看透了冉闵的心思，"你的妻儿既已献降，自会被封爵恩养。想来，会安置于临海边地，富贵余生了。"

说着，一枚小瓷瓶被扔到了冉闵的床榻之上。

"不想我一生戎马，最终却要死在鸩毒之上，实在是差点儿意思。"慕容恪不再理会冉闵竭力的狂笑，带着罴郎踏出了房门。然而，屋中人的又一句鸿声，却径直追到了他的耳畔："恪公子，在下还有一言。汝兄弟若想谋那大统，还须有石季龙般的狠辣劲头，否则，怕是忙碌一生，终究仅落下个虚名而已。"

可惜，这一日所有的大道理与小叮咛，都只能短暂地滞留于慕容恪的心头，只因掠过身侧的劲风，又诡谲地夹带起了当日廉台一战间那久荡不息的哀号与戾吼……

圆　缺

———○———

　　"这玉面看起来也就是一般般嘛，还偏偏缺了个角。阿姊来看，这底面上的字都被磕掉了一小块儿，填补上的金条条做工又这般丑，难怪姊夫也不喜欢这物什。"女郎说着顺手就将掌中的玉方颠了一颠，倒也不算沉重。

　　"你可小心着点，皇帝的玉玺要在咱手上摔坏了，可是有的麻烦了。"同车而坐的小妇人见自己的小妹又顽皮起来，赶忙探身过去，极其谨慎地控制住局面。

　　"本就是坏了的嘛。"女郎习惯性地吐了吐舌头，随后一拧身，躺在了阿姊的腿上，双手捧着那精贵的玉玺，在举过头顶之际，顺便又端详起底面的刻字来，"甚个甚个天……永昌，这都是些啥字呀。"

　　"刻字用的都是篆体。"这回妇人干脆将玉方抢了过来，安安稳稳地平放在一旁，"受命于天，既寿永昌。有了这个传国玉玺在手上，才好说自家的帝位乃是上天的布泽。"

　　"南边的皇帝来来去去的，也没见到老天爷保他们哪个永昌了。这些神神道道的，该是和卜卦差不多吧，又能有个甚用？"女郎身子一抻，又将玉方抓回到怀中。脱口而出这般的无心之言，听起来倒是有着几分道理。

　　"这囡子。"小妇人见阿妹又是一心只顾着钻研玩物，嘴上还是一点儿遮拦都没有，心知自己翻来覆去的叮嘱多半还是白费了口舌。于是，一股恼火冲了上来，她直接伸手揪住了女郎的耳朵："还有，今后可不敢再直呼姊夫了，尤其在人前时，必须要尊称'大王'……反正照着汉人的规矩，平日里的讲究只多不少，小囡子可是记住了？"

"哎哟，阿姊。"女郎顺势撒起娇来，头枕着阿姊的大腿转着圈地翻滚开了。

"老实点儿，别碰着你的甥儿。"小妇人瞅准时机，一手在女郎的脑壳上重重弹了一下，另一手护着自己已见隆起的小腹，来回轻抚。

一支庞大的队伍正以姊妹二人的豪华车仗为中心，缓缓地驶离蓟城的南大门。这里既有着三朝六代的传国玉玺，更有着燕王正待坠地的子嗣。由此，竟不知道有多少人的命运，正跟随着她们一同驶向冀中的邺城，卷进那谜一般的未来。

随着冉闵殒命，冉魏短暂的国祚土崩瓦解。河北诸郡县的府君守将们再一次祭出了他们的看家本领，在转瞬之间，纷纷投向慕容氏的王权之下。等到燕王慕容儁决定再度迁都邺城时，他已手握西至西河、南至枋头两岸的平、幽、并、冀四州之地，还兼有扶余人、勿吉人以及拓跋代国的臣服奉表。至此，慕容氏在北方短暂的乱局中脱颖而出，成了石虎死后最大的受益者、故赵在北方权力的继承人。

同时，在大河南岸的中原地界，诸多豫州与徐州的石赵官吏，也不得不在晋廷北顾的兵锋之下选择了归顺。而长安与洛阳两京，乃至关中三秦，则早早便被氐人集团所占据。如若再算上盘踞于南青州的段龛，以及那割据姑臧的张氏凉国——如今更为纷乱的局势，也给予了相对羸弱的二者更为广阔的生存空间——似乎各方势力都从石赵的坍塌之中，分得了些许遗产。

至于这场大戏的另一主角慕容恪，却并没有如当初同王丰徽说笑的那般，去往太原王氏的祖地招摇一番。被委以重任、外放并州主政的，则变成了备受青睐的悦绾。在河北人心未定，晋廷陈兵两淮的紧要时刻，燕王当然是指望自己这位威震华夏的名将兄弟能够守在身边，好随时领兵出征，为自家日渐强盛的政权保驾护航。

此时，深受燕国军民爱戴的恪公子正立马城门之外，注视着流水般的车马驶往南方。倏尔，似乎是一群禽雁所发出的鸣叫掠过头顶，慕容恪却没有什么心情去抬头观赏，他刚发觉眼前滑过的豪华车仗乃是属于王妃姊妹，这便意味着，自家的几辆马车应在其后不远处。在策马去寻王聿徽之前，他又不自觉地望向了悬于城门之上的"蓟"字刻匾，恰一股似曾相识的感觉涌上了心头，仿佛一年多之前离开龙城时，便是如此心境。

无论禽雁飞向何方，远迁之后，总能归返旧巢。而举目之下的胡汉军民追随着自家兄弟岁岁征战，步步南迁，却不知哪里还有回头的机会了呢。

"玄恭。"他暂时是无法策马奔向自己的徽夫人了。慕容儁已经驻马到了身边，伸手搭在了自己兄弟的肩膀："家眷可都安排妥了？"

"在述儿——王妃后面不远，估计也已经出城了。听说家乡举城出降，未曾惹上兵戈，咱那夫人可是乐坏了，昨夜里熬到了老晚都没睡，甚至还唱起了小曲。就是那晋地的调调怪得很，听不大懂。"慕容恪记得，已是许久没和王兄唠过家常了。赶在这回闲逸之际，能开一开话匣子，或许也是个不错的选择。

"玄恭家里那个徽夫人，可是公认长着一张快嘴，较起真来，怕是天下无敌。唱起小曲嘛，合该也是个独一无二。"

"等咱们都安顿好了，大王不妨摆个家宴，我自带其入邺宫献上一曲，如何？"慕容恪的这番话才说完，就见他王兄刻意挤弄出了一副痛苦的表情。

"那邺宫据说可是阔气得很，在大伙适应了之前，可不敢让徽夫人随意入宫游弋。尤其冀州民生尚未恢复，凭其那一肚子文墨，说不准就是一回谆谆劝导，咱可受不了。四郎呐，还是关起家门，自己哄着吧。"这下子可把慕容恪说得脸色发红，可他还未想明白该如何反击，就听慕容儁又继续揶揄起来，"记得咱兄弟可是先后脚成的亲，述儿都为坊间议论了许久，才终是怀上了娃儿。可你那边，怎的还是没个动静？"

"噗——"

一直跟在燕王身边带队护卫的傅颜此时终于没忍住声，慕容儁在转头与其对视一眼后，两个人同时一起大笑起来。也只有似这般欢愉谐趣的时刻，或许才能助力兄弟间的温情，顶住那岁月与权欲的反复冲刷。

"不如就先说定了，这两年多留你在邺城待着。要是再要不到娃儿，以后可不许怨咱征用兄弟太多光景了。"听了这段"阔论"，慕容恪是一脸嫌弃地侧头瞥着王兄，二人身后的傅颜亦是很懂分寸地收了声响，使得眼前的场面虽稍有冷清，却不至尴尬。慕容儁虽是不愿破坏当前松快的气氛，但在犹犹豫豫间，还是从怀中摸出了一封书信："封先生正式企求归乡致仕。他终究还是要走了。"

"老头儿的家乡在蓨城，反正也是往南走，大王不如先将其拖到邺城……"慕容恪拎着信，对此丝毫不觉意外。毕竟封弈在龙城时，就已主动选择弱化了自己的地位，将王室兄弟早早地推到了决策的核心之上。但当真要失去这么一个能看透人心的压舱石时，任谁的心中多少还是有些发慌的。

"咱也是这么打算的。"慕容儁远望着川流的车马，"不过，先生最后提了一嘴青州之事，还是颇为引人开朗。孤打算，让玄明去镇守北青州，就似悦绾在并州一般，历练一下。"

慕容恪微微点头表示赞同，但王兄竟没有选择年纪更长的慕容霸去监视广固的段龛，多少表明了一直身处部族利益旋涡中的五郎纵使无辜，却依旧是为慕容儁所忌惮。他将叹息埋在心底，并且打算尽快与道明谈谈这桩麻烦事。

"唉，玄恭可能还不知，"王兄最后一番淡淡的语调，怎么听都不像裹着些惊天动地的大事，"前日，阳使君赶了个大早，呈上了一班汉人文官联署的劝进文书。孤退回去了……"

很多时候，纵横九州的英豪们不得不由衷地钦佩老一辈人毒辣之眼光。

正身处巨大的焦虑与不安之中的姚襄同样失去了自己的主心骨——父亲姚弋仲终究没能熬到纷乱平息，但老人的诸多预言却一一成为现实。比如氐人首领苻洪终究是被其莫名信任的麻秋趁宴毒杀，好在长子苻健报了父仇，并继其遗志夺下了关中之地。而渡河南下依附晋人的羌汉部众亦被言中，虽一并被安置在了还算豫州治下的谯郡一带，但作为酋帅的姚襄，却与在广固秉承父业的段龛，一同归属于晋廷中军将军殷浩的提领。但比起久据南青州，且已获封齐公的段氏，远徙而来的羌人却是毫无根基。由此，都督江北五州的殷浩在忌惮姚襄盛名之外，更是时刻在盘算着吞掉这支精锐。

后知后觉的姚襄曾在挂图前驻足了整整一个时辰后，终于认定，在殷浩狂妄的北伐构想中，无论是打算北击慕容燕国，还是进取那夹在晋、燕、秦三界之间的洛阳司隶，驻守谯郡的自己总要成为被驱使在前的开路先锋。他深知征战之时，难说不会碰上那借敌之手铲除异己的老套戏码。由此，近日来，姚襄也同样积极四处筹措粮秣，如若情势恶化，也好保一个上书建康，请迁别处的退路。

然而，直到前日晚，一场没头没尾的行刺，又将所有暗流之下的矛盾掀起。他也不得不加紧自己的部署——既然殷浩容不下自己，那么他只得做好随时兵戎相见的准备。这回，他便临时动身赶往淮水之畔，目的就是约见晋廷豫州刺史谢尚，为的是一旦有横祸袭来，提前为自家部众求得一条西迁的通路。虽说豫州诸郡同样节制于殷浩，可姚襄愿意相信，有坐中颜回之美誉的谢尚，一定能厘清是非曲直，至少也看在与自己父亲过往的交情上，届时或可寻个由头按兵不动。

"大帅，看那边。"

江风卷起一丝凉意，袭沁着渡船上的人们，哪怕是身强体壮的姚襄也不禁噏起了牙花。头顶一行飞雁远去，看方向，它们大概会比羌人提早回到故乡吧。他快步行至船头远眺对岸，码头的江亭外只立起了两面旌旗，不见其他的官行仪仗。待愈发行近之后，更能看清一姿容彬彬、头戴幅巾的士人正背手于亭外，其周边，只有寥寥数个奴仆侍应着。

"那必定就是谢豫州了。"眼瞧着谢尚不过是如同老友相会般从容洒脱，姚襄开始暗自嘲笑自己竟然还带了甲士护卫。当然，他亦不想在气度上落于下风。"到时，我一人一马下船。尔等自行返归对岸，一个时辰后，再遣船夫来接即可。"

相对于河南地界的暗流涌动，河北的苍生黎庶终于随着燕国的迁都落户，迎来了经年兵乱后的休养生息。而邺城近来无奇事，唯有建锋将军、燕王的胞弟慕容霸改了自己的名字。

还是在南迁的路上，与四兄深谈之后，五郎才终于下定了决心。但他没有告诉慕容恪的是，今时此事，可是早就被封老头儿言中了。尤其是在阳骛与慕舆根联合鼓动起文武大臣们，在初临邺宫之际二度劝进，他亦是心领神会地趁早表态。在那份表章之上，第一次正式签现了"慕容垂"这个名字。

当下，四州全境休兵止戈，解甲屯田，可对于城中宫殿的修葺改造却没有停滞下来。阳骛坚持威仪贵气，慕容儁却要求剪除冗杂……一项工程既要美名，又须得实质，底下干活儿的吏员们可是绞尽脑汁地左右逢源，终于用最快的速度先将邺宫中的必要之所整理了出来。而今，一班重臣才能被燕王传召齐聚于侧殿之上，商议起项项家国要事。

"没承想，建康不远万里派人来，竟只是为了这个物什。"慕容儁手里举着一方玺绶，迎着映进殿中的光亮细细品看。玉方侧面的两行刻字，惹得他不住咂嘴："煞风景。"

于是，这颗被晋帝心念不止、又特意遣使索要的传国玉玺竟从他手中掷出，在被下首的慕容恪伸手接住之前，在群臣之中可是掀起了一阵惊呼之声。

"大伙说说吧，这小物什该如何处置。"慕容儁将目光从兀自把玩着玉玺的慕容恪身上渐次移向了一班文臣。在这涉及政治姿态的重要大事上，他当然不会允许慕舆根及鲜于亮一般的莽夫率先开口搅局。

"依属下看，不如借机将此物送还于建康。"皇甫真这次抢先开口。他知道一旦有人借玉玺在殿上顺势劝进，群情鼎沸之下，便再不会有反对的余地了。同样，由于自家世族根基远在秦地，周遭没有家族利益的纠葛，使得皇甫真在所有外姓臣属中，是极少数能够平淡看待燕王晋位一事的——这也是为什么作为燕国重臣的他，竟然两次都没有参与联署："既是晋廷主动来索，大王自然该据此要求获封掌中的四州之地，甚至再添上青州、兖州也并无不可。"

慕容儁闻言点了点头。皇甫真的一番话不仅正合他的心意，同时，也算是在日日骤变的大势中较为稳妥的做法。精通经史的燕王清楚得很，眼前一众积极劝进的胡汉臣属——甚至带头的就是幽平士族的领袖阳骛——心里惦念的，大半都是为了家族部众攫取利益。尤其选择留在北方的这些汉人门阀豪强们，更是不可能与当初随着司马氏南渡的南方世家们共享胜利果实。而至于这垂涕劝进的戏码，他们对入主中原的匈奴人用过，也对羯人用过，只不过，今时轮到了自己头上而已。强权王者来了又去，唯一不变的，只是门阀豪强的生生不息。由此，聪明的统治者更为珍视且倚重如同皇甫真与悦绾般的新人来制衡权力，而相对于正外镇并州的椴卢城大人，出身雍州的世家子弟无疑在待人处世上更为老练圆滑，也更懂得大王的心思。

"楚季所言甚是。既然晋廷这般急切此物，大王不妨就顺势送之，且看那辅政的司马昱，还能拿出何等诚意来还这个人情。"出人意料的是，位列文臣班首的阳骛竟也表态赞同送还玉玺，放弃这件最具说服力的称帝神物。

"士秋公之前还领着大伙二度劝进嘛，今日怎还改了主意？"笑着打趣的是位列另班之首，同时也算得上燕国二号人物的慕容恪。正是由于清楚自己兄弟在劝进一事上的态度相对冷淡，慕容儁回绝众人的态度才显强硬，而未得燕王暗示的臣属们，也迟迟不敢发动最为关键的第三次集体行动。

"非也。在下附议送还此玺，绝非是谏言大王就此向建康司马氏示弱称臣。诸公皆知这玺肩之上所添刻的两行字吧，所谓'大魏受汉'与'天命石氏'。"阳骛踱步至慕容恪面前点颔一笑，使得慕容恪颇为配合地举托起了传国玉玺拧臂一转，靠得最近的几人将将能借着光亮瞥到那煞了雅兴的刻字。"然结果如何？司马代曹尤甚于曹魏代汉，而自封天命的石氏一族亦是家破国灭。依在下愚见，这传国玉玺并非算得上是吉物，'受命于天既寿永昌'，看似富蕴天意，实则以注疏大字，巧取人心罢了。再者说，自秦末以来，曾据此玉玺的枭雄不少，然终能承统定邦的英雄只谓寥寥，可见天下气运，取自天下人心，与一方玉石绝无干系。晋廷如若放不下这尽被糟践之物，送之便是。若哪日大王晋位，又须个玺绶以布敕令了，咱再制刻一个嘛。只要大燕不失天下人心，天命自然也就留存在这殿上。"

"说得好！"

斜后方慕容垂跟上的一声赞喝，给了阳骛喘气调息的机会。不过，当阳骛发觉燕王同样有意开口的时候，便又抢了个先："大王如今坐拥四州富庶之地，尽掌河北军民，实力已远超寻常诸侯王国。只有晋位，方能解除礼仪名义上的忧扰，而唯一的不便，只在于一朝不容二帝。至此之后，南北间再无缓和的余地罢了。然晋廷殷浩如今已是日日备战，意在大河，氐人苻健也已盘踞长安，称帝在即，可见眼下百川尚未归海，战和进退，已未必由得大王来选。此外嘛，奉还玉玺这般功绩，咱们也可等着看晋廷还能拿出何物来。到时，若是赏无可赏，封无可封，大王顺势昭告晋位，便是名正言顺，亦可安天下人心。"

阳骛的一番长论尚未劝得慕容兄弟下定决心，却已然说服了其身后的一众僚属。估计待到三次劝进之际，满堂重臣将无人意见相左。或许，此事还真就由不得慕容儁的心意了。

"士秋公果然厉害。"而慕容恪生怕众臣当场发难。为免得自家一时下不来台，赶忙沉声直言，压制住了局面。

"今日就到这儿吧。这玉玺，就辛苦楚季一趟，亲自渡往河南，送还晋廷。"慕容儁侧过身去，垂眼盯着那个已被放低了的王座，"不日王妃即要生产，孤着实也没心思再议他事了。"

燕王此言一出，殿内的众人尽是心照不宣——到时，只需王妃顺利诞下男婴，燕国国祚可续之际，便是他们三度上表之时。慕容儁就这样将一切深思与纠葛丢了出去，既然满堂臣属与他们身后的士族豪强声声不离天命，那就让天意，来显现决断吧。

"呼飒，呼飒。"

燕王的节旗在头上翻摆了两周，对面的晋军将领在读出了善意之后，便策马靠了上来，而皇甫真同样也是传令随行的铁骑精锐不可擅动，仅带着个背负漆盒的随从相向奔去。他此番领军三百骑从枋头渡河，绕行避开了西侧氐人的地盘，已深入豫州地界过百里。故而，燕军入境的消息恐怕也算不上什么秘闻了。

看对面这支似有千人之众的晋军，显然就是列好阵势，等候了多时。虽说殷浩的北伐图谋亦不是什么新鲜事，但毕竟双方干戈未动，慕容儁依旧是晋廷所封的开府持节的诸侯——怎样说，也不至于在旌节之下刀兵相见。由此，皇甫真与晋将都径自驰入了一箭内的距离。

"来人可是楚季兄？"晋将的一声惊呼，引得皇甫真抖擞定睛。

"沈劲沈世坚？"确认对面竟真的是多年前的故友，皇甫真当即跟着甩镫下马，小跑上前，"世坚怎会在此？"

"楚季兄有所不知，当年诸公北归之后，郗太尉便着安石先生手书，推荐沈某去往其兄仁祖公麾下效力。如今，将军出镇豫州刺史，劲自然跟随而来。不过，楚季兄为何持节渡河，难不成……"

听闻沈劲之意，怕已是误会自己是来传檄战书的。皇甫真赶紧摆了摆手，以笑掩过。再看沈劲的神情，从紧张失落转为了释然欣喜，心知眼前的汉子是真的将自己视为挚友，他不觉间也是十分感动——也好，这个大功劳不妨就送给他了。

皇甫真打定主意后，便暗示沈劲上前低语："谢豫州可在附近城池中？"

作为心腹的沈劲，当然清楚刺史已前往淮水之畔相会姚襄，但由于不知燕人来意，自己也不好直言，只得微微摇头。不过，皇甫真并不在意细节，只要谢尚不在附近，恰就无法苛责自己的礼数不周。于是，他回首招呼侍从解下了背囊，递了过去。

沈劲不明所以，拆开包袱只看到一方精致的漆盒。

"这是……"

"贵物。"皇甫真眉毛一挑，"此物不宜在世坚处停留太久，务必立马亲自交到谢豫州手上，送往建康。"

一个念头在沈劲的脑海中闪过，他霎时间便惊得满面呆滞。无论自己的猜想是否准确，只凭皇甫真的言之凿凿，这物件定然是其送来的一场天大功劳。自知不必再作赘言，一揖到地后，他便翻身上了马。沈劲在心中暗自笃定，楚季兄的这份厚恩，总得舍命相报。

望着已经飞驰远去的故友，皇甫真才收起了滚滚思意，却又在心头打翻了五味瓶。沈劲一个刑家子弟，如今能做到提领千人的督将，的确足以引得自己拊掌称快。然而，世坚偏又是驻守在了豫州前沿之地，这就意味着烽火一旦骤燃，二人难免要变友为敌。

"回去吧。"

三百骑兵跟随着落寞的背影回转向北，渐渐拉成了一道孤独的黑线，融进了缥缈无垠的天际里。

权　相

"王家兄弟，怎的今日就要走了。"

男子辨了辨声，就知道是同屋居住的货老板赶完市集回来了。于是，他头也没回，一边从钱袋中数出几个大子，一边笑呵呵地应着："是啊，这城中的热闹也算是凑完了，眼下是赶路要紧。"

就这几日间，二人在这小车马店中相处得颇为融洽，货老板对眼前的男子是倍加亲近与关心："还好俺赶回来得及时，刚大早在市集，听几个渡河过来贩货的兄弟说，南边的朝廷眼下正在颍水和洛水间打仗呢。虽说这也是十几日前的消息了，但要是还想着走河南地入潼关，可难保安全。"

"这倒是麻烦了。"男子将刚刚打好的包袱轻轻放在了床板上，小声嘟囔起来，"看来也只能改向西，走并州山隘了。"

"那有什么的？俺家就是走并州道过来的邺城。听说，咱燕国的新刺史把这一路归整得不错，当下太平光景，不至于闹出些山贼强人。"突然插嘴的是店上的主家。此时，他正守在门口向内张望——男子昨日便同柜上讲好，今早却迟迟未结账离店，主人家这才前来探探情况。

"嘿，主家可不就是西河那边人。"货老板依旧是热心地左右搭腔，上下忙叨，"刚想起来，天刚亮，就看到大嫂匆匆忙忙地出门去了，比咱这赶集的走得都早，不是碰上啥难事了吧？"

"哦。"店家靠在门框那咧嘴一笑，"这不是上个月大王修好了宫，正赶上招录侍女。俺家那小娃儿就同她阿姊一样进去讨个差事嘛。眼下，这些个宫里人，每一旬可以轮着在西中门那里会亲，姊妹俩就把日子攒到一起，咱那婆妪便特意赶去见见娃儿。说实在的，今日柜上要没事，俺也想着一起凑去来着。"

　　"主家还真是好福气，两个女郎都在大王近前做差；再有个店铺操持着，这日子算是安稳无忧了。"男子回身将那一摞大子交予了店家，"要不是我这些闲事，也不至于耽误了一家人团圆。"

　　"王家兄弟这话可折煞个人了，这是咱店家的本分。"店家把文钱一揣，心里竟也与男子亲近了许多，"不过，胡爷想得的确周全，眼下潼关道定然是不好走了，也只有走并州道入关中。不瞒二位，俺家从前就住在蒲坂口上，前几年，总有些旅人商贩啥的从那边渡河，想来该不会有甚的麻烦。"

　　店家一面出着主意，一面拍了拍胸脯，这副爽快样子也是逗得屋内三人齐声酣笑。随后，男子在踏上自己的旅程前，还不忘拱手施礼："承蒙主家与胡兄关照，今日，就此别过了。"

　　店家摆摆手，还有自家的生意要忙，反倒是姓胡的货老板一时间有些手足无措。虽说靠着不畏灾祸的闯劲儿支起了手头走货的营生，但胡老板自认终究不过是个大老粗罢了。也正是因此，他才对读书人异常地敬重。在几日前，当王家兄弟出现在自己在邺城贩货时，通常落脚的陈旧车马店，他出于看不得落魄的士子去和自家的伙计脚夫们挤那大通铺，便主动与店家打了招呼，将自己的单间分了一半出来——实际上，也就是将原本堆在床板上的一些雅货挪到地上，二人足以平分床榻，各睡一头而已。饶是如此，胡老板依旧不觉得自己能受得起读书人的一礼。

　　直到王家兄弟已然离开，他还在独自挠头思忖，目光扫到了那些重又搬回床板的雅货上。凭借着混迹乱世的商贩嗅觉，他估摸着这次河北少说也能得个十年太平，于是才放胆在以往的五谷六畜外，将些个价格不菲的书简、毫毛与粗墨连带着贩进了邺城。商人的脑筋转了起来，今日白天要抓紧将这些雅货出销给城中店铺。在返归上党地界前，最好也能带回些质量上乘的绸布与麻纸。

此外，在切身感受过了新入主的燕王的治政手段后，胡老板还盘算着应该劝说仍守在老家的兄弟也来这边闯一闯。看那店家就是瞅准了时机，将并州的土地出卖后，举家东迁。虽然这一间守在城墙边上的车马店，在商业日渐活络的邺城里根本排不上号，但要比起自己兄弟那不上不下的德行，却是更容易盼来一场富贵的。

而另一头，走在城中坊道间的男子思来想去，还是决定循着那胡爷与店家的建议，出邺城北门，走并州山隘，再从蒲坂渡河，进入雍州。毕竟，似他们长途贩货的商旅，在避祸保命这方面还是颇有经验的。

他骑在纤瘦的老马背上一步一晃，可思绪并未就此颠乱，心念着黎民苍生就是纯朴实在。就说那慕容儁作为河北的新主，一没轻徭免税，二没薄狱诏赦，只不过，燕军在南下的路上杜绝了破城劫掠的暴行，便博取到了多经苦难的河北人心。由此，男子留在邺城凑热闹的几日里，就亲眼看见了满城百姓真心实意地自发上街，庆贺燕王喜得贵子。他们在慕容家身上看到了能过安生日子的希望，从而于心底爆发出来的这份拥戴，却是能推动天下剧变的洪涛之力。

当然，恃负一身才华的男子也非是鄙夷慕容鲜卑的王权，才要舍弃冀州，去往关中的。只是通过对慕容兄弟的观察与揣测，自觉此时入仕燕国，未必算得上明智的选择，他终才决意远赴华山，投奔故人。或许换个环境，更能得遇明主吧。

"幼子回来了？"

桓温在自己书房中埋头签理着公文，熟悉的笑声渐渐抵近了他的耳畔。对于南渡旅居的北人来说，当下时节，煦风和畅，冷热湿燥均是一年之中最为舒适的日子。不过，对于从小便已生长在南方的新一代世家子弟来说，这种体感与习惯上的差别几乎不复存在。而桓温月余以来的忐忑不安，却也算随着一股絮风消散殆尽。哪怕在处理其他的军政公文，他也总是不自觉地瞟上两眼那份从中原传回的、正摞于案角的军报，并在心底时不时地为之暗爽一番。

"兄长，快来看看，是谁一同回来了。"

幼弟的声音从屋外迫不及待地穿门而入，屋中人同时也辨别出了一共两人的脚步。不过，他并未多想，相较于起身迎客，桓温还是致力于抓紧写完这卷的最后几个字，过后才好与兄弟详谈起建康新事。由于自己治领荆襄，声名日盛，因此在皇城主政的会稽王司马昱出于忌惮，最近是处处算计并且希望通过扶持扬州殷浩，来制衡江陵的桓氏势力。在此背景下，晋廷的先帝驸马，临贺郡公，开府仪同三司的六州持节大都督竟已有一年未曾踏入建康城门了。与此同时，桓冲作为最为聪颖的幼弟，便在桓温的授意下，担负起了其在朝中代表的职责，频繁往来于江陵与建康之间，也由此隐隐成了荆襄桓氏集团中的二号人物。

"元子兄，别来无恙乎。"这是一个亲切而久远的声音。

桓冲与来客倒是毫不见外，直接推开了房门，先后跨步入屋。同时，桓温也忙完了手上的活计，恰好起身抬眼一看。"安石？可是谢安石吗？"

桓温与谢安自打在石头城相交之后，并未再见过几面。但多年间的书信往来与唱和，使得二人心意相知，渐成挚友。特别是在桓温伐蜀归来后，常年稳坐江陵，而谢安又背靠陈郡谢氏，衣食用度尽皆无忧，整日寄情山水，甚是不务正业的情况下，今日这一会，可算是天大的惊喜了。

"安石风采可是依旧不殆风流，幼子更是英气逼人。可怜只有咱繁杂绕身，白发初生哟。"

短暂的把臂叙情之后，桓温安排二人在书房一坐。更多的闲情赘叙可以等到晚时那必不可少的摆宴痛饮之时，此刻，他决定还是趁着清醒，先将一将桓冲这趟从建康带来的消息。当然，他亦是力挽尚未出仕，且自觉避嫌的谢安于屋内——有谢尚在豫州外镇的陈郡谢氏，自是应极力拉拢的对象。且桓温更是盘算着听一听挚友对于当下局势的见解。若能趁势将这富有美名的才子留在江陵都督府，对他自己的声望，可是莫大的加持。

"殷浩此番兵败，在建康可是卷起了不小的风波。尤其是会稽王为了扶持他，可是接连驳回了兄长的北伐之请。结果呢，殷浩自己率先出兵，竟连洛水都没过去，便大败而还。此事不仅成了街坊间的笑料，更是折损了会稽王本人的声誉。嘿，其实根本未等咱去走动，朝堂之上的弹劾治罪之声，便已是不可胜数了。"桓冲带回来的消息确是比桓温预想的还要乐观，或许司马昱为了自保，此番很可能会舍弃了殷浩，甚至会向自己低头让权。

"殷浩终究是败在气量之上。姚襄本颇得朝廷看重，可这江北都督，竟能将人生生逼反，而复又在洛阳败于其手。唉……"听谢安的言语，至少没有为殷浩开脱之意，这让桓温心中颇为满意。同时，可见这位挚友寄情山水是真，但显然也没将朝堂之事彻底抛诸脑后。"安擅自揣摩，此刻，宫中也正等着元子兄的表奏呢。"

"我少时也曾与殷渊源一同荒唐过。当时，只道其不尽知兵，却没承想竟至这般愚蠢。"桓温稍一起身，将之前的军报递与了谢安，言语之间更显激愤，"姚襄本已上表请驻淮北，可殷浩不等朝廷敕令，非要逼迫其为先锋，去攻打燕国重镇枋头。此军报言，姚襄不从其意，叛逃西迁之际，随行去往洛阳的羌汉民众便有近十万，扶老携幼，日行才能有几十里？可这殷浩既打着驱使姚襄的主意，而后又无端轻视其麾下的羌汉部众。一介都督用兵，竟不尽全力占据河口关隘进行堵截，仅仅派了刘启、王彬之两支兵马各自尾随追击而去，待遭击破后，才想起发动大军西进，而未至洛水，又被羌人以逸击劳，致使姚襄率领小股悍骑从后绕袭，不仅阵斩了魏憬，更是烧毁了无数辎重。如此北伐，简直比同儿戏！"

"殷浩妄动兵戈固然可恨，但其尚负玄理文辩之美名……"谢安的后半句虽未明言，但显然存着求情的意味——恐怕他此番远赴江陵，除了要拜访老友之外，也是希望能保住同为陈郡出身的殷氏一族吧。

"安石大兄或许不知，冲在建康时，曾听闻姚襄千里上表，斥责屡有刺客潜入谯县行事。然直到我起身西归，这份奏表都不曾现于众卿的面前。"谢安当然从未听闻过这等机密。虽不清楚桓氏兄弟在朝中到底安插了多少眼线，可他知道，眼前正愤慨直言的桓幼子，是绝不会做那信口诬人的丑事的。而如此一来，无论做下隐匿奏表之事的是司马昱本人，或是殷浩的其他政治盟友，最后担责的，却只能是兵败洛水的江北都督。而所谓的名望，也未必保得住其身家性命了。

"哼。只擅清谈之人本就不宜掺和朝政，更不该掌军用兵。"好在桓温的语调虽是阴森不已，但终究还是松口了。这意味着，陈郡殷氏的高门子弟总不至于获刑下狱。"与其继续纠缠个罪责，我倒觉得，不如借此时机再次上表北伐。二位觉得呢？"

眼见兄长的目光如炬，桓冲则是由衷感叹其对局势把握之精准——今时的司马昱，既没有理由，也没有威势再来否决打压拥兵江陵的桓氏了。只不过，这般威逼建康，未免显得太过霸道。兄长这一遭，难免要受闲言的讨伐，并且也给桓冲自己带来了一种说不清楚的忧忡之感。

"难不成，兄长有意出兵司州，与那姚襄较个高下？"

"安石觉得呢？"桓温没有直接回应幼弟，倒是满怀期待地看向了谢安。

"姚襄之叛的始末，至今尚不明朗。再者说，即便击败了实力羸弱的羌人，相比较的，不过只是殷渊源罢了。"谢安一言，立即引得同坐的桓氏兄弟点头附和。"元子兄既然决意北伐，何必舍本逐末，到时，朝廷诏令在手，手握之兵又岂止荆襄一隅。若想取下传世功业，倒不如直取——"

"关中！"

桓冲脱口而出的惊叹不仅点破了玄机，更是拨清了九州之上的迷雾。

"起兵北上，过汉水，可走武关道入关中。而氐人新得三秦之地，人心尚未筑稳，可征发的兵力，亦自然有限。"

"更可于蜀中发偏师同进，再敕令凉王张重华一同出兵。如此，苻氏必要分兵陇上，其对武关的防御亦是不攻自弱。"

"况苻健僭越称帝，甚早于雄踞河北的慕容儁。由此，兄长北伐不仅在建康城中不会惹来非议，更不会有河北之军去援救长安……"

三人比肩而坐，你一言我一语，便似已定下了撼天的大计。而桓温在犹豫之间，却未抓到时机开口，相邀谢安辅助自己。

"妙哉。家兄而今因身体有恙，已回到历阳安养，归程之时，正好前往探望。元子兄若就豫州的军政有何嘱咐，安恰可一并带到。"

桓温闻言，却短暂地呆滞住了。也许在旁人看来，他好似在深思豫州之事，但实则，只是在心底感慨天意弄人。

他最终还是没有劝说挚友，留在江陵。

老马驮着男子刚从邺城的北门行出几里，便在一处简陋的茶水摊前停住了脚步。由于不清楚前方最近的宿头在何地，男子只得前来歇脚询问。然而，靠到了近前，他却驻马踌躇了起来。在这仅有三四张破旧桌案的摊铺中，除了中间的老者与士人合占一席外，其余各处，竟是挤满了傲倨的奴仆，以及凶悍的兵甲。

"小友莫慌，且来与我家父子同案一叙。"好在老者主动相唤，赶在了个怒目警惕的随员将男子轰走之前，化解了一场尴尬。

男子施礼后，小心翼翼地在摊铺中穿行，最后屈身坐在了二人旁侧的小小胡床上。这些官道旁侧的小摊能提供的所谓茶水，不过是就地取些常见而无害的药草叶茎，添盐煮水而得的凉饮，闻起来还算清香，可入口后却难免有些发涩，实在不足以登堂入室。因此，哪怕男子自知身无余财，近乎落魄，也未必瞧得上这般汤汤水水。好在，他本打着问路的盘算，此时自是不妨与老者聊上一聊。

"看小友也是读书寻仕之人，却为何舍了眼前这风起云涌的邺城，孤身去往北方？"

男子闻言暗自咋了咋舌。老者面相慈祥，身材也算得上十分敦厚，看其长时间支肘顶在桌案之上，或许是腿脚已然不便，但却终究只需一个照面，就将自家底细摸了个通透。

"先生所言甚是。燕王一战定鼎河北四州，冀中基业更是处处待兴，理应是吾等寒门士子出头之日，然王府颁出的法令皆为虚统之言，行事之便尽握于门阀部族手中，郡县选用官吏，更是要依靠层层举荐……故而，大多飘无根基之人，只得留在城中苦待时运。如今，北地的缙绅豪族在几个月间，便已将邺城街坊哄抢到寸土寸金，若非家境足够殷实的，哪还能在城中闲待得起。比方说不才，从中店换到下店，又从下店住进了车马店，终还是得舍离功名，远赴并州投靠亲朋。"

"哦？这般看，老夫选择致仕归乡还真是及时，否则咱家也未必修得起个宅院了。"老者先是与周身装扮十分讲究的自家儿郎笑言一番，继而又转回向男子，"并州也算个好去处，刺史悦绾锐意进取，短短光景内，便清查出了大量人口，来年的屯粮赋入必定可观。"

"不瞒先生，并州事正多为邺城士子们所议论。可依在下愚见，悦使君虽一心安国利民，可其新政却不见得能推广开来，日后，更是难免招惹上非议与攻讦。"

"愿闻高见。"

"这……"男子略显犹疑，"并州之所以能从豪强手中夺得佃匿的民户，关键在于自刘渊之后，当地门阀多已迁离。而今，刺史借燕王之声势，便足以压制威服区区缙绅与乡里强人。可同样的法子，却未必适用于其他州郡，似冀州，门阀犹存，幽平各地更是遍布鲜卑亲贵，若以悦使君的强硬手腕均田清户，怕是会闹出乱子的。"

"那不知小友可有良策？"老者的心情显然已不再那般愉悦了。

而男子已经意识到自己的话说得过多了，但在老者面前，他又着实不愿放弃这一吐才能的机遇。于是，他咬了咬槽牙，下定了决心，说道："改革军政，并非朝夕之功，其关键在于严行法度。而此之法度，绝不可止于檄文传宣，否则，层层的告示揭了又覆，本质依旧难脱旧弊。故严行法度，务必有明律释之，有能吏执之。自汉末以来，九品秩分后，官吏选用一体把持，乃至门阀恣意，豪强妄为。天下王侯，若有意为庶民重振纲常，当从此着手。然此非三十年之功，不能清整仔细。"

"哼。"

不知何时起，老者那慈润的脸色已然完全阴沉了下来。他自诩兢兢业业三十年，帮人打下了江山，如今自权力的顶峰隐退，足以显清高保佳名。然而，在眼前这尚不足三旬的男子一番阔论之下，竟使得老者自惭从未替朝堂之外的寒门黎庶考量过生计。

"老朽封弈，不知小友大名？"

或许是早就有所猜悟，男子此刻并未显现出惊讶之色。他又是一揖到地。

"不才王猛，草字景略。今得遇国相，些许胡言，望请宽宥。"

"景略有大才，又岂是悦士合能留用得了的？君此去关中，将来或可成一代权相。切记，君臣之道不可误混。臣子若是逾越君志，则大祸必不远矣。君王若是陷于臣规，则更要殃及国运……"

封弈当然也曾考虑过举荐王猛入燕王府，或者干脆着人将其扣住，押回邺城。然而，直到离开那简陋的摊铺前，他还是打消了如此念头。正如刚洒出去的劝诫之言，既然自己早已选择明哲保身，抽身于军政大权之外，更是赶在了慕容儁称帝之前致仕归乡，那么又何必再逾越这一步呢。

"封蕲。"老者将长子唤入了马车，手上却搓起了自己的衣角，"那王景略所言如何？这律学一门，可足以立为咱渤海封氏的传承家学乎？"

"猛受教。"

而另一旁，男子正冲着东去的车仗施礼呢喃。自打"关中"二字从老者的口中蹦出，王猛的面庞便瞬间失了血色，直到封弈带着仆从护卫先行离去，才是稍有缓和过来。可情急之下，老者的悉心教诲中，自己又听进去了多少，恐怕他也未必了然。

当然，王猛也不是没动过求一份举荐，顺势留在邺城，效力慕容氏的心思。

然而，一则封弈始终都未开口相邀，二则待冷静下来，他又拾起了自己在邺城诸多见闻后所得出的结论——而今，燕王府的核心班底已成，且慕容儁与慕容恪皆是强势之人，难说能有让自己一试身手的空间。而鲜卑勋贵与河北门阀正是骄悍，此处，未必能供自己实现心中的抱负。

男子抬头望了望远行的鸿雁，自己的家乡东在北海，可如今，他却要向西奔赴了。

邺宫大殿之上，燕王慕容儁正手持着从建康送来的皇帝诏令独自品看。阶下的使者，晋廷新任的徐州刺史郗昙，面对这般僭越无礼的行径，却也不敢出声呵斥。按理来说，传诏诸侯之事，本不应由他这个外镇的刺史身往，但会稽王司马昱念在其父故太尉郗鉴与燕国诸多重臣有旧，便特意遣他去往邺城，希望能有助于安抚下那遍布河北，已然鼎沸的狂傲声浪。

“呼。”慕容儁一声叹息，将诏令又递还给了使者。

而郗昙的叹息却只能埋在心底了。他拖着日渐沉疴的病体，从彭城一路赶来，竟得知燕国国相封弈已然致仕还乡，自己最大的助力与指望就此落空，哪怕也曾提前拜会了慕容恪与皇甫真，但却难言有什么实质的斩获。同时，晋廷的使者行至半路，才得知燕王得子慕容晔，手中亦是没有像样的贺礼与敕封奉上——这接连的措手不及，似乎昭示了这趟差事的坎坷无常。郗昙自知，仅凭着这一卷诏书，已无法阻止北帝晋位了。

“而今，仅凭着返还一块玉玺，便得假节钺，加了九锡，日后，岂不是无可再赏了？”慕容儁一番沉吟，无怒无傲，不喜不悲，“孤与晋帝倒也不必再使甚心机把戏了。劳烦郗使君回去，知会司马昱与桓温，河北的汉臣公卿，既已三度推举，那北方百姓的福泽苦难，自当由孤一力承担。慕容家，称帝了。”

经阳骛等人的三番劝进，慕容儁携河北四州之地，于邺城正式登基，建号元玺，追尊祖父慕容廆为武宣皇帝，父慕容皝为文明皇帝，立可足浑氏为皇后，慕容晔为太子，并封慕容恪为侍中、太原王，阳骛为尚书令、司空，慕容评为司徒、上庸王，授赠封弈为太尉、武平郡公。旋即，拓跋代国、扶余以及勿吉向燕廷上表称臣。

由此，建康司马、长安苻氏与邺城慕容，三帝并立于世。

流　年

"阿姊？"

一身侍女打扮的小丫头先是张望了一圈，确定四下无人会注意到自己后，才轻手轻脚地绕过门廊，摸到了少女身旁。她们仿佛对如何在宫闱之中穿行匿迹颇为熟稔，瘦小的身形躲在雕花的廊柱之后，若非是从另一边的侧殿正门走出，根本就不会察觉这一对凑在一起交谈的人影。

"猫娃怎跑过来的？"阿姊几乎是以同样的姿势环顾了一周，见确实没什么危险，才伸手捏了捏丫头的脸蛋。她的衣着可比小妹身上的漂亮了许多，发髻与手上甚至还有一两件简单的饰物点缀着——估计在这邺宫中，大小也算得上个女官了："这也就是皇后身边的规矩还不算大，否则这般乱闯，让人赶出宫去都是便宜的了。"

"这不是上个旬休前，皇后被吴王妃的车仗抢了道，恼怒得很，才没放俺们出来探亲嘛，都没见到爹娘和阿姊。"猫娃这小名起得还真是妥帖，丫头扭来扭去地小声嘀咕，那可爱的劲头正如一只小狸花，"俺正听说律儿小娘来了皇后这边，才偷摸出来看看阿姊。"

"这还差不多。"少女也十分得意猫娃那可怜兮兮的小模样，于是决定奖励其一个天大的秘密——别看她不得已在邺宫中要摆出一副长姊如母的架势，然而实际上，也只是十几岁的年纪，绷不住的时候，同样调皮得很。"过来。"

姊妹俩手牵着手，从门廊中悄然溜出，躲到了漆面大门远端的拐角处。两个小娘面对面蹲在一起，甚至都不比那一排石阶高出多少。虽说如此算得上是更为隐蔽，可她们贴脸蚊语的样子，反倒更坐实了是在传些闲言碎语："咱都不止一次听说了，皇后想将女郎许配给范阳王。看这番选在这么个没人来的偏殿，甚至把贴身的仆人都屏退了，估计她们姊妹俩儿是要商量些不可说的细节呢。不过，这桩美事一旦成了，阿姊可能就得跟着搬出宫去了。"

　　"呀！范阳王好啊！虽说只是陛下过继来的兄弟，也比不得太原王与吴王那么亲，可怎说也是皇家里的幺弟，还生得最为英武。"然而，小猫娃显然弄错了这一番话的重点，满脑子里想的尽是些情爱闲逸，"欸，阿姊以后不住宫里了。"

　　"给咱小着点儿声。"少女在咋咋呼呼的小妹的耳朵上一提，手上却也没敢用太大劲头，生怕再有叫声惊扰到殿中的主上，"这事儿在有敕令之前，可不敢与他人说，万一没成，岂不是要驳了范阳王的颜面。俺家女郎之前的女侍，可就是缘于不懂规矩，才被陛下给撵走了。何况，咱们一家还是从并州逃过来的，尚比不得人家部族儿女的根基呢。万一让陛下知晓了闲话是从咱这儿传出宫去的，拔了你的舌头不说，还要连累城里的爹娘！"

　　"嗯嗯，嗯！律儿小娘要真嫁出去当了王妃，阿姊也说道说道呗，把俺也一并带走。这邺宫里都要闷死了，阿姊要不在了，让咱可怎么活！"小丫头清楚，自家阿姊在律娘子眼前十分得宠，于是，便动了心思讨好起来，"喏，给。"

　　"这是甚物什？"

　　猫娃顺手又从裙带上解下个小布袋，捏在两根手指上一晃，稀疏的响声引得少女一皱眉头："这是俺攒下的例钱啊。上次也没见到阿娘，阿姊门路多，也好着人帮忙送到咱家店里。"

　　"早就说过，咱在女郎身边平日里有的是赏钱，家里哪还用得着这点儿俸钱？你要是能攒下来些，不如想办法去搞点儿肉饼，再添点儿首饰，眼下正是长身体的时候，总不晓得上点儿心，以后可嫁不出去！"少女自然将钱袋推了回去。不过，小妹的这份恭孝让她很是舒心："还有那事，得等律儿小娘应下了婚事之后再做打算，要是——"

"嘭！"

两个小姊妹的话还没说完，头侧的殿门竟被生硬地一把推开。阿姊的面色骤变，旋即就要把小妹拉到身后。不过，好在气哄哄的律儿小娘在跨步而出时，根本就没有心情在意周遭的闲事。而贴身的侍女这才抓紧整理好心绪，低着头迎了上去。至于那小猫娃，更是贴着阶砖和木栏，弓身蹿进了来时的门廊，在眨眼间，便不见了踪影。

"嚯，嚯。"一队轻骑意气风发地奔驰在漠北的弓卢水畔，他们的目标正是前方并肩交谈的一对人影。

一场骑兵间的鏖战刚刚在这片草原上落幕，结果是从南方而来的远征者击败了漠北的主人。敕勒部族四下溃散，王帐周边的民众与牛羊也尽皆被人俘获，即便他们尚有意志重整旗鼓，怕也是几年后的事情了。

"士合！"

相谈甚欢的二人此时也发觉了疾驰而来的人马，在辨清旗帜后，年纪略小一些的青年率先开口，招呼着自己的同僚友人。

"道明，大王。"悦绾下马离鞍后，先行施礼，余光不禁瞥到了岸滩之上的沃草与水鸟，心念着此间风景着实不错。只可惜，自己却是来扫人兴致的。

"士合来得正是时候。姊夫刚与咱说，河套地的铁弗匈奴一样不甚安生，为了防备贼子东侵，代国实在无力驻守弓卢水。但要说带着俘获的妇孺和牛羊南归，咱们又没那个能耐安排妥当，故而，还要靠悦刺史再操劳一番了。"刚说两句，青年直接将悦绾拉到近前，"这一仗打得可谓曲折，亦是倚仗着士合掏空了并州府库。就说这些牛羊吧，姊夫自然要分出一些送入雁门，权当是给士合的酬劳。此乃双赢美事，如何？"

领兵出征的慕容垂热情洋溢。然而，他那姊夫却察觉出了悦绾脸上的那份尴尬，更何况，这一次的兴师动众根源在己。于是，拓跋什翼犍干脆选择了缄口不语。

即便自继位以来，一心推进汉化与农耕，可四周的强敌却没有给他留下太多安心发展的空间。尤其漠北的敕勒人日渐坐大，已经切实地威胁到了拓跋氏。由此，代国国主才第一次以藩属的名义向邺城发出了请求，而慕容儁在登基称帝后，同样也需要一场军事胜利来彰显武德天威。恰逢晋廷北伐，桓温正与苻健在关中交战，这才有吴王慕容垂依皇兄敕令，征发了幽并二州的轻骑北上盛乐，与什翼犍合兵五万，横跨草原大漠，征讨敕勒各部的战事。

"二位殿下，此事可否容后再议。云中传来的消息……"这时，慕容垂也反应过来，以参军身份随征的悦绾一路上均是待在后军掌握补给辎重，而今，他如此慌张地跑来前线，必然是有紧急之事。"桓温已从灞上撤军了。"

短短的一句话瞬间就凝住了当下的气息，戎装的二人同时皱眉疑惑了起来。随后，慕容垂手扶额头轻拍了两下："二位可能不知，当初议兵之时，也有不少人谏言要趁机西进，亏得皇兄独断。而今看来，好险便让那桓温将咱一并拖入泥潭。"

"悦使君如此急切，可是还有其他的忧虑？"什翼犍自是听不大懂邺城之事，只好专注于眼前之人。

"正被大王言中。"悦绾朝着什翼犍一拱手，"此事甚是古怪，军报言晋军本攻入了长安，苻健已被迫退入内城固守。然桓温眨眼又撤军班师，尚不清楚其是否缘于粮草转运不济，绾实怕其中另有蹊跷。"

"士合的意思是，桓温的兵锋会趁机转东？"慕容垂很快就领会了其意。

"假途灭虢。"什翼犍亦然。

"这只是愚一家所虑。不过，以桓温之雄心，又岂能甘愿徒劳无功？哪怕是退回了荆襄，估计很快也会整军再出。"悦绾两手一摊，神色紧绷了起来，"或许是洛阳的姚襄，或许是跨河东，入并州。而今，咱治下各郡的兵卒过半都在漠北，情势逼人啊。"

"没承想咱们费心围住了敕勒主力，竟反要误了陛下的大事。"什翼犍甚是怅然，抬脚踢走了一块不大不小的石块。

"这都是说不准的事，况皇兄眼下也未有旨意。"慕容垂并不在意姊夫的窘态，"如若只是先行撤走并州之军，在这草原上，可难免要被贼人袭扰。以稳妥计，还是即刻带着手上的人口牲畜拔营南归。等到了云中之后，我自带着幽并部众进驻壶口防备。士合到时先留在盛乐统筹物资，再由姊夫派些兵马转运送入雁门，如此可算得上两全之策。"

拓跋什翼犍闻言，颇为感激地点了点头，随后又盯向了一旁的悦绾——若是最终无奈舍弃了战利品，他也是难以向各部贵族及民众交代的。

"道明可曾想过，如此跨州用兵，可是要引起非议的。且一旦各城的大人与督帅伸手要起陛下的敕令，又该如何应对？"

"敕令自然是立马要派人讨要的。可眼下冀州的几个渡口也需防备，邺城也未必能分出兵马来。想保住士合的粮仓，唯有便宜行事，皇兄定然不会怪罪的。"慕容垂作为领军出征的主将，既已打定了主意，他人也不好再多聒噪。

"回到盛乐时，还望殿下能入府与羽娘再见一面。只需说上几句话，她定也欢愉得紧。"既得了份口头上的保障，什翼犍自知也不好再多奢求了。不过，他还是没忘了自己爱妃的那份思亲之情。

随着慕容垂轻轻地点了点头，三人也陷入了一阵沉默。这弓卢水缓逝不倦，却带不走代国国主藏在心底的那份焦愁——眼前的五郎都已是纵横千里，游刃有余，慕容家人才辈出的盛况又怎能不令人艳羡？什翼犍既是庆幸自己当年做出了正确的抉择，却又是颇有些苦涩，竟不知拓跋鲜卑何年才能追赶上来，令后世的儿郎们，足以与他们的母家平起平坐呢？

"哎哟，俺的活祖宗，可小心着点儿。"

妇人的惊叫追着在地面上滚来滚去的小肉球，几乎贯穿了这本该肃穆堂皇的内宫。小男娃看样子也就是刚刚脱离了褓褓的束缚，都未必能稳当地走上几步，竟也找到了这个年段中的另一项乐趣——滚圈圈。好在邺宫的宅室足够宽敝，又有母亲带着一班侍应宫仆从旁看护，而父亲仿佛对此项欢快又不失刺激的游嬉屡见不鲜，只是安坐在另一端抚弄着琴弦，偶尔再执笔于细纹纸笺上勾勾画画。

"夫人可与律儿说了？"

"说三次了。"可足浑述儿先示意奴仆们看管好玩兴正高的晔儿太子，自己则提着精致且烦冗的衣裙，挪步到了夫君慕容儁的身边，一如既往地与其并肩坐在了一起，"可又是话没说完，就气鼓得像个馍馍一般逃走了。"

"那丫头的意思是不想嫁玄明，还是就不愿出嫁呢？"慕容儁的眉头也是堆得好紧，生怕律儿一时想不开，别扭出个非慕容垂不嫁的劲头来。到时，自己可就是好心办了坏事，驳了慕容德的颜面。

"唉。"述儿长叹了一声。恐怕她也是理不清自己的亲生小妹到底在做何想，怕是慕容家的上上下下，已将这丫头宠坏了："咱告诉过律儿了，五郎已有正妻，她是想都不要再想了，切不能惹得天下人耻笑咱家。且六郎哪里都不差，宫中的侍女都晓得范阳王不仅能领兵打仗，更能独镇一方。要失了这份姻缘，日后有她后悔的。"

眼瞧着述儿煞有介事的模样，慕容儁展眉化笑，将手中的笔放在一旁："要不，还是请大父来劝一劝吧。"

"不可！"然而，皇后在涉及自家戚族的事情上依旧是异常坚决，"此事早与阿耶画下道道了，凡是求亲的，都让来宫中与咱说项。"

"也罢，都凭夫人做主。律儿如今年纪不算大，玄明亦远在北青州，诸事繁杂，一时半会儿也定不下来。不过道明……"一提起慕容垂，这位皇兄的心里还是有些别扭。最近慕容儁愈发地感悟到了，当年父亲指定的那桩婚事所带来的麻烦。或许，还真不如拖到自己坐稳大位后，直接赐婚成全了律儿来得圆满："听说道明家的那位段王妃，又是惹得夫人不快了？"

"不过是牛车抢道的小事，本不值一提。"述儿嘴上如是说，但话里话外却是含混得很——慕容垂的妻室，吴王妃段润，可是不止一次轻慢过皇后，甚至一些有关出身贵贱的舌根儿，都原原本本地嚼到了邺宫中来。尤其那些段氏的家奴，更是从蓟城横行到了邺都，在路遇之际，也完全不知礼避皇室车仗。"那段润虽是霸道惯了，可如此久了，怕是要对吴王不利的。"

"有时该出言训诫，就从后宫下个敕令。"慕容儁眼瞧着一众奴仆赶着昈儿，摇摇晃晃地走向自己，便抬掌舍弃了琴弦。他一面搂着爱妻的腰身，一面挥手招呼着男娃，但其口中的话语，却似故意提高了调门般，也不知是特意说给屋中谁人来听的："像道明此番擅自调用幽州兵马，虽属应急的妥善之举，但不该未待诏令，就接管了壶关隘口。故而，该褒奖的褒奖，该训斥的一样要训斥。夫人未必知晓，其间最为有趣的乃是，在盛乐整军南归前，那些随军的贵族，竟是无一人出言质疑。嘿嘿，也不知靠的是五郎的好手段，还是段家的好名声。"

这一段话可是说得自述儿以下皆是噤若寒蝉。仿佛整个宫闱中，一时间只剩下了那咿咿呀呀的欢快还在兀自飘散。

"要不陛下找个由头赐婚吧。眼下，整个皇室也就昈儿一个小娃娃，那太原王府的徽阿姊去岁小产了一次，她那个年纪可是麻烦得很。早点儿有个喜事，咱这个当家主母还能少受些指摘。"述儿哪怕已将方才的悚意刻进了心底，但还是得想办法絮叨起来，好让大家度过这难熬的光景。

"还是放一放吧。依着律儿那脾气……自打段润进了家门，丫头就没再给过好脸色。何况，五郎与六郎从小就亲近，咱也生怕强迫了这一遭，再恶出些嫌隙。"慕容儁说话间抱举起了挪至手边的男娃，"再者说，有阿爹在，看谁敢肆意指点。哪怕阿爹不在了，也有昈儿护着娘亲，对不呦……"

"哈哈哈……"

桓冲在挑帘进入中军大帐之前，便听到了不止一人的大笑之声。当他转过帐门口的屏挡后，发现桓温已然解去了一身甲胄，换上了宽松温软的锦衣，正与对坐的青年饮浆欢谈。

"兄长，羌人已退出了金墉城，是否要让各路将军推进堵截？"桓冲暗自察觉到，原来的计划或是有变了，否则，不久前还在亲自披甲督战，率大军突破伊水的统帅，焉有无视眼前这破敌一击的道理。

"幼子啊，来得正好，我方才还与景兴讨论此事。"因北伐苻秦而获封大司马的桓温满脸笑意地招呼自己的兄弟同坐，看那松懒的神态，似乎此处并非是伊水之畔的晋军大营，而是江陵将军府的后宅卧房。

而一旁的青年也算熟悉。郗超，字景兴，乃是故太尉郗鉴的长孙，年纪尚不满二十，甚至比桓冲还要小上一些。建康传言，这郗公子放着会稽王司马昱的府掾不做，自己一路跑到江陵，在桓氏兄弟引军从关中撤回后，便急不可待地加入了桓温的幕府。"吾等都觉得，或该放那姚襄一条生路。"

"幼子兄。"

桓冲接过了郗超递来的一方可是不小的木盒，随即拱手还礼。粗略翻看之后，他也颇感诧异。这竟是当年姚弋仲与郗鉴、庾氏兄弟，乃至谢尚的往来书信。显然，姚襄是打算以旧日情谊，来向自家兄长陈请议和。

"方才，超向大司马谏言，姚襄遣使将整盒信件尽皆奉上，这份旧情，便也仅用得上一次罢了。若大司马不允，则未免显得气量狭小。更何况，随其而来的羌汉部众依旧心向姚景国，眼下，与其将几万人收拢供养在司隶，倒是有个更好的用处。"郗超又主动向桓冲解释起来。他在第一次出征中，已然摸清了状况——荆襄诸事，若无眼前这桓幼子点头赞附，可未必能在桓温那里决议推行。"姚襄自败于伊水，其余部于大司马及河北的慕容氏而言，均已构不成威胁，可若将这些人赶入关中，却能搅得苻氏不得安宁。"

"故景兴献策，让出一条向西的通路。儿郎们只需缓行威压，不可使其南逃入蜀，亦不可使其北渡投燕。只要时时戒备，倒也不怕他姚襄会重施故技，反戈一击。幼子以为如何？"

桓冲独自思忖着，郗超的计策着实高明，主动设局，驱二虎而竞食，虽说其中是少了些浩然磊落，但眼见兄长兴致盎然，自己也不好再提什么反对意见。

随后，他也投去了肯定的目光。

"善。那便如此。不过，此事我不宜出面，免得落人口实。"兄弟和心腹的态度均颇合桓温的心意，于是他大手一挥，便有了定计。自己虽是在逼废殷浩的前后，利用过姚襄之名来斥责过朝堂上的政敌，但这一份相惜之情，却不会影响到当前的精心算计。

轰轰烈烈一度攻入长安的北伐，竟因粮草转运不济草草收场。桓温也急需实在的功绩来平息内外非议，以正他大司马之名。而这个目标，恰又以盘踞旧都洛阳、实力又相对不济的姚氏为佳。于是，在领军撤出武关后，桓温仅是稍作休整，便又开进司隶。在他细心且稳重的攻势下，恃勇的姚襄可是再也讨不到一丝机会了。"过会儿，我便宣称患了急症。幼子自持兵符，去稳住各路将领，不得冒进与羌人接战，直将那姚襄驱赶入秦地即可。景兴便持印绶接管金墉城，着手修复先帝皇陵，待我'病愈'后，当去拜谒一番。"

随着二人领命出帐，桓温的嘴角慢慢地上扬出了一个释然欣慰的弧度。

"进击千里，临长安而不克，关中豪强皆疑公自重之心。"这是华山隐士王猛在前番北伐时，对自己的暗示。

"大司马还镇江陵，尚可扼江制流，留于司隶，却要直面河北兵锋，实乃不智。"这是郗超方才对自己的明谏。

虽说终未得王景略与姚景国这般足以匡扶天下的大才，但能有郗景兴与桓幼子伴于身侧，也算是人生大幸。桓温迎着发灰的日光伸了个懒腰，身心也很是应景地略感疲乏，累年间的明争暗斗，或许是时候可以稍作间歇了。

"咳咳咳……"

绍兴金庭，王羲之摆弄着手中的信件陷入了长思。他对自己近乎习惯般发出的咳声都已不自知，就更不要说是身后传来的轻盈脚步了。

"夫君何故泛此忧愁。"郗璿手里端着一碗热气腾腾的汤汁柔声关切。她本以为王羲之长时间躲在书房中，又是在潜心书法文章，却没想到，他正对着小小的信笺愁眉不展："大敞着屋门，外衫也不记得披上一件，这病哪里还能养得好？"

"啊，夫人，前番咱与大司马去信，这便是回信了……心头燥热啊。"王羲之欲言又止，颇感无奈地叹息一声。

"可是桓元子拒了移镇江北之请？"郗璿作为郗鉴之女，又负才女之名几十年，在很多事情上，甚至看得要比夫君更为透彻。

"何止如此？谢尚病故，豫州刺史再度出缺。大司马与会稽王争议了许久，竟要拜谢家四郎万石，而非才能更佳的安石出镇一方。"王羲之如今年过五旬，已从右军将军之职上病休归乡。可随着岁月流长，反倒是忧心起朝堂大事来。

"连府内都曾听闻那谢万性情孤傲，若凭其才名，在江南主政一方还算勉强，可江北的刺史都是要掌兵的，真不知其如何可使麾下兵将用命效死。"郗璿先是趁势哄着夫君喝了那一碗热汤，闲聊之下，更是一言点破了关键所在。

"然大司马只言此乃谢安相让，却不愿纳谏。自殷浩被贬为庶人，回家思过后，江北便再无都督节制军事。慕容儁一旦发兵渡河，只怕各地州郡难以合力抗敌。而兖州诸葛攸本就是堪将称职，再算上这出镇豫州的谢万，唉，难不成，只能指望夫人那身在徐州的兄弟一人。"王羲之摇了摇头。他不是没想过再行力争，然而，自己当下身无实权，更怕因此事再得罪了谢安这般的多年好友。

罢了。渐渐蜷缩成一团的文人在心底长叹："夫人不妨也给重熙去信，若中原战起，徐州事，可为时为之，不可为时，定要设法自保。"

郗璿在扶着身心俱疲的王羲之卧榻小憩后，端起那空碗，亦是心乱如麻。她心知，若非自己兄弟郗昙人在徐州，夫君也未必这般垂忧。感激之余，郗璿又侧身回望了一眼那满屋的碑帖字画，或许三十年的宦海沉浮，终比不上这些传世雅逸来得真切。且看当下与后世之人，谁又能耻笑王逸少的抉择呢？

虚　实

"嗖！"

一支火箭划破了济水南岸的夜空。在大营哨台上的几个青州兵仅仅是在困倦之下，迟疑了那么几息的工夫，便有更多吐着火舌的箭矢迎面蹿入了寨栏之内，借着风势点燃了几垛草料。这时，警示敌袭的梆子声终于响起，可黑压压的悍卒已从藏身的背坡下起身冲锋，呼啸着切入了这座看似稳固的营垒之中。

慕容德身披精甲，左手执盾，右手抡起环首刀，已是连续劈翻了四五个衣衫不整的青州兵。

十九日来，段龛对于济水沿岸的防备不可谓不用心，不仅将南岸的树木尽皆砍伐，更是把大营垒驻于土坡之上，并撒下了海量的拒马以抵御铁骑的冲击。可慕容德偏偏又打了他个出其不意。随行南下的数千大军，尚在济水北岸夜以继日地收拢舟楫船只以备强渡，而身为统帅的慕容德，却巧妙地选择绕过与齐军对峙的一线，用皮筏子趁夜渡河，先行干起了劫营的买卖。此刻，前来劫营的三百亡命士卒不多不少，刚好就在夜色掩护之下溜到了后营旁侧。而那个专为迟滞骑兵冲锋才垒起的坡面，又恰好给他们提供了趴伏藏匿的视线死角。直至寅时深夜，火射蹿空，慕容德在一众亲兵的拥簇下，一头扎入了营垒。不过，此前的一帆风顺并不意味着他们就能轻松地以三百人击破近万的敌人，在胡冲乱撞地一通搏杀后，他发觉身边的儿郎们已然逐渐零散。

"勿要恋战，引火烧寨，而后速退！"

可在混乱嘈杂的战场之上，几句喊话能起到的作用几近于无。慕容德干脆支使身边的亲兵四散开来，一面去引燃营帐，一面顺路向自家袍泽传递军令。他自己依然刀盾在握，焦急而又不失警惕地观察着四下局势，试图寻找一会儿脱身的通路。而这，绝对算得上是个无比正确的选择。

"哒！"

身后的这声暴喝骤起之前，慕容德已经察觉到了些许细微的异动。他恰提前转过半个身位，把上肢的要害缩回到盾牌之后。

"当！"

他弓步屈膝，左手盾抵住了第一个贼人的奋力一击，可那一杆劈刺下来的长矛竟也刚好嵌卡在了盾镶之中。慕容德被这股巨大的力道震得有些发晕，而身无兵刃的贼人一时间还不愿撒手那已无甚用处的矛杆，反倒是不顾危险地试图抱住慕容德的臂膀。瞬时缓过劲来的将领只一斜眼，便发现了第二个矛手已从一顶塌翻的帐幔下抽身爬出，扑了过来。

"无耻小人！"

终于，初次领兵劫营的忐忑与意外受袭的惊骇，均被这滔天的怒火压制了下去。慕容德发了狠，他先是一推一甩，左手盾撒出之际，右手刀几乎是贴着地扫向已是脱力仰摔的贼人。旋即一声惨叫暴出，自己那工艺精良的环首刀大概是切断了近身贼人的脚踝。慕容德没有时间多想，他拧着腰身速退两步，才将将躲过了戳向自己腹胯的第二支长矛。眼见对方矛锋抢地，他瞅准时机，一面以膝盖扣住矛杆，使得贼子无法抽回，一面双手握柄，横抡起环首刀反手平扫。他这回看得清楚，那尚未来得及穿着甲具的矛手，正被自己的刀刃劈碎了肋腋。

险象环生的数息之后，慕容德终是靠着甲厚刃锋，结果了两个靠着装死偷袭的青州兵。平复了心境的他仰头朝天，贪婪地吐息着已是弥漫着焦煳与血腥味道的冷气，而眨眼之间，竟有一面巨大的纛旗正飘耸于他的头顶之上。原来在混乱的黑夜里，自己早就冲破了齐人的中军。估计那段龛若非已横尸周遭，便已然逃得没影了。

一股紧迫感压上心头，无论那放肆的齐王身在何处，其麾下的部众定是要拼死夺回中帐的——此处万万不可再留了。慕容德暗自盘算着，先斩了此纛，烧毁大帐，速速退回北岸。至于能带出多少儿郎，就凭天意吧。

幸运的是，天际泛白时的归途，仍是如夜里一般顺利无阻。对慕容德来说，这次劫营却未必算得上多么成功——三百锐卒竟只陆陆续续归来百余人。同时在战果上，由于一头扎进了段龛的中军辕门，估计整夜下来，也没烧掉多少辎重粮草。这一趟，多半也只能算得上一次示威罢了。

可随后，在太阳再度西坠的当口，几路斥候竟肆无忌惮地从先前对峙的河口渡归，将堪堪补上了一觉的统帅搅醒。原来，那不久前自封王爵、豪情万丈的段龛，竟然被慕容德这一遭无甚大用的劫营敲碎了肝胆，已然分批撤军，逃回了广固城。

"嘭嘭嘭。"

一阵捶敲木板的声音，夹杂着男子阴沉的咳嗽声，从马车中乍一下拱了出来。而在旁伴行的心腹侍从，却没有选择即刻叫停正闷头前行的军伍。他策马贴向了车厢，一手扒扶在小窗的框沿，小心翼翼地将遮光用的方形布帘掀起个小缝，兴许是怕有一丝凉风会钻进去。

"大人。"

"这是到哪儿了？可有何变故？"车厢内半卧着的男子看样子刚及四旬，但这副神色却已是憔悴至极，只吐出断断续续的两句，便好似累到换不过气来。那侍从贴耳于小窗之外，只是隐约听清楚了几个字，但就着自家郎主的脾气秉性，倒是也不难猜出其阴柔的话意。

"很快就能望见彭城的北门了。小的们依大人吩咐，一路上未敢多做停留，只是……"小伙子一时说顺了口，后面的话都蹦到了嘴边上，才开始掂量到底适不适宜拿来烦扰病重如斯之人。

"接着说！"车厢内的男子虽已是周身乏力，言语不清，可听力犹自敏锐，脑子更是还没烧糊涂，心知这必然又是有了棘手的军情。由此，他甚至试图强撑双肘，抻脖仰头想要盘坐起来，努力地尝试着摆出一个稍显威仪的姿态。

同时，语气犹疑的侍从却不知晓小窗另一头这通注定是要失败的挣扎。否则，他绝对是不忍心再多吐露半个字眼的："只是吾等身后三十里左右，一直有一支万人上下的燕军尾随。小郎君且已分兵，与之相持。前两个时辰，后军几次来人讨要军令，想要倚仗汴水伏击，小的们没法子，只得将大人的病情如实禀告了。"

"可知晓燕军的旗号？"这一句从车厢内传出的话语竟然在无尽的疲惫中犹自透出了铿锵。

"当时……只依稀记得是个双字的姓，"侍从略为羞愧地怯怯回忆起来，"肯定不是慕容。"

"鲜于亮……此人虽勇，但用兵行事总还算安分，恢儿尚可应付一阵的。令众军依令速入彭城固守。再去告诉郗恢，除了保住南撤的道路以外，不必理会燕军的动作，切不可妄自出击。"几句话嘱咐完，晋廷北中郎将，徐州刺史郗昙终于又瘫躺在了车厢内的软毛席垫之上，再度沉沉睡去。

当下这一场燕晋之战固然已无法避免，然而，纵使天下的智者绞尽脑汁，却也未必有几人能够预见到引爆兵戈的，竟是段龛的奇思妙想。割据广固的齐公，向来将夹在燕晋之间的窘境视作收割政治资本的机遇。同时，江北都督殷浩的兵败去职，更加助长了其对慕容氏莫名的仇恨——至少郗昙是如此分析的，否则很难解释段龛随后的挑衅与冒进。

于是，一直被两方拉拢的齐公自晋王爵，并去书传檄，退回了邺城的玺绶。而在慕容儁看来，段兰曾经的诺言依稀在耳，自然视其子的行径为背叛。在范阳王慕容德依令袭破济水，兵围广固之际，晋廷也无可选择地携手点燃了一场横跨四州之地的中原大战。

"广固城下有燕国大军，诸葛攸面前有燕国大军，我身后亦有万人追兵，那慕容儁可是凭空变出了十万大军不成？"郗昙眼睛一闭，已不自知过了多久，而似在睡梦之中，他正与左右间的身影商讨抱怨着当下的军情。

然而，实际的情况甚至要更为严峻。在殷浩失势遭贬后，由于司马昱声名受损，一时间无力去提用委任新的江北都督，且桓温也未见得乐于提擢他人外镇掌兵，从而与自己沿江抗衡。因此，青、徐、兖、豫的刺史将军们便暂时失去了统一的调度与节制。尤其在段龛于济水溃退之际，他们竟只得硬着头皮，各自起兵，前往救援。而慕容兄弟又怎能轻易放过江北晋军这一致命的弱点？围广固而击援，这是一个经典的军事策略。晋廷三路援军数万将士，无论是真心去与燕军搏杀疆场，还是摆摆样子缓行自保，多多少少都要在回来的途中，面临被北人铁骑截击的厄运。

身为徐州刺史的郗昙清楚，自己是相对幸运的那一个。北上青州之路川泽散布，虽是阻碍了行军速度，却更能禁锢住前来伏击拦截的铁蹄。与此同时，兖州的诸葛攸距离枋头渡口太近，当下多半已与燕军主力打了照面。而豫州的谢万长驱驰援，沿路坦途之上，更是危险丛生。

"快撤！恢儿快撤！"梦境之中，又似有无数黑甲黑面的铁骑，从瓢泼的雨幕中穿出，朝向自己露出了封豨獠牙。几日前，也是类似的一场大雨，激出了郗昙的沉疴，众人在商议之后，均是欣然同意借此撤军归回彭城。而刺史本人，也是直到确定尾随监视自己的是鲜于亮部众，才终将那颗悬着的心咽了回去。不过，这也意味着，其他人必定不能是同样的幸运了。

"大人，咱们已回到府上了。"

几声轻唤驱散了骇人的恶魔。郗昙伸手抓了抓身下的毛垫，车厢的底板似乎真的换成了卧房中的软榻。半晕半醒间，他才渐渐有了醒悟——兖州诸葛攸，亦如广固段龛一样，怕是不可再救得了。

"速……速禀谢豫州……退军自保。"他不知晓，可是否有人听清了这断断续续的片语呢喃。

每日守在城头远眺待援的段龛坚信，能够用出跨水劫营这般神来之笔的，必是慕容恪本人。由此，他才主动放弃了野外的营盘，全军撤回了广固。段龛亦判断，能将自己四面围困的，也必属五万燕军的主力，而城下的纛旗，以及每日间飘起的炊烟，似乎也支持了自己的猜测。不过，或许时间再长些，他估计也能发觉实际情况却是相差巨大，盘踞城下的，只有插旗增灶的万余人而已。至于慕容恪本人，也才刚刚渡河，进入兖州地界罢了。

　　"殿下，范阳王又来信了，催促大军东进会合，言，仅靠增兵之计久不攻城，定要露出破绽。"皇甫真依旧尽心干着最擅长的副手差事。军务往来，以及闲杂事项照例被他处理得井井有条。不过，眼前五万大军的统帅，却似乎没有将心思放在自己的禀报之上。

　　慕容恪正呆呆地盯着手中的一方绢帕——这还是出征前，从王妃身边偷拿出来的。王聿徽在上次小产之后，好不容易才又有了身孕，可是算着日子，他自己却未必能够及时在生产前赶回邺城。

　　"玄恭也不必过于烦忧。王妃此番的保养可算得上是陛下与皇后心头的首要大事，有宫中的医官在，必然无碍。"皇甫真一搭眼这方绢帕，便猜得了老搭档的心思，"再者，估计用不上一个月，就足以奠定胜势。到时，殿下大可先赶回邺都。"

　　"就是缘于此番战事顺利，咱们多半是要进军豫州与徐州了。身为统帅……才是更不好脱身。若晋军再从江左调兵反扑，要是无人统领全局，前鉴可就在眼前。"慕容恪一扭脸，目光扫向了东南旷野——兖州的战事已在此间拉开。同在高坡之上的皇甫真跟着一并望去，果真是有些江山激荡的意味涌上心间。而守卫在二人身后的罴郎不管这些，依旧是百无聊赖地玩转着自己手上的长戟。"中原的郡县可算富庶，我若不在此节制，怕是军纪都要难以维系。若生出事端，岂不是要污了皇兄的声望。"

　　皇甫真点头附和了两声，随即赶忙处理手上的信报。"范阳王催促大军会合，言广固城要围不住了。"

"无妨。告诉玄明，继续打我的旗号围而不攻。段龛若有一战的心气，当初就不会从济水撤军了。哪怕他真的突围，亦可放其离去。本来那广固城就坚厚难攻，咱的儿郎又不精于甲具刀盾。"说到段龛，慕容恪不禁在心底苦笑连连。若是仅针对南青州的一隅的话，他早已保举了吴王慕容垂统领一军，与慕容德合兵征讨，可皇兄慕容儁却更想趁着姚襄攻入潼关，桓温回师江陵的机会，尽起冀州大军一并渡河，取下兖州地界，作为未来南下的根基。最终，在盛乐风言后，难免再受猜忌的慕容垂被留在了邺城，而更希望陪伴爱妻的慕容恪则不得不披挂出征。再添上慕容德的一次突袭劫营，竟搅得战局直接波及了整个中原，如此一来，本想一口气鲸吞青兖，尽快结束战事的慕容恪就更加无法抽身而出，只得将勇猛且稳重的鲜于亮派去截击自徐州北上的郗昙。更为勇猛却算不得稳重的慕舆根，则统领铁骑去威慑自豫州东进的谢万。而他自己，则以三万之众稳扎稳打，先将兖州的诸葛攸逼入绝境，再去对付广固的困兽。"哦，还有那个傅末波，可以允其举众投靠，并就近划归慕舆根节制，令其配合具装铁骑拖住豫州援军。"

这回轮到皇甫真在心中苦笑了。那慕舆根可没等大军统帅的指示，早就将那位当地豪帅——或者称其为贼首也算不得贬污——并其千余部众收入了麾下。待到慕容恪的军令传到，估计慕舆根可能已领着这些人马朝着谢万的大军发动了进攻。不过，通晓人情的皇甫真更是清楚，就算慕舆根再过桀骜，也确是由慕容恪一手提拔重用的悍将，因此，有些劝谏是断不会从他自己口中说出来的。

他领命离去时，竟然不禁羡慕起不远处那时憨时煞、每日间却又少有忧愁的罴郎来了。

"这该死的雨！"

以谢安世家大族出身的涵养，是极少时才会将自身恼人的心情，归咎于糟糕的天气，更不至于口中带粗地咒怨起来。然而，这持续了一整天的绵绵细雨，却依旧不停不歇地敲打着历阳府栈中的一潭池水。且那翻跳不止的雨花，确实极易牵带起心头的忧愁，久久无法平息。

负手立于廊桥之上的谢安也怪自己思虑不周，若能早些知晓那领兵南渡的竟是用兵来虚虚实实的慕容恪本人，或许他能提前赶到万石身边，阻其出兵。可如今，不知凭借自己这点儿脸面，还能否保住兄弟的性命，乃至自家的声名了。

"安石兄不必太过担忧，大司马既然亲自沿江东进了，就是不愿局面再度恶化。再者说，纵有千般罪责，也不只在谢豫州一人身上。那慕容恪与慕舆根皆非易与之辈，凡有趁危进谗的，都得自问一番，换上自己，又能否抵得住那具装铁骑的威风。"

冒雨来劝解的青年不是外人——论起自己与郗超之间的交往，放到以往，多是出于对身世的互相敬重，但自此时起，确实要添上一丝感激与计较了。然而，劝解归劝解，感激归感激，谢安对自家一族所面临的困局还是保持着清醒的认识。郗昙因病误期，退回了彭城，却也为晋廷保住了淮水以北唯一的坚城据点，而诸葛攸自己独面慕容恪，即便大败丧军，也不至于遭受过多的苛责。但自家这兄弟轻装疾行而不恤士卒，贪功改道又擅攻贼帅，才有了被铁骑突袭，一溃千里。若不是自己及时赶到，抚平了营啸，那后果更是无法料想。而中原一战，三军溃败，谢万便成了那个绝佳的担责之人。至此，恐怕自家所倚仗并把持了三代的豫州刺史一职不再复有，且陈郡谢氏的声名与前途，也不知还能投向何方。

"景兴之恩，谢氏自不敢忘。"

"安石兄折煞在下了。今日能救下谢豫州，靠的尽是安石的贤名美誉，超只不过是唤来人马，摆摆样子而已，可不敢胡乱居功。然安石兄尚不可离开此处，南归的溃兵败将分批不断，难免有人会对谢豫州再起恶意。仅凭在下与陈祐将军二人，怕未必能保其万全。"

谢安闻言抿了抿嘴。郗超想将自己留在历阳，听起来确是在为自家兄弟着想。然而，今时也不同于往日，谢万眼下已是足不出院，即便又有败兵想要杀人泄愤，难不成陈祐麾下的精兵还守不住个府衙？于是，这话里话外的困惑似乎隐隐坐实了自己的一种猜想。"景兴之意，可也是大司马的安排？"

郗超并未开口，只是俯首盯向了池中此起彼伏的朵朵雨花。相当的一段时间里，在二人站立的廊桥左右，寂静到唯有这些落雨翻跳的声响在上下蹿动。也是借此时机，谢安心底的理智终于越过了连绵的忧愁。

眼下燕军似乎还未攻克广固城，而后更要费时费心清理巩固许、颍、谯、沛、陈等诸多中原郡国，又怎会有余力攻过淮水？而桓温托大司马之名，连舳舻千艘，顺江而下，兵援淮南，俨然成了晋廷时下唯一的擎天柱石。这一战，燕军铁骑得以饮马淮水，固然是慕容儁的军事成就，却在情理之中，同时化为了桓温的一场政治胜利。

"也罢。"

谢安吐出的一大口浊气在涓涓绵绵中没了踪影，他的叹息也在淅淅沥沥间飘散无迹。桓温马不停蹄地去往濡须一线，既是不愿意见自己，甚至也是刻意躲着所有前来说项试探之人。好在当下这一幕，与不久前殷浩被废之时极为相似。估计万石这一遭，亦是要遭贬为庶人，却总不致有性命之忧。

他自觉站得够久了，正要转身回屋之际，竟在郗超的脸上，察觉到了那一闪而逝，却又无比相似的忧思——郗昙病倒在了彭城，恐怕已是朝不保夕。高平郗氏虽不似自家注定要逢一大劫，但也难免有所滑落。

原来，这一场雨，不只浇在了自己头上，也淋到了诸多的高门世家身上，更是拍打得政困建康的会稽王司马昱无人可倚，以致面对桓温的强势，多少有些束手无策了。

想到这里，谢安曾因失言咒怨的那份自惭倒是减去了许多。他清楚往昔的闲逸妙趣该已到了尽头，从此，谢氏门楣便要指望自己了。

愿有一朝，东山再起。

同样也是一场大雨倾落在了北方邺城，只不过比起大江之上是更急，更冷。

燕国皇室的医官左玄之刚刚心不在焉地拉合了手边的竖柜窗，他眯着眼睛，狼狈地翻倒着自己的平生所学。自己读得懂脉象，算得准日子，在效力慕容家的十年里也曾立下了些许功劳，甚至在条件简陋的草原上，保住了慕容翰的一条腿，然而，眼下棘手的生产之事，向来是不到临盆之际万难摸准风险的。何况这位太原王妃年纪已不小，更是小产过一次，腹怀的月份也较上次凶险了许多。由此，皇室的子嗣不兴不仅是压在可足浑皇后心头的一座大山，同样也是顶在自己身后的一把利刃。这番若是大的小的，任一出了闪失，可不是他左玄之足以担当的。

心神难以安宁的医官为方便诊护，早已搬入了太原王府中。故而，自己再行符法之事，就总要赶在四下无人的时候——慕容儁继承文明帝，严禁巫蛊血祀。聪明的人自然将黄老菩萨藏匿了起来，免得惹上不必要的麻烦。

左玄之从怀中摸出了几道黄符，又难免开始后悔起当初为了个看似风光的品秩，接了这如履薄冰的皇家差事。

外面的雨声似有放缓，至少变得不那么刺耳摄魂了。可风势却又不那么饶人。方才本没关严的窗框嘎嘎作响，而左玄之的心境反倒是随着红炉之内的几缕青烟飘散，渐归了平静。医官干脆将窗户一把拉开。北方的风雨虽寒，却更能助人拓阔心绪。

"但愿……"劲风袭面，捋起了狼狈的鬓角。左玄之笑念邺城中，人人赞誉太原王用兵如神，虚实无常，连自己都曾有幸耳闻陛下称赞其弟常胜不败，乃是看透了人心。然而，却不知，这一家人又都能否猜得透宗代兴亡间的苍天属意呢。"但愿道君保佑，保佑吧。"

残　月

"当啷。"

正抱着兵器小憩的战将一个激灵挺身而起，他虽不是很确信这铁器坠地的声音是来自梦中还是现实，但谨慎起见，还是决意要去屋外探查一番。战将把马槊靠放在屋门内侧，以防有人在门墙背角伏击自己时，长家伙施展不开。而后，他一手推开屋门，另一手已将佩刀握举在胸口，做好了随时闪身下劈的准备。不过，直至探到屋外小院中，他也未见什么人影刀光，甚至连一丝危险的气息也未曾嗅到。战将半扎马步，双手托刀，在眼前慵懒的残月相助下，满是警惕地环顾四周，试图找寻出有关方才那一声惊响的蛛丝马迹。终于，在那半遮在茅棚阴影之下的铁砧墩脚旁，半截胚子躺倒在砾石之上，在月光的掩映之下却未见太多的锈迹与灰土——这必是刚刚从毡台之上翻落在地，才弄出了那一声坠响。

"三原多年都未有战事了，这遭如此之大的阵仗，想必就是为了将军吧。"

战将的刀尖横指，直到看清从茅棚的暗处缓缓走出的竟是一皓首老人后，他才略有羞愧地收回了刀锋。他随即又竖着耳朵，拱手施礼："可是在下占了老丈的院舍？"

"将军多虑了。"老人摆了摆手，这动作一大，其白衫霜须在月光的映照下，竟显得仙气飘然，"这家人早已搬走。再者说，旅人不过是暂借此处栖身，即便是主人照面，又怎会撵走将军呢。"

战将随着老人荡漾的目光寻到了自己的兵刃上，一股歉意顿时涌上心头。"那便谢过先生了。"

"毕竟是上了岁数，偶有无眠的时日，便在附近走走转转。今夜，恰巧听到了些许骍鸣之声。"老人说着，已转身挪向院门，可走到一半又停住了脚步，抬起手中的拐棍指向了另一侧的马厩，"一进大门便也看了个明白，村夫野民上次能见到如此雄骏的战马，还是这院宅的旧主，张家父子受人征辟搬走的那会儿。"

"先生之意……"

"将军怕是在此处待不得长久。日头一升，院门口总有人来人往。"老人再次拄杖与战将面对面。从院墙之外探进来的树枝，经月光映照而投下的影子，恰好在两人之间画下了一道鸿沟。"将军若想冲出层层围困，唯有依山傍林而行，才可遮蔽追兵视线。老朽一家就在隔壁，鸡鸣后，自会遣人送来些吃食，愿将军保重。"

战将一时间塞口无言。他清楚眼前的老先生既不会罔顾全家老小的性命而收留自己，也断然不会向秦军出卖行踪——而这已然是份天大的恩情了："先生也保重，不待天亮，我必会驰离此地。"

"其实，还有更稳妥的法子。"老人走到门口忽又回首，双眉外撇，复杂地打量起战将周身上下，"若将军舍得这宝驹，当下便可将其赶走。钟某明早可奉上驽马粗衣，换下来的甲胄兵器，也可替将军藏在山中。待他日复归，再行取出。如此一来，应是更易走脱。然如何定夺，全凭将军自己。"

战将闻言扭头望向了自己的爱驹，思绪如波涛翻涌般锁住了自己的手脚口鼻，竟不知这般静默呆立了多久。等到他再看向院门处时，老人已是不见了踪影。

西边的离人仰头望向半轮残月，自叹世事当有定数，绝非一朝苟且可获保全的。而东边千里之外，同样的残月也正为心急如焚的归客照亮眼下的夜路。

一前一后的两个人已是耗尽了无数驿马的脚力，却依旧难以追上那如梭流逝的光景。疾驰在头前的男子拧身回望，落在后面的汉子可是越来越远了。也难怪，以那家伙的身形和重量，若是用尽了备马，也迟早要被落在更后面的亲兵队伍追上。男子决定不再理会，缰绳绕紧了手腕，独自牵带着最后的希望，向着邺城奔去。

"禀殿下，邓建节已发现姚襄踪迹，正与徐成将军合兵追去。"

吕光几乎是追着前来通禀军报的小校前后脚到达了主厢的屋门外。他心念王景略果然是神人，竟能算准那姚襄必不会舍弃部众，赶在夜里盲目远遁。故而，殿下听其言，只派建节将军邓羌在方圆五十里内就近搜捕，还真就觅到了姚襄的踪迹。

"可是世明和景略也到了？"

屋内先是传出了清朗的笑声，想必东海王还在更衣洁仪。而先到一步的吕光刚想回身嘱咐人将王猛请来，一昂首阔步的身影便也出现在了池阳县府的主院之中。

"二位来得正好，且随后一同去见族兄黄眉。"没用多久，屋门大敞推开，一容颜瑰玮的青年大步而出——这就是东海王，苻坚苻永固了。而后，三人出院上马，依着安排，去拜访同来围剿姚襄的广平王苻眉。

苻坚在这一路上可是毫不顾忌，几次拉着王猛的手赘言不止，更是不吝赞誉之词。而同行的吕光，眼见耳闻之际，难免有小小的酸意涌起。然而王猛可是他父亲吕婆楼亲自向苻坚举荐的贤才，自己与其同在东海王府担任掾属，关系也是日渐亲近。且论起王猛此番所献诱兵计的精彩缜密，也的确非是自己的脑筋能够媲美的。

同时，东海王能够说服一样位高权重的广平王来配合自己用兵，这其中所展现出的手段与威望，更是让吕光在此纷乱时节，望到了一幅令人激动的前景。若王景略确有王佐之才，他自己甚至乐于居于其下。

"来人驻马通名！"

一行人刚刚出了池阳城门不远，一骑快马便从北边飞驰抵近。随行亲卫的一声暴喝引得吕光焦躁不已，生怕是战场之上又有了新的变数。于是，他不等苻坚吩咐，便径直策马上前。

"到底出了何事？"

"世明先生，此人说是从王府赶来，长安出了大事。"

吕光只觉得这气喘吁吁的飞骑略有眼熟，而对方却实打实地认出了这名自家大王的心腹属臣。小校不再多言，直接便将怀中的信笺呈递了上来。吕光接手过来，草草读了两行，一开始还因无关三原战事而放宽了心，可随着眼前这些不知是出自谁人之手的潦草小字逐个蹿入双眸，他的脸色终也大变："张彤，带人原地警戒，任何人不得靠近！"

诧异惊愕的亲卫统领插手领命，策马回到了苻坚身边的吕光可是缓了好几口气才算抚平了心绪："殿下，长安府里来信，言昨日，陛下于宫中，当众处死了进谏的国舅强平。"

接过信笺一目十行的苻坚也已是目瞪口呆，长久间也未有言语，而王猛的神情却更显平静一些。吕光有种感觉，以苻坚蹙眉沉思的风采来看长安宫里的那位，恐怕也要栽在王景略的手里了。

"二位如何说？"

"先容猛问殿下一句，可愿为苍生计，废掉苻生，肩挑天下乎？"

果然。

苻坚没有出言喝止训斥，自然便是默认。而吕光先是环望一圈，看来张彤的警戒之事做得还算不错。

"咱这主上乖戾异常，嗜杀无度，早已吓得一朝上下的文武臣属惶惶不安。而今，又以此虐行处死了国舅，怕是失尽了上下人心。"王猛所议之事甚为澎湃，可声音却是自觉地压低下来，就连围圈警戒的亲卫们估计也是听不清他的话意，"然此刻，还不到殿下起事之时，尤其不能做那头个揭竿的宗室。"

"景略之意，是要殿下后发制人，或许用不得太久，定就有其他王侯出头与苻生相争？"吕光深谙王猛之意，于是也赶紧出言唱和，以助苻坚定下决心，"最要紧的，还是蛰伏养晦，到时务必一击而定鼎。"

苻坚的目光从王猛扫到吕光，而后又转回到王猛身上。他对这些劝解自是深以为然："那二位对眼下之事，可有定计？"

"猛以为，今日追剿羌人贼首之事，殿下便不宜出头了。一者姚襄虽以勇毅名震天下，但其声名太显，殿下爱才，然其生死却不决于吾等。再者，以长安宫中主上的秉性，擒杀了姚襄，未必会得重赏，却更易受其忌惮。不若，就将这桩麻烦事让与广平王。而当下众人皆盯着那一骑英豪，可尚有逾万的羌汉部众屯于渭南地，姚襄无论死活，这些人尚有其弟姚苌统领。殿下宜尽快动身，赶在此部退出潼关前，将之收服。到时，手上既不沾英雄之血，又能悄然积蓄实力。殿下以为如何。"

"世明？"

吕光明白，苻坚此刻投来的目光并未问计，只是在寻求自己对王猛之言的附和。同时，他自己也已跟随王猛的豪言壮语，在脑海中浮现出了一幅奔腾的盛景。于是，吕光情不自禁地拊掌大笑。

直到此番恣意渐平，四下的亲卫也都收拢了队伍。吕光眼瞧着亲密并立的两骑，一朝大事若成，自己这位主上怕是要对王景略言听计从了。而这，竟在他的一腔豪情中，添上了些许无法言明的杂愁。

夜空中的残月几近消亡，而一轮新月，自会在旧月亡落之后再度绽生。不过，习惯随着月轮浮沉的人世，却未必如是。

邺城的一夜照比往昔并无太大差别，除了些许明街暗巷里的酒楼花肆外，各处均已重归寂静。但太原王府却在几近死寂中，仍保持着通明的灯火，更显得十分诡异。

左玄之一路踉踉跄跄地碎步小跑，他双手反反复复地抻平衣襟，扶摆头冠，口中依旧念念有词，也不知是在温习说辞，还是在祈求着谁家的护佑。直到奔进了院中，眼前的一幕却令其霎时语塞。

太原王矗立在屋门前，双手僵硬地捧着襁褓中的婴孩儿，两道目光死死地盯着眼前的两级石阶，只在余光里，还印有娃儿的侧脸，以及正颤颤巍巍靠向自己的人影。慕容恪已在外征战已久，邺城发生的种种自然十分模糊，更不会知晓服侍了自家十余年的皇家医官，要为这场钻透已心的伤痛背负多少的责任。

"来人。"

一句阴沉的话语，引得包括左玄之在内的所有人心头一震，好在太原王只是将手上的襁褓递出。两个家仆抢步上去，稳稳地接住了殿下唯一的子嗣，而后，却又不知所措地在原地回顾打转。

"呼。"

终在推门进屋之际，方才还是冷峻挺拔的慕容恪便随着一息哀叹而缩曲了脊梁。眼前的一幕，正如他预想中的魔障一般——王聿徽的尸身裹在一席华服中，正静静躺放在棺椁之内。前日里因难产血崩的王妃脸上惨白如霜，寻不到一丝丝的血色。垫起棺木的一排冰凳，正化着霜水渗渍着地面，而在灯光的阴影下，这分不清明暗的一摊，就如同深不见底的沼池，拉拽着慕容恪沉入其中，直至窒息。

"在哪儿？"

一声怒喝撕裂了原本默契的幽寂，越过了整个院落直冲房门。左玄之本来没敢跟随慕容恪进入屋内，但出于愧疚与惶恐，他还是拾级而上守在了门口，等待着时机向太原王解释一二。而这些许的善意，却恰好救下了自己的性命。

除了慕容恪外的所有人循声侧目，瞪着眼珠子目视罴郎拎着一名家丁直穿院落。而在屋门处发现了唯一一名医官后——也不知是听了哪里的闲言碎语，以至于被激得发狂——这熊货大步上前，将手中人扔于一旁，竟然直接抽刀砸向了左玄之。

"住手！"

那刀是在星夜奔回邺城途中，由慕容恪交由罴郎背负的一对短刃中的一柄，握在巨掌之中，虽显得袖珍可笑，却也足以凭着撼山的气力将医官劈成两半。然而，伴着四下惊骇的尖叫声，宝刀在与门楣齐高的半空中停滞住了。这憨货以往只听田琼与王聿徽的话，可如今两个主人都已不在，而除了正在屋中垂首扶棺的慕容恪外，他又能再跟着谁呢？

"罴郎。守住屋门，任何人不得靠近。"说罢，慕容恪转身过来，将刚刚吓得腿脚松软的左玄之生生拖入了屋内。

"记得上番王妃遭难，先生可是把人救了回来。如今却为何至此？"房门关合了许久，慕容恪才缓缓开口。他只是偶尔瞟上两眼缩在一旁的医官，注意力还多在端详那张惨白的面庞上。

"禀……禀殿下，王妃此番乃是血崩，不同于上次小产，实在是凶险万分。属下也是无能，愿领责罚。"好在准备了许久的说辞派上了用处。左玄之想着应该扑跪下去，可双腿却似失了知觉般地不听使唤。

"当真无法保住王妃乎？"

"两全……很难。"左玄之只觉得上身仿佛也跟着麻酥起来，好似又要晕倒一般——王聿徽确认身亡当晚，他在自己的屋中已是晕眩跌倒过了一次。

"两全很难。"慕容恪伸手抚向了王聿徽的脸颊，可指尖刚刚触碰，一股寒意便传回上了心尖，"遇险之际，可有旁人到了府上照看？"

"是……陛下亲至的。"

突在此时，门外一阵哭号渐起。粗沉而不绝的呜咽应是罴郎的声音，而后被勾起的尖锐啼声，大概乃小公子发出。

也是这急促的响动惊醒了左玄之，他终于明白过来，既然已有丝丝疑窦扎根在了太原王的心底，那么无论从与其独处的自己口中吐露了多少隐情，只怕今夜出了这屋门，邺城——乃至整个燕国——他都断然待不下去了。自己为慕容家效力十余年，虽算不得如履薄冰，却总是小心谨慎，可终究还是没逃过这一桩最为让人惧怕的宫闱谜案……运气好些，下半辈子还能远走他乡，当个乡野郎中。若就此苟活个闲逸，或许还能真正潜下心来悟道黄老，倒也算个不错的选择。

直到慕容恪阴沉的声音再度缓缓飘起，左玄之不自主地打了个寒战。

"那陛下，做了何吩咐？"

"呼哧，呼哧。"

白色的战马终于在一路疾驰后被缓缓勒停，马儿的前蹄好似痉挛般地在田野中划拨踢踏，沉重的鼻息推出圈圈白雾，夹杂在时而乱起，又如同催命战鼓的风吼中，提醒着自己的主人，追兵仍在身后不舍不弃，危机犹存。

然而，马背上的姚襄此时却双目微闭，端坐如常。他的思绪大概已是飞出天外，口中倏尔还念念有词，仿佛雄武魁伟的英豪总要落得这条归路，垓下一败的项籍，廉台一败的冉闵，还有三原一败的自己。姚襄清楚，再策马狂奔下去的结局，也不过是坐骑力竭倒毙。而自己的部族尚在东方百里之外，其间仍隔着成千上万的追兵。他舍不得胯下的爱驹，舍不得手中的精铁长槊，更舍不得三十年的荣誉和骄傲，否则，早就可以赶在那残月之夜，听循舍翁的建议，换上一身布衣，牵上一匹驽马，躲进属于他的"乌江渡船"，蹿入山中，匿迹逃去。

"苻眉，苻坚，邓羌。"

几个名字从姚襄口中默念而出，他的心中充满了不甘。原本距离长安已在咫尺，哪怕终是无力破城，仍可聚众向西进入凉州，向东亦能退居潼关。可谁又能想到，一如邓羌这般威名豪勇之人，竟也能演上这么一场令人不防的诈败，才诱得自己分兵追击，终致被围。

"罢了！"

姚襄一度很想知道，是何人算计自己至斯。可在短暂的驻马冥思之后，这份念想倒也淡了。驰骋天下，豁达一生，最好的对手亦如他乡的故知，相逢何必再相识。

长槊的刃尖垂落在禾草之间，那曾劈甲裂骨的锋芒竟没有卷碎一片草叶。一声满怀释然的长叹之后，姚襄终是欣然接受了千年往复间、无数英豪注定的悲情。他累了，几年间，从河北投江淮，从中原入秦关。一路征战，一路迁离，纵使自己赢得了杀伐争斗，却还是敌不过天下大势，纵使搏到了人心相随，却终不得机缘，再立基业。如今，既已落得末路，他终于可以自私一次，将部族命运的重担从肩头卸下，不必再去惦念先父的期望，以及后世的品评。

嘴角斜挑，姚襄自喜找回了最初的那份豪气。

田野间大风骤动，蒲公英头顶的白絮被成片卷起，似若万箭离弦，飘成一片，从白马的身侧掠过。既如此，不必言顾悲喜，曾经敲捶过九州大地的槊杆最后一次挺举，锋刃之下的悬缨放肆地随风摆舞，团团花絮伴随着战将，朝着扑压而来的千百追兵迎头击去……

燕晋的中原大战刚刚以淮水划界落幕，跟随姚氏迁徙千里的羌汉民众也在潼关以西停下了他们疲乏的脚步。秦广平王苻眉持首功，奔回长安报捷请赏，而姚苌则是率部出降了东海王苻坚。至此，暴君苻生身遭的道道暗流，多少该引起天下英雄侧目——或许，本应至少引起两个人的注意。

然而，晋大司马桓温此时还在专心与建康司马氏争揽那一地鸡毛的江北权柄，燕侍中慕容恪则是选择将自己关在了太原王府的小屋之中。

纵使外面日月变换，星辰相错，仿佛都与屋内的慕容恪毫无干系。甚至已经记不清是连续的第几日，他依旧是瘫坐在灵堂之中。身后的房门仅是半掩着，但却无人再敢进来劝说。或许，只有些许的风声与偶尔的哭啼，还能冲破那一层魔障，勉强将屋内的心碎之人拉回到现实中。

慕容恪痴痴地抬头望向矗立的牌位。似是长时间不曾进食，饿得昏花的双眼已辨不清那一排漆墨勾描的隶书。不过，往昔的画面总趁着迷离反复浮现，扰得他心荡唇颤。随后，他用尽了浑身气力，举起了剪刀，咬着牙，满目愤恨地将自己双肩之上的发辫齐根剪下。掩面的呜咽打湿了握在手中的一方绢帕，几缕厚厚的青丝在一旁的火盆之上呲呲化焦，直到房门之外终有阵阵嘈杂涌入进来，才盖过了这心碎的裂响。

"竟一直如此？"

慕容儁先是摆手止住了围绕上来的赞拜之声。他抬眼望向屋内，只透过那微掩的房门，隐约瞄到半个身影背身瘫坐。

"太原王竟一直如此，几日间不吃不喝？"周围的一众家仆侍卫无人敢开口应答，慕容儁才稍动了肝火，刻意提高了调门，二度叱问了一遍。

"禀陛下，只要殿下不动怒，小的们都会按时送些吃食进去。可殿下……"

慕容儁斜瞟了一眼正硬着头皮颤声答话的管事，随后便甩起大步，径直赶往屋门。可尚未走出多远，一声尖锐的啼哭，竟直接穿透了皇帝的心扉。

一道又一道念头缠住了脚步，更似有一堵砖墙隔在了面前。慕容儁满面疑惑地转回身，循声望去，王府奶娘手中的襁褓便撞进了他的双眸之中。终于，杂乱的思绪与念头就此衔成一串，神色间的疑惑，也转瞬演化为了惊扰，甚至是畏缩。

一位父亲将自己累日关在亡妻的灵堂之中，若是痛惜哀悼，他可以不见外人，但又怎能这般疏远襁褓中的娃儿？唯一合理的解释，是那屋中滋生蔓延的不仅有痛悼，更有交杂纠缠在一起的诸多幽怨。

皇帝为此感到惊颤。他太过清楚当日在这府院中发生了什么，同时自己又是做出了怎样的抉择。可如今，恐怕慕容恪也已是听闻了形形色色的蜚语，乃至甚为详尽的旁观见著，而最令他惧怕的是，曾经亲密的兄弟会凭涌起的哀怨来解读一切，而这无疑会——甚至已经——撕裂了二人之间的纽带。

慕容儁滞在原地犹豫彷徨，最终还是在叹息间暗自承认——自己的出现不会给兄弟正混沌纷乱的思绪提供任何裨益。他回身走至近前，伸手抱过了这个已经没了娘亲的男娃，眼中满溢的爱怜里，隐隐藏匿着丝丝愧疚。再重新将顺了一串又一串的念头后，他清楚自己此刻的责任了。

"如此也不是个法子。你过后便抱着小公子一同回宫中。孤的侄儿，就先交由皇后照看——"

　　然而，还没等慕容儁朝着一脸诧谔的奶娘吩咐妥毕，身后就是一声坠地的闷响飘来。随后，成片的惊惧与呼叫先后证实了那一声意外的来源，乃是慕容恪力竭昏厥，倒地不醒。

诗　酒

───────○───────

　　衣着奢华的大臣在禁军与侍从的护送下一路穿过道道宫门，径直去往邺宫内环的居殿寝室。这一日并没有廷议的安排，而皇帝本人更是在很长很长的时间里，都未曾勤勉地召集权臣入内宫决议军政了。时已近黄昏，按照长久以来的规矩，除非是有不得了的急事，臣属们是不应再入宫觐见的。更何况，大多数人即便嘴上不敢明言，但心知肚明——当下的军政已是尽皆决于侍中府与尚书台，而最近被唤入内宫的，半数以上都是伶人骚客罢了。由此，这一路下来诸多的禁卫均朝向这位已过五旬的贵族，投去了过多的乃至不合礼仪规矩的目光。但每当那棱角分明的面庞与一身华贵的蜀锦长袍在眼前划过之际，邺宫里的各色人等都要万分恭敬地称一声"上庸王"，或是"司徒公"。

　　慕容评那款式繁新的五彩蜀锦袍，已如慕容恪曾经的宝石发带一般，成了邺城中最为著名的个人标识——而在徽王妃故去，世子慕容绍降生之后，太原王本人便尽皆以汉臣士人的装束露面示众。虽说如今天下战火稍熄，各地均未现大规模的征伐动乱，可蜀锦在河北地界上依然是价值不菲，哪怕是以皇叔宗王的崇贵身份，能堵住他人明面上的议论，却也难免引得些许腹谤与妒恨。

　　按照慕容儁的授意与规划，才刚彻底修葺完毕不久的邺宫，在整体规模上虽还不比长安与建康的两座皇宫，可或许是为了御寒挡风而致门墙更为高厚的缘故，此间的威严与压迫感反倒是更胜一筹。不过，慕容评眼下的目的地却与殿室群落的风格有些出入。这是一座看起来极为清雅考究的殿室，屋檐之上均有连排的生肖雕饰，所有的窗饰以及木面上的漆色，都透着一股子柔美与巧秀，乃至与四周邻近的建筑有些格格不入。或许，一些走南闯北之人才能看出，这座殿室大概是仿了江南会稽一带的府宅风尚。而如今，此处便是燕帝慕容儁每日间徘徊驻足的所在。

由宫人简单通禀后，大臣缓步入内。本就不长的距离刚走至一半，他便听到了皇帝那放浪的笑声。

"评父来得恰是时候，吾等正可一同饮上几碗。"

慕容评凝神望去，一方做工精细的青龙书案不知为何已从玉阶之上搬挪至了堂下。而纶巾绣服，一身书生装扮下，甚至还敞着前襟的慕容儁正盘坐在书案之后。以其红润的面色来判断的话，估计除了手中提垂着的酒碗已空外，恐怕靠在案脚旁的那樽铜鼎酒器也是快要见底了。身为皇室长辈的慕容评在心底叹息，但还是将劝谏的话语咽了回去。对于他来说，既然慕容儁在醉心诗酒之余，已明确将内外之事托给了侍中慕容恪与尚书令阳骛，自己更不必要逢事冒头的。

"陛下，那段龛所部三千余人忽地放缓了北归，过河之后，便迁延徘徊在乐陵一带。范阳王上疏，言如此日久，恐有哗变之忧，还请陛下决断迁置。"

刚刚听了几个字，慕容儁便面露失落地钻研起了书案上的几张绢纸。不过，他的心神并没有完全溜走。"此事早已定下了章程，既属部族事务，由评父独断就是了。"

"陛下。"每逢跪坐之时，逐渐佝偻的身姿便会压得慕容评的声调变得更为尖锐，由此，也总是不自知地显出些急迫之感，"那段氏虽属鲜卑部族，然三千之众尚聚在一起，不愿分离，其中更不乏彪悍不驯的旧时兵甲。当下虽有青州沿途的郡兵看管，可如若用强驱离，难保不会激起变故。兹事甚大，臣不敢独断。"

"玄恭与士秋公又如何说？"皇帝抬眼一瞥，神色上已显得认真了起来。

"玄恭大意与陛下相似，言此为部族事务，他只可调拨兵甲予以襄助。而阳司空只道，似这般大事还需由陛下决之，尚书台唯可依令安置。"慕容评想着自己手中无兵权，本身也不愿因处置段氏鲜卑而伤了自己在旧部贵族中的声望，故而早就拢好了一整套的说辞，才进到邺宫中来陈禀难处。

"无趣。"挺直了腰身的慕容儁反倒用起了种戏谑的眼神扫视堂下，"段龛，今日所有的烦忧，皆因此人而起，反复无常的虫豸，战而不敌，败又不降。若无此贼在广固顽抗累月，耽误了玄恭，吾等兄弟间又何以至此。"

"那陛下的意思是……"慕容评在皇帝的咒骂中听出了明显的杀意，一颗心也随之提了起来。

"迁往何处？"慕容儁没有给人劝解的机会，他自己的声音也愈发变得阴森低沉，"还是迁往地府最为适宜。劳请评父走一趟青州，将那段龛就地格杀。再同玄明一起将其部众打散，分批迁往并州郡县戍边。凡有赘言不从者，一律送进地府，陪那段氏父子称王称侯去。"

在阶下埋头的司徒公已是听得汗毛倒竖，而皇帝则又悠然伏回书案之上，且察觉不出一丝的火气来了。

"乐陵之北的渤海、清河皆是清雅之地，容不得他们踏足了。"

惶恐不堪的臣子刚刚退出大门不久，袍冠鲜亮的皇后便满脸忧忡地冲了进来，而愁眉不展了一整天的宫人仆役们，也是随着那急促掠过的脚步而长舒了一口气。在皇帝近前服侍之人可是看得清楚，如今的慕容儁几乎是每日必饮，饮则常醉，酩酊之后，也唯有皇后当面时，才会收住那愈发暴躁的脾气。同样的宫殿中住过石虎，西边的长安宫中还有位残暴不仁的苻生，哪怕慕容儁在清醒的时候还算得上一位翩翩才子，可依旧不会有人愿意围着一个时常不太清醒的皇帝讨生活。因此，邺宫中的大多数人，已然将可足浑述儿视作了肩挑希冀的主心骨，凡是皇帝身边有任何消息，都会尽快通禀皇后知晓。

"陛下，可当真决意要除掉段龛？"

述儿在陪着慕容儁扯了会儿闲话，甚至还喝了两碗浆酒之后，还是没忍住将心头的疑惑倾倒出来。

"夫人的消息还真是灵通。"而慕容儁虽是有意放纵，却不代表他的心智已被彻底地侵蚀蒙蔽。起码，他对邺城内外以及身边的事，还是保持着足够的警觉："那贼獠既不愿痛痛快快北归，只能说其野心未泯，哪里还有留其一命的道理？"

"可是陛下，段部毕竟还是献城归降的。今时杀之，属实不祥，如若牵连再广，定会累及陛下声望的。"曾几何时，述儿又哪会关注这般烦琐事情。然而，当慕容儁，沉浸诗酒，并将军政大事尽数甩给了慕容恪与阳骛之后，她也不得不开始惶惶地为自己一家——尤其是昈儿未来的命运——竭心操持起来。

"广固一城，非要困守到粮尽才降，若非玄明学他四兄的仁慈性子，按照百年来的规矩，即时就该将那段氏一族屠灭除根。然此獠而今还敢滋生野心，可恨！该诛！"慕容儁说到愤恨之处，竟然呛得自己上气不接下气。述儿倏见此景，也是心痛不已地拍抚起自己夫君的臂膀。

聪慧的皇后起初或还不清楚，曾经算得上勤勉有为的君主为何会一朝撒手大政，将身投向了诗酒风月中去。可当劝谏了几次，争吵了几次，置身其中，见闻日多了以后，述儿也终于捋出了个大概。在太原王妃——那位徽阿姊难产亡故之后，慕容恪剪去了辫髻，更换了打扮，学着阳骛与皇甫真的样子，变身成了朝廷之上的模范重臣；且四郎又是许久都未踏入过内宫一步，甚至连寄养在自己手中的绍儿，也只是偶尔才来探访。同时，夫君与慕容垂之间的隔阂又是根植得极其复杂，以致五郎心底也只剩下了畏缩与疏远。至此，慕容儁好似一朝便失去了两位曾经亲密的血脉兄弟，而这，便是他万难铲除的心病芥蒂。

述儿心知，凡是种种，也唯有慕容儁自己才能化解。于是，她只有痛心且惶恐地相伴着沉沦，在豪饮之时避开他的荒唐，或在悲伤之际抱着他一同啜泣。眼见着慕容儁的身体日复一日垮塌下去，她亦不难猜到，已有不少人同自己一样意识到了，他更好的归宿应是个以文才享誉天下的宗王豪客，而非是这理应割断七情的逐鹿君王。

"时辰不早了。"慕容儁说着话想要起身，可兴许是醉意上涌，脚下甚至还栽晃了两下。述儿见状自然是要上前扶助一把，却被皇帝当即沉下脸来摆手制止。稍歇了几息后，慕容儁又换上了迷离的笑容："该是回房了，夫人可要偕行？"

"那是自然。"述儿嘴上应承着，脸上亦露出了如同往昔恩爱时灿烂的笑颜。但不同的是，如今在她的心底，总要再藏着一两个属于自己的小念头。"陛下先行两步，咱来收拾这些诗赋手稿。宫人们不懂文律，可不敢交给他们上手。"

"都是些胡诌乱写的东西，夫人又何必费那般心思？"

见慕容儁甩着衣袖慢慢走远，述儿一面归置着书案上的纸稿，一面再将自己身边年纪最小，又最不易引人注意的侍女唤到眼前："娃儿持这块腰牌，即刻出去慕舆将军府上，请冯夫人明日一早进宫来，需置办的物什也一并随带进来，就说有这块腰牌，禁军定不敢截拦车仗。"

这本是一个圆月之夜，抚人的月色就该伴着无数的归人团聚喜乐。建康、邺城、长安之中，无论暗藏着多少噬人的激流，这一夜总还是平静无异。而唯有张氏凉国的都城姑臧之内，一场宋府内的宴饮，竟最终演变为血腥的灭门杀戮。

姑臧张氏远在晋廷渡河南遁之际，便已携凉州全境割据称王。可无论自家朝堂上的称号如何，却依旧向建康保持着名义上的臣服。其极盛之时，凉州的骠骑也曾连败石虎的西进之军，并统制了整个西域。然而，当张骏、张重华父子死后，幼主耀灵遭叔父张祚篡杀，凉国立马陷入了连年动乱。虽有权臣起事，诛杀张祚，而后再度迎立了重华幼子张玄靓为王。可若由五岁的娃娃当家，主少国疑，九州西陲的权柄，自然便成为各路枭雄眼中的猎物。好在新近掌权的宋混、宋澄两兄弟，素以刚毅忠直著称，虽是外姓，于内却较得民心，于外趁着苻眉举兵造反，搅动了秦国的暗流，才得以稳住了凉国局势。可上天终归不会遂行人愿。宋澄刚习惯了安稳日子，右司马张邕竟率其部众，趁着这个月圆之夜，攻进了骠骑将军府，就地大开杀戒。而凉国上下的安宁，也便随之彻底破灭。

此刻，男子布满惊惧的双眸中正燃烧着怒火。他的目光聚焦在自己主家府门前的那匹高头大马上——那披甲盖氅且面露讪笑之人，定然便是首恶张邕本人了。然而他却清楚，凭着自己的斤两，是断然无法击穿眼前层层甲士的阻隔。男子并非宋氏族人，却也被故主宋混赐了个本家姓氏。而今，若不是带领商队为主家远赴西域购置马匹，从而滞留在了城外，恐怕他自己也正挤在那烧红了的府宅中拼死搏杀。

"康头，咱们……？"

身后的僮仆颤颤巍巍地拉了拉宋康的衣角，使得他在心中也不免打起了鼓。而他带着这个最不易惹人注意，却只能勉强跑腿捎信的僮仆前来探查之前，原本是计划着择机攻杀进去，可眼下，府院内外均横陈着尸首，更有三十余名甲士堵在了漆门之外，截杀着一个个从里间逃出的熟悉面孔。至于己方，除去眼前当不得事的少年，便只有仍藏在两坊之外的七个商队好手——恐怕最多，也就能打一打翻墙偷运一两个宋家丁口的主意了。

"伢子先回去，告诉大伙在店里潜伏住，千万不能让邕贼的人看破了。"宋康生怕这胆裂的少年会乱叫误事，干脆先将其支走，而后自己再独自去探探路，摸摸情况。

而后，男子贴在长街一侧的门墙根下，尽量躲在阴影中横向遁走，并随时准备好扮作惊恐慌张的街坊路人，来应对盘查——为此，他竟赌博般地将随身的短刀也丢弃在了一旁。

宋康亟须找到一条能溜进隔壁宅院的隐蔽道路，否则再耽误下去，主家阖府就要被恶贼屠杀殆尽了。

然而，随着对角的第二片火光烧起，他的心也彻底沉进了谷底。若自己没有记错，隔壁的府院乃是属于龟兹国的王族豪商。可不承想，张邕的人竟然贪狂大作，烧杀劫掠一座骠骑将军府犹不满足，还祸害起了隔壁的宅邸。如此一来，不仅意味着这条救人的通路不再可行，同样预示着当下的宋府之内，应是难有幸免了。

许久之后，宋康拍了拍已被泪水打湿了的双颊，且压在心头的念想已从救人变成了复仇。于是，男子决绝地抽身离去。他需要尽快回到藏身之所，再行清点召集仍愿舍身报主的死士人手。在转身没入坊间的深巷之前，宋康最后扫视了一遍曾经的家园——堵在门前的高头大马已经离去，而头顶的圆月，甚至已被噬人的火光映成了血红。

"康头！救命！"

又是一声呼救蹦出，在阴暗中缓缓显现出四个身影，熟悉的僮仆正被人扣住脖颈，捂住口鼻。宋康下意识摸向腰间，可一贯随身的短刀却不知正躺在身后长街的哪个墙脚。他头冒层层冷汗，眼睛紧盯着另外三人手上的刀剑，脑中也在竭力翻倒着绝境中的对策。

突然，一缕火光照来，对面壮汉们那显著的胡人面容出现在眼前。再考虑到自家的少年竟还未殒命，宋康大概也猜到了这几个胡人的身份及来意。

听说龟兹人是最重恩义的，他似乎已经寻到了最为可靠的复仇搭档。

同样的圆月也在照拂着邺城内的匆匆离人，而正在这里酝酿发酵的种种流言，以及这些蜚语身后的波涛，可远比姑臧城内的鲜血与烈火更为瘆人。

至少傅末波绝对是这样想的。曾经还在河南豫州地界上聚众千人的豪帅——或者干脆可以称为贼首——若非是要趁夜打家劫舍吃大户，又何苦熬到这个时辰犹在奔波。而如今，既已随慕舆根北归了邺城，得了燕廷的品秩俸禄，就也身不由己地卷入了那些个权力纷争中去。这位豪帅深知自己兵谋不行，勇武上更是不济，但好在看风使舵的看家本领，在这坊间院里依旧有着独特的用处。正如当初聚众穿行豫州郡县之际，要时时探明哪些坞堡可以动，哪些豪族却惹不得一般，傅末波投身河北不久，就已然摸排清楚了此间最大的玄机——

皇帝虽陷在诗酒琴画中，但却从未失去对朝堂的把控；而那一代慕容子弟又尽是英雄鼎盛，是万般容不得有他人置喙权柄的空间。因此，尽管自己是靠着慕舆根的提拔举荐才当上了城南的戍营将领，甚至被其引为心腹，可傅末波还是想尽办法找到了更为稳固的靠山，并且赶在此般的深夜里，履行了些许令人胆战且又厌恶的职责。

"将军确实看清楚了？五营将校尽皆在场？"

于侧门潜入卫将军府的傅末波正低着头，努力维持着一副自信淡然的神情。而身前的中年虽是同姓，可他却万万不敢如同草莽时代般地攀附祖上的交情。只因燕国上下都晓得卫将军傅颜——这位外姓的汉将——虽是军功不显，却是慕容儁，乃至整个皇族最为信任之人。天知道，在其面前的哪句戏言，会不会赶着拂晓就径直禀传进了皇帝的耳中。

"正是。卑职乃率先入的席，而后的来人便都印在了眼中。"更何况，傅末波干的又是监视眼线的脏活儿，这其中断然也不存在任何攀谈打趣的空间。

"此番用的可是牲血，还是……"傅颜的话只需说到一半，屋中的二人都明白后边的半句，以及坊间的流言所指的为何物。

"这个——卑职并不清楚，那戴着兽头的冯夫人进来之时，便差人端着个盛放鲜血的瓦翁。而后的祀祭，与前几番亦无不甚差异，卑职属实是不懂那些物什。"傅末波依旧埋着头。昏暗的烛火给四方角落留下了太多的阴影，直瘆得人心悸不止。每一次慕舆根在自己府上鼓弄起血祀与占卜，傅末波都会趁夜向傅颜暗禀。可唯有今时，似乎有一股莫名的气场正威压着整间屋舍，以致愈发气短的傅末波巴不得赶快获准辞别，逃出这座卫将军府去。

"此番，冯木罗又是如何说项的？"

"种种卦象，卑职并未记全。不过，慕舆将军却宽慰那吕郎君，言命数成全，可在邺城安心以待，他自会上书举荐。"傅末波毫无顾忌地将所知的内情一股托出。这便是他最为精明之处——无论眼前的傅颜会向其背后的皇帝如何传报，自己只求能于聚集在慕舆根周边的这个愈发危险的勋功集团中全身而退。

不做奢求，在混沌之中首保生存，这也是他身为贼首沉浮了多年，才悟到的一笔财富……

"吕护一介外驻的宁南将军，竟敢遣子溜进邺城，靠着些巫蛊与占卜来求河内太守之职，简直荒唐。"傅末波的背影早已融进了屋外的夜色中，算着时间，估计也已溜出了来时的侧门。于是，稍动了怒气的长者才从立屏之后转身出来："唉，这一宿还不算白熬。如此一众勋功新贵凑在一起，虽说位高者寥寥，却也是可堪之忧。"

傅颜顺着文士的话干笑应和了两声，心想那吕护与傅末波同为降将，更值在外驻军，自然少不了要动动心思，在邺城内走动疏通。可慕容恪闭门谢客，眼前的这位士秋公又是清正不阿，且身为汉将，亦是难容于慕容评身边的鲜卑大人们，由此，他又能跑去哪里？就算自己将此事如实禀传内宫，陛下真正会介意的，也只是慕舆根等人热衷的血祀巫蛊罢了。

"今日之事，可依旧向陛下禀奏？"傅颜的语气十分恭敬。他固然是无条件地忠于慕容儁，然而，眼见其身体日渐坍垮下去，且太子年幼，皇后势弱，以致所有人都得动点儿小心思，才能在日后保个安稳太平。

"那是自然。"阳骛垂目冥思少许，"不过，那傅末波临去之前的最后一言，将军可还记得？"

傅颜点了点头。在依稀的记忆中，乃是谈及了皇后又一次遣人请了冯木罗入宫一聚，而他自己却未曾看重此事。

"皇后与冯夫人之事，毕竟牵涉宫闱，此事，将军且可按下不奏，而后如何区处，待我择机与太原王先行商榷。"阳骛并不指望傅颜能够全盘领会自己的苦心，可时下皇帝的身体状况属实堪忧，天下之大，亦是暗流涌动。他并无私心，只是怕慕容儁一旦得知冯木罗已将鼓弄着血祀污秽的手伸进了宫中，定要在朝堂与军营中骤掀风暴。至于自己能否劝动慕容恪出面安抚局势，阳骛却并无信心。眼下，也唯有尽力而为了。

"简直就是妄言乱语。人人都道姊夫乃天命所属，既得了天命，那气运之事，又哪轮得到一瓦牲血和几个龟壳就能定下的。"

领军将军慕舆根府上的夫人冯木罗前脚刚刚迈离了这座略显昏暗诡异的侧殿，可足浑律儿便揣着一股子怒气跳了出来，且充分表达了自己对方才一卜凶卦的不满。然而，小娘的皇后阿姊却依旧是极尽虔诚地保持着跪坐之姿，面朝着北方的灵母大神叨念不止，直到过了许久，才又缓缓睁开了眼睛。

"以后少得瞎说。冯阿姊祖上几代都是各大部族的祭司，如今虽是不兴占卜了，可毕竟事关神明，还是要谨言慎行。"或许述儿自己也说不清楚，为何最近反倒是迷信上了这些古老的戏法。她的确在龙城时便与冯木罗相识为友，但在入住邺宫后，二人的联络自然也就疏冷了下来。而在慕容儁醉心诗酒之后，述儿也只得再寻觅个去处，来寄放自己的忧愁与苦闷，为此，她不惜违背三代以来的严令，已几番相请冯木罗，将血祀占卜的秘术带进了这座僻异的偏殿之中。

"俺可是听说以前那种祭祀恐怖得很，尤其行军打仗时，都是要用上活人血的。阿姊说，慕舆将军会不会也……"

"律儿！"每到类似的情况，述儿总要在内心感慨一番，自家的小妹果真是让自己给宠过了，"这邺宫虽是大，可有些话却未必藏得住。丫头能不能让阿姊省些心。"

律儿闻言也知趣地埋起了头，凑到了述儿身侧一同跪坐下来，脑袋瓜儿径直靠到了阿姊的肩头。"姊夫不就是喝了点儿酒嘛。那些带兵打仗的将军哪个也没少喝，不都个个壮得像头牛。再者说，军政大事放在四兄和阳大人手上，还有什么不放心的。阿姊真就是自寻烦恼。"

奇怪的是，述儿的心头总会被这一通撒娇烘得温暖起来。于是，她也收起了严苛的语气，抬臂绕过律儿的脖颈，捋起小妹另一侧的鬓发："晔儿眼下还小，更有个爹不管娘不在的绍儿，如若陛下真出了事，阿姊就只有律儿一个人能靠一靠了。可你这丫头，六郎那么好的亲事也不要……"

述儿或许有着足够的智慧来参透历史的迷雾——皇帝的三个兄弟均值鼎盛，

如今固然还算靠得住，然而，论起那一个个碾碎了血脉亲情的车轮，却也都是由那些环绕宫闱的野心家、煽弄者、投机客们捏造出的闲言碎语来推动，滚卷，直至裹挟着所有人坠入同室操戈的噬人深渊。

景　昭

晨间的日头被裹在层层的灰云之中，却依旧顽强地散播着光芒，几束亮柱偶尔冲破阻碍，照向人们的心头——或许，这北方的大地未必会一直阴沉下去。而田间的农人，途中的商旅，还有诸多富有生活智慧的碌者，都在平静地等待着风信。风起云涌之后是晴还是雨，他们都有着不同的应对与活法。

披挂厚甲的战马呼啸而过，翻飞的铁蹄震得这院中的虫虫鸟鸟不得安宁。仅此四蹄奔踏便造就出如此的声势，试想若能有数千此般的具装铁骑一同列阵冲锋，那又会是怎样一幅令人惊惧的场景。

震地的波浪愈发急促，鞍桥之上，一身戎甲的男子于满脸的兴奋中，又透出丝丝紧张之情。他先是借着战马的冲势，将手中半举着的短柄耳斧朝向左前侧狠狠掷出。在那斧刃砸嵌在一方木板正中的同时，男子又俯身摘下短矛，在飞逝的两三息内，凝目测算好步距，一个侧身挺出矛锋，刺穿了立于右前侧的草人的前胸，再顺手一扬，将其挑飞到半空之中。

眼瞅着再蹿出几步，便要奔到院墙尽头，富有灵性的战马此时也自觉地放缓了步伐。男子一手勒住缰绳，一手上下划拨，清理着些许掉落在自己头上的茅草。可惜，刚才那一击算不得漂亮，他固然可以抱怨府中小校场的驰道太短，无法完全释放战马的冲劲；不过，男子亦是心知肚明，真实的原因更在于技艺的生疏——自己已有多年都未曾亲临搏杀，再加上手中的短矛比照戟、槊来看，本就是异常轻便的家伙式，以致方才那一轮挑刺的力道属实是差了不少。

而白马与骑矛，还有背负着的一对短刃，若是有幸参加过大棘城一役的老卒宿将，多半可凭这几件行头猜出男子的身份。

在王聿徽故去后，再也没有人来制止慕容恪在自己的王府中修建这个贯通了两座院子的小型校场。从起初在其中骑马慢行时翻尽酸楚，到之后肆意驰走时的怒喝咆哮，如今这两间相连的院落，已成了他唯一可以舒缓释放的所在。

轻轻松松跑了一圈的白色宝驹似乎也感受到了主人的心境，扬蹄踏飒后的一声长嘶仿佛也在催促着再来几个来回加试身手。果然，慕容恪几乎未做歇息便再度催马冲行。这回，他不再纠结于刺击挑杀的节奏，而是选择在疾驰之中双腿立镫，反握矛杆，瞄向了远处的另一捆标靶。随后，臂借腰力，腰从马势，一道绚丽的弧线从团团霜雾中划过，不偏不倚地正中草人的前胸。而疾驰掠过的慕容恪一开始只晓得这一矛击中了要害，等他拨马抵近察看后，才发现那一杆短矛已是彻底贯穿了草人，并牢牢钉在了其后的木板之上，同时，又靠着自己出手时加上的一点点旋转，锐利的矛锋竟将草人的头颈卷碎。原本扎结在一起的块块茅草散落于四周，看得慕容恪是既惊诧又兴奋，他暗自估摸起来，凭这近乎完美的一次投掷，哪怕是身穿两层札甲的壮汉断然也没有生还的道理。

说来也是奇怪，慕容恪在那如同炼狱的廉台之战后，可是再未亲自执刃搏杀过。而此刻，他竟然在心底，又对那一度使自己鄙夷生厌的血腥战阵燃起了渴望。

头顶的骄阳与乌云还在奋力地争抢着天幕之上的主导权，是晴是雨，一时间恐怕也是难见分晓。恣意了几个来回的慕容恪牵着战马，缓缓步行回向校场的大门。其实，操练的这一阵还不到半个时辰，放在以往行伍征战之时，也根本算不得什么事，可此时的他，却是难以掩饰地气喘不止。在本应最是壮年的光景上，先是突遭变故大伤了精气，而后又以侍中之职扛起了皇兄甩来的军政国事，内忧外劳下，体魄便迅速滑落得大不如前——当脱去战盔与纶巾，旁人竟可清晰地捕捉到那夹在青丝间的成缕的霜发。

慕容恪吞吐调息，在仆从的协助下，正欲卸去胸甲，却恰被背负的短刀的握柄硌到了肋骨。

　　"嘶——"

　　惊恐的仆从立马开口告罪，可慕容恪此刻心中所想的，却是不如就趁此兴致走上一遭刀法。于是，刚还因吃痛咧开的嘴角瞬时化出了笑意。他旋即置身，与那透云坠落的道道光柱共舞，绕着场地里仅存的两个草人舞弄开了两手短刀。一阵闪转腾挪，左劈右砍之后，摆动中的身影侧步一跨，一柄短刃从右侧脱手一击，直直地插入了远端草人的咽喉要害。

　　"楚季兄，此地乃公房，就不必哼起秦地小曲了吧。"

　　刚刚从并州刺史任上回归邺城的悦绾很快便怀念起了主政一方时的那般快意。如今的他，以尚书仆射的职务成为尚书令、司空阳骛的副手，而时下燕国七州近五十郡府向邺城呈送的政务公文，均要经其手才能往来于朝堂上下。此间的工作杂务本可谓海量，且悦绾自己又是个逢事较真、少行变通的性子，由此，劳累与烦躁渐成常态。最为直观的是，多数官吏是五日便可一休，而他一旬最多也就能歇上一天罢了。

　　"也罢，那为兄就先坐定此处，闭目养神了。"不过，刚刻意摆起严肃脸的皇甫真可没打算彻底收回与好友玩笑的心思。由于皇帝慕容儁曾经无心，当下更是无力再尽心朝堂，从而使得太原王慕容恪一体担起了举国的军政大事，皇甫真便以其副手的身份领侍中事。可如今天下还算太平，除了都督青徐的慕容德，以及驻兵豫州一线的鲜于亮偶尔上报与晋廷边军的冲突外，整个侍中府唯一可操心的便只有统一兵制一事，而想要收回各个部族城主们的兵权，却又唯有徐徐图之一条法子可行。如此一来，屋内二人的品秩相同，每日里的工作量却是天差地别，故而，皇甫真的悠闲小曲，才会让忙碌不已的悦绾越听越恼。

　　"话可说在前面，为兄虽已遣人备好了酒水，然再晚走一些的话，就未必能赶上那些士子们诗酒斗赋的妙趣了。"安坐养神没多久，皇甫真便又没忍住开口催促起来。这二人原本是想趁着一同休沐的机会，相约共赴时下邺城中最得风流推崇的繁梦楼，品一品新开的醇酒，顺道听取士子们的诗赋阔论，以及坊间的风评民意——这本是皇甫真与慕容恪之间的默契。但当太原王殿下再无此闲逸心境之后，他便数次拉上了悦绾共往。

"善。楚季兄之言怎敢不从，少安毋躁，少安毋躁。"然而，悦绾虽是已与人有了约定，可难免还是要起早来到尚书台先行处置一批急件。皇甫真突发奇想，竟一路跟了过来，不仅在这公房中走走转转，翻翻看看，嘴上还不依不饶。难得的一份少年脾气，直惹得悦绾哭笑不得。

"楚季兄来这儿转了一个时辰，且不帮忙就算了，多出来的那些活计，还尽是侍中府送来的签件。"终于，二人得以把臂阔步赶往大门，只待去到那繁梦楼，可得地饮上一番，再细细品评几篇诗赋。悦绾终于在这几步说笑间，好不容易才找到了反击的机会。"就说那最后一疏，楚季兄以领侍中之尊，尽管凭着太原王的属意，就要为具装铁骑扩军。然一概所用的军备钱粮，竟都要咱来调拨，一念想起那些甲胄铠具，唉，这不是欺负人嘛。"

然而，二人刚刚行至大门处，还未及踏上那早已备好多时的牛车，一张熟悉的面孔便匆忙跃入了皇甫真的眼帘。他只得暗自慨叹，这繁梦楼大概是去不上了。

"禀使君，有从宫中发给侍中府的敕令。"

敕笺很薄，字数也不多，可在简单扫读之后，皇甫真却是被震惊到头晕目眩。他赶紧将悦绾拉离了大门班房，直至侧廊的无人处，才沉声与其低语："陛下忽要从七州尽抽壮丁，意欲征得百万大军，一扫天下。这份敕令定然不假，然其中必有蹊跷。"

悦绾闻言后，同样也将五官拧成了一团。虽说天下纷乱，燕国此时的实力稍强，但也断然是禁不住这般胡乱折腾的。甚至不必多想，这位尚书仆射早已理得轻重："此事万不可声张，否则必引大乱。该当如何，还请楚季兄速拿个主意。"

"若想劝住陛下，非有太原王与士秋公出面不可。"皇甫真等的就是这个表态。他脑筋一转，自知能做的，即是要先行稳住局面："我这就去往王府，士合也赶紧与士秋公去信，请其速归。"

"算着日子，司空或已到了蓟城，眼下未必来得及了。不过，绾去信之后，便坐守于此，凡是相关的疏表，都先行扣压下来。"

"善。"

在余下的整日中，皇甫真的心情异常沉重，竟是一句闲言趣语都未曾出口。

男子一只脚才迈入屋门，就极不自然地僵在了原地。正在眼前，兴许是不久前才学会行走的男娃双腿正打着战，拧来拧去间睁起一对大眼睛，充满好奇地盯着自己。他一时间不知所措，惊恐、慈爱、伤怀，自己说不清竟有多少种情绪绞缠在心头，而一高一低的四道目光对碰在一起，更是久久未能剥离。

"绍儿，叫阿爹。"

主人的呼唤声从厢房的内室传出，娃儿闻声后似懂非懂地扭头望向屋内，那扭捏的样子就如同一柄圬工①手上的小锤，一下又一下，敲碎了男子的心房。

"阿爹。"

随着娃儿憨憨的一声，男子终是闪身入门，战战兢兢地揉抚起了眼前的小脑瓜儿来。

"去吧。"

内室的主人又是一声招呼。男子撇头瞧去，只见比自家娃儿看起来大上两三岁的男童，正甩着略显肥大的华服衣袖挪了出来。

"恪父。"男童郑重其事地弯腰施礼，旋即伸手牵过娃儿。而后，两个小小的身影便摇摇晃晃，甚为谐趣地转去了屋外。

"终于肯入宫来了。"

---

① 圬工：瓦工的旧称。

斜靠在内室软榻之上的慕容儁话语中尽带着苍凉意味，完全没有半点儿身为皇帝的气势与威严。而依旧驻足于外的慕容恪循声望向那被透窗而入的柔光环绕的榻席，最终还是选择正冠俯首，坐跪施拜。

"陛下。"

"起来！"慕容儁先是黯然垂手，随后竟是咬着槽牙，忍无可忍般地嘶吼起来，仿佛霎时便将整座宫院震得鸦雀无声，"当时只有咱在王府中，那些医官仆从更是拿不定主意，足月难产，多半是要一尸两命。大的既已凶险异常，可绍儿还有八成的机会，孤……又能做何吩咐……"

慕容儁的声调与气息均是越吼越弱，直到最后，他闭上了双目瘫坐休憩。那时不时还在颤动的嘴角似乎是寓意着心中的愤懑，可家中亲眷，或是近侍之人却清楚，此乃源于腑内的病痛所致——正如慕容皝晚年时的症状一般。

慕容恪眼瞅着至亲之人悲疾缠身，终究是软下心来。缓缓起身后，拖着乏累的身躯挪到了那软榻的一角，他没有凑到慕容儁的身边，只是安静地坐在边角处。两个本该正值鼎盛的壮年人，竟好似临近了人生终点的老人一般，默默相顾，追忆起了过往的点滴。

"'当以皇室血脉为重'，唉，还能如何？总不该去逼迫那左玄之以命相抵吧？"慕容儁眼望着兄弟的侧脸，那些许霜丝已然挂于鬓角，他才知受尽心魔折磨的并非自己一人，"可以怨咱违背诺言，将你派往河南征战，然绝不该愤恨当日府中之事。"

慕容恪点了点头，却依旧没有开口，整个内室中便再度陷入了死一般的沉寂之中。直到绵绵的光晕从门窗之外一拥而入，将整个卧房渲得通透，他方回身看向兄长那被煦光点亮的面庞。这一日，终于是晴了。

"绍儿还是留在宫中吧。一来可与暐儿做个伴，二来这两三年也一直由皇后照看，陡然带回家中，还要认生。"最终，还是慕容儁先开了口。而慕容恪闻言又是点了点头，在他的脸上，终是显出了与柔光相衬的暖意，而非过往的寒霜。

"道明家的娃儿也快生了，若再是个男郎，可与当初咱仁儿一般，总能玩闹在一起。"

"当年可尽是咱带着五郎六郎骑马胡闹。"慕容恪当然也无比怀念最初的时光,双眸中闪烁着感怀,还有些许的怜悯。

"可知当年孤并非是在意世子之位,一心所求的,乃是述儿。玄恭有鸿鹄之志,为何不再向前争一争?"慕容儁的精气神突又饱满起来,双目跟着刺出了光芒——想必这段话早已是不吐不快,"若是那般,咱兄弟断不至于疏离若斯,与道明,更不会有甚猜忌与隔阂。"

"皇兄休要乱想了,当初父王之意……"

"父王的目光只盯着那辽地十几城,怎能料到天下大势变幻无常,咱慕容家会径取了整个河北。父王与封先生合计出来的那些手段,早就不合宜了。"已近油尽之时,慕容儁也就不再顾忌,"罢了,过往之事不再提了。今日,孤欲效宋宣公,将这大位传于兄弟,也算能匡正十几年的憾事。"

"绝对不可!"这如霹雳般的一言的确骇住了慕容恪。他挪身上去,拉起了兄长那颤抖难止的双手,"晔儿虽年幼,却绝非愚笨之人。太子名位早定,断不可生变,乱了大统。"

"大统,大统。当初就因占着个嫡长,一班老夫子非逼着父王迁就大统之名。"慕容儁言辞愤切,"主少,则必国疑,唯有这般才能稳住咱家的基业。玄恭若顾忌大统之名,大不了死后再将皇位传回晔儿。"

"兄长既然相信恪能肩负天下,又为何不信咱能力行周公之事?"

"周公的命数可是苦闷。"慕容儁说着也探身上去,握紧了掌中的十指,"咱们兄弟一并读了那么多的经史,该知晓这天下大势,绝非可由一人掌控的。"

"有我一息在,便无人足以置喙。"慕容恪的目光决绝进逼,皇帝也就叹息着退让了下来。

"善。身后事既已言尽,孤又何必再做操劳。"慕容儁说罢瘫坐了回去,左挪右拧几下,找到了一个舒适的姿势,"那份抽丁南征的敕令可带在身上?"

慕容恪最后一次点了点头。

"看来那皇甫真与悦绾，依旧是牢靠可用之人。"皇帝与自己兄弟四目相对，二人均是不禁苦笑了一番，"烧了吧。"

"世明留步！"

吕光在长安宫中谨慎地穿行，恰在一摊血渍前停下了脚步。此时，身侧一个浑厚且熟悉的声音追了上来，扭头盯去，原来是建节将军邓羌正从通向内宫的岔路口快步赶来。

"世明可是要去往宣德殿？"邓羌一脸兴奋地截住吕光，几步快跑之际，正好就踏飞了一摊血水。吕光当然也注意到了那溅起的污秽飞向自己，却也只能装作无视，展颜迎向这位性情暴烈的大将。

"正是。将军怎的从内宫而来，莫不是太后那边又有发难？"

"嘿，多虑了。世明既然已带着兵甲入了宫城，太后的态度又有何关系。"这邓羌装模作样抵近了两步，眼皮一垂，似要密语，可嗓门儿却是一点儿没降，直惹得吕光不禁哑然，"不过是那苻生终于醒酒了，正摔砸吵闹着呢。这不，咱刚依殿下之令，将其抬进内宫里，换个隐蔽地界待着。"

"这倒是个麻烦事。"吕光在进宫的路上便已听说了，这位废帝在被自家主上东海王苻坚攻破宫城之际，依然是醉卧榻上不足人事。于是，他一面点了点头，一面也在心底感慨，苻生倒不如早些清醒过来，发挥一下那暴虐的性子，哪怕是放火自焚，烧毁这大半的宫殿，也比眼下苟活的局面更好处理吧。

"要俺说，不如就假借那几个苻眉门客的手除掉这祸害，可惜殿下不听咱的。世明一会儿到了地方，也出言劝一劝。"

不得不说，想要解决废帝这个麻烦，这还真算得上个绝妙的主意，吕光更是对这位曾被自己视为莽夫的建节将军高看了一眼。

仅在两个月前，广平王苻眉因不满受到苛待与猜忌，愤而举兵造反，且在围攻长安数日，直至粮尽后，才兵溃被杀，举家株连。也是在那之后，三秦之地皆知，苻生手中的力量并非不可撼动。当东海王苻坚举起大旗时，便采取了更为稳健周详的谋划，一方面暗中取得了太后强氏的默许，另一方面派遣姚苌率领羌人勇士先行潜入长安，伺机夺取了城门。而苻坚本人，则亲领八百精锐，以迅雷之势直取苻生，仅用了半日，便拿下了宫城。

与邓羌分别后，吕光还是小心翼翼地跨过了眼前的那摊血渍。而在通往宣德殿的路上，他甚至并未发现太多搏杀的痕迹。据说那些愚忠于苻生、进而顽抗抵御的禁卫只不过三四百人，其中不少，最终还是选择了投降。

"世明来了。"当吕光终于赶到了宣德殿时，亦发觉苻坚在一场酣畅的胜利后，并没有表现出明显的兴奋神色。已是掠得苻秦大统的东海王殿下，正矗立在玉阶之上黯然冥思。

"殿下。"恍惚间，吕光竟不知该如何称呼自己的主上，"方才路遇邓建节，臣以为其言……"

"孤晓得，世明来之前，景略一样附言，可假手黄眉府上的死士门客来行事。"苻坚从玉阶上踱步而下，"可孤却认为，不必如此。明日禀明太后，封苻生个宗王名分，供其日日烂醉，又能活到几时？哦，此刻请世明来，是有别的事，还望卿能解惑。"

"光惶恐。"吕光埋起头。他在殿中没有看到王猛的身影，这反倒说明苻坚之惑更与其有关。

"景略方才谏言，为外安强敌，内拢人心，宜降帝号自谦。世明以为如何？"

吕光自是清楚得很，苻坚之所以先支走了王猛，再召见自己，便是在心底不情不愿。然而，面对眼前这位实则足以称帝的君主，吕光依旧选择了做个直臣："臣附议。若能降一称号而止戈生息，殿下应为之。"

"难道世明也认为，孤竟不如建康的顽童与邺城的病夫？"苻坚的言辞听起来有些严厉，可言语中却未含怒意，只两道目光如炬盯着自己最为信任的臣属。

"殿下雄才。然司马氏身后尚有桓温、会稽王，邺城亦有慕容恪与阳骛。而秦地经乱未治，还请殿下三思纳谏。"

"哈哈哈。"随着苻坚一阵爽朗的笑声，宣德殿中的气氛也终于不复压抑，"孤有贤臣在侧，又何必在意个小小称号。正好明日一同禀请太后，昭告天下去帝号，即称，大秦天王。"

"晋慕容恪为太宰，录尚书事，阳骛为太保，慕容评为太傅，慕舆根为太师，并以太宰总领军政，行周公事。至于其余众臣的封赏，到时皇后与玄恭商议后再定吧。"慕容儁口述完毕，即满怀不舍地看向了自己的爱妻，以及那脸颊上正在滑落的两滴清泪。述儿伴着心殇，正执笔在书简上录下最后几个字——相同内容的诏命会在太子慕容暐继位的当日，于邺宫大朝之上颁布。

皇帝在萧瑟的终点前，先是召见了四位顾命大臣——宗室、门阀、部族以及勋贵面面俱到，又得皇后的襄助，留下了这最后的安排，来帮年幼的太子广布恩泽，稳聚人心。而后终于，他可以有自己的时间，来向一生的纠结与错位告别。"屋外的几个箱子里，乃是咱平生所作的些诗赋杂文，尽皆平庸不堪，还请夫人见证，就将其一并烧掉吧。"

"宣英！"述儿惊骇不已。慕容儁在文学上的造诣本就不低，更何况自己怎会舍得将这些念想付之一炬？她扑向夫君，甚至开口哀求。

"烧了吧。后世之人见了这些物什，还不知要如何嘲弄咱的荒唐。"

然而，慕容儁心意决绝，屋外的一众宫仆闻令更不敢迟疑，便将桐油与火把扔进了木箱之中。那一团团骤起的火焰，不仅没有给述儿冰冷的心境带来一丝的暖意，反更好似切肤之刃一般，灼伤了她心头的伤口。

"那最后一箱……"慕容儁蜷曲着身子，将头靠在了述儿的肩头，缓缓抬臂一指，"其中画卷摹绘的都是夫人，还有几卷咱们共作的曲谱。留下哪些，就由夫人自己定吧，余下的尽可陪葬……"

又不知过了多久，在述儿怀中沉沉睡去的慕容儁终于醒来。奇怪的是，此时他却已身在前宫正殿之内，皇帝的座席前更是多出了一方琴案。横摆着的一张木琴无甚新奇，可在案上一角，却平放着一支极为眼熟的梆笛。

就在他兴致勃勃地拾起笛身，轻抚琴弦之际，那正殿的大门突被推开，一个身影藏在耀眼的光晕中缓缓走来。疑惑不解的慕容儁走下玉阶，迎了上去，便如此越靠越近，而淡出光晕的轮廓亦是渐渐清晰，直到面容足以分辨，两个身影才双双停驻下来。

青衣纶巾、手托梆笛的慕容儁，望着对面帝王打扮的自己沉默无语；而玄服衮冕、腰挎仪剑的慕容儁，望着对面书生模样的自己，同样缄口不言……

风　骨

月光透过片片薄云的间隙泼洒向了江面，仿佛在层层波漾的浪花头顶裹上了一件素衣。时已入夜，从码头向南望去，坊间巷里的明火与喧嚣已然消弭无踪。此刻，没有了鸣镝蹿空，没有了刁斗声响，难得的幽静岁月轻抚着这些生长在南国江左的幸运儿们安然入睡。唯有那永不倦怠的江风卷起沉吟暗啸的水浪，还在来回击打着停泊于港岸的大小舟船，不住地提醒着其上的匆匆过客们：大江上下，也曾沉溺了多少英豪往事。

而就在停驻近岸的最大的一艘楼船上，虽依旧未改那灯火通明的军旅规矩，却又在舱室内外完全寻觅不到值更士卒的身影，尤其再伴着凉凉的江风袭过，幽旷之中，直透出一股子阴冷的悚意。本应在屋外伺候的侍卫与仆从大概是被特意遣散的，而屋内，历经岁月洗濯的灰衫士人正背负着双手，伫立小窗之旁，在其身后，还不满三十的男子端坐在案几之后垂首蹙眉。青年身着的一袭青衣质地很是一般，且在烛火的映照下，已显褪色的道道暗纹更是十分碍眼，看起来远不及那士人的灰衫舒适，与这青年的不俗身份难相匹配。

"嗒，嗒，嗒……"

二人一时间谁也没有率先开口。只是青衣人时而以指节叩击着正平铺在他面前桌案上的一卷奏疏——上面的内容可谓字字铿锵。他起初是疑惑，而后倒是敬佩起那灰衫士人，竟会拿如此一篇东西来找自己联署。

"苻氏内乱已平，长安新主虽年纪尚轻，然三秦地界上的胡汉豪强却也纷纷拜服。由此，置都洛阳可未必便于图谋关中，反倒要弄险于秦燕两强之间。"灰衫士人说话间已转回身来，面色凝重地看向青衣男子，"丰城公更是知兵之人，当清楚大司马此番奏请迁还旧都，绝非利于一统天下。司隶诸关大多荒废，尚不宜重兵移镇，又怎可迁陛下及百官于累卵之侧？"

青衣男子听得此言，情怯之下不禁缓缓后靠，将自己大半的面庞藏在了烛火与月光交杂的阴影中去。以他远超面前士人的聪慧，焉能不清楚自家兄长这一番奏请迁都，实则是想趁着初揽大权之际，用以彰显其击破羌人，收复故都洛阳的功业？而待到北方战火随时燃起，迁都这般浩大的工程也自会不了了之。当然，男子自己也看不上如此刻意弄权的把戏，因此才在波澜渐起的当口，不惜远离如兄如父的至亲自立门户，也要主动寻求外放豫章，躲开建康与江陵的双城旋涡。然而，在他意料之外的是，即便自己摆出了抽身事外的姿态，却还是有忠正耿直之人追到了临行的坐船之上。看来此事是多半无法搪塞过去了。

"愚之所见未尝不与兴公大人相同。然于公，无论在下身在江州，还是石头城的官船之上，此刻均已属外镇的刺史，与中枢要员联签奏疏，难免要惹来内外的非议。"男子起身挪至士人的身侧，垂目锁眉，徐徐婉拒，"再者于私，大司马毕竟是在下血亲胞兄，今若是签上了名，恶了桓氏一门的亲情不算，更是要将大司马的猜忌与恨意引到使君的身上。"

而灰衫士人听罢，也只是惨淡一笑："没承想，今夜丰城公的说辞竟与谢安石相差无几。"

青衣男子心头跟着一颤。谢安再起之后，正任吴兴太守，可见这尽显沧桑的士人，竟是手持着这份奏疏寻遍了朝野上下的重臣名士。他在心底是由衷地敬佩，可在心头确是愈发躁闷。

"可惜王逸少已去，再无人可共襄此举。朝廷内外上下，不如就由孙某一人去阻谏大司马吧。"灰衫士人眼望着阴柔相映的江月与波涛，话音一落，便转身走向案几。

而一旁的青衣人则在矗立间，突然对着摇曳摆动的烛影轻声沉吟："使君先后找到安石兄与在下，可尽是家兄身边亲密之人，当真就不怕有风言风语就此传回荆州？"

"谢安石与桓幼子岂是嚼舌之人，吾又有何所虑？"未待说完，灰衫士人已是埋头，拾笔，落墨，在那《谏移都洛阳疏》上独自签下了自己的官位名讳。

"散骑常侍，孙绰。"

月坠复日升，随着黑夜渐行匿迹，晨光就此接管了华夏大地上的喜怒哀乐。

每逢大朝，众多的王公大臣即要赶在拂晓时分整装梳洗。而面容憔悴的男子正立身于一扇竖窗之前，迎接着尚未相聚成势的缕缕晨曦。他所身处的这小院，在整座府宅中根本算不得上等，以其尊贵的身份而言，同样也很难想象会在那斜后的一席简易床榻之上留宿过夜。但不为旁人所知的是，这间窗门东向的小屋，却是在砖瓦叠立的都城中，少有的能偶尔远眺到天际日升的地方。恰在此时，闪过了层层阻隔的晨曦，点亮了正堂之上的一幅女像，以及在下方桌案上的一方牌位。

男子几乎是算着时间，不差分毫地回身一望，正好捕捉到了挚爱的妻子在水墨映画中，被柔光点亮般的嫣然一笑。于是，他也跟着微微展颜，双眸中绽出了久违的光彩。

今日的大朝之上，继位逾月的新君终于将遵循礼制，改元建号。男子也要随之获封无上的殊荣。而此刻，他内心的恍惚更甚于忐忑。犹记得当年在辽地边寨的明月之下，曾誓言一生唯愿效仿班定远再镇都护，却不想，家族的运咒竟将自己推到犹如诸葛武侯的命运之上。哪怕男子早就一身提领了内外军政，然今日大礼过后，朝堂的一切又将陡然一新。

他曾经亲率千骑涉险，突袭过乌泱之众，运筹帷幄，对决过天下最为凶暴的悍将，也曾挥斥摆布，驱使十万军甲相连，而这所有的一切，竟都不及这一轮朝阳初升所带来的迷惘更加令人恐惧。

他怕无上的权力终会腐蚀自己的心智，他怕周遭的妄想会将人逼入癫狂，他怕自己永远都不及做好准备，只能束手无策地眼看着这份殊荣，牵拽着所有人一同堕入深渊。

同时，在男子的目光与晨曦相交的西北方向，跨过无尽的街坊府院，越过巍峨的漆檐高墙，再穿过精秀的亭台楼榭，屡屡朝霞映在女子冷峻却又姣美的脸庞，再又折向了其面前的铜镜之上。

身后的三五侍女正合力捧着一袭尊贵无比的青玄华服，注目等待她完成妆容与发髻。随后，众人将侍奉着女子一路去往这片深墙之外，直面大地之上，心思最为狡黠缜密的一群人。

女子对着镜中的影像轻叹一口气，几乎通宵难眠的疲惫，更是在其眉眼间添上了些许朦胧与凄怜。她如今拥有着全天下人艳羡的权力与威仪，以及足可撩动所有人的风韵与美貌。然而，以身背负的，却也是令全天下人叹息以避的多舛命运。

十几年前，尚在小小部族中无虑嬉闹的少女从未想过，在人生最为痛切的不幸之后，竟还要被暗涌的权欲架起，临朝称制。然而，外有强敌环伺，内有波涛暗聚，自己誓要以命相护的儿子又少不更事，叔父们仍个个正值鼎盛，威望不浅。聪慧的女子翻遍经史，上一个逊位而得善终的君主已是几乎百年前的事情了。因此，为了自己母子的命运，她必须割弃掉内心深处的柔弱与恐惧，狡猾且果决地去摆弄权柄，投身跃入这一场好似无底深渊的尔虞我诈中去。

就在今日，女子要以太后之名，为少主皇帝择取年号"建熙"，并大胆赐出"赞拜不名，入朝不趋，剑履上殿"的无上殊荣。她自诩洞悉龙城王府内每一位故人的心意秉性，更要以此，为自己儿子最大的威胁套上一副更为危险的枷锁。无论与这般挑逗权欲相伴的代价是委身求辱，还是挫骨扬灰，她均已做好了的准备。

女子抬眼眺望已然升起的朝阳，那被岁月洗磨而不再饱满的双颊，在经温煦的晨光渲染过后，依旧红润得令人悸动。她起身迎向那一袭华服，以及其寓意的激荡命运。从此刻起，自己的每一个决定都不复悔恨的余地，她的未来，也不再拥有别样的选择。

旭日高挂在邺城的正空，映得东城的吴王府更显贵气逼人。这座府邸与西城的上庸王府可谓是整个北方大地上，除了邺宫与长安宫外最为华丽阔气的宅院了；即便是姑臧城内的张氏凉王宫，恐怕也只敢说是在占地面积上略胜一筹。

慕容垂自大朝归来，思绪便一直有些烦乱与恍惚。他很难当即就将清小皇帝与太后加给四兄的那份殊荣，是否会掀起新的一轮风暴。不过，可以确信的是，未来一段时间内，所有目光的焦点，以及那多年来积聚在自己身边的暗流，都应就此转向太原王府了。就在慕容垂恍神之际，在其身后服侍更衣的，已悄然换了个人，而他却是毫无察觉。

"殿下怎还闷闷不乐？咱不做那个辅政大臣，却更能落个自在。"

慕容垂闻声一惊。原来王妃段润竟替下了仆从，在亲手帮自己脱除朝服。显然，她还没有听闻四兄今日所获的惊天殊荣，才会误读了自己的心意。然而，他暂时还不想谈论此事，且相信用不上半日，这个消息自然就会传遍整个邺城。

"听说王妃前日又与太师府上的冯夫人起了冲突，还见了血。"这才是慕容垂犹豫了一日，更想借此时刻去谈论的烦心事。

"也无甚大事。不过是车架在坊间抢道，几个奴仆护卫吵嘴下起了冲突，拔了刀，没算闹出人命。"段润答对时的语气甚为平淡。的确，在当下战火连绵的乱世中，各高门豪族间偶然起些冲突，乃是再常见不过之事，哪怕真闹出了人命，多半也会选择私下解决。更何况，两边的车仗可是来自吴王与新任的太师的府上，无论是邺城县廨还是卫将军府，自然都不会选择出面抓人。

"那冯木罗常得太后召见入宫，王妃最近不要招惹于她。这个当口，可经不起是非。"慕容垂回首一笑，且试图在措辞上透出一丝严厉。他也不晓得段润能否听进心去。

"善。就依殿下的意思。"段润盈盈地回报夫君投来的笑颜，可依着手头的忙碌，她的心思多半也未放在揣测来往的话意上，"若非段辽当年反出祖地，可足浑氏也只算得段部治下的一部酋领而已，更别说那只擅祭祀的冯氏了。可如今，还不得向她们低头。"

段润的叹息声传入耳中，可慕容垂自己的轻叹只好藏在心底。自己的妻子乃是先父临终指定，根本没有违背的可能，而段润婚后的表现，又太符合一个王妃的形象了，以致总给慕容垂一种不咸不淡的感觉。或许，唯一可以指摘的地方，仅在于那与生俱来的倨傲品性——早些年，还因此几番轻慢得罪过述太后。好在二兄称帝后搬入邺宫，再有自家宝儿的出生，也就减少了招摇与冲突，才不至于与后宫闹出更深的矛盾。然而，当慕容垂听闻王妃又与冯木罗起了冲突，他又不免有所担忧。

虽说朝堂之上的明眼人都看得出来，幸得高位的慕舆根与评父一样，不过是被抬出来安抚旧部人心的工具罢了，可这位太师府上的冯夫人，却靠着些许手段，与临朝称制的太后走得愈发亲近，反倒是成了比慕舆根更为危险的人物。

"咱最近考虑提请外镇一州。到时，或要举家搬离邺城，不知王妃如何想的。"慕容垂脱去了沉重的朝服，顿时觉得轻松许多。外镇州郡以避祸端，是他暗自盘算了多年的想法。随着慕容儁离世，主少国疑之际，他自觉也该抓紧推进了。

"离开此处倒也能自在许多。只是宝儿眼下还太小，还得指望着邺宫的医官不时来照看。最好再过个一两年，咱们搬到幽州去，那里四面都无战事牵连，正是极佳的去处。"

慕容垂不觉站在原地，又恍出了神。王妃所言也有道理，而今全天下的议论与猜忌都集聚在四兄的身上，或许外镇避祸的情势，依旧算不得急迫吧。

"康头，情况不对啊。听说王宫那边打起来了，邕贼岂不是不会过来这里了？"

宋康闻言一拳重重捶在了货柜的木板之上，可是将那正蹲在地上战栗不止的店老板吓个够呛。而誓死追随自己，为宋家满门报仇的心腹兄弟定是不会扯谎的。看来确是运气不佳，定计动手的一日，偏就赶上了姑臧城动乱骤起，真不知下一次，是否还有机会刺杀那恶贼张邕。

"尕子，去街头看看龟兹人有何打算。"

年轻的僮仆旋即闪身出了门，消失在了嘈杂的街道上。这小子在打仗杀人方面是指望不上了，可腿脚够利索，人也相当机灵，宋康便一直将其留在身边，使唤着与那帮龟兹盟友联络传信。

"哐当！"

也不知是哪个冒失鬼忽地碰倒了一只铜碗，惊促之下，在这被挟持的店铺中引出了一阵小小的骚动。宋康见状，跺着脚挪步正中，直至抽出长刀的那一刻，才吓住了十几个无辜的男女老少。

那帮龟兹人信誓旦旦地说邕贼会赶在今日朝会后，驻留于街对面的酒肆之中，这才促使他下定决心，召集了所有人手来搏命一击。结果，却是碰上了王宫动乱。而按照惯例，那帮豺狼一旦分出了胜负，必然要从城外调入兵甲巡街，以稳定局势，到时候，这店铺中十几个凶恶的壮汉——手上长短兵器尽备，甚至还有两副龟兹人花了重金搞到的违禁弩机——还真是个进退不得。

"这尕子，不会出了啥意外吧。"随着时间流逝，持刀怒目的宋康心里也渐渐发了慌。虽然自己与龟兹人盟誓共诛张邕，可平日里，却还是保持着泾渭分明。在这一日的计划中，两伙人分别藏身于街头与街尾的屋内，到时可前后夹击邕贼的卫队。

"康头！街上大乱了！"

"康头！那帮龟兹崽子好似动手了。"

"康头！咱们也上吧，再等下去也不是个事。"

街上的状况的确是出了岔子。可联络去的僮仆迟迟不归，恼得宋康本人也完全拿不定主意。于是，这店铺内的事态竟朝着不可控的未知方向急速滑落。十几个本非亡命之徒的汉子中——甚至包括宋康自己——但凡有人因恐惧而猝然失去了理智，都会瞬时引发啸变。

"康头，是俺。"幸亏赶在形势崩坏之前，僮仆的声音从门外传了进来。

"快说，究竟发生了何事。"宋康此刻也顾不得警惕，一把就拉开了大门，这才发现随小厮一同归来的还有个老头儿。他似有印象，这张面孔在二十多个龟兹人中虽不算领头的，却也是德高望重的人物。

"康头，龟兹人得了消息，王宫里是张天锡在举兵攻杀邕贼。他们盘算着今日之事成不了了，就径直先攻入了那酒肆，还有恶贼名下的附近几处产业。"

冷静下来的宋康听了僮仆絮絮叨叨的一通话，顿时眉头紧皱。自己自谋事之日起，就隐隐觉得这帮龟兹人意图不纯。他们多半是不缺财货的，否则又怎能搞来诸多的兵器，甚至受到严查严管的弩机，而此时，贸然杀入埋伏许久的酒肆中，岂不是断了日后再行刺杀邕贼的机会？

"老丈，且与咱说实话，尔等此刻动手，为的到底是劫财，还是救人？"

"自是去那酒肆中救人。"龟兹老者的神情十分坦然。

"从头便是这般打算的？"宋康自觉似乎是受了戏耍，语气上也就不甚客气了。

"既要诛贼，也为救人。"老者说汉话时的语调仍透着些古怪，不过吐字还算清晰，即使在长篇大论之下也不难让人理解，"宋家兄弟，听我一言。张邕的那些部众正涌向北城门逃命，可见那恶贼在王宫中是断然没了活路，吾等才决定趁乱行事。如若汉家兄弟们能想法子堵住南城门不闭，只需一炷香的光景，俺龟兹儿郎们便能赶到。到时，大家逃出城去共分财货，岂不是更好。"

宋康闻言后在屋中扫视了一圈。自己虽不在意老头儿用来相诱的财货，可既然邕贼多半已被张天锡攻杀，他自然也要为众人日后的活计做些盘算。无论这帮龟兹人正待救出之人是何来路，其身份定然不俗，想必，他们也是自有门路能立足别处。而自己手下的儿郎，却大多家在凉州，如能在分别归家时拿上一份钱财，也不枉那一众拳拳忠义之情。更何况，今日若不夺门而走，就又得匿回姑臧城内，那这店铺中见识了自家相貌的无辜百姓又该做何处理？宋康虽自诩悍勇无畏，却也非是个滥杀无道的匪徒。

"罢。就依龟兹兄弟们的意思。不过，就算满城的兵甲都赶去了北城王宫，仅凭咱这点儿人手也断然占不得南门城楼。到时，只能弄些大车与牲畜堵在门洞中，龟兹兄弟们可务必快些赶到。"

日月再度交替坠升，在这明暗渐次的氛围下，邺宫高墙之内犹自显得格外朦胧。慕容恪自大朝之后，便一直留在了宫中，陪伴教导小皇帝与自家的绍儿读书论政，而这一整日折腾下来，已是难免身心俱疲。因此，当太后再度相召之际，他心中甚不情愿，却也只得强打起精神——毕竟慕容氏的基业不仅握在自己手中，也系于这个苦命而坚强的女子一身。

跟随一对侍女在邺宫中穿行，慕容恪一开始并未察觉出什么异样，直至一院子小池亭榭的秀景映入眼帘，他才确信自己已到了不该踏足的内宫深处。

"殿下，请入屋稍候。"引路人将慕容恪撂在了主厢的外室中后，便匆匆退去，临走时，还不忘带合上了大门。眼前案几之上的琳琅酒菜，并没有缓解慕容恪渐渐绷紧的神经。四下连一个奴仆都未见，这种诡异的幽静，激得他不自觉间握住了腰间的刀柄。

"如此小屋内，哪有暗廊可以埋伏兵甲，还是说玄恭怕这酒食中添了毒物？"

一股迷香好似牵引着个婀娜翩翩的身影，从内室之中缓缓飘出。慕容恪当然清楚说话的主人是谁，于是赶紧俯首："见过太后。"

尚在风华的可足浑太后走出昏暗，竟屈膝回礼："你我二人又何必这般生分，只当还在龙城王府，咱仍是述娘子。"

而慕容恪却哑然失神了。这是他戎马半生以来，少有的心智无措之时。

"就是在这院落中，述儿抚琴，宣英纵情诗画。"她神色间的黯然一晃而过，旋即又换上了一副令人难以捉摸的笑意，"也是在这屋中，宣英与咱说起过，他几番动过心思意欲传位，可四郎却一直推辞不受。"

听得此话，慕容恪浑然一个激灵。他倒不担心那酒食中下了剧毒，可这段言外之意，却让自己的处境更为尴尬，再一抬头，述儿已走到自己面前。她身着素服未施浓抹，这一缕淡然与隐隐埋藏的哀伤，反倒烘衬出一种绝代的气质，再添上那愈发清晰的醉人面庞——不得不承认，此时的述儿比起青葱年华，却是更加摄人心魄。

"绍儿与晞儿每日都玩闹在一起，咱早就将其视若己出。"而述儿似乎也感知到了丝丝颤动，更是近乎挑衅地越靠越近，直至二人的鼻息已能相触，"玄恭若能护佑咱一家，公子晓得的，无论何人何物，都可以得到……"

"述儿。"可慕容恪已不得不猝然醒悟过来，出手把住了女人的双肩。他承认，自己一度意乱心悸，但终是参透了这场危险游戏中各自的心境。"我非是那篡位弑亲的石虎，述儿更不必委屈行事。"

慕容恪吸了一口气，他没有感触到述儿进一步的相逼，反倒是察觉到了一对满溢着悲怨，或许还夹杂着愤恨的目光。

"媛礼走了这些年，我才能厘清……"两人许久没有言语，直至慕容恪也黯然呜咽起来，"述娘子也该明白，眼前之人并非敌手，咱们心底的悲伤与绝望才是……"

或许，幽深的宫闱尚足以掩盖一对心碎之人相拥的啜泣。哪怕是最为蚀骨的孤寂与哀怨，也断不会淹溺这位坚强的北方女子。正埋头于男子胸口的她固然笃定了其无二的心意，却仍是暗自立誓，此刻而后，会在自己的心头筑起一道壁垒，怯懦狐疑便再不会伤及自己分毫。

哀　歌

○

　　"啪啪啪。"男子抻脖站在巷子口张望，不住地用手掌拍打自己的额头。"这眼皮总跳个什么劲儿，难不成是要来财运了？"

　　似他一般活在乱世中的平头百姓，一生下来，所求的无非也就是进退间的两个愿望，退是在这不知何时何地都会燃起的战火中保住一家老小的性命，进则是能趁着举世混沌而挣下一份传代的家业。男子当然清楚，自己一家绝对算是命好的了——居于冀州时，躲过了两赵之争；举家迁到并州后，又避开了石赵内乱。虽然阿爹在家乡的那点儿祖地如今已是寻不回来了，但两房兄弟能在兵祸中均得保全，甚至都已娶妻生娃，便是令人羡慕不已的福报了。

　　"胡头，要还是老样子的精货，俺们可就开搬了。"

　　早已混得甚相熟悉的几个小厮从院落的侧门走出，说着话，便从男子带来的伙计手上接过了板车。一行人每日辰时都会照着约定，为邺城中几家食肆运来禽畜鲜肉，而男子就是这笔看似颇有赚头的买卖明面上的主家。

　　"辛苦几位兄弟了。"男子扯着嗓子应和着，却根本没打算挪步过去。这家便是绕城穿巷的最后一站，也意味着自己循规蹈矩的一天已走过了大半。随后，他又要回到店铺之中，守着每日里可以一眼望穿的居家买卖，甚至连个再出门逛街的由头都很难寻到。即便如此，能拥有这份平淡无奇，还要仰仗着自家那颇具胆识的兄弟在邺城蹚出了一条商路，并劝得他撒手了家中的田地，跟着投身到贾市之中。

然而，男子如今也有了自己的思量。虽说眼下这屠猪宰羊的买卖看起来还算有些声色，但拿到手中的薄利却经不起风吹雨打。更何况，靠着兄弟起家，又靠着兄弟供货的局面，根本无法满足自己的胃口。为此，他甚至都未曾下定决心，将妻儿一并接到邺城中来。

"避让！"

终于，令人翘首的新鲜热闹来了。可这一声喝令却也吓得男子将大半个身子缩回了巷道的边墙之内。他探出头来，盯着一队驮着威风凛凛的护卫的高头大马踏步而过，心头也跟着好一阵翻搅。街对角就是吴王慕容垂的府邸，看这个架势，那被居中护卫起来的牛车中，大概应是王妃或者殿下本人了吧。而随着那些护卫们开始策马封堵街道，男子也能瞅清了离自己最近的一套精贵无比的兵器与甲具——那锃眩的亮光直晃得他神出天外。男子不算愚笨，自然也厘得清，似自己一般的小民想在百年之内挣下一份家业，要么得能攀附上权贵，要么就得用命去拼军功。他自己倒也和太原王身边的亲兵娃子有些交情，可也自知没有能在战场上活命的胆子和身手。而真正的机遇，还不知何时才能到来。

"唉。"男子琢磨得越细，便越是憋闷，"这眼皮跳的，该不会是闹灾了吧。"

不过，随着那辆牛车缓缓停驻下来，他心头的阴霾旋即一扫而空，甚至整条街的情绪都被突降的惊喜所替代。街对面，年轻的妇人在侍女的把扶下，正从车厢中闪出身来。其实，男子只能望见个背身而已，但只需那根本让人叫不出名字的绫罗绸缎遥遥一晃，便足以让他脑补出一张堪比天仙般的面容了。

"这可真是走了大运了。"男子好悬就没伴着这一句嘟囔蹦跳起来。毕竟，一般百姓连个高官都少能碰见，何况眼前这位实打实的年轻王妃呢？且这一幕必会成为一街过客们，在未来一段时间内的不倦谈资。

然而，就在大家定睛眺望，眼珠子都舍不得眨一下的时候，斜对的街府门前竟突然骚乱起来。仿佛是一只野狗钻入了人群，且在甲士们四下拦截护主、车夫们拼命制住大小挽畜之际，一个敏捷的身影趁乱从车仗背面摸了上去，瞬息之间，就从车厢小窗的帘布前一跃而过，转身消失在了坊间巷里。

　　男子一开始还以为是自己眼花癔症了，可转念又想，不如索性上前将可疑之事悉数禀报，或许这就是自己苦苦盼望的时运良机呢。然而，在踌躇良久后，他却狠狠踩地两下，只怕到时，若在车厢内寻不到什么异样，自己诳语冒犯了王妃，怕是比那条野狗的下场好不了多少。

　　"胡头，胡头？胡柴儿！"

　　男子尚未止住胡思乱想，身后食肆中的账房管事已然寻入了巷中。

　　"这呢，这呢！主家如何说？"

　　"货都收验了，胡头赶快随咱到柜上结账。"

　　而就在胡柴儿前脚揣着已充实了许多的钱袋子离开小巷后，那辆才刚转道王府侧门、正待入院的车仗便就被成队追来的禁卫截停。整片街坊，也跟着陷入了一场更大的纷乱中。

　　火辣辣的日头套着一圈炽焰，似乎随时都威胁着要将路上行人的发丝就地点燃。这便算是整年下来最为酷热的时节了，就连那素来在官道上横行无忌的精锐骑甲们也不得不俯首认尿，躲进了路旁的林子中避让日炎。不过，那一尊令人无法忽视的皇节仪仗却依旧矗立在林边显眼的位置，凡是眼明心慧之人，无不快步绕行而去，免得要惹上一身不明不白的灾祸。

　　"本还想着一口气赶到蓨城，如此看来，剩下的十几里路，须等着日头歇了再说了。"

　　悦绾感受到了慕容恪语气中的丝丝焦急。年幼的慕容㬥在坐上皇位之后，做得最聪明的一件事，便是使太宰慕容恪行天子仪仗，代帝巡狩河北诸郡。而同时，意外获得点名随行的悦绾当然也清楚，总领朝政的慕容恪此番用意，可不是为了给自己放假。一路上，他也是抓住各种时机，结合所闻所见，来直抒腹中的政治见解——正如此刻，二人同坐于树荫下避暑纳凉。

　　"殿下可知，仅咱脚下的北青州，去岁报缴的税赋就已赶上了从蓟城转运之数。而河南的豫、徐二州虽是战乱裁平，然朝廷实际所得，也同样超过了幽、平之地。"悦绾打着笑脸侃侃而谈，手上还从草坷中捡拾起一粒石子转指把玩着，"绾当初在并州任上时，并未觉得有差，可回到尚书台后竟发觉，仅凭咱手上大河之东的半个并州，在财力上已能匹敌这泱泱冀州十三郡。"

"看来士合还是放不下求变的心思啊。"慕容恪将身子靠在树躯之上。看那样子，可是许久都未曾有过这般怡然轻松的心境了。

"殿下知我心意。当下，豪族高门圈并了太多的土地，再算上近来的军功勋贵们所获的赏赐业田，幽、平、冀三州已是坞堡林立。若以尚书台所持的册籍与市面的粮价相合算，怕是诸郡藏匿的奴户已超过了在籍农户。"悦绾说着将手边的几块石子推在一起，又够着一块方石摆在了对侧，"而今，有殿下居于邺城，各地的部族豪强尚不敢对朝廷旨令虚与委蛇。靠着他们，确实在征发兵役及徭役上颇起了些效用，恰如这一堆碎子，相聚甚快。好在邺城这颗坚石尚能震慑对面的杂土，然仅凭着朝廷当下的财力，除了卫将军麾下禁卫与慕舆太师所领的铁骑，几无余力再去供养精锐。但若情势再行恶化，坚石也难免要化为碎砾。比如，后继之人若再无殿下这般威信，坚石与碎子，难保彼时，要两手尽失。"

"士合所忧自是在理。然若于此时大行变革，可获多少支持，多少攻讦？无终阳氏亦是幽州高门……"慕容恪拾起了那一块方石，如孩童游戏般一弹指，霎时击塌了堆起的碎子，"天下四分，咱燕国尚具兵锋之盛。若即时清查人口，改制财役，也绝非二十年之功可见成效，却要荒废了一统天下的机遇。"

悦绾听罢，一时间也不知该如何再劝。不过此刻，他也算厘清了一点儿——慕容恪并非不愿打压那些勋贵豪强，而是打算在有生之年先行着手终结乱世。纵观千年成败，此是一朝雄心，亦是一步险棋。而在他再欲开口之前，一封信报便追上了远离邺都的仪仗。

慕容恪看完信中文字，还只是眉头紧锁，待到悦绾接过后，却是读得大惊失色。太后竟因在吴王妃的车辇之中搜到了巫蛊之物，进而已将段润幽禁。且整个事件，尚不知会如何牵连到他的挚友慕容垂。

"天子的仪仗，唯有我一人奉旨可用。"一番沉吟下，慕容恪似乎对这桩突现的麻烦事胸有成竹，"士合先快马赶回邺城，务必与士秋公及皇甫楚季一同稳住态势。待咱不日从蓓城回转，再好好思量，该如何劝动太后。"

慕容恪只念着，那所谓的巫蛊，无非与不久前对自己的试探一般，断不会闹得太过。且事已发生，此刻的他，更是万分需要赶到蓓城，去拜访一位故人，寻求一些教诲。

"这又是谁！大半夜的让不让人过活了！"

但凡是深夜熟睡中被搅醒的人，估计都会生起同样的气恼，更何况，男子作为深宫高墙之内的一院管事，自然也有着不小的脾气。

"院里是太后押的人，未有诏命的，本就不准探望，大半夜的吵什么吵！"管事气势汹汹地拉开院门，眼前的来人将自己裹在了一袭黑袍之中，这略显惊悚的一幕，恰说明眼前这位的身份定然是有些说道。而不知是福是祸的小吏，已在心底叫苦连连。"嘶——"

"孤府上的人只是暂住于此，未曾有下狱囚禁的旨意，为何不可探望？"黑袍人说着话，缓缓抬头露出了一张冷峻的面容。两束寒光所指，算是彻底掐灭的小吏心头的火苗。

"吴王……殿下……"

"汝认得孤？"玄衣夜行的慕容垂凝目威逼。在他的罩袍内，既藏有匕首，亦揣着金子。"可还要孤去向太后讨要令牌乎？"

"那是自然……不必了。"小吏一时间脑子里泛满了糨糊。这位吴王殿下若有太后的授意，又何必裹在黑袍里趁夜前来，但若没有邺宫主人的肯允，慕容垂又怎能潜入深墙，一路无阻地寻至这个不起眼的小院呢。不过，能混到管事的吏秩，他自然也有着独特的生存诀窍——太后未必会知晓今夜的事情，而这位一样得罪不起的殿下，却已是身在眼前。于是，钳口结舌的小吏引着小皇帝的五叔径直来到了主厢的门前，并用手上的烛台换得了一块赤金饼子后，便知趣地退回到了自己的门房内。他这一夜定是难以入眠了，只好守着星月祈祷，下一波叩响院门的，可别是来抓人的禁卫甲士。

"宝儿可还好？"随着外室的大门被小心翼翼地推开，段润的声音已是微微发颤。纵使夜深人静，可被幽禁在深宫之中的王妃又怎得安然入眠？慕容垂虽是周身裹在罩袍之下，但正透过小窗守望星月的段润却早已认出了迎面赶来的身影与步伐。她无法想象，在此刻的风口浪尖上，夫君要冒着多大的风险，打通多少关节，才能趁夜穿行邺宫，来到自身边。

来人点了点头："苦了卿了。"

其实，段润除去被限制了出院的自由，在生活上则是丝毫未受苛待。衣食照旧，未上刑责，每日前来审问的宫人也尽是敷衍了事。因此，时下所有的磨难，多是源于其内心的苦闷与不安。而当小小烛台泛出的微光，终于映亮了慕容垂的面庞时，她不仅倍感暖意涌过心间，更是倏尔想通了一切。

"郎君，巫蛊之事定是冯木罗陷害于咱。那些物件除了祀蛊之人外，谁人还能持有？咱府上又有何人曾见过？"段润在呜咽间愈发愤恨。她虽不敢将矛头指向下令搜捕自己的述太后，但渐起的声调似乎也在表明绝不会甘受指摘："何况，哪有光天化日下，在车中行蛊的道理？这般拙劣构陷，皇上即便看不出来，难道太原王也参不透？"

"太原王不在邺城，也不知晓何时才能回来。然即便四兄有意主持公道，怕此事也难以说清。"慕容垂将王妃紧紧搂在自己的胸膛，"几个车夫，我已想尽了法子审问。虽然出了人命，还是没能厘清那车中的蛊物是如何放进去的……换来四兄，估计也不会有何进展。"

"殿下的意思是……"段润贴耳在夫君的胸口，一阵杂乱的心跳，使得她从方才的话中听出了别样的意味。

"其实，无论冯木罗如何设计，太后这般处置的目的却只在我一人。"段润在脖颈与发鬓间感受到了熟悉的触感，仿佛慕容垂并非在抱怨不公，而是在与自己耳鬓厮磨。"如此简单之事，之所以耽搁许久，无非是在等咱开口妥协。估计咱就算认下此事，有四兄照拂着，大不了就是改封个郡国就藩。到时不领兵，不出镇，还能相守着过上些逍遥日子。"

"本就是无妄之事，怎可再牵连到殿下的清名？"心高气傲的段润别说是幽禁，就算受了酷刑，也断不会选择这样一条路，"一时忍让事小，可就此即要在史书上落下恶名，殿下岂能……"

"多少年来，日日过得如履薄冰。而今为了救人，哪里还顾得上这些。"

可段润依旧在斩钉截铁中听出了丝丝苦涩。即便夫君确已狠下心来，但自己同样有着坚守与抉择的权力，她绝不容忍以自污来换取份不知能维持多久的怜悯。她亦清楚该当如何，才能彻底终结这一桩冤屈。

"燕主新丧，当是大司马兴兵收复河南，重振山河的绝佳时机。"

"苻坚小儿任用苛法酷吏，氐人亲贵积怨颇深。大司马当宜趁其羸弱，再征关中。"

"凉国正当张天锡专权，在下因范阳张氏出身，曾与之有过书信往来。若大司马属意关中，正可为桓公走一趟姑臧，相邀凉国，共击苻秦。"

"青徐慕容德不过黄口小儿，豫州鲜于亮更乃莽夫尔。大司马若欲立威，则必先取二地。末将不才，愿领精兵渡淮，突袭燕贼屯镇，为君侯建功……"

一帮子文武幕僚的聒噪争论在桓温的耳中萦绕不息，可这些豪言诳语对他来说却是毫无用处。在与司马昱朝堂角力中大获全胜的大司马，如今以镇所江陵为中心得封南郡公，其弟桓冲得封丰城公，桓氏一门不仅所获封赏无数，更是几乎将整个大江上游纳为了私属领地。而越是接近人臣极致，桓温便更加在意巩固威望，乐于试探人心。不过，最近的风向却有些不尽如人意，提议朝廷迁都洛阳的伎俩进展得并不顺利，且刚刚离去的众多幕僚中，竟无一人能说到自己心里，以致他不免有些恼怒了。

"大司马。"

还在原地徘徊意乱的桓温循声望去，眼前终是透出了喜色。自己的心腹谋主——散骑侍郎郗超去而复返，想必是来为自己解惑的。

"景兴方才一言未发，可是早已有了定计？"

"长安固远，大司马必不至于覆车继轨，却不知桓公对北伐河南还有何顾虑？"郗超并没有直答桓温，反倒是抛回了一个问题。

"慕容儁虽死，慕容恪尚在。其人用兵虚实诡谲，更擅以铁骑纵横。中原地势平坦，自然要多有顾忌。"桓温此刻的心悸不绝，在成都笮桥外曾出现过，在长安城下也出现过，只是他从未自觉。

"在下虽未临征战，却也数次听得大司马教诲，欲对垒燕人铁骑，务要先于淮地北上，开凿渠道。待至雨季，方可驶船穿插江泽。由此，才能保障南军兵甲粮草之运转不绝。这诸多的事项叠摞在一起，未有数年准备，断不可妄动兵戈。大司马实则，不必执着于此。"

眼前这侃侃而谈的身姿让桓温恍然间念起了谢安。昔年的好友在自己晋爵揽权后，竟然再未有过盘桓。或许，自家与世家高门间的矛盾注定是要割裂这份友谊。然而，郗超同样是出身世家，却依旧尽心辅佐自己，这也使得他对谢安所做出的选择深感困惑与愤懑。

"哦？景兴不妨直言。"

"公之所求，乃是立威。然立威，却未必要倚仗兵事。大司马认为，当今朝堂之上，还有几人心怀故土，看重北伐之功的？"桓温一时间听得是疑窦丛生。"南渡的高门是断然不愿与北地士族分享朝堂权柄的，而那些王公宗室嘛，怕是也舍离不了这江南的温润乐土矣。"

"景兴之意，攻取中原已不是千秋功业了？"

"未必。"郗超似乎预料到了桓温此刻脸上的骇然神色，言语间更显自信从容，"敢问大司马，若一战功成，取回了河南州郡，到时，可愿让出江陵，归还朝廷否？"

"断然不会。"

"这便是了。大司马试想，一旦桓氏一门不仅扼江而治，复又能从北向南威压建康之时，公可做好了与司马氏决裂的准备？"

桓温随之陷入了长久的沉思，几番想要开口，犹疑一二后，竟都咽了回去。直到最后，他长叹一声："故人，无可复求矣。不知景兴还有何良策助我？"

郗超看样子是没听懂前一句哀叹背后的心意，但却依旧乐于适时倾倒腹中早已备好的条框："大司马不妨顺借朝中些许腐儒之声，就势移镇姑孰，再将江陵托付给亲眷兄弟。而后，可隔江俯视建康人心，为日后用兵北上早做准备。"

"善。"

"更可以移镇整军为契机，求得假黄钺之便利。由此，才是立威之根本。"

这回桓温却是有些犹豫："不知可有其三？"

"有。随之乃是改吏治，推土断，兴教育，剪除积弊。待到天下有变，再行北伐之盛事。到那时，大司马必当远超祖逖之功业，所获声名业绩，又岂止于区区三公之号乎……"

早先的聒噪再没于桓温的耳中回响起来过，可由此替代进来的，却是一种更为危险的喧嚣。

"殿下。"

"太原王——快看，是太原王。"

"殿下保重啊。"

男子胯下战马的四蹄仿佛要踏到地老天荒。与这几日里横穿半个冀州的急迫相比，城里的这点儿路程根本算不得什么；然而，离得越近，男子心头就愈发沉重难支。路边的百姓猜不透他的心境，只当是敬爱的太原王在缓步巡视邺城民生。

慕容恪与述儿一样，在处理此桩巫蛊案时犯下了无可辩驳的错误，即忽视了被幽禁之人的性情与感受。几乎所有的朝廷重臣都看得出来，太后之所以草率地听信了冯木罗的一面之词，进而搜捕吴王妃，其目的无非是要折损慕容垂的声望，再顺道敲打震慑那些从景昭帝接手权柄以来就从未安分过的旧部贵族。由此，段润车辇中的蛊人是否为构陷之物，根本就不重要。而当慕容恪渐渐了解到诸多细节之后，即便不满有冯木罗这种角色投机其中，却也自知暂时无法扳回述儿的手段。于是，当所有人都选择了拖延观望，等待他人率先妥协之际，却无人顾及身处旋涡中心的段润的决绝。直到这个刚强不屈的女子选择了悬梁自尽，以死明志，这桩荒唐的巫蛊大案，方以最惨烈的方式不了了之。

"太……太……太原王唁！"

在慕容恪踏入尽着白素的吴王府时，负责礼宾的管事正经吃了一惊。看那样子，这一两日里前来吊唁之人难称熙攘。而脚步声渐近，跪坐在地的主人才幽幽地转过头来。

慕容恪直视到了自己兄弟眼中的愤怨，亦才骤然理解了当年慕容儁的心境。如若自己收到信报后径直赶回，或许能为可怜的段润带来希冀……一家人，又何必要走到这般境地？可正如二兄当年，自己此刻，亦无法渴求慕容垂的谅解。

祭礼已毕，慕容恪靠上前去，轻抚着呆滞出神的侄儿慕容宝的脑瓜儿。更亦如当年的慕容儁一般，他不知如何才能抚慰自己的兄弟。

"这番到了蓟城才知。"直到行将离去，慕容恪走至灵堂门口时，背身沉言，"封先生，不久前也已故去了……"

而一直幽怨沉寂的慕容垂听得此言，终将头颅埋在双臂之内，额头直直抵住地面，呜咽间，已是泣不成声。

当　归

──────○──────

　　夕阳的余晖已如约洒落在大街上，但邺城闹市坊间的喧嚣并打算随着日头的西坠而老老实实地消散离去。这或许要归功于在小皇帝慕容晔继位之初，辅政大臣们联手采用了较为宽松怀柔的施政之策，尤其是靠着前期遗留下来的战争红利，大量的资源涌入河北州郡，使得高门的权产日丰，寒门也有了出头入仕的盼头。于是，上宽下济，佃匿奴户可得温饱生息，在籍农户亦有田产可供传承。乡间的繁荣境况又极大促进了城中坊市的商业，以致连夜间的宵禁都已执行得不那么严格。由此，自是将总领朝政的慕容恪在民间的声望推到了顶峰。

　　繁梦楼，便是这段富足日子中最大的受益者之一。这家邺城中最为奢华的酒肆虽是据说刚以极高的价格更易了主家，却不妨依旧是官宦宴席与名家聚会的首选之地，从午间开门，直到宵禁时分，均是一席难求。而楼前那川流不息的车马，与街对侧那座神秘肃穆的将军府，又将整条长街打造成了邺城中最具反差，也最引人侧目的所在。

　　此刻，酒肆商坊的喧闹丝毫影响不到这座高墙阔府的厅堂中聚集围坐的十余人，以及被他们虔诚注视着的一场隐秘仪式。打着赤脚，手执牛头骨杖与香炉的女子，正随着烟柱飘动的方向绕来绕去。那杖身和地面间的敲击声与其口中的念词时有交错，糅杂出了些不算规律的韵感。在她身后，体态魁梧且面容冷峻的主人正细致地扫视着每一个宾客的神情。

这一切，均被端坐于末位的圆脸男子捕捉个正着。他暗自斜目，紧盯着主位上那两道目光的移动，当转到自己身上时，便提前摆出一副虔诚敬畏的模样。可实际上，那以鲜卑语所织成的唱念祀文，他是一句都没听懂。

终于，这场尴尬的考较随着被尊为祭母的人停下脚步而进入了高潮，骨杖与香炉被弃放一旁，随后，又是一碗鲜血从女子的手中泼洒而下，全数淋在了已被烧得通红的砂土之上。

"扑哧。"

一股泛着微紫的水汽渐渐从砂土中升腾跃起，相伴飘散的血腥气味，更是让四下所有人陡然绷紧了神经。

"凶兆！"

紫气并未升得太高，便随着祭母的惊呼气喘而消散无踪。还在众多宾客面面相觑、疑惑不解之际，正位上的主人已大步上前，蹙眉凝目，查验起地上的砂土盆。随后，较为胆大之人先是跟了上去，慢慢地，堂中所有人尽皆起身围成了一圈。而圆脸男子品秩一般，身材也是不高，由此，也只得在外层的人群空隙间，匆匆瞥到了砂土盆中的情形。

"一头幼牛模样的畜兽，被几乎等高的人形执矛刺杀。"他在心底默念的同时，整个厅堂也瞬时被纷纷的议论所淹没。男子当然不理解为何砂土周遭的赤褐色中会显出这片淡影图案，可若弄不清其中的门道，多半会将之视为上天的喻义。

"此象所言，乃是强敌环伺，幼主当不得大政。故致利刃执加于头牛之身，紫气消散。"十余宾客的目光随着主人的话语上下飘移，而后均落在了那位神神道道的祭母身上。

"不知可有破解之术？"

"当凭锐角迎敌，或依牛尾所指，退向东北以自保。"

不待一众惶恐之人再行拜问，主人便将祭母夫人请回了后堂，随后说道："诸位也都听清楚了。如今主少国疑，若说求变，则当尊长君。观大燕上下，唯有太原王堪此大任。我欲劝进殿下，诸位且有何异议？"

男子一个激灵，不禁在火炉前嗑起了牙花。满座的将领校尉——也包括他自己——尽是主人家的心腹，而今时这一幕，也不过是终将多时的密谋摆到了台面上，自然也不会有人多嘴质疑。

"善。"主人回身到自己的案几前，顺手拾起了一匣仪剑，"此事须待我先行与太原王商议。诸位回去后准备两件事：一为联络密友袍泽，一旦殿下点头，则各自上疏，行劝进之事；二为整顿兵事，若有不测，到时切不可推脱！"

男子藏在人群中左右窥视，身边之人既有摩拳擦掌兴奋难抑的，也有如自己一般情怯噤声的。

仪剑倏尔从鞘匣中唰地一下被拔出，虽然剑身离着自己尚远，却也吓得男子不禁胆战。

"大事若成，可保诸位首功。然但凡有误事作梗的，也休怪我不讲昔日袍泽的情面！"

男子本就不敢抬头直视那横扫遥指的剑刃，听得主人此言后，更是将自己缩回到周围的身影之下。

"中！"

由着位高权重之人领了头，一片喝彩声旋即在这小小的校场中爆发开来。身着青色龙纹衫的男孩儿在一箭中靶后，喜笑颜开地蹦了回来。在其身后三十步的箭靶上，几根翎羽歪歪扭扭地插着，而更多的，则分散掉落在四周地面上。

"恪父，射中五支了。"男孩儿满怀期待地向男子汇报这一轮练习的成果，在得到点头肯允后，才径直跑向了在一旁座席前摆放着的瓜果与点心。

"绍儿，一起去歇息吧。"慕容恪眼瞧着这一幕欢快，也不禁微微咧嘴，顺便招呼起身旁软垫上正玩弄弓弦的孩儿。这个男孩年岁还要小一些，尚拉不开最轻小的骑弓，故而也只是陪着来一起玩闹罢了。"今日的习射就到此。等一会儿阳公来了，陛下便回屋读书吧。"

陛下，也就是慕容晞，听闻能有小半个时辰的闲暇休憩，已是搓起了双手，当即就举着块酥饼小跑过去，将自己的小跟班慕容绍一并牵走。随着年龄渐长，小皇帝近来的日子可不如从前好过了。几乎每日晌午前，都要随刚刚继任太尉的阳骛读书习礼，时不时还要起个大早，被慕容恪拉来校场练习射术与剑艺，或许再过个一季半载，更要开始学习骑术。虽说面对这些具有一定危险性的活动时，自己并没有受到多么严苛的指教，可小皇帝却仍是无法在其中找到应有的乐趣及动力。

"恪父。"在追逐打闹了一小会儿后，慕容晞攥着两枚的枣子，跑到了正在独自拉弓射靶的慕容恪身边，"龙城是不是有好多的飞禽走兽？"

"故都那边地广人稀，袤林连绵，溪水密布。"慕容恪拉满了一张步弓，"不仅是飞禽走兽甚多，各种渔获也比冀州地界上来得肥美。"

"那母后与恪父非要让咱与小绍练习骑射，是不是为了以后有本事行猎，才能有肉吃？"

"陛下为何做此想？"慕容恪满腹疑惑地放下了手上的弓矢。他本以为两个男孩儿先后凑过来是要讨教射术的，而眼下，自己却被问得一头雾水："皇家富有七州之地，又怎至于回到龙城行猎果腹？"

"是昨日，慕舆太师到母后那里说，应该择夏秋之时回归龙城，兼顾新老两都，才能使甚的连绵不绝。"

"该死。"慕容恪双眸凝聚，嘴唇也跟着一颤，仿佛是突然忆起了什么事，"陛下当时也在场，太后可有过怎样的许诺？"

"俺和小绍是在后面偷听到的。"手捧着从皇兄那里分到的枣子的慕容绍也煞有其事地点了点头，"母后当时没说啥，只不过……"

就在小皇帝稍有支吾之际，慕容恪的眉头一锁，那股子怒火所炼出的威严竟吓得慕容绍不敢直面自己的阿爹。男孩儿怯怯地挪步，又缩回到了慕容晞的身后。

"只不过评叔翁早些日子也进宫说过，应多与祖地的旧部亲近亲近的话，咱们就以为，是要搬回龙城了。"

慕容恪这回只是轻轻叹息一声，他将弓矢递还一旁，一手牵着慕容晔，一手再将慕容绍抱在怀中，缓缓走下校场，踱回至榻席处。

"如若臣不在城中，陛下是愿意与慕舆大将军练习骑射，还是与傅颜将军一起？"稍做歇息后，慕容恪便拾起瓜果，与两个男孩儿畅谈起来。

"自然是傅将军。"

"可傅将军却是汉人，陛下为何舍弃了鲜卑族人而选了汉人呢？"

"那傅将军平日在宫中护着咱们，自然要选傅将军。"小皇帝并未多想，说的固然也是心底的实话。

慕容恪听罢，微微咧了咧嘴："陛下平日里，可又用得多少鲜卑话？"

这回慕容晔倒是略显虚怯地扫了下四周："其实俺与小绍都不怎习得故语了，就是怕惹得母后还有评叔翁不悦，每次考较时，都不知该如何含混过去。"

几颗剥好的果子被递到了两个情怯沮丧的男孩儿面前。"这并非是何诳误。皇帝既为天下之主，当学天下人之书，说天下人之语，居天下人之中，自然不能以胡汉新旧，来区分对待自己的臣民。"

小皇帝与他的小跟班虽是听得连连点头附和不止，可这一课却远不在慕容恪的计划之中——他深感有一场模糊不清的危机，正在自己眼皮底下蓄势暗涌。

"扑通。"

一颗半个巴掌大的石块被远远地丢进河水之中。滩岸上的少年甩了甩手腕，犹在嘟嘟囔囔地宣示着内心的不满。远处，又有一骑正朝向渭水河湾奔驰，少年恰一扭头，也望见了那渐近的飞影。他不愿迎上前去，也没有选择再行躲藏，而是一脸愤怨地背身坐在了岸边的碎石地上。

"就知道小子往北走，是跑到这儿来了。"飞驰而来的青年拴好了战马，带着满脸的笑意，凑上来安慰自己的小兄弟，"阿爹也找出城了，不过，咱骗他沿着渭水往西寻了，这可不算露了此处的秘密。"

"不赶紧收拾收拾，随天王出征平叛，还来寻俺干甚？难不成，还怕咱自己投到渭水里去？"就算是再任性的少年，也能读懂这份风尘仆仆的关爱，但他嘴上却还没有松下劲儿来。

"呸！"青年也不恼怒，直接一屁股坐到少年身侧，一把搂过兄弟的肩膀。那亲昵的语气配合着强劲的臂力，也根本没给人挣脱的机会。"其实阿爹的意思，也不是瞧不上你，只不过是让再等上两年，待身体长大全了，自然可以从军建功。"

"阿兄第一次跟着出征的时候，不也是俺眼下的年纪？"少年试了试，的确是挣脱不开，"俺开口前都打听过了，天王的亲卫里，虽说没有十六七的甲士，可这年月投军挣粮的少年瓜子可多的是。"

"那时候咋能一样？咱家刚进天王府上，阿爹自己都没站稳脚跟，没法子，才带着咱一起拼功业。如今，阿爹已是亲卫队队正了，咱家在城里都有了屋院，总不该让尕子跟着一起流血搏命去。"青年说着说着，心境或许有些黯然，手上的劲头也就松了下来，"再说，你跟着在书舍学了两年，识了那些多的字了，而今扭头便要弃学投军，也别怪阿爹骂得难听，换谁能不生气呢？"

"识那些字有个甚用？"少年的眉眼透着无尽的委屈，"别人根本不晓得，书舍里的先生和那些贵族子从来就没看得起咱家。要么从不正眼瞅人，不允咱行师礼，要么就明里暗里地嘲笑阿爹就是个铁匠。这种书，就算再多读上十年又有甚用，不如跟着天王出征，还能打拼到些军功。"

"唉，就算咱一起去求爹，就凭天王亲卫的身份，也没机会冲阵斩获。更不知何时，才得统兵为将。"青年说到这，突又一个激灵，急忙恶狠狠地盯着自家兄弟，"憨货，可别惦记着匿名去做个小卒，那阿爹断然要先打折你的腿。"

"阿爹当时为啥非要求着天王施恩，把俺送进贵族子的学堂，还是当真想不到，咱会受这般欺侮？"

"阿爹的心思，咱也能猜得。"青年叹了口气，也抓起些石子朝向奔流的渭水一块接着一块地掷去，"这天下都乱了多少年了，总要有个尽头。咱寻常人家，又能砍下几个脑袋去挣那份军功的？但若能将书读个明白，那才叫高人一等。阿爹不是常念叨那王猛公有多了得，才一两年的工夫，收拾了好多恶人，为关中的百姓出头。你要能在书舍一直待到十八，或是二十，一朝入了王猛公的眼，哪怕跟在身边做个小吏，日后至少也能出落成个县公。那等咱们回到平州老家，阿爹的脸上定然比当下还有光彩。"

青年说完转头盯向身侧的兄弟，也期待着他的心思能够回转，而少年此刻却陷入了深思。在他们之间，也只剩下了水浪的声响，依旧在穿插不息。

"若真就忍不下那份欺侮也罢，正好这一闹，惹得阿爹凶了一回。他嘛，心肠软得很，估计打骂一遭后，顺势也就应下了……"

"麋儿，虓儿！"

当张彤沿着长安城北的渭水河段，从西向东兜了一大圈，终于发现了两个儿郎并辔而归的身影时，他的心里可算松了一口气。娃儿们可是跟着自己受了流浪千里之苦，他也想不通，自己之前怎就能说下那些狠话。此时，张彤想着，只要虓儿不做逃家的蠢事，若是仍盼着要与父兄并肩作战，不妨也就应允下来吧。

"虓儿，阿爹……"

"爹，咱祖地在平州那么远的地方，俺都记不清是甚般模样了，咱们真有机会回去吗？"张虓抢着开口，并问了个似乎不着边际的问题。

"那是自然。天王英明神武，定要一统天下。平州老家，当然回得去。"

"那咱家就一起跟着天王马踏天下，如何？"

张彤饱含歉意的双眸中，难免也闪出了失落的色彩，但此刻，他正用力地点了点头。

"这位使君，可有——"

酒肆的侍应刚刚大步迎上前来，皇甫真便一摆手，止住了话里话外的张扬意味。身穿素衣的他一抬眼，就找到了高层客房外那个巨大的身影，自然也就厘清了去处。他人虽是到了，却依旧不解慕容恪怎会唤自己前来繁梦楼。今日并未听说有喜庆风流的场合，且记忆中，这位太原王也早就失去了那份闲情逸致。直至屋门，他眼中含笑地走向了矗立的护卫，而那罴郎见了熟人，亦是一咧嘴，回了个极其呆蠢的笑容，而后直接拉开了屋门。

"在下宋康。是前一阵才刚迁来邺都盘下的这处店面。不知使君尊姓，唤在下前来，又有何吩咐？"让皇甫真疑惑的是，他不清楚自己是到得早了些，还是晚了些。

"听主家口音，可是凉州人士？"慕容恪倚窗而立，斜着瞟向屋门的双眸也认清了来人。不过，他却暂时没有招呼皇甫真，而皇甫真亦是心领神会，低头瞅了瞅自己身上算不得华丽的衣衫——干脆就扮作富家公子的随从，先将这位目不识尊的新主家糊弄过去。

"正是。"那宋康拱手施礼的模样很是生涩，"小店中诸多的胡人杂役，也是随在下从凉州而来，未必识得皇都上下的礼数，若有怠慢之处，还请使君多多包涵。"

"既是主家亲自来了，有话也便直说了。此间厢房我甚是满意，打算长住于此，烦请主家按三个月，算个公道的价钱，稍后自会将币帛送至柜上。"慕容恪莫名其妙的一番话，却是让皇甫真颇感惊诧，于是，自进门后，他也是第一次充满好奇地打量起这间房屋来。对面连排的竖窗甚是通透敞亮，屋内的格局与摆设虽也算得上精致，但终究也只是离人的旅舍罢了。"哦，在下姓封，蓨城人士。主家若有担忧，可先去打听一番，绝无不法胡为之嫌。"

"在下岂敢，自当遵从使君吩咐。"

"主家可是宋骠骑族人？"就在宋康刚欲转身出屋之际，慕容恪的突然的一句话似乎惊得其人窘态尽出。

"算是吧——却是旁支所出，不得不行商坐贾，用以糊口。"

"这繁梦楼虽不是金砖玉瓦砌筑的，却也未必是敦煌宋氏的旁支能盘兑得起的。"这回慕容恪没再暗隐锋芒，摆出了副威严架子，步步紧逼向那可怜之人，

"带着金银财宝横穿秦地，直至冀州，打的定然也是商队的幌子。以宋家兄弟手上的指节来看，常用的乃是刀剑，而非笔墨算筹。幸得在汝眉眼间未有察觉到匪气，此事也就不再细究。不过，既然我不在意藏在身后那不愿示人的主家来历，尔等今后也休得前后打探。凡有些许消息从这楼中走漏出去，此桩生意可就要落个不美了。"

"你……究竟是何人？"这宋康面对突如其来的威胁时的反应，则基本坐实了慕容恪的猜测。而一直默立不语的皇甫真也心知，该是自己出面的时候了。

"宋家兄弟怎的如此急躁？这不才刚讲完不必互相打探的嘛。"他说着将人拉至玄关，"我家公子不过是想图个清静。这间厢房所用的钱帛自会只多不少，此外，每日里使唤的仆役，便用那些胡人即可，不必再去城中雇佣……"

"玄恭，这又是作甚？"将人送下楼后，皇甫真终于可以安心地直抒自己的不解。

慕容恪并未直言，只是在窗前招了招手。往深处探了几步后，皇甫真才算看透了这间厢房的里外布局——整厢之长，仿佛占据了一侧的楼面，众多的玄关立屏隔出了书房卧室，与竖窗坐落对角的，似乎还有个盥浴之所。而再当他走至跟前，顺着慕容恪呆滞的目光往窗外一扫，所有的疑惑也便得到了解答。

这成排的竖窗所对，恰就是慕舆根府邸的大门，由上自下俯视，正能将进出之人数个清楚明晰。

"自明日起，楚季便行侍中签印，全责理事。除非有士秋公，或是咱兄弟来寻，才可将此事透露一二。"

"好在你今日来得及时……"

傅末波正异常恭敬地守在老者的旁侧。与每次在卫将军府上的战战兢兢不同，眼前之人无疑能带来某种更为可亲之感，乃至他最近总是懊恼自己为何沾带不上些鲜卑血统，否则，在这老者的帮扶下，今时的处境该是大有提升。当然，至于自己在另一处府邸中所扮演的相似的暗谍角色，傅末波却也不必与眼前的太傅坦白。

同时，正在屋内来回踱步的慕容评也不可能有心思去观察揣测这近来才依附之人的小心思。年近六旬、却依旧矍铄的他，脑筋正飞速地运转，也不知是有心，还是无意，恰在傅末波的面前自言自语起来："咱还道那慕舆根为何会谏言归返龙城祖地，没承想竟是卜卦得来的喻象。其与玄恭早年亲近，可如今这份拥立的心思，可是摆弄得大错特错了。"

屋内的访客此刻哪怕只得断断续续地听了些许蚊语，可四下愈发诡谲的氛围已激得其如芒在背，生怕立马就有会要了自己性命的机密言语从老者的口中蹦出来。

"那些个愚蠢的旧部老人，在这个当口，竟还不得消停。"慕容评想到此处，不由得滞住了脚步，一股寒意倏尔通透全身。风暴似乎要来了，他自知未必能猜得云聚的过程，但最终的滂沱却不会有差。"难怪近些日子见不得玄恭走动了。"

"太傅，在下该告退了。"傅末波已是第二次在慕容评的话语中听到太原王的表字了。他虽然也向往着能够攀附到慕容恪的眼前，却也深知，自己既不得门路，也没有那个本事让人看重。否则，如今又何必做那暗通三路的苟且行径，才好求得自己能在一场危险的旋涡中立于不败呢。

"咦。"听慕容评咧嘴龇牙般深吸的这一口气，应是想起来身侧角落中还缩着个访客。随后，尽显沧桑的面庞在昏暗的光线下微微挤弄，便足以将那通透的寒意传递灌注至傅末波的全身："汝手握城外一营兵甲，更要谨慎为上。得想清楚，以谁的将令为尊，若遇事不好推脱，不妨找个机会，暂且告病交权。近日里，少些走动，除非有滔天的变故，此处，也先不要来了。"

离　人

"嗒，嗒，嗒。"

孤独的骑影在夜色的渲染下，散发出一种摄人心魄的诡谲。此刻，邺城的街道终是褪去了繁华，一片静谧中，由远及近，只听得一组马蹄声杂沓作响。

一队值夜的巡兵，恰就迎面撞上了这神秘的一人一马。而十几个人中，除了些许生瓜蛋子依旧保持着令人诘笑的紧张无措，其余诸人则尽是打起了别样的心思。

通常照着规矩，在深夜宵禁之后仍在街上穿行的，要么凭腰牌手令免罪，要么应由巡兵收押，待次日，于县府过堂审问。然而，如今太平时日，宵禁之令本就执行得不甚严格，似这般在街口被巡兵堵个正着的，多半会花些钱财买个通融与平安。此刻，几个老兵油子的眼眸中尽已冒出了光，无不满怀期待地盯向自家的队头，或许，在这看似倒霉的夜勤上，倒还有得些赚头。

被十余对目光紧紧相逼的队头早已眯缝着眼睛，朝那骑影仔细打量起来——此时的一幕，竟带给他一种恍如隔世的感觉。这乱世给自己上的第一课，就是远在大棘城的雨夜中，同样的一骑独行，只不过，那会儿替自己解围的翟爷已然老去还乡，整队中大半的袍泽尽也化作了冢中枯骨。而曾经的新兵蛋子，随着燕国大军辗转四方，已成了这邺城之中军阶不高，却也足有油水的巡兵队头。

"不对。"眉头紧锁的队头打眼少许，便瞧出了蹊跷。一般的富户与贵族子出行时，必然要带着一二仆从，且平日里需与自己周旋打赏时，也尽是由这些人出面应对。然而，徘徊在街口尽头，正在夜色中泰然穿行的那一骑，显然是毫不担忧路上的麻烦。"都利索点儿，转进下个巷子，不要惹闲事。"

尽管仍有几个家伙表达了对这一通命令的不满，可谨慎的队头依旧坚信，少生事端才是万全之法。虽是看不清来人的衣着长相，可那匹雄峻的战马定是唯有高官显贵才可骑行的，而无论那人手上的腰牌打的是谁家的名号，既然选择了深夜独行，就必然是揣着不可为人所知的秘密。此刻，自家一队人贸然上前截路盘问，岂不是愚蠢到了极致？这是他早已习得的一课，亦是最重要的一课……

中年将领直到一座大宅的旁门，才提气勒住了缰绳。也是奇怪，一路上竟未遇到任何盘查。估计到了这个时辰，城中的各路巡兵都是找地方偷懒睡觉去了。由此，虽为今夜之行省去了诸多麻烦，但在自己治下出现了此般境况，还真是一种哭笑不得的尴尬。

被悠长的叩门声搅醒的管事一开始还有些恼怒。然而，当认清了来人后，不仅是面露惶恐地引人入府，随后更是硬起头皮，唤醒了身体已大不如前的老主人。他真不晓得，这世道，怎就不能维持个太平无事呢？

"吱——"

还在后院书房中不安徘徊的将领一扭头，正瞧见披着罩袍的长者推门而入。于是，他赶忙迎上前去俯身施礼："深夜叩扰士秋公着实不该，只是——"

还没等说完，长者便伸出手来，扶住了他，旋即也急切了起来："究竟是出了何事？"

中年将领深深吸了一口气，微微颔首，两道目光斜上扬起，满怀焦虑地抿起了双唇："入夜后，那傅末波到了在下府上。报说，慕舆根与冯木罗竟是凭着占卜的卦象，向太后与陛下陈奏回迁龙城之事。再想到前些日子，太原王府里密报过来的事情，属下真是不知那慕舆根究竟意欲何为。"

"无论如何，他都是难逃一个煽乱朝纲的罪名。今日之事，一旦再让玄恭知晓，怕是邺都内外要难再平静了。"

将领听闻，更是连声附和："属下亦是担忧，这帮子家伙一旦惹怒了太原王，多半是不得相容。如若生了乱子，到时我等又该如何处置？"

"唉。遥想初年，二人并肩作战，慕舆根更是为先帝与玄恭兄弟俩亲手扶持起来的。谁能想到，如今这帮勋功新贵聚在一起，竟还妄想插手慕容家事。且玄恭看似宽仁，然凭其刚烈的性子，又怎会退让？"老人呢喃间，已是坐靠在了案几旁，直过了半晌才抬起头，神色决然地看向了在旁侧默立之人，"将军可信太原王会篡位自立乎？"

将领听闻此问，先是一愣神，随后赶忙摇起了拨浪鼓："太原王若有心大统，又何必等到今时。"

"然。玄恭既得了遗命，总领朝政，只要他无僭越夺位之举，太原王之命，便是帝命，甚至要更重于太后与陛下之意。"

"嘶——"将领适时地吸了一口冷气。

"只需记住，殿下与陛下都姓慕容，而你我外姓之人，绝不可置喙慕容家事。否则，他日慕舆根的下场，便是例证。"长者已是勉力起身，靠向将领低声沉言。

将领显然是领了教诲，脸上又尽起恭敬之色，跨步上前，扶住了老人的手臂："那依士秋公看，明日是否将此事禀告太后？"

此刻，长者那本该宽厚的臂膀，在月色与烛光的交织相映下，也显得僵硬了起来。直到好一阵后，才仿佛泄掉了一口气，佝偻着点了点头。

二人的谈话如从前般，并未持续太久，长者便嘱咐将领仍于后院另一处旁门离开。可在将领刚要跨出屋门之际，他忽又开口将人唤住："傅将军，老朽自然是相信玄恭能够处置得当。然若真生了大乱，还望将军所领禁卫，定要护住太后母子平安，阳某在此先行谢过了。"

说罢，他更是拱手朝向屋门，一揖到地。

"嗯？"

体形庞大的汉子恰巧刚从屋内推门出来，就瞄到迎面而来的胡人女子在臂上挽挂着一方宽长的绸巾。两人互相看了几眼，汉子确信这女人可不是个熟面孔，便粗声粗气地喝止一句，伸手索要那方绸巾。

然而，女子只是莞尔一笑，根本没有离去的意思："我自己便可送进去。你这憨货，就在外面守着。"

说来也怪，憨横的罴郎自打从熊窝里被捞出来，除了田琼与王聿徽，如今只会搭理慕容恪一人。但此刻，却被眼前陌生的弱女子这不容置疑的口气镇得死死的，转眼就将人放进了屋，而后自己则是一屁股坐了门口。

"就这拭身的家伙式，怎送得如此之慢。"

女子走进屋中，扫视一圈后，竟在偌大的厢房中未曾发现一个奴仆。直至角落中的盥浴隔间中传出了声响，她弯眉一挑，悄然上前："将军是想自己动手，还是起身，由奴婢来擦拭？"

男子循着女声，诧异地拧过身来，几乎下意识地伸手抓住了近处皎白的手腕："汝是何人？外面的护卫如何了？"

女子刚刚将绸面的浴巾挂放在了浴桶的边沿，断然是没想到一下便被如钩的铁爪制住。她咧了咧嘴，很是吃痛："将军不是要见这酒肆的主家嘛，我这不就来了。"

"你认得我？"

"城中之人，谁还不晓得太原王身侧时常跟着个形如熊罴的护卫？莫说是我，那家伙若在门口多站两日，怕是对面的府邸也会知晓将军住在了这里。"

依然坐在浴桶中的慕容恪瞥见女子一袭纱裙，身上也断然藏不住刀刃，实在难称威胁。而抓住她的手劲儿本已松了下来，可一听这句"对面的府邸"，便又突然发力将其拉向了自己："你究竟是何人？"

女子的眉眼挑出了个得意的弧度："将军难道就不诧异，这奢华的繁梦楼，主家竟是个女儿身？"

"你让宋康一介武夫出面打理，我便已猜到背后的主家多半是从凉州逃来的豪户妇孺，只是没料到……"

"没料到还是个胡人女子。"女子毫无顾忌地任由被拉向了浴桶，扬起的嘴角更是带着些近乎挑衅的意味，"我姓白，婢名可晖。"

"徽……可晖。"慕容恪愣住了。而在女子看来，男人却只是在费力思索的样子。

"你是龟兹王室。"

"将军也知晓西域之事？"白可晖闻言，终于褪下了戏谑的笑颜，语气上亦显认真了起来。

"你既知我身份，更该想到这一层。"慕容恪竟也莫名地放下了戒备，任由女子倚坐在浴桶边沿俯视自己，"说吧，你与那一队龟兹人，还有宋康，又是为何远迁到了邺城。"

"将军可清楚张邕之乱？"见男人轻轻点头，白可晖的神色渐渐黯然，一双泛着彩色的眸子就如同那浴桶中的波澜，熠熠泛光，"奴婢一支，本质居于姑臧城内经商。邕贼作乱之际，竟顺道劫戮了龟兹府宅，更将我掠走囚禁。那宋家兄弟没敢欺瞒将军，他也确是宋澄府上的管事，靠得他聚集人手，找邕贼寻仇，与我家商队的人马合力，才将奴婢救了出来。"

慕容恪听到此时便已动容，心中虽是了然——能盘兑下来这繁梦楼，女子手下的忠仆想必趁乱在姑臧城内，可没少劫掠钱帛——却不至于将此事放在心上。想到这些人能一路横穿凉、秦两国，慕容恪扬起的目光中，更是添上了些许敬佩。

"本来想着逃去长安，可苻氏之间又起了动乱。似乎也只有邺城，还能容得下我们这些漂泊的离人了。可这一路上死的死，散的散，除了宋家兄弟，也只剩下楼中干活儿的那些奴仆。"

"尽是重情重义之人。"慕容恪说着将身体前倾，在水中挺高了些，直视着白可晖的双眸，"你这娘子还真是聪慧异人，一下便看穿了我居于此处的用意。

不知今夜此举，到底是何企图。"

"将军可知奴婢活了这些年，既看尽了繁华，也受尽了屈辱，哪里还称得上企图？不过是为了一睹当世英雄罢了。"白可晖屈身向前，靠向了浴桶中男人的头颈，指尖轻捻，将串串水珠撩弹至慕容恪的胸膛。

"将军——这一国上下，汉人称殿下，鲜卑人称大王，也只有徽王妃才会如此唤我。然，她若还在，就凭此刻你我在屋中的情形，可是落不下个好下场。"

"中原总是有些奇怪的道道，可将军忘了，咱是龟兹人嘛，西域的规矩可不是这样……"任凭女人的低语在耳边胡乱地轻抚，慕容恪的指尖不觉间也触碰到了一袭薄纱下的曼妙身姿。他的眼神骤然变得锐利起来，更是直接起身，揽住那盈盈腰身，一把将白可晖抱入了浴桶之中……

屋中的几声嬉笑与娇呼旋即也传至了门外，一直守在屋门与梯口间的黑郎先是紧张地左右张望，却未见有人靠近。随后，这糙汉竟然捂着自己的大嘴呜咽了起来，也不知他是因惦念起了徽夫人而难过，还是为慕容恪走出了梦魇而欣慰，或许二者兼有吧。

只是此时此刻，倒是没人能够发觉这丝诧人的柔情。

"沈将军，快进来。"

沈劲抬头望着将军府的正堂门楣，心中已然恍出了神。面对故都洛阳守将，冠军将军陈祐此刻所表现出的这份热情，更是让他感觉眼前的一切并不真实。然而，既然自己已应征入城，也就不再有犹豫徘徊的余地了。沈劲解下腰刀，交与了身边跟随自己多年的老仆，跨门入屋，施以拜礼。

"沈劲，字世坚，祖居吴兴，得谢尚仁祖公赏识，更凭寻得传国玉玺之功，为家族解除了刑家之锢。后，随谢万石兵败谯沛，故至今日，仅以边军校尉之职，巡备淮水。"偌大的厅堂中，只有陈祐一人端坐于正位之上，以至于整体的氛围还显出了一丝阴郁森然，"不知本将可还有遗漏之处？"

沈劲清楚，除了与燕国故人的交情外，陈祐对他的情况的掌握已近极致。

或许，这位将军亦如当年的谢尚般，是发自内心地看重自己。然而，当谢尚故去，继任的谢万一朝兵败，便失势谪贬。至于再无靠山的自己，哪怕曾以一方玉玺替吴兴沈氏免去了刑家污名，可除了手下兵勇翻了一番，最后还是重又回到了巡防淮水的起点。几年来，他不仅受尽排挤，无路晋升将军号，就连麾下千人的员额与补给都不得补足，这个中委屈，除了身边的老卒，又有谁人在乎？而眼前的冠军将军虽然无法与陈郡谢氏相比较，但既得其点名征召，沈劲还是愿意再来试一次运气的。

"未有遗漏。卑职谨听将军教诲。"

"唉，教诲谈不上，不过，世坚可清楚你我身处的这洛阳之危乎？"陈祐上前拉起了沈劲，并将他带至一旁密语起来，"眼下，淮北州郡尽失，洛阳司隶乃成孤悬之势。东面的燕国势大，却擅骑战而疏于步甲，你我凭借坚城高墙，或还能抵挡一阵。西面秦国倒富有精锐刀盾，只是时下尚处内乱，尚不会骤然来犯。然居安者，更宜思危，如今咱麾下仅有不足万人，却要统防司隶八处关隘。乃至洛阳城中，仅能驻军两千人罢了，其中还多是从本地豪强手上征发而来的私兵乡勇，也不瞒世坚，本将信不过他们。"

被当前大势说得晕头转向的沈劲，至少算是抓住了最后一句的重点："将军的意思是，怕那些豪强大族临战倒戈？"

"世坚或是才来到如此之北的地界上吧。"陈祐面色泛着微紫，又在凝息间加上了更多的小心，"王师渐远，两都之人怕是已然对朝廷不抱亲近之感了。再有大司马两度北伐，却皆是来而复归，也算耗尽了他们最后一股子期盼。只怕到时燕军临城，这些人更会心向慕容氏"

沈劲犹记得，眼前的冠军将军，也是随同大司马桓温一路征伐，而提拔起来的。不明其用意下，突然听闻此谤议之言，他自是觉得尴尬不安，甚至还涨红了脸颊。

"世坚不必紧张。"二人抵近密语之际，陈祐当然能察觉到沈劲的窘态，"咱自打从大司马手上接过洛阳守将的差事，散骑侍郎郗超便书信推荐了世坚。虽不知你与高平郗氏有何交情，但世坚之忠勇，本将亦早有耳闻。且不知，卿可愿助我守备洛阳乎？"

沈劲也不知位高言重的郗超是从何得知过己名，不过，面对陈祐这份被挑起的热情，他自知除了应允外，断然没有了推脱的余地。

"本将既信不过城中守军，自会将其调往外营关寨。而世坚麾下千人，皆是南来的兵勇，便以卿总领洛阳城防，并入冠军将军府，兼领长史之职，何如？"

言至于此，沈劲心底那死寂许久的波澜，总算是破浪翻腾了起来。他又一次揖拜到地，唇齿甚至不禁颤动："末将必为将军效死命。"

"玄明？殿下？"

自打一进城，一股陌生感就萦绕在慕容德的心头——从广固到邺城不过是四五百里的距离，可他多年来，也仅仅是往来过几次而已。这一回，街边的楼阁又多了，坊间的买卖更热闹了，但各个漆门深宅前的氛围却是甚为凝重。慕容德明显地感受到，此番巫蛊大案所卷起的暗流，甚至比文明帝与皇兄薨逝前后来得更加危险。当然，在策马入城之前，他便已然想清楚了，若是一朝卷起滔天巨浪，自己躲在青州也万难独善其身。因此，慕容德选择的第一站，既不是回去自家的范阳王府休憩盥洗，也没有直接入宫觐见，而是径直到达了四兄的太原王府。

"殿下？"

"楚季大兄。"然而，他却只在这府上见到了皇甫真。

"玄明可是也察觉到了今时城中的些许异样？"皇甫真略显狡黠地端起了一碗浆水。那般难称讨喜的样子，曾给他与前后两任太尉——封弈与阳骛——那里招来了不少的挤对。

"能让四兄避世的大事……难不成有人动了废立的心思？"

于是，一口浆水呛得皇甫真暗自叫苦。不过，当平静下来后，他却满怀惊喜地盯向眼前的青年。曾经慕容家最小的毛头伢子，也已拥有了这般毒辣的眼界。想来也不奇怪，慕容德常年独镇青徐，心计上所经历的磨砺，本就不会比困居邺城、又整日惶恐的慕容垂差。

"殿下且随我来。"收拾利索的皇甫真旋即将慕容德引至院后僻静无人的书房，"太宰与侍中的签印都已交至在下手中。玄明也知道，你四兄绝非避事之人，他不过在亲自筹谋，欲抚息波澜罢了。"

"楚季兄倒是说清楚些，究竟是谁在生乱？"

"玄明可晓得前阵巫蛊大案的由来？"见慕容德点了点头，皇甫真不自觉间重重叹息了一声，五官微微一拧，好似下了莫大的决心，"而后，太师慕舆根更曾私谏鼓动太原王，当以长君治国，废帝自立。"

皇甫真言尽于寥寥，而慕容德却似受了天大的惊吓。好一阵子，他连眼皮都未曾眨动过："咱还以为是那些个旧部贵族与评父有了动作，没想到竟是这对夫妻在寻死路。可他二人明明……楚季可知兄长的打算？"

"咱当即就曾进言，应以迅疾之势除去首患；可太原王应是念在旧时袍泽情谊，只是笑骂慕舆根是醉酒妄言。若非是吾等熟悉之人，只怕外面多少都已犹疑太原王的野心了。"皇甫真信任慕容德，更是径直与其推心置腹，"玄明若想面见兄长，咱定不会隐瞒阻拦。不过，到时一定出言相劝，趁着此事牵连尚未太广，助其早下决心。"

"只我一人怕是力单，不若叫上五兄一同前往？"

皇甫真闻言先是一愣，随后又是抿嘴苦笑起来："玄明刚回到邺都，有些事应还不清楚。吴王殿下自巫蛊案后，便已闭门不出，连大朝都托病不上了。哪怕是悦士合想过府探望，都未必能见。而今，风声暗流尽皆涌起，有人贸然争功，有人蛰伏以待，更不好说还有多少双眼睛仍在死盯着吴王府，这时去请道明，对你们兄弟来说，未必有益。"

"亏得楚季兄看得透彻……"慕容德嘴上如是说，可脸上的神情却是尽显怅然，"那是否即刻就去面见四兄？"

皇甫真点了点头，刚想要起身，旋即又似突忆起什么事的样子。"眼下天色也不早了，玄明刚一进城，既没入宫觐见，也未回到自己府上。若是趁夜招摇，必会引来四下关注。不如就此稍歇，待明日一早，咱们再一起去面见玄恭。"

至此，二人相觑沉默，唯有院中老树上的莺燕，开始嬉闹欢叫个不停。

"梆，梆梆。"

打更的梆子响由远及近，渐渐飘入窗中，直到更近之处，却又霎时销匿无声。守在窗口的男子机敏地转头望去，果然是对街的府邸中恰有宾客醉酒归家。而若是面对起那停驻在门口的车仗与骄横的门丁，勿说是胆小避事的更夫，就连街上的巡兵见了，恐怕也会选择姑且绕行而去。男子轻哼了一声，眼下正跨门出府的几个人他都隐约识得，于是，他回身拾起窗前案几上的纸笔，凭着一盏烛火的微亮，在那几个对应的名字后添上了一坨墨迹。

同样是这样一盏烛火，也映向了不远处卧榻之上女子的脸庞。男子的目光跟了上去，落在那棱角分明的面容之上。反复抬起的眉梢或许源于此刻心头的微荡，他的眸中正交杂着纷乱不清的种种思绪——有怜爱，有愧疚，有对生活的新鲜期盼，也有对未来的丝丝惧意……

当楼下咯吱作响的车轮声终是消失在了街角，他复又披起了一袭罩衫，盖住了自己敞露的胸膛。目光从相识不久的女子身上移回至案几，手上这一份冗长的名单紧紧依着烛光，正诱使心怀焦躁之人反复品读。

事实上，慕容恪也说不清楚，自己为何会如此信任正熟睡的情人。他不仅依着白可晖的建议，将扎眼的罴郎哄回了王府，自己更是只身住进了一帮龟兹人围绕之下的繁梦楼中。而此刻，他唯一的坚持，也只有手上的这份名单，是万不可与她知晓的了。

"傅末波。"

慕容恪一直读到了几近名单的末尾，终在无意间念出了些许声响。长长的纸笺上，先是"慕舆根"三个字，而后，有的名字下缀着墨点，有的名字上贯穿着画线。而沉思再三后，一道墨迹终在犹疑中，盖过了"傅末波"三个字。

"梆，梆梆。"

脚下的响声复又传来，而此刻，临街的竖窗已被拉合。慕容恪刚好将一份缩减了大半的名单誊抄完毕，可打眼一扫，之上依旧挂着诸多颇具实力的豪强大户，以及城外各营统兵将校的名字。一声沉重的叹息从他的口中迸出，搅得床榻之上的白可晖微微倾翻了下身子。慕容恪心头一慌，悄然探身望去，在确信白可晖依旧处于熟睡中后，赶紧将手中的几张纸笺一卷，塞回到一旁衣袍的内怀之中。随后，他熄灭烛火，褪去罩衫，在冷艳月色的催促下，轻手轻脚地迈回向自己的归宿。

萧　墙

这显然又是注定要整日阴沉的天气。裹着雨水的云朵在空中相互拥挤着，风时起时息，或许在那一声惊雷之前，这种催人昏睡的调调都不会有所改变。

正躲在偏殿暗廊中的少女亦是为这糟糕的天气恼得厉害，否则，她也不至于多睡了片刻，才错过了与亲人短暂相逢的契机。此时，一阵亲昵的笑声在殿中绕了几圈后，才飘入了旁侧那鲜有人知的暗廊，而少女正蹑手蹑脚地趴在雕花纹屏的缝隙间，努力向着殿内的寥寥几人盯去。终于，她找到了今日无论如何也要一见之人——自己的阿姊。

刚一听说阿姊贴身服侍的律公主来到了太后宫中，少女便心急火燎地跑来，可终究自己的腿脚赶不上人家的车仗，还是没能赶在头前将人截在殿外。不过，她的胆子也是真的大，竟然避开四下交织的目光，钻进了这条暗廊之中。少女的心思可能不过是想趁机一睹阿姊的面容，却未曾考虑过太后会个亲眷，为何非要选在这个清冷人疏之地。

"这一套簪子首饰与浅红的衣裳还真是搭对，让人一穿，少不得也显着年轻了几岁，当是招喜。只不过，与咱就没什么用处了。正好那冯夫人前两日也为你卜了一卦，还与咱想的差不多……"

原本少女的注意力只在自家阿姊的身上，对太后姊妹间的嬉笑，也只能断断续续听个大概，再至于一些低声蚁语，则是在暗廊中完全无法捕捉的了。

"刚好玄明这次从广固回来一趟，估摸着今日就该进宫觐见了。这家伙好似也未在青州成亲，如何？你个小妮子运气还真是不错，这回孤便与玄明说一说，如都愿意，还可以让昕儿下旨。"

这本是会让自己心绪荡漾起来的风言风语。可当律公主细声嘟囔了几句少女完全没听清的话语后，她竟发现，就连一旁自家阿姊的神情也变得十分局促不安。

"出了那档子事，你还能揣着这般心思，真嫁过去了，还不是要受尽他的冷眉冷眼？"

"正因为咱是太后的阿妹，嫁进吴王府也算是赎了罪过。"

而后，少女再没有心思来关注这偏殿里其他的人或事了——甚至包括自己那已然扑跪在地的阿姊——因太后此时已朝向眼前的公主举起了手臂。

那一巴掌终究没有挥捆下来，而太后姊妹间的谈话自然也是不欢而散。既然想念之人已随着公主离去，少女也打算悄悄溜出殿去。可就在她抻了一个懒腰的工夫，仍在暗自抹泪的太后便又请入了一名妇人。

少女虽是仗着自己运气好，自打入宫侍奉以来，便屡屡胡乱妄为，实则她也拥有别样的智慧，以辨别每一次的险境若何。然此番，她清楚，若是在太后手上被抓着个窃听私密的现行，自己小命恐怕都要难保。别无他法，当太后与那妇人更是好巧不巧地挪到了自己所藏的暗廊一侧密语之际，少女唯有蜷缩僵滞在角落中，甚至一口大气都不敢呼喘。而她又怎能料到，隔着一个雕花屏板而飘来的秘密，正要改变这世间所有人的命运。

"叽叽喳喳……"

慕容德缓缓骑行在邺宫外圈的甬道之上，那不歇不倦的鸟鸣顺着风息传入了耳中，他抬头望了望两侧的高墙，却除了天上的云朵，竟找不见一个飞影。鸟儿终究没有勇气越过砖瓦，只有这些许的啼鸣证明着它们的存在。

而与自己并排骑行的慕容恪，一路上多是沉默不语。即便是在繁梦楼相会时的热情相拥，也被慕容德察觉到了明显的尴尬——或是因为街对面的慕舆府已然开始忙碌了起来，或也是缘于那屋中根本隐藏不住的胭脂香粉的味道。于是，他便被自己的四兄催促着，要赶在午前，一同入宫觐见太后与侄儿皇帝。

在慕容恪马首的另一侧，相隔一骑的皇甫真已是几番刻意地勒缓马速，以错开身位，朝着慕容德挤弄起眼色。慕容德当然清楚这位楚季老兄的意欲所指，不过，他自己却还不想太过主动地置身于这一场难以体面的祸事中去。何况，慕容恪本人都已住到了慕舆根府宅的对面，想必四兄也早有了完备的对策。由此，慕容德一路上只觉得自己没有必要再赘言相劝了。

终于，折了两道弯后，抬眼便能望见直道尽头的邺宫中门。过了那里，便要下马步行，并上交所有的铁制兵刃——当然，可以剑履上殿的慕容恪除外。与此同时，远处仿佛有一辆牛车刚接了人，正缓缓驶离宫门，在这不宽不窄的直道上迎面而来。

“陛下与慕容绍，刘辩与刘协……”

猫娃在嘴里反复地嘟囔着这一句。

方才在暗廊那狭小的空间内，本有更多的私言密语飘入了她的耳中，然而，出于心虚与不安，到头来也唯有这两对名字刻进了少女的脑海。待到好不容易熬到太后与那妇人双双离开了偏殿，猫娃便以几乎奔跑的速度退出暗廊，更浑浑噩噩间，好似乱撞般沿着宫墙穿行，直至一路赶到了直道前的大门。

“妮子，可是要出宫？”负责守卫的禁军截住了猫娃的去路。

“我……我出去探亲。”少女支支吾吾地递上了自己的腰牌，并找了个最为常见的理由。

“探亲？为何不走中华门？”

“这可是太后宫里的牌子，咱何苦管得太多……”

幸好也是有第二个禁军凑了上来。两个人聚首嘀咕了一阵，才使得猫娃并不巧妙的谎话没有立马惹来麻烦。正当她心态稍有放松、在宫门内四处张望之际，又是一个身影的出现，使得少女的心仿佛直要蹦出了喉咙。没错，自己在暗廊中偷窥到的妇人，正巧也一路招摇到了这里。

"夫人过处，避让，避让！"

几名骄横的丁仆甚至跃进了中门大声呼喝，以来迎接他们口中的夫人登上自家停候着的车舆。

"该死！"

面对如此明目张胆的越矩言行，守卫在宫门的整班禁军无不恨得咬牙切齿，可终究还是没有一人敢于出手，将擅自踏入内宫大门的悍仆就地格杀。

随着妇人那尖刺毒辣的目光越逼越近，依旧滞留在门口的猫娃却是万般待不住了，她拉了拉身前禁卫的甲胄襟角："奴婢得出去了，否则要误了大事。"

"呸！"

幸好，激愤的禁卫浑身的注意力仍在暗自咒骂那辆正待启行的牛车之上，便下意识地递还了腰牌，放了眼前可疑的少女通行。

猫娃终于逃出了中宫门，闷头疾行之际，却又仿佛忘记了，这长长的直道并没有岔路。于是，自己便被那身后的车仗好似一路驱赶着，更加慌乱地奔逃向宫外而去。此时，任凭她如何悔恨之前听到的、看到的一切，那四个名字只是反反复复地在耳畔回响不散。

"你这妮子怎的乱撞，前面可是太原王殿下。"随着突然撞入脑袋的一声训斥，懵懵懂懂的少女突被一只大手拉至道边。一脸肃穆的禁卫并未太过较真，便又眼怀敬意地看向不远处迎面而来的一队骑甲——那头前一排的三人，正是结伴入宫觐见的慕容恪、慕容德与皇甫真。

或许正该感谢这位尽职的禁卫甲士，一路心虚慌乱的猫娃在惊出了一身冷汗后，反倒是静下了自己的心绪。她想着，律公主有朝一日定要嫁出宫去的，而阿姊也定然会被一并带走，此般下来，这危险且无趣的邺宫对自己又有何待下去的意义呢？正是如此，也不知是从何处涌起了一股子勇气，促使着少女甩开了禁卫心不在焉的臂掌，径直冲向了前方的那队骑甲。

"叽叽喳喳……"

越墙而出的鸟鸣逐渐稀疏，慕容恪一脸落寞地坐在缓缓前行的战马之上。或许，身旁两侧的兄弟与挚友都会以为自己正在沉思事宜，可实际上，他此刻脑中竟是空空如也。慕容恪自觉纵使翻遍了所学的经史典籍，也找不到古时的先贤们是该如何化解自己眼下的困局——旧日被视若兄弟的袍泽步步相逼，新欢佳人又在同时搅乱了内心的死寂。自己竟然不知从何时开始，已不愿去面对机变与挑战了。然而，他即便有办法逃避掉朝堂之上的波涛，也无法逃避自己心底泛起的涟漪。

"殿下！殿下！"

"何人冲撞，即刻驻足！"

直到一个尖锐的呼救声引发了阵阵骚乱，慕容恪才收拢起飘散四漾的心绪，只望见一个娇小的少女正拼命地在层层阻拦下，挣扎着朝自己挥舞手臂。

"放她过来。"当太原王的声音传到，无论是在直道上成卫的禁军，还是才刚从骑队中跃出的自家亲卫，自然也就放手，不再为难这个根本当不得刺客的少女了。"妮子到底是有何事，非要这般莽撞。"

"禀殿下，奴婢是宫中的女侍……奴婢……听到了一些事……"少女此刻喘着大气，说话时也是支吾不清。更奇怪的是，慕容恪发觉她那小脑瓜在这简单的三言两语间，还不自觉地扭回张望了两次。于是，他也在鞍桥上挺背眺望，十分轻松地觅到了正于对向招摇驶来的车舆。

"可是身后有人追赶？妮子不必惧怕，有孤在此，且慢慢把话讲清楚。"

"殿下，奴婢听到有人与太后说……"少女又是扭头望向那越来越近的牛车，随即狠命地颤声颤言起来，"要将绍公子赶出宫去……奴婢还记得陛下与绍公子、刘辩与刘协这几个名字。"

如果说慕容恪在听到"赶出宫去"这般字眼时，还暗自觉得好笑，可当刘辩与刘协这两个名字蹿入耳畔之际，怒火竟似在瞬间便燃爆了他的五脏六腑。刘辩与刘协本是异母兄弟，论起关系，比小皇帝慕容晔与自己的骨肉绍儿还要更近一层，可在董卓的摆布下，刘辩终被废杀，而刘协却被扶持为帝。在此刻愤怒难抑的慕容恪听来，这般的谗言就算未有明指自己乃是弄权的恶臣，也是实打实地在怂恿述太后，将自己的绍儿视作威胁——这已是他绝不会容忍下来的挑衅。

"妮子口中那人，可就在后面的车舆中？"

方才还放胆冲撞的少女，此时面对着暴怒失仪的太原王，除了点点头外，是一声也不敢支应。而领会了其意的慕容恪，则倏尔纵马飞出，直直地奔向了对向而来的牛车。他此刻已然辨明，藏身车舆之中的，便是那将述儿哄得晕头转向的冯木罗。在慕容恪内心之中，也早就认定了，正是慕舆根夫妇二人在鬼祟计较，挑唆着太后母子与自己间的猜忌。

也不仅是慕容恪，一旁的慕容德在听闻了少女的控诉后，也已大致猜得了此中伎俩，估摸着不过是一些人为了所谓的拥立之功，见劝进不成，便又肆意挑拨起来，想架着太原王与宫中针锋相对，乃至废帝自立。且如果说，自己一开始还存着先围观一阵训斥怒骂后，再出言相劝的小心思，可当眼瞅着四兄在纵马途中顺手又从亲卫手上抢过了一支骑矛后，他也是骤觉惊惧，当即跟着跃马追出……

一直在牛车头前，扯着嗓子汹汹开路的两名护卫可算是倒了大霉。面对疾驰而来的高头大马，二人既是拦不住，亦是不敢弃主逃躲。转瞬间，滞在原地的一人便被战马撞飞出去，而另一人虽是鼓足勇气抽出了随身利刃，却旋即就被紧跟而至的第二骑用刀背拍倒在地。

持矛的一骑在车舆大概十步前微微调拨了缰绳，眼瞅着有更多的丁仆涌上前来，他借着战马蓄起的冲劲，直接瞄着帐帘内隐约的人影掷出了手中的长矛。随着一声短促的惨叫，以及锋刃钉板的碎裂声响，周遭的一切便在此刻凝固住了。

"叽叽喳喳……"

又是几声鸟鸣划破了沉寂，而第一个反应过来的人旋即赶在骚乱爆发之前发出了叱令："殿下平逆，来将这帮恶仆拿下，不得放走一人！"

周遭的禁军甲士就算认不得正在几十步外奋力咆哮的皇甫真，却也该认得刚刚掷矛"平逆"的太原王。因此，无人再有迟疑，纷纷大步跃出，与正围涌而上的飞骑亲卫合力制服了一众慕舆家的奴仆，以及些更为倒霉的过路宫人。

"事已至此，殿下须当机立断。"全程目睹了萧墙剧变的皇甫真更是赶忙上前再劝。

而慕容恪的双颊明显已在颤抖："烦请楚季即刻入宫，找到傅颜，以孤之名，其按此名单于城内进行抓捕。召悦馆，入宫安抚太后母子。到时请下了皇命，楚季再持敕令，去接管具装铁骑。"

皇甫真接过慕容恪从怀中取出的纸笺，还在暗自犹疑此物的来处之时，就见慕容恪旋即扭头，又将一面令牌扔给了并辔的慕容德："玄明持此令牌，速去接管邺城防务。除了慕舆根的府宅自有我去征讨，如见有上街聚众生乱的，一概格杀毋论。"

这便是自己口中的"当机立断"了。皇甫真在离去前，却先是警惕地跟随慕容兄弟拨马转向了点燃了整场事端的少女。

"事已至此，妮子没法待在宫中了，就先去往孤的府上暂避吧。"

一度曾战栗到几乎无法直立的猫娃还在似懂非懂地点头晃脑，慕容恪又是伸手一指，似随机般点出了自己的一个年轻亲卫："就由你护送这妮子回王府。"

"殿下！"

可那年轻人却是选择翻身下马，跪地请命——或许这一日间的意外迭出，对慕容恪来说已是麻木了，甚至自己的亲卫也要抗命。

"何事？"

"禀殿下，小的阿兄就在城外铁骑营中充任军司马，小的愿以身前往劝说，助殿下控制营寨。"

慕容恪眸中的疑惑虽是久久未能散去，然而，自己既已选择贸然相信了拦路的少女，并在骤起的风暴中，将性命一并托付给了皇甫真、傅颜，乃至宫中的述儿母子，又何不选择继续相信眼前这情意拳拳的青年呢？

"善，那便动身吧。此事若成，你兄弟皆为大功。"

似乎一切都已安排妥当。

"玄明，方才一路上，为何不应楚季的意思开口劝我？"当慕容德倏尔又被叫住，四兄目光中那种令人悚惧的深邃，足以让他铭记一生，"你应该开口的。记住，这燕国大旗上绣着慕容，便只可由咱一家做主。"

直至邺城的天空终于坠下了雨，所有叽喳的鸟鸣也暂时销声匿迹。湿冷的阴风渐次席卷了城中的豪坊阔巷与城外的军营寨垒后，整场风暴的中心便又回到了所有混乱的起源之地。本隶属于卫将军府的禁卫已将偌大的慕舆宅院死死围住，正门之外，更有一队亲卫骑甲严阵以待。然而，此间却始终未现厮杀，且这种在实力上本不相称的莫名对峙，竟与城中别处的血雨腥风显得格格不入。

"慕舆根，且出来说话！"身披札甲之人守在门前怒吼，而他得到的回应却是府门缓缓敞开，除了几个仓皇逃回的背影，并未见一兵一卒冲出。于是，一众禁军与亲卫便在熊形大汉的带领下跨门入内，直到二进的院子，才见一身短褡布衫的慕舆根，双手托着柄环首刀驻足正中，而其身后的奴仆家丁，多是面带惊惧地垂刃而立。

"咱所为的，不过是长君当立。天下纷扰，总有一日，会明吾志。"在萧萧的雨幕下，慕舆根率先开口。他固然不会自认谋逆作乱，可事已至此，就连冯木罗都已被当街格杀，纵使千言万语，又有何用处？

"多说无益。此乱算是由你我而起，亦当由你我亲手了结。"慕容恪言尽于此，反手抽出了背负的两柄短刀。在胜局已定的情况下，他大可不必亲身涉险，与昔日的袍泽当面决斗。然而，对于慕容恪来说，或许唯有这样的一场决斗，才能助自己与过往的留恋彻底告别，从而成为这家国天下需要他成为的那个人。

院中两侧的兵甲奴仆早就连大气都不敢喘了，仿佛若有一人擅动，当即就要引发混战。此时，向来闷憨的罴郎不禁朝向自家主人抖着嘴唇，似乎是想要劝解——也的确，若说要决斗搏命，那也是该由他来代劳，才更为合理。

而这场短暂的对峙，随着慕容恪的前扑一跃，旋即化为了不死不休的争斗。滴滴落雨打在脸颊，打在飞刺而出的刀刃，他当然清楚，自己对面的战将可算得上冉闵与姚襄后，这世间最为勇猛之人，而自己所倚仗的，却只有较其多出的一层甲具。

身长脊厚的环首刀横在面前，仅是转刃抹过一个弧度，便先后格挡住了两柄短刀的刺击与挑劈。与此同时，慕容恪也借着这股巨大的力道直接跳步到了慕舆根的身侧。由此，一击之后，二人便只得在近处贴身接战。而在本就算不得宽敞的空间中，慕舆根身高与臂长的优势已几近无用，那双手所持的环首大刀在慕容恪短刃迅疾凌厉的攻势下，暂且也只顾得上左右护身。

眨眼间，横劈的短刀再度与长刃相碰。摩鸣的铁器除了将一层雨珠甩向了慕舆根的布襟之外，依旧是徒劳无功的一击，同时，此番奋力相撞的力道却险些使得慕容恪右手脱飞——显然是力量上的劣势让他快吃不消了。连续的攻势虽看上去凶猛决绝，却也在短时间内耗用了过多的体力，慕容恪清楚，此刻必须要出奇弄险，才能搏到制胜的机会。

突然，两柄短刀更加疯狂地正劈反刺，孤注一掷般地攻向了对手的左侧。而长身的环首刀也不得不垂下了锋刃，自下斜上反复拉出弧线，试图用刀身与厚脊罩住这一波狂风骤雨。慕容恪却随之选择一个滑步，将自己的身体压在环首刀的亮面上侧向一滚，任凭那急急翻转的锋刃撕咬着自己腹背处的札甲。

这一次匪夷所思的冒险再度成功了——慕容恪就这样闪袭至了对手的侧后。而更为高大笨重的慕舆根则来不及跟着转回身去，环首大刀被一人的重量所压，完全来不及横拉劈抹，他的肋下更是在冰冷雨水的浸润下忽觉一麻——而整场搏杀却尚未就此终结。慕容恪用尽了浑身气力，才算偷袭得手，可站立未稳之际，旋即又被已然受了致命伤的对手一脚踹飞，几条因滚在锋刃上而撕裂破碎的衣甲散落四周，单膝跪地的他自觉已有寒气逼近。

可那已是半举在空中的环首刀终究没有落下。慕舆根抬眼望向了院中的一众丁仆，或许更是念起了尚躲在后宅的老少妇孺们，身体便好似僵滞在了原地。最终，长刀抢地，厚重的身躯亦是跟着轰然倒塌。他是不幸的，属于沙场的豪杰再一次宿命般地在幼稚的野心中溺毙。可相比于死于毒药，或是某个无名小卒手中，能在一场酣畅的搏斗中走至终点，他算是幸运的。

"呀——"

在竭尽气力的慕容恪身侧，仍有两名不怕死的忠仆暴跳出来，企图为主人复仇，而一直注目戒备的罴郎抢上两步，抢先舞开早就准备好了的大戟。慕容恪的头上呼呼作响，只用了几息，二人便被先后劈翻。随后，院中的兵器开始一一掉落在雨水之中，成片的叮当哗啦，宣告着这场动乱的彻底了结。

心殇之人自是清楚，昔日的袍泽在最后时刻主动放弃了将自己的斩杀的念头，因此，他也会念在往昔情分上，保全住慕舆府上的一家老小。不过，在下了严令禁止劫戮后，他却是一刻也不愿多待。踉踉跄跄挪出府门，叱咤天下的太原王竟然双腿一软，直接跌坐在了石阶之上。而此时，一旁守卫大门的亲卫别说上前相扶，对眼前之人所心生的恐惧，已使得他们连瞥眼偷看的勇气都不复再有。

慕容恪抬头仰望，冲着颗颗砸下的冰雨张开了大口。或许，无声嘶吼的他，也根本分不清从天上砸下来的究竟算是什么——是雨？是雹？还是初心被碾碎后，正漫天坠落的尘埃。

这一日间，邺城动乱骤起复平，直至渐渐入夜，也没有多少人能够伴着淅沥的雨声寻常入眠。随着冯木罗惨死，久不出府的慕容垂终算是出了心头一口恶心，至于自己是否还要记恨曾经的述娘子，今时称制的太后，恐怕他自己也无力再去思辨了。

"四兄？"

慕容垂在一路疑惑忐忑间，被捶门的信使从自己府上引到了慕舆府对街酒肆的偏僻柴房中。对于眼前那个正倚在火盆旁，伸着双手烘烤取暖的人影，自己心中虽是已有了答案，却还是忍不住要挪步靠近，并先行开口，小声试探一番。

"道明……此刻，我便是这天下……最具权势之人了。"这本是威严无比的一句话，可细细品味下来，其中又好似深埋着无尽的凄然。

慕容恪收回双手，抬起垂搭的眼皮，森冷的目光扫向了火盆。昏暗间，那缓缓后靠的身形与周遭的火光相映，只给了慕容垂一种错觉，仿佛自己的四兄正端坐于邺宫的宝座之上，一方神器就静卧在其手边，正散发着金碧的光彩。

可实际上，这里依旧是繁梦楼脏乱的柴房，而所谓的光芒，也只是盆中那团火焰发出的圈圈光晕罢了。

繁　梦

————————○————————

　　复又迎来晨曦的邺城街头比照起寻常日子来，可谓是冷清到了有些瘆人的
程度。虽然与前些年动辄就会爆发的兵乱围城相比，在那一场持续了整日的动
荡中，所起的兵戈与枉死的人命只算得上寥寥——毕竟，那些发生在几家深宅
富院中的打斗厮杀，在普通百姓心头，充其量只是茶余饭后的新奇谈资罢了。
但人之不幸莫过于生逢乱世，更多的人还是宁愿谨慎小心一些，即使担惊受怕，
也好过无妄地卷入劫后余波中。

　　此刻露水初结，在薄雾笼罩的死寂下，除了胆子略大的小商小贩选择每日
如故般，默默地在坊间道边支起的摊位上摆些杂货果蔬外，竟是听不到一丝吆
喝的声音。同时，那些由豪户富贾们所有的临街店铺，几乎户户门窗紧闭，然
而，透过那些木板门缝的间隙，却正潜伏着无数双的眼睛瞄向街心。从焦心的
掌柜到茫然的伙计，所有人都在渴盼着一个兆头，一个预示着自己的生活可以
安详如故的好兆头。

　　"嗒嗒，嗒嗒……"

　　清脆的马蹄声孤独地飘在大道上，身形巨大的甲士一手持握着大戟，一手
攥着缰绳，其身侧，那一匹乳白雄骏的战马正缓步招摇在邺城的清晨中。马背
上，扶鞍而坐的男子身着简便的戎装仪服，不断摆动的面庞牵着自己的目光来
回扫向街坊两侧。而二人兜兜转转的终点，似乎就是北城尽头的邺宫大朝。

当然，一直缩在门墙之后的目光也如约聚了过去，这其中的许多人是有幸识得太原王的尊颜的。于是，在一场大乱过后，几乎算是当朝摄政的慕容恪仅带着一名护卫出街上朝的景象，旋即随着成片的低声议论，如野火般蔓延扩散至了每一间坊铺商所中——尤其他那泰然安坐，仿佛正悠悠休憩的姿态，更是抚平了无数忐忑的心绪。

"当当！"

突然，那名持戟甲士或是有心，却又看似无意地用手中戟杆的末节敲戳了两下地面。或许，一些心中尚怀鬼祟之人会随着这好似警示的惊响而惴惴不安，可绝大多数的商贩并非乱臣余党，也从未见过那黑郎投身杀戮时的残暴恐怖，相反，这两声脆响，竟是瞬时拉开了众人心间的樊梢。当那匹骏马的身影消失在街角，店家与仆役们大都跟着撤下了窗板，敞开了街门，而坊间的市井百姓们，也逐渐回到了属于他们的街头巷尾。一切便好似恢复了从前的烟火模样。

不过，其中的一些聪明人却清楚得很——那远去的太原王回不到从前了，邺城与大燕国自然也回不到从前了，乃至整个天下，亦难幸免。而唯一的疑问，只在于下一场剧变，又会是怎般模样。

"陛下到！"

几个宫人的呼赞叠起串地回响在邺宫的大殿之上，随后，站在玉阶上，接受如波涛般朝拜的不止小皇帝慕容暐一人——可足浑太后也选择了共席而坐。虽说述儿算得上是称制的太后，可在大祭大典之外，她却极少临朝。而此时，太后的出现也使得满堂朝臣尽皆提上了一口气。看来，悬于整场动乱之后的一切疑虑，都要在今日利索了结了。

位列右班首位的慕容评亦是这般暗自感慨的。他侧目向对班望去，发现阳骛正在闭目养神。或许这位比自己还要年长一些的士秋公，才算得上是真正的老狐狸吧，估计是私下里已通过不为人知的渠道先行探得了风声。而原本站在自己班后的统帅身死，六千铁骑精锐却并未闹出任何动静——至于这点，他的情报倒是及时可靠的。慕容评并不诧异于慕容恪的缜密心计与雷霆手段，唯一令他稍感惊讶的是，那个自河南来的傅末波，竟然在整场清洗中得以保全，甚至还赶在拂晓遣人向自己报了信。或许，这名曾经的贼帅，还真有些容易让人忽略的本事吧。

突然，一阵模糊的低语从身后传来。上庸王、老太傅又在众多正在无序飘散的议论中分辨出，此乃慕容垂与慕容德兄弟的声音。一个念头随之在慕容评的心头骤起——常年称病的慕容垂偏偏赶在这个节骨眼儿重又现身大朝之上，这定然是出于有人刻意的安排。而与其亲近的慕容德仅是个外镇的藩王，未必有如此大的面子；称制的太后与其关系难称和睦，且又缺少在朝会上机变制衡的手腕，定然也不会自找麻烦；再至于太尉阳骛，半截入土的人了，恐怕也没有了那份魄力与意愿，去主动搅起波澜。由此，便只剩下慕容恪一人，才会为自家郁郁的兄弟做此谋划了，且这种安排，几乎也只有一个目的——让慕容垂复起带兵！

"太原王入殿！"

正当自己还在盘算着开口试探一二，殿门外又是一串连绵的呼赞回荡起来。慕容评扭头望去，那由远及近，进而逐渐清晰的身影不禁让他瞪大了眼睛，僵滞了口舌——类似的表情也浮现在了殿中大多数朝臣的脸上。无论正从心底滋生的是何种情绪，此刻，都无人再敢出声议论，同样，也无人再有勇气表露不满。

一身戎装的慕容恪踏步走在前头，脚下的马靴吱嘎作响，腰间的利刃摇摆生威。在其身后，重甲覆身，手持大戟的巨汉护卫径直跟着踱向了玉阶——太原王虽是加了剑履上殿的殊仪，可眼前这一幕，却也是实实在在地无礼逾制。

与此同时，一殿上下的朝臣只顾着你看看我，我看看你，不觉间，所有的目光便尽皆聚涌到了两队班列的前排位置。慕容评自嘲活了六十年，脑子中竟是第一回这般空空如也，拖着几乎僵硬的脖颈，他勉强将目光扫向了对班。然而，除了依旧是事不关己、微闭着双目的阳骛外，其身后的皇甫真与悦绾同样也是满脸的疑惑与诧异。

守在玉阶旁侧的傅颜横跨一步，当即拦住了二人的脚步。当所有人的目光转向之际，慕容评却是及时捕捉到了玉阶之上的细节——述太后恰赶在此刻拍了拍自家儿郎的肩膀以示安抚，随后便起身到一旁，将整个宝座暂交予了小皇帝。

"恪父连夜平叛，甚是辛苦，且先请上阶来，赐座歇息。"

这下子，殿中成片短促的惊呼便再也抑制不住了。不过，在一阵慌乱之间，慕容恪倒是没有接下这份制同帝后的大礼。他没有理会正在眼前及身后滋生的兴奋与恐惧，只是从怀里掏出了一叠绢书——慕容评知道，那里面的内容，才是权倾天下之人想要的，亦是一定会得到的。看来今日，不至于耗在这里太久了。

畏畏缩缩的宫人还没来得及上前躬身接取，一旁的太后已抢上两步取回了绢书。而慕容恪在递送之际，一只脚已然踏上了玉阶，这个姿势，一直保持到了述儿匆匆草阅完内容。她抬头凝目，一脸忧虑地盯着眼前的男人，双眸间的波漾似乎是在努力尝试着最后一次询问。随后，慕容评眼见着脚踩玉阶之人点了点头，而太后则一步一顾地挪回到了小皇帝的身边。再伴着几句蚊声叮嘱，慕容晔便照着层层绢书念起了谕旨。

等到朝会"议"毕，往日里，朝臣们聚在一起的盘桓客套不见了踪影，众人均是极为默契地选择了与最为亲密之人结伴疾行——例如，曾在自己眼前划过的皇甫真与悦绾、慕容垂与慕容德兄弟。而在确认了慕容恪依旧留在了宫中后，慕容评则是刻意使自己拖在了最后，独行思忖。

回想起那一整套谕旨中，对慕舆根一党的清洗，以及对军权的调拨整备完全在预料之中，且命卫将军傅颜持节巡视，安抚州郡也不过是在人选上略有意外的合情之举，可直到最后的短短篇幅，则是令自己舐出了恐惧的味道。

太原王慕容恪竟擅自决断，并且提前数月传檄天下——秋后，将起幽、冀大军五万，亲自领兵渡河，征讨洛阳。

慕容评不清楚这场兵事是否真有第二个人预先知晓，且此刻，也是不必再去费心考究了。他发觉，自己在漫长人生中，去日日费心钻营的东西竟是毫无意义。什么长袖善舞制衡朝堂，什么位尊宗室左右帝命，又或是什么执首贵族把控风评……这一切，仍挡不住如昨日慕舆根般事败覆灭的厄运，更比不得如今日慕容恪般手握兵权时的恣意任性。

原本只在乎地位与财富的慕容评，忽就在这份恐惧的驱使中狠下了心。他决意不再去理会身边愚蠢耆老们的七嘴八舌，也不必去在意宫城内外的风言风语。由此，当朝老太傅竟是无比渴求起了兵权，亦是坚信唯有如此，才足够护得自己夜夜安寝。而此刻，那双眸中正散发出来的决绝与狠辣，甚至吓得周遭的宫人与同僚，一时不敢凑上来巴结攀谈。

"郎君里面请！"

于获跟在胡人伙计的身后，侧身跨进了那精致贵气的雕文立屏。这还是他第一次能以顾主的身份踏入繁梦楼，哪怕只是在一楼旁侧最为下等的隔座吃上一席酒水，却也是以往摸摸钱袋都不敢想的妙事了。在一番兜转穿行的间隙，年轻人依旧是没忍住望向了最高层的那排厢房，貌似还真有熟悉的身影正于屋门梯口间晃动。怕什么来什么，殿下非就赶在自己轮休当日驻足于此，于是，一股尴尬与慌乱催着他不觉间加快了脚步，几乎是赶着伙计，拐进了那不起眼的角落。

"当真是让胡爷破费了。"于获在偏僻的小隔间坐定后，率先开口恭维起了对面的中年男子——二人周身上下的衣着打扮也是相近，算是这繁梦楼里众多顾客中最低的一档。也难怪，王府的亲卫与屠肉坐贾的商贩在眼下的世道里，还真就一同夹在了黎庶与权贵当间，且战乱所带来的危机感，亦无时无刻不在催促着他们寻门掘路，以求能够向上再进一步。

"郎君说得哪里话。若非在下身份低微，进不得这繁梦楼的雅间，怎的也要尽兴一番。"中年男子颇为豪爽地拍了拍胸膛。正如他所言，胡氏兄弟俩在邺城的买卖越做越大，本就不会在意一顿酒水的钱财。真正令其苦闷的，还是在于没有官阶与勋爵傍身。

"阿兄实在是抽不出身。胡爷也知道，殿下秋后就要用兵，阿兄刚升了军职，最近少不得住在营中操练。"

"校尉忙的乃是殿下的大事，这咱还是省得的。"中年男子说着，伸头靠了上去，摆出个故作神秘的样子，"咱家兄弟可是听说将作坊里花了大价钱，新锻了批铁骑甲具，想必这番用兵，校尉定会再立功勋。"

"嘘——"于获闻言立马做了个噤声的手势，"胡爷可要谨慎，这些事绝不能在外面乱传，尤其日后跟在营中。殿下可是最忌讳闲言碎语的了。"

"自然，自然。不过，校尉这才刚成家置业，便又要出征，可真是——"中年男子笑眯眯地晃着脑袋，结果最后一句夸赞之词却卡在了喉咙中。他一辈子都未曾结识过能领兵千人的军官，以至于还真就拣不出个合适的词儿。

"对嘛，本来阿兄的亲事和咱兄弟那个院子，都是靠胡爷前后帮衬的。"好在青年及时地一拍脑门，接过了话茬儿，"俺为胡爷举荐，本就是天经地义的事，怎的今日还要……"

于是，中年男子笑意更浓，也赶忙摆手止住了这一阵客套。他晓得面前之人不通商贾之事，自然也不清楚，其能帮助自己揽下随太原王的王帐出征，兼负一路的伙食与辎重一事，可是多大的人情与裨益。哪怕年轻人仅是趁着宠信，说上寥寥几句好话，却给胡氏一门实实在在地贴上了官商军贩的金字招牌。甚至靠着在王帐之后摆弄几下菜刀的功夫，自己或能走个大运，捞份勋功，也未在可知。

在郐城贩贾的时日中，中年男子也是极快地深习了谈话之术。曾经的并州村夫，眼下已能摆弄起王府亲卫的心境，尤其随着二人的兴致越谈越高，他渐渐发觉，任凭自己如何捧哄，青年的态度却始终保持着谦逊老实。由此，他甚至还滋生了些许别的想法。诚然，太原王这棵大树，自家只得站在叶荫之下仰望其冠，而眼前青年的兄长却已是具装铁骑营中的实权校尉了，且其本人，最近更是颇得殿下宠信。或许，努力打理好与这对兄弟的关系，才是更为明智的选择——自己托人为校尉介绍的亲事只能勉强算得上如意，若再盘算起青年的事情，可真要费些心思了……

"哦，还有一事，胡爷心里得有数。"

"郎君请讲。"中年男子突被打断了心绪，却更加殷勤且郑重地打量起了眼前的青年。

"阿兄会随吴王先行渡河，去向却不好说。然咱们随殿下出征，去处却一定是洛阳，且还要长驻些时日，邺都这边的买卖，胡爷可要安排妥当喽。"

"洛阳啊，还真没去过。"中年男子陷入了短暂的沉思。此刻，那些一度被自己深埋起来，关于自立门户的渴望又抓了抓他的心头肉。且不知，那传说中的旧朝故都，比起眼下的邺城又是如何。

事实上，于获一开始的猜测便是正确的。

慕容恪的确正身处他"长租"的那套厢房中。入秋后，天气已转清凉，但他仍只是身覆一袭薄衫，惬意地卧榻捧读。一场政治风暴留给百姓们的记忆逐渐淡去，窗外街边的繁闹也已恢复如初，而对于天下最具权势之人来说，此时这些飘荡入耳的喧嚣，以及面前书案之后的女子时而发出的抱怨，均是眼下难以割舍的闲情逸致。

"将军又在读什么，还是那《兰亭集》？"白可晖守在书案边，正冲着一堆细麻纸鼓鼓捣捣，在打眼瞥见慕容恪的惬意闲暇后，似乎是起了些许娇嗔怨意。

"非也。这番是桓温的诗疏集。"

"桓温不是晋廷的权臣嘛，怎的也以文采见长？"

"若说文采，确是比不得兰亭诸友。"慕容恪将手中书卷垂下，煞有介事般晃了晃脑袋。

"那又有什么好看的呢？"白可晖放下了手中笔，好似刻意地叹了口气。

"读得透些，自然就能猜得其人所想了。"终于，慕容恪读出了女子的心意，便从床榻起身凑了过来，"晖儿又在写些什么？"

他走近书案，打眼一扫那张张麻纸上，均是泼墨挥洒着"英雄"两个大字。而白可晖见状，则匆匆将几篇废字一卷，起身将面前的男人拉开两步。二人在一阵嬉闹拉扯间，挪身靠向了临街的窗口，于是，对面那死寂萧瑟，与整个商坊格格不入的府邸恰正映入了眼帘。

"将军打算如何处置慕舆根的家人？"白可晖心头跟着一沉。她清楚，除了已被遣散的闲散奴仆外，慕舆宗房的大多数人依旧被囚禁在后宅内，而尚在一进院子里盘桓晃动的甲士身影，似乎正印证了外面的种种猜想。

"待到商队前来，就将他们一并送去盛乐，就算是流放代国吧。"雨幕中的回响不断撞击着思绪，慕容恪当然要偿还慕舆根最后时刻的手下留情。只是霎时间梦魇绞动，弄得他的面色略显苍白。

白可晖的淡唇一颤，或许意识到了自己的失言，可似乎有些话仍是不得不问："将军难道从未想过……"

"自百年前，成济刺杀曹髦始，晋室衰败于宗王之乱，靳准乱平阳，石虎篡襄国，诸石氏再与冉闵杀屠争位……此事无关我如何作想，却该为天下人留下些礼义了。"

"将军说的，咱可听不懂。"女子又拉着男人的手转回屋内，"就这两个字还真是不易练好，不过，待到将军出征归来，说不定……"

可未等她说完，慕容恪便从后挽住了白可晖的脖颈，并将一方丝帕放入了女子的手心。

而白可晖早已在旁敲侧击间，得知了这方令慕容恪怜惜到不愿离身的丝帕，乃是故王妃留下的念想，因此，她的心底顿时漾起了一股暖流："这物什可是要贴着身好好保管，不然就又得让那糊涂的小猫娃弄丢喽。"

"还有一事，"慕容恪被拉离窗前，也不得不顺手将心头的阴霾短暂地扫进角落，"这段时间就搬去王府里住吧，要是觉得不便，就等我出征归来也好。你手下的那些龟兹奴仆本都是行商闯荡的好手，如今窝在这酒肆里当杂役伙计，未免太过憋闷。待盛乐的商队蹚出条去往西边的商路，他们便跟着去挣份家业，或许还能见到西域的故友亲人。再至于这繁梦楼，若是宋康兄弟愿意留下，不如便彻底交给他……"

慕容恪冗长的建议还未完结，一只纤手便盖在了他的唇上。白可晖在男人的臂弯中拧回了身子。正如二人在初识时所言，她本就未对眼前的太原王抱过什么奢望，而突如其来的一番絮絮叨叨，却令女子心底翻开了锅，她不禁揶揄起来："将军权倾天下，怎的连自己手心里的人住在哪里，都不敢独断呢？莫不是这大燕国太后当家，弄得男人们都要怕了女人不成？"

慕容恪或许没有意识到，怀中之人这扑哧一笑背后的那种惊喜与忧慌交织的情愫。由此，他只是在二人四目相对时，柔柔脉脉地接过了话茬儿："那是自然。别看自古挥刀砍杀的都是男子，但终能驱使着他们奋不顾身的，可都是你们女人的本事……"

风掀穗浪，邺城南面驿亭就守在大片农田的旁侧，隐约望去，好似正有几只野狗在土垄间穿梭追逐着猎物，阵阵吠声由此也惊扰到了正在亭中依依作别的一对儿兄弟。

"回到广固整军的时日还是紧迫了些，如若觉得不甚稳妥，万不可强求，可请鲜于老将军出面以为先驱。"

慕容垂将回镇青徐的慕容德一路送出了十里，直到临别之际，依旧不忘反复叮咛。而此刻，最令他挂怀的当然是即将到来的战事——邺城起兵五万，直指洛阳司隶，整个大河以南也注定了会随之牵带起滔天的战火。而慕容德便是要依令从青州提兵，与豫州的鲜于亮会合，结兵巡防淮水，阻挡晋廷的援军北上。

"五兄放心，当下时节这般水势，南人仅靠疏浚河道可连不通水系。行不得楼船的话，东线不会闹出太大动静。倒是四兄让你统领铁骑，巡弋颍水，还透着些蹊跷……若是将晋军放入平原，背依关隘冲杀，岂不是更得成效？"慕容德的一番阔论处处透出他的战略思维已然成熟，只是缘于身前尚有两位名扬四海的兄长，才少了许多绽放光芒的机遇。

"话虽如此，可估计那桓温非是愚蠢之人，也能看得出来四兄击援之意。晋廷当初救广固时，已然吃了一次大亏，此番怕是不敢径直兵进中原。"

"洛阳可是故都，桓温焉有不救的道理。"

"样子定然是要做足的，不过却未必会出南阳走近路，由此，你与鲜于将军才要格外小心，遇到难处不可用强。"慕容垂嘱咐来嘱咐去，眼珠终又一转，将兄弟拉至身边附耳，"其实四兄之意或许非在南边，这才坚持将铁骑布防在颍水，居中以待。"

霎时露出恍然之色的慕容德也晓得此事不宜细说，便坚定地点了点头。然而，纵使决心下定，在临行的刹那，他却还是没忍住回身。"律儿那丫头心地不坏，五兄哪怕是提防着，可也别忌恨于她。"

"咱们都是一起玩大的，又怎会恨她……就算是她阿姊，咱也从未恨过的。"慕容垂顿时也分不清，是兄弟该劝导自己，还是自己应去安慰兄弟，"这桩婚事，四兄该也是支持，才会有诰命颁下来的。"

"这么多年的事，就似还在眼前，四兄又为何……"

"是要做给天下人看的。"慕容垂开口遏止住了兄弟的抱怨，"就当是图个和解的姿态，否则，朝中之人又怎能缄口默许咱去提领具装铁骑……"

直到谈及这一桩带给了所有人不同忧愁的新晋婚事，兄弟二人亭间的作别，终在阵阵穗浪的摇曳相送下行至尾声。而后，悲情的守护者心怀纠结地北归邺城，孤独的旅人则满目寂寥地西奔广固。

柱　石

一轮红日在世人的瞩目下，正在不可遏止地缓缓沉坠，而秋时独有的那股萧瑟与余晖相缠绕，模糊的光晕恰生出了一种水墨映画的绝伦质感。

两鬓泛霜的老人双手拄着根短杖守在院中，另一端，那方小小的池水仍孤独地奏着"乐曲"——无论是眼下的季节还是时辰，都算不得是个晒太阳的好时候。可哪怕是自己的身体已是在秋风中微微发颤，老人也依旧固执地钉立在原地，一步也不躲闪。

"不必赘言。"他或许是用余光瞄到了蠢蠢欲动正要上前劝解的奴仆，随后，又似自言自语般低声嘀咕，"总是，有人要来的。"

老人这一生在政治上，甚至是军事上的判断多是准确的，且这次的预感也不例外。而唯一略有惊喜的是，最终在夕阳相伴之下，现身在这座朴素府宅中的访客，是一个女人。

"阳公——斗胆便如此称呼了——可要多保重身体。"二人往日只得在殿上相见，因此，有那宽大的朝服覆身还显不出什么，然而今时，老人在自家院中得穿便装，那垂垂之态竟再也无法掩藏。

"咱打小只记得阳公高大抖擞，可如今……燕国可不能没有了阳公。"

"能得太后牵怀，便是无憾了。"老人将这位意料之外，却又在情理之中的访客请进客堂，满眼慈祥地望了过去，"我终是要追随老主而去的，到时还请太后不必哀伤。少了个老头子，不过少了些絮叨罢了。"

"阳公执领了燕国政务二十年，此时可不是自谦的时候。述儿此番出宫，唐突来访，实在是心怀焦虑，没有了主意。"

"唉。"老人眼瞧着女子的谦恭与诚挚，心里清楚，这本不该是她所背负的沉重命运，无奈天不假年于雄主英豪，而自己也只得慨叹怜惜罢了，"近些时日，我才明白封子专的聪慧用心。太后可记得那个老学究，可是提前了好多年，便在朝堂之上神隐起来，算是将运筹及权柄交予了后人，再至其归乡之际，并未掀起一丝波澜。"

女子闻言点了点头，刚想再问，竟发觉隔堂而坐的老人正颔首垂目，整个人在道道余晖映衬下，好似已坠入了化境。

"骛也是后悔，未曾早些厘清这般道理。真应趁有余力之时逐渐放手，也不至于独自把持了政务十几年，也没再给陛下培植出个称心的帮手。"

"阳公休要自责。若无阳公，岂有燕国今日之强盛……阳公？"女子见老人仿佛僵定，一时间急切得险些撞翻膝前的案几。

"哦，太后谬赞了。"老人惊醒过来，整个人的精神在傍晚凉风的吹拂下重又稍显振奋，"其实，这天下命途，且在几人肩上罢了。只要太原王尚在，燕国断然乱不起来。只是，太后可愿尽信玄恭否？"

"自是信他。可阳公也清楚近来的事情，咱总觉得如今他的心思全在平定天下上，然兵事不息，非是长久之计。"女子的双眉蹙挤在一起，浓重的忧愁反而烘出了别样的气度，"孤总要为昕儿以后的几十年细细思量的。"

"若是如此，"不得不予以答对的老人抿了几下双唇，眼眸中又好似闪出了痛苦与纠结，"太后不妨考虑重用悦绾。士合虽身为部族大人，却是一心为公，又不似老朽与皇甫真般出身士族高门，其行起事来，处处少受羁绊。只是他手中那套改革祛弊的疏案太过大胆，以至于骛一直未敢尽纳尽用，陛下将来若能用好此人，政事上可得二十年清朗。"

"悦使君此人，宣英也曾私下称赞过。阳公可是要将政事一并托付？"

然而，老人却是在黯然苦笑间摇了摇头："士合处事还是太过刚直，若有太原王般的人物在前为其遮风挡雨，才能保住诸事无虞，否则难说再会激起变故。太后万要切切谨慎……"

女子从夕阳的余晖中走来，又踩着晚霞匆匆而去。一番造访虽显匆忙，却多少还是帮着主人化开了些许心结，了却了几桩身后事。而老人望着已经暗沉下来的天色，正如自己流逝殆尽的岁月年华一样无可挽回，他只能期盼方才的话语都能经得起检验，却也再无心力去细细琢磨余下的疏漏。

"还是送不得娃娃多远了。"老人口中念念有词，曾经宽广的腰背重又佝偻了下去，"也只好鼎助他家打完这一仗，且走好最后一程吧。"

随着夕阳最后的一点儿余晖也消散逝去，大江上下那与北方之苍劲截然不同的秋夜画意，算是以其特有的清爽，渐渐沁入了人们的心房。而此刻前后，又往往是最为朦胧昏花的时辰，若非富贵之家，多是舍不得提早掌灯烧油的。同时，也不知还有多少大富大贵之人，竟是伴着一盏孤灯，独自寂寥。

谢安刚刚跨步迈入这座姑孰城中新建的兵府，虽是缘于四下的朦胧暗涩，一时间未得摸清整座府宅的全貌，但凭头顶那豪阔异常的门楣椽柱，他便可推算得此时录尚书事、都督中外诸军事、假黄钺、领扬州牧的大司马，已然是如传言般，礼越司马氏诸王了——且桓温本人，甚至都不再费心掩饰这一点。

这位从建康逆流而上的旅人对于大司马提前趁夜会见朝廷使者的用意也能猜得个大概，无非是要对自己身负的诰命内容问个清楚。或应许，或推辞，总要有个事先准备，以免明日宣诏时面子上过不去。不过，一想到今夜无论如何，都要不甚愉快地直面老友故交，其他的心思也便跟着沉寂了下来。心底的层层不舍拉拽得谢安放慢了脚步，在这座形似兵营的大司马府内左顾右盼。可无论再怎么拖沓，旅途的终点总还是眼前的那间"烁亮"的书房。

"安石？怎会是你？"

谢安对于桓温所表现出的惊喜与诧异早就有过设想，于是，他颇为自然地拱手施礼："安亦是许久未见过大司马了。"

然而，在重逢的短暂激荡过后，谢安甚至可以感受到，对面权臣眸中的惊喜渐渐被狐疑与警惕所替换了。

　　"朝廷竟能派堂堂侍中来姑孰宣谕，莫不是会稽王又有了些新奇念想？"

　　"大司马多虑了。"谢安依旧保持着侃侃风度，可心底翻起的这股苦涩，却是自己在兄弟郁郁病逝时都从未尝过的滋味，"此番是我请缨而来。至于明日，无非是太后诰请大司马入朝，实领扬州牧事，并赐羽葆鼓吹一部而已。"

　　"诰命……"桓温的眼神又似随意地斜撩一下。而谢安则是第一次在人臣间，目睹到这般狂慢的小动作："听闻陛下仍是日日沉迷丹药，不经朝堂大事。诸王与重臣也该尽心规劝，总不能处处为难褚太后临朝定议。"

　　"大司马此话何意？"

　　"嘿，安石休要误会了。"桓温绕来绕去，虽是占得上风，却未必知晓自己的一番心计，终是掐灭了这屋中另一处的小小火苗，"耽误国事的，乃是领班执政的一众腐朽。安石初入建康，却还要以侍中之尊履信差之役，当是不公。"

　　"元子兄言重了。安自荐而来，当有所量。不过，算上前番陛下诏命，此可是二度相请兄长入朝匡辅了。"谢安语气一软，可言意却是逐渐锋利了起来。

　　"吾之辞意，亦与前番无差，只愿遥领扬州牧事。"桓温终于端坐起来，那冷峻的面容在烛火的照映下，再也读不出来一丝的所思所虑，"何况，慕容恪即将用兵犯境，此时入朝，必会贻军误事。"

　　"也好，安即心中有数了。"谢安微微一笑。对于这般结果，他自然也是早就有了计较："在下此番前来，除了会一会兄长外，便是为了燕军出兵一事。大司马真的要救洛阳？"

　　"故都重镇，焉能不救。"

　　"如若去救，为何已至秋末，却只结兵督阵于此？"

　　在短促的问答之后，二人便陷入了沉默。桓温盯着那盏摇曳的烛火，缓缓吐出了一个字。

　　"难。"

"大司马亦知慕容恪故技重施，所图乃是以铁骑击垮援救司隶的江北之兵。故而，'朝廷'只得扼守汉水与淮水，在探明其具装精锐去向之前，一兵一卒都不可妄动。"谢安此刻所言，句句出自肺腑，其眼中凝出的坚定，在这朦胧昏花之际，也足以闪烁出丝丝光芒，"此刻令陈祐将军撤回来，尚来得及。"

"唉——"桓温又是一声长叹掷地，"安石别再守着侍中那个架子官了，归来襄助为兄吧。"

"元子兄可还记得青年之志？又可曾想起，谢安自降世之日，便注定要投身于那班腐朽之中乎？"谢安此言一出，整个书房的一切便仿佛坠入了死寂。他甚为遗憾，无法如郗超一般，因有父亲督阵京口精兵，从而可以左右逢源，随心行事。而自己，终究是陈郡谢氏当下唯一的顶梁柱，亦是眼前老友权欲之路上的绊脚石……

趁夜入府的旅人在更为漆黑的夜幕中跨步离去，他猜想，自己当下的心境，或许和北方的秋夜更相近吧。随行的奴仆只是手提一笼烛火，那团光亮照亮了前行的方向，而谢安，亦是认清了自己的道路——那是一条注定会与桓氏相向对撞的旅途。

"娘的，真算是见了鬼了。这些个匈奴崽子莫不是挖了个地洞把自己都埋起来了？费了吃奶的劲头，往来兜住的就没有多过二百骑的！"强劲的秋风袭扰着接连成片的顶顶军帐，就连泥盆中向来傲立的火焰也不得不弯下腰身，向这草原上真正的主宰俯首称臣。一身戎装的大汉刚刚将重甲卸下，便迫不及待地抢过仆役手上的酒囊仰头豪饮，再连带着嘴上一顿抱怨，这才算是痛快了一些："天王真不该对王猛言听计从，这般吃力的打法，简直如同儿戏嘛……"

"咳。"

忽有清脆的声响于身后传来，汉子怎样也没想到，被自己谤议之人偏就正在帅帐内帷休憩。他瞬时涨红了脸，恶狠狠地盯向"粗心"的仆役。

"景略啊，你可别多心，俺实在是受不了这窝囊打法了。几个月里，儿郎们腿都快跑断了，却连刘卫辰狼纛的影子都没见到。"

"邓将军大可安心。"满脸笑意的文士并没有将糙汉的言语放在心上。在阔步走向火盆之际，他又挥挥手，支开了捧着酒囊的仆役："匈奴人的王帐无论如何迁徙躲藏，总都离不开水源。咱们这几个月费时费力，沿着四下水道进军，终将刘卫辰所恃的精锐圈在了方圆五十里之内。估计不出月余，贼寇要么露面决战，要么突围向漠北逃窜，到时可还要靠将军精心布置，予以痛击。"

"好说，好说。"邓羌只需确信自己有硬仗可打，眼中散出的光芒竟几与火盆中的赤焰一般闪亮。他那略带愤怒的态度既而大变，甚至还与王猛套起了近乎："不过话说回来，景略劝天王打的这一仗是真的高深。匈奴狼崽子之前不是向咱称臣了，还帮着抵挡拓跋什翼犍的骑兵嘛。"

此时，王猛脸上的笑意更浓，他太了解眼前这位建节将军了。邓羌其人，看似鲁莽无礼，却也算得上胆大心细，更是长于军事，勇于先登。当年若非有其鼎力相助，自己也未必有手段，足以果决地斩杀强德等一众氐人贵族豪强，整肃法纪。因此，哪怕汉子偶有无心之语，王猛还是乐于将其引为盟友强援的："铁弗部单于刘卫辰，乃是狼性难移的反复之人。邓建节可有印象，此獠最近几年，已有几次叛乱了？"

"两次，这明面上都两次了。"

"然也。铁弗部占着奢延，乃是天王早先为抚平三秦内乱所扶持的一面屏障而已。可如今，情况又是有所不同。"王猛一边说，一边绕着火盆来回踱步，而帐外的秋风也暂时安静了下来，"我秦国已雄踞关中沃野，再齐修内政十年，待到国富兵强之际，便可东出潼关，逐鹿中原，南进巴蜀，取大江水道，西并凉州，得商贸廊道……而拓跋什翼犍虽有气度，然云中盛乐太过偏僻，以致其人只当得了慕容氏的先锋，却算不上掣肘威胁。由此，天王已不须铁弗匈奴这个屏障，又有何理由将大好的牧场留在刘卫辰手中呢？"

"牧场……听景略之意，天王可是要……"

"将军所想，正是天王夙夜之愿。"此时，王猛刚好挪至邓羌身旁，颇为亲昵地拍了拍其肩膀，"欲对抗燕国的具装铁骑，似晋人在淮水掘沟通渠，躲进楼船只可得偏安一隅罢了。唯有倚仗咱们自己的大秦精骑，才能行王道，统天下。"

"猛公的韬略咱是服气了。今时，羌也敢立下令状，若景略兄弟愿在天王面前保咱去统领日后那支铁骑，就眼前的这些匈奴崽子，定在月内，为猛公剿除。"

王猛闻言不觉哑然失笑，没承想，这莽夫也是个做买卖议价的好手："那是自然。整个大秦上下，论起勇武与威望，除了邓建节，还未有他人堪领此重任。正好，此间的战事，我也正欲托付将军。"

"这是……"邓羌霎时间又展现了他心智不浅的一面，主动压低了声音与王猛附耳。

"吕光自长安来信，天王听闻慕容恪欲攻取洛阳，便已下令，尽起关中之兵进驻陕城。"王猛此刻愈发阴沉的音调，竟也足以恫吓得常年刀口舐血的万人敌心颤不止，"咱们出征时，已将骑兵尽数带走。天王手中，仅剩下的三四万刀盾若是据守潼关，防备燕军西进倒也足够。只是去往陕城，难说天王心里，还揣着冒进的图谋。"

邓羌用力地点了点头，他当然省得此事轻重。王猛必要速归长安劝谏，而奢延的战事亦不可节外生枝，自己唯有照着前番的部署围剿下去。而天下大事，似乎便系于这月余之间了。

秋末，往常应是各郡县官员最为忙碌的时节，他们在督办秋收的疲累中，仍要组织巡视征缴粮税，且在冬季降临之际，又要开始费心统筹徭役的相关安排。不过，好在执领天下的几位君王都非是骄奢淫逸、大兴土木之辈。各地的工程大都无外乎就近修补城墙、疏通漕运之类的活计，犯不着征调民夫长途迁徙，倒是能省下不少的钱粮耗费。

然而，这份专属于郡守县令们苦中作乐的奇妙心情，却是中原司隶的官员们体会不到的了。尤其是已然乱作一团的洛阳城中，早就无人关心今年的收成与府库的问题了。大大小小的豪户们无论或走或留，均正使着浑身的解数，联络荆襄与河北的熟人故交。同时，对于驻防的晋军将领而言，他们所面临的抉择更为复杂，更需有些闪转腾挪的手段。

甲胄齐身的沈劲快步穿梭在洛阳将军府中，他身后的老卒一路跟得呼哧带喘，却也不敢开口劝阻服侍了近三十年的少主人。而二人的脚步在抵达正堂之后的三进院门时，竟被两杆交叉的长戟拦了下来。沈劲此刻虽是佩刀在握，可也自知没有必要再去威吓为难面前的两个甲士。他索性眼珠一转，扯着嗓子喊了起来："沈劲求见冠军将军，有紧急军情报禀！"

事已至此，洛阳主将陈祐倒也没什么可躲的了。而当那个熟悉的身影出现在院中，沈劲即刻抓住了拦路甲士犹豫张望的时机，一把格开了二人的手臂，径直跨步冲了进去："末将麾下儿郎均已上城，特请上将军前往校阅。"

面色涨红的陈祐在心底已是苦笑连连。他自然清楚，汹汹而来的沈劲所为何事。毕竟，自己昨日还在声色俱厉地布置城防，调拨器械，可到了今时，却没有按照约定登城检阅兵将，鼓舞士气。因此，面对还在自家将军府上兼领着长史一职的下属，纵使其确实激愤无礼，陈祐也只得赔上尴尬的笑脸，慢慢安抚："世坚莫要心急，事情自然是出了变故……"

忠心耿耿的沈家老奴懂得规矩，本来是没打算在二位将军相谈时跟得太近。然而，当他眼瞧着自家少主人在上将军的笑意拉扯下，仍是摆出张臭脸时，深深的忧忡还是驱使着老卒从放松了警惕的甲士面前钻过，挪到了沈劲的身后。

"洛口守将献了岸寨，燕军先锋已然渡河……汜水也断了消息，估计坚持不了几日了……"

老卒只见少主人的脸色变得铁青，好一阵都未曾有过言语。而那位陈大将军，竟仍是在苦口相劝。

"整个洛阳已然无险可依，仅凭城中之兵，困守一时尚是妄想，更救不得汜水诸关隘了。"

"故上将军决意撤走乎？"随着沈劲的问话，老卒也跟着二人的目光在院中扫了一圈。果然，一众奴仆慌乱之间，尽是在拾物打箱。"朝廷定会发兵来救，劲亦愿效死命，守护城池！"

"哪里还有什么援兵。大司马仍屯兵姑孰，依我看，最多能在淮水喊喊声威罢了。而荆州刺史从江陵来的信件昨晚才送到，南阳与汉水，所求仅为自保矣。桓冲尚劝我早日撤走……"

老卒厘不清这其中的人名官位，可仅从二人的表情也不难判断，洛阳是断然守不住了。

"将军若是弃城，难免会受人攻讦，谗以畏战之罪的。"看样子，沈劲激愤的心情渐渐平和了下来，可他那阴沉的语气中，未免又透着绝望。

"此事，本将思索了整宿。待到燕军先锋临城，你我自带人从西门遁走，借秦人地界撤入武关道。由此，还可称是突围而走。至于丢了洛阳的罪责，就算是大司马，也休想扣到咱的头上。世坚忠勇，到时若不愿回去建康，本将自会向桓幼子举荐，留在荆襄效命也可。"

"高明，甚是高明。"

陈祐的谆谆之言被沈劲的几个字打断，以致这位洛阳主将、冠军将军顿时也是变了脸色。可一旁的老卒清楚，自家少主绝非是有意嘲讽。他是多么希望沈劲能顺势应承下来这份美意，立马逃离洛阳这块是非之地，然而，自己却又太过了解少主多年来所受的凄凉，以及此刻必会滋生的那份执念了。

老卒不由得暗自在心底悲叹："完了，完了。"

"在下倦了，实不愿再辗转流离。嘿，值此危急之秋，我晋人又岂能没有慨然赴死之人？末将愿领麾下儿郎，死守此城，还望将军俯允。"

"这……"一时语塞的陈祐满眼陌生地盯着自己的冠军长史，"那本将便调派富户豪绅所献上的那些兵勇去救汜水关隘，也算为世坚先行除去隐忧。"

"善。妙。"

又是两个字入耳。须发早就霜白了的老卒一生中经过数不清的人和事，却也还算头一回见识到了这般疲惫的快意、落寞的豪情……

晨光如约照向大地，却无法给人们带来过多的暖意。北方的初冬向来就是这般萧瑟的，若是复向北去，路遇豪雪，那里留下的，或许便只有死寂了。

又是一条长长的兵线，从邺城大营蜿蜒南下。沿途往来的徭工、佃农，以及商贩们，也从起初的惊慌窥视，演变成了如今的熟视无睹。五万燕军从幽冀各郡渐次集结而来，却又是随到随走，分批启行，以至于在先锋精锐已然控制了大河渡口之际，这拖后的几千人，才将将于邺城开拔。似如此散漫的部署，连同鲜于亮与慕容德草草征发的三万兵马，若是落墨在送往建康与长安的探报中，必然已成为八万燕军轻敌冒进的重要力证。

而慕容恪，选择在所有人的最后出发。

这位战无不胜的燕国军魂在年轻之时，总会骑着一匹夺目的骏马，意气风发地沿着前进的兵线驰骋，偶尔更要揪出一个个干了滑稽蠢事的倒霉蛋打趣一番。可此时此刻，慕容恪只在城外的直道驻足，检视着一队队甲具羸弱的步卒——这些人，多是被部族豪强老爷们推出来凑数的仆兵。其中，偶有突然面露惊喜或是慌张的寥寥数人，似乎对这位孤独伫立的戎装男子产生了怀疑，而更多的人，哪怕曾遥见过统帅的身姿，恐怕也只会被其茫然的神情，以及早白的鬓发所蒙蔽了。

慕容恪的心情正当沉重。他期盼着自己的筹谋若能实现，或许赶在有生之年，便可有幸终结乱世。但天意不可揣测，正如此刻，城头一面绣旗被劲风一卷，竟是折杆飘落。如此不祥之兆，自然引得一片惊呼，即便慕容恪不信鬼神，也不免黯然望向那正如落叶凋零的旗帜，视线之内，城门口的匾额上，那巨大的"邺"字，忽将他的记忆拉回到早就变得灰暗的一日——那是与慕容儁并辔说笑，陪着王聿徽迁离蓟城的那一日。他还记得，在那时，自己的心还是完整的，仿佛一切，也尽是可以挽回的……

城门的守卫正忙作一团。一面旗帜固然可以重立，可往复萦绕的疑惑，却已在慕容恪周身上下，连绵地回响起来——自己，还回得去吗？

事实上，他从未回到过蓟城，更没能回到过龙城。而今日又要南去，原来多年里，终究不曾北归过一步。

是的，自己回不去了。

锦　程

―○―

北境飘雪，南方峭寒。一股寒潮在这个注定不会平静的时节早降大地，冻得远行的人们个个打着哆嗦，哪怕再是耐心沉稳之人，也巴不得能快些结束活计，早点儿归家。可偏在此时，浩浩荡荡的燕军正如长蛇绵延在崤山淮水一线，一场提早预告了数月的大战，终是提紧了天下君王权臣的神经。而聚焦起天下目光的洛阳城，此刻却又是格外平静，除了被万余燕军围得水泄不通外，竟再无燃起一丝战火。倒是从洛阳向西能遥望到的崤渑各地，迅疾插遍了慕容氏的青色战旗。

直至秦岭东段之末的崤山脚下，一座背依峰岭，可容万人以上的磅礴大营几近修筑完毕。若是驻兵于此，向南可跋涉进取南阳与汉水，向西能威胁遥慑秦地与关中门户。而四下的探骑应也不难发现，眼下正有数千人的队伍正熙攘往来，向着寨垒输送着车车粮秣——似乎是有人打算在此常备驻军了。

当然，这般绝妙的算筹不能一家独打。传言中，大秦天王苻坚已尽起关中之兵，进驻了陕城。更不乏信誓旦旦的旅贩们，吹嘘说曾亲眼见到了遮天蔽日的锐卒或沿大河东进，或匿于群山峻谷之中，仿佛滔天的战火即刻便要在崤山引爆。至于苻氏又为何引数万之众屯聚潼陕天险，是小题大做般地前来防备，还是有意趁机东取司隶……或许，当下的大秦天王自己也未必想得清楚吧。

"呜，呜呜——"

几声绵长的号角闷响，一片嘈杂之间，营寨的外环大门被缓缓拉开。几个士卒从缝隙中迫不及待地闪身钻出，先是七手八脚地撤走了几排拒马，随后，更是颇为崇敬地注视着三百轻骑沿着他们清出的通路踏出了营去。上千只马蹄轰隆震地，一名中年文官拥簇在队伍中央，而其头顶飘扬的绣旗所指，正是崤山之南、武关以东的山麓步道。

　　"若有数千铁骑迎面结阵冲杀，可是何等的威势？"

　　这中年文官在马鞍上晃上晃下，有一搭没一搭地抬眼环视，只是偶尔才与身边几个书佐交代布置上几句。一众人中，或许只有他清楚，几日间所谓的向南探查，测绘地形，不过是做做样子罢了。哪怕有几位书佐真的在尽心尽力勘察记录，却也不见得会对当下诡谲的局势起到多大的裨益。文官摇了摇头，此刻心中所念的，只有自己领命出营前，大都督殿下所问的那个好似没头没脑的问题；至于铁骑作战之法，自己倒也听过见过，多是要随时把控战机，切入敌阵，却又哪里来的自行结阵的工夫呢？更何况，此刻身边三百轻骑的踢踏就已扰得自己非要声嘶力竭，才能向身边人嘱咐点儿事宜，若是数千具装一同冲杀，真不晓得又该弄出怎样的声势。

　　在这文官反复琢磨的时候，身侧一阵嬉闹之声打断了他的思路——竟是几个胡汉军士百般无聊之际，赌耍较量起了马上的技艺。若是往常行军执勤中发生此事，他几个必是免不了一顿严厉的责罚，可此刻，文官倒也并不在意。这三百骑大肆招摇了一路，为的就是搅得山麓上下鸡犬不宁，如此般嘈杂些，反而更好。

　　"尔等几个休要生事，去换换手，将那几面旗帜打得再高些！"

　　三百骑沿着崤山之末，兜兜转转到日头西斜，才终是回转。而在那半山腰的峭林间，一双眼睛穿透了远处浮扬的尘土，闪出了得意之色。年轻的斥候虽然看不清那领头文官的样貌，却是将绣旗上"皇甫"两个大字牢牢刻在了心底。

　　"这家伙被前呼后拥的，倒像个大人物。"年轻人回手摸了摸自己腰间的绳索，盘定了主意后，霎时便已在那坡壁上消匿了影踪。

"呲，呲。"火星跳跃。

"世明，你说这慕容玄恭到底身在何处？"

口干舌燥的吕光此刻倒是真的想冲着天王苻坚翻一个白眼，可最终还是熄灭了心头的邪火，努力地维持住寻常神色："从往来的探报看，时下颍水、洛阳直至崤山，到处都有慕容恪的帅纛，此般军机，在下可不敢妄自断言。然天王若是担忧崤山大营之虚实，不妨暂且回转陕城督战，光愿领一部精锐前驱。"

"唉，世明这就无趣了。孤都亲自领兵东进了，走一半再缩回去，岂不是要羞煞青史。"尚不到三十岁的苻坚顺势做了个痛苦状的鬼脸。想来也怪，实力与声望日渐强盛的大秦天王，无论是在心腹臣属，还是宗族亲眷面前均能克制维护着沉稳与威仪，而唯有在这个仅比他年长一岁的吕光吕世明面前，才会偶尔露出些轻松愉悦的憨态逸趣："咱只是在想，若慕容玄恭真就不在崤山，那就算拔了这座大营又有何用？不能一役擒杀燕人主心骨的话，当真不必与慕容氏贸然开战。可这人，究竟在何处呢……"

吕光听到此话，才算长舒一口气。自己从长安一路东追，过潼关时，甚至还擅自调用了驻关的两千精锐，为的就是力保眼前这位突然任性起来的天王周全。而几近崩溃的他，也终于在此刻得以确信，苻坚并非是突犯了癔症，才执意要与燕国开战的，而是在其心中琢磨出了一个大胆的赌局，要抓一个讨巧的时机，与那战无不胜的慕容恪掰一掰手腕。"若是如此，天王不如谕令奢延撤兵。而今关中几无一兵一卒，怕是经不起两线战事的风浪。"

"你啊，带兵还是少了些，怎变得这般絮叨？斥候不见慕容恪其人，咱是不会抢攻那崤山大营的。"苻坚伸出手来拍了拍与自己围坐在同一窝篝火前的臣属的肩膀，"世明就没发觉，孤身旁的亲卫少了一半？都已派出去探查崤山各峰谷的情况了。放宽心，儿郎们出不了差错。"

呲呲作响的火星依旧在撩拨着焦躁的心绪，到现在，尚捋不清楚自己该是劝谏彻底休兵、还是仅力阻天王亲征的吕光总隐约觉得，向来精明的苻坚定然还是漏算了些许。

终于，年轻的亲卫快步冲进了这隐蔽的小小山坳。吕光眼瞧着满脸兴奋的亲卫在天王的耳边蚊声嘟嚷了一阵，旋即，符坚的双眸中射出了堪比火焰的惊喜光芒。

"若是如此，"大秦天王竟略有失态地自言自语起来，"大事便成了！"

直至匆匆的斥候又弓身退出去好远，符坚才又顾上了一脸茫然的吕光："在南面的麓道上，发现了'皇甫'的旗号。"

"天王所说之人，可是朝那皇甫典的兄弟，燕国侍中皇甫真？"吕光一开始还有些迷惑不清，可当他察觉到了符坚嘴角挂着的扬扬得意后，才算是嗅到了正在这一摊火焰前弥漫着的危险，以及决绝的雄心。

"今与世明自可明说，咱挂心慕容玄恭已有多年，无论其征伐何处，只要这皇甫真随军，则必在其身边充任副手。纵使颍水与洛阳皆有太原王旗号，其人，则定在这崤山大营中。"

"如此说来，斥候也只是见了皇甫真，而非慕容恪本人。"

"唉，夫兵者，诡道也。"眼瞧着符坚说得兴致盎然，吕光自知多半是劝不住了，"然些许细节却难以掩饰。咱料定，慕容玄恭久不露面，无非是为蒙蔽晋人，摆出个以铁骑击阻援兵的姿态，实则盘算着袭取南阳，打开汉水门户。"

"既如此，光愿领一部，先行袭寨。待到慕容恪当真露了面，天王才好大动干戈。"

"世明之意，孤自晓得。从几番探报来看，燕军自起兵伊始，便尽显轻慢，军纪亦不甚以往严整，可见崤山大营之中，未必驻守着精锐人马。而那慕容玄恭又惯常用险，我等欲战，则必倾力而出，一击功成。"符坚说得头头是道，直让吕光无从插嘴，"不过，卿早前谏言亦可采之，你我二人亦当着眼关中，世明宜速归潼关，整调兵将，为我大军守住退路。切记，这间若出了变故，陕城可弃，潼关门户却万不能丢。"

"扑哧。"

几张黄符慢慢地在炉瓮中化作焦灰，衣着简朴的文士则颇为虔诚地嗅起了缕缕轻烟。而在香炉的另一侧，一身道士装扮的中年人恰从桌案上捧来一方不小的木盘，之上摆放着五个精致的瓷罐，以及一套简单的食器。

"我记得仙长亦是河北人吧，或许能在这符化中窥观一二——北人攻打洛阳这一遭，却是福祸若何？"年纪稍轻的文士并没有接过木盘的意思，反倒是丢过去了一个引人蹙眉的问题。

"玄之只为将军调制药石，星象测卜非是在下所长。"道士闻言，先是愣了几息的工夫，随后又转身将物什放回了桌案，"况且将军身系江山安危，本就不该信这些的。"

"非是笃信。"文士抻了抻腰身，顿时又露出些许困倦的神色。他起身挪向桌案，自顾地摆弄起了几个瓷罐来："只因眼迷心困，看不清天意所向。"

"玄之略通医术，堪能制此五石散罢了。至于研习黄老，不过是在迷惘中求份心安，万万不敢去揣测天意的。"

文士微微一笑，自然也不会再去勉强。他从那精致异常的五个瓷罐中各取一勺倒至饮碟中，又以清水化搅后仰面服下："仙长身在邺宫之时，可曾以黄老之术服侍过慕容氏？"

"文明帝、景昭帝，父子俩均是不信鬼神。在下在北方时，连这黄符都只敢贴在心口秘藏。"道士负手而立，眼瞅着文士的精气神重又提振了起来，"这药石虽以烈性激人心力，但终究非是食材。药亦含毒，将军取用，当宜克制。"

"有趣，有趣。"文士咂了咂舌，随手晃了晃碟底残留的一点儿药汁，最终还是推回到桌案之上，"依仙长之言，那以血祀巫术起家的慕容鲜卑，比起建康城里崇尚丹药算蛊的司马帝胄们，倒更像是有为之君了。"

"唉……"随之，两人的叹息声几近同时发出。

曾在邺宫担任医官，又举家南迁避祸的左玄之清楚，他口中的"将军"非是在讥讽皇家。相反，作为在权臣一族中还算心怀晋室之人，那一声悠长的叹息才是包含了无尽的忧心与无奈。曾经的左玄之非是官宦，但自知身怀深墙之秘，总要引来无妄之灾。由此，他弃了长安与建康的繁华，一路辗转，终隐于田间修道开炉，只从士族豪户手上赚些丹药钱来养家避世，却又怎料，自己的一剂五石散竟为新晋的南中郎将偶得喜好，他便又被"请"入府中。至于他的前遇身世，又怎能瞒得过眼前这堪称天下绝伦聪慧之人的双眼？才出迷穴，又入诡舍，也不知道等待自己的，会是迟来的粉身碎骨，还是另一番锦绣前程。

而年纪轻轻便得以督阵一方重镇的桓冲，则确实万般苦闷。缘于刻在心间的那一点儿忠贞，是无法坦然接受兄长桓温最终与建康图穷匕见的。然而，腐朽偏安的晋室与奢靡无用的门阀，又使他看不到一丝扶助的希冀。既为南中郎将，亦是桓氏一门中的翘楚，在麟偻尚幼之际，大概是会接掌兄长身后的权柄。不过，桓冲心知自己少了些权臣心性，更无法融入世家门阀的圈子，乃至此般忧愁，仿佛也只有眼下的药石粉末足以消解。他又摸了摸那光滑的瓷面，其精致绝伦的程度，与自己身上简朴的旧衣可谓毫不相称。而或许，这便是影射着天意吧。一路坦途的少年长大后，总该背负起些许纠结与痛苦，才算得上公允。只是，不知今时这场洛阳城下的明谋，又会将自己的命运拐向何方。

"仙长在河北时，也定然识得慕容恪吧。"

"识得。"左玄之顿时忆起了那日太原王府中的阴森与惊惧，"然彼时玄之只是个医官，太原王也尚非权倾天下之人。"

"既是不算熟识，可惜。"桓冲兀一回身，瞬时便捕捉到了左玄之眼中的异色——他晓得也问不出什么了，"那些力主救援洛阳的蜚语，直从建康宫传到了咱的府上。仙长且看吧，无论你那故人意欲何为，或胜或败，乾坤之大，怕是都不得安宁了。"

"哈哈哈……"

一阵爽朗的笑声从军帐中肆意跃出。对于从清晨一直忙碌到傍晚的秦军士卒来说，在极端的疲累与困倦下，还想维持这份好心情可是实属不易——当然，除非这正弥漫着笑意的简易帐帷，乃是大秦天王的王帐。

符坚自是有充足的理由来放肆大笑的。麾下士卒不愧为关中精锐，能疾速跨过崤山麓林，并赶个大早就地取材，在燕人大营正面分立了三座寨垒，甚至没有给燕军前哨前来袭扰的机会，便抢先以层层鹿角拒马，护住了伐木立寨的阵线。而向四周遍布的斥候们，更未发现具装铁骑的影子。

至于他自己，则将王帐选在了旁侧的高坡之上。虽说行宿的条件，与山下的营帐一样略显简陋，可此处胜在进退自如，视野又极其开阔，方便他居高观赏这场自己谋划日久的猎袭之战。

而在一时间志得意满的大秦天王看来，首功便当属探查到了皇甫真踪迹的张蚝。由此，他在愉悦畅怀之际，是更加不会吝啬布恩的，甚至已将帐中的一柄宝刀痛快赐予了自己的亲卫。

"天王可都答应你了？"

当好不容易退出了王帐，神情还有些恍惚的张蚝，在钉桩旁侧找到了自己的小兄弟时，亦是不出所料地迎来了张虎极为忌妒的盘问。

"嗯。"张蚝坐到了兄弟的身旁，却似心怀忧忡地没有挨得太近，"天王允咱一屯刀盾，待到一早，我就下山，去往后部营将那里报到。"

"虽不算前部先登，可也是个正经的都伯了。"张虎扭过来的双眸中放出了光。也就在一刹那，青年借着已然昏暗的天色，正巧瞄到了兄长腰间那截然不同了的佩刀。"这宝刀也是天王赏赐的喽。"

面对醋意更浓的一句，张蚝根本不知该如何应对，只好抿着嘴点了点头。

"天王竟这般恩宠于你了，咋就不肯替我也求个情，哪怕去那一屯上当个什长也行啊。"

而张蚝清楚阿弟说得没错，自己若是开口，天王自然不会阻拦兄弟结伴前往前线效命的。可是很多事并不能任性而为，何况在父亲那里，也不会轻易过关的。

"你也别苦闷了，要是喜欢，这柄宝刀便送你了。如何？"

"胡闹！"一对儿兄弟根本不清楚父亲是何时巡查到了自己的身后，而张彤炸裂的训斥，霎时惊吓得周遭的虫蚁都恨不得钻回地里。"天王赏赐的物什怎能随意转送？你们两个也少躲在一起密谋，想干个甚，痛快地来找阿爹说……"

"怎就胡闹了？尔一家父子，可真是让人进食都不得消停。"结果，这回是天王苻坚从帐帷中闪出身来，顿时掐灭了父子三人间种种激扬的情绪，"那柄刀，如今已是张麑的私物了，如何处置，当由他自己说了算。"

张麑方才解下了佩刀的手，尚悬在空中不敢收回，而张虓却一时间也不敢去接。直到他们完全确信了敬爱的天王别无他意，可能就是为了出来透透气，开个玩笑，才默契地一抓一缩，化解了眼前的尴尬。

"你们三个也真有趣，竟不识得这柄刀乃是大匠在我东海王府时造的第一件利刃。这物什本就该在张氏一门传承，至于在兄弟谁的手中，也就由你俩自己定吧。"苻坚的话音一落，一旁面红耳赤的张彤才算宽下了心，却没想到天王的话头瞬时便转向了自己，"你这当爹也是，俩儿郎的念头还用得上密谋吗？那盼着能去攻寨建功的劲头都涂在脸上了。"

当然，张彤也不是看不透虓儿的心思。可作为一个父亲，无论是无视拒绝小儿最为自然且热切的期盼，还是狠下心来，将一对儿郎通通送到前方危险的战线上去，都是无比残忍的选择。然而，苻坚随后的一段话，则是让亲卫统领对自己挚爱的天王更是感激涕零。

"虓伢子既然也想请战，那便这般——孤许你个队帅职位，明日开战后，负责护住前锋弩手，同是一早就下山报到。如何？"

待到头顶上的日与月完成了转换交替，父子敬爱的天王早已回去了帐中休憩。张彤带着两个儿郎，寻了个僻静的角落，细细叮咛起来："虓儿虽在前锋部众，但攻营战中，机弩未必会当得大用，多半是要压住阵脚，负责督战，总不至于太过危险。到时，定要悉听将校军令，且不能任性擅动，丢了天王亲卫的脸面。"

听了此言才反应过来真相的张虓虽依旧有些不情不愿，却也心知，此刻绝不能再得寸进尺，便郑重地点了点头："既是如此，这宝刀还是应随着阿兄去拼杀建功。喏，接着。"

"善。"张彤亦是满怀欣慰，"这一战，或许不会如天王所愿那般顺利。想来麋儿定是有机会出战的，麾下百人皆指望于你，切不可冒进弄险，更不能萎缩怯战。明日，阿爹只得护卫天王左右，在这山坡之上为你俩助威，都给我齐齐整整，归来报功。"

"阿爹，天王一定会大胜的吧？"张麋重将宝刀系回腰间，又冷不丁地冒出了一句无心之问。

"那是自然。"张彤仰头望了望暗沉的天空，"咱们父子的身家前程全在天王，将来，更要追随天王荡平这纷乱天下，衣锦荣归。"

兄弟二人随着父亲一同抬望。头顶之上，刚好有一颗明星格外炫亮，仿佛正为他们在新夜中指明一条锦绣前程。于是，他俩开始暗自祈祷，求告着自己与兄弟能够平安归来，能够陪伴挚爱的阿爹与天王，享受那胜利的荣光。

"嘿，楚家兄弟这会儿来得可有些晚了。"

胡柴儿守在自己的小帐外等了好久，终于是又见到了那个熟悉的身影。他如今算得上是太原王的勤务管事了，自己一干人马的小帐也正在燕军帅帐之后，守在崤山大营的最末，更几乎贴上了山脚林壁。而对于眼前的来客，胡柴儿只知其姓楚，该是帅帐中书佐一类的人物。他一路上断断续续地与自己聊得颇为投机，再到扎下了大营后，更是每日傍晚，都会来到自己的小帐前聚食一番。由此，口中的"楚先生"也就慢慢地变成了"楚家兄弟"。

"好你个胡头儿，咱可是老远就闻着味儿了，这会儿可是先动了荤腥？""书佐"手里好似捧着一壶小酒，上来就是一番打趣，也使得方才还稍显担忧的官商头头定下了心来。

"哪里，咱可是一直等着兄弟呢。"胡柴儿伸手接过了酒器，随手一指帐外炉架上的锅具，"今儿帅帐不是宰的鲜羊嘛，咱留下的可是好东西。"

而胡柴儿确是名副其实不诳大话的实在人。当两碗碎饼子被热乎的羊汤冲化，几块肥美的脊骨肉从炉锅中捞出，那股子鲜香便足以在这冬季颠沛中，醉得人迷离出窍——想来，"书佐"的一壶酒拿得真是恰逢其时。

"楚家兄弟，你进出方便，知道的也多，不像咱一直扎在后营。这事儿还得问你。"二人吃喝稍一尽兴，胡柴儿也就打开了话匣子，"早就传开了，就连殿下身边的亲卫都说，平地那头儿有人扎下来几个营寨，到底是个啥情况？"

"那些是符秦的营盘，估摸着得有四万来人吧。"

"秦人？这地界上怎会有秦人？"胡柴儿在惊诧之余，正巧也打了个嗝，"咱这连片的大营也有个两万人吧，也不知道秦军的能耐咋样。俺听冀州老人说过，以前在枋头的氐人骑兵也算是有本事的——不知楚家兄弟打听到过信儿没，殿下真要与秦人打仗？"

"倒是未有探报说秦人这回带了骑队，至于开不开战嘛，咱们人少，想必殿下总不至于主动去攻寨。"而"书佐"的语气依旧显得十分轻松，"怎的，胡头儿可是担忧秦人来攻？"

"嘿，咱躲在王帐后头，还有啥担忧的？跟着殿下，还能打败仗不成的？"胡柴儿这会儿忽又莫名地自信满满，仿佛"太原王"三个字就是燕人对大捷与战利品的保证与应许。而"书佐"在瞧着官商的模样不禁开怀的同时，也不自觉地检视了一下内心。面对如此危急的局势，自己又何尝不是将信念完全寄托于他人，才能在战前的夜里，保持个畅快吃喝的安逸呢？

"你说说你，邺都大好的买卖还不满足，非要跟着来挣这份搏命的军功。"饼糊与酒水先后见了底，"书佐"身子向后一倾，言语中没有了之前的轻松，"离家如此远，当真值得？"

"前两个月在邺都，一闭眼睛就能想起来那场乱子。"胡柴儿有样学样，身子向后一靠，"楚家兄弟你说，那么多大官，说遭祸就遭祸。咱们好不容易挣了点儿家底，还是想办法离皇家远一些好。"

"怎的讲，转身投了军，万一也要冲前拼杀，岂不更是危险？"

"待在殿下周边，舞着菜刀挣军功，能有啥危险？咱都盘算好了，跟着殿下打下洛阳，运气若好些，或能在城边分块勋田。再不济，将手里钱财一散，在城里盘个店面，接着干咱本行。那洛阳也是大城，地价却比邺都贱上不少，往后世世代代扎下根去，既能图个安心，子孙们也好奔个前程……"

此刻，在那乌沉的夜空中，刚好有一颗明星闪着绝伦的光芒。小帐边的胡柴儿也立马暗自祈祷起来，他求告上苍护佑敬爱的太原王依旧是战无不胜，自己也能平安地在战事中实现夙愿。而在这里赌上的一切，终会点亮一条锦绣前程，成为胡家后人世代的财富与根基。

尘　埃

———○———

　　"这仗怎打得如此拖沓……"

　　"就是。天王再犹豫下去，贼子援兵可就到了。"

　　在那个足以俯视燕军崤山大营的高坡上，正有一众将校参军三三两两地围聚在一起。他们中的大多数人均是看不懂眼下的战局了，更是想不明白为何天王苻坚一改决意出兵时的豪迈，当猎物就在眼前之际，竟瞻前顾后了起来。大军早已露面，天王却是按下自家主力不动，仅以小股部众不断试探着燕军大营的两翼寨垒。一些人为此已是熬得心焦气躁，甚至开始怀疑起山间传来的那些稀疏的喊杀声，会不会仅仅是自己的幻听罢了。

　　而正把自己关在帐中的君王何尝不是焦虑难耐，在他尚不足三十年的岁月中，恐怕也只有在废君登位时的心境可堪一比。苻坚无比渴望能够在此击败不可一世的慕容恪，继而于两三年内再直捣邺城，一统北方。可日渐成熟的统帅懂得一个道理——战略上的豪情绝不可影响到战术上的决策。他此刻还需要一份确切的情报，才能够决心驱使自己的刀盾精锐冲上旷野。

　　"若你是慕容玄恭，可会因两翼受扰而贸然搬动埋伏好的铁骑？"

　　大秦天王埋起头，冲着自己的亲卫统领倾倒苦水。不过，他也清楚此刻得不到什么像样的回应，故而在一番自言自语后，还是要耐心等待余下的那一份最遥远且又是最重要的探报。

"天王！"

终于，王帐的门帘被冒失的斥候撞开了。同时，几个心急的将领也跟着闯入了帐帷，瞪着眼珠子盯向呼吸骤然急促起来的君王。苻坚勉力遏制着心底的紧张慌乱，一把拉起辗转了数百里的心腹。

第一个信息，不出所料，洛阳城下的燕军已分兵向崤山驰援。这些将将能胜任围困千余晋兵的弱旅，自然不会被苻坚放在心上，他自信任意分出一部精锐，都足以将其阻拦在正面战事之外。而第二份斥报，便是自己翘首以待的信号，颍水之北的燕骑也终于动身西进，而那似有万骑的阵势，则必是一人多马的具装铁骑现了真身。

"万马齐动，少则三千，多则五千，若还要留下余部防备晋人抢渡，崤山前后必然再无铁骑。"一时间鸦雀无声的王帐中，只有苻坚一人嘟囔着最后的决意，"孤的斥候派出去十日，才走了个来回。任颍水铁骑的马力如何充沛，至少三日后方能赶到……三日！"

不似几个还在摇头叹息的鲁莽将领，苻坚并不认为自己此前的小心谨慎延误了战机。而此刻，他胸有成竹，从铁骑威慑下偷得的这三日，已然足够。

"听令！"大秦天王目光如炬，声如洪钟，"全军轮战，昼夜不休，直取燕军辕门，务必于三日之内攻破燕寨。功成之后，辎重战利皆可舍弃，即刻班师！"

"禀殿下，外营辕门告破，贼子们已涌向内营。"

又是一整日的血腥拼杀。直至这个清晨，已然陷入了癫狂的秦军爆发出了前所未有的能量，仿佛正被围困在崤山脚下的，乃是他们这些刀盾精锐，而非甲具甚为羸弱的燕寨守军。而这些无畏的锐卒，终是顶着箭矢雷石，拔除了外环寨垒，并切断了燕军两翼对中军大帐的支援。眼下，只需再攻破内营的兵栅围栏，擒杀无路可逃的慕容恪，他们就能为自家天王取下这场定鼎之战的大胜。

"莫要惊慌，秦人也是血肉堆起来的，也该到了强弩之末了。"慕容恪清楚，自己的确低估了苻坚的决心与秦人的勇悍。别无他法，他只好一边面无表情地安抚着帐内众人的情绪，一边冲着矗立于旁侧的罴郎点了点头。

于是，持载的战将一声不吭地跨出帐去，亲身带领一众亲卫，奔赴最危险的战线。

"然为保稳妥，楚季与诸位使君还是带着营后的杂役奴仆，先去往山中暂避……楚季？"

仍有不少的文官想尽借口，以执握刀剑之姿留在了太原王的大帐之中，而被连续点名的皇甫真不得不动身，去往自己早已混得熟悉的仆役营。

"殿下令大伙先行从后营避入山林，姑且噤声匿迹，不要乱闯。待到战事结束，再回来拾掇大营。"

当换了身轻甲戎装的"楚家兄弟"再次现身后营校场时，胡柴儿算是一眼就叼住了那张熟悉的面孔。然而，此番却有诸多的文官与护卫拥簇在其左右。迟钝的官商默默在心底叹了口气，看来，自己的这位便宜朋友定然不只是个普通的大帐"书佐"了。

"可是皇甫大人率领吾等一同避走？"

"咱也不是提不起刀的病秧子，殿下的大帐要是都不安稳了，躲进后山又有何用？"

与糊里糊涂的厨杂管事不同，先后开口的马务与匠务的管事显然是识得这位侍中重臣的。而老实人胡柴儿却一时间没有心思去琢磨"皇甫"与"楚季"之间的关联，他满脑子只剩下一个问题——太原王若真在这峭山脚下败了，那如自己这般赌上身家，前来随军效命的平头百姓，就算能在山林中苟全性命，可这辈子哪里还有出头之日呢？

"大伙听俺一言，不妨先听俺一言。"一股猛劲上来，胡柴儿竟昂头挥手，使尽力气吼了两句，直将自己搞到有些头晕，"估摸着大伙都是跟俺一样，奔着为殿下效力，盘算着挣份军功，才来到大帐后面干活儿伺候的。而今，贼子们都攻进内营了，殿下却仍还挂念着咱们的安危，咱是不是也该站出来为殿下挡一挡灾？"

　　一番话下来，自是又引发了一阵私语议论。而作为四下焦点的二人，同样也是短暂的目光相触——胡柴儿看向"楚家兄弟"的眼色似有期待，而皇甫真投还的神情则是满怀惊异。

　　"且都静下来！"不再怀着玩闹心思的皇甫真足以镇住这帮乌合之众，"尔等非是军卒，若似这般冲上阵前，不过是无端送死罢了。"

　　"咱是不懂打仗，大小只管安排个懂行的，俺们听令冲杀就是了。"

　　"俺那还存着不少札甲，大伙一分，总也能有些用处。"

　　又是一阵七嘴八舌，叽喳不休，直至已然建立了威望的胡柴儿再度嘶吼起来："既然殿下允咱们进山保命，俺看这事也不能强求。反正俺姓胡的提得动刀，愿意留下的兄弟，选好趁手的家伙式，领罢札甲，一并赶去大帐待命就是了。"

　　眼瞅着一帮子仆役哄起了股群情激愤的架势，可皇甫真却深知，战线搏杀中，最忌讳的就是有杂兵忽上忽溃。于是，他只好绞尽脑汁，婉转应对："大伙拳拳报效之心，咱便为殿下记下了。不过，眼下大帐正值布置御敌，大伙不宜赶去添乱不妨就先在此休整，待战机一至，就由我皇甫真带头冲杀出去，护卫殿下，不知大伙可愿听令？"

　　"休得贪功冒进。前锋各部退出大寨辕门，整军歇憩。后部刀盾迅速压上，攻打内营兵栅！"

　　在嘈杂混乱的战场上，张糜难得能静下心来细辨聆听。传令兵正声嘶力竭传达的军令显然是出自前军统帅之口，否则，从自己身旁回撤的悍卒们可非要骂娘不可。靠着这些死战不退的刀盾精锐架起的云梯与抬冲的撞木，鏖战了近两日的秦军终于在早时攻破了燕人的外营辕门。而一直在后瞭战的张糜也不得不感叹，双方战前均是低估了对面的决心，以致杀红了眼后，战事才迅速变得这般惨烈。

等到啃下了难关，精疲力竭的前部精锐又不得不后撤休整之际，年轻的都伯意识到，这是自己随后备部众抢夺不世之功的绝好机遇。于是，张麤毅然埋藏了心底的丝丝羞愧，并选择无视那些擦肩而过的愤恨面庞——慕容恪的大帐就在内营中央，自己与麾下儿郎也必当第一个攻破兵栅围栏，报效天王。

然而，当他的刀盾终于扎进了鬼哭狼嚎的战线上时，张麤发现这里的一切，竟与昨日在外寨望到的情况截然不同。贼子们没有了高耸的寨楼与层层鹿角相护，也没有足够的滚木雷石以杀伤正结起盾阵的秦军袍泽，可就是那薄薄的一层兵栅围栏，却支出了密集的长矛大戟。以至于在这狭窄的扇面上，纵使自家手握兵力优势，竟于正面无法悉数展开，而那埋插入地的木栅，便隔起了阴阳生死，任谁想前进一步，都非要以命换命。

"休得横跑乱窜，战线之后务必散开，人人举盾……"

又是分不清楚是哪位将军或校尉的怒吼飘散到了栅栏之后。张麤在方才前压的时候也发觉了，乌泱泱上涌的兵将挤压在一条细长的战线上之后，不少兴奋大意之人直接成为内营燕军瞄都不用瞄的活靶子，乃至守军抛射垂砸的箭矢已是带来太多不必要的伤亡。似乎也是为此，战线上的几名经验丰富的将领在完成合围的大好局面下，宁可放慢袭破内营的速度，也要将多余的人手赶到辕门外的平地上去。

"当！"

终于，张麤的种种闲思杂念随着他手中的盾牌弹开了突刺的矛尖而彻底消散。正面的危机刚刚化解，侧面便立即又有长矛斜刺而来，他下意识半蹲闪身，而那枝长矛突袭身躯不中，恰滑入了自己左手盾的臂弯之内。于是，张麤用盾面扣住了矛杆，左脚撤步一拉，右脚顺势一探，右手的宝刀向前一送，仅靠着钻入了木栅间隙的锋利无比的刀尖，竟就生生砍下了燕人矛兵的两截手指。

"啊——"

一声惨叫跃入耳中，可张麤却也没法乘胜追击。方才他靠着一个灵敏的交叉步，虽一时躲过了危机，却也将自己带得一个趔趄，险些仰面摔倒，在奋力稳住步伐后，才不致被拥挤上抢的兵潮撞翻踩踏。而年轻的都伯一低头，才发现原来脚下早已铺满了尸身，甚至越靠近兵栅围栏的两侧，越是叠摞了更多的恐怖。不过，他心底的惧意尚不及上涌，便已有挥舞着利斧的大汉满嘴污秽地补上了自己在战线上的缺位。这家伙仗着胸口所覆的一层铠甲，竟然毫无顾忌地挥斧砍斫起眼前的木栅来。然而，纵使两侧的秦军刀盾心领神会般地围聚保护，还是有太多太多的矛戟与箭矢从栅栏内蹿出。没用上多久，粗鄙的咒骂便换作了呜咽的哀鸣。

又一名士卒被人潮推涌着从张麋的肩膀挤过，瞬时便补上了大汉战殁后的缺位。而短暂呆立的都伯绝非畏战不前，只是他仿佛揣摩到了一丝破局的战机。两截折断的矛杆似乎是卡在了持斧大汉肋下的铠甲边沿，不仅钩绞着围栏木桩，同样支撑着高大的躯体垂而未倒，暂且靠伏在了兵栅之上。拿定主意的张麋狠下心来，一脚蹬在还在拉拽着大汉尸身的士卒腰背，接着一借力，在大汉的肩头用力一踩，猛劲跃起后，径直一个前空翻，试图飞过这道血腥的屏障。

而身下的咒骂与惊呼还没来得及追上自己，腾在空中的张麋便感受到了尖头木桩顶端的尘屑触碰到了脸颊，而后，他便坠入了满溢着鲜血与荣耀的另一侧。

一层又一层正死命抵御的燕军步卒，还有那些下马步战的轻骑们怎么也没想到，一场杀戮竟能从天上砸下来——张麋不是第一个试图翻爬兵栅的人，但却是第一个纵跃过去的，而又靠着这份出其不意，使得他没被竖起的矛尖戳个对穿。

张麋仰面落地之时，似乎听辨出了身下被砸之人，那筋骨碎裂的声响。

"挡我者死！"

起身后瞬时陷入重围的秦军都伯再顾不得其他了。手中的宝刀抢先卷起了扇面，几息之间，便已不知有多少血肉撕裂在了狂暴的刀锋之下。占了先手的张麋又将盾牌顶在胸前，拼了命地在燕军人群中左冲右撞，他咬着牙，不去理会腿上传来的几下酥麻，以及那些微小的刺伤，心念着，只有贴得足够近，才不会让自己被贼子们戳成滤谷的筛子。

终于，孤胆的疯魔盼到了援救。随着燕军一整段的长矛阵线被张麇搅乱，身后的袍泽也抓住时机拼命砍斫，在木栅之间打开了一个的缺口。而随着刀盾精锐们互相推挤着涌入围栏，内营防御已然破局。

被部属救下，张麇才感受到几处创口的疼痛，眼看着首功在望，他有种想要仰天长啸的冲动。然而，那迎面洒下的胜利荣光却霎时为一座巨大的身影所遮挡。一队燕军甲士正朝向这个最初的缺口杀来，而领头的那个，竟比张麇一辈子见过的任何雄伟魁梧之人都要再壮上一圈。

那一杆大戟横扫开路，自己麾下的袍泽几乎无人能够接住一合。看着一个个被劈碎的身躯飘落倒地，年轻的都伯第一次在战场上感受到了恐惧。不过，自己在刹那间滋生的逃走念头，却被身边部属投来的目光所缠住。张麇的眼前好似浮现出了父亲谆谆叮嘱的面庞，他的双眸一闭一睁，旋即又满怀坚毅地爆裂怒吼，率领起众人冲锋迎敌……

哪怕是隔着一层军帐，也明显能听辨出，外面的喊杀声已是愈发迫近了。

"哼。"

守在帅案之后的慕容恪发出一声沉重的鼻息，他此刻不得不承认，自己还是低估了勇悍无畏的关中子弟。外环营垒过早的失守，不仅可能会影响到他的全盘筹谋，更是再度放大了河北军士甲具上的劣势，乃至造成了眼下帅纛前的危机。

"难不成，孤也要一并躲进山中苟且？"

太原王冷笑一声，更使得气氛已然足够压抑的大帐中霎时漫起了悚意。迎着四面投向自己的目光，慕容恪起身挪步到刀架前，"仓啷"一声，长刀出鞘，帐中众人的呼吸也几近屏止。

"诸位使君，随我出战。"

长长的刀背撩起了厚重的大帐门帘，刺眼的光芒霎时一晃，再行定睛观望之际，慕容恪才发觉，此间的情势甚至比听到的还要急迫。兵栅围栏沿线的防御已被切成数段，自己的亲卫精锐，乃至罴郎那厮，都已混在搏杀的人海中无从辨别。而眼前，更是有趁隙突入的秦卒冲杀至了大帐附近。

"呀——啊！"

混乱之中，一名右手挥舞着战刀的疯魔呼喝着扑了过来。慕容恪在一刹那，先是注意到了其左手上挂着的盾牌已然破碎，心知此獠多半已到了强弩之末。他嘴角一歪，算准距离后，一个弓步俯身，避开贼人下劈的角度，且几乎同时，又双手推着长刀奋力横扫，利用刃长的优势，抢先劈向了身前的秦卒。一声惨叫划过了大帐四周。而慕容恪虽是简单利落地解决了第一个敌人，却也将自己完全暴露在了秦人的视线之中。随后，在目光可及之处，便有更多的秦军兵将试图挤过人潮，杀向正于大帐前屹立的燕军主帅——亦是他们试图抓取的无上荣耀。

双臂甚至已挥舞到酸麻，在解决掉第五个贼人之后，慕容恪借着宝贵的喘息之机环顾四周，只见那些跟随自己从大帐中奔出，身手更是不足的文官书佐们都已陷入泥潭，捉对厮杀。他甚为清楚，此刻的情势已远比廉台一战时更加危急，或许自己终要为屡次弄险而付出代价了。

"嗖！"

本在壮年的慕容恪在战场上的嗅觉确实不如青年时期敏锐了。当折腰，后仰，拧胯，兜身，才将将躲过这一支飞袭而来的箭矢时，脚下却被自己先前劈倒的尸身一绊，在向后栽倒之际，他先是感受到了箭尾的翎羽微微划破了鼻尖，随后便是摔得头眼昏花，手中的长刀都已脱腕滑落。

"杀！"

双肘支地的燕军统帅还未坐起，就模糊地察觉到一个人影正向自己扑来。来不及寻觅长刀了，慕容恪刚好从腰身与地面间的缝隙中摸到了背负的一对短刀的握柄。而待利刃刚刚出鞘，一柄飞刀尚未掷出，那个凶煞的贼子即被第二个呼啸赶至的人影扑倒在地。

"杀——杀！"

猛然回头的慕容恪这才听明白，原来是更多的喊杀声从自己的身后跃了上来。终于得以起身，抽出双刀的他，此刻虽找不见方才飞身救护自己之人，可却能清清楚楚地捉到另一张面庞。这人套着层札甲，举着柄屠户剔骨用的尖刀，从自己的身边冲过。而再望向其身后，便是更多的奴仆杂役们，挥舞着草叉棍棒等各式长短家伙，接踵奔踏而来。

一群未经整训的"民兵"在平时自然顶不得大用，可在最为危急的时刻，竟足以凭血肉之躯，在大帐周边筑起一道新防线。而备受激励的慕容恪也得以换上了更为顺手的一对短刀，重新应对起那些零零散散冲至自己面前、同样也是精疲力竭的秦军兵将。眼瞧着又是一名贼人砍杀了自家的布衣奴仆，气喘吁吁的慕容恪怒火中烧，快步赶了上去，可在他左劈右砍、刚刚占得上风之际，负责洞察危情的余光却瞄到了斜侧方正在苦苦支撑且力有不逮的皇甫真。心急如焚的慕容恪尚脱不开身去营救，于是，在瞬息之间，他再度临机选择了最为弄险的法子——他撤步示弱，诱得秦人的环首刀下劈来攻，自己则按着设想，又起双刀一绞，再奋力向外一弹，而对手的兵刃虽未脱手，却也给了他贴至近身的机会。随后，慕容恪抢上一步，右手刀借着冲劲飞掷而出，自己则迎面撞在了秦人前顶防备的盾牌之上。

一柄短刃刺透了正要击砍文官的悍卒的脖颈，另一柄短刀亦鬼使神差地切入了正与自己的"猎物"抱摔在一起的秦兵的腹胁。满目诧异的垂死之人虽无法以刀刃劈砍到慕容恪，却仍是下意识地用刀柄狠命地砸向燕军统帅的臂膀。而连续的撞击与捶砸引得慕容恪喉间涌上一股腥甜，在挣脱了贼人之后，他再也顾不上战场的瞬息万变，只得单刀拄地，埋头跪伏，一口接上一口，奋力喘息起来。

恰在此时，他注意到了地上正跳跃不止的小小石砾。而这般具有节奏的震动，绝不是大帐前纷乱无序的跑动与踩踏足以带起的。或许，是稍远处，更为磅礴的浪潮，正席卷而来。

张虓依然仰着脖子望向燕军的营寨，而他身后的众多部属与袍泽——尤其机弩营的士卒们——则是彻底失去了对战事的兴趣，不乏早已放松了警惕，甚至不乏直接盘坐或横躺在地上，等待胜利收兵的。

其实，秦军强劲的弓弩只在开战之初曾上前压制过外营塔楼，及寨墙之后的燕人箭矢。待到己方架起云梯，刀盾蚁附攻寨，这些弓弩兵便又撤到了整个战线的末端，自然而然地担负起了督阵的任务。而当他们眼望着身前那些刚撤出辕门休整、正在围堆咒骂的刀盾精锐时，大多数人便打消了拔刀抢功的念头。

可止不住眺望的张虓与他们不同，虽是同样未得上前建功的机会，青年却清楚，自己的兄长此刻必然已率部扎进了战线，正为自己家族的荣耀浴血拼杀。

也是恰在此时，年轻的队帅察觉到了那股沉重的声响。张虓循声望去，那是距离自家部众最近的一个斜坡，而自己早前布置下的几个哨兵，此刻竟是已跑没了踪影。声响越来越清晰，犹如洪涛拍打着河岸，巨石翻滚下山岗，不懂为何，身边诸多的老卒均已呼喊着四散逃去，再扭头回来屏息定睛，率先跃出山坡的，竟是一朵飘动的缨穗，随后，整面战旗如一轮旭日般摇摆升起。

"慕容？"

距离尚远，张虓虽不能看清旗号上的字，可双字姓氏竖在燕军青色战旗之上，也只能是这个令人癫狂的符咒了。

"战马，长戟，铠甲……"又只在几息之后，青年便犹如僵死了一般杵在原地，他在心头默念着逐渐映入眼帘的一切。无边无沿的铁骑正从山坡之上结排杀来，乃至此刻，无论是在自己身边的弓弩部众，还是在平地上休整的刀盾精锐，无人不在奔跑，无人不在嘶号。不过，在张虓的耳中，却只存下了那足以震裂天地的轰隆声浪，他的脸上异常平静，没有了对荣耀的渴望，也没有对死亡的惧色，仿佛正站立着坠入梦乡。

再一瞬，年轻人便如一粒尘埃般，消失在了排排洪涛之中。

"若有数千铁骑迎面结阵冲杀，可是何等的威势？"

刚刚逃过一劫的皇甫真就这样杵在战场中央细细回味了起来。燕国的高官非是愚不可及，只因他听到了那个声音；也不只是他，很多人都听到了那个声音，从而才放缓了眼前这已然失去了意义的杀戮。

"莫要惊慌，攻破大帐，擒杀……"唯有战线上的几个秦军统领，还在不遗余力地试图挽回局势。可当第一匹挂着甲具的战马踏进了外营辕门时，皇甫真就再也听不到这些聒噪了。

正催马入营的慕容垂对顺手砍杀四散奔逃的秦军溃兵没有太多的兴趣，他需要的是尽快确保兄长的安全。三千具装铁骑的统帅是在探报中得知，崤山大营的局势比照预想竟已飞速恶化。也是自那时起，他便当即放弃了研究切割秦军阵线的计划。而事实上，在平地上的两万秦军也根本就松懈到了组织不出任何防御阵线的程度。于是，慕容垂命令三千具装就地换马，而后径直拉成了最为简单的排排横线，朝着自家案板上的鱼肉一路碾压过去。

没有箭矢的杀伤，没有排矛的截拦，骑阵中的慕容垂眼望着前排的战马撞飞了一切行进道路上的阻拦，而中排的利刃接手屠戮着一个个奔逃的溃兵，后排的弓弩则只随意抛射就能有所斩获——显然，这片旷野上的胜负已无悬念。随后，他便带着一彪儿郎拨马转切，扭头杀入了崤山大营。

终于，在尸横遍野的内营中，他觅到了那个正缓缓踱步的身影。慕容垂甩镫下马，迎上前去，可他的心情却不知为何从喜悦变为了忐忑。双眸跟随着慕容恪的目光转动，在一侧，慕容垂认出一名铁骑营的校尉，正抱着一具亲卫衣甲的尸身号啕不止；而在另一侧，罴郎仰卧着的巨大身躯四周还遍布着近十具秦军尸首，一杆大戟散落一旁，戟锋上貌似还绞挂着一柄色泽不错的宝刀。他整个人跟着滞住了。

慕容垂知道罴郎之死意味着什么，也不难想象，这会给兄长带来怎样的打击。然而，慕容恪只是垂首凝视少许，继而缓缓挪到了自己的身前，旋即一把拉过他披风的襟领。

"苻坚何在？"

慕容垂浑身一个激灵，他在刹那间通透了兄长的全盘筹谋。威风的将领狼狈地奔向自己的鞍辔，招呼上几名亲卫，径直冲出了营垒。

身处另一侧山坡之上的张彤，自然是全程目睹了那条条黑线，是如何似洪涛吞噬尘埃一般，荡平了自家的战阵。身为父亲，他此刻不敢多想。如果两个儿郎足够聪明，他们早该逃走躲入山林；如果他们足够幸运，或许会被燕军俘获，从而保住性命。而眼下，亲卫统领要力行誓言，保卫自己的天王了。

似乎有更近更急的轰隆声响，张彤凝目蹙眉，果然是二三百名燕军铁骑正朝向山坡奔驰撕咬。他心知天王的百骑卫队恐怕无法以少击多，歼灭这些挥舞着连枷斧锤的恶狼。而事实上，确是如此，张彤瞧着自己留在山脚下的五十骑，才刚打了一个照面，便被飞掷袭来的各式刀斧杀伤了近半。他顿时明白了，今时这山坡上，除了一骑能逃出生天外，其他人便都要以血肉之躯来拖延追兵的铁蹄。

"天王记得要穿山绕林而走，陕城不必去了，径直奔往潼关。"张彤将神情恍惚的苻坚扶上了马，又用刀柄在马臀上重重一砸——或许只有这般，才算得上亲卫的荣耀时刻吧。

目送着苻坚单骑远去，他提刀上马，不觉细细打量起了这柄跟随自己浪迹了千里之遥的宝刀——护手握柄上深刻的"翰"字纹路依旧清晰。张彤也不免开始怀念起渝水河畔，那场雨后带来的清爽了。

待到山脚下的嘶喊殆尽，他举起手中刀，带领余下的五十骑，在一片沉寂中，冲下了山坡……

寻　常

夕阳西沉，一束束泛着橙黄的柔光打在墙垛之上，仿佛寓意着洛阳城——这座晋廷故都——也终究无可避免地同那个短暂的统一王朝的命运一般，要即刻随着一轮坠落的日头一起，再也无可挽回了。

将领就这样双手扶着垛口呆立在城墙上，在近半个时辰里，几乎未动一步。在他的身侧，相隔了足有二十步，才有一名士卒守备瞭望。倒不是身为主将的他这般疏于防备，而是整个洛阳四城，仅有捉襟见肘不足千人的守军。而十倍于己的燕军，又是长时间围而不攻，将领也就宁可大幅轮换戍守，以来维持那随时面临崩溃的精力与士气。

"呼，呼。"

身后隐隐传来颇为沉重的喘息声。将领根本用不着回头，便足以辨识出常伴自己左右的老仆体力已有所不支。想来还是考虑不周，整日下来，就算是身强体壮的自己，也已然困倦不堪。他刚欲转身下城，那目光可及的燕军营寨中，十分应景地飘起了稀疏的炊烟，而将领的心底，不禁又泛起了几日来的梦魇与苦涩。他终于逐渐想明白了燕人的用意，亦想起了早已领兵南遁的冠军将军。倒不是说忽又惜起命来，自己舍生取义之志依旧未变，怕的却是，这份执拗亦会拖着晋廷北上的援军一并陷入绝境。

然而，此刻洛阳城外的战事已入云雾，没有消息进得来，也没有人突得出去。将领再无缘得知，今朝的朝廷与明日的史书到底是会褒赞自己的豪情壮举，还是会扭头嗤笑这不识时务的愚蠢私念呢。

几乎不偏不倚，就在城上的将领满面愁容地转身归去之际，城下燕军营寨的主将也正端着一碗面糊，伫立在自己的大帐门前，眺望着那一片墙垛。此刻，在傅末波的心头，绝不似沈劲般摇曳惆怅，他更多的是在感慨造化弄人。自己一介"贼帅"，当初倒是也在司隶周边混过，但却是如何都不敢梦到，竟能有一日领军兵围旧时的帝都！或者同样可以感叹，造化喜人吧。

"傅将军！让开！傅将军！"

几声呼唤由远及近慌促袭来，傅末波估摸着，敢在自己营中这般蛮横无理的，必然是从太原王那里赶来的心腹。于是，将领抓紧动箸，将碗中剩下的面片扒进嘴中，可还没等他回到帐中收拾一番，那飞奔的身影便已径直冲到了自己面前。而面对这般鲁莽失礼的举动，傅末波脸上可是察觉不着一丝的不悦，他立马将手中的碗筷丢掷一旁，无比亲热地扶起了刚刚下跪施拜的小校。

"禀将军，大都督有令，即日，起兵拔城。入洛阳后，当整备官署军营，严禁纵兵扰民。"

傅末波又读了一遍军令，而后竟直接一把拉住了小校的手臂，面色更几近谄媚地套起了近乎："兄弟一路过来甚是辛苦，若再无他事，不妨先在俺帐中用些吃食。"

或许，心急传令的小校终于忆起了自己此前的那些越矩之举，由此，他不仅是连声推辞，甚至耳根子也红滚了起来。然而，将领看似和善，手上与脚下的劲头可没少用，还是把小校硬生生地拉进了自己的帐门。

"呃，咳。"傅末波清了下嗓子，便有心腹奴仆跟进来拾掇起了些肉汤与干粮，"兄弟过来之时，可还听得殿下做了何种安排？"

而本就颠沛饥困的小校已是完全着了道，一边喝着鲜美的肉汤，一边毫无保留地絮叨开来："俺们五六骑一并出发，小的到上将军这里路途较近，剩下的兄弟们三两做伴，使的尽是快马。记得……一路去的彭城，寻范阳王殿下，一路去颍水，寻鲜于老将军。带的话应都差不多，小的虽背不下来，但还有印象……大概意思是让两军不得冒进，琢磨着是快要收兵的样子了。"

傅末波听罢不住点头，一面继续与小校聊些家长里短，另一面则在心底估算着形势。慕容恪下令即日攻城，却未派来身份更为尊贵的慕容德，或是德高望重的鲜于亮前来接管洛阳战事。这大概说明太原王近来还是信任自己的，且也极有可能，是打算等西边战事腾出手了，再派侍中皇甫真接手城池，甚至是亲自进驻这座晋廷的故都。想到这里，他的眼前瞬时一亮，原来这份军令中，最为关键的在于末尾那一句——面对千余守军，如何攻城并不重要，重要的是控制部属，绝不能让这帮狗崽子们杀红了眼，干起劫掠涂炭的蠢事。而对于全盘的战事，太原王似乎也没想着扩大战果，攻伐淮水，更是说明人家在意的，乃是一份燕廷的体面。

"哦，上将军，小的差点儿忘了。"小校一口饼子一口汤，含含混混又念叨起来，"殿下发了军令后，好似还嘀咕过一个人名，有个故人，好似姓'沈'来着……"

傅末波顿时眯起了眼睛。他更是清楚了明日这仗，该是怎么个打法了。

"呼哧，呼哧。"

有些眩晕的苻坚清楚，自己正在大口喘着粗气，可这正在耳边萦绕的声响，又更像是身侧战马所打的阵阵响鼻，而他的身体，确实已近极限。自知陕城上下几无可战之兵，已然是必失之城，故而，苻坚在山林中穿行了两日，意欲躲开燕军的追兵与斥候，才好直奔潼关。可如今，除了西行的方向无误之外，吃喝断绝的迷途之人终是开始怀疑，自己还能否活着绕出这片林地了。

冒着虚汗的大秦天王背靠在树根下，朦胧之中，他竟又回到了崤山脚下的战场之上。在眼前打晃的那些身影，仿佛正是踌躇满志的自己、忐忑不安的自己、豪情万丈的自己，以及目瞪口呆的自己……苻坚在一片幻境之中，转瞬间便重温了种种心境的变幻，几个身影并排站在山坡上的王帐前，俯视着一张张熟悉的面孔渐次消散。那么多追随符氏出生入死的骁勇宿将，连带着数万的关中儿郎，便在自己的眼下全军覆没，灰飞烟灭……

他试图挣扎逃离，但身子却好似被人架在了空中。倏尔，又有悠闲的踢踏声传入耳中，可在幻境里，又立即化作了轰隆震响。又是那一道道的黑线与蹄浪，他想不通，这足有数千的铁骑是从何而来，自己广布百里的斥候与细心挑选的战机怎就出现了如此致命的纰漏。不过，这些暂时不重要了，随着那片黑色的洪峰越靠越近，飞溅的波涛甚至打在了自己的脸上，符坚再度决意逃走，可忽一转身，竟是面无表情，且又狼狈浴血的张氏父子三人正盯着自己。

幻境中的大秦天王没有想到，竟是这三张面孔，在自己的心头扎下了最后一刀，而愈发真实的绞痛，也逼得他睁开了双眼。

在模糊的视线中，符坚先是辨清了一截屋梁，他亦晓得自己暂时摆脱了梦魇。大秦天王缓缓坐起了身，看这卧房中的陈列与摆设，大概像是个寻常人家的住所，而些许飘进来的啼鸣与吠响，则让他确认了此处并非潼关的府衙，亦不可能是洛阳的囚牢。待到终于恢复了清醒，符坚摸了摸身上的衣甲，瞄到了自己随身的佩剑，也正平放在床榻之侧。于是，稍微放宽了心的亡命之人这才站起挪步，用刀鞘顶开半敞的屋门，跨步融进了明媚的光亮之中。

这该是处仙境。

映入符坚眼帘的只是一方寻常院落，可对于刚从战场上只身逃回之人来说，却是万般可贵的宁静祥和，同时，也使得他对于主家的身份更为不可遏制地好奇起来。

"翁翁，这人醒了。"

第一个发现自己的，是在院子当中与黄狗玩耍的男童。符坚便从那里开始环顾起整个院子，二进院门前伫立的年轻妇人手中好似还抱着个襁褓，当其与自己的目光相撞时，便也略微尴尬地退回了里院之中。对侧的马厩内，似有两个忙碌的人影正侍候着大概三匹牲畜，一人饲喂，一人汲水刷身。符坚也在其中找到了自己那匹贡自西域的名贵战马。再转睛之时，他又发觉院中所有人的目光，全都拐向了里院的大门处。

一身素衣的皓首老者，正仙气飘然地站在那里，朝向自己招了招手。大秦天王既然想要解开心中的谜团，也就没什么可犹豫不决的，便径直跟随老者，跨进了二进西厢的书房之中。

"若未猜错，该是老大人在山林中，救了在下一命。"似有感应一般，老者先行为口干舌燥的来客递上了大碗清水。苻坚一通豪饮，心想着过后要想法子答谢恩情。

"小老儿一家秉承祖训，百年间都无人为官，不敢在将军面前称尊。"老者虽如是说，可那谈吐气度却相当不凡，以致苻坚甚至怀疑，莫非此处当真是林中的神仙居不成。"发现将军时，将军面显青紫，且有乱语之象，想来该是采食了林下野菇，才有的中毒癔症。此算不得恶疾，以将军之体魄，多用些清水，稍作休憩，便可缓解无碍了。"

苻坚努力回想了一下，自己确是没少刨摘树果野菇，所谓的幻境，定然是中毒所致的癔象："还不知恩公尊姓大名，在下此生定当铭记于心。"

"将军言重了，老儿一家姓钟，百年前或许还算得上高门，然至我这一辈，却再无甚念想了。"老者语焉依旧不详，但态度上却也并未太多设防，"至于这套小院所住之人，将军方才也都见过了，一对儿儿媳，还有孙儿幼囡两个娃子。外院忙碌的乃是仆户一家三口。再过详尽之事，将军也不必劳心挂怀，正如在下亦不会打听将军身份。"

大秦天王在一轮试探后，算是确认了自己身处此地，并无近忧。而对于老者的提议，他虽点头称是，但仍免不了日后报答的心思。"还要叨扰老先生，此间究竟是何处，为何在山林中有此仙居？"

"将军说笑了，山脚之下便是镇子，在下一家还要靠着市集上的铺面才可过活的。"老者在听闻了"仙居"之称后，更是莞尔，"至于此方地界，向西可至潼关，向南沿着山麓，也可入武关道。然近些时日，不乏各家的快马斥候往来不倦，将军若想避之，怕是还要入林而走。只是这番，宜由在下备些干粮，可别再去招惹那些林下毒物喽。"

"实在惭愧。"符坚起身施礼，却一时间还是没压下心头的层层疑惑，"听先生口音，似有些关中韵味，却不知为何远迁至此，可是故里有了乱法之事？"

"关中这些年也当得大治，在下并非是过不下去才远走外迁的。然秦主乃是心怀天下之人，兵戈总要再起，日子嘛，亦未必能有这山中来得安稳。"老者此时也不气恼，反而眼盯着来客，目光中似含深意，"在下一家早年居于三原，当初，正是由于一场战乱才决意东迁。犹记得那时，羌氐杀来杀去，将军，宗王，哦，还有个皇帝。可如今，仅存下个大秦天王了。"

"如此说来，先生早已在此间筑院凿井，倒是天下诸多自诩英豪之人尽显愚笨了。"如果说之前符坚还是在谦逊客套，那老者的这番话，则确实噎得他深觉惭愧了。于是，他由衷感叹，起身冲着老者深施一礼，带着身上的甲片一阵呲咔作响。

"还有一事，在下要与将军讲，便是这套精贵的甲胄。"老者捋了捋胡须，那副语重心长的模样也使得符坚重又老实坐了下来，"以将军这套打扮，再骑着厩中的那匹宝马，终究是太过招摇，亦会被往来的探骑盯上。若将军信得过在下，不妨换上布衣劣马，扮作投亲靠友的书生模样，待得安稳后，再返归寒舍，取回这些物什，何如？"

符坚闻言沉思少许，随后坚定地点了点头："便依先生之言。"

"哈哈，哈哈。"老者笑了笑，可那愈发沉抑的音调中，可非是简单的喜悦与赞许，"还在三原时，也有那英雄将军在我舍下避难，可惜不听我言，可惜了……"

待到天色渐晚，山脚的行人纷纷归家，换了套行头与坐骑的符坚这才动身启程，继续西奔潼关。一时落魄的旅人在前，温顺的驽马在后，在踏出这座小院的时候，恰碰到一与自己穿着相仿的青年男子，正牵着同样的一匹驽马入院而来。

"此人该是钟家郎君。"二人打量起彼此，更似有默契地相互额首致意。符坚心想老先生年岁已大，一股脑地求避世，报平安，可眼前的郎君却风华鼎盛，气度亦是不俗，或许尚有出仕之心……然而，就在他刚刚动了开口攀谈的心思，对面的青年便颇为灵犀地一甩手中的缰绳，指了指院内，旋即又摇了摇头。

大秦天王自认无趣，再度点头告别后，便就即刻启行。可刚走不远，身后又追上来一首爽朗的歌谣：

"豪杰多薄命，生死也寻常。朝时堂上客，夕至阶下囚。轻烟袅袅望，老骥缓缓催。秦汉魏人去，半家晋归谁。"

"上将军，上将军！大……大事……"

奔驰而来的小校一眼杵在傅末波憋得通红的圆脸上，顿时便胆怯语塞了起来。自家的将军在进了洛阳城后，可谓暴躁异常，乃至两名向来被视为心腹的军司马，只因纵兵劫掠了寻常商户，便被其立斩于街上。谁又知道下一个倒霉的会不会是自己。

"何事，快说！"

"禀将军，城北兵营走水了，似是贼人的败兵顺手所为。"

"啊呀！"此刻的傅末波直气得牙疼。洛阳的北营以往是禁卫人马的居所，若日后太原王入驻，也是要留给具装精锐的营盘。要知道，一个铁骑校尉自己都未必惹得起，而今一朝失火，被人嘲笑贬低倒是小事，真要由此怠慢开罪了他人，则更是吃不消的祸端。"还管是谁所为作甚，但凡闲着的，皆去汲水灭火，给咱保住房屋厩舍！"

瞬时间，傅末波也曾想过亲自去往北营指挥，可转念之下，他还是认定处理好眼下之事，才是更为稳妥的自救之法。想来就倒霉，自己以十倍之众围攻千人驻守的洛阳城，竟也会遭遇这般激烈的抵抗，在城墙下丢了几百具尸首不说，待到攻入城内，偏偏又有聚众落草时的老部属打出了火气，无视自己的严令，劫掠了几户商贾。而傅末波除了杀人立威，别无他法。仗已是打成了这般熊样，若是再将旧时帝都搞得生灵涂炭，恐怕日后被立斩于街上的，就该是自己了。

待到暂且控制了局面，狡黠的“贼帅”便要转动脑筋，为自己揽些功绩——哪怕求个功过相抵。当他得知晋军的城防主将沈劲已退入了眼前这座冠军将军府内，立马便打起了以降服这位太原王殿下昔日故交来献功的巧妙主意。

“世坚将军，某家傅末波。烦请将军勿要放箭攻杀，暂且听某一言。”眼瞧着整座府衙被自己围得水泄不通，傅末波既是满怀期待，又是忧心忡忡：沈劲若在府中困斗，虽是万难逃出生天，可刀剑着实无眼，一旦攻杀进去，谁都无法保证自己这份“功绩”是生是死。于是，生怕迟则生变，傅末波便拉着一对儿心腹在身前顶上立盾，一边步步蹭向将军府的大门，一边喊话劝降：“傅某无能，仅仗着重兵入得城池。然将军神武，更是太原王旧时之友，洛阳一战累月，将军早已尽忠于司马家，此刻万不可再行愚钝蠢事。何况殿下亦有吩咐，正盼着与世坚将军重逢。不知将军可识得在下这份仰慕之情，且先放下兵戈，再做打算？”

傅末波唧唧呱呱喊完一通，是既没有得到回应，也没从门缝墙头迎来箭矢的招呼，一时间除了僵在原地，自己也不知道该如何行事。直到他心生失望，感念起凡事还真就取不得巧的时候，一阵洪声才从府衙中飘了出来：“傅将军美意，沈某心领了，且容某思虑一番，只求将军万不可迁怒城中百姓。”

“便依世坚之言，在下于此恭候着了！”

“还有一事，不知皇甫楚季当下如何？”

心里刚落下底的傅末波忽被这一句问得一愣，反应少许后，才捋清那沈劲所问的乃是何人：“皇甫大人如今贵为朝廷侍中，此时应在殿下身边。世坚将军若想见其人，只待殿下入城后，便可如愿。”

“甚善，甚善。”

两个词听来可谓一句欣慰，一句黯然，随后，府衙之内便又没了动静。傅末波在原地可是等了许久，直从忐忑期待，等到了心焦气躁。

“这会儿打个甚的邪性主意，该不会是在准备放火焚衙吧。”

还在他忧心忡忡之际，也不知是身前哪个小校嘟囔了这么一句，噎得傅末波抓心挠肝，呛咳连连。恰在此时，身前的冠军将军府大门吱呀敞开，两排奴仆杂兵鱼贯而出，傅末波心头一急，直接推开两面立盾，盯着眼前划过的张张面孔辨识起来。在基本确认一众人中断然没有领兵将军一类的人物后，他拉住了拖在最后那个魂不守舍的老卒："你家将军何在？"

　　那老卒一步没立稳，险些撞在门框之上。随后，他面色又是瞬间转为惨白："将军……自尽了……"

　　一只禽鸟倏尔在潼关的城头掠过，那瞬闪而过的飞影所带来的压迫感，恰似晨间燕军飞骑在大道尽头徘徊的踪迹。而当下已是近了黄昏时辰，又竟是寂静得仅剩丝丝细风，还在来回呜咽。

　　在这座险峻的要道坚城之上，两名步卒相隔着十余步的距离，各自正扶着一根略显斑锈的长矛，混杂在一片秦军的旌旗之中。相比于燕人斥候在昨日傍晚所带来的一片惊恐与混乱，此刻，他们这轮早勤真算得上是既省心，又省力的闲逸差事。由此，两人甚至还能有一搭没一搭地聊着家常。

　　更显壮实的男子拈着手中的矛杆扭来扭去，对身上箍裹的这一层札甲颇为不适。他本是西边村上的铁匠，平日上工围着炉火时，多是赤膊上身，或只挂着一件短襟薄衫而已，且自打前日被过路的军爷征了丁役，便一直对这套不甚合身的轻甲念念有词。而在铁匠旁侧，一并被征来的同村木匠，显然更为熟悉那皮革的质感，在来回搭腔之余，还有更多的精力去照看城下的状况。

　　"咱上城之前，听那几个被征来的驿卒讲，当初往东去的大军可足有数万人呢，可这几天结伴逃回来的，也就七八百人的样子。"

　　"唉，兄弟这话可不敢乱嚼的。"相比于一直焦躁不已的铁匠，年纪与阅历稍长的木匠自然有着更深的思量，"当初天王从那劳什子陕城出的兵，就算打了败仗，也会带着人退守关外的城池。至于跑入关的那些家伙，搞不好都是些临阵溃逃的孬货。没看刚一进城，就都让人收押进了校场，嘿，好不了喽。"

"嘶——"随着木匠在脖颈上作势一划，铁匠不禁打了一个寒战。他虽是开着个小炉、拾掇铁器过活的，但除了些农具外，自己统共也没见过几把能杀人放血的利刃："就算如此，又征发咱们这些匠人上城作甚？难道说校场里的人放着不用，还真逼咱们用这些闲锈了的家伙式拼命不成？"

"咦……"木匠皱了皱眉，三步并作两步，迅速挪近到了铁匠的耳边，"这话俺也就是与兄弟讲，下了城，可不敢与他人乱说的。"

铁匠似懂非懂般点了点头，还煞有介事地拧着身子扫视一圈。可在这城上，除了旌旗片片，人与人的间距确实是足够宽阔了。

"兄弟可知道，咱就这点儿人轮值守着城墙，又为何要插上如此多的大旗？"木匠小声嘀咕着，还顺手拽了拽身侧的一面旗角，"那都是给前两日过境的燕人探子看的。要能唬住还好，不过，咱估摸着，要真有贼人来攻城，要么得靠校场里的那些人，把咱们这般征来的丁口换下去，要么府衙里的那几位，就得先开了西门，弃城逃走喽。"

"这么说，用不上咱们在这拼命？"

"靠咱拼命也是守不住。"木匠的声音越压越低，"以后再上城，多找那些个甬道口近前的位置，到时老爷们是打是逃，咱都能有个方便下城保命的通路。"

铁匠闻言，已不禁开始四顾，寻觅起了各处甬道，且在心底，更是将原本只有同村情谊的木匠，彻底引为莫逆之交。而木匠则是一副得意神情，甚是豁达地在城上望起了远景。

"兄弟帮俺看看，那里可是个人影不？"

木匠的话音刚落，二人的目光便纷纷探出垛口。而铁匠第一时间眯眼寻觅的，自然是出过险情的大道上。

"也没见人啊，可是又有快马横穿晃过去了？"

"是林子这边，只有一人……一马……"

他们没有看错，确实是有人刚刚摸出了林边，正缓缓骑向潼关东门。不过，这人并非是什么飞骑斥候，他胯下一匹驽马，看打扮更像个落魄逃难的书生。

"来者何人？"显然，发现这奇特景象的不止两个匠人。不远处的垛口后，已有正经军士的呼喝声飞下了城墙。

　　而骑行之人却没有搭话，他扫视辨识了一圈城头林立的旌旗，先是长舒了一口气，而后竟又仰面朝天，不住狂笑了起来。

弈　者

纵使人间每日里上演的悲欢离合各不相同，可那唯一的日头与月轮却只会顾着升降交替，于是，又一个昼夜往复，潼关城头的两名士卒却依旧在为昨日的奇遇恍惚不已。哪怕是年纪稍长的木匠，此刻也正一眼望着垛口，一眼拧回身后的甬道，忐忑心境下，早已尽失了那一度的算计与得意。

谁能想到，昨日此刻那个骑着瘦马钻出密林、并在这城关之下发癫疯笑的落魄男子，竟是大秦国的天王本尊。以致所有在城头的军士与管事，可是整日里都在感慨，亏得当时没有哪个慌了神的家伙一箭射了下去；而剩下的杂兵们，也同在庆幸自己没有做出放肆哄笑，或是口出狂言等悖逆不敬的行径。

"兄弟，兄弟，看那里。"

又是听的木匠的呼唤，倏尔打了个激灵的铁匠有了种昨日重现的错觉，他抻着脖子沿着林地的边缘瞭望了一圈，却是什么都没发现。铁匠干哑了几下嘴唇，犹犹豫豫间又不敢吱声，直到自己的腰间又被疾步赶至身旁的木匠推了一把，才将目光换了个垛口，投到了关前的大道之上。

迎面爬升的日光晃得城上的人们只得眯起眼睛，才能望向大道尽头的地平线。依稀间，仿佛是单人独骑的孤影踏出了温煦的晨曦，朝向这座关中的门户坚城缓缓而来。就凭那笼罩在身的团团光晕，且不说一生都不得远行、未曾见识过大千世界的两个匠人，恐怕连这城上经验最为丰富的军士也开始怀疑起来，这该不是哪个神仙刚刚下界了吧。

"怪了，这又是哪家的王公大臣逃回来的吧。"

铁匠嘀嘀咕咕的同时，自然而然地扭头看向了身旁的木匠，可霎时撞入眸中的那副悚骇的表情，则直接把他剩下的话全都噎了回去。他再顺着城上众人同向的目光望下城去，就在那大道上的单骑身后不远，铺天盖地的铁骑终于也缓缓驶出了那片曦光所筑成的幕障，向着自己脚下的城关汹涌推来。

慕容恪只是任由自己的战马缓步徐行，而跟在他身后的磅礴铁骑亦是十分默契地与自家的主帅保持了相近的速率，由此，竟摆弄出了一股意料之外的威压态势。这位真正意义上的权倾天下之人，自打晨曦初生，便已是神游天际之外。一路上，他已为天下人的命途推演出了足够多的岔路。直至已能望见潼关城头，慕容恪才勒紧了手中缰绳，而那些林立遍布的旌旗，则正如飞芒流矢般戳向双眼。他瞳中的光亮终是跟着渐渐暗沉了下来，原本因神游而平静如常的面色，也不断散发出了难以掩饰的落寞神情。

他不甘心。

城下领头的那名单骑忽然策马奔向了城门，这般莫名之举一时间竟惊得守军都不知该如何应对。几乎是闯进了一箭的距离，单骑才勒马回旋，而城头的秦军终于也有了反应，一支翎羽似在警告般地飞抛坠下，钉在了距离战马仍有三丈远的地面之上。

"何人闯关，速速止步。"

这大概是一个极其愚蠢的问题。眼望着远处压城而来铁骑，就连不住胆战的杂兵与匠人们都清楚，这是燕国大军追至关口了。然而，当下也无人还有心情，开口指摘嗤笑那个挽弓喊话的军士。

同样没有心情开口的还有正在城下瞭望的慕容恪，他虽没能奔驰到足够近的距离，却已然可以捕捉到垛口之后窜动的人影，以及这句缥缈模糊的呼喝。

"呼——"

慕容恪一声长叹。终究是天意不假时运，再一眼盯住了城上最大的一面纛旗后，他将依稀望到的那个绣字牢牢刻在心间，随后，拨转战马，重又迎着晨曦而去。就这样，模糊的大军亦是仿佛一场蜃景般，跟着消失在了天际间的光幕中。

"将军，天王他——"

吕光摆手止住了正要转身通报的小校，自己则提跟悄步，挪到了这间卧房门外。手中的信笺一会儿捧握着，一会儿又揣入袖怀，毕竟他也未想好是否要赶在晨间惊扰天王——苻坚自打昨日单骑奔回潼关后，除了简单的吃喝沐浴，便是大睡了五个多时辰。然而，就在他刚刚贴近门窗之际，却意外地听到了屋内有话语飘出。

"景略是从何处得的两千步卒？"

在屋外，听得苻坚的声音虽仍显困倦，但语气上，并无沮丧焦躁等异样。由此，吕光提悬一日的忧心也就放了下来。

"臣自接到世明的信件，便将奢延战事尽数托付给了建节将军，自领五百骑南归。"与大秦天王对坐而谈的，自然就是从自己手上接管了关隘防务的王猛。吕光起了个大早，却没料到王景略竟在更早之时，便已入门求见天王了。

"这个家伙。"苻坚的声音还显出些戏谑的意味，"把他赶到了潼关驻守，竟还是如此执拗。不过，也亏得世明传信与你，才没误了大事。"

"此外，臣自觉事态紧急，便于途中擅自做主，不仅是传命世明尽启潼关府库，还在过长安后，沿途征发了千名乡勇丁役，此二者，皆有谋反之嫌，还请天王宽宥。"

王猛这一通言辞称得上恳切，而本来手握信笺，已然忐忑不安的吕光一下子更慌了。他想着自己作为这两件事的头号"帮凶"，或许也该立即报门请罪。

"景略怎能如此想？卿与世明若也受猜忌，那我苻坚岂不成了孤寡昏君？"天王的快言疾语立马表明了自己的态度，"不过说来，潼关城内兵甲不足两千，其中能战之人尚不足半？"

"天王大可安心，这潼关自古以来便有一人守隘、千人弗敢过之险势。以千人精锐，足以抵挡燕人数万骑兵。眼下，臣所带来的五百骑已接管关内校场，负责收拢整顿入关的败兵；世明手中原本的二百刀盾，则领着千名乡勇轮值城上，与从府库中拣出的兵器旌旗一起壮壮声威，直至校场调出可战之兵来，再行接管城防。"

"由此说来，慕容玄恭麾下步卒确实也在崤山大营损失殆尽了。他哪怕想要驱赶骑兵下马攻城，也得先调集匠兵器械，打造云梯与吕公车，还要囤积困城的粮草。"吕光前日也是被这般胸有成竹的论述分析所说服的，而显然，王猛此刻同样也说服了符坚。在屋内短暂的沉默后，大秦天王又是一声慨叹传出。"没承想，精心策划的猎杀之战，最后竟落得个全军覆没。而今，还要靠着讨巧弄险，才能守得住潼关。真不知，燕人究竟是从哪里调来的具装铁骑，此当为孤一生之恨。"

"天王瞅准燕晋洛阳之争，进军陕城以待渔人之利，此乃明智之举。"吕光此时几乎已将耳朵贴在了门板之上，他的确也很好奇王猛对于崤山这一场匪夷所思的逆转，又有着何种推断，"然纵使谨慎异常，却依旧未得探明此支骑军，那便只有一种解释，慕容恪从始至终，都在以己身为饵，诱敌来攻。而那支具装铁骑，更是早早谋划好了进军路线，无论崤山大营是否攻破，他们都会赶到掩杀。"

"这……"不仅是屋内的符坚，就连一直偷听的吕光也倍觉不可思议，"景略须知，当时我大秦勇士已然攻破了燕寨内营，几欲先行擒杀慕容玄恭，其人哪怕用计置饵，又怎会搭上自己身家性命的？何况燕人又从何得知，孤会发兵攻打他那山脚营盘。"

"慕容恪善用险计，当年在廉台一役，便是只身为饵，才擒杀了冉闵。于猛看来，很可能他是洞察了天王巧取北方的心思，由此重施故技。至于再过详尽的盘算及个中变故，怕是只有燕军中寥寥数人方才知晓的了。以臣之愚智，亦只能猜测若斯。"随后，屋内中又传来王猛的一声慨叹，"其实天王还当庆幸慕容恪并未身死于崤山脚下，否则燕人的大军应该早已冲至关下了。到时，以为太原王复仇之激愤，数万死士无人节制，若是一鼓作气冲破了潼关，关中各地都难免会水火涂炭。"

"嘶——"哪怕王猛的论断乍听起来透着离奇，但仍是环环相扣。因此，藏在门外的吕光也不觉间倒吸了一口冷气。

"是世明吧，快进来。"终于察觉到了响动的苻坚，开口将人唤进屋内。

"世明来得正好，猛有一事既要向天王禀请，更要与世明商榷。"而王猛同样也对自己的这位同僚好友亲切异常，"天王既已安然归来，正可封堵关隘东门以备来敌了。此间，有猛一人足以死守，天王还宜归往长安安抚人心。到时，更须妥帖之人接手蒲坂渡口，严防燕骑绕渡大河，从并州犯境……"

吕光眼瞅着王猛不住瞟过来的眼神，心知在这对儿如鱼得水般的君臣眼中，自己已然成了他口中的那个妥帖之人。不过，王猛的筹谋终于也难得无关紧要了一次，只凭自己手上的这份信笺。"禀天王，光前来叨扰实有急事。辰时，燕人大军曾现身东关大道，慕容恪更遣人相邀天王，明日午间当面一叙，且送来书信一笺。"

这回，轮到吕光盯着天王与王猛两张惊愕的面孔心中暗爽了。

"慕容玄恭既然认定我身在关中，可见陕城已失。"大秦天王草读了信笺，抬眼瞄了瞄两位臣属——毕竟，从崤山西奔，大概也只有这两处是可供自己栖身的避难之地。"此外，他还要一并会见潼关城上的主将。"

"那便是景略了。城上最高的帅旗，乃是绣的'王'字。"面对天王一度投来的目光，吕光在心底的确也泛起了酸意，但他还是选择坦诚直言，"然天王当真要涉险，与之一会？"

"当去！"才刚沉默思索少许的王猛此刻突然接过话茬儿，"猛斗胆猜测，燕人在崤山一战伤亡不小。慕容恪相邀此会，多半是打算盟誓议和。同样，此番也可看作试探，天王若是回避，会被其视为软弱，若是傲拒，亦会被视为刻意逞强。唯有明日淡然赴会，才能使慕容恪彻底打消发兵拔关的念头。"

"如此可算……城下之盟？"一旁苻坚点头称是，可其暗自嘟囔起的这一句，却是透出无尽的黯然。

这刻的可是张棋盘？

虽然这场突如其来的邀约是慕容恪发出的，但苻坚念在潼关附近怎的也是秦国的地盘，便赶早带着被人点名约见的王猛提前到达了关东十里亭。几名护卫将果浆点心与案几器具搬入亭中后，就被支使到了外面。当下的大秦天王已然完全接纳了身边之人的论断——此番会面意在言和，且关键在于气度上不可偏移。苻坚暗自调理着情绪与气息，却发觉原本摆放于亭中的石案上，似乎横竖划刻着诸多网线，哪怕大片的痕迹已然模糊，但他还是能猜到，这大概刻的是一张棋盘。

"天王，人来了。"

王猛的一句话，瞬时让苻坚的神经重又紧绷起来，他望向奔驰而来的骑队，领头的两骑均是一身华贵戎装，自己心心念念，甚至在交手后，竟更为崇敬的慕容恪必在其中。行至亭前，二人下马后，也是将大队护卫留在了原地，一前一后步行趋入。走在前面的人年纪大概与王猛相近，却是多了些许沧桑劲头与压迫之感——这定然就是慕容玄恭了。而跟在其侧后的将领年少一些，形象上更为高大威猛，作为能够参与此番会面的，想必亦是举足轻重的人物。

"在下慕容恪，见过天王。"

果然，这就是掌权大燕、战无不胜的太原王。于是，在开口的刹那间，苻坚也不知为何，浑然抖掉了心头的忐忑，拾起了作为大秦天王应有的那份威仪与霸气："孤与殿下神交日久，直至生死相拼后，才终于得见。来，且容我引见，王猛王景略，即是潼关主将，专应殿下相邀前来。但不知，这位将军尊姓大名？"

"此乃恪之胞弟，慕容垂。"

"垂忝为铁骑主将，带着麾下儿郎翻遍了崤山，也未能擒到天王，甚是遗憾。"

符坚闻言不禁大笑两声。或许相比于权倾天下，且令多数人只得仰望的慕容恪，眼前这个秉性直爽的大燕吴王才更对自己的脾气。不过，正当他挥手引人入座之际，身侧的衣角先被王猛拉了一下。

"猛见过二位殿下，然还望太原王先行讲清，为何非要唤猛前来，否则实在无法安心相陪。"符坚想了少许，才悟到这是王猛，在先行试探慕容恪在此番议和上的姿态。

"听闻景略一直在奢延平叛，为何又会领兵至此？"而慕容恪莞尔一笑，态度上甚为平和，随后便毫不客气地率先面西坐定了。

再当诸人纷纷跟着落座后，王猛先看了眼符坚，才缓缓开口："铁弗部刘卫辰不过小贼耳，怎可与殿下相提并论。猛一听闻洛阳有军旅西进，便舍了奢延的摊子，引军疾奔潼关，终是不负天王所托，正好先殿下一步赶到，得以整顿关防，以待嘉宾。"

符坚眼见王猛的从容，脸上稍稍泛起羞红。然而，当下正是与慕容恪尔虞我诈的关键时刻，他只得尽量不去回想，努力定住双眸，盯着眼前的慕容兄弟，并重新摆起一副冷淡似霜的脸色。

"不承想，竟有关中贤士能一眼看穿孤的用意。"

"兄长怕是误会了，这位王使君应不是关中人士，咱倒是听得出些许青冀口音。"

符坚冷眼旁观起慕容兄弟间的唱和，听得出那里面不仅有赞赏之意，也有着试探拉拢之心——好在自己所倚重的心腹同样伶得清楚，语气上依旧平静无差。

"吴王好眼力。猛确是北海剧城出身，少时亦曾寄居于魏郡，而后游学华山，才得以结识明主。"

王猛之言已然隐隐带刺了。不过，这并不妨碍眼前的慕容恪继续试图拉拢。

"如今河北中原皆在我大燕掌控之下，民生兴隆，黎庶安居，不知先生可愿回故里探看一番？"

"殿下之治，苍生之幸也。"慕容恪与王猛二人交锋得有来有回，却是一个在刻意无视亭中的苻坚，另一个也绝口不提邺城的小皇帝，"然燕国之盛，靠的乃是兵勇将智，而非仓廪充裕，钱粮广盈。百姓之足，乃是依附贵族豪强，而非手握沃田，税役无忧。况殿下只念着一统天下，又焉有心力整饬积弊？故恕猛愚钝直言，邺城当下之强盛，仅系于殿下一人名望，而殿下身后，又有何人得以威服那一众贵族豪强？此般忧患，尚不亚于南人门阀党锢之祸，实非猛之所向往也。而今天下之大，亦唯有我大秦天王虚怀若谷，一心改良纲纪，予民田畴——"

"妙！"慕容恪忽然打断了王猛。在苻坚看来，这位太原王显然对于燕国军政上的积弊也是心知肚明的，不过在其内心中，"一统"与"改革"的追求总有先后缓急。换作自己，不一样也是贪图军事上的便宜，从而葬送了数万步卒。

"使君这般为我兄长着想，就不怕待大燕民富国强后，秦地再无法自保乎？"这时，同样在一旁沉默了许久的慕容垂恰当地跳了出来。

"那便要看两位殿下今时有何盘算了。若为叩关而来，则必不会理会在下的诳语。若为休战盟誓，则天王与猛，皆乐于为友人谏言一二。"

"天王才是真人杰，竟收得这般妙才。"旋即，慕容恪便转向了苻坚，"恪来时，亦顺道拾得天王之物，正可完璧归赵。"

苻坚的疑惑随着燕人护卫牵马上前，瞬时便化作了丝丝嗔怒——只因送至自己面前的，乃是留在钟家宅院里的战马与铠甲。

"殿下何意？"

"天王不必发怒，以我兄长的气量，又怎会去为难那一家子无辜之人？"这时说话搭腔的又变成了慕容垂，且那极为庄重的模样，似乎也容不得苻坚质疑。

至此，几个回合下来，面对慕容兄弟有意无意间所展现出来的蓄意轻视，乃至对自己臣属赤裸裸的拉拢，苻坚若说未有滋生怒气，纯也是自欺欺人之想。不过，在仔细琢磨后，也正是这份怒气，使得他已渐渐落了下风："慕容玄恭果然好手段，然孤仍有一事还需殿下解惑。崤山脚下突然现身的那支铁骑，究竟是从何而来？"

大秦天王终于问出了这个困扰了自己许久的问题，可他却没有从慕容恪那里得到回应。他顺着其富有深意的目光转动，最终，仿佛一切的答案都落在了一旁慕容垂的身上。

"天王可是派了探骑盯住了颍水北岸？然在下早已分兵各半，自领三千儿郎提早十日北上，绕过洛阳城，赶往崤山大营西侧。"于是，符坚得到了答案，"说来也巧，我部斥候，也算是一路揪着天王派去洛阳的探骑尾巴，跟到的山脚下。"

得偿所愿之人才算意识到，原来一张大网，一早便扣在了自己头上，而关内的大好儿郎们奋勇出击，直至葬身疆场，竟变得这般毫无意义。他顿时深感疲惫，黯然般转回向慕容恪："殿下怎知，孤会攻向那崤山大营的？"

"咱只在山脚要道立下营盘，囤积补给，自然便会有人来找麻烦。或是天王，或是荆襄的晋军，若都不来攻，咱亦可据此寨为根基，随时进取南阳与汉水。"而慕容恪作为获胜的一方，也并没有表现出丝毫的喜悦与得意，"至于来援的铁骑，咱料定桓温不敢越颍水进军，便只需给出抵达崤山大营的期限，当中如何调兵用计，则均是道明一人所为。"

或许真如慕容恪话中暗示之意，自己只是运气不佳，以致抢先撞入了圈套。但符坚却再也无法维系之前装出来的那般冷傲了，他一度呆呆地盯向面前这张刻痕断续的石面棋盘，忽又发觉，自己虽为一国国主，却仍不配来做那摆布天下的弈棋者。论眼界雄略，自己尚比不得慕容恪与王猛，论兵事决断，恐怕也不及对面的慕容垂，这大概是符坚一生中，第一次品尝到了极度失落的苦意。

最终，这场十里亭午会也正如王猛所预料的那般，符坚与慕容恪在一场吞噬了数万生灵的恶战之后，又极为默契地议和盟誓。大秦天王得到的条件可谓甚为优渥，慕容恪不仅撤出了唾手可得的陕城，更是让出了一半的崤山险道，而留下的燕军，则只在那个双方都不太愿意提及的山脚大营划界驻守，放弃了对关中门户的直接威胁。至于长安及潼关之兵，自然也无力进军伊洛平原，去挑战具装铁骑的锋芒。这起码能为燕秦之间，维系数年的和平。

"景略可信他的话？"

王猛陪着自己的天王，在十里亭外目送燕人骑队远去，直至踪迹全无，一股如释重负的疲惫刚刚涌上来，却又被苻坚的一句话问得一头雾水。

"孤是说，可信慕容玄恭并非设计，诱我去攻他大营的？"

"臣不知，亦不敢妄言。然无论慕容恪是意在天王，从而直取潼关，还是意在桓冲，从而兵指汉水，其均是以身家性命为饵……总会有人上钩的。"王猛的眉头重又挤在一起，"此人用兵，着实狠决。"

"孤这一生，对上此人，可还有胜算？难道大秦儿郎真就进不得中原乎？"

面对苻坚两句尽显颓废的自问，王猛选择了郑重其事地施以一礼："天王何必妄自菲薄，燕人强横，乃仗其一时兵锋也。其郡县之内，豪强势大，可堪府衙，以致法纪不备，税役不明，而慕容恪却常年对内治以宽仁，对外急求一统，以一人之威望维系人心安稳。且看今时，虽豪户能守其财，佃奴可裹其腹，兵将愿争其功，乃至人人敬爱太原王。然再观燕之朝廷，依旧人口不清，田土不释，府库不盈。慕容恪自己固然得了百世英名，折损的却是千秋国运。在其身后，一旦无人可继此般威势，邺城便自当有变。"

"景略公的意思，是要孤熬？"

"非但是要熬，更需裨益补缺。"此刻的王猛又昂首含笑，自信满满地为自家天王打起气来，"何况，臣观慕容恪正值壮年，双鬓却早已挂霜，神色更尽显枯倦，想来是一国军政尽压于身，如此，又怎能久持？而我大秦，恰可借今日盟誓之便，蓄力改革，充实国力。此消彼长，不用十年，待到邺城有变，天王必能俯视河北，东进中原。"

"当真？"

"天王若还忌惮那慕容垂的铁骑兵锋，待臣夺回河西牧场，便为大秦练出一支自家的具装精锐。嘿嘿，到时也好当面一决。"

王猛的一番劝谏算是句句说进了符坚的心坎里。此刻的大秦天王再度东望，慕容兄弟的背影早已消融在了天际，自己身后的日头同样渐渐沉坠。可在夜月划过之后，也总要有新日再度升起。

　　到那时，自己定是那执弈布局天下之人。

遗　爱

————————○————————

"景略如何评价慕容玄恭其人？"

这算是在王猛折返奢延前，苻坚掷出的最后一个问题。由于潼关十里亭的和议无比顺利，秦国君臣间原本的计划亦随之发生了改变。大秦天王本人执意留在关东亲自处理崤山一战后的收尾工作，而吕光出身羌人贵族，则更适合代替自己回到长安稳定局势，顺便也要先行试探一下各路势力的反应与动作。至于王猛，可以借机回身去解决铁弗匈奴与刘卫辰那个"小贼"，为苻秦夺下千里牧场，尽早兑现许给天王，以及邓羌的"承诺"。

吃过大亏的大秦天王，终是派人仔细探查了几轮，再三确认过所有的燕骑均已东撤之后，才带着陌生的随从与护卫入林寻迹，以求能够了却大战之后的另一桩心愿。好在他的思绪清晰，仓皇逃匿间的记忆也都恢复得不错，只用了不到两日的光景，便寻到了当初救下自己一命的钟家宅舍。

山腰上的小院并未见太多变化，但院中之人却不见了踪影。苻坚在二进院落的各屋中兜兜转转了一圈，细细查看了各处木制的门窗床沿，未发现明显的斫砍磕碰的痕迹。这说明，并非是有败兵流寇，或是绿林强人曾来此劫舍掳人，同时，他坚信以慕容恪的气量，亦断然不至于乘怒株连。

"禀天王，山脚处确实寻到了集镇，然近来未查出有歇业的铺面。"

随着自己派出探查的士卒赶来回报，苻坚的眉头越聚越紧，沉思之际，他的指节不住地叩击着身侧的桌案，却又无意间沾起了一层浮灰——看来，这一家人已走了有些时日。难道说，钟氏父子便如此看不上大秦国，在从燕人处得知自己的身份后，便一刻也不耽搁，非要隐遁避走？

"去将集市上所有铺面的主家管事请上来，孤要挨个盘问。"

不过，随后呈至符坚眼前的信笺便彻底打消了他再折腾下去的念头。

"萧墙斫剑戟，九州遍鏊盔。豪侠野下殁，布叟山中炊。君侯寻常有，勋翁不见归。不敢门庭市，且盼又春晖。"

"啊……"

裹带着血腥味的嘶喊与哀号又卷在一起冲进了男子的梦乡。也只有亲身上过战场，才切身体会到，人血弥漫的那股子味道，与自己往日里屠宰的禽畜是完全不同的。而这回，男子的视线依旧是在一片刀光剑影中乱晃，那些在后营中似曾相识的面孔竟再次清晰地出现在自己的眼前。突然，一声脆响撕裂了周遭的一切，他那窜动的视角也跟着扬起了一个弧度，刺眼的光亮闪过，旋即又是天旋地转般翻动了几周。男子难得地静心一想，这似乎是自己的脑袋被利刃劈掉了，才会出现的奇妙感觉吧。

"扑通。"

坠地的震响与耳边的嗡鸣划过，他终于从这梦魇中惊醒过来。虽又是一番恐怖的体验，可此刻，在男子的脸上竟看不出一丝明显的情绪了。自从在那日，自己莫名其妙地壮起胆子，拎着剔骨用的尖刀，跟着皇甫大人冲杀至大营王帐前，与凶悍的秦军甲士搏命后，类似的回响，就已几番占据了自己的梦境。

男子起身后，先是伸手抓过床榻内侧的背囊，摸到了里面的物什还在，便才心满意足地去洗了把脸。相比于已然殒身于内营之中、只落下一笔恤金的匠人杂役们，自己绝对是靠着祖上的阴德，才能躺在这要价不菲的客房床榻上做着噩梦。正由双手捧水拍打的脑袋仍然完好地顶在脖颈上，同样，盛放在背囊深处的木盒中，被那几吊赏钱压在底下的官府文书，更是多少人舍了性命，都搏不到的家门基业。

"胡爷，今儿起得真早啊。"

这个在洛阳客店中滚身惊醒，并刚刚应付完上前搭讪的伙计的男子，正是燕军官商胡柴儿。在崤山一战后，九死一生的他，还是决定放弃如此危险的营生，并毅然投身干回老本行。而恰好，在跟随残存的大军进驻洛阳城后，曾经的邺城肉商竟被划定为了在内营救援太原王殿下的首功之人。虽说自己也一度怀疑过，能撞上这等幸事，乃是沾了"楚家兄弟"的光，可在大战之后，胡柴儿却再也没见到过皇甫真，以及那位在太原王身边担任亲卫的小兄弟。不过，接踵而至的赏赐，已足以成全他最为大胆的梦想，或许在不自知间，胡柴儿也置身了一次身居庙堂之人才特有的体验——用无数他人的鲜血，来浇铸自己的功成名就。

走出客店的男子在去往考察心仪店铺的路上，先在路边小摊上用食了一碗杂碎汤与两张面饼。心满意足后，又趁着没人在旁之际，再次拍了拍背囊——敦实的声响听得那叫一个舒心惬意。此刻的胡柴儿并不太介意钱财，否则也不会舍得在洛阳闹市的单间客房中常驻。手握余财的家族商人更为在意的是，凭借搏命赚来的勋功，能在洛阳城郊划得一块官府封赏的业田，特别是有了昨日到手的地契，以及建院筑堡的许可文书，他终于可以确信，胡氏一门，已经大步踏进了乡绅的行列。

男子在面摊上甩下几个大钱，刚刚伸了个懒腰，便听得身后一片嘈杂袭来，跟着所有人的目光一并扭头望去，竟是个规模庞大的娶亲仪仗正沿街而来。如此的热闹怎能不凑？胡柴儿顺着人潮挤在街旁，只需搭眼少许，便确信了这结亲的两家绝非一般的富户商贾。自前朝以来，各类仪仗所用的幡旗牲物与门第高低间都有着严格的讲究，自己在邺城时就已见识过不少，更何况是在这更为讲究的旧时帝都呢。

夹在一片喜庆喧嚣中，胡柴儿没有伸手去接那些从牛车上抛掷洒下的串串铜钱。偶得凌云之志的他，虽不认得这正招摇过市的是洛阳哪家高门豪强，却自知这辈子是没本事再为自家儿郎挣下这般颜面与排场了。不过，一股以往想都不敢想的念头已然在心底滋生。他迫不及待地想要在城中置办好店铺，支起拿手的生意，再抓紧修宅筑院，请工雇佃……只要自家田庄一并经营了起来，就可以将家人从河北迁来。到那时，自家的儿郎便是乡绅之后，且儿郎的儿郎还有儿郎，只要胡氏一门无论囝伢都去识字读书，总有一朝，他们要为将做官，出人头地……而正从眼前划过的那般阔气日子，也总会到来。

锣鼓声、惊赞声、喝彩声，依次飘扬入阁，传进了街边楼肆的三层亭台之上。这场久违的喜庆与热闹，不只吸引了寻常百姓们的围观，同样也博得了宴席中人的关注。

慕容恪自打循着声响探到窗口，便久久停滞，未曾移步。而一同于楼中宴饮的僚属们，则是隐约察觉到殿下偶发的憨笑声后，就更不会去叨扰打断这段难得恬静的思绪了。于是，他便这样盯着喧闹的仪仗从眼底的街上浩荡涌过，心头虽弄不清到底是谁家办的婚事——论起辨识当地豪族，初来乍到的太原王还不及街上围聚的洛阳商贩百姓们——但能在此刻毫无顾忌地大摆喜庆，至少说明了城中人心思定，各家士族高门对渡河南下的新统治者亦算不上厌恶。这就足以让伫立在三楼俯瞰的慕容恪甚感欣慰。

此时，娶亲的队伍已行过大半，新人郎官与其胯下高头大马的背影缓缓飘去，这般景象，忽然就揍着慕容恪的心绪，在一片虚幻中徜徉起来。他仿佛在庆贺的人群中，看到了被深深埋藏在心底的少时梦想，终于走进了现实。那还是在辽西的夜里与王聿徽推心诉说，自己一生所愿，乃是效仿名将先哲重振西域。于是，在他的眼中，郎官的喜庆红装换作了精美的铠甲，围观喝彩的商贩闲人变成了夹道而迎、箪食壶浆的胡汉百姓。这城，亦不再是洛阳了……轮台还是龟兹？慕容恪一时还无心计较，只因自己全部的注意力尽皆聚于那面飘扬舒展的纛旗之上——"都护大将军"几个字，径直闯进了他的心间。再也无法抽身而出的太原王倾心确信，这时的天下已然一统。

直到那装扮各异的人群啸起了欢呼，慕容恪不自觉地随着声浪扫视过去，却一眼陷在了一张记忆犹新的面孔之上——那分明就是那日在崤山大营中，舞着剔骨的肉刀救援王帐的家伙。他随即忆起了自己曾勾准的勋功名册，忆起了未知生死的一串串名字，忆起了大营内外摞叠着的片片尸身。突然，慕容恪的眼前又是一眩，喜庆热闹的街景也跟着变了模样。映在眸中的，不再是凯旋的热烈，欢呼的人群，或高耸的帅帜，而是霎时化作了凄凉的断壁，横陈的枯骨，以及残破的旌旗。他拖着惊颤不止的眼皮扫视下去，却只在被抛石砸烂的街角找到了一骑活物。马鞍上的人僵硬地扭回头来，那仿佛就是自己的面孔——精致的铠甲布满了血渍，塌陷干瘪的脸庞尽显苍老，霜白的发髻凌乱枯槁。慕容恪虽不清楚那是年岁几何的自己，不过，随着心头最后的暖意消弭殆尽，他眼中的光亮也渐渐熄灭了。

在这一片终要归于尘埃的萧瑟中，权倾天下的太原王明白了，曾经的梦想与宏愿，哪怕终尽自己的余生也已不复实现的机会，更不要说在那虚幻的旅程中，还会涂炭多少生灵。

随后，这天与地，人与景，在慕容恪的眼中彻底破碎了……

对于酷爱骑马驰骋，也为此摔断过牙的慕容垂来说，窝在憋屈不已的楼台座席中宴饮，简直就是彻骨的折磨。由此，他早早便躲到楼梯口旁侧，来回溜达着舒展筋骨，并且险些与疾步冲上来的小校撞个满怀。

"殿……殿下。"慌张的小校一抬头，霎时面露惊喜与崇拜的神色。

慕容垂固然仍是被述太后忌惮不已，在朝堂之上，除了悦绾外，也是难言还有什么牢靠盟友，但这并不妨碍大燕国的吴王殿下在军旅中享有极高的声望。毕竟，他少年英雄征讨宇文部，又随军击破冉闵，远征敕勒，最近更是立马崤山，扬威四海。如果说，而今慕容恪在举国上下已似神明般的存在，那么慕容垂则成了那个凡人中代表胜利的图腾。

"何事如此慌张？"

"禀殿下，邺城送来急件。"这小校倒是毫不犹豫，将本该送至太原王眼前的信报呈了上去。

慕容垂独自拎着这份信报在梯口彷徨了起来，在不远处窗前伫立着的兄长可是难得有份好心情，自己或许还不该去突兀地打搅。于是，他决定先打开信笺，随之刺进双眸的文字，彻底扼窒了他的呼吸。

阳骛，在邺都猝然病逝。

对于这位士秋公，自己打小最为深刻的印象，便是威仪的身姿与不阿的性格。当然，作为北方士族的门面领袖，阳骛与鲜卑王室的关系永远也不会达到像胖老头封弈一般亲近。然而，当这位掌控燕国政务十余年的重臣——纵使已在高寿的年纪——轰然倒下时，依然使得慕容垂深感茫然，乃至恐惧。他犹记得于潼关归来的路上，兄长不止一次感慨苻秦君臣的卓识，似乎亦有意休兵息戈，致力改革祛弊。可在这节骨眼上，失去了最可倚仗的三朝老臣与擎天柱石，哪怕是向来对政事不甚上心的自己，也能猜到，这必是要给慕容恪带来一场沉重无比的打击。

此刻，在战场上果决异常的吴王，也浑然不知应如何向兄长禀报噩耗，而还在他愁困不已之际，楼台之上一声坠地的闷响则引发了连片乍起的惊呼。慕容垂快步冲了上去，只看到自己的四兄，太原王慕容恪，倒在了那被日头映照得缥缈幻谲的窗前。

自己的车仗刚驶入洛阳城，慕容评就不断地喘着粗气，直至赶到了这座将军府，由星夜颠簸的疲惫已近将他的思绪搅成了一团糨糊。

阳骛的逝世本就足以让邺都的朝堂振荡一段时日了，而慕容恪的倒下正似一道霹雳般，砸在了所有人的头顶。因此，做了最坏打算的述太后当即遣送小皇帝慕容暐，以及打小就养在自己身边的太原王世子慕容绍赶往洛阳。而老练且依旧敏锐的慕容评，自然也嗅到了天翻地覆前的诡异气息。于是，凭借从宫中提早传出来的线报，他抢先请命陪同前往。可这一路下来，年在六旬的他还要庆幸两个少年尚不擅长途骑行，还得靠着沿途官驿，昼夜不休地换乘马车，否则，自己这一把老骨头，可是断然跟不上纵马千里的疾驰。

终于追进了将军府，可从皇甫真等人黯然悲痛的表情上看，怕是最坏的打算即将成真了。

"陛下，绍儿，还来得及，快进屋看看。"亲自守在门口的慕容垂躬身将一对侄儿请进了慕容恪的卧房。与此同时，慕容评也知趣地停住了脚步——这种时刻，他作为仅存的长辈更要懂得规矩。然而，自己与并立屋外的慕容垂，却是一时间相顾无言。曾经，他也是属意支持过五郎去继承兄长的大位，可在慕舆根身死覆灭后，慕容评便如转性般，逐渐摆脱了那帮子食古不化的鲜卑者老们的影响与束缚，而更愿意与掌兵的将校们渐行渐近。由此，亦难免与在军旅中声望日盛的慕容垂产生了利益上的冲突。

"四兄定是在崤山大战时伤到了元气，都怨我，晚到了半日。"面对慕容垂突如其来的自责，慕容评只是不知所以地晃了晃脑袋。他扪心自问，在段润一案时，自己作为族中长辈，竟与旁人一样选择了噤声旁观，任由态势滑至不可挽回，或许，眼下就是消除这份疏离的最好时机了。

"兵事无常，道明若陷于自责可是——"

可惜，两个人交心和解的契机终究还是被打断了。小皇帝恰好从屋中闪身而出，同时还紧锁着眉头，对着手中的一叠绢纸喃喃自语。而屋外的二人，自然分别向左右退步，以示礼敬。

"陛下……此乃太原王于榻上口述，皇甫侍中尊意书写的……"哽咽不清的慕容垂是断然不忍心说出最后两个字的，但却足以使慕容评意识到，小皇帝手中的这份遗书，当有着怎样的分量。还在他盘算着该如何将此物取来一观之际，屋内的几声呼唤急促传出。霎时间，小皇帝的手一抖，绢纸掉落于地，随即，与慕容垂先后脚冲进了屋中。

或许，慕容恪父子间的关系从来算不得亲密，小皇帝对于这位近乎摄政的恪父，向来也是既敬又怕。不过，直至慕容恪弥留之际，屋中的哀恸却无疑都是发自内心的裂痛。只因在接连的剧变后，对于未来的恐惧与迷茫，已然占据了所有的心绪。

而慕容评早已走完了人生的大半，更是经历过数不尽的生离死别，此刻却也难免想冲进屋内，以寻求些许的慰藉。然而，随着双眸下瞟，正躺在眼前的那几张绢纸似乎更能抚平自己心底的褶皱。于是，他俯身拾起了四郎专呈皇帝的遗书，趁着四下的悲恸与混乱，疾速扫读起来。

果然，在一阵谦恭与自责之后，信中尽是对身后权力真空的安排。慕容恪将政务大权悉数托付给了皇甫真与悦绾……对这些内容，慕容评并不是特别上心，盖因皇甫真身为高门出身，在阳骛之后，俨然会成为新的士族门面，而悦绾更是鲜卑部族的大人，由此，在他看来，二人皆会因自身利益牵涉颇深，定不会对时下的税役进行大刀阔斧般的改革。不过，随后慕容恪将军事托付于兄弟慕容垂的遗命，则让皇帝叔祖的脸上挤出了极其复杂的神情——其中有悲伤与不安，更有愤恨与不甘。对往事的恐惧，在这一刻彻底夺去了思绪，慕容评暗下决心，哪怕穷尽手段，也要借着当下的机会攫取兵权。似乎唯有此般，才能使得身为族中长辈的他，彻底消除对本就剩下的不长光景的恐惧。

而就在屋内的哭号声渐熄灭之时，他已理出了一个大体的计划，以及找到了那个足以利用的可怜人。

门板吱呀的推滑声惊醒了病卧在床的慕容恪，他扭头望去，在闯入的一团光晕中，似乎勾绘出了一个熟悉的身影。

"徽阿姊？"

男人的手臂半举着向前一探，然而，随着光晕散去，却无人无物杵在那里。慕容恪不甘心，他挣扎着起身，竟发觉此刻的自己不仅不再沉疴，甚至有些身轻似燕般的快意。而等到追出了屋门，外面也并非是将军府的内院，而变成了一道陌生的阁廊。

沿着步道追出不久，一幅画像便拉住了他的脚步。那画上的男子一身朝服装束，在好似殿堂的地方执手牵着身侧的衮冕孩童。慕容恪微微蹙眉，瞅着样貌，此人绝非自己，但却同样背负着扶助幼帝的沉重命运。难道画上之人是周公旦，或是汉大司马霍光？想到此处的慕容恪摇了摇头，自己总领朝政的这些年，最多算是有些苦劳罢了，又怎敢与二位先贤相提并论呢？何况，他此刻心若止水，也已不甚在乎后人的评说了。

随后，他转身离开了柱前的画像，去继续追寻那个身影。而这阁廊的尽头是一扇木门，试探着推开木门，便有无比和煦的日光洒了进来——原来那团光晕躲在了这里。慕容恪已有好长一段时间都不记得这般温暖的味道了，挺胸吐息了两口，他便感知到自己怀兜中似乎藏有物什，再掏出一看，竟是那一方绢帕。男人痴痴地端详少许，上面仿佛还残映着王聿徽的笑颜，还有，白可晖的情思……

突然，一阵风将绢帕从他的手中抢走。空中旋舞的丝边掠过了面颊与发梢，就如同变着戏法一般，慕容恪的容貌又随之重现了年轻时的模样——他束着垂髫，意气风发。再一闭上眼睛，仰起下颌，便任由那阵风将自己的面庞吹散，就在一团光晕中化作了粒粒尘埃，消弭散去。

大秦天王在收到了确切的消息后，已是整日未进水米。他将自己关在屋中，不仅独自感慨着命运无常般的捉弄，更有些妒忌于王猛的不凡卓见。同时，其对于自己那个问题的回答，更是反复地在耳畔回响。

"慕容玄恭，信奇士也，可谓古之遗爱矣。"

趋　避

虽然时节只算勉强入了秋，但还在戒严之下的邺城中，寂寥与肃杀织出的大网似乎已将人们提前拖入了深冬。尤其在那黎明时分，将亮不亮之际，除了有偶尔卷啸的厉风在街坊中穿巷游走外，就连婴孩的哭闹都会迅速被捂止住。对于那些不闻时事的人来说，或者这里根本就不是强盛大燕的国都，却更像是正被数万兵甲围困讨伐的一座孤城。

然而，这一日的情况终于所有不同，随着日头爬上屋檐，坊间的百姓仿佛是约定好了时辰一般，无不拖家带口地涌向穿城大道的两侧。只是，与以往逢年过节的游会嬉乐截然不同，在围聚而来的人群中，家中有条件的都已穿戴着素衣，剩下的人多半也要在身上系裹着一条条白布与发带。以致整座城中，除了难抑的悲伤气息外，即使在往日最繁华热闹的地段上，也根本看不到一丝色彩。

向来都是身处喧嚣正中央的繁梦楼亦是如此。实际上，楼肆内大多数的奴仆伙计们早已挤在街边注目等候，而在那顶层的主厢客房中，年华尚佳的女子穿戴着与当下氛围天差地别的一袭红衣，正在无比细心地打理着自己最为精致的整套妆发。不过，纵使她此刻怎样努力控制着脸上的表情，那阴沉暗淡的双眸却在明白地昭示着，无尽的哀伤已然占据了心绪。

她只在铜镜前呆坐了不久，便被街上逐渐掀起的声响勾拽着，几步一停地挪到了临街的窗前。循着喧哗的源头望去，果然，庞大的仪仗正缓缓朝北驶来。女子凄然的目光扫向悲凉的街巷，诸多身穿素衣的百姓被攒动的人潮推挤着，拱向了那覆着白布的牛车与棺椁，而同样在衣甲上系着白布素披的仪仗卫士，此刻也万般无奈地从仪卫变为护军，不得不横摆手中的长戟，连成排线人栅，奋力阻挡着悲戚的人群涌向自己身后的神圣栖所。

而在楼上眼望着这一幕的女子，在一瞬间竟露出了笑意。或许，她在感念着自己终究没有看错人，世间数一数二的英雄豪杰，自己的情郎竟受到百姓如此的爱戴。而几乎就是在这份短暂欣慰滋生的同一时刻，人群中不知哪里突然爆发出一句悲怆的呼唤，刹那间便在周遭掀起了一片声浪。人们纷纷将当下的伤怀，以及对未来的恐惧释放为了无边无际的痛楚，原本只在唇边打转的呜咽与啜泣，也都化作了震天撼地的哀号。

"太原王——"

终于，这般波涛也迁跃着拍向了女子破碎不堪的心扉。她远离了故土，失去了家园，也从未向心尖上的情郎有过任何奢求，却未曾料到即便如此，上苍依旧还要残酷捉弄自己的命运。所有曾经温暖过心房的话语，一切对未来的幻想，都即将随着棺椁中的英雄，埋葬进自己永远也无法探望的陵墓中去。于是，堕入绝望之人颤着唇齿，一步步退入屋堂之内，可那街上汹涌的无情声浪，仍在她的身后追咬不放，直至，那一声脆响坠地。

而在这厢宽阔豪华的卧房另一侧，顶着一双青肿眼睛的小侍女正蜷着身体，靠在屋外梯口处打着瞌睡。糊里糊涂的猫娃并不知晓曾在宫中救下自己，又安排自己到夫人身边过活的殿下已然薨逝；否则，今日就算陪着夫人起得再早，折腾个再精致的妆容，也断然无法阻挡自己去送恩人最后一程的。

旋即，清脆的声响惊醒了连满城哭闹都未曾影响到的猫娃。少女满脸疑惑地扭了扭头，且不久之后，她就要悔恨于自己方才的困倦，以及此刻的犹疑。

那声脆响只是缘于屋内书房中，一方木凳的倾倒。在那凳角之上，一双白净的秀足刚刚停止了抖动。梳着精妙妆发、身穿赤红华服的美丽女子悬于屋梁，她脚边的书案之上，一张凝霜大纸被撕成了几块，不过沿着边痕，却仍能拼读出两个规整秀气的大字——英雄。

又一阵清风穿堂而过，一方绢帕恰从女子的指尖滑落，自由自在地随风曼舞，而后飘出了窗外，向着前方素裹的车仗肆意追去。

在邺宫内外楼群衔接处的一处院落大堂中，一位老人刚刚迟缓地在软席上坐定，便又得匆忙屈身接过宫人呈上的一叠信笺。这里的规模算不得宫殿，看构造与样式，更像是龙城中的那座旧王府，由此，也便成了最适合称制的太后单独接见外臣的所在。

而这回，慕容评的心思已不在信笺的内容上了，反倒是暗自端详起了皇甫真的笔迹来。不得不说，对于这等秀巧之事，世家高门出身之人的确在先天上就占据了优势，而北方名门大都南渡，时下论起工笔造诣，整个河北恐怕也只有崔、卢、李、王这四家，以及渤海封氏家的大公子能够比肩的了。

然而，在对端在手中的太原王遗命装模作样了足够长的时间后，他赶紧挤出一副疑惑的表情来："太后，这上并未有事关老朽之安排，评已昏聩，故不明太后之意。"

"评父怎可这般自贬？士秋公与太原王先后撒手，身后大事，述儿实不敢专断，自当要请评父出面指点一二。"

慕容评闻言，用手揉搓着一侧的纸角，又开始故作沉思。毫不客气地说，自打在洛阳第一次看到慕容恪的这份遗命，小皇帝与可足浑太后的一系列反应便均在自己的预料之中。毕竟，面对此刻的权力真空，一个少年与一介寡母除了向唯一在世的先帝辅臣、最为年长的皇族亲眷求教外，余下的选择也属实不多了。于是，他便可自然而然借着眼前的太后之手，将早已斟酌打磨过的说辞落成诰谕。

"玄恭的安排可谓周详。悦士合自打龙城入仕，不仅熟稔尚书中枢，亦曾外放并州主政，军务与政事上的历练已然足够，太后宜当重用。然老臣未记错的话，悦大人当年虽是由封先生出面举荐，但却似由五郎初识……"

述儿端坐在主位之上，盯着慕容评表演着他的愁眉不展，虽一度欲言又止，心境却是依旧平和寡淡——哪怕在得知慕容恪倒下的那一日，自己在心底也没有泛出过多的涟漪。或者可以说，从那一刻起，述儿与慕容兄弟间的纠葛终是烟消云散；而眼下作为太后，她唯一的挂念，便只剩下了晔儿皇位的安稳。

"评父有话尽可直说。别的宫室里不敢言，这间堂口的笆篱扎得还算紧实的。"述儿见风口似要转向慕容垂了，在出言安抚之际，又不自觉地将藏在身后的一件童衣深掖了几下。

"然，二人的关系属实亲近，若同时授以实权，难免再要引得他人嚼舌非议。特别逢此时节，乱，则必伤国本。"

"且不知评父可有良策？"

"其实，五郎当下已手握六千具装铁骑，凭此声威，足以震慑各方州郡部族。太后与陛下大可多委之以持节巡弋，或征讨边夷之任，只要吴王不常驻邺都，便不至于兀生嫌隙。到时，只要各镇兵权皆握在朝廷手中，便可从容节制外军。如此，授悦绾以实权，辅五郎以虚，亦不算有负太原王所托。此虽未必万全之策，或可助解当下时局……"

可足浑太后在送慕容评离去的时候，眸中也在不经意间闪过些许刺骨的冷芒。聪慧的女子当然清楚，朝堂之上的这些家伙——哪怕是皇亲国戚——无不在盘算趁着这个当口，利用自己太后的诰谕来揽取权力。而她，也乐于借机摆弄起一个个自诩精明的权臣战将。然而，这却是一场极其危险的游戏。仅在脚下的邺宫中，百年之内，便有数不清的聪明人，尽被自己手上的棋子反噬戕害。

述儿顺手将一叠信笺掷向了自己的桌案，双目盯着座席上的那套童衣出神沉思了许久——尚可依持的皇族老人的一番话，其实也算说进了她的心里。悦绾是柄利刃，可这利刃只得为自己母子所用，而对于正值盛年的慕容垂，纵使没有与自己过往的隔阂，也须得防备一手。打定主意的太后嘴角一抖，心中确信，无论那慕容评打的什么主意，至少刚才那一番话，总有屏后之人，会替自已传回到吴王府上。

"咕咕——呱呱——"

非要等到入夜后，两只看不清形貌的水鸟才开始在桅杆上鸣唱起来。桅杆之下，一艘中型的楼船孤寂地停泊在京口的官港之中，舱室内的烛火依旧通明，几名值守的护卫已知趣地退离了甲板，只在码头踏板的两侧低声细语着些许闲话。

直至几个从雾气中探出的身影打破了这份别致的和谐。

"来人通名，休得靠近。"

领头的护卫虽是这么喊了一嗓子，但逐渐清晰起来的骑影却没有就地止步的意思。同时，第二声呵斥刚刚提到嗓子眼儿，就瞬时又被咽了回去——他辨识出来人并未穿戴官服。根据这几日的经验，赶在夜里便服来访的，往往都是身份不俗之人。反正这寥寥几骑也干不得劫掠的买卖，而真要是在夜里闹大了声响，反倒更要惹得舱室里的郎君动怒。

"此间可是郗散骑的坐船？"几骑停驻跟前，居中的士人当然不会搭理区区下人，而是由身侧的仆从翻身下马，上前询问。

"正是，不知到访的是哪位使君，小的也好与郎君通禀。"

领头的护卫话还没说完，手中便被塞上了一块牌子。他干的虽不是精细活儿，但作为高平郗氏的仆役，大字多少还是认得一些的。于是，在端详了这块做工精致的牌子少许后，识出陈郡谢氏来历的护卫霎时就变了脸色。

"超上次得见侍中大人，好似还是去岁的朝中大祀。"又开始猎猎作响的旌旗，表明了这艘楼船隶属于姑孰城的大司马府上。而舱室的主人郗超，在面对同为世家出身，且比自己年长一些的谢安时，每字每句，又不得不透着谨慎小心。

"概是如此。桓大司马久不入建康，连带着景兴这个散骑侍郎也不得入宫归职了。"看样子，这位晋廷的当朝侍中并未打算继续客套。他径直从怀中掏出了一匣公文与疏表，摆在了面前的案几之上。"今日得光禄大夫的一疏奏请，郗愔公似愿将麾下的京口兵权交还扬州府。大司马随之便奏请改任谙公为会稽内史，并要自领徐、兖二州……想必景兴此番不声不响地沿江而下，便是特意来为此事操劳的吧。"

郗超受着一番质询，只得苦笑着点了点头："安石兄所料，是，亦不是。这两封表疏确是出自在下手笔，可超之所以这般行事，却非是为大司马操劳，而是为我郗家自保。"

"北府精兵，乃是景兴祖公道徽大人所立，如今更是朝廷在建康京畿之外少有的一镇重兵，若真交了兵权，别说郗家，怕是就连宫里的皇室，往后在桓氏面前，也万难自保。"

"安石兄且先息怒。"郗超显然没料到谢安会有如此激烈的反应。不过，他旋即也领悟到，这位当朝侍中喷薄的怒火并非是针对自己与高平郗氏，而更多的是与桓温的日渐强势，轻蔑晋廷有关。"公只忧心朝廷，却未见得我郗氏之危。而今家父既无先祖之声望，又身无军功以服众，且眼下大司马北伐之事准备尽宜，当此关口，又怎能容忍京口存有一支精兵悬于掌控之外？安石兄当清楚，以庾氏与大司马过往之交情，尚因争权而遭打压，我郗氏若再贪恋京口兵权，到时谁人还能出面保全？"

谢安明白，自己与桓温早已从昔年好友渐成政敌，亦是断然无法给高平郗氏提供这样的一个保证："北伐，北伐，可还能伐出个所以然乎？"

郗超咧了咧嘴，也跟着微微轻叹了一口气，两道飘忽的目光在谢安面前翻来跳去："大江两岸已有歌谣，'暴秦强燕靡司马'。侍中大人少时也曾醉心唱和的。平心而断，若燕秦归一，南人还可久持乎？而今慕容恪薨亡，乃是大司马苦待的北进良机，哪怕终入不得邺城，也足以搅得江北天崩地坼。"

"靡司马……果如桓元子行事。然景兴可还想过，司马家在，这晋之天下依旧是士人的天下，若司马家不在，又当如何？"谢安的双眸直勾勾地盯着郗超。这个问题，他已不知暗自思忖过多少次，可想得越深，便与昔年好友相隔越远。

"桓氏一门执掌大江上下，乃至建康都已渐成了孤城。而今一朝北伐，且无论成败，朝廷到时有何可赏，有何可责？待到天下之物皆不足赏，亲族之内皆不可责，你高平郗氏又该何去何从？"

可任由谢安掷出的诘问如何犀利，郗超并不接招。他的目光透过气窗，移向了江波与夜月。至于谢安的诘问，最终也没有得到回应。何去何从，抉择的时刻未至，自己又怎能提前想个清楚呢。

"快，闪开，闪开！"

遥望着一队飞骑从邺城外的直道上奔驰而来，在门洞内外徘徊的守卫们反应可谓出奇地一致。范阳王的旗帜刚刚显了影，领头的几人便招呼着众人将偏拐到大路上的商贩百姓们拖回两侧的步道，并将中门迅速清空，以供威风凛凛的骑队通行入城。直至马蹄卷起的尘埃渐渐落定，不少人才敢谤议起来。每日进出的达官显贵一抓就是一大把，但若论起霸道，却还得是这位不怎么待在邺城里的皇帝的幺叔。

然而，这位"横行霸道"的范阳王要是听到这些话语，估计也会为自己叫个屈。谁让最近每次回来邺城，总是要摊上个事出紧急呢？比如这回，他才刚为自家四兄千里奔丧，一度在陵前痛哭至气竭，还没来得及赶到大河渡口，便又被一则邺城传来的消息催着扭头回奔。

"吁——"

从城外直至目的地，一路上都未曾减速的骑队在吴王府前勒住了战马。几个门丁也算对这颇为壮观的场景习以为常了。同时，由于认出跨步入府的是范阳王，他们莫说上前阻拦，甚至连抢先通报自家殿下的力气都可以省下了。

"五兄竟要自请出镇幽平？"慕容德横冲直撞到了吴王本尊面前才算收了神通。不过，他的快言快语还是让正在院中沉心练剑的慕容垂撇了撇嘴角。

"看来咱还是把这府中的探子想得少了，你这家伙又是在哪个院中安插的人手？"

"五兄可别说笑了。若不是悦士合都劝不住你了，咱又何必再从青州折返回来。"慕容德无奈地摇了摇头，"才攥在手里的兵权，哪有这么轻易交出去的道理。"

"这个悦缩，满心只念着他的那点儿事，却从不愿费心参悟个生存之道。"慕容垂收剑入鞘，顺手从水盆中拧出一方巾帕，"再者说，兵权又何曾攥在咱手里了？城郊各营巴不得看着城中的热闹，你就算手里有虎符，都未必能宣得动人家。还有，最近勿吉人又将扶余小王逼得太紧，咱上表请讨边夷，也是为了将四兄留下的具装铁骑带在身边。"

"敲打个高钊也用不着五兄亲去。或者说，把幽州一并划到手里，可是还有别的打算？"

"嘿，就没见过你这般直性子的王公。"慕容垂将拭完汗的巾帕掷回到盆中，"其实，调些精兵北驻，也是为帮衬一把什翼犍。眼下那个刘卫辰覆灭了，拓跋家就得直面秦人的威胁。据说在漠北，还有个柔然部族亦是日渐坐大。咱真得找个契机提兵出去转一圈，在秦晋进犯前，先行安稳住北陲。再有，取道盛乐时，也能劝一劝三姊回来住一阵子。听闻她前番生产了小娃后，身体一直不大好，而今二兄四兄都不在了，着实是倍加想念……"

兄长黯然的语气搅得慕容德的心境也愈发阴沉，更是忽就念起了自己那再未有过音信的生父——年华飞逝，可能他与田老英雄早已如愿埋骨西域了吧。当然，至于这份念想与其背后的秘密，他是不会与慕容垂明言的，正如慕容垂同样也将一些话埋进了肚子里。随着四兄的逝去，便意味着再无人来为自己遮风挡雨。而不似悦缩般只在意朝堂之争，身为慕容家的一员，面对明里的忌惮与暗里的凶光，他们似乎也只有领兵据外，才能暂时避开邺城中汹涌袭来的波涛。

"王妃可要跟着一起北上？"慕容德的一句话，算是适时地打断了二人各自的思绪。

而慕容垂只是哼笑了一声："她与宝儿自然是要留在邺都的，否则那太后阿姊又怎能安心放咱出去。”

慕容德闻言又抖了抖嘴角，却最终没有发出声响。他似乎想要再劝，竟也不知还能从何讲起。

“扑通，扑通。”

一个男童满脸憨态地在门槛处跳来跳去，虽然身形还算得上矫健，始终没有被脚下的木条绊倒，但就在他略显得意地扭头炫耀时，却是鞋底一滑，越过本就不高的石阶，径直一个屁墩就坐进了院子中。

“绍儿，绍儿。”

可足浑太后在跟着院中之人一阵哄笑后，便冲着隔壁院子，唤来了年纪更大一些的男孩儿。待到小太原王慕容绍喘着大气，一路小跑赶到，述儿又眼含笑意地询问起来：“慢点儿跑。陛下当下在忙着什么科目？”

“回禀太后，皇兄正在练习射艺。”

“甚好。”或许是对男孩儿谦恭的仪态十分满意，述儿的眉梢更透着喜色，“带宝阿弟去骑会儿小马，让孤和小婶婶聊聊家里话。”

看着男童被牵着离去的背影，述儿才发觉，那套在身上的小衫似乎还是大了些——她在心头不禁哑然失笑。这件衣服按着习俗当作福气，从暐儿传给绍儿，或许再等两个月传到宝儿那里更好，可无奈那日召见慕容评后，也只得用这个由头，才将律儿唤进宫来商议：“尔等都跟着小殿下过去，一定要细心看护，休得再摔伤喽。”

打发了一众侍女仆从后，述儿才顾上了整日兴致都不甚高涨的律儿：“吴王若愿意带你一起去幽平，那就把宝儿送进宫来，让他们三个小家伙一起玩闹玩闹。不过，咱只能按照规矩，把王府世子留在邺都，却没法子强令出征的宗王带着王妃走。这事，终究还是要看你自己的本事。”

“阿姊是太后，可以拒了殿下的提请的。”律儿自然不会立马死心。她就像以往一样，挽上了述太后的臂弯继续哀求：“五郎而今不仅把王府内务尽皆撤手，就连宝儿也交予我来带了，这分明已是把咱当作自家人，阿姊又何必继续提防着他，赶人出城呢？”

“就算你现在当得了他的家，可能得了他的宠爱？”述儿未经思索一句话，瞬时便戳破了一些东西，等她再反应过来后，却是无法找补的了。于是，在姊妹二人间沉默了少许后，太后才又幽幽感叹：“阿姊与你说些心里话。四郎现在去了，就算咱曾经也怨过他，惧过他，可玄恭始终在保着宣英的基业，护佑着咱母子。可如今，军威最盛的是吴王，而攥着田地人口最多的，却是零零散散的贵族豪强，阿姊信你，纵然也信五郎，可那些要田有田、要人有人的家伙却不值得信。他们若是借着道明的由头作乱，有些事，就由不得咱们姊妹了。”

律儿紧搂着双臂，抿着嘴。显然，不似述儿般聪慧的她，还根本无法参透这诡谲万端的政治游戏。

“你先听阿姊讲完。评父老了，皇甫侍中又成了汉人士族的门面，这俩人怕是都指望不上。如今，为了晔儿的江山，想要对付那些贵族豪强，咱只能重用悦绾，可五郎又与其关系过密，他若留在城中，早晚要有麻烦。阿姊做的一切，都是为了晔儿，为了不再起萧墙之祸。至于段润的恩怨，等到了地底下，自然有宣英来评判。”

可足浑律儿这一日终究没能靠着她的老套路与小把戏，再从太后处求得自己想要的结果。她虽不至于生气动怒，但心头总还是难免存着懊恼。于是，在出了屋门，一时未见到贴身侍女之际，竟自己绕着邺宫的小院寻了起来。

“嘻……”

果然，在旁侧步廊的拐角，律儿发现了正与个年轻禁卫说说笑笑的侍女。按理来说，哪怕眼前的二人并未私通交好，可似这般没有规矩的言行，也足以重罚不贷。然而，对从在燕王府时便服侍照顾在自己左右的女伴，她断是舍不得下手惩戒的。于是，这位貌似可以呼风唤雨且从来都能得偿所愿的吴王妃，竟静悄悄地靠在了廊柱的另一侧，细细聆听起那些柔声细语，同时，亦在自己嘴角，挂上了一丝落寞而又欣慰的笑意……

无　忌

青衣文官在朝堂之上也算叱咤了十多年，其间往来尚书台的次数更是数不胜数；然而，今朝这一趟却给他带来了一种别样的感受——既有些阴郁诡谲的预感，又有些似曾相识的恍惚。

或许是三五年前吧，同样也在原本的休沐之日，自己眼前的白衣士人也是这般趴伏在书案前，成堆的文书亦是捆压捆、卷摞卷地垒在两侧。不过，那时自己与挚友有半数的光景算是轻松惬意的，还总是能有个闲情逸致互相打趣玩笑，偶有空暇时，更会相约着便装出入那几家最为红火的酒肆，旁观这河北的风流雅士们拼酒斗赋……直至世事变幻，而今人尚在年华，可心却已然老了。被顶到台前，大权在握的二人虽说情谊如故，然整日里，竟是再也难掩满脸的沧桑与疲惫，那股模糊的锐劲，也早就被磨得圆钝不堪了。

“当下日日都有人从各郡县赶来邺都，不是在坊间楼肆中妄言指摘，或就成群地堵在上庸王府门前求讨公道……太傅如今虽是称病不见，可保不准日子一长，这帮人总要在朝堂之上闹出点儿声响，到时，士合的处境怕是不妙。”一袭青衫的皇甫真在衣色上还算恪守了当下的时令；一面竖着耳朵，一面仍在伏案提笔的悦绾则是白衣罩身，根本没有心思再去搭理些许冗杂的讲究。

“嘿，这帮人闹得凶，不就正印证了咱这几招才真是用到了点上。楚季兄可知，单这几个月的简单摸排，河北竟可清查出多少人口乎？”悦绾说到这，才算抬起了头，冲着在自己案前踱来踱去的好友笑了笑，"这几日咱便住在此处，待到公房无人时，自己核算了一下。楚季兄，二十万户！"

一股复杂至极的神色瞬时溢满了皇甫真的眉眼。他惊诧于"二十万户"这个骇人的数字——如此多的奴户，即代表着贵族豪强们手上富余到可怕的利益。而当好友伸手触碰，为朝廷抢夺之时，更不知要引发怎样的纷乱。同时，虽说此番改土清户的章程暂未直接涉及各个世家，然门阀利益盘根错节，仅依附于崔、卢、李、王四家的亲朋大户便已近千。也是由此，碍于家族的情面与利益，自己作为当朝侍中，却在朝廷主推的改革变法上迟迟未能全力襄助。不过，为了挚友的安危，皇甫真还是决意要私下帮衬，谋划一二。

"天下政弊乃是一般模样，祛重邪，还是要徐徐而图。"他眉头紧锁，抵近了两步，"这般道理就连那傅颜一介武夫都参得通透；否则，他既是遵旨分了禁卫的兵权相助，却何曾亲自露过一面？"

"唉，忠君之事，陛下与太后既已器重于绾，哪里还有私下度量利弊的余地了？"白衣士人随即憨笑两声，又提起笔来，埋下头去。

"悦士合！"可皇甫真却在一霎间爆出了邪火，"汝只当太后捧着那奏陈上去的条目，就当是言听计从了？朝堂上下多少人都看得清楚，那不过是借士合的言事来打压勋贵，制衡上庸王罢了。然如此般下猛药，非要清抄人家的田土与奴户，闹到这帮人无以弹压之际，陛下与太后可还会不管不顾地倚重于你？且吴王殿下而今远在平州，仅靠皇甫真，又怎能一力保全得住士合？"

"啪。"

随着皇甫真挂着自己衣袖的大手，在激愤劝言的当口奋力一甩，悦绾手中的笔也随着袖口的飘舞飞落坠地，那四溅的墨汁甚至点花了身着的白衣。不过，他却未现丝毫怒气，只是一边起身去拾捡笔篆，一边反倒低声下气地安抚起了身前的友人："楚季兄今时的恩义，绾无以为报。只是……时不可待了，西面的符坚以师礼事王猛，变法之下，秦国一日盛过一日，而南面桓温狼子野心，更是跨冬越春凿渠通淮，眼看就要发兵来攻，故有谣称'暴秦强燕靡司马'。然符秦苟政实为强国，且司马虽靡，亦有梁柱权臣，反倒是咱这'强燕'的基业相形势微。楚季兄，三代的基业啊。如吴王与范阳王这等文明帝血脉，为了邺都的安稳都可自贬戍边，咱区区小城之主，哪里还能去顾念计较个人福祸乎？国之重疾就在眼前，唯有下猛药才可与两强相争。大不了，绾就去做那商鞅、晁错、桑弘羊……"

面对好友的一番慷慨陈词，皇甫真的内心终是不得平静，心念若非景昭帝与太原王接连早逝，自己定要与悦士合相伴前行。可如今，他却自认没有这份勇气，只在一对孤儿寡母的"庇护"下去弄险求仁。

"士合凛然大义，定是要留名史籍的。"还在他暗自思忖之际，眼前的白衣袖襟随着主人的一声叹息骤然卷起，恰似仙风道骨。

"将方才先生所授的文段，工工整整写上一遍。"

女子一声令下，邺宫的后殿中便立马响起了纸笔相磨的"沙沙"声。两名少年犹如照着铜镜般，一起提笔埋头习作起来。本打算挪步至书案旁亲自监督的述儿在环视这殿室一圈后，渐渐露出了黯然神色。此间的陈设几乎未变，就连宣英为晛儿选定的先生李绩也是尽心教学，勤恳不倦，可唯有曾在此处与自己琴瑟和鸣之人却不见。而从那以后，心爱的画架与木琴再没有被摆放出来，似与那遥远的情愫一道，已被朝堂之上的猜疑与算计，彻底封压进了心底深处……

"母后？"

"皇帝写完了？"述儿拧身望向两张书案，只看到在慕容晛墨迹稀疏的纸张上，字数尚不及慕容绍的一半。

"禀母后，尚未写完。儿只是近来听闻，上庸王府每日里的访客接踵不绝，担心长此以往，评叔祖也会进言废止尚书台的变法；故而，方才李先生在讲桑弘羊的均输平准之政时，儿就一直在思量，到时却该如何应对。"

"这些事是谁与晛儿讲的？"述儿听闻小皇帝已有如此主见，眼前固然一亮。但在宽心欣慰之余，她还亟须弄明白一件事，连自己都不甚清楚的宫外之事，却是由谁在皇帝身边吹风报信。

"是傅——"

慕容昑的半句话没说完，就被身旁的慕容绍一个眼神噎住了话头。然而，述儿却原原本本地捕捉到了两个少年的一言与一行，她清楚，自己若再信不过已是护卫了慕容家三代君主的傅颜，那岂不是真就活成了孤家寡人了。

"若是卫将军说的，便不必如此支吾。他若有话不便与阿娘面陈的，昑儿以后也大可传话。"述儿在说话间，冲着慕容绍扬了下眉，立马唬得少年耷拉下耳朵，重新埋下头去，描起字来。"皇帝理事，不可陷在一方，那些宗族勋贵越是与上庸王抱在一起，便正表明他们怕了这变法。故昑儿更宜重用悦大人，如此才能做到左右制衡，皇权为尊。但反过来呢，倘若有朝一日，换作那些世家门阀控制了乡里，皇帝又该如何？"

"儿到时自当用一样的方法，选用宗族亲贵再行革政，逼迫门阀释放户籍。"慕容昑抢着说完，却随之又摇了摇头，"可当下的兵徭，还要靠着摊派给各地的豪强，若那些人因心怀不满，而与朝廷虚与委蛇起来，又该如何处置？"

述儿在方才短暂的问答中，已然达到了自己预先设计目的。可没承想，竟又牵带出了小皇帝更多的疑惑，突如其来的弯弯绕绕，使她扯紧了自己的袖角。

"昑儿可从李先生那里学得先贤的应对之法……"

"皇兄过虑了。只要这变法能安安稳稳地推行上两三载，到时朝廷手上有了足够的田土民户，就不怕那些勋贵们不低头。与其担忧起这些靠着咱慕容家恩典才起家的家伙，更要防范着世家大族，那些人才是整日里只顾自家的门望，可不在乎皇家姓个甚。"

几句话倏尔从旁侧的书案上跃起。小太原王或许只是无心打断了太后的话语，可从述儿眸中投追过去的，却并非是恼怒。她虽早已决意，要将自己一手带大的小侄儿培养成皇帝未来的坚实臂助——正如其父亲一般，可在今日的答问中，太后却骤然发觉，昑儿固然已渐成人君之貌，但更有主见的那一个，似乎却是慕容绍。一时间，冯木罗那已被自己主动忘却过多年的谶言再度漫上心头，亏得慌张闯入的内侍弄出的鲁莽声响，才打断了这个愈发危险的念头。

“禀太后，太傅、皇甫侍中与悦尚书一并求见。”

“咳，咳。”

整个便殿中老的老，小的小，连着护卫算起来统共也就只有十余人。而此刻，他们竟就伴着玉阶之上手捧疏文的女子一道恍惚出神起来，直至两声阴沉老迈的咳嗽，才促使肃寂的殿室里的人忆起，自己眼下可是面临着多大的麻烦。

“这才刚入夏，南人便心急进兵北犯，他们的田地已然耕种完了？”此时，正与太后同排而坐的皇帝率先开口。对于慕容玮来说，或许这场突兀而又必然的兵事，只是如典籍传说中的狂热桥段一般寻常，以致他未能够理解，在这个时机动兵，会给燕国当下的时局带来多少无法挽回的损害。

“禀陛下，南国春种本就要比北方早上一旬，且今年的雨汛来得更早，那桓温定然也要借此契机，提前引船穿淮水北上。鲜于将军大概是一时不备，才遭了贼人偷袭……”那个阴沉的声音尚未落定，其后的皇甫真与悦绾已是心照不宣地相顾蹙眉。然而，这二人也都心知肚明，既然太傅慕容评有本事将这一份十万火急的军报先行截到了自己手上，自然是已将此刻的兵事决策权视为了囊中之物。且时下慕容垂不在城中，无论是论资历，还是过往军功，他俩还真就无从置喙。

“鲜于老将军在军报上写得清楚，晋人通凿运渠，浚通淮水之北已有一两年的光景了。我豫州徐州驻军，怎还能没得防备？已至此刻，三位大人就不要再糊弄孤了，前线的战事究竟是如何糜烂至斯的？”述太后终于再无法保持沉默。她声含恼怒，近乎质问起了殿中的三位实权重臣。虽说目前的局势还不到无可挽回的地步，可豫州的鲜于亮面对突然来攻的晋军连战连败，已然完全让出了淮水水系，且侧翼的慕容德不但未见出兵救援，更是暂时没了音信——若称之为“糜烂”，倒也算不得冤屈。

"禀太后，晋人在淮水上的动作早在太宰攻拔洛阳司隶那会儿，便已有了端倪。然玄恭故去后，朝廷军事不得其法，邺都中军与地方各镇抚将军的联系日疏，各州各镇也只得自行防备，故而，鲜于老将军哪怕布置得再过缜密，只要有一处水道破口，晋军便可借涨水的渠道直切突入，不仅搅得我驻防的前军后路不稳，更会沿水系，直接掐断广固与西面的联络。"或许是因自己曾俯身于慕容恪的唇边，一个字一个字地听辨书写过那份遗命，皇甫真对于当下慕容垂所受的种种猜忌与排挤，以致燕国军事上的日渐颓势才会更为痛心。而他的这一番暗含锋芒的陈言，自然也招致了慕容评的阴鸷瞥视。

"当下的担忧已不在一城一战之得失。晋军一旦在河南地站住了脚，那桓温未必不会趁着枯水故技重施，若其开凿清水灌通巨野泽，便可驶南人之楼船入大河水道，到时，老朽亦不敢保邺都太平了。"于是，慕容评抢过话头，霎时便唬得述太后失了方寸。

"那评父可有御敌良策？"

"老臣得了军报后，已先行着傅末波整备城郊两营。只待太后与陛下的谕令，便可先使半数中军奔赴枋头，死守南岸渡口，此为御敌。"慕容评此刻更是说两句咳一声，不知不觉间，已拿到了殿议的主导权，"再说避祸，倘若拖至冬时仍无法击退来敌，拱卫淮水一线，那朝廷则宜考虑北迁龙都。否则，来年南人巨船逆河而上，就算老臣领着剩下两营中军战死城头，也未必能保得邺都周全。"

此话由当朝太傅口中一出，殿内旋即又陷入了肃寂与沉默，而在其中，更有一人的脸色已然变得煞白——本来并不想掺和战事，争夺兵权，以求竭力保住政务权柄的悦绾终才参透了玄机。此刻，一旦有太后预备迁都的章程定下，那么整个河北的贵族豪强便会闻声而动，无所顾忌般地迁移财产丁口，而刚刚摸出个底细的田籍户口，便自当流乱。尚在千里之外的战火最多会迟滞改革，但迁都之举，则会让自己与尚书台所有的努力付诸东流。

"太后谨慎。晋人兵锋尚远，若草率迁都，不仅会立挫我军士气，更是要动摇大燕国本……"他正待慷慨陈词之际，却感觉自己的衣角被人用力拉拽了两下。而悦绾刚收了声，身旁的皇甫真便抢上了一步。

"陛下，太后，我燕国尚有精兵强将北驻幽平，与其一味惧忧于守卫大河，何不择帅拜将，聚上下精锐，一举与桓温决战于河南？"所谓当局者迷，率先冷静下来的皇甫真读懂了惶恐的由来。此时，如悦绾般只管劝诫，并不会有何作用，但若是后发制人，向惧怕溺死之人递出第二根稻草的话，往往能起到意想不到的效果。

"先生的意思是，调吴王来统筹执掌河南诸军事？"而述太后的语气中，显然也没有太多抗拒的意味。

"有了垂父的具装铁骑，南人必不敢在中原穿行。"随后，皇帝接上的一句天真感叹，则算是绕过了迁都之议。而恰在同时，皇甫真也确信自己捕捉到了慕容评再度斜视投来的目光。

"太后与陛下若决心一战，则老臣还有一策。道明回师尚需时日，咱大燕亦可以早前盟誓为由，请长安苻氏东进救援。想那桓温必要费上些心思来调整部属，也好留给咱们整备转进的时日……"

"嗒，嗒，嗒……"

厚实的军靴重重踩在长安京兆府内的碎石路上，无论是衙门内外的奴仆护卫，还是路遇的几个掾属吏员，可是无人敢开口阻拦眼前的这位爷。而当跋扈的男子赶到了府内正堂门口时，立马就收了神通，面对这敞开的大门，他竟如家猫般移步，贴在门板外侧，探头探脑地察看一番后，才敢跨步越槛，进了屋去。

"怎是景略先生一个人在，不是说天王召俺来的这京兆府？"冲着正在堂上桌案旁侧亲自动手煮着茶水之人，男子的嗓门固然又是洪亮了一点儿，可那张黝黑方脸上的笑容，依旧是透着真挚的敬意。

这座京兆府的主人，大秦尚书王猛只是笑着摇了摇头，并未开口搭理这位已冲进堂中的建武将军——真定郡侯邓羌。

"哎，你这夫子，怎还不搭理人？"

"别念叨了，孤在这呢。"

突然传来的这一句熟悉的声音，顿时让邓羌封口安静下来，再俯首扭头看去，果真是大秦天王本人正背身在堂柱后的书架前闷头伫立。随后，符坚转回身来，朝向案几旁的王猛挥了挥手中的两本簿册，毫不客气地将东西揣进了自己的里怀，再一拧身，又招呼着邓羌上前，一起围案同坐。

"嘶——噶——"

眼瞧着天王与王猛就着这些煮沸了的草叶子一阵吹气品鉴，邓羌虽是满脸无奈，却也不得不有样学样，几大口下去，兀自干了一碗不说，还好悬没把自己烫得龇牙咧嘴。

"邺城来了急信，慕容暐求援兵了。"

邓羌虽然时不时地要表演鲁莽，可本人却绝非愚钝。天王借在王猛的京兆府来召见自己，足以说明在其心底，此次要选用的主帅非是王景略，而是自己。于是，他满怀期待地看向王猛，在读出了肯定的神色后，更是心花怒放："天王若有意救援那燕崽子，末将愿请命为天王分忧。"

旋即，符坚与王猛颇有深意地对视一笑："孤若调拨步骑万人，将军且会如何用兵？"

这个问题对邓羌一般的宿将没甚难度，兴奋难抑的他甚至都懒得做思考状："末将先探晋人军势。若其兵锋不及五万，末将领兵北上，与燕军合兵拒之；若超五万，末将则自过颍水，游弋牵制。"

"善。将军之法甚是稳妥。然将军此去，却不只为一战。"这回，故弄玄虚的王猛终于开口了，惹得邓羌心头一紧，恨不得甩过去一个白眼。"将军务必走崤渑之地，东出司隶八关，只管在晋人侧翼袭扰邀击。若能拦住桓冲从荆州跟上的偏师，也算得大功一件。此外，将军更要广布斥候，测绘沿途的山势地貌，何道可疾行骑军，何处可立寨囤粮，皆宜详尽注明。"

话都说到此处了，邓羌哪里还能不明白这二人的那点儿趁机渔利的心思。"羌省得了。然末将还有一请，此次出征，还望征徐成为副将。进军难免仓促，若换了他人，末将怕是用不惯。"

"准。"符坚长袖一舞，顺道还拍了拍自己的胸口怀兜，"将军出征之际，景略公还要赶去河西一趟。待二位归来时，还有更大的惊喜候着将军呢。"

邓羌明白了，这是王猛已然践行了对自己的承诺，他脸色随之一转，便只剩下了感激之情。不过，在出言谢恩之前，他霎时又想到了另一个关键问题。"燕人又非善类，天王与先生为何要去救扶他们？"

符坚闻言不禁拊掌而笑，而王猛则甩手拍了拍桌案上的一叠信笺："小皇帝与慕容评联名陈说，愿以荥汜以西的土地为偿。"

"西边的地都割了，那洛阳岂不也是天王的囊中物了？"邓羌抓了抓自己的发髻，颇为疑惑地盯向王猛，"那燕崽子能履约乎？"

"其实，咱还巴不得他们毁约弃誓呢。"王猛只是嘟囔这一句，便即刻收了声，不再赘言。

"荒唐！割让洛阳以西之地？如此条陈，太后与陛下怎可准允？"这个邺城南道的小官驿本就不大，慕容垂的这般洪声惊喝，险些要把那不甚结实的屋顶直接掀了去。

"殿下，事已至斯，事已至斯。"与他并肩密谈的悦绾，此刻也不得不跟着起身，好言安抚，"秦人未必会来，来了也未必能赶上一战。上庸王言，此举多为牵制晋廷后进之军，态势之关键，还在殿下能否以雷霆之势速胜桓温。"

"速胜？谈何容易……"按下一肚子火的慕容垂轻声叹了口气。而今，太后与陛下将河南军事尽付于自己，却不准他带兵入邺城授印，转身又不惜以四兄舍命打下来的西进支点为代价，向苻秦求索援兵，这般倚重与不信任并存的境况，不仅表明了朝堂局势的紊乱，且绝非是取胜之道。"桓温兵虽不多，可仗着漕运之便，可四向穿插，连战连胜，兵锋已近枋头。咱此番前去，必先与之相持，磨掉晋兵的锐气。至于破敌，只能暂待机遇了。"

"也罢。道明之意，绾自当找个时机劝谏陛下与太后，邺都必不会有催战的乱命。"

"此番，咱率精骑折返得匆忙，余下的粮草辎重估计刚入冀州界，且这一来一回，还要损耗不少。然诸军的后续粮草不至，咱是万般不敢贸然渡河的。此事还得靠士合兄费心操劳了。"慕容垂先是施礼请托，可刚一直腰，便又给尚书台的难题加了码，"桓温兵过不了十万，咱断然不信其能同时击溃青州军。玄明此番定是受阻于水道，被晋军楼船阻断，才使得音讯不通。待到我与他伺机合兵后，那一部的补给也得预先算上。"

"楚季如今已将邺都的仓房搬空了，如若还要……"悦绾虽有无奈，但还是深提了一口气，"殿下放心，既已至危急存亡之秋，绾就算向冀州的豪强大户们去借，去征，也定要保得大军用度。"

"士合兄！"慕容垂倏尔再又起身，"垂虽不懂士合兄举政之艰，然当此纷乱，且不宜开罪再广了。唯愿珍重！"

"时也命也。"悦绾同样抢上一步，"殿下此战过后，怕是更难逃猜忌。亦珍重吧。"

于是，两个人便在邺城南道的破旧驿馆中，对拜作别。

成　　败

身材伟岸的男子负手站在巨大且精细的挂图前良久不语。哪怕是如今年纪渐长，双鬓也已落霜，可岁月的冲刷依旧无法抹去他年轻时的绝伦姿容，还有那誓要气吞山河的巍然气魄。而当下，这份气度却正与极为无奈的现况交缠结捆，压在心头，几乎使人无法喘息。

这张涵盖了淮水至中原的山势水系详图，桓温已不知在过去两年里熬夜研究过多少回，尤其在慕容恪死后，他不惜顶着建康的诘问与掣肘，在淮水沿线大兴徭役，修渠浚水，选拣精兵，累年战备……终是耗费了无数钱粮，才敢自诩制定了完备无虞的北上伐燕大计。且事实上，北伐初期的战事确是异乎寻常般顺利，汛期早至更是使得桓温能够更加从容地择取战机，驱使千石的战船驶入川泽，不仅为晋人解决了粮草转运与损耗的难题，更可以源源不断地将小股部队穿插转运至燕军侧后。于是，借着天时地利，桓温北上西进，三场大战尽皆完胜，其余的小仗亦是胜阵无数。

然而，随着他的视线在挂图上逐渐北移，此番北伐缺乏人和的劣势便彻底显现。自己的兵锋虽是一路猛突直至大河南岸，可一路上燕廷的将军令守们却是溃退者多而降者寥寥。同时，这中原地界上的乡绅百姓们对于晋廷"王师"的到来表现得亦是格外冷淡。论起缘由，倒也算这位晋大司马的一体之过。他当初一伐关中，二伐司隶，均是虎头蛇尾，大军一撤便得而复失。以致此番，哪怕是心向南廷的遗老遗少们，都未必对他三度北伐存有多少的信心了。

于是，当桓温终于兵临枋头渡口之际，五万大军便随着统帅一起陷入了迷茫。东出司隶的秦军现身陈地，使得荆州的桓冲一部难以迅速北上会师。且跟进疏浚清水与巨野泽的人马又频频受到一股难觅踪迹的燕军袭扰，工程严重滞缓不说，更逼得桓温不得不调出北府精兵后撤巡卫。由此一来，面对着换了"慕容"纛旗后便闭门不战的燕军大营，若想强攻则兵力略显不足，更要时刻照应着具装铁骑的威胁。而若是就地对峙，则自身突入过远，且沿途郡县并未实控，难以就地征发足量的民夫来修河运粮。至于跨季越冬的钱粮靡费，更是他大司马府无法长期负担的。

终于，这已成鸡肋的两难局面恼得桓温是一拳重重砸在了眼前的挂图之上，而一股寸劲竟直接震得木制的挂架崩了一脚。这份曾经的宏图伟业，更是应声歪倒下去。

"咔。"

而正是这一声木头碎裂的声响，扰得正闭着双目静坐养神的文士缓缓抬起了眼皮。在快速观察厘清了大司马的心境后，身为谋主的郗超除了暗自叹息外，也是再想不出还能有何言辞，才足以劝勉这位已然权倾南境十年之人早下决断。

毕竟，自己早在月前对阵鲜于亮之际，便已向大司马提过急、缓两策。"急"，即以大军佯攻枋头，牵制燕人的守备力量，再遣三千善渡精锐绕至侧翼河段，以舢板皮筏偷渡河北，若能搅得前线燕人军心涣散，便可趁势取胜，即便无果，也可围扑邺城造势一番；哪怕大军就此班师，也足以宣取荣勋。"缓"，则是在驱退鲜于亮后，不必赶着进取河北，更宜顺势将大军，乃至大司马府移镇淮北，就地收纳税役，以屯养兵，待到冬季，再行掘通石门水道，一两年内若能驶大船入大河，到时再剪灭北虏，便是水到渠成之事。

不过，就算是在献策之初，郗超多少已预感到了大司马并不会单取任何一策。自他入幕之后便看得清楚，随着日益位高权重，桓温早已失去了当年孤军灭成汉、笮桥破成都时的锐不可当。愈发求稳之人未必会肯冒着枉送三千精锐，无功而返的风险选用急策；至于缓策，单论军事或不失为稳妥，但权臣用兵，向来都要沾着点儿朝堂争斗，以当下建康城中的对立掣肘之势，大司马是既无法承担连年战时的损耗，更不可能拔离本家势力的基石移镇淮北的。因此，桓温最终所做的选择也不难推断——结合两策取中。一面行军北上，试探枋头守备，一面积极调令，疏通石门河道。然而，趁势突进的态势一散，便自然会在燕人换上能力更强的统帅后，任其将大军拖入当下的窘境。

至于破解之法，郗超自认除了设法全军撤还淮北外，其实也未尝不可再奋力一搏。不过，此刻的他，却始终不愿出言助大司马下定决心——又或许，身为夹在世家门阀与桓氏势力间的谋主，亦不想让桓温再立奇功，以致建康赏无可赏，从而戳破最后一层窗户纸吧。

"都进来！"

终于，随着貌似已然决意独裁的桓温的一声呼喝，在外等待了许久的一班将领鱼贯挪进了帐内。郗超猜想，大司马该要布置撤军了，于是，他抓紧理了理衣冠，起身守在了帅案旁侧。

"大营诸军即日起减兵增灶，后军变前军，取道沛地南归。"桓温在传令时，依旧是负手盯着挂图，似乎并不愿面对众将，"令后军都督桓冲，即刻节制右军及北府兵，就地驻防，护卫大军归撤。再有，侦骑全部撒出去，寻觅燕人铁骑的踪影。都去吧。"

"遵命！"

在一片渐起渐落的呼应声中，郗超却见桓温伸手将其面前的木架扶了扶正，指尖亦在挂图上摩挲滑过。想必，在那背着众人的面颊上，该是阵黯然不舍的神情吧。

"老将军，这是何必？快快请起。"晋人撤军的诡计刚显出端倪，可还未等慕容垂升帐布置追击事宜，本应率部休整的鲜于亮便闯到了自己的面前请战。老将军虽是已年过六旬，可在当下这匍匐到地的力道，却又非是慕容垂能够靠着腰臂之力拉得起来的。"老将军，这大营内外的几路人马各有统属。老将军的大帐在沙洲岛上，所部尽数在拱卫岸滩，非是咱不近人情，若待老将军提兵上岸，那桓温早就遁逃无踪了。"

"大都督误会了。末将并非是为抢功而来，沙洲岛上的部属不动一人，营中诸事也已安排妥当。老朽只求能单骑随同追击之军出战，甘为马前卒，还望殿下垂怜允准。"鲜于亮缓缓抬首，双眉紧盯着眼前之人不放。

说实在的，此番他的确给都督河南诸军事的慕容垂出了个不小的难题。正如其所言，当下枋头所辖的燕军各有所属，除去从幽州亲领调回的六千具装铁骑，对于邺城城郊大营之兵与豫州败兵，慕容垂也只能以大都督之名支令傅末波与鲜于亮才可行事，且大多的尉校吏佐，他可是一概不识。而如今，鲜于亮欲脱离部署，只身随军追击，便是要使沙洲岛上留驻的豫州军一部脱离掌控，若是追击不力，或是桓温用计回师，则必将危及河岸渡口。

"老将军先起来。"这回鲜于亮没再抗拒，毕竟该说的均已言尽，也只可等着慕容垂做决定了，"晋人虚灶撤军，其中军已不知走了几日。老将军应知，追击之军只可为具装铁骑。"

"末将知晓。"鲜于亮听得口风不对，便要俯身再拜。不过，这次却被慕容垂抢先用双臂架住。

"那老将军更知，具装铁骑出击，自然是由本将亲自统领。"慕容垂清楚自己与桓温的分量。以麾下六千精锐追击数万从容退走的晋军，可绝非是件值得相赠的轻松功绩。况且，在他的腹案中，那抢先突击的一部，更是要置身绝险之地的，哪怕自己多少也参悟了老将军的用意，却无法草率准其所请："然枋头防务，还须有威名显赫的上将接手……"

"老将军？末将日后悉听老将军之令了。"傅末波抵达中军大帐外已有些时候了，至于帐中的言语，断断续续间也是略有耳闻。因此，在守到鲜于亮手捧着一匣符印退出来的时候，他自然是要上前恭贺一番的。不过，在唐突之后，傅末波却也发觉，鲜于亮的脸上并没有一丝的喜悦与得意。

"哦，是傅将军。"随后，鲜于亮的一番话更是让傅末波直挠头，不知其是在答对自己，还是在自怨自艾，"足下才是好福气，背靠大树，不必费心世间评说。可老夫呢？当年在廉台连丢七寨，虽是公子用计，却还是成全了冉闵的勇毅。此番，又是败给桓温三场大仗，而今不得雪耻，那后世该如何书写我鲜于亮之名？鲜于十败，鲜于常败……与其捧着这匣里的东西守在枋头当都督，倒不如战死在阵前来得痛快。"

在旁恭听的傅末波虽是听出了些许嘲讽，却也领悟到了更多的落寞。似懂非懂间，在他的心头，亦是翻涌出了些许陌生的波澜。

"将军，小心！"

具装战马上的羊伍已经不是第一次发出这般惊恐的呼叫了。他口中的将军实际上只是具装铁骑中执领千人骑的校尉，但身为皇家心腹的精锐之师，各级将佐的品秩与勋功又要比寻常边军高出许多。因此，当自家这位已能呼起风、唤起雨的将军每每陷入晋卒围剿中时，周边的属军袍泽亦是无不杀红了眼，吼破了嗓。

然而，千名铁骑一头扎进了上万晋军的身前，在这狭长的河岸之侧，便处处都是险境，稍一出神，就要付出血的代价。才刚喊完话的羊伍，即被马首右侧的一名晋卒挥刀刮伤了大腿，连带着胯下的战马，也因脖颈受创而嘶鸣乱踏起来。不过，好在具装精锐人马覆甲，这一击的力道不轻，却不至于将他掀翻坠地。

再随着马首左倾，便刚好朝着那晋卒的方向闪出一个侧身，羊伍磨了磨牙槽，顺势掂量起了手上的骑矛——方才陷阵之际，带着战马巨大冲力的矛锋，虽是至少戳飞了两个贼子，可也不知赶在何时对撞的一下，折裂了前端的矛杆。铁骑又咧了咧嘴，干脆抓住这个档口，将手中骑矛抡圆，当作棒槌一般，就朝向那晋卒的头顶砸下。

"啊！"

骑矛霎时便在折裂处断为两截，而发出惨叫的晋卒怕是再也休想起身了。

这回羊伍终于得空喘了口大气，腿上的伤口也开始酥麻作痛，比不得战马罩身上镶挂着甲片，自己只裹着一层札甲的大腿反而伤得更重。不过，他也只有几息的工夫来琢磨咒骂，转瞬便又有三五贼子朝向他围聚了上来。羊伍见状，立马抽出了随身的环首刀，先是拉动缰绳，冲向远端形单影只的敌兵。战马扬蹄而去，短时内的速度虽算不得迅疾，却也足够他居高临下，抢占先机，环首刀斜上拉挑，再接上一个横抹，那敌兵迎面刺出的长矛便被格歪了方向，且疾闪划过的锋刃，顺带着又将贼人的胸口一并咬碎。

策马回旋的羊伍根本没有机会去辨别那跪地的贼子是死是活，前方便又有三人沿着自己方才冲杀的路径结伴扑了上来。他这回是更为从容了，马首前的冲刺距离将近方才的两倍，故而纵使以一敌三，临战搏杀经验还算丰富的骑兵亦自信能够杀敌立功。

"嚯，哈！"

他踩镫的双脚奋力夹踢马腹，起步疾驰间，双眸死死盯住了那三名贼子中靠在左侧，也是唯一一个手持刀盾的锐卒。

"嗖。"

然而，奔驰中的铁骑注意力尽在正前方明晃晃、圆滚滚的三个脑袋上，对于斜侧骤起的危险却是全然无觉。在那支突袭而来的翎羽已几至身前的时候，羊伍才在惊醒中近乎绝望地拨马拧身，旋即，在一片混乱的声响中，健硕覆甲的马身侧向撞飞了同样披甲的锐卒，而吐着蛇信的飞矢，则同时切咬进了骑手的胸甲。

一声响亮的嘶鸣穿透了黄昏下的战场，因受创而后倾的躯体牵带着手臂，死命地拉紧了缰绳。终于，咬牙吃痛的羊伍好不容易才在鞍辔上稳住了身形，可停滞下来的马蹄又给骑兵带来了丝毫不逊于暗箭流矢的致命危机……

身为执领千人的铁骑校尉，于丰临阵搏杀的经验可远非普通的军骑能比。

自打昔年随恪公子在辽地剿杀麻秋时起，他便已深谙在眼前这般步骑乱战中的生存之道——战马不能停蹄，切不可给贼子步卒围拢上来，尤其是从自己视线盲区袭击的机会。

然而，看家的本事若能靠口说学会，也就不值钱了。原本紧跟在校尉身边，从而陷入晋人中军的二十骑均是不见了踪影，仅剩下于丰一人，仗着腰腿上高超的控马技巧，还在人群中横冲直撞。他杀至尽兴时，甚至已是双刀挥舞。右手的环首刀本就是在坊居中千锤百炼出来的宝物，而左手上的，由太原王殿下赏赐下来的短刀，那自然更可称为神兵了——在崤山一战后，于丰的军阶未得升迁，倒是得了远超双份的勋功与恩赏，殿下随身的佩刀便是之一。也同样是在那一战，阿弟于获阵亡，使得这位身负统兵职责的校尉突变了性情。无论是巡弋剿匪，还是切割敌阵，均是不惜性命般地冲前拼杀，任凭周遭的部属如何劝谏阻拦，他亦是全然不顾。为此，众铁骑也不得不多分出心来，帮自家校尉时时检视四下的危情。

"将军，小心！"

在听到这一声呼喊时，于丰恰刚跃马杀出了一个包围圈，由此，才有了机会抬眼望向同在奋力搏杀的部属精骑。然而，在他一眼扫到了那正被三个晋卒追讨的袍泽之时，视线边缘的另一处发现，却让燕军的校尉顿时怒火中烧——晋军的步弓手正搭箭瞄准，意欲偷袭。

铁骑校尉暴喝一声，但这在嘈杂的战场上显然起不到任何作用。他赶紧踢镫俯身，试图以最快的速度去解决掉张弓的贼人，可百炼利刃的锋鸣终究还是慢了一步。而在筋弦弹响之后，晋人弓手才拧头探查起那疾速迫近的阵阵轰隆，在面露惊诧的刹那间，一股寒光便在弓手的眼前划过……

于丰根本没有去理会那颗被自己劈落翻飞的头颅，他第一时间再度望向那名被暗箭袭击的部属铁骑——人虽是勉强控住了战马，但一支翎羽确也镶嵌在了草草覆甲的身躯之上。随后，他便亲眼看见余下的两名晋卒一前一后，追到了停蹄的战马身侧，将受伤迟滞的部属拉下了马背。

铁骑校尉瞬时就要睁裂了眼眶，他用左手短刃的刀背死命磕向马臀。待到那两个专心抢功的晋卒反应过来，于丰的战马直接扬蹄一跃，右手的长刀从肩膀斜向横拉，当即劈倒了一名晋卒，同时，左手的短刀顺着劲头，一把捅入了另一人的后心。在这电光石火之后，战马的四蹄与两具尸身先后坠地，而于丰由于只靠双腿驭马，在这一番左右摇晃后，难免也有些胯坐不稳，好在是疲惫之下尚有余力，他及时拽住了缰绳，才没有从鞍辔上跌落下来。

　　不过，于丰竟也由此停蹄驻马了。趁着四下无人，他想着不仅要查看方才受困的部属袍泽情况如何，更重要的是，还要在这五六具尸身中找回太原王所赐的那柄宝物。可就在刚刚脱镫落地，挪了没有两步，眼前那一支穿胸钉地的长矛直惹得他破口咒骂起来。随后，于丰又在战亡的袍泽周边寻觅了一圈，才终于在一名贼子背上，找到了自己一击下几乎没刃的短刀。他一脚抵住晋卒的尸身，再动手去提拉握柄……

　　战场上的危机，偏偏就会赶在这般短暂的懈怠间骤起——两匹快马，即刻又朝向这里奔踏而来。

　　于丰在拔拽短刀的间隙望向蹄响的方向，两名冲向自己的飞骑显然不是自家的儿郎——马匹不够高大，且未覆甲具，再看骑军的打扮，又是过于精致且醒目。他刹那间理解了吴王殿下为何命自己领军疾袭至襄邑地界，想必在这河槽沿岸，尚存有晋军的高官大将。而眼前的两名南人飞骑，说不定正是桓温本人的亲卫。然而，电掣至前的骑影甚至没给于丰腹谤慕容垂狠辣手段的机会，铁骑校尉单膝跪地，支住自己的身躯，右手环首刀高举过顶，一声脆响后，算是勉力格挡住了第一杆扫下的长矛，几乎同时，左手恰好也从脚边尸身的骨缝中抽出了短刀。可随后，于丰便做出了一个不甚明智的决定——面对紧跟而至的第二骑，他没有再抢起已被震得酥麻的右臂，而是以左手的短刀匆匆迎敌。

　　可这回劈砍下来的，却不是只有一截锋刃的骑矛了。

　　晋人飞骑的环首刀并没有如同经验丰富的铁骑般，径直削向敌人的脖颈，倒是摆开了弧度，劈向了胸膛。而于丰刚刚挥出的短刃本就慢了一拍，再加上锋刃过短，交击之下，竟未能完全格住环首刀的下劈。

一声惨叫跟在铁刃相碰的声响之后，晋骑的环首刀被举挡的短刀格偏了角度后，恰好在横向卷切下，齐腕削去了于丰的左掌，而后，又借着马匹的冲力重重砸在了他的头盔之上。疼痛与迷茫伴着眩晕，拖着于丰的身体重重仰倒，在耳畔的震鸣与回响中，他好似望到了才刚掠过的第一个晋人飞骑，竟一头扎进了远端的迷幻旋涡，而斩掉自己一手的贼子似乎刚欲收割战功，便被飞掷而来的一柄利刃砸下了马。随后，在众人拥簇下飞奔近前的那个轮廓，让他依稀看到了恪公子的影子。

在于丰彻底晕厥之前，他能够确定两件事：一是自己虽是受了重创，但或许还不至丧命；二是断手残废之后，也终于能说服自己，卸甲返归平州老家，侍奉父母，携妻育子，安心过活……

于丰的内心平静下来，他宁愿就在这河岸的战阵中，好好睡上一大觉。

慕容德在近几年里，总能收到评价自己渐有四兄风采的赞誉，而他自己在用兵征伐上，也的确愈发透出慕容恪昔年的深谋与务实。就在此番桓温北侵之际，慕容德念于淮北、清水一线被晋军阻断，自己麾下的青州兵根本无法助力鲜于亮扳回颓势，于是果断擅决，将部属化整为零，分散袭扰。而在晋人放弃了于清水通渠，联结大河的工程后，慕容德亦感知到了南人的撤军意图，并且终赶在襄邑——如今漕运的最北端——截到了桓温中军。

"驱敌至河岸，救出受困的袍泽。"

大燕的范阳王恐怕自己也不清楚这句呼喊在混乱的战场上，还能起到多大作用。不过，在赶到襄邑后，慕容德之所以不等与五兄的探骑联络，便亲率麾下的两千前锋擂鼓冲杀，为的便是不忍目视近千的铁骑儿郎，就此被围剿歼灭在岸滩之上。

同样，直至今朝，他也才算彻底领略到了慕容垂行事冷酷的一面。眼前的千骑亡命疾驰，突入南人最为精锐的中军，分明只是为了搅乱桓温的部属，牺牲自己，从而为后续的大队铁骑博取战机，掩杀晋人的主力。慕容德虽是明白，此战唯有尽可能地杀伤晋人精锐，才能真正打消桓温趁机北上的野心，不过，在自家铁骑声势渐颓之际，他还是无法继续袖手旁观。

"杀！"

跟随自己突击在前的五十亲卫不断地在耳边呼喊聒噪，而慕容德却仍在努力扫视着战场中各个不起眼的角落。他先是发现了两名衣甲光鲜，不算常见的晋人飞骑。于是，在策马驰援的途中，他先是从鞍囊中摘下了一柄耳斧，且几乎是赶在身边的几名护卫围剿未及逃走的一名敌骑的同时，这柄飞斧便凿穿了第二骑的前胸。慕容德打眼看向那仰面朝天、已近昏厥的铁骑袍泽，从这人的衣甲来看，似乎还是个不大不小的将领。不过，他除了示意亲随上前救助外，却再也没有投去过多的关注。只因顺着方才晋人飞骑扑来的方向，分明已可在岸滩的边缘，依稀辨识出桓温的纛旗了。

骑槊所指，号角铮鸣。当一面纛旗如疾风般扑向另一面时，燕军的士气固然高涨，但晋人统帅也不是坐以待毙的蠢材。因此，当慕容德的槊锋好不容易将沿途阻拦的晋卒杀至溃散，也只得在岸滩上眼望着一众甲士拥簇着大纛与那个身影，在千石的楼船上与自己凝目对望。

又是一阵轰鸣逐渐清晰，他知道这回该是慕容垂的具装铁骑掩杀上来了。这一战，五兄的斩获自然可轻松过万，以致南人的兵锋或许也要沉寂上几年的光景。然而，一场大胜当真会给自己兄弟带来荣耀与安稳吗？此刻，驻马岸滩，眼望着波澜荡漾的慕容德，将自己绞缠进了一团乱麻之中。

疏　离

邺城的白日里或许依旧繁华如故，但自从太原王风光大葬那一日后，每当日头开始西沉，坊市里喧嚣的沉寂却是愈发利落了。而一度兴旺鼎盛如繁梦楼，已再度更易了主家；曾经引人注目的西域胡人们，也在结队离城西去后便不知所终。以当下邺城整体的情形来看，虽未必会立起波澜，但哪怕是城中的寻常人家，都足以从表面的平和中察觉到处处涌动的暗流。

天色渐晚，一辆牛车一如寻常从尚书台缓缓驶出，而骑行在侧，以及步行跟随的甲士护卫们，却经过几轮的扩充后达到了三十人的规模。车厢内的中年男子在例行归家的这段路途中，往往会选择闭目小憩少许，好将白日中那些繁杂的文书琐事放空一下，以便回到家中，关起房门后，再来细细琢磨日渐凌乱的朝堂局势。

他当然清楚此刻的暗流与涟漪都是如何掀扬卷起的。枋头一场大捷，虽是重创晋军两万余众，打得南人暂且不敢北顾，但对于化解燕国上下重重的痼弊，却并无太大的助益。而正倚靠在软垫上的中年文官，依然选择赶在这种时候抽刀斩麻，不惜冒着进一步激化矛盾的风险，在河北诸郡强行启动清查荫户奴户，释放土地人口……他便是在赌，赌那些势及朝堂的勋贵们总要顾忌被视为自己政治盟友的宗王正执掌重兵在外，赌余下的不入流的宵小们，亦会被车厢之外的阵仗所震慑住。

不过，在外驾车的奴仆未必能时时领会到自家郎主的心境，竟还有些悠哉怡然，耍着花地使唤着手里的缰绳。在他看来，眼前这条归家途中必经的窄巷与寻常无甚差异，直到翎羽的吟吼霎时打断了车夫唇边浅浅的小调，那一支横飞的弩箭直接击穿了奴仆的前胸，他好似发出了哀号，可这卑微的声响，旋即便沉溺淹没在了四向暴起的斗喝浪涛之中。

垂死的躯体刚刚翻下车辕，更密集的箭矢便在牛车周遭织出了一面噬人的网兜，而随行在侧的三十护卫才刚在突如其来的一轮远程打击中缓过神来，便也立马被人数上丝毫不逊的锐士们迎面绞杀——以当下巷中的战斗规模，与其说这是刺杀，倒更接近是一场经过精心策划的军事伏击。在战斗起伏的瞬息间，几个人影又似早已计划妥当般，从巷道两侧的民宅门房中蹿出，目不斜视地冲向了中年文官藏身的车厢。然而，在血腥与嘈杂，以及几处箭伤所带来的疼痛的驱使下，充作挽畜的犍牛终是踉蹄惊走了。

这下可再没人有本事去堵截闷头乱撞的畜生了。而文官就此逃出生天的希冀尚未撑过几息，挽索之后的整套辕架，连带着车厢的边沿，便在蛮牛摇尾横冲的力道下，重重砸向了窄巷两侧的屋墙之上。碎裂的声响仿佛让四周的喊杀与纷乱都为之一滞，磕破了眉角以致满脸挂彩的中年文官趁机翻出车厢，死命奔向前方的巷角。他眼下靠着犍牛的帮忙，还领先身后的追兵十余步，想着若能抢过前方的拐角冲上大道，或许还能撞上巡兵来解救自己。

然而，从身后追咬上来的嗡鸣撕碎了最后的一丝生机。被三支呼啸的箭矢穿透了后心，中年文官因这力道直接扑倒于地，抽搐几下后，便没了动静。

当须尖坠霜的将领带着大队的禁卫赶到时，一众刺客早就跑没了踪影，而蓄谋下的伏击现场，竟然找不到一张活嘴以供陈说。将领心里清楚得很，这该是一桩永远也无法解开的谜案了。仅凭横陈的几十具尸首，是敲不准幕后主使的，况且文官已死，即便有风声漏出来，对当下的局势也是毫无益处。他望向在文官背上插着的三支羽箭，竟也好似三柄利刃，直直地刺进了自己的胸膛。

将领低头颔首，默默叹息。自己跟随了慕容氏三代君主，哪怕在最为凶险的辽东叛乱与大棘城之战时，也从未体会过今日这般的绝望。

洛阳地界上，整日里的天气都算不得好。厚重的云朵罩在当空，一片暮气沉沉下，被挡在后面的日头只得偶尔逮个缝隙，才能短暂地钻头探脑，耀出一缕光芒。

在这座守在旧时宫城旁侧的将军府中，慕容垂正背对窗口，靠坐在敦实的高脚案几旁。已近半个时辰了，他一直在端详把玩着这柄新铸的宝刀，据说是玄铁打成的刀身透着漆暗的光泽，仿佛在吸纳着四下本就不甚明炽的光亮。而整块的刀胚，是由本地的豪户赶在慕容垂移镇洛阳司隶、入主这座迎来送往过无数豪杰的将军府的第一天，便虔心奉上的。依旧都督河南诸军事，却也不得不接受部属换防的大燕吴王，自打第一眼看到了这块玄铁天石，便是如此刻般的迷醉表情。一头扎在洛阳城里的慕容垂玩性大兴，甚至为这柄宝刀配上了由金子浇制而成的握把护手。

"嗒，嗒，嗒。"

突然，门外一阵急促的脚步袭来，由于前前后后竟未听到一句阻拦与喝问，慕容垂在心头大概对来人的身份猜了个八九不离十："昨日还非要赶回邺都探个虚实，怎的是想通了，不去费力气赶那无用功了？"

推门闪入的，确是预料之中的慕容德。不过，此刻在他的脸上，却不见了得胜后的松惬，或是跟随兄长进驻洛阳时的忧忡，甚至也不见了在得知要抽调具装铁骑换防时的那股子愤懑，留下的，除了紧绷与僵硬，便只有一层的苍白。

"邺都出事了。悦绾的车仗在坊巷遭贼子袭击，人被当街刺杀身亡。"

乍听到这如异闻般的噩耗，慕容垂缓缓放下了举刀把玩的手臂。他在思虑了少许后，五指一松，金制的刀柄划出掌心。最后，还是靠着坠地的那一声脆响，才将兄弟二人拉回了这匪夷所思的现实中来。

"他终究还是太急切了。若是待我安稳下来，若是能听人一言……"在慕容垂好似自言自语之际，兄弟二人均是没有提及那个高悬的问题——是谁主使刺杀了堂堂的大燕尚书。或许他们都太过清楚了，无论是郊野坞堡中的宵小，因稽田清户而心生怨恨，还是庙堂之上的耆贵出于争权夺利才痛下杀手，整个事件的缘由与真相已不再重要。唯一重要的是，邺都之内，怕是再也没有足以对抗太傅慕容评，以及一众鲜卑贵族的力量了。

"兄长可认为此事与太后有关联？"慕容德俯身拾起了宝刀，随后便以刀拄地，坐在了慕容垂的脚边。

"未必。述太后与陛下一向倚重士合，哪怕是要对付我，也只会在调拨兵权后，再找由头，断不至于当街闹出人命。"

"即便如此，待交出了铁骑兵权，兄长可还认为邺都能容得下你我兄弟乎？"

慕容德扬着眼皮，蹙着眉，一双透着阴寒的双眸正与此刻黯淡的光亮相衬。不过，这回他却未等到回应。身侧的五兄已缓缓起身，目不斜视地挪步到了窗前，远望着天色，良久不语。

"平州还是青州？"最终，还是慕容德的一句好似没头没脑的话打破了沉默，可他也只是短暂地察觉到了背对自己的兄长颤了颤下颌，"兄长若是立马出发，或许还能赶在魏郡外，截住那几千铁骑。把这一支精锐拿回手中，到时与评父理论也好，借道拓跋部直奔龙城也罢，就算为父亲与二兄的基业看管北面的勿吉人，割一州之地以自保，总也说得过去。若是兄长觉得还不稳妥，就跟咱只身去往青州。广固虽不似龙城祖地，背靠着盛乐的姊夫，然南人新败，几年里料也不敢北顾，总好过被撂在这四战的洛阳，任人宰割。"

"那之后呢？"矗在窗口的慕容垂依旧没有转回身来，但在这几个字里却透着丝丝悲凉，丝丝嘲弄。而慕容德也清楚，五兄此刻的怒与戚，其实和自己的谏言无关。"就算评父不敢开战，许了咱一州之地，可宝儿还出得了邺都？就算拖上几年，熬死了评父，然经此一事，我慕容垂在陛下面前，可还有回旋的余地？裂土自保，保得了一世的安稳，后世子孙怕是难免要同室操戈。"

"兄长不愿担下分裂宗室的骂名，可难不成就要在这将军府中坐以待毙？"

慕容德的情绪骤升了起来，"喤啷"一声，将那柄宝刀丢掷在了地上。

"嘿嘿，不如就回去邺都，甭管是哪些贼子害了悦士合，谅他们尚不敢对宗王下手。咱倒是要去讨一个公道看看——"

"下半辈子就被圈在吴王府中，当个笼中肥鸟乎？"旋即，这一番任性戏谑的妄言妄语，便又被慕容德开口打断，"不见篱间雀，见鹞自投罗。"

"或者……"随后，矗立在窗前的身躯仿佛也开始跟着天上诡谲波动的云朵一并摇颤起来，"西走，去投长安。如今燕秦尚有盟誓，倒也算不上投敌。"

"兄长走了，王府里的亲眷与宝儿可如何护得周全？"慕容德闻言，本想开口驳斥，却在思量少许后，发觉自己还真就驳不倒慕容垂。击败桓温、威震天下的名将若不想沾染祸事，掀挑内乱，也就只能奔走他处。而南逃建康乃是投敌，北遁盛乐又无异于给依附于燕国的拓跋什翼犍出难题。由此，唯有西边的长安，或是更西的姑臧，才能容得下、保得住这个已是未至穷途甚至难保善终的大燕吴王了。于是，在一番叹息后，他抛出了最后的一份顾虑。

"宝儿在王妃身边，想必述太后还是能保住自家姊妹周全的吧。"

"也罢。那德也随兄长同去闯一闯长安城。"

"玄明！"这下慕容垂终于转身离开窗口，三步并作两步，靠到慕容德的面前，"你在广固经营了这些年，只要快些赶回去，邺都是断然不会发难的。又何必陪我去担这份骂名。"

"兄长，悦士合可是横死在了街头。今夕不走，他日还是要再去苦寻活路。与其缩在广固夙夜忧叹，还不如兄弟一起，多少能有个照应。"慕容德先是跟着起身，慢慢地凑到了慕容垂耳边，说话的音调亦是越来越轻，"再者说，而今我一路折返回来，又在兄长的书房中待了这许久，殊不知那傅末波守在洛阳的日子里，可在这将军府中留了多少评父的眼线。就算咱回去广固，有样学样，玩物铸刀，怕也是一样哄骗不回个安心。"

重被拾起的宝刀在慕容德的手中被掂量了个来回，他恍惚间，又忆起了自己生父的那一柄。在渝水河畔赠出后，已不知辗转流落到了何处，尤其是握把上刻的那个"翰"字，想必历经了岁月，也早就模糊褪色了吧。但哪怕曾经的影像已然只剩下了粗犷的轮廓，可慕容德依旧铭记着那日里老鸹的叫唱，以及低沉的只言片语——这也是他一定要随去西走的原因之一。

恰在此刻，窗外的日头总算在暮沉的云雾中挤了出来，一股光亮洒在宝刀的握柄之上，反出的耀斑还是值得为之惊叹的。

"这刀，打算何时开锋？"

"此金刀，不杀人。"

眼前的夜幕正以一种不可思议的速度拉坠下来男子孤独地站在船头，在他的耳畔充溢着哭喊与咒骂，四下的一切仿佛都在燃烧着。旁侧里沉没的舟楫，岸滩上破损的旗帜，先后化作覆着一层火焰的锋刃挥舞向自己，提醒着男子，这是一场定会被载入史册的溃败。

随后，一阵轰鸣撕破了烈火的幕帐，岸边的一骑身影扭向了自己。男子定睛望去，虽然内心清楚是慕容垂在领兵对垒，可他却依然坚信那人定是慕容恪。对，只有慕容恪的鬼魂才能做到这般迅疾突袭，才足以让自己筹谋多年的北伐努力，在顷刻间化作泡影。不过，好在楼船渐渐驶离河岸，不久后，便只剩下翻卷的水浪还在不殆地沉吟，他再一垂目扫视下去，却发现浪涛之上隐隐泛着暗红——这河水，怕尽是由被自己葬送的两万南国儿郎的鲜血染红了。

"兄长？大司马？"

还是靠着这两声既熟悉却又遥远的呼唤，才将呆滞神游的桓温拉回到现实之中，而漫天的烈焰与血水，终又幻化回了自己眼前的那一团烛火。晋大司马的目光缓慢移到了对面二人的身上，在这座寿春府衙中，也只有桓冲与郗超担得起在如此的敏感时刻，来与自己化解心头的忧虑。一场虎头蛇尾的北伐，竟是以溃退的姿态终结于寿春城下——最终，以逾两万兵马的折损，仅仅换回了这一座城池。故而，此刻悬在桓温头上的，已经不仅是军事失利的阴影，更有一场可大可小的政治风暴正待袭来。

"景兴。"随后又是桓冲朝一旁的郗超点了点头。

"此番大司马与中郎将虽不利于燕秦两军，然一路下来，终究也是有所斩获。兵进大河，威震北虏，故大司马所虑者，不在兵锋，皆在账目之上。毕竟，累年动用兵徭，靡费的钱粮已然无数，仅是靠着平定一座寿春城，怕是难以堵住建康城中各路党人之嘴。他们必要鼓动清论，来削弱大司马之名望，甚至会在朝堂之上，以军需供应为由，逼迫大司马让出姑孰与京口重镇的兵权。"

"荆州军与北府兵，他人是休想染指的。至于姑孰，本就离建康太近，咱可以将大司马府迁至江北的广陵，也算尽一尽我这个扬州牧的名分。何况，与那帮腐儒相距得再远些，大家过得都能快活点儿。"桓温依旧是阴沉着面色，两个眸子也不断地在藏在烛火之后的两张面孔间游走，"至于名望之事，可还有良策，助我抚慰人心乎？"

"立威。"

两个字一从郗超的口中蹦出来，霎时引得一旁的桓冲掷出了略显惊恐的目光，且这一幕，自然也没有逃脱桓温的视线。

"如何立威？"

"明公若能决心效仿伊霍，便足以镇服四海宇内。"然而，郗超面色从容地吐出这句话，却是桓温未曾预料到的。

"啪！"

而他更未预料到的，还是此刻桓冲的拍案暴起。

"郗景兴，尔祖上可是力平苏峻之乱的道徽公，今日又怎敢妄言废立之事！"

"建康宫里坐着的那位，除了炼丹，再无可取之处。明公不必在意，城里的各家亦不会在意，从他司马家里换一个皇帝，便可安天下之心，又有何不可？"旋即，郗超更是针锋相对，毫不示弱，仿佛其想要的，就是在这小小的书房中激化矛盾一般。

"尔如此行径，便是要我桓氏担上千古恶名，其心可诛——"

"幼子。"赶在不可挽回之前，默声沉思了少许的桓温终于开口止住了自己的兄弟，"景兴可先回去就寝了，我再与幼子谈上两句。"

貌似闯了大祸的郗超却是显得更为从容了。他起身向桓氏兄弟施礼后，便大步迈出了屋去。被噎住了话的桓冲在郗超的背影消散后，才终于明白了兄长此刻的心境，立马又冲至桓温的案几前，意欲再行劝阻：

"兄长，咱大不了一起回荆州，行废立可是要招来大祸的。"

"幼子还是没明白啊。"桓温在兄弟疑惑目光的浇灌下，将自己的视线移回到了面前闪烁的烛火之上，"咱不是董卓，更当不得王莽，若是做了伊霍，自会以之为界，止步于此。他郗景兴而今助我桓氏震慑江南人心，更是在堵我滋生篡立的心思。"

"那……"桓冲听懂了，旋即又挪身退后了两步，使得自己的双眸不再俯视桓温，"兄长便已是决意了。"

"咱清楚，这几年下来，兄弟间为何显了疏远。然我平生因杀伐得罪的人属实太多，而今哪怕只是为得个善终，就已然回不了头了。"或许是天色真的太晚了，桓温竟足以将自己的面庞隐藏在烛火的小小光圈中，"此番行废立之事，便由我一人出面，日后的凶名也自当由我一人承担。幼子速速返回江州，闭门噤言。待咱死后，幼子亦可独断家门之事，到时若想对晋室尽行恭谦，以挽回我桓氏声名，也并无不可。至于我膝下诸子，唯有玄儿的才智可堪大用，不日若是公主点头，也一并送到你府上教导吧……"

待到好似失魂落魄的桓冲跨出屋门之际，他怕是整个下半生都不会忘却追着自己飘出来的那一声慨叹："忠奸兴亡事，尽许天意哉。"

这一日，长安城是惯常的好天气，暖阳与薄云接续在前几日通透丰沛的雨水之后，既不会让人体感过分闷热，同时也保证了充足的光照。且八百里秦川，整年下来是无患无灾，这般的风调雨顺只需再保持个把月，便可守得个大丰之年了。

因此，王猛近来从长安宫中得到的消息，多是天王巡游郊野，并顺路查验几县的农耕。而此番，自己接到传召，去往东城外的戍营觐见，王猛心里已猜出个大概：天王这是要与燕国算一算背信的"账目"了。

"咱领着上万的儿郎疾进了千里，好歹也在谯地堵住了桓冲。那慕容评若是找未曾会师、不尽全力的由头，天王可绝不能任他们搪塞过去。"

结果，前脚刚刚碰到了中军的帐门，王猛耳边便涌进来了邓羌的洪声抱怨。王猛抿着嘴角摇摇头，掀门闪身之际，好悬没和守在近处的吕光撞个满怀。

"景略怎来得这般慢？"王猛的确也察觉到了吕光似乎有话卡在喉中，不过，既然在挂图前驻足的天王抢着招呼自己，他也只好与吕光错身而过，且在心头提了提紧："快来，邓将军此行可是收获颇丰，还恰就契合了景略先前的伐燕之谋。"

王猛并未赘言，进帐后便大步迈到了苻坚身侧，那挂图之上新添的各类标识，已足够他来判断司隶与河南的局势了："如此看来，燕人在司隶的驻军虽算不得精锐，然各个关隘的守备却不曾松弛。天王若遣主力逐个拔除，则必不利于速战之策。"

"自然。想取河南攻邺城，就得过枋头。那地界，已被燕人垒成了天险，甚是恼人。"身后的邓羌估计是一听马上又有仗打，兴致瞬时又拔高了一个层级。

"五行山。"王猛随之甩手在挂图中央的位置画出了一条线，"慕容氏横行中原，仗的无非是具装骑兵。无论是谁想着渡河从南向攻取邺城，都难免要受铁骑与轻骑的连番袭扰。然我秦军精锐若能奇袭并州关隘，控住五行山一线，则据山而下，势如猛虎，燕人便不得不调集精兵，排开阵线与我在邺城以西决战。届时，南线之师再趁机取大河渡口，必是易如反掌。"

"五行山……"苻坚闻言后便陷入了沉吟，"先渡河攻取并州，若有不利，则后路断绝，景略应知此般的凶险。"

"故臣请天王领兵东进洛阳，走河南道，并委臣以两万精锐跨河而击。此外，还须我大秦的具装精锐随臣出征，如此才好与燕军主力一决高下。"

"末将愿随猛公攻贼。"邓羌定是从"决战"二字中嗅出了味道，立马也表态鼓动了起来。

符坚嘴角一咧，打眼看了看王猛，又扭头扫向吕光。在读出了明确的答复后，大秦天王抬手在挂图上一弹："那便按此策整军备战。不过，起兵当在秋时丰收之后，这帷帐中可只有四人，其间切不可走漏了消息。"

眼瞧着三人先后笃定称是，符坚自然也是心情大好，而在他刚面露得意的神色之际，吕光一声重重的咳嗽霎时又让他的双颊泛起了红丝。

"唉，待会儿孤还要去往十里亭，迎接贤良来投，景略可愿同往乎？"

王猛的反应，完全在初显窘态的符坚意料之中。大秦的肱骨权臣愣了片刻，瞬时眉宇间的疑惑就化作了忧忡。

"慕容垂？"

在王猛咬着牙缝说出这三个字后——包括一脸迷茫的邓羌在内，帐中的四人，均是以不同的心境皱起了眉。

"不瞒天王，在得知慕容垂自枋头追至襄邑击破桓温后，猛即有预感，此人未必能容于邺城了。且悦绾之事后，更当如此。不过，却万没想到其人宁可来投长安，也不愿起兵一搏。"

"景略放心，此人既是当世名将，该怎么用，孤心里有数的。"

"天王明鉴。"与符坚略显刻意的随性不同，王猛反倒是极为郑重地躬身施礼，"臣绝非是忧心其他，只是猛自冀州而来，早年既对慕容家事有所耳闻。这慕容垂少时因得慕容皝宠溺，故而为其兄慕容儁所忌，虽算得重用，其先妻段氏却也陡遭下狱，死得不明不白。天王可想，以致如此，慕容垂竟还始终隐忍不发，而今更是宁可弃权逃遁，可见，其人若不是死忠故国，便是心怀大志。"

"那依猛公之意？"一旁的吕光第一次开口，虽态度不明，却多少是在帮着王猛唱和。

"此人不可留，或遣还邺城，或就地……"

"不可！慕容垂乃名将，孤若害之杀之，岂不是失了天下大义？"符坚的眉宇在短暂的一瞬中透出了恼怒。不过，他刹那间又换回了叹息状。"然景略之忧亦有道理，在彻底降服其人前，孤不会授以兵权的。"

"既如此，臣领命。便随天王去迎一迎这位……故人。"王猛此刻的脸色转得飞快，只是在他心底，却是藏着另一套盘算。

"降服其心，谈何容易。天王还是太过仁义，倒是这慕容垂，可惜了……"

金　刀

在这一座奢华且又无比冷清的新府邸中，除了三三两两围聚在一起，还总是操着对于自己来说过于晦涩的关中腔的陌生奴仆外，孤寂的男子身边，竟没有一个足以让他攀谈或倾诉的对象。且他今晚的烦忧又偏不会止于自怨自艾的丧气与颓废，那即将登门造访之人，更是让他本已躁乱的心境又添上了深深的不安，乃至惶恐。

"敝舍准备不周，酒菜亦未有入眼的佳品，还请王公见谅。"

面对诚惶诚恐的主人，来客还真不见外，一面大步奔去内院，一面还将自己的视线在宅舍陈列及主人的身上来回游摆："将军与在下也算得上故交了，万不该做这般客套模样。"

随后，冷清的宴席于正堂一摆，主客二人相对而坐，偌大的空间里，似乎每一个字都会飘转回响好久。而此刻突起的空旷感，更是让主人的心头蒙上了一层阴寒。

"前些时日，天王可是不住感言，昔年在潼关一会，那是何等的意气风发。"来客双眸之中波光闪动，仿佛字字都是真情流露，"只可惜啊，将军今时虽到了长安，然节同时异，物是人非，天下兵戈经年难熄，黎民苍生却还要多受战乱之苦。"

"臣不敢，臣惶恐。"从主人此刻支吾的反应来看，来客先前的每一句话都好似匕首的锋尖，直直架在了他的咽喉上。

"不说此等伤感之事了。"来客颇为豪爽地仰头自饮了一碗，"王某今日来，特是为冠军将军贺喜。天王鸿恩浩荡，不日即加将军宾都侯之爵位，享食华阴五百户。"

"在下拜谢天王。"

在主人有任何的躯体移动之前，来客即抿嘴一笑，挥手阻拦："当然，某亦是有愧于将军，本来天王也要一并封赐君弟玄明以侯爵，却是被在下出言谏止了。道明应知，你兄弟二人远道而来，立时便得天王无尽恩宠，已成了长安城中最为热切的日常谈资。估计眼下，你兄弟二人的风姿传闻更是要铺散到整个三秦之地了。"

主人听到这里，心底也是摸出个大概了。而后，他便下意识地端起食案上的酒碗，不住摇晃着浅浅的浆水，直送到了嘴边，才似有警觉地抬头瞄了眼来客，拱手做了个请酒状。

"然福祸相依，天王恩宠过盛，自然要使得关内的宿将们心怀不忿。"来客顺势托碗与主人对饮而尽，"冠军将军而今已得了宾都侯之位，那玄明更宜暂且沉寂少时。正巧，某即日便要去往河西之地巡查郡县，征调兵甲，此行不妨就带上玄明一同前去，待其与诸军熟络之后，便可再随同征讨姑臧的张天锡。若有战功傍身，再行加爵，自然无人再有异议。"

"在下替家弟谢过王公。再造之恩，无以为报，日后若有驱使，某亦愿为天王与王公先锋。"来客没再推辞主人的一揖。若是此刻面前能有面铜镜，他或许也能读出自己脸上的这副笑意，当真是狡黠至极。

"罢了，罢了。既已同朝效命，为天王征贤择良，乃是某的本分。更何况，将军也许不知，你我多少还算有着同乡之谊。"

话到了此处，宾主二人自然也就将注意力转向了家长里短与风土人情。终于熬到了酒瓮见底，来客已然红着面颊与主人把臂攀谈："这座将军府位置倒是不错，就是人丁还略显单薄，再有，便是府上的庖厨终究还是差了点儿手艺。

待到明日，就让为兄送道明一班奴仆，把这府上的排面也撑起来。"

"在下怎敢劳动王公，如此，怕是还要惹起旁人非议。"

倏尔，来客那本就未至浑浊的双眸中闪出了一道光亮："倒是为兄疏忽了。那不如这样，道明今日先赠予个小物件，过两日，我再行回赠上几个奴仆到你府上吃饭干活儿，旁人也就插不上话了，如何？"

主人闻言，眉角抽挑了两下，或许是为将面前这心机似海之人尽快送走，或许同样有意顺手巴结，他在环顾四周后，发觉周边的一众物件竟多是天王所赐，于是心头一横，便将挂放在木架之上的那一柄金刀取下，赠予了来客。

"这偏殿里连个活物都不见得有，尔等还要继续跟着孤进去？"

女子似乎完全是漫无目的地在宫群中穿梭游荡一通后，竟是在这座尘封已久的偏殿前停驻了脚步。如今的她贵为太后，却是只剩下在自己的后宫内活动的自由，并且身后还总要跟着些许眼线。或许，正是缘于这份无常的残酷，她才会不由自主地又回到所有唏嘘与不幸生根发芽的地方。

身后的一排宫人侍女无人搭腔，也无人敢挪步上前。可足浑述儿纤手一挥，几个依旧能够保持忠心的禁卫便为她拉开了大门，并转身为他们的太后阻拦住了躁动窥探的身影与目光。

述儿沿着门墙的腰线缓缓在殿室内踱步，闷浊的气息更是浮动在眉眼与发梢间。燕国的太后始终没有完全厘清——最近更是彻底放下了这份执念——自己到底如何辜负了爱人留下的基业。

尚书悦绾被人当街刺杀，侍中皇甫真闭门不出，自己曾经意图勉励维持的制衡之术立时分崩离析。且在慕容垂与慕容德奔走出逃后，当下燕国的军政大权尽皆落在了太傅慕容评的手中。为了避免血染萧墙之祸，述儿最终选择在那一双阴鸷目光的注视下颁出诰谕，自己虽不再称制，可名义上得了还政的皇帝也不无意外地即刻变成了傀儡。至此，述太后不仅不再于大小朝会中露面，甚至连与皇帝的会面亦是日渐稀少，而更多的时候，她只是在这被裹禁的宫中游走，追忆……

"咳，咳。"

或许正是天意所指，一缕污浊迫使述儿在一面屏板前停下了脚步。她不甚清楚的是，就是这层层雕花的木板，以及从其背后的暗廊中所掀起的波澜，推着曾经残暴但也强盛过的石赵走上了覆灭的道路，随后亦改变了似乎依然强盛的慕容燕的命运。

"太后？可是太后？"

突然，一声羞怯且低沉的轻唤短暂地扼住了述儿的呼吸。这个坚强的女人在稍微平复了心情后，还是鼓起勇气，将自己的面颊尽可能地贴向雕花的木板。

"你是谁？又为何会在这里？"

"奴婢拜见太后。奴婢以前就知道这殿里有道暗廊，才摸进来候着的。"这时，述儿基本确定了，与自己隔屏相对的人，大概只是个少女的年纪。

"妮子应是宫里人吧。当下风声这么紧，你又是如何独自跑到这偏僻地方来的？"述儿的语调渐显轻柔。虽对眼前朦胧的少女依旧心存警惕，但有个新鲜的声音能与自己说说话，也算是近日里难得的光景了。

"奴婢以前确实在这边服侍过，后来便出宫去了。"

述儿只好奇这个奇怪的妮子，面对自己时能做到不卑不亢，可每句话里却都还仿佛藏着些秘密："你今日是特意跑回宫中来寻孤的？"

"不敢欺瞒太后，奴婢是拿以前的腰牌，跟在膳司的马车后面混进宫的。还要靠着姊夫帮忙，才打听到太后的行踪。方才，是从西侧的墙后钻进的暗廊。"

"姊夫？"

"奴婢混进来后，先是在中华门找到领班值守的姊夫，他才将奴婢送进了后宫。"少女在说起此般事时，语气中甚至听不出一丝丝的惧怕与警惕。而这份少见的天真与憨呆，让述儿念起了那个总要黏在自己身边的人。"哦，对了，奴婢的阿姊就是整日跟在律公主身边的侍女，这回便是她们遣我来的。"

"她们？"述儿终于摸清了少女的来意，便更显急切地几乎贴在了屏板上。

"律儿……吴王妃近来可好？"

"禀太后，王府外面总有人晃来晃去看守着，但也不是完全不能走动。王妃遣奴婢来，就是要向太后报平安，'那些人'还未曾因殿下的事为难府里人。"

"还有呢？她们还需孤做甚？"

太后的"聪慧"帮陌生的少女解决了难以启齿的大难题。木屏之后，立马便撒出了连珠般的快言快语："王妃还想问太后，有没有法子能送人出城，她想带着宝公子去寻吴王殿下。"

"这个痴人。而今里里外外均是由太傅掌控，孤已是连内宫都出不去了，哪里还有本事送人出城的？"述儿不住地叹息起来。然而，她的双眸中旋即又聚起了亮焰："妮子，下面的这几句话一定要记牢，带回给你家王妃。"

"奴婢遵命。"

"卫将军傅颜马上就要被外调领兵，讨伐敕勒人了。孤一时在朝中，便再无可靠之人。你家王妃万不可赶在这个关口惹出事来。偶尔出入时，更要多带随从，否则一旦出事，连累的不只是自己的性命。"述儿一顿严词之后，眼中终又溢出了阵阵温存，"待会儿我就带着殿外的眼线离开。妮子小心着点儿，去找你姊夫，为了自己和家人，以后莫要再冒这般风险了。"

述儿在迈出这座偏殿之际，亲手抢在两侧的禁卫身前拉拽关合了大门，而在回望的最后一眼间，日光恰透过窗板，在近处的地上渲出了栉比的条纹。她的嘴边挂上了一个微小的弧度，不知算不算因果轮回，自夫君英年早逝后，自己余下命运里的苦痛与慰藉，竟然都是在这小小的殿室中生根发芽的。她不住地幻想着，若是当初自己从未识得冯木罗，或是龙城那一晚，也没有在湖心亭中偶遇傲公子，再或者，从未跟随着慕容翰去往大棘城……那么，以自己的美貌与小小聪慧，又会过上怎样的生活呢？

日头早早地探出薄云，甚至给林间的鸟儿也注入了一份不寻常的活力。蒲坂的两岸，亦是从清晨开始，便是一番人声鼎沸的热闹景象。也只有这一片嘈杂的声响与叠层穿梭的人影，才使得男子能撑起胆子，徒步靠向了眼前东去的渡口。

慕容德换了一整身奴仆的粗衣，一路骑来的战马也已藏在了北面的小树林中，他自己尾随在不同的商贩行伍之后，绕着那个守着码头的茶水摊棚观察了数圈，可心底的狐疑还是无法安稳落地。他挑了一块可以窥视摊棚的大石，将身子靠在一旁，继续时不时地观测着周遭事关生死的瞬息变幻。

斜眼瞥睇了大概一刻钟的光景，茶水摊棚中歇脚的客商也差不多换走了一半。突然，头顶树枝上落脚的一只老鸹冲着自己鸣叫了几声，虽是在人声繁杂的渡口并不会引起几个人的注意，不过对于慕容德来说，在内心难安之际，便总要给每一件不寻常之事附上福祸相关的联想，且在他看来，这只老鸹显然不是前来报喜的。于是，在他弯腰起身准备移位的时候，还顺手捏了捏揣在怀中的那一张硬笺。

"王猛意欲加害，速走，蒲子相会。"

慕容德小声嘟囔着这一句。天王苻坚固然慷慨，但这王猛的本事却是更为悚人的存在。然而，由于信上短短的一句话是用自己已有近十年间都未曾使用过的鲜卑文书写，因此，在当晚收到信件时，也只能勉强认得大意，更根本无法去辨别其是否出自慕容垂的笔迹。不过，既然送信之人自称是受雇的游侠，且分明操着一口川蜀方言，那么怀中的纸笺文字便不可能是其一手伪造，再加上一同呈上的信物，乃是自家五兄那把新铸的金刀，整件事也就由不得慕容德不信了。

于是，单骑追随王猛赶赴河西的慕容德，又是趁夜离营遁走，照着"蒲子"二字一路奔到了直通并州燕境的蒲坂渡口。离大河越近，自己心头的疑虑便是垒得越厚实，在足以确定整个渡口并无异常，或是寻到五兄的身影之前，慕容德还是藏起了马匹长刀，只身混在码头外围的人流中游荡观望。

"等了……算个啥子……该不会……"

当再度壮起胆子，摸到了相距茶水摊棚最近的一次，他终于有了不一样的斩获。守在摊棚最外侧的一桌，断断续续的闲碎话语飘至耳畔，慕容德第一时间就确信了操持这个腔调之人应是来自蜀中，或是凉州南部某地，且寻着常理，蜀地的商旅欲往燕国运送货物，多半只会在南郑换手。亲自穿过阳平关进入秦地的本就不多，更何况是过大河入并州的。再至于西域与凉州客商，更该早早转入草原，寻求代国拓跋氏的庇护，才好保货物能安全进入燕境。由此，慕容德顺理成章地将茶水摊棚中那些可疑的"商贩"，与给自己送信传书之人联系了起来。而剩下的疑虑便是，这些受雇的他乡"游侠"们，到底是谁的人？

终于，随着码头上骤起的一片轰响，又有成批的舢板小船摆渡回了大河西岸。对于诸多的小商小贩来说，独自雇上一两个这样的小船，虽与纠集他人合租数百石的货船在花费上大致相当，但却胜在时间的节省上。当然，每个人还都要在心头估摸着天气与风浪，若是如今日般的徐风轻浪，那么小船倾覆，血本无归的风险自然就不足为虑。当码头的呼喊声刚刚飘起，成群的商贩货主便一拥而上，争抢着询价雇船，生怕会落在后面，成为苦苦等人扯皮合租的倒霉蛋。

不过，这在蒲坂渡口每日都要固定上演的情景，今日偏就出了意外。本来位于人流中段的几个商贩还在焦心担忧赶得慢了，会谈不下来个好价钱，随即便又察觉到四下总有一股暗劲，不住推撞在自己的腰眼上。

"娘的，谁……"

"别挤，别挤，前面的船足够……"

未等哪怕一句咒骂与规劝说完，率先被推倒的一具身躯便在码头的踏板上卷带起了好一阵的推搡与挤踏。而后，随着"扑通"几声，整个码头都跟着陷入规模不小的混乱中。

守在茶水摊口，正眼观六路的几人自然也不可能对这场骚动熟视无睹。赶在身后有人起身查看之前，那个一直坐在前排与人闲聊的中年络腮胡，下意识地望向了尚在码头另一侧扎堆的官家巡兵们。与此同时，那边似乎有个都伯打扮的领头军官，也在转瞬之间摇了摇头，以示回应。

纵使几乎在所有旁观者的视线中，于码头的混乱之外，都可称得上是风平浪静，不过对于才刚亲身犯险，制造了推搡与踩踏事件的慕容德来说，在推倒身前商贩的那一刹后，他的目光便尽可能地转向了茶水摊一侧。而"游侠"与秦军之间的小默契，被他尽收眼底。

绕着河岸与渡口反向兜了一大圈后，慕容德才敢确信，自己没有被人跟踪。在折返藏匿着战马长刀的树林的途中，拂面的温煦清风与入耳的欢悦鸟鸣都不再足以舒缓心底的悲戚。他眼下虽然无从查清，到底是慕容垂那边事情败露，还是整场安排自始便是个精妙的圈套，但无论在哪种情况下，早前的离营逃遁已然成了无从辩驳的罪状，自己与怀中的信笺，亦成了对五兄致命的威胁。

"看来如今只有远走天涯了。"慕容德一面在心底苦笑着自己终究还是走上了一家人宿命般的浪途，一面还在为自己的大意冒失，没有即时处理掉那封不知真假的信件而惊惧不已。随后，当他寻回到拴停自己战马的那棵树下时，所有的心思瞬时便化作冷汗透肤涌出。

"何方贼子！"

慕容德当初可是在林子里走得相当深了，更是将马拴在了洼地处——哪怕是从不远处细细瞄看，也是万难发觉异样的。然而，此刻在他眼前，确实又有两个消瘦的身影，正围在自己的战马前打转。

一柄匕首从袖中滑入掌心。在抽去短鞘后，慕容德左右滑步穿梭在棵棵树间，靠向了两名不知来路的"盗马贼"。不远处的身影根本没有踌躇，霎时便朝着两个方向撒腿奔逃。随后，自知追杀无益的慕容德，反倒是在林间凉风的吹拂下彻底冷静下来，他清楚，无论已然销匿踪迹的两人与渡口的秦军有无关联，自己都亟须择一去处，即刻动身了。是二度冒险渡河溜回邺都，从此屈身做只笼中鸟，还是北逃草原，投奔三姊夫什翼犍，再或者……

"为了你我父子日后的安危，这些话，过了渝水便不可再有提及。你兄长去岁并非是在羯人袭营时失踪的，而是被阿爹送去了沙州的吐谷浑部，投靠叔祖。切切记住，不管咱们到了大棘城后会如何，但有一日走入穷途，总还可以向西去寻你的兄长。"

慕容德思绪翻滚，最终缓缓睁开了双眼。类似的嘱咐生父慕容翰在送亲羽阿姊，并与老英雄田琼相伴出走天涯前，均在自己耳边密语过。或许，去寻兄长慕容纳，才是自己眼下最为妥帖的归宿吧。

林间裹着水汽，丝丝沁骨的凉风，终是变得甚为舒爽了。他反手握柄，将匕首钉在身前的树上，随后拧腰揽臂，几下便攀上了第一层冠枝，待到再纵跳落地，那金刀已握在了掌中。

青年英豪就此牵马向西，消失在了层层的叶幕与水雾之中。

对于能有当世名将近乎完全匍匐在自己的眼前，大秦天王一时间还是颇有些得意的。当然，他在听闻慕容德未至河西，便突然趁夜奔走一事的时候，心中就已对个中蹊跷有了个大致的猜想，而慕容垂当下所表现出的狼狈与惶恐，则已然襄助自己印证了道道推论。对于王猛的执拗与妄为，他心中除了无奈，更是第一次滋生出了深层次的不满，但纵有万般情绪，此刻也都藏进了和煦的笑意中去。毕竟，前来请罪的是遭了无妄设计的慕容垂，他这大秦天王但凡有一丝嗔怒挂在脸上，恐怕都难免要将自己才封赐的冠军将军吓出个好歹来。

"道明实是多虑了，卿兄弟二人一同来投，乃是天意托付于我。然离人难免思乡嘛，玄明若是心念故土，或是意向他处，那由他去便是了。卿入长安城始，便已分府居住，封赏各领，就算其有罪，难道孤是那种株连妄戮的暴君不成？"

"罪人愚钝。"慕容垂只是稍微抬目观望了一下，身子依旧是伏于地上，纹丝不动。符坚垂目瞧着眼前这一幕，心底又蹦出了当年在潼关城外相会时，那个气宇轩昂的身影，不禁唏嘘慨叹，又觉得有些滑稽。

"快起来吧，只可惜汝等那评叔父，终究是才能志向不足高位。玄明若真回去了邺城，才是可惜了。"

大秦天王这回亲自去拉，慕容垂自然恭恭敬敬地顺从起身。而符坚倏尔却又冒出个念头：既然王景略始终不愿放过眼前这战战兢兢的可怜人，那索性由自己试上一试，尽快探出个底，省得以后君臣相处时，总要心怀顾忌。

"道明可知邺城最近的消息？"见慕容垂只是黯然地摇了摇头，符坚便自顾自地继续下套，"鲜于老将军不久前故去了，前一阵子好似是由傅颜领军出征敕勒人。道明啊，这本应统领禁军的卫将军挂帅出征，应知邺城上下怕是再无统兵大将了。"

"臣……大王难道是要起兵伐燕了？"符坚说着话时，慕容垂的气息已然凌乱，字字句句都是断续巍颤。

"也不瞒着卿了。燕太傅慕容评和你那侄儿皇帝毁约背誓，拒绝交割洛阳以西之地。而景略此去河西，正是要征集精锐，不日，孤亦要起兵东进，不知道明可愿随军否？"

慕容垂闻言之后，只是低垂着脑袋，僵滞在原地。大秦天王绕行至其身后，便停下了脚步，避免与这可怜人目光相触。良久之后，他终于得到了令自己满意的答复。

"臣愿随天王左右，充当护卫。"

符坚在抛出这般两难的问题时，已在心底有了初步的盘算。若是慕容垂以不忍对阵昔日袍泽为由一口回绝，则说明此人尚且无法驱使，可先行圈养起来。但若是其急于献媚请战，大包大揽，那么是心怀异念，意在套取进兵方略，要么便是道貌岸然，不念旧情，亦不可委以大任。不过，此刻的慕容道明偏偏给自己递上了近乎圆满的答案，喜不自禁的符永固便是暗定了心意，将眼前这位忠义无双的当世名将，彻底视为了心腹之人。

然而，与以凶暴、弘毅、勇厉、运筹、心术立身的石虎、慕容儁、冉闵、慕容恪、桓温相比，谁又能提前预见，今时靠仁厚维系着人心的符坚，又是否足以在一统天下这条路上走至终途呢？

黄　昏

　　"兄长，是要去哪里？"

　　青年没有想到，在这个破落的小院中，竟是幼弟发现了自己行迹的异样——尽管这个正扭扭捏捏守在门口观望的聪慧男童，才能连字成句不久。

　　"冲儿回屋不要声张，若日后有人问起，切记今日亦如前几日一样，未曾见过阿兄。可听懂了？"青年见孩童颇为郑重地点了头，也不晓得是怎样作想，竟然决定将所有的秘密一并托付，"阿兄此去，若是月内未归，记得在西墙边的那棵树下，埋有一包金银，足够你们去临贺投靠舅公了。"

　　"阿兄可是要去投军？"男童的聪慧绝非是灵光一现，他大约已经猜到，兄长趁夜潜回家中，无非是埋藏钱财与拿取兵刃。

　　"我要去宣城寻江家，为阿爹报仇。此事亦不可与任何人提起，记住了？"青年对眼前男童的信任更是愈发莫名地深切起来。此刻，他干脆将本想钉在门板上留信的麻纸条捏成了一团，并举手送至嘴边准备一口吞下。

　　"阿兄是去报仇的，又有啥见不得人的呢？"

　　在男童奶声奶气的反问中，青年醍醐灌顶，彻底通透了。是啊，诛杀乱党余孽，为父报仇，本当是快意搏名之事，又何必瞻前顾后，扮成个贼盗模样。随后，一阵"不合时宜"的大笑在院门口弥散开来。青年将手中的纸团一弹，迈起大步穿门而出……

桓温骑着雄骏的宝马良驹，却又将身子藏在了如林的戟铖护卫中。尽管此刻在建康街巷的两侧，不知有多少充斥着好奇或深谋的眼睛正寻觅探查着自己，但他的思绪却不由自主地回到了近三十年前的一件"小事"上——那一夜，他孤身离家赶往泾县，诛杀江氏兄弟，得报父仇。由此，他名声大噪，被召为驸马，提军入蜀，坐镇江陵，以大司马之职权倾晋廷，吏治土断，三番北伐……而他的一生走至今日，偏又不得不再去做件惊天动地的"大事"。

街边的人越聚越多，其中多少百姓，乃至闲官雅士们，都无不好奇地想要一睹那多年来拒不入建康的当朝大司马究竟是何风采。然而，长长的队伍中并没有多少值得惊叹的华服仪仗，一眼望不到边际的兵甲正毫不避讳地炫耀着各自手上的长短兵器，早早地将不少心思机敏之人"劝"回了家中。可同样，也不乏胆大之人，依旧围聚在街边妄自揣测着大司马可能的意图与手段。

不过，此刻正身处人群之中的左玄之却不需要参与这般无聊的议论与猜想。拖家带口投靠到桓冲府上后，他缘于在南方没有亲朋利益的瓜葛，而逐渐被纳为心腹。由此，一身士人打扮的他，不仅清楚桓温今日带兵入城，实则是要废帝立威，亦知晓大司马心中所属意，并且宫中的褚太后同样不得不颁诏迎立的新君乃是司马昱。而这招以退为进，将自己多年来的首要政敌扶上帝位，圈入那个奢靡闭塞深不见底的宫闱之中的妙棋，是既能将没有兵权的对手彻底变为傀儡，又能在骂名即将四起的时刻，多少揽得些心胸宽广的清誉。

当然，再多的心术已不是该由左玄之去费心劳神的了。曾经的燕国医官，而今桓冲身边的道士，正怀揣着一封冗长的密信，等待着眼前的这份热闹尽快收场，他才好照着临行前的嘱咐，赶在宫中敕诏传出之前，敲开谢府的大门。左玄之清楚，自己所负的秘密干系重大，且在眼下这般波云诡谲涛浪蓄起的关口，桓氏的二号人物与高门士族的顶梁柱间的私相联络固是惹人遐想，但似乎也在情理之中。虽还猜不透谢安会做何反应，不过，他却期盼着能利用眼下这项没有小到无足轻重，亦非大到令自己朝不保夕的差事，来向桓冲换回自己一家的自由，从而真正归隐于山林。

随即，在成排的亲卫骑军涌过之前，左玄之提了提胸前的襟领，退步消失在心思各异的人潮之中。

"这滑台扼守要冲，只需驻兵千人，便足以震慑四周的道路与河口。待到北方一统，孤定要在此地修筑坚堡，以安民护土。"满面春风的苻坚在众人的拥簇下，已开始大谈特谈对掠取的新地的规划了，"夫子可知，今日却不是我头回路过这滑台了。"

"愿闻其详。"正与大秦天王并辔骑行的白须老者，一直挂着副颇具仙韵的笑意，哪怕只是幽幽吐出四个字，也足以助君王维系住这般畅悦的心情。

"昔年祖公深谋远虑，趁着石虎暴毙，邺城内乱之际，将枋头的氐汉族人一并迁往关中。孤当时不过一介少年，却犹记得沿大河而走，该是路过此地。可惜阿翁在途中被小人麻秋毒害，还是靠的伯父持危扶颠，否则，秦地的父老们难免要再受一次羯人之乱。"

赶在自己的这份思忆追索至暴君苻生与宫变之前，一队驰近的骑兵及时地打断了苻坚的话头。

"禀天王，后军随行的官佐们都已安置妥当，还请天王明示，此番可休憩多少时辰？"在马上施礼的将领固是一派雄姿，但在其身后的骑甲相衬下，却多少又显着些格格不入。

"道明啊，这帮文官一路颠簸下来，怕多已吃不消了。世明的前军刚刚拔营，今日就先不急了。"神采奕奕且一脸和煦的苻坚虽然将眼前的慕容垂带在了身边，但仍不敢立即授之以兵权；且那几个一直忠心履职的禁卫们，还总私下想着办法，要将其与主上隔开一定的距离。

大秦天王对伐燕之战乃是如此自信，已从各地提前征调了大量的候补官吏与士族俊杰，以便能够随时补充新获郡县府衙内的官佐缺额，及时推行大秦的吏法与统治。当然，河南燕军对战事的应对也正时时刻刻帮着苻坚兑现这份狂妄——从渑池到洛阳，过司隶八关往东，秦军沿河所过之处的燕国令守们尽是非逃即降，余下的一些零星抵抗与喧嚣，甚至都无法扰及苻坚与身边夫子游赏山水的惬意。当下唯一的悬念只在于，包揽了所有的秦军精锐，正兵进并州的王猛能否如计划般迎面击溃慕容氏引以为傲的精锐骑兵，与即将北渡的大军会师于邺城之下。

"属下领命。"

"且慢。"许是慕容垂僵硬的回应引出了苻坚别样的心思，将人叫住后，苻坚的双眸中闪起了狡黠的光亮，"道明可识得夫子乎？"

"在下愚钝。"此刻慕容垂满脸茫然的一躬，倒是博得了那夫子心领神会的满意笑容。

"敝姓皇甫，单名一个'典'字。"夫子轻捋霜须，以凌厉却又不会给人威压的目光观察着眼前的将领。

"皇甫先生可是……"

"然也。舍弟正是燕侍中皇甫楚季，想来吾兄弟二人已有近二十年未见了。"

"夫子可是三辅的大儒，如今以散骑常侍之职屈尊在孤的身边，孤心难安啊。"苻坚那毫无裨益的客套犹在耳畔打转，慕容垂却已迅速参透了皇甫典随行颠簸的这一遭，可绝非是盼着能捡到一方郡守刺史这般简单的。

"天王折煞在下了。这一路过来，不仅可一观中原的大好山川，更可借机拜访河北诸名士，乃是典求之不得的佳遇。"

果然，正如慕容垂猜想的一般，朝那皇甫氏，当初被封弈借来敲开了南渡世家的府门，而今同样也要替苻坚去笼络河北士族的人心。

"唉，从邺城先前传回的信报言，卿弟累月称病不出，而今的处境更是不甚明了。楚季与悦绾乃是忠志能臣，可惜了士合，憾不及见。"随后，苻坚又毫不避讳地招呼慕容垂，"道明，夫子路上的安危，孤就托付于你了。此外，无论我大军何时进入邺城，道明务必抢先保住皇甫楚季与悦士合的家眷。夫子兄弟二人，也该回长安团圆了。"

在面前的离人恭敬领命之后，大秦天王的心情似乎又变得畅快了许多："孤已下令在长安西坊兴建府院，燕国诸重臣良将，可是皆分有一宅，希望到时不至留有太多的空舍吧。"

一股子邪风沿着五行山山脊下的缓坡渐渐卷起，仿佛也将王猛心头最后的一点儿耐心尽数卷走了。整场伐燕战役本来均是按照他的设计层层推进的，兵跃大河，袭取壶关，掘地陷城，力克晋阳，掌控了五行山间的各处要所后，居高临下的秦军已逼得慕容评不得不将燕军精锐尽数调至自己的面前，以拱卫邺城西侧。而已在潞川西北立寨的王猛可早就选定了这一场对决的地点——胜，则可立下一举荡平河北的不世之功；即便退走，亦可助天王的河南路大军轻松取下司隶，打开进军中原的通路。

然而，不测而至的糟心事偏偏总要赶在士气最盛的决战前夕爆发。当王猛急匆匆地催马赶至今日本该登场唱主角，却又迟迟按兵不动的邓羌营中时，心尖上的那股子焦急也不知为何，竟慢慢下沉，化作了迷茫与困惑。

"嚯，嗬！"

在营前巡弋的警卫自然不会阻截为难三军的统帅，且王猛一路上发现，虽不见邓羌人影，但已然披挂上了的秦军精甲们，依旧在进行着战前的操练与整备。由此可见，这邓羌怕不是又拿起了驴脾气，更不知要着什么心眼儿，偏要赶在此生死时刻，逼着自己亲自走上一遭。

"哟，王公亲自来了，可是要与羌来饮个痛快的？"王猛刚一迈入大帐，那邓羌就好似等候许久般，捧着一瓿不知从何而来，且闻着较为浓烈的浊酒冲着自己叫嚷。

"燕人具装铁骑的踪迹已显，中军的令牌该是早就送到了帐中了，将军这又是何意？"

"王公的军令自然是接下了，咱不是也没耽搁儿郎们在外面集结备战嘛。"邓羌此时淋着酒气，但口齿与思绪听起来却是清晰得很，"不过，少了领兵的大将，王公叫咱如何送儿郎们出去拼杀。"

"邓将军不妨直言吧。而今战机已至，若耗到那慕容评挖通了深壕，这仗可就不好打了。"

"具装铁骑对垒，搏的是瞬息间的拼杀，首重便是两翼的机动。"邓羌单手拎着酒瓿往案几上一砸，"张蚝与徐成乃是统领两翼的左右臂助，可王公收押徐成，折了咱一臂，这又该如何讲？"

王猛闻言，不禁在心底重重叹息。在预设的几种猜想中，他宁可邓羌是以临战来要挟些许封赏与承诺；然而，眼下的局面却是彻彻底底在挑战自己的底线："徐成行军逾期，便是贻误战机的大罪。本督只将其收押，以待天王决断，已是留了三分情面了。"

"燕军铁骑在前，所谓的逾期不过小事一桩。邓某还要再请王公准徐成随军出战，立功折罪，如何？"邓羌嘴上虽是一口一个"王公"，但仗着这股不知虚实的醉意，语调上已是在抑扬顿挫间拐带上了莽劲儿。

"那若是本督再来讲，那徐成逾期乃是因为烂醉误事，想必将军便要拿案上的酒瓿来说事了吧。"王猛终于也失去了与其绕嘴的耐心，于是一言戳破了邓羌当下的小小心机。

"自然，王公若非要押着徐成，不妨今日也将在下一并收走吧。"邓羌撇嘴一笑，算是醉意全无了。

"善。将军仗义，可为千古楷模。"伴着帐外此起彼伏的操练呼喝，还在心底掐算着时辰的王猛还是不得已松了口，"出兵之时，便去我帐上领人，还望徐成将军自己能在天王面前求下宽宥吧。"

"王公高义！咱这就领兵出战，与燕人铁骑决个高下。"这时邓羌竟又卷起了舌头，顺手举起案上的酒瓿，仰起头来，一饮而尽，"徐成既与邓某出自同乡，此一战，只要咱还有一口气，就绝少不了折罪的功绩。"

对于先锋铁骑的战法，王猛并非专擅，因此，他也并未在邓羌的营中过多逗留。等到耳畔的鼓声如雷，身后数千骑甲震地云集，他的战略构想终于又被拉回到正途之上，然而，他的心底却难免有苦海翻起——自掌权之后，此番，似乎是第一次宽宏了军法。

这可不是什么好的先例。

日头斜坠，腥风卷起，鼓声与蹄声已在潞川的山坡上下交织争鸣了小半日。直近了黄昏，两支具装铁骑终于要在号角的催促下正面相搏了。

若是换作骑战经验更为丰富的慕舆根或慕容垂来做抉择的话，是断然不会眼睁睁地放任秦人的骑军占据在高坡之上的，哪怕要迎面顶着刺目的日头，燕军铁骑也会赶在秦人整合完阵型前全线出击。可对于赶鸭子上架，更是在心底不住打鼓的傅末波来说，确实始终没有勇气，去一并驱使麾下囊括了全部六千具装铁骑的逾万精锐倾巢而动。于是，在几次从两侧邀击的尝试失败后，对决的时间也被生生拖进了黄昏时分，乃至眼下，秦人"凭空变出"的铁骑大军已牢牢占据了俯冲的优势地形，而自家儿郎们只算避开了恼人的刺眼日头。

至少傅末波是这般冲着自己麾下的骁勇宿将们解释的，可在他内心的权衡中，也许还存着另外一种更为实际的盘算——对于一生多次反复摇摆的贼帅来说，眼下岂非是再次趋利避祸的绝佳时机？

燕军大将搬了扎胡床守在自己的纛旗下，垂着一对眼皮，吹着山风，顺手玩转着佩刀上挂的缨穗。他清楚自己的斤两，那太傅慕容评肯把具装铁骑的兵权相授，不过是因自己趋炎附势，投靠得较早，且对朝堂之上的惊弓之鸟们毫无威胁罢了。至于眼前这一战的胜负与生死，唯一的区别，无非是成为杀人的锋刃，还是替罪的羔羊。

忽然，又是一股邪风在头顶拉扯出一阵猎猎鸣响，于旗下端坐的将领唇角亦是呛出了几声咳嗽。可主将的异样却未能在周遭引起回应，傅末波连眼皮都不必抬，即清楚守在自己身边的将官们，还有那几个从潞川东营过来传令监视的文官中，几乎无人看得起自己。不过，他却也无必要去在意这帮人的看法，乃至性命。自己是该诈死逃遁，还是须带走多少的部属精锐去投，才能博取到那个据说颇为刚正的王猛的赏识与接纳呢？

然而，奇怪的是，在暗自思量福祸的这些天里，却总有一幅影像在傅末波的心头萦绕不散——那是鲜于亮模糊且方正的面庞。老将军当日在枋头大营慕容垂帅帐外的那一番感慨，竟被自己纪念得句句清晰，字字铭心。

这个似乎从不该滋生的念头，渐渐盘踞在了曾经的一方贼帅的心头。待到乱世落定，自己又会在后世的文史中留下怎样的声名呢？自己不姓慕容，亦非名将，若燕国不存，最好的结局，或许就此隐匿在长河的波纹之中。而今日一旦离叛，可想千百年间，又会有怎样的骂名与嗤笑附身……

西坡传下来的鼓声愈发大噪，这一次，恐惧终于不再左右他的心智了。

"传本将军令，"傅末波双手拄着刀柄，在自己的将旗下厉喝，"全军擂鼓迎敌。本将自领骑甲精锐居中出击，着五百骑弩手为右翼盾卫骑兵开路，轻骑尽居左翼伴动，待盾卫穿阵得手后，再伺机包抄……"

如此果决的杀法令四周素来傲倨的将佐们大为吃惊，不过，已然披挂上马的傅末波还真就不在意他们的想法了。

当一度激昂的战鼓彻底被周遭震天撼地的轰隆蹄浪完全淹没，傅末波开始庆幸自己选中了一场如此宏伟壮观的大场面来记留声名。由于亲身突击得太过靠前，他已能隐约捕捉到迎面俯冲的秦军人马甲具上的光泽。同样的精锐骑甲，同样的气势如虹，恐怕也是别无差异的善战嗜杀。

中军的战旗飒飒挥卷，两军的箭矢旋即在空中织出一片网。然而，在愈发收窄的沙场上，却没有出现多少扑倒的身影，或是裂空的嘶鸣。至此刻，哪怕是身处即将对撞的两军阵线中，那些最为稚嫩的甲士也足以领悟到，真正的势均力敌，即代表着无尽的血腥与惨烈。

在两朵乌云对撞出雷霆的刹那间，挺出马槊的傅末波淡然接受了自己宿命时刻的到来……

燕秦两支具装精锐的主将极为默契地均为居中的矛槊重甲们选择了斜线突击的阵型，而当这两条战线在对撞之际，偏就对合了个方正齐整，意外地给一场杀戮添上了些许猩红的画意。

矛槊对指，马首对撞，劲旅接战的瞬息，便有数百被戳飞的精甲及战马殒命沙场。而一股股成功切入敌阵的锐士自然都会扔掉那些折锋的长柄，抽出环首刀，再横拨战马，切向敌军阵线的后身。于是，矛槊成林、重铠遍地的修罗场上，成队的骑甲们纵马杀出了数个大小不一的玄黑旋涡，吸拽吞噬着周遭的一切生灵。

与此同时，两翼的战局远比已经惨烈到坍塌的中军复杂得多。燕军中最为凶悍的盾卫骑甲本已在右翼突击中占尽了优势，可当秦人后续的精锐矛兵靠着双腿冲入战阵后，一些燕军将校终是想通了一件事——王猛在潞川上下的兵力虽少，却是为这场"前锋对决"倾尽全力，而自家的统帅慕容评却还领着人数众多的步卒，忙着在过万的骑军身后筑寨挖沟。由此，盾卫骑军手上的连枷与战斧固是催命的恶煞，可在秦人矛兵的血肉绞缠下，他们竟再也无力击穿右翼的阵线了。

然而，当类似的变数同样发生在只配备了轻骑的燕军左翼时，战况却是急转直下。举刀相搏迟滞住了本该一往无前的战蹄，当护甲更为精良的秦军步卒切入战团后，左翼的攻势便不是身裹札革的燕军轻骑足以相持的了。

于是，在战场正中的旋涡左侧，几道兵线率先退却了，且这些奔逃与追赶所画出的痕迹，又勾绘出了层层瓣瓣的曲面。自廉台之后，可谓最为恐怖的战场之上，仿佛有一朵朵闪烁着玄光的花朵，正在慢慢绽开……

这一支将离花大概是踩着最后的花期才绚丽绽放的，且在整个云中的草原上，想找到这样一朵"神花"，想必也是耗用了不小的人力。而此时此刻，它已被移栽到了这座宏伟的墓前，在初秋的风中含笑摇摆。

"羽儿。"

一众贵族与护卫模样的人马只配等候在不失秀美的墓院门墙之外，已显苍老的拓跋什翼犍，孤身盘坐在慕容羽的墓前喃喃倾诉。天下大势，变幻莫测，曾经意气风发的有为青年，终究是与南方的英豪无差，被权势与命运挤压成了一团乌云。他是多么希望爱妻还在身边，那样，今日至少还能有一个无视族人利弊，可以义无反顾的理由。

"邺城又来遣使求援了。"酸楚与愧疚在什翼犍的心头层层叠起。上次小燕帝因桓温北伐求援之际，恰是慕容羽病重之时，而短短一年的光景，这世间竟又天翻地覆。"傅颜老将军自是回兵救援了，不过这回，咱却无法履誓了。"

什翼犍拧身挥手，将两个儿子——拓跋寔与拓跋翰从门口召唤到近前。

"此番邺城发兵讨伐敕勒，说是为了掠取战马，可未至北境，便是屡犯劫戮，涂炭我代国百姓，就连舅父的商队都未曾幸免。羽儿，老将军虽是一再修书致歉，可在景昭帝与四郎，哪怕是五郎在时，上下军纪是断然不会糜烂至斯的。眼下，你那叔父与侄儿胡为不止，以致贤臣枉死，良将出逃，大燕的国运多半已至尽头。此刻，为了盛乐和咱的娃儿，我又怎能再玩火自焚，去开罪符秦呢？"什翼犍转瞬的余光一扫，两个男孩儿便心领神会地快步上前，分别跪在了左右——而在院门处，还有另一双渴盼与不甘的眼睛在注视着这一切。

"羽儿怨我也好，而今，咱带着儿郎们起誓，总有一日，拓跋氏的子孙会去往平州，将你的家从氏人手中夺回来。慕容氏完不成的大业，咱拓跋氏的儿孙遵着祖训，定也要完毕……"

忽而，阵阵西南风袭来，一只花蝶顽强地顶着风浪，盘旋几圈后，终于如愿地藏进了那支将离花的心蕊之中。

彼　岸

有气无力的喊杀声夹在风中越飘越弱，而将领则是一脸不屑地望着远处的城墙——据报，还没用上两日的工夫，邺城上的燕军便已抵挡不住，往内城溃逃了。

"娘的，无趣！"

一句咒骂脱口而出，随后，将领顺手从右侧的鞍袋取下水囊，仰头痛饮了几口。事实上，这份烦躁也的确事出有因。邺城的守备力量算上慕容氏的禁军足有两万上下，但潞川一场大战，精锐铁骑损失殆尽，慕容评更是在听闻苻坚大军抢下大河渡口后，便仓皇逃回。他本计划着固守城防，但士卒一路上的溃散则彻底耗尽了燕军仅存的士气，以致在六七万秦军的围逼下，邺城将士早已失去了舍生对决的勇气。而正絮叨骂娘的将领在主将于潞川负伤、副将已分兵去守护粮道的境况下，便顺理成章递补做起了余下两千骑军的临时主将。所谓"围而必阙"，这北城下本就只有不足万人在佯攻施压，就更用不上骑军儿郎们下马攀城了。可对于依旧惦念着立功折罪的将领来说，眼下的一切，总还差了点儿劲头。

"嘶——"

一股微微的辛辣蹿入了肺腑，将领的心境亦随之稍有松弛。他将水囊挂回了右侧，又伸手从左边取下另一只，胡乱地涮了几口后，将清水喷到了一旁的沙土中。

"这燕人，也就数那些个铁骑是真有些本事的，一路仰攻上来，还差点儿没把咱弟兄们全都对掉。要不是羌头儿搏了命，先一步斩将夺旗，咱们说不定就结伴去地底下当阴兵去了，哼，倒也省得受眼下这份闲罪。"

正围在将领四周的众骑——无论校佐还是小兵——听闻这一通抱怨，也尽在附和或是叹息。他们自然也是对旬日前潞川那一场惨烈至极的铁骑对决记忆犹新，众人哪怕尽是隶属于两翼的轻骑部属，但也都难免在那一日，战殁了不少的亲朋好友。

终于，这阵七嘴八舌下的无聊消遣被城下传来的呼喊打断了。无须待人通禀，将领也能望出个大概——成队燕骑已从邺城突围，向北奔去。好在抱怨归抱怨，他还没忘了自己守在北城的真正职责，又急又喜之下，直接将手中的水囊一丢："快！快！都给俺追……"

仅百骑左右的燕骑被数倍于己的秦人轻骑追了一阵，折损的速度已是越来越快。有的是被身后飞来的流矢射翻，有的是掉队之后非死即降，更有不少人是找了个岔路僻道，干脆拨马溜走……不过，亲身突击在最前方的秦军将领可是看得清楚，真正的大鱼应该还在眼前"触手可及"的十余骑中。

而意外之事总是会赶在紧要时刻突然迸发。前方骑队中一人颇有胆识地在疾驰的蹄浪中勒马回转，冲着几乎要撞向自己的追兵呼喝："吾乃大燕太傅慕容评，汝等自可擒某报功，但不要为难前面的家人，请放他们自行北归还乡。"

以秦军将领为首的一排追兵纷纷紧勒着战马，同时，但凡能挤过道路两侧的其他轻骑，可不会轻易放过继续追捕，抢立功勋的机会。将领打眼一瞧这人年纪，估计早过了六十，且仪态衣着又甚是不俗，心想其自报的身份应该不假。

"一把老骨头跑个甚跑？……咱天王早就下令优待汝等这些宗族和大臣……"他赶紧先续上两口大气，说着又顺手摸了摸左边的水囊，一无所获下，只好摘下了右侧的那个，一咬牙，闷了一大口下肚。

可就赶在此时，逃出不远的其余燕骑已在自家儿郎的押送下掉头折了回来。

居中的两名少年由各自同鞍的骑甲带着共乘，且年岁稍大的那个正迎着老头突变慌乱的目光淡然开口。

"叔祖何必出此下策？我俩就算能逃到龙城去，靠着卫将军麾下的那点儿兵马，又能坚持几何？若知今日，叔祖当初真应少动那些无用的心思。"面色冰冷的少年随后又转过头来，"慕容晖在此，不知将军如何称呼？"

突然意识到自己立了头等大功，将领是一口大气没倒匀，嘴里还未咽干净的浊酒，直呛得这家伙好悬没直接跌下马去……

尽管王猛治下的秦军向来极度注重整肃军纪，但在守军分批献降了各门后，邺城还是陷入了一片纷乱之中；尤其是针对几家守备稀松的富商豪户，还是发生了规模不一的劫掠事件。

而慕容垂依着苻坚的吩咐，第一时间便跟随首批秦军涌入了城中。不过，他将保全悦绾与皇甫真府宅家眷的任务安排给了天王身边"配给"来的卫队兵将，自己则赶往了更为紧急的去处。

至少头顶"吴王府"的匾额未见调换。

在带着身后另一队关中锐士踏入四敞的府门之前，慕容垂算是吃下了第一颗定心丸。起码早先的判断未有差错，对于自己与六弟的出逃，述太后还是能保下一丝的情面。而当一行人穿过凌乱狼藉的前院后，越往内宅深入，四下的情况便渐渐给他吃下了第二颗定心丸。与前院尚有散落的零碎家具不同，内宅所遭受的破坏要轻得多，院中遗落着的，无非是些零碎的绸布与木盒，且在整个府中，亦未见有人横尸。

慕容垂揣测，当是一些从城上溃散下来的散兵流寇，趁着一退一进的间隙，光顾到了他的府上，更因人数不多，略有心虚，并未敢久留，或再深入内宅。而府中之人，大概是有所准备，要么已是早早逃走，要么便藏在了较为偏僻的所在。于是，他支使一众锐士两人一组，分头去察看院落中的各个房间，寻觅府中的奴仆与吏佐，自己则是按着记忆，径直奔向了深宅花园中那间最为僻静的偏房。

"嘎吱——"

当他伸手推开这扇已然老旧落灰的房门之时，一声利刃出鞘的脆响几乎同步在屋中响起。一名男子从里间跳步跃出，半举着手臂，一脸狰狞地与仍岿然伫立的来人对峙。不过，在凝视几番后，紧张到气息不匀的青年在满目惊诧下，终是认出面前之人竟是整座王府名义上的主人。

"殿下。"青年将手中的长刀弃掷于地，并极有心计地扭头会意来人往内屋寻觅。

慕容垂见男子一身便装，却也一眼认出了其所持的钢刀，乃是邺宫禁卫们独有的样式。他在心底感叹，连皇室禁卫都已出逃，这一城一国，怕是再无起死回生的道理了。随后，陌生的归客大步跨进内室，转过屏板与镂门，却又是一对中年往上的夫妇，挡在了自己与床榻之间。

"爹，娘。"

一声轻唤下，二人这才闪开了身子。而在其后，一大一小两名女子直叫慕容垂觉得十分眼熟，稍做回忆，他不禁大喜，年岁略大的那个，应是律儿身边的贴身侍女，那么……

"夫人！"果然，那女子瞬间便爆出惊呼，哭喊了起来，"咱们得救了！"

这两个身影也随之撤到两侧，曾经的吴王则终于瞧清了，自己的王妃可足浑律儿正抱着慕容宝缩在床榻与墙面的夹角中。而那一直担惊受怕，以致精疲力竭的女子在见到了她朝思暮想的面庞后，不禁抖着身躯将男孩儿放到地上，随后便直接瘫软了下去。

直至此时，慕容垂明白了，任何的恩怨与芥蒂都已然化为虚无。他一把搂住冲向自己的宝儿，又摆手招呼着两个侍女上前照看，而自己，则挪身上前，托起双臂，将律儿抱在怀中，大步流星地迈出屋去。

"孤既已亲至城下，景茂为何还要北逃？你我本该坐下来为河北的百姓议个前程，而今却只落了个为人捕获的境地。”面对战败被俘的燕国皇帝，大秦天王此刻的语气与态度确实有些令人费解。仿佛邺城南城下的这场会面，并非是发生在胜利者与亡国君之间，而是叔父正在诘问教训自家的小侄儿。

“狐死必首丘，暐不过是想回祖上故地，终了此生罢了。”好在慕容暐虽是个暗弱无权的皇帝，可也算得上有些聪慧。既然大秦天王在进城之前特意召见自己，那便不妨配合着演一场苻坚想要的戏码。

“你这家伙，父、叔的陵寝均在城郊，母后更是孤身守在邺宫之中，景茂即便思乡，也不能弃孝义于不顾。”苻坚嘴上继续好意安抚着眼前的小皇帝，半张面孔却扭向了在一旁观戏的臣属们，“不如这样，景茂可愿与皇甫先生一道，先行替孤与城中的宗亲大族们一谈。孤在长安已为诸家修好了府宅，诸家若愿随孤共享太平的，可待诏入邺宫一见，如此，也算圆了景茂与诸卿间的恩义。”

话已至此，慕容暐自然也没有拒绝的余地，在默然施礼称是后，投降的皇帝便由一队秦军锐甲“护送”着先行入城去了。随后，两个人影从一群臣属中挤了上来。在前的吕光拱手复命后，便自觉地撤至了天王侧后，将一脸阴郁的慕容垂让到了苻坚面前。

“道明已经回府上探望过了？府中之人可受过诘难否？”

“臣大幸，家眷尽皆无恙。”

“唉，孤非是在责备道明。”苻坚似乎已经习惯了眼前之人唯唯诺诺的模样，但他自己却未必能意识到其中的福祸关联，“家人无虞就好，到时，便与悦士合等人的亲眷先行迁往长安吧。你那叔父看起来还知道留下情分，也罢，既如此，孤也给他留个体面，便不追究其迫害贤良、祸及灭国的罪责了……待河北彻底平定后，贬其去涿地任个郡守吧。”

“天王仁慈。”在慕容垂冷冰冰的语气中，或许连他自己也摸不清此刻该是解气，还是沮丧。

“正好世明也在，就将后续的打算与道明说一说。”大秦天王挥手的动作只做了一半，吕光即已上前两步，从怀中取出两张竹片呈递上去。而苻坚在微微皱了皱眉头后，眼中又逐渐流露出畅怀的敬意。"卿那个侄儿皇帝，才具还是有的，可终究少了些历练，不足肩挑天下兴亡的大任。待迁往长安后，先封为新兴侯，署任个尚书虚职，在衙中随行习作。且孤听闻悦绾有子名寿，既然慕容晔也曾器重士合，便以悦寿为尚书郎中，继续陪在其身边，也算奖赏贤良之后，给天下士人做个榜样。皇甫真乃大贤，以奉车都尉，先留在孤身边充当幕僚，待其琢磨开了心结，再予以重任。此外，太后可足浑氏遣人送来了口信，言其宁肯为亡夫殉葬，也不愿离开邺城。道明以为，孤该如何处置？"

"述太后是个极有主见之人，臣不嫉恨于她，拜请天王再彰慈怀，善待太后。"或许亦如慕容垂平和恬静的语气，城破国亡后，还能存下什么执念？

"正该如此。孤就允其永居邺宫，并可自由往返于城郊龙陵。"苻坚靠上两步，颇为亲近地在慕容垂肩膀上拍了拍，"道明对前后一众安排，可算满意？"

"臣不敢。"慕容垂即做惊恐状，想要退步，却又没能一步挣脱苻坚的掌力。

"道明若还有何请求，也不妨就此与孤直言。"

"确有一事。"慕容垂不再试图生硬地挣脱，顺势弯腰拱手，"在下近日总是想起四兄，故恳请天王允臣将其子绍儿带在身旁养育。"

"善，甚善。卿之两位兄长亦是孤仰慕许久的英杰，明日一早，孤欲前往龙陵拜谒一番，道明便来相陪吧。"而苻坚此刻的姿态却是甚有睥睨之势，"玄恭，终薨于旧都洛阳，也算是苍天布怜的一丝慰藉了，且其遗志，自该由孤与卿共承之。这城中宫中，还有何处意欲探访的，道明赶在这两日尽快去。诸琐事完毕后，河北之事就尽数托付于景略，卿即随孤渡河向南，沿途好好讲讲中原与淮地的山势水系，还有那枋头一战的始末细节。待天下大定，孤许卿为燕王，可永世居于祖地……"

金戈铁马，血染百里，恐怖如斯的影像与诡谲的波鸣已然连续数日占据凤夜的梦境——让人甚至开始怀疑自己是否陷入了狂癔。王猛向来自诩处变不惊，但对于潞川那一战，若是邓羌在负伤坠马前，未能先一步挑落了燕军的铁骑主将，那弄险成谶，葬送掉秦军精锐的罪责恐怕就要追讨自己千百年之久。

"景略竟在此处躲个悠闲。"

王猛闻言惊醒。果然是吕光正朝自己走来，且他脸上挂的那副饱含深意的笑容，竟让人一时难以摸透。

"哪里悠闲。只是这邺宫三殿，自魏武始，便引领天下百五十年，而今，怎的都要来观仰一番。"王猛抿着嘴唇，摇了摇头，"不过，世明特意入宫来寻咱，定有要事筹谋。"

"这偌大的天下，果都瞒不过你王景略。光特来为君报喜的。"

"世明从天王身边赶来报喜？"非是王猛多疑不领情，仅以吕光眼下狡黠的神情与刻意的语调，也很难让人放下戒备，"想必，也得让咱先出出力，受受累吧。"

"嘿，那吕某便不客气了。"吕光抬手将了将自己鬓角被穿堂风吹得凌乱的几缕头发，"在下比不得景略在河北建功立业，这一路在河南诸郡，名为天王的开路先锋，实则干的尽是叩城接收的烦琐差事。这不，过几日天王还要渡河，亲去收拢慕容氏在中原的城池，咱还得陪着干苦工去。"

"这一趟不比前番，估计邺城城破的消息一到建康，晋廷也要向北掠地了。"

"桓温赶在废立之际，必不敢贸然开战，到时天王会把那小皇帝留在邺城，以助景略安抚人心。渡河之时，亦会带着慕容垂同行，借其在故燕的威望多与南人抢下些城池。"

这会儿王猛却默不作声了。

"最麻烦的还在于那帮士人。从河南一路赶来就是如此，众多士族出身的郡县官吏未待大军临战，一早挂了绶印，便跑回了河北老家。哪怕天王高瞻，从关中带了一队的候补吏员和士子，却也难以填上这般窟窿。"吕光说着眼睛一眯，"这件事还得求着景略帮忙，整肃河北之际，所能征辟下的吏员定然超额，还望多出言相助，劝些务实之才渡河补缺。"

"原是这般小事，还劳不得世明动个心思。说吧，那喜事又是从何而来？"

"天王方才透了口风，将授景略丞相之尊位，岂非值得一贺？"

"设立丞相……如此说，天王已有意加帝号了？"直至谈及此事，二人间言语更显私密，音调也是降了下来。

"景略公以为如何？"

"待到掌控北方之时，天时人心所向，亦非不可。"

"从还没出长安到眼下，确有不少的声音借此劝进。可天王方才的态度，着实引人回味。"

"怎讲？"其实此刻，王猛心里有了答案——苻坚若认为自己不配称帝，便不会立丞相建制，而若不愿即刻加帝号，缘由恐怕也只剩下了一个。

"天王是心向一统天下为先，此番亲身赶赴中原，便是有意探路。哦，还有一事，听说景略在潞川开释过徐成，准其立功折罪。谁能想到，捕获小燕帝一行的，正是此人，此事应要留为青史美谈了，亦可称得上一喜。"

吕光最后这段戏言正如一柄织针，将王猛心头所有散乱的困惑结出了连贯的脉络。而今北方初定，却非五至十年的文治难得功成。可时下，大秦天王暂不称帝，实则野心直指大江，且麾下的骄兵悍将自徐成一事后，亦更难以军法束缚……

耳畔的波鸣与回响猛然清晰了。他忆起了当年自己离开这座巨城之际，与一位睿智老者在茶水小摊处的交锋。如果说，强燕的崩塌始于一揽军政的慕容恪轰然倒下，那自己近些年的权柄在握，已是有过之而无不及——同样的举世称赞，同样的无人为继。

王猛终于悟透了上一位权相的智慧。适时地交权隐退，不仅在于自保，也是对上位者及身后之人的培育与历练。而今时的他，或许还有余力调转乾坤，可耳畔不歇不止的鸣响正如钟漏一般提醒着大秦的"丞相"，长安内外正在滋长的野心与自己的余日一涨一消，前鉴不远，危机犹存。

"今日之后，天王已不是从前的天王，你我亦不复往昔的臣属矣。"

覆灭燕国的大战终曲根本称不上壮烈，但城内还是有飘起的几股黑烟在昭示着这段短暂辉煌的不甘与悲情。与此同时，邺宫中的情况则要平静许多，尤其在慕容暐献降之后，一些最为忠心的禁卫与奴仆还得到了大秦天王口谕承诺的丰厚勋饷，以留下继续护卫服侍他们的太后。

迎着各种惊诧的目光，单骑在邺宫中穿梭的慕容垂并非质疑苻坚信守承诺的品质，可自己能得封燕王的愿景实在太过虚幻，谁知道铁骑渡江又能给后世留下怎样的故事与传说呢？不过，有一言着实是说进了他的心坎里——这城中与宫中，还真有些地方值得抓紧去回味。毕竟，何时能再踏足河北，似乎亦不是他慕容垂能说了算的了。

故燕的吴王，大秦的宾都候在宫墙殿所间绕了几次弯路后，终于觅到了自己印象中的便殿。那里的陈设还是比照结合着大棘城与龙城中的"寒酸"王府仿制的——或许也只有此处，才配得上情意浓厚的一别吧。慕容垂推拉开挂满浮灰的门窗，闭目埋首，伫立殿室正中，在已不复慕容氏所有的土地上，克制着自己心头翻滚起来的阵阵酸楚。

"是霸儿来了？"

他猛地抬头，竟然是父亲杵在殿阶之上，满眼欣喜地望着自己。而翰父与评父分别站在两侧，流转不息的岁月仿佛没有在父辈们的脸上留下丝毫的痕迹……忽然，又有更多的人影和声音伴着透过门窗的光煦出现在了四周。急不可耐的他看到二兄与述儿正挽在一起，年幼的暐儿就站在二人身前好奇地左顾右盼。他看到四兄刚刚被身旁的徽阿姊眼含笑意地捶了一拳，那龇牙躲闪的样子直逗得孩童模样的绍儿憨笑不止。他看到六弟舞弄着不知从何处学来的江湖戏法，正吃力地讨好着一旁嘟起小嘴的律儿小娘……且终于，在被旭日映照得最为温暖的角落，他找到了明眸善睐的段润，正怀抱着褪褓中的宝儿微笑着望向自己。

心神荡漾的慕容垂刚想奔过去，却又听见父亲慈祥的呼唤。

"霸儿，可是又偷偷骑马去了？这回没再摔断颗牙吧。"

于是，满堂哄笑不止的人们都齐齐望了过来——仿佛已披甲执锐的自己，还能干出那般蠢事情一样。而慕容垂也跟着低头哧哧地笑了起来，直笑得眼中含泪，直笑得泣不成声……

透过门窗的光晕终又黯淡，臆想与执念自然也要随之惊醒。等那失魂落魄之人踏步出门，再次抬头仰望的时候，应该足以读懂，在那张蔚蓝的绢布上，仿佛早已书写好了慕容家的命运。

后　记

—————○—————

王猛助苻坚统一北方后不久，病逝于丞相任上。

桓温至死也未能如愿，得封九锡之礼。桓冲在接过权柄后，选择主动缓和桓氏与晋廷的矛盾，亲身返回江陵，并将北府兵权交付谢安。

苻坚没能听从王猛的遗谏。过于仁慈且又志得意满的大秦天王在先后攻取了张氏凉国与川蜀之地后，倾举国之力发动南征，却在淝水之战中惨败于以八万北府兵为主力的晋军，以致苻秦嫡系精锐尽失。随后，整个北方再度分崩离析，而苻坚本人则被姚襄之弟姚苌所弑。

慕容垂在淝水之战后，护送苻坚返归长安。而后，即在河北起事复国，率先吹响了肢解苻秦的号角。他终以七十岁的高龄，病亡在出征的路上。

吕光在苻坚死后，占据姑臧城，另立吕氏凉国，并威震西域，盛极一时。

拓跋什翼犍之孙拓跋珪在击败慕容宝后，于平城称帝，建立北朝魏。后由拓跋焘再度统一北方。

慕容德在慕容垂起兵复国后前往投奔，并在慕容宝被弑于龙城后，以广固为都城续立燕国。其病逝后，最后的慕容燕国覆灭于晋廷刘裕的北征。

桓温幼子桓玄在从叔父桓冲手中承袭权柄后，一度逼迫晋安帝司马德宗禅位，建立桓氏楚国。后即遭北府兵将领刘裕等人的讨伐，桓氏尽灭。而刘裕在彻底执掌军政后，最终代晋自立，建立南朝宋。

北魏孝文帝拓跋宏迁都洛阳，全面推行汉化，禁胡服胡语，并更易鲜卑姓氏，改名"元宏"。"太和改制"下的系列举措，大力推进了北方各族的汉化融合进程。

在大棘城之战后的第二百五十一年，隋朝皇帝杨坚发兵攻灭南陈。中华回归一统。

那艘从渝水渡口出发的扁舟，也终于抵达了彼岸。